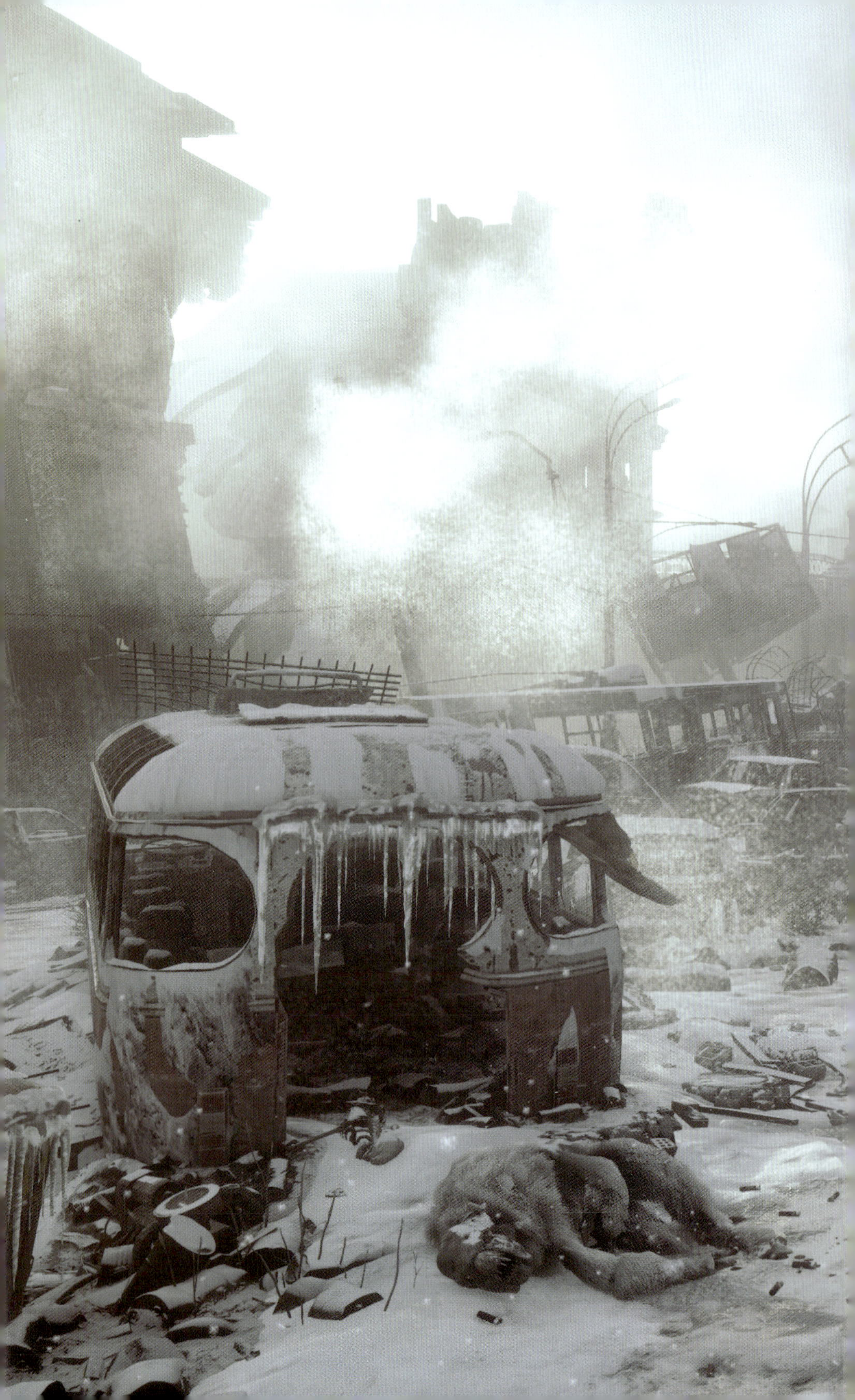

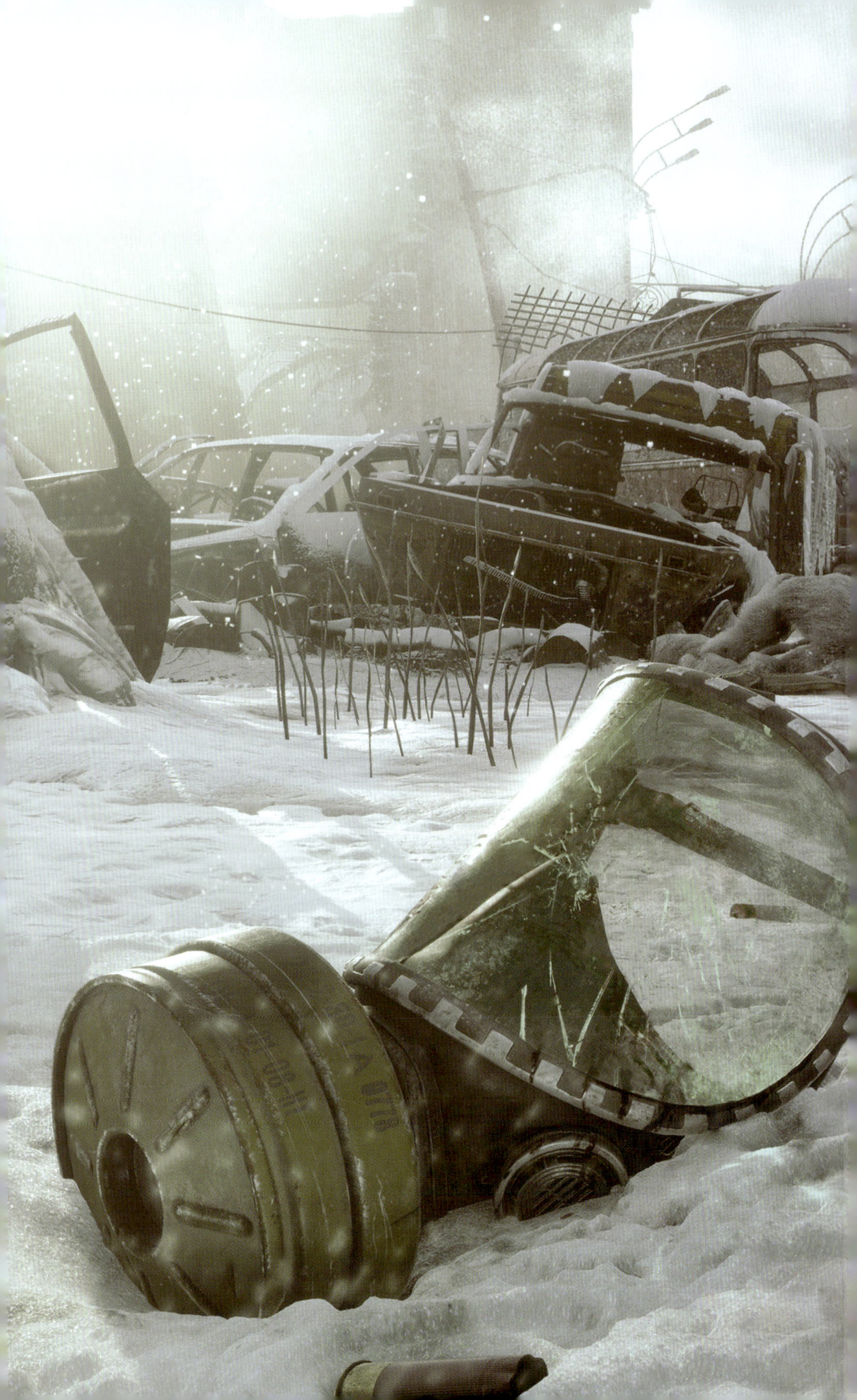

THE METRO TRILOGY

地铁 2033

〔俄罗斯〕德米特里·格鲁霍夫斯基 著

陈恒哲 译

上海文化出版社
SHANGHAI CULTURE PUBLISHING HOUSE

果麦文化 出品

目 录

001	第一章 世界末日		**136**	第七章 黑暗国度
026	第二章 猎人		**162**	第八章 帝国
048	第三章 若我一去不返		**190**	第九章 你死定了
069	第四章 隧道的声音		**216**	第十章 禁止通行
091	第五章 为了那点子弹		**242**	第十一章 我不相信
111	第六章 强者的权利		**265**	第十二章 波利斯

289	第十三章 大图书馆	430	第十九章 最后一战
318	第十四章 地表之上	453	第二十章 生而爬行
337	第十五章 计划		
361	第十六章 亡者之歌	473	番外故事 阿尔乔姆的福音
384	第十七章 大虫的子民		
409	第十八章 无上权威		

第一章
世界末日

"谁在那儿?喂,阿尔乔姆,去看看!"

阿尔乔姆不情愿地从篝火旁起身,把背在肩上的冲锋枪拽到胸前,径直朝暗处走去。他走到光线能照到的最远处站住,故意把枪栓拉得分外响,粗着嗓子喊道:"站住!口令!"

就在刚才听到响动的地方,又传来了零落而匆忙的脚步声,似乎有谁退回到了隧道深处,大概是被阿尔乔姆的喝问和枪栓的声音吓到了。阿尔乔姆赶紧回到篝火旁,对彼得·安德烈耶维奇说:"没谁。没发现情况。没露面就跑了。"

"你这个笨蛋!不是告诉过你吗,别犹豫,一有动静就开枪!你知道那是什么人?说不定是黑暗族想偷袭咱们!"

"不……我觉得那根本不是人,那个动静有点奇怪……脚步声也不像是人的。我总不会连人的脚步声都听不出来吧?况且,要是黑暗族的人,它们怎么会就这么跑了?您也知道,彼得·安德烈耶维奇,黑暗族现在都是只知道往前冲的,它们就算赤手空拳也敢袭击巡逻队,见到机枪也不会后撤。可刚才这个立马就溜了……似乎是某种胆小的动物。"

"得了吧,阿尔乔姆!就你聪明!有命令你就执行,别那么多废话!那万一是个侦察员呢?只要瞟一眼,就知道咱们没几个人,兵力不足……说不定,它们转身就回来把咱们连锅端了,直接用刀子挑开喉咙,就像波列扎耶夫站那样来个全站大屠杀……而这全是因为你放跑了那个混蛋!你给我听好了，再有下次，我就把你扔进隧道里去追它们！"

想到让自己一个人走进隧道七百米开外的地方，阿尔乔姆不禁打了个哆嗦——这实在太可怕了。还从来没有人敢从隧道七百米的地方再往北走。巡逻队最远只到过离尽头还有五百米处的地方，他们从轨道车上用探照灯照照界标，确认没什么东西爬过来，就赶紧回去了。就连那些当过海军的侦察员，个个都是大块头，也只敢走到六百八十米处的地方，把点着的香烟藏在手掌里，紧盯着夜视镜中的影像，大气都不敢喘。撤退时，他们都是悄无声息地一步一步倒着走，两眼眨都不眨地盯着隧道深处，绝不敢背对那个方向。

他们现在巡逻的地方，正位于隧道四百五十米处，离界标五十米远。边界检查每天进行一次，当日的检查已在数小时前结束。眼下，离边界最近的就只剩下他们这支巡逻队了。检查结束后的这几个小时里，被巡逻队吓跑的野兽很可能又开始往这边爬了——被火光吸引，慢慢逼近人群……

阿尔乔姆坐回到原位，开口问道："波列扎耶夫站到底是怎么回事？"

尽管他对这个令人毛骨悚然的血腥故事早有耳闻，是那些地铁站的商贩们讲给他的，可他还是不由得想再听一遍，就像孩子们无法抗拒鬼故事里的那些无头怪物和抓小孩儿的吸血鬼一样。

"波列扎耶夫站的事儿？你还没听说吗？那个地方很可怕，又可怕又诡异。起初是他们的侦察员开始不断消失，他们进了隧道就再没回来。那帮人都是新手，跟咱们没法比，他们的站也比咱们的小，住那儿的人——当时住那儿的人——也不多。就这样，怎么说呢，就是他们的侦察员总是不断地消失。派出一支队伍，就再也回不来了。一开始他们以为那些侦察兵是被什么东西给困住了，因为那边的隧道也是弯弯绕绕的，跟咱们这边的情况一模一样。"

阿尔乔姆听到这里心里咯噔一下。

"可是，不管是出去巡逻还是在地铁站里，不管点了多少灯，就是没发现巡逻队的影子。半个小时，一个小时，两个小时……还是什么都没发现。那些人消失的地方，其实最远也就是隧道深处一公里，他们不可能再往更远的地方走了，毕竟他们也不是傻子……后来，站里实在等不下去了，就派出增援部队去找，找了又找，喊了又喊……全都是白费功夫，什么也没有。那些侦察员就这么凭空消失了，没人知道他们到底发生了什么。可怕吧，就连一丁点声响儿都听不到，一丝痕迹都没有。"

阿尔乔姆开始后悔向彼得·安德烈耶维奇追问有关波列扎耶夫站的事情了。要么彼得·安德烈耶维奇是真的知道，要么就是添油加醋了一番，他讲述中提到的诸多细节，是那些擅长且热衷讲故事的商贩们做梦都编不出来的。这些细节令阿尔乔姆的每个毛孔都感受到一股寒意，即便坐在篝火边也觉得浑身不自在。此时隧道里传来的任何窸窣，即便是正常的响动，都让他忍不住胡思乱想。

"就是这么回事。波列扎耶夫站的人没听到枪响，所以他们认定，那些侦察员应该是当了逃兵——可能是对什么不满，就选择了逃跑。那就让他们见鬼吧！不就是想活得轻松一点，跟一群废物、无赖一样到处晃悠么？那就滚吧！波列扎耶夫站的人一开始是这么想的，也就没什么了，这事儿就算过去了。可是一个星期过后，又一组侦察员不见了。这一次他们只在隧道五百米之内的范围里巡逻，然而事件又发生了，没有声响，没有痕迹，他们就像人间蒸发了一样，消失无踪。波列扎耶夫站的人开始担心了，一个星期之内竟有两支侦察队消失不见，这就不太正常了。必须得行动了，得采取措施。于是，他们在隧道三百米处拉起警戒线，用沙袋垒起工事，架起机关枪，装上探照灯——总之是全面防御的架势。他们还派了人到别戈沃伊站去——他们跟别戈沃伊站和一九〇五年街站是结了盟的，早些时候十月平原站跟他们也是一伙的，后来也不知什么原因，可能是出了什么变故，那里没法住人了，人就都跑光了。唔，这些并不重要——总之，他们派了人去别戈沃伊站，提醒那边情况可能很危险，请求支援。派出去的人刚赶到别戈沃伊站不到一天，别戈沃伊站的人还在考虑怎么回复呢，第二个人也到了。他浑身都被汗浸湿，说他们一枪都没来得及放，加固过的警戒线就被攻破了。所有人都死了，就像死在睡梦中一样，可怕就可怕在这儿！别说有军令和条例在，不允许睡觉；就算没有，都怕成这样了还怎么可能睡得着？事到如今，别戈沃伊站的人才明白，要是他们不做点什么，同样的悲剧很快就会在他们这里上演。于是，他们集结了几百个经验丰富的老兵组成突击队，带着机关枪、火箭筒……这些自然花了些时间，大约一天半吧。在这期间，他们让两个信差先带话回去说支援随后就到。又花了一天半的时间后，这支突击队出发前去支援。结果，当这支队伍赶到波列扎耶夫站的时候，那里已经连一个喘气的都不剩了。除了满地鲜血之外，什么都没有，连尸体都没见着。就是这么回事。鬼知道是谁干的！反正我不信人类能有这本事。"

"那别戈沃伊站后来怎么样了？"阿尔乔姆的声音都变了。

"没怎么样。他们的人见过这副惨象后，就炸毁了通往波列扎耶夫站的那一截隧道。听说，炸塌了四十多米长的隧道，没有设备你压根别想再打通。即便是有设备，恐怕也不是很容易……更何况到哪儿去找设备？已经十五年没人摸过了，要是有设备也早锈死了……"说到这儿，彼得·安德烈耶维奇望着火光，陷入了沉默。阿尔乔姆轻咳一声，开口道："是啊……刚才我就应该开枪才对……怪我。"

这时，从南边地铁站的方向传来喊声："嘿，五百米的兄弟们！一切正常吧？"

彼得·安德烈耶维奇将两手在嘴边拢成一个喇叭，高声答道："过来吧！有情况！"

只见在三束手电灯的探照下，三个身影沿隧道从地铁站方向走了过来，想必是三百五十米处的巡逻队员。走到篝火前，三人熄掉手电灯，在他们身边坐了下来。

"你好啊，彼得！原来是你啊！我还在想，今天是谁被派到五百米巡逻呢！"岁数大的那位从烟盒里抽出一根儿烟说。

"听着，安德烈！我这个小伙子刚才发现那儿有动静。不知道是什么人，还没来得及开枪，就躲进隧道里去了。说是不像人类。"

"不像人类？长什么样儿？"安德烈问阿尔乔姆。

"我其实连影子都没见到……我一问口令，那个东西就退回去了，往北跑了。不过脚步声的确不像是人类的，很轻，而且特别碎，好像不是用两条腿走路，而是四条腿……"

"万一是三条腿呢？！"安德烈眨眨眼，摆出一副受惊吓的模样，阿尔乔姆顿时惊得说不下去了。他想起了菲利线[1]上三腿人的故事。菲利线有一些地铁站因隧道挖得过浅而建在了地面上，导致住在那里的人毫无遮挡地暴露在辐射之中，变成了三条腿、两个脑袋或是其他模样的怪物。这些怪物离开地铁站后，就在整个地铁系统里到处晃悠。

安德烈深吸了一口烟，对自己的同伴说："伙计们，咱们既然都来了，不如就在这儿多待会儿？要是那些三条腿的家伙又爬过来了，咱们也能帮上忙。阿尔乔姆！你们这儿能烧水吗？"

彼得·安德烈耶维奇站起身，把水桶里的水倒进一个熏得黢黑、快要散架的破水壶里，架在火上开始烧水。没过几分钟，水壶里的水开始沸腾，发出咕噜咕噜的声响，这声音在他们听来是那样亲切而舒适，仿佛回到了久违的家中。阿尔乔姆感到温暖了不少，也平静了不少。他环顾围坐在篝火边的人们：他们个个都是结实、可靠的汉子，艰辛的生活磨砺出他们坚毅的品格，值得信赖和托付。他们的地铁站一直是这个地下系统里最安宁的站点之一，对此眼前的这些人功不可没。在保卫地铁站的过程中，他们之间也结成了亲兄弟般的真挚情谊。

阿尔乔姆已经二十多岁了，他出生在上面，不像地铁站里出生的孩子那样消瘦而苍白——由于害怕辐射和热得要命的阳光，这些出生在地下的孩子从不敢到上面去。其实，阿尔乔姆总共也只上去过一回，而且只是短暂地站了站——上面的辐射太强了，好奇心过盛的人要是敢久留，只怕还来不及到

---

[1] 即莫斯科地铁4号线。——译者注，下同

处走走或是好好欣赏一下那个光怪陆离的地上世界，就被烤熟了。

阿尔乔姆对自己的父亲毫无印象。母亲陪伴他到五岁，母子二人在季米里亚泽夫站生活了好些年。那里的生活一切都好，日子过得安稳而又平静，直到有一天，鼠患侵袭了季米里亚泽夫站。

那些老鼠是灰色的，个头都大得吓人。就在那天，在毫无预兆的情况下，湿淋淋的鼠群如潮水般从那条漆黑的隧道中涌了出来。这条隧道本是北边主隧道一个不显眼的分支，它逐渐下沉、深陷，最终融为那个由数百条线路交织而成的、恐怖、冰冷、臭气熏天的复杂迷宫的一部分。这条隧道一直延伸至大老鼠们的老巢，那是一个连最勇敢的冒险家都不肯踏入的地方，即便是那些在这张地下网中迷失方向的流浪者，也嗅得出入口处里头散发出来的那种黑暗、骇人的危险。他们飞奔逃离那个塌陷而成的血盆大口，像是要避开一座罹患鼠瘟的城市大门。

从来没有人去搅扰这些鼠类，从来没有人涉足过它们的领地，更没有人胆敢侵犯过它们的疆界。

可它们却找上门来。

那一天，很多人都丧了命。鼠群的数量之可观，不论在地铁站内外都是前所未见。这股巨鼠的洪流冲过守卫防线，冲进地铁站，将战士和居民的身躯湮没，让他们连临死前的哀号都来不及发出。它们贪婪地吞噬掉路上的一切：所有活着或已死去的人类，甚至是那些羸弱濒死的同族。它们在某种人类智慧无法理解的力量支配下，盲目而决绝地一往无前，绝尘而去。

灾难过后，只有寥寥数人幸存了下来——没有女人，也没有老人和小孩，这些需要帮助的老弱病残无一幸免，唯有五个精壮的男人幸免于难。他们之所以能从这股死亡洪流中死里逃生，只因为他们站在这股洪流的前方。当时他们正在一辆轨道车旁，在南边隧道中巡逻。听到地铁站传来的惨叫，其中一人拔腿就往那里跑，想要确认发生了什么。然而待他跑到现场，整个车站已经一片狼藉，惨不忍睹。刚跑到车站入口处的时候他就明白了态势——当时第一拨鼠群正形成洪流，往站台上流窜。他自知事态已无力挽回，已经帮不上守卫的弟兄们什么忙，转身就要往回走。就在这时，有人猛地从背后抓住了他的胳膊。他转过身，眼前是一个因惊恐而面庞扭曲的女人。她死死攥住他的袖口，声嘶力竭地在一片绝望的哀号声中喊道："救救他，战士！求你了！"

女人领过一个小孩，把他的手递到他面前，这只手小小的，肉肉的。他一把攥住这只小手，甚至没有意识到自己是在拯救一条生命。他只知道自己被叫作"战士"，只知道这个女人有求于他。他一把拉过孩子，夹在腋下，随即同第一拨鼠群展开了生死时速的较量——冲进隧道，冲向队友和轨道车所在的地方！距离集合地点还差五十多米，他便大声催促同伴将车发动。

幸运的是，这辆轨道车是相邻十个地铁站仅有的一辆自动机械车，靠着它，他们才得以跑在鼠群前头。队员们拼了命地全速大逃亡，当轨道车飞一般滑翔过废弃的德米特罗夫站的时候，队员们赶忙冲寄宿在那里的几名隐居者大喊："快跑啊！老鼠来了！"——然而谁都明白为时已晚。

临近萨维奥洛沃站的守卫防线，他们放慢了车速，以免被当成入侵者遭到攻击；幸运的是，枪声没有响。他们扯着嗓子冲巡逻的战士们喊："老鼠！老鼠来了！"他们做好了逃亡的准备：通过萨维奥洛沃站，然后继续往前跑，往前跑，只要不被拦下，只要还有路，就要向前奔跑，赶在那灰色的熔岩吞噬掉整个地铁网络之前。

但是，幸运的是，萨维奥洛沃站的人们拯救了他们——同时也拯救了自己的地铁站，或许还拯救了整条谢尔普霍夫—季米里亚泽夫线[1]。就在他们行至近前，满头大汗地向巡逻战士们警告身后的死亡大军的时候，这些战士们已经迅速集结完毕，并从一个很奇怪的机器上扯下了外罩。这是一台火焰喷射器，是当地工匠用搜集来的零件手工拼装而成的，外表虽简

---

[1] 即莫斯科地铁 9 号线。

陋却威力巨大。伴随着第一拨鼠群出现在人们视野中，只听到黑暗中传来成千上万只巨鼠用爪子刨地形成的奇特的沙沙声。就在这时，火焰喷射器吐出了长长的火舌，咆哮的橙色火焰喷出数十米远，火焰填满了隧道，点燃了鼠群，十分钟，十五分钟，二十分钟，火焰喷射器片刻不停地怒吼，直到耗光全部燃料。隧道里充斥着皮肉烧焦的恶臭和野鼠的疯叫声……萨维奥洛沃站的战士们成为拯救整条地铁线的英雄。在他们身后，那辆轨道车也熄了火，车上还坐着五个死里逃生的大男人，以及他们救下的那个男孩——阿尔乔姆。

鼠群撤退了。它们疯狂的意志终究未能战胜人类的新式武器。毕竟，屠戮生命向来是人类的拿手好戏。

鼠群退回它们庞大的帝国中去了，没人清楚它究竟有多大。一个个迷宫横卧在地底深处，似乎对地铁系统的运转没有任何意义，它们的来历也无人知晓。尽管有权威人士信誓旦旦地说，这个庞大的地下系统其实全是人类——而且是普通的地铁建筑工人修建的，但人们还是感觉难以置信。

其中有这么一位权威人士，多年前曾是地铁副司机，这样的人所剩无几，格外珍贵。在毛细血管般复杂细密的莫斯科地铁世界里，即便离开了舒适安全的车厢，置身于伸手不见五指的隧道中，这些人也不会迷路，对隧道毫无惧意，这是其他人做不到的。因此，地铁站里的每个人都对他无比敬重，并且教导自己的孩子也要这么做。阿尔乔姆牢牢记住了这个男人，他一辈子都忘不了男人那瘦小而单薄的身形。积年累月的地下工作使他看上去有些干瘪，身上的旧工装一穿就是很多年，磨损和褪色令衣服失去了风采，不过穿在男人身上，就像一名退休的海军将领身着笔挺的制服，依然令人感到敬畏。在年幼的小阿尔乔姆眼中，这个瘦弱的地铁副司机浑身散发着无法形容的威严和力量。

当然，这没什么奇怪的。要知道，对于每一位地下居民来说，这些地铁工作者就好比带领丛林科考队深入密林的当地向导，人们虔诚地相信他们，全身心地倚靠他们，他们的知识和技能就是人们赖以生存的保障。当统一的政府体系分崩离析之后，很多昔日的地铁工作者当上了地铁站的首领，过去作为民防综合工事和大型防核防空洞而存在的地铁网络，如今被一个个拥有独立政权的地铁站割裂开来，彻底陷入混乱和无政府状态。一个个地铁站变成了独立自主的独特小国家，每一个都有其特定的意识形态和政权结构，还有了自己的领导人和军队。他们一会儿斗来斗去，一会又结成联邦和盟友，今天还是崛起的帝国和大都会，明天就被昨日的朋友或奴隶占领，沦为殖民地。为了抵御共同的威胁，他们也会结成临时联盟，不过一旦威胁解除，元气开始恢复，他们紧接着就会掐住对方的脖子不放。他们忘乎所以地争夺一切：生活空间、食物（一种酵母蛋白植物）、不需要日照的蘑菇，还有鸡舍和猪圈——人们在那儿用无色的地下蘑菇饲养出苍白的地下猪和发育不良的鸡——当然，也包括水源和水质过滤器。那些蛮族人不懂得修理他们站内逐渐老化的过滤系统，喝着被污染的有毒水，几乎丧命，于是他们就如野兽一般进攻文明生活的据点，进攻那些拥有正常运转的发电机和小型人工发电站的地铁站。这些地铁站里的过滤器总能得到定期修护和清理，在女人们勤劳双手的呵护下，顶着白色伞盖的蘑菇络绎不绝地从湿润的泥土里钻出，吃得肚子溜圆的猪在圈里满足地哼唧。

出于生存的本能和"夺取一切再合理分配"的原则，人们被引领向前，加入这场旷日持久、看不到希望的征战。那些强盛的地铁站的守卫者，通常由经验丰富的前职业军人组成，为了抗击入侵者，他们甘愿流光最后一滴血。等到反攻号角吹响，他们又为夺取每一米的站间隧道（站间隧道不属于地铁站领地）而拼尽全力。

每个地铁站都在努力储备军事力量。一旦和平状态无法维持，就要靠军事手段应对邻站的来袭，将入侵者赶出自己生存的家园。最后，还要抵挡那些不知会从哪个窟窿或隧道里爬出的邪恶生物。这些古怪、丑陋又危险的怪物，它们中的任何一只都能因彻底违背进化论而令达尔文感到绝望。这些生物与人类通常概念里的动物完全不是一码事：它们有的由于遭遇了致命的射线，从无害的城市动物一下子变为地狱使者；有的世世代代生活在地下深处，如今却被人类搅扰。它们也都是地球生命的一分子，尽管扭曲了、变形了，可只要还是地球生命的一分子，它们就会遵从这个星球上所有有机物都要遵从的原始本能——

生存。

阿尔乔姆接过一只白色搪瓷杯，杯中泡的是车站自己生产的茶叶。当然，这不是真正的茶，而是由干蘑菇和添加剂混合而成的浸泡液。真正的茶叶太稀罕了，一定会被珍藏起来，只有在重大节日的时候才喝得到，价格要比蘑菇茶贵上几十倍。不过尽管如此，地铁站的人们还是非常热爱自己的蘑菇茶汤，并且自豪地称之为"茶"。虽说刚开始喝的人还不习惯它的味道，通常会吐出来，不过接着就没事了，习惯就好。此茶大名远播到站外，有倒爷专程为它而来。他们络绎不绝，不惜拿身家性命冒险。后来，此茶便在整条线路上流通起来，就连汉萨同盟也对它产生了兴趣。于是，前往展览馆站（全名为"国民经济成就展览馆站"）购买"魔法茶汤"的人连成了一长排，金钱如流水般流淌进了展览馆站。他们用这些钱买武器，买柴火，买维生素——有了这些就能活下去。自从这种茶叶开始在展览馆站进行生产，这一站也跟着逐渐壮大，邻近站内和区间的商人们移居到这里，这里便越发繁荣起来。另一个让展览馆站的人倍感自豪的，是他们养的猪。据传，猪正是从这里进入地下世界的：最早的时候，一些胆子大的人历尽艰难险阻，成功摸到了展览馆半损毁的"生猪展"展区，设法把一群猪赶进了他们地铁站。

"嘿，阿尔乔姆！苏霍伊那边最近怎么样？"安德烈问道。他小口啜饮着他的茶，不时将水面上的茶叶吹开。

"萨沙叔叔？他那里好着呢。前不久才远征回来，跟咱们站几个勘察队的人一起。这事儿您应该也知道。"

安德烈比阿尔乔姆年长十五岁左右。他当过侦察兵，多数时间在警戒线四百五十米开外的地带活动，当上警卫队队长之后也是这样。眼下，他被指派到三百米处守卫，在掩体中活动。然而那神秘的黑暗地带一直吸引着他，于是他一次次找出借口、编造警报，只是为了能够更加接近黑暗，接近秘密。他热爱隧道，了解隧道，了解一千五百米内隧道里所有的分支。这些分支通向哪儿，他全都了然于胸。可一旦进了地铁站，身处农民、工人、商人和管理者的中间，他却浑身不自在，有种类似毫无用武之地的感觉。他受不了耕地种蘑菇的活儿，更别提跪在车站农场遍地的粪便中，抓着这些蘑菇往肥猪的嘴巴里塞。他不会讨价还价，天生厌恶那些奸商。他只能是一名战士，他笃定地认为，这是唯一配得上男人的职业，并且深以为傲。他，安德烈，一辈子都在做一件事，那就是保护弱者，保护那些臭烘烘的农民，唧唧歪歪的商贩，碌碌无为的管理者，以及儿童和女人。他那副轻慢敷衍的模样，十足的自信心，再加上他遇事沉着冷静，总能保护别人，所以总能吸引女人们的目光。女人们向他倾吐爱意，承诺会让他快活。可在他看来，真正的快活，是他走进隧道五十米远，没有女人跟着，转个弯就看不到地铁站灯火的那一刻。这是为什么呢？

滚烫的热茶让安德烈周身温暖起来。他摘下黑色旧贝雷帽，用衣袖拭了拭胡子上的水汽，便急切地向阿尔乔姆打听起苏霍伊此次南部之行带回的消息和传闻。苏霍伊是阿尔乔姆的养父，也就是那个十九年前从季米里亚泽夫站的鼠群里把阿尔乔姆救出来的男人。他不忍将男孩抛弃，于是一直抚养他长大。

"我嘛，或许也听来了点儿什么，不过还是先请你再说说，阿尔乔姆。你是不是有点遗憾？"安德烈问道。他知道男孩很愿意讲这些：阿尔乔姆喜欢自己先饶有兴趣地回味一遍，再把养父告诉他的事儿一股脑儿转述给大家，直把每个人都说得目瞪口呆。

"他们去了什么地方，您大概已经知道了……"阿尔乔姆打开了话匣子。

安德烈笑着说："知道，去了南边。他们这些'竞走运动员'的行动可是高度机密的，特别任务，你懂的！"说完，他冲一个伙计挤了挤眼。

"这里头压根没什么机密，"阿尔乔姆抢着说道，"他们这次行动的目的是侦察环境，收集信息……可靠的信息，因为那些从别处跑到咱们站来嚼舌头的小商贩，全都不能信——他们这些人，可能就是商贩，但也有可能是奸细，专门来造谣滋事的。"

"小商小贩一律不能信，"安德烈嘟囔道，"他们都是些自私的家伙，今天他把你的茶卖给汉萨同盟，明天就能把你整个人卖了，你根本没法判断这些人。说不定，他们就是来咱们这儿收集情报的。老实说，就连咱们自己的商贩，我也不太敢信。"

"怎么，连咱们自己人你都……这是你的不对了，安德烈·阿尔卡季伊奇，咱们的人没问题，我差不多都认识。他们也是人，和其他人一样，爱财，想要比别人过得更好，有自己的追求而已。"阿尔乔姆试图替站里的商贩们辩白。

"你说得对极了，这正是我要说的。他们爱财，想要比别人过得更好。谁知道他们离开车站后都干些什么？你敢保证他们在原先的地铁站里没给人当过眼线？你敢吗？"

"给谁当眼线？咱们的商贩给谁当过眼线？"

"得了吧，阿尔乔姆，你还太嫩，有许多事儿你还不知道。要多听听过来人的话，你才能多活几年，多见点世面。"

"可是他们的工作不能没人做呀！要不是那些小商小贩，我们的枪里连子弹都不会有，只能喝喝茶，装装样子，黑暗族来了就冲他们丢盐粒子。"阿尔乔姆不肯让步。

"行了行了，还真成经济学家了……冷静点儿，还是给咱们讲讲苏霍伊在那边的见闻吧。邻近那几个站都怎么样？阿列克谢站怎么样？里加站呢？"

"阿列克谢站？没什么新鲜事儿，他们也培育出了自己的蘑菇。没什么奇怪的，那儿本来就是农场……对了，据说，"就要说到机密的部分了，阿尔乔姆不由压低了声音，"他们想加入咱们。里加站似乎也不反对。他们南边的隐患越来越大，所有人都在担惊受怕。人人都在悄悄议论某种威胁，人人都感到害怕，可究竟怕的是什么，谁也不知道。要么是怕地铁线那头崛起了某个新帝国，要么就是怕汉萨同盟，他们不是一直想扩张么？要么，就是别的什么。这些农庄，不管是里加站还是阿列克谢站，都开始往咱们这边靠拢。"

"他们究竟想要什么？又能拿出点什么东西？"安德烈来了兴趣。

"他们想跟咱们结盟，共同建立防御系统，两侧的边界同时加固，站与站之间所有隧道都要安装照明，还要组织警察队伍，除主隧道以外的其他隧道和走道一律封堵，开通轨道车接驳，铺设电话线，在所有空地上都种上蘑菇……要有一个总的管理机构，以便在必要时协调各站互帮互助。"

"他们早干什么去了？植物园站跟梅德韦德科沃站的那些鬼东西爬过来的时候，他们干什么去了？黑暗族攻击咱们的时候，他们又在哪儿呢？"安德烈埋怨道。

"安德烈，不要恶意揣测别人！"彼得·安德烈耶维奇插话道，"现在不是还都挺好吗？黑暗族一时半会儿估计是不会进攻了，不是咱们战胜了它们，是它们自己内部出了乱子，所以消停了。说不定它们正在积蓄力量呢。照这么看来，咱们结盟没坏处。再说了，跟邻居结盟的话，他们受益，对咱们也有好处。"

"是啊，自由、平等和友谊属于我们！"安德烈掰弄着手指，讥讽地说。

"您不想听下去了，是吧？"阿尔乔姆气鼓鼓地问。

"不，你继续吧，阿尔乔姆，继续。"安德烈说道，"我和彼得晚些再吵。这可是我们俩的老话题了。"

"那好。据说，咱们的头儿貌似也同意这一点，没有提出原则性的反对意见，剩下的应该就是商量细节了。很快他们就会召开代表大会，然后就是全民公投。"

"得了吧，搞什么全民公投？大家说好，那就好；大家说不好——那就是大家没想清楚。那么就让大家再想一次呗。"安德烈揶揄道。

"对了，阿尔乔姆，里加站后面的那些站怎么样？"彼得·安德烈耶维奇丝毫不理会安德烈的话，接着问道。

"里加站跟谁挨着来着？和平大道站。和平大道站嘛，大家都清楚，这是咱们跟汉萨同盟的分界。萨沙叔叔说，汉萨各站和红线[1]各站依旧和平相处。人们早就把那场战争忘得一干二净了。"阿尔乔姆说道。

"汉萨"是环状线上各站所组成的同盟的别称。这些地铁站各自与其他地铁线路相交会，各站又以隧道相连，这意味着，它们是商人买卖的必经之路，并且几乎从一开始就成为整个地铁网里所有商贩的据点。由此，汉萨各站以惊人的速度积聚起财富，不久，他们意识到自己的财富会让无数人眼红，于是做出了唯一正确的选择：结为同盟。

同盟的正式名称为"环行线地铁站联合体"，不过人们都喜欢叫它"汉萨"。名称的由来是这样的：有一天，不知什么人随口把它和中世纪德国的商业城市组成的汉萨同盟作比较，这个名称是如此恰如其分，读起来也朗朗上口，就被人们采纳了。汉萨同盟起初范围并不算太大，只包含环行线上从基辅站到和平大道站之间的五个地铁站点[2]，它们统称为北部弧线。接着，库尔斯克站、塔甘卡站和十月站也加入进来，其间经历了漫长的谈判——每个站都想为自己多争取些利益。后来帕维列茨站和多勃雷宁站也加入进来。就这样，南部弧线也形成了。此时，连接南北弧线的首要问题也是首要障碍，在于索科利尼基线。

事情的来龙去脉，养父曾对阿尔乔姆提起过。索科利尼基线历来特殊，打开地铁线路图，你第一眼就会注意到它。首先，这条线就像箭一样笔直；其次，它不仅在线路图上是用鲜红色来代表的，地铁站的名字也颇为念旧：红村站、红门站、列宁图书馆站、共青团站，还有列宁山站。也许是因为这些站名，也许是因为别的原因，生活在这条线路上都是些怀念往日辉煌的人，复兴的情绪在这条线上格外浓厚。先是其中的一个地铁站宣布正式回归了过去的信念，以此建立了政权和规则，邻站紧随其后，一

---

1 即莫斯科地铁1号线，也称"索科利尼基线"。
2 分别是基辅站、红普列斯妮娅站、白俄罗斯站、新村庄站以及和平大道站。

个接着一个，直到隧道另一边的人们也被这种革命的乐观情绪所感染，纷纷脱离原来的政权，一路追随而来。那些在世的老兵以及其他拥护者，全都涌进了这些日渐火热的地铁站。

这些站成立了委员会，向整个地铁系统宣传他们的精神和主张。他们组建了数支队伍，队员由专业人士担任，其职责是深入敌方传播理想。总的说来，革命的代价微乎其微，只流了一点点血。究其原因在于，挣扎在贫瘠的索科利尼基线上的人们已经饥肠辘辘，他们渴望重新建立起公平的秩序，并且知道，人人平等是唯一出路。革命之火很快发展为燎原之势。

多亏亚乌扎河上的地铁桥[1]奇迹般地得以保全，索科利尼基线上其他站点和革新广场站之间的交通始终没有中断过。起初地上运行的那一小段只准许全速运行的轨道车在夜间运行。后来，人们以顽强的毅力在桥上搭建起了防护墙和顶棚。

这些地铁站都恢复了早先时期的叫法：卢比扬卡站变成了捷尔任斯基站，猎人商行站改名为马克思大道站。那些名称比较中性化的地铁站则热衷于改成倾向更为明晰的名字，例如，革新广场站——此次革命的源头——更名为革命旗帜站。就这样，"红线"得以真正建立。而它最初被如此称呼，不过是莫斯科人为了在地铁图上容易区分，便给每一条地铁线用颜色标注罢了。

然而，革命未能完成。

完整的红线形成后，便开始向其他线路展开宣传攻势。很多人知道红线是怎么回事，不少人看到了委员会派往整个地铁网络各个角落的宣传队。他们宣讲员和演说家磨破了嘴皮，还承诺要给整个地铁系统通电。然而人们不为所动，只把这些聒噪家伙们抓起来，遣送回了他们的老家。在人们看来，红线根本没有传承真正的共产主义精神，甚至严重歪曲了崇高的理想。与昔日那些真正的革命者不同，他们只是想借着革命的口号扩张

---

[1] 地铁桥连接索科利尼基站和革新广场站。

领地罢了。

幌子一被戳穿，红线高层便恼羞成怒，宣布是时候采取最终行动了。既然这些地铁站不肯接受革命的圣火，那就一把火把他们烧个精光！那些同红线相邻的地铁站，在愈演愈烈的宣传下以及颠覆活动的威胁下，做出了同样的决定。历史经验已经表明，想要对付这些威胁，没有比武力更好的手段了。

战雷乍响。

不认同红线的地铁站结成盟友，在汉萨的带领下全面迎战。此时的汉萨已被红线挖走了半壁江山，渴望着能收复失地。红线完全没料到会遭到有组织的反抗，还高估了自己的实力，他们所期待的轻而易举的胜利，连个影子都没看到。

这场血战旷日持久，作战双方都损失惨重，人口骤减。战争持续了一年零六个月，主要作战形式为阵地战，其间还穿插着必不可少的游击战术和声东击西战术，以及堵隧道、处决俘房、策反等等。它具备了一场真正战争的全部要素：军事行动、围剿和反围剿、英雄主义、统帅、英烈和叛徒。不过，此次战争最大的特点，在于交战双方始终未能显著推进各自的战线。有时一方得了优势，就近占领了某个站，可只要对手一使劲，调配力量前来增援，胜利的天平就又倾斜到了这边。

就这样，战争耗尽了资源，战争夺去了人们的生命，战争叫人筋疲力尽。

幸存下来的人们都厌倦了战争。红线领导层在不知不觉中调整了初衷，变得温和了许多。这场战争最初的主要任务，是在整个地铁系统培植和传播伟大理想，尽管这所谓理想已经与苏联时期真正的信仰毫无关系；如今呢，他们想要的是夺取他们眼中的圣地——革命广场站。其原因第一在于此站的名字；第二，它是整个地铁系统中最靠近红场和克里姆林宫的一站。有许多怀揣理想的勇士坚信，红星依旧在克里姆林宫的塔楼上闪耀，他们很想到上面去看看克里姆林宫的样子。当然了，就在上面，在紧挨克里姆林宫的红场的正中央,就是列宁墓。没人知道列宁是否还躺在里面,然而经历过数十年的积淀后,这里已经有了象征的意味。这里是昔日伟人们阅兵巡视的起点,也是当代领袖们向往的终点。据说,在革命广场站的办公室有数条密道直通列宁墓的秘密暗室,从那儿可以直达列宁的棺椁。

位于红线上的斯维尔德洛夫广场站[1],也就是过去的猎人商行站,是革命广场站的桥头堡。这个地铁站的防御工事是加固过的,便于将子弹和兵力投向革命广场站。

为了解放革命广场站和上面的列宁墓,红线领导层一次又一次对这里发起攻势。此站对红线意义重大,革命广场站的守卫者们深知敌人目标坚定,所以发誓要抵抗到最后一人倒下。革命广场站成了一个无法攻克的堡垒,所有最惨烈的血战都围绕着它展开。无数人在通往它的道路上倒下。战士们冒着枪林弹雨,背着手榴弹以身炸毁敌人的火力点;被禁止对人类使用的喷火器也出现在了战场上……然而一切都是徒劳。他们头一天攻下的地铁站,还来不及加固防御工事,第二天就被转入反攻的盟军逼得连连撤退。

同样的情形也发生在列宁图书馆站[2],只是敌我双方互换了一下角色。那里是红线的防御阵地。盟军不断试图夺下此地,因为列宁图书馆站具有举足轻重的战略意义,只要突破这里,就能把红线一劈为二;除此之外,占领列宁图书馆站,就能开辟出一条直抵其他三条地铁线的通道。像列宁图书馆站这样同时四线相交的地铁站,红线上再也找不出第二个了。在盟军看来,眼下它就像一个已经感染了病毒的淋巴结,会让病毒毫无障碍地吞噬掉整个有机体。为了阻止这种情况发生,必须不惜一切代价夺下列宁图书馆站。

然而,他们最终没能如愿。与此同时,红线占领革命广场的不断尝

---

1 此站是红线上距离革命广场最近的一站。
2 红线上的地铁站点,该站是莫斯科四条地铁线路的交会站点。

试也以失败告终。经久不息的战争让人们疲惫不堪，队伍中出现了逃兵，越来越多的士兵扔掉武器，重叙兄弟情谊……革命之火渐渐熄灭，被鼓动起来的热情消失殆尽。不过盟军也好不到哪里去，人们不愿整日为死亡而担惊受怕，于是拖家带口离开中心地铁站，搬去了更远的地方。汉萨变得岌岌可危，战争沉重打击了他们的商业，商人们另觅他路，过去的黄金商业通道如今变得空空荡荡，再也没有了人烟。

眼看快要失去军人的支持，政客们不得不找个办法，在枪口调转对准自己之前结束这场战争。于是，在绝密的情况下，双方领袖在一个中立车站里见面了：代表红线一方的是总长莫斯科温，代表盟军一方的是环行线地铁站联合体主席洛基诺夫，出席会面的还有阿尔巴特联盟总统特瓦尔特瓦泽，他代表阿尔巴特—波克罗夫卡线[1]从基辅站到多灾多难的革命广场站之间的四个地铁站[2]。

和平协约很快便签署完毕。双方交换了地铁站。红线全权得到了半毁的革命广场站；作为代价，列宁图书馆站则被交给了阿尔巴特联盟。对于双方和每个人而言，能走到这一步着实不易。阿尔巴特联盟失去了一个成员站，还因此失去了对东北方向的掌控。红线则被拦腰截断，由于丢掉了最中间的车站而被一分为二，即便双方在协议中保证地铁将按以往线路自由通行，这种状态还是不能让红线放心……可是盟军的条件也足够诱人，令红线无法抗拒。然而从和平协约中受益最多的，自然要数汉萨。如今他们终于破除了繁荣之路上最后的阻碍，成为一条完整的环线了。双方约定遵守现状，严禁在对方领土上进行煽动和颠覆活动。各方都对结果表示满意。现在，大炮和政客都已经沉默，轮到宣传家们登场向公众阐释，是自己一方凭借卓越的外交才能在这场战争中赢得了实质性胜利。

转眼间，距离这个令人难忘的日子，已经过去了很多年。双方都很

---

1 即莫斯科地铁3号线。
2 另两个地铁站点是斯摩棱斯克站和阿尔巴特站。

好地遵守了协约：汉萨将红线看作重要的合作伙伴，红线也将扩张一事抛到了脑后。莫斯科地铁列宁图书馆站总长莫斯科温辩证地证明了在单条地铁线上建设伟大事业的可能性，并做出历史性决定，大力开展该事业建设。就这样，人们忘记了旧恨。

阿尔乔姆对这段故事的印象太深了，他几乎记住了养父说过的每一个字。

"好在战争已经结束了，"彼得·安德烈耶维奇说道，"那一年半的时间里，想进入环行线就是做梦——到处是封锁，证件能检查一百遍。当时我有一次去那边办事，没别的路，只能穿过汉萨，那就穿过汉萨吧。可才到和平大道站，他们就把我给截下了，差点没把我枪毙。"

"是吗？这事儿你可从没提起过，彼得……是怎么回事儿？"安德烈来了兴趣。

眼看彼得抢走了话头，阿尔乔姆略微有些沮丧，不过这个故事应该很有趣，他并不打算打断。

"这个嘛……原因非常简单，他们把我当成红线的探子了。当时，我刚从隧道里出来，进了和平大道站，我是说咱们线上的那个[1]。可咱们的和平大道站也是汉萨的。吞并，可以这样说吧，吞并了。不过那儿管得没那么严，那里有他们的一个市场，是贸易区。你们知道，汉萨到处都这么搞，把环行线上的地铁站作为他们的家，把辐射线上和这些站相交的其他站当成他们的边防站——海关啦，身份检查啦……"

"这个我们都知道，不用你教……还是说说你在那儿的遭遇吧！"安德烈打断了他的话。

"身份检查。"彼得·安德烈耶维奇重复了一遍，严肃的眉毛拧成一团。随后，他打开了话匣子："辐射线上的这些地铁站就是他们的市场和集市……那里什么人都能去。但要是想穿越边防站，那可就没门了。我进

---

[1] 和平大道站是环行线和6号线的交会点，两站共用一个名字。

了和平大道站,手里拎着半公斤茶叶……我的冲锋枪需要搞些子弹,所以就想着用茶叶换一点。他们那个地方当时正戒严,不让买卖弹药。我问了一个小贩,又问另一个,都说没有,说完就飞快地溜了。只有一个人悄悄对我说:'还要什么子弹啊,白痴……赶紧滚吧,过一会儿估计他们就来抓你了。这是我作为朋友给你的建议。'我向他道过谢,转身蹑手蹑脚朝隧道走。刚走到地铁站出口,一支巡逻队就把我给拦下了。站里响起了警笛声,接着又有一支卫队跑了出来。他们问我要证件,我就给了他们,上面有咱们站盖的戳。他们仔仔细细地看过,又问我:'您的通行证呢?'我吃惊地问他们:'什么通行证?'后来才知道,要想进站,必须有通行证才行。隧道出口那儿有张小桌子,算是他们的办公室,专门负责核查人员身份,必要时发放通行证。这帮官僚,大耗子……"

"我也不知道我当时是怎么从这张桌子前面漏过去的。这些废物当时怎么没把我拦下来?于是我赶紧向巡逻队解释。一个穿迷彩服的短毛儿不住地念叨:'你是溜进来的!要么就是钻进来的!爬进来的!潜伏进来的!'他没完没了地翻看我的证件,瞧着那上面索科尔尼基[1]的印戳——我以前在索科尔尼基生活过一段时间……他盯着这个印戳,盯得眼睛里都要流出血来,那样子就像一头裹了红布的公牛。接着他从肩上摘下冲锋枪,冲我大吼:'把手放到脑袋后面,混蛋!'随后他又展示了一把抓嫌犯的技能。他揪住我的后衣领,像是这样,拖着我穿过整个地铁站,一直走到通道里的检查点,要去找上司。他对我说:'你等着,小子,现在我只要得到上级的许可,马上就能枪毙你这个间谍。'我很害怕,想要证明自己的清白,我说:'我怎么成间谍了?我是个商人!这是我带的茶,从展览馆站来的。'他回答:'小子,我要把这些茶叶塞满你整张嘴,再用手枪压实,看看到底能填多少进去。'我看出来,我的话根本没奏效,要是他的上司冲他点点头,按照战时的法律,他这就能把我拖到二百米开外的

---

[1] 俄罗斯城市,位于图拉州东部。

地方,把我的脸塞进管道里,然后把我打成个筛子。我心想,这回算是完蛋了……还没到检查点,别的士兵就开始给这个蠢货出主意,往哪个部位打比较好。直到我看着他的上司,心里的大石头才猛地落了地——那人竟然是帕什卡·费多托夫,我中学的同班同学,毕业后我们也一直很要好,直到后来失去了联系……"

"他妈的!吓死我了,我还以为你死定了呢。"安德烈"恶狠狠"地插话道。挤坐在这团四百五十米处的篝火四周的人们,爆发出一阵善意的哄笑。

就连彼得·安德烈耶维奇本人,也只不过埋怨地扫了安德烈一眼,然后便忍不住咧开嘴笑了。笑声在隧道里回荡,回荡……回声从隧道深处某个地方传出来,听上去却完全走了调,是一种令人毛骨悚然的呜呜声。众人顿时安静下来。这可疑的声音是从北边的隧道深处传出来的,此刻已经听得无比清晰:那是窸窸窣窣的声响,中间还夹杂着轻盈的脚步声。

安德烈无疑是第一个听清这些动静的人。他顿时收声,抬手让大家安静下来,同时从地上拾起冲锋枪,噌地站了起来;他缓缓地拉开枪栓,把子弹上膛,随即悄无声息地贴到墙上,从篝火旁摸进了隧道深处。阿尔乔姆也站了起来:他好奇地张望着,想知道上一回放走的是个什么家伙。可安德烈转身气急败坏地示意他坐下,阿尔乔姆只得乖乖坐好。

安德烈扛着枪,一路走到火光可及的尽头,他止步卧倒,同时大喊一声:"开灯!"

他的一个手下,手中拿了一个大功率的蓄电池探照灯,这是站里的能工巧匠用旧车灯组装成的。探照灯亮了起来,雪白的光线瞬间撕裂了黑暗。就在这时,一个模糊的轮廓从黑暗里蹿了出来,在众人眼前一闪而过:这个东西不大,也并不怎么可怕。眼看它飞也似的又要蹿回北边去了,阿尔乔姆不禁拼命大喊:"快开枪!它要跑了!"

但是不知什么原因,安德烈并没有开枪。彼得·安德烈耶维奇也站了起来,端着上了膛的冲锋枪,大喊:"安德烈!你还活着吗?"

人们坐回篝火旁，让枪里的子弹退了膛，彼此不安地低语着。这时候，安德烈终于出现在了探照灯下。他抖了抖上衣，笑嘻嘻地说："活着，我还活着呢！"

"有什么好笑的？"彼得·安德烈耶维奇谨慎地盘问道。

"三条腿！还有俩脑袋！变种！是黑暗族爬过来了！来把我们斩尽杀绝！快开枪，不然就跑了！听听，它们的大军要来了，一定是这样。老天爷啊！"安德烈还在笑。

"你为什么不开枪？是，我的人还年轻，他没搞清楚就算了，可你怎么也搞砸了？你可不是小孩子了。你难道不知道波列扎耶夫站发生了什么事儿吗？"待安德烈回到篝火旁，彼得·安德烈耶维奇不高兴地问道。

"你们波列扎耶夫站那事儿，我已经听了不下十遍了。"安德烈不耐烦地说，"可那不过是条狗！狗都谈不上，也就是条狗崽子吧……它这已经是第二次想过来了。咱们这儿有火，又暖和又亮堂，可你们差点儿没把它打死，现在又来质问我为什么对它这么客气！你们可真够无赖的！"

"我怎么知道那是条狗？"阿尔乔姆感到很气愤，"它发出那种怪声……而且，听他们说，一个星期以前，他们见到过一只像猪那么大的老鼠，他们开枪打它，所有子弹都打光了，可它一点事儿也没有。"

"你真是什么鬼话都信！等着，我这就把你的老鼠带来！"安德烈说着，背起冲锋枪就往黑暗里走去。一分钟后，黑暗中传出了他细细的呼哨声，接着，他用温柔的语气说："来啊……来啊，小家伙，别怕！"

只听他在里面自说自话了很久，足有十来分钟吧，又是呼唤又是打呼哨的。直到最后，他的身影重新出现在昏暗的火光中。他走到篝火旁，带着胜利者的微笑敞开了怀，只见一只小狗崽从里面掉了出来。它浑身湿透了，抖个不停，肮脏蓬乱的毛发已经辨不出本来的颜色，一对黑眼睛充满了恐惧，两只小耳朵往后面紧贴着。它一落到地上就想逃，却被安德烈有力的手捉回去，放到了老地方。安德烈摸着它的脑袋安抚它，又脱下衣服裹住了小狗。

"让小家伙暖和暖和,它快要冻僵了。"安德烈说。

"赶紧松手,安德烈,说不定它身上全是跳蚤!"彼得·安德烈耶维奇试图说服他,"也说不定,它身上有寄生虫。总之,用不了多久你就会被感染,到时候再把病毒带回站上去……"

"得了吧,彼得!别再唠里唠叨了。瞧这个小东西!"安德烈掀起盖在小狗身上的衣服一角,把它那可爱的小脸蛋展示给他看。不知是出于恐惧还是寒冷,小狗还在瑟瑟发抖。

"看看它的眼睛,彼得!这对眼睛可不会说谎!"

彼得·安德烈耶维奇用疑虑的眼神审视着小狗。它那对眼睛流露出害怕,但无疑是诚实的。彼得·安德烈耶维奇心软了。

"那好吧,天真的自然爱好者……等一下,我这就给它找点吃的来。"他把手伸进背包里摸索着。

"好好找找吧。说不定它会长成一条有用的狗,像德国牧羊犬那样的。"安德烈说着,把裹在衣服里的小狗朝篝火挪了挪。

众人只默默地听着。这时,安德烈手下一个披散着黑发的瘦削男人打破了沉默。他满脸狐疑地望着在温暖中睡去的小狗,质疑道:"可这狗崽是打哪儿跑来的?咱们那个方向上可没人居住,只有黑暗族。难道黑暗族也养狗?"

"基里尔,你的话确实没错。"安德烈认真地答道,"据我所知,黑暗族从来不养动物。"

"那它们怎么生存?它们吃东西吗?"另一个人低声问道。他用手指甲挠着下巴上新冒出来的胡茬,直挠得如电火花般劈啪作响。

这位大叔身材魁梧,肩膀宽阔,看上去是个老手。他的脑袋剃得光溜溜的,眉毛很浓密,穿着一件手工细腻的长皮衣,这样的衣服在这个时代可是稀有货。

"吃什么?据说,什么玩意儿都吃。它们吃动物尸体,吃老鼠,也吃人。你知道,它们从不挑食……"安德烈满脸憎恶。

"食人族？"光头男人用平静的口吻问道，他似乎曾和黑暗族打过交道。

"食人族……它们压根不是人，是妖怪。鬼知道它们究竟是些什么东西。好在它们没有武器，咱们还能抵挡一阵。彼得！还记得咱们半年前活捉的那只吗？"

"记得。在咱们的笼子里待了两个星期，水也不喝，饭也不碰，就这么死翘翘了。"彼得·安德烈耶维奇答道。

"没问出点儿什么来？"光头男人问。

"咱们的话它一个字都听不懂。我们用俄语和它讲话，它也没反应。总之，从头到尾也没说一句话，跟个哑巴似的。我们打它，它不吱声，叫它吃饭，也不吱声，只偶尔吼两嗓子。死之前它悲号了好一阵，把整个地铁站的人都吵醒了。"

"这条狗是打哪儿跑来的？"披散着头发的基里尔又抛出了这个疑问。

"鬼知道它打哪儿来……说不定是从它们那儿跑出来的，也许它们想吃了它，毕竟那里离这儿不过两公里远。一条狗还跑不了这点儿路？要么就是什么人养的，这个人从大北边过来，走着走着碰上了黑暗族，倒了大霉，而小狗却及时跑掉了。它打哪儿来并不重要。你自己瞧瞧它，哪里像是怪物？像是变种？好了，狗崽就是狗崽，没什么特别的。爱往人这边凑，说明已经习惯亲近人类，不然它干吗要在篝火边溜达两个多小时？"

基里尔不再应声，陷入了对于这场争论的思索。彼得·安德烈耶维奇把水壶装满，问道："还有人要添点茶吗？这是最后一杯喽，咱们马上要换班了。"

"喝茶才是正事！来吧！"安德烈说道。立马有人附和这个提议。

水烧开了。彼得·安德烈耶维奇给想喝的人们一一添茶，同时请求道："你们就不要谈论黑暗族了。上一次我们这么坐着，聊着它们，它们就来了。也有伙计们告诉我，他们也遇上过这种事儿。当然了，这也许是个巧合，我不迷信，可万一不是呢？万一它们有感应呢？咱们马上就要换班了，干吗要拿这些家伙来收尾？"

"是啊……恐怕不值得……"阿尔乔姆附和道。

"好了,孩子,别怕!咱们早晚也得死!"安德烈本想鼓励一下阿尔乔姆,偏偏说出的话却这样底气不足。

一想到黑暗族,安德烈就浑身起鸡皮疙瘩,尽管他努力不表现出来。他什么样的人都不怕,管他是强盗、无政府主义暴徒还是士兵……可这些半死不活的妖怪却让他像吞了苍蝇一样恶心。他并不怕它们,但是一想到它们给人们带来的危险,他就无法冷静。

战士们沉默了,寂静笼罩着篝火旁的人们。在这沉重而压抑的沉默中,只听得见燃烧的木头在火焰中爆裂发出的声响。整张莫斯科地铁网就像是某个未知怪物的巨大肠道,从中不时传出微弱而低沉的杂声,这些声音来自遥远的北方,令人不寒而栗。

第二章

猎人

阿尔乔姆又开始胡思乱想了。

黑暗族……这些受诅咒的非人生物,他巡逻的时候只遇到过一回,当时可把他吓得不轻。那情形实在太吓人了……试想一下:你正负责警戒,坐在篝火边取暖,突然,你听到从隧道深处传来一阵微弱的、有节奏的敲击声,这声音起初很远很轻,紧接着越来越近、越来越响……就在这时,一声可怕的哀嚎,仿佛从地狱传来,敲击着你的耳膜,而且这个声音似乎就近在咫尺……所有人都吓坏了!人们一跃而起,迅速把沙袋和屁股下面的木箱摞在一起,一股脑儿堆起一道屏障,在后面隐蔽起来。队长用尽力气大喊一声:戒备!只见从站里飞奔出一支增援小队,在一百五十米处的位置架好了重机枪。再看这边:人们知道自己就是第一道防线,迅速四散开来,卧倒在沙袋后面,数支冲锋枪齐刷刷瞄准了隧道口。当黑暗族近在咫尺的时候,人们猛地亮起探照灯,于是,怪物那狰狞而可怕的轮廓暴露在人们眼前:它们赤裸的皮肤黑得发亮,有着硕大的眼睛和瘪进去的嘴巴。它们整齐划一地提步向前,走向人们的防线和枪口,走向死亡;但它们却步伐平稳,毫不迟疑地越走越近……三只野兽倒下了,五只,八只……这时领头的野兽突然仰头发出一声嚎叫。

这声嚎叫顿时令众人头皮发麻,恨不能立刻蹦起来,扔下冲锋枪,抛下战友,不管不顾地狂奔而去……人们把探照灯直直对准了这群野兽的脸,想用明晃晃的灯光晃一晃它们的眼睛,可它们既没有眯缝起眼睛,也没有抬起胳膊挡光,就那么用大睁的眼睛盯着探照灯,然后继续整齐划一地向前,向前……就在这时,增援部队终于到了。大部队从一百五十米外飞奔而来,架起重机枪,在一旁卧倒……一切准备就绪,只等一声令下——

"开火!"

刹那间,数支冲锋枪吐出火舌,几架重机枪同时咆哮起来。但这并没有让黑暗族却步,它们的阵脚丝毫未乱,依旧步伐平稳,毫不迟疑,就那么整齐而平静地向前走。在探照灯的映照下,一切清晰可见:子弹将它们黑得发亮的身体撕裂,它们摇晃着,它们倒下了,可它们很快又站起来,挺直身子,继续前行……一只野兽的喉咙被打穿,又发出一声嘶哑而可怕的惨叫。枪林弹雨持续了好一阵子,终于终结了这群非人生物徒劳的顽固之举。所有野兽几乎被打成了碎片,倒在地上一动不动,停止了呼吸(如果它们需要呼吸的话)。战士们又隔着五米远的距离,往这些野兽的脑袋上补了枪,直到确认全部死绝,才将尸体抛进竖井里。一切都过去了。然而刚刚经历的恐怖场面却在人们脑中挥之不去:子弹射入那黑色的躯体,探照灯灼烧着它们大睁的眼睛,可它们还是缓缓地往前走着……

阿尔乔姆猛地回过了神,心想:还是不提它们了,万一它们真能感应呢。

"喂,彼得!收拾东西了!我们这就来!"有人从南边的黑暗中呼唤道,"该换岗了!"

围坐在篝火边的人们活动活动僵直的身子,站起来伸伸懒腰,背起了背包和武器,安德烈抱起了捡来的小狗。彼得·安德烈耶维奇和阿尔乔姆要返回地铁站,安德烈则要和手下回自己三百米处的岗哨去,他们还要继续等待换岗。

下一班执勤的人到了。人们相互握手致意。这边告知没有什么异常情况发生,那边提议好好休息。寒暄过后,前来接班的人就在篝火旁坐下,接着聊他们早些时候开了头的话题。其他人则沿隧道往南边地铁站的方向走去。彼得·安德烈耶维奇和安德烈热火朝天地讨论起来,显然是某个老话题了。先前询问黑暗族吃什么的那个光头壮汉故意走得很慢,等到阿尔乔姆走到跟前,两人开始同步并肩而行。

"怎么,你跟苏霍伊认识?"他压低声音问阿尔乔姆,并不看他的眼睛。

"萨沙叔叔?当然了!他是我的养父。我们住在一起。"阿尔乔姆诚实地回答。

"原来如此……是养父啊。我还不知道有这事儿……"光头嘀咕道。

"您叫什么名字?"阿尔乔姆反问道。他觉得,既然别人问起自己的家人,那么自己也有权利提出类似问题。

"我叫什么?"光头惊讶地说,"你问这干什么?"

"我好告诉萨沙叔叔您打听过他啊……我指苏霍伊。"

"哦,原来是这样……就告诉他,是猎人……猎人问的。我这个打猎的向他问好。"

"猎人?这可不是个名字。难道是您的姓?还是绰号?"阿尔乔姆追问道。

"姓?哈哈……"猎人笑了,"是什么呢?说起来……不,孩子,这不是姓氏。这是,怎么跟你说呢……是职业。你叫什么?"

"阿尔乔姆。"

"很好,咱们就算认识了。咱们应该还会再见面的。很快。你保重吧。"

一百五十米处的岗哨到了。临别的时候,他冲阿尔乔姆眨了眨眼。再往前走了没几步,地铁站那热闹的喧嚣声就钻进了耳朵里。彼得·安德烈耶维奇突然关切地问阿尔乔姆:"听着,阿尔乔姆,那个男人到底是什么来头?你们刚才都聊了些什么?"

"他有点儿奇怪……向我打听萨沙叔叔来着。他们认识吗?您不认识他?"

"不怎么认识,他才来咱们站里没两天,说是来办什么事儿,不过安德烈应该认识他,非要拉他来巡逻。鬼知道为什么非要拉上他……他的脸倒是有些面熟……"

"是啊,这个外表应该不大容易忘。"阿尔乔姆说。

"可不是嘛。我到底在哪儿见过他呢？你知道他的名字吗？"彼得·安德烈耶维奇来了兴趣。

"猎人。他是这么说的，叫猎人。不知道是什么意思。"

"猎人？真是个奇怪的名字……"彼得·安德烈耶维奇皱起了眉头。

已经能看到远处的红光了：和大多数地铁站一样，展览馆站没有正常的照明，二十多年来，人们一直生活在暗红色的应急灯之下。只有在"私人府邸"——帐篷和房间里，才会偶尔亮起旧时的普通灯泡。至于真正的日光灯带来的明亮，只有少数最富有的地铁站才享用得起。这些灯被描述成了传奇，来自被上帝遗忘的偏远小站的人们多年来怀揣梦想，希望有朝一日能够亲眼目睹这个奇迹。

二人走到隧道出口，将随身携带的武器交给守卫。签完名后，彼得·安德烈耶维奇同阿尔乔姆握手道别，同时说道："赶紧去睡吧！我都快站不稳了，你恐怕站着都能睡着吧。好好替我向苏霍伊问个好，让他有空来串门。"

别过队友，阿尔乔姆感到一阵困意排山倒海般袭来。他好不容易走回了家，倒在床上沉沉睡去。

展览馆站总共有二百多人居住，一些人住在地铁站的办公室里，大部分人在月台上扎帐篷住。这些帐篷都是军用的，虽然破旧，但还算是好用。况且地下没有风雨，人们也经常修补，这些帐篷住起来很不错：它保温，不漏光，甚至还隔音呢。难道还有比这更好的居所吗？

在曾经的展览馆站候车厅里，有两道墙体分别将两条铁轨和站台分隔开，墙上则是供人穿行的一道道拱门。人们的帐篷就紧贴着这两道墙的两侧搭建：一侧对着铁轨，一侧对着站台。两侧的帐篷给站台中间留下一条相当宽的过道，让它几乎变成了街道。有些拱门被一些大家庭的大帐篷堵住了，不过人们还是空出了中间和两头的拱门供人出入。站台下面还有一些隔间，不过房顶都不高，住着也不舒服，就被站里的人们用来储存粮食了。

当年的设计者为了方便地铁转弯掉头，让北边的两条隧道在几十米处交会成了一个短小的"人"字。如今这"人"字的一边全部堵死了：这边的隧道恰好延伸到这里堵上；另一条则一直北上，通到植物园站，一直能到终点站梅德韦德科沃站。人们把这条隧道留作紧急情况下的撤退路线，阿尔乔姆就在这个地方执勤。第一条隧道的剩余部分，以及两条隧道的交会区间被开垦成了蘑菇种植园。人们把地上的铁轨全部拆除，拉来污水池的肥料，把地面养得松软肥沃。于是，一排排整齐的白蘑菇冒了出来，到处都是白花花一片。南边的两条隧道也塌了一条，在隧道三百米处和隧道尾端的无人区，人们搭起了鸡舍和猪圈。

阿尔乔姆的家就在那条主道上，他和养父一起住在一顶不大的帐篷里。他的养父是车站要员，负责和其他地铁站的联络工作。因此，再没有第三个人住进这个帐篷，它归父子二人独有，是最高官阶的官员才能享受的待遇。养父隔三差五就消失两三个星期，而且从来不带上阿尔乔姆，他总劝阿尔乔姆说事情实在危险，不想让他也跟着冒险。每次他出差回来，人要么瘦了一圈，要么胡子拉碴，有时还负着伤。回来的头天晚上，他总是要和阿尔乔姆坐在一起，给他讲一些令人难以置信的事情，即便是那些人早就听惯了这个荒诞世界的住客所讲的荒诞故事，仍会对他所讲的故事感到不可思议。

阿尔乔姆当然想去探险。可大摇大摆地在地铁线上闲逛，实在是桩危险的事情。每个独立的地铁站都有警觉多疑的巡逻队，你带着武器他们绝不放行，可要是不带武器进隧道，这等同于找死。所以，自从阿尔乔姆跟着养父从萨维奥洛沃站来到这里以后，他就再没出过远门。有时他会去阿列克谢站执行公务——当然，不是独自前往，而是和队友一起；他们甚至还到过里加站。其实，他还参与过一次探险，尽管他很想与别人分享那段经历，可这注定是个不能说的秘密……

这件事发生在很久以前。当时植物园站还没有出现黑暗族的身影，只是一个黑漆漆的废弃地铁站,并且,展览馆站巡逻队的岗哨当时还设在植物园站以北很远的地方。阿尔乔姆当时也还是个小男孩呢。那一次,他和小伙伴决定去探险。于是,他们带着手电筒和不知从谁家父母那儿偷来的双筒猎枪,趁着巡逻兵换防的空当儿,溜到了封锁线以外。他们沿着植物园站的隧道爬呀,爬呀,感到既害怕又有趣。很明显,这里曾有人住过。在手电筒的照射下,只见随地散落着人类生活过的痕迹:煤炭,烧焦的书本,毁坏了的玩具,撕破了的衣服……老鼠就在四下里穿梭。从北边的隧道里不时传来奇怪的咕噜声。阿尔乔姆已经记不清是哪一个朋友了,可能是叶尼亚吧,因为他是三人当中最活泼、好奇心最旺盛的孩子。叶尼亚提议道:"咱们试试从防护栏钻出去,沿着扶梯到上面去吧,就去瞧瞧那里有什么,是什么样的,怎么样?"

阿尔乔姆立刻提出反对。他的脑海里还闪现着养父不久前讲的那些故事,故事里的人去了上面,看到了种种骇人景象,回到地下以后全都大病一场。伙伴们就劝他,说机会无比难得,没有大人的看管,来到一个真正废弃的地铁站,况且还可以到上面去看看,亲眼看看那个抬头不会看到天花板的世界……他们说完了好话,最后撂下一句,要是他这么胆小,就坐在下面等他们回来好了。想到要一个人待在这废弃的地铁站里,败坏掉自己在两个好伙伴心目中的威信,阿尔乔姆完全不能接受。他咬咬牙答应了。

出人意料的是,拦在站台和电梯间的那道屏障门的控制机关竟然还能正常运转。阿尔乔姆绞尽脑汁,终于在半小时后打开了它。三人忍受着刺耳的摩擦声拉开锈蚀的铁门,一道通往上面的短扶梯便赫然出现在他们眼前。扶梯有几级台阶已经坍塌了,透过手电筒的亮光,能看到下面多年没有运转过的巨大齿轮,它们被锈蚀得厉害,表面长满了一层褐色的东西,轻轻地、隐秘地摆动着……

路途充满艰辛。好几次,他们踩塌了脚下的台阶,伴随着一声脆响,整个台阶就重重地坠了下去,露出一个大洞。他们只好抓着扶梯旁的灯罩子,绕过那个洞。往上走的路并不长,可当初毅然决然的态度,却早随着第一级脆弱的台阶一起崩塌了。为了给自己鼓劲儿，他们把自己想象成了真正的潜行者。

潜行者……

这个词在俄语中是个奇特而生疏的存在，用处却不少。它可以用来称呼那些在穷困的驱使下，溜进废弃军事试验场收集哑弹哑炮、把里面的黄铜拆出来卖钱的人；它也可以用来称呼那些和平年代在下水道里爬来爬去的怪人，这样的人可不少……总之，潜行者有一个共同点：他们往往从事最危险的行业，总会跟未知的、神秘的、邪恶的、不了解的东西打交道……谁知道废弃的军事试验场里会发生什么？在那顶住了成千上万次试爆又被堑壕和地道掏空的、充满放射性的土地里，会不会钻出奇迹般的幼苗？没有人知道，当建筑工人封住井盖、永远离开之后，什么东西会在那阴暗狭仄、臭气熏天的下水道里定居下来？

在地铁系统里，"潜行者"则被用来称呼那些少有的敢于暴露在地面世界的勇士。他们穿好防护衣，戴好深色玻璃制成的防毒面具，一直武装到牙齿，再装备好弹药、设备、备用零件和燃料，然后到地面上去寻找人们生活的必需品。从事这项工作的人很多，不过，能够活着回来的却屈指可数。这些人像金子一样宝贵，比那些过去的地铁工作者还要可贵，因为各种各样的危险都在上面等待着这些挑战者，包括致命的射线以及射线制造出的骇人生物。地面上也有生命，但并非人类通常理解的那种生命。

每一名潜行者都成了活着的传奇，被赋予半人半神的色彩，大人小孩见到他们都激动不已。当孩子们出生在一个没有天空和海洋的世界里，"飞行员"和"水手"这两个词汇已经黯然失色，逐渐被抛到脑后，这时候，孩子们唯一的梦想就是成为"潜行者"。转身离开，身着闪亮的铠甲，迎着无数人崇拜和敬畏的目光，上去，去靠近上帝，和怪物搏斗，重返地下，给人们带来燃料、弹药、光与火，带来活下去的希望。

阿尔乔姆、叶尼亚和爱挑刺的维塔利克三个好朋友也想成为潜行者，所以，为了鼓励自己沿着嘎吱作响的可怕台阶继续往上爬，三人想象自己身穿防护服，腰揣测量仪，还有一挺顶厉害的轻机枪随着身子直往前倾，就像真正的潜行者那样。可他们既没有测量仪，也没有防护服，至于想象中顶厉害的轻机枪，无非是一柄老旧的双管枪，而且极有可能压根就出不来个响儿。

他们不一会儿就爬到了头，发现自己几乎已经到了地面。幸好当时是晚上，否则他们就变成瞎子了。长年的地下生活使得他们的眼睛适应了黑暗、红色的篝火和应急灯，因而受不了地面上的明亮。一旦失明又无人相助，他们就再也找不到回家的路了。

植物园站的前厅已经完全损毁，半个屋顶也塌了。透过露天的屋顶，可以看到被放射性尘埃云净化过的深蓝色夏日夜空，还有点缀在上面的无数繁星。这迷人的星空，让不善想象的孩子恍然大悟：原来头顶上还可以没有天花板！当你抬头仰望，视野中没有了混凝土和纵横交错的电线管道时，你便彻底迷失在这深邃的蓝色深渊中。这感觉太奇妙了！还有那些星星！没见过星河的人很难想象什么叫作无垠。说不定，正是群星璀璨的夜空给予人们灵感，让人们创造出"无垠"这个词——那是数以万计的银钉子，闪烁着耀眼璀璨的星光，镶嵌在蓝色天鹅绒般的苍穹之上……

他们一动不动地站着，三分钟，五分钟，十分钟……谁也说不出一句话。若不是那件事突然发生，恐怕他们会一动不动地站到早上，直到太阳把他们烤化。正当他们痴痴凝望夜空的时候，突然，只听耳边传来一声可怕的嚎叫。听到这个声音，三人回过神来，拔腿就往回跑。他们飞一般跑下扶梯，哪里还顾得上什么破洞，好几次险些跌进洞口，被巨大的齿轮撕碎。他们相互搀扶，连拉带扯，转眼就要回到下面了。

最后那十级台阶，他们是纵身飞滚下去的，双管枪也在路上弄丢了。脚一落地，他们便冲向屏障门的控制机关——该死！生了锈的屏障门竟卡在原地纹丝不动，似乎不想再回到老地方。想到怪兽随时要从上面扑下来，三人吓得半死，又朝地铁站的岗哨狂奔而去。他们明白自己可能闯下大祸了，为恶魔打开了通往地下世界的大门，让整个地铁网络和人类都置于危险之中。他们在奔跑中约定保守这个秘密，谁也不能把这件事告诉大人。跑到岗哨，他们只说去一个隧道捕老鼠来着，丢了枪，就害怕地跑回来了。

事后，阿尔乔姆自然挨了养父一顿胖揍，被军官皮带抽过的屁股疼了好长时间。可他像一名被俘的游击队员那样经受住了考验，没有泄露军事机密。他的两位同伴也都保持沉默，信守诺言。

然而事到如今，每当回想起这段经历，阿尔乔姆就不禁在想：那一次探险，尤其是那道被他们打开的屏障门，会不会就是近些年来哨卡不断遭到怪兽攻击的原因？

一路上，阿尔乔姆又是打招呼，又是到处听新鲜事，他和同伴握过手，吻别过熟识的姑娘，向老一辈讲完了养父的近况，总算回到了家。帐篷里没人。八小时的执勤足以撂倒任何人，招架不住的困意让阿尔乔姆决计不等养父了，他踢掉靴子，脱下外套，把脸埋在枕头里，酣然进入了梦乡。

不一会儿，帐篷的门帘被掀开了，一个高大的男人悄无声息地闪了进来。在暗红的应急灯光下，看不见他的脸，只看到光溜溜的脑袋被照得发亮，似乎预示着不祥之事就要发生。接着一个低沉的声音响起："好啊，咱们又见面了，朋友。看来你养父不在。没关系，我迟早会逮住他，他跑不了。你先跟我走吧，我想跟你谈谈，说说植物园站的屏障门是怎么回事。"

阿尔乔姆浑身发凉，听出说话的人正是早上在岗哨里见过的、那个自称猎人的人。猎人朝他走来，走得很慢，很轻，他的脸还是完全看不见，在灯光下有些诡异。阿尔乔姆想要喊救命，却被他有力的手捂住了嘴巴，这只手冷冰冰的，像死人的手一样。阿尔乔姆终于摸到了手电筒，照亮了男人的脸。眼前这张面孔瞬间让他浑身瘫软，惊骇万分：这张脸，哪怕是一张凶神恶煞的脸也好啊，然而面前却是一张黑乎乎的野兽的脸，上面有两只空洞且没有眼白的巨眼，和一张血盆大口……阿尔乔姆猛地一挣，跳起来就往帐篷外面跑。突然，光全都熄灭了，整个地铁站陷入了黑暗，只有远处还跳动着一簇微弱的火光。阿尔乔姆不假思索地朝那里跑去。野兽在身后紧追不舍，吼着："停下！你跑不了的！"他发出一阵骇人的笑声，笑声渐渐又变成了熟悉的凄厉号叫。阿尔乔姆头也不回地向前狂奔，只听到身后追捕者那对沉重的靴子正有节奏地踏着地面，从容不迫，徐徐而来，似乎认定他已插翅难逃，迟早会被捉住……阿尔乔姆终于跑到了篝火旁，见火边有个人背对他坐着，他忙上前去扯他，希求他的帮忙，可那人突然向后倒地，显然已经死去多时了。不知为何，他的脸上居然蒙了一层白霜。阿尔乔姆猛地认出，这具僵硬的尸体不是别人，正是自己的养父萨沙叔叔……

"嘿，阿尔乔姆！睡得可真香啊！好啦，快起来！你已经足足睡了七个小时……快起来，懒虫！客人马上到了！"就在这时，耳畔响起了苏霍伊的声音。

阿尔乔姆从床上坐起，定定地望着他。

"哦，萨沙叔叔……你……你一切都好吗？"

他把眼睛使劲眨了又眨，终于开口问道。他艰难地压制住自己想要问问苏霍伊是不是活人的念头，好在事实就摆在眼前。

"你自己看呢，我好得很啊。赶紧起来吧，别赖在床上。来，让你认识一个朋友。"苏霍伊说。

这时，门口传来一个熟悉而低沉的声音，阿尔乔姆不由惊出一身冷汗：这个声音又把他拉回刚刚做过的那个逼真的噩梦里。

"原来你们已经认识了？嘿，阿尔乔姆，真有你的！"苏霍伊有些惊讶。

客人终于挤进了帐篷。阿尔乔姆打了个寒战，身体紧紧贴靠着帐篷——来人正是猎人。

噩梦又浮现在阿尔乔姆眼前：空洞的黑眼珠，身后沉重的脚步声，篝火边的尸体……

"是啊，已经认识了。"阿尔乔姆从牙缝里挤出几个字，不情愿地同客人握了握手。

这次，猎人的手温热而干燥。阿尔乔姆慢慢开始相信，那不过是个梦，这个人也不是什么坏人，都是那八小时的执勤让积攒在体内的压力催生出的想象力，幻想出那些恐怖画面。

"阿尔乔姆，帮我们做件事！去烧点水来，咱们好泡茶。你尝过我们的茶了吗？"苏霍伊冲客人挤挤眼，"哦呦呦，那可是香浓的迷魂药！"

"领教过了，"猎人点点头，答道，"好茶。印刷工站[1]也这么做茶，味道却像泔水。你们的茶不一样，完全不一样。"

阿尔乔姆拎着灌满的水壶去公共火堆烧水。在帐篷里生火是严格禁止的行为，有好几个站就是这么烧着的。路上他又想到，印刷工站几乎位于地铁系统的尽头，要想到那里去，没人知道一路上要经过多少岔路，穿越多少通道，闯过多少地铁站——而通过这些地铁站有的要用花言巧语，有的要拼拳头，有的得靠关系……可这个人却只轻描淡写地说了句：印刷工站也这么做……

毫无疑问，这是个有意思的人物，尽管有点吓人。那只手握起来像个老虎钳，要知道阿尔乔姆的手劲也不差，他一直想找个掰手腕的高手比试比试呢。

水开了，他拎着水壶回到帐篷里。猎人已经脱去斗篷，斗篷下是一件高领的黑色紧身绒衣，紧紧裹住他粗壮的脖子和宽厚结实的上身，衣摆披在军裤里，用一条军官皮带紧紧扎住，绒衣外面还穿了件有很多口袋的马甲。腋下的挂肩枪套里装有一把特大号手枪，枪体已经磨得锃亮。阿尔乔姆细细辨认，发现这是把装了长消音器的斯捷奇金自动手枪[2]，枪上还安了个装置，想必是激光瞄准器。阿尔乔姆立刻注意到，只有他这样的怪人才配得上这套装备，因为这套装备很不一般，毫无疑问，不单单是用来自卫的。他明白了"猎人"这个名字的含义。

---

1 位于莫斯科地铁 10 号线（柳布林诺－德米特罗夫线）上。
2 一种 9 毫米自动手枪，由苏联设计师斯捷奇金在 20 世纪 50 年代初研制成功。

"嘿，阿尔乔姆，快给客人上茶！你坐着，猎人，坐着！快说说你最近怎么样！"苏霍伊说，"鬼知道我多久没见过你了！"

"我的事放一放，没什么意思。倒是你们，我听说，你们遇上不少怪事儿。我今天执勤时候听说，有怪物正从北边往这儿爬，是什么东西？"猎人操着自己惯常的像是被肢解了的短句问道。

"是灭顶之灾，猎人，"苏霍伊的语气变得忧郁了，"是我们的灭顶之灾要来了。它会要了我们所有人的命。就是这么一种东西。"

"为什么是灭顶之灾？我听说，你们把它们全部干掉。它们也没有武器，对吧，为什么那么说？它们是什么东西，哪儿来的？我从没在别的地铁站听说过这种东西，从没有。就是说，这种东西别处没有。我想知道，到底是什么东西。我觉得这的确很危险，我只想知道危险的程度，弄清危险的性质，所以我来了。现在你明白了吧？"

"还必须把危险解除，对吧，这位猎手？你还是牛仔的个性……可是危险究竟能不能解除……问题就在这儿，"苏霍伊苦笑道，"难就难在这儿。这一次比你以为的要复杂，复杂得多。这一次可不是电影里走来走去的僵尸，活死人。要是那样就简单了：只需要一把填了银子弹的左轮手枪，"说着，他用手比划出枪的样子，"啪啪两下子，邪恶力量就被消灭了。可它们是别的东西，让人害怕的东西……我很少怕什么，这你知道，猎人。"

"你怕了？"猎人吃惊地问。

"它们的首要武器，就是恐惧。普通人很难承受得住。人们带着冲锋枪、机枪卧倒在地上，这些没有武器的东西朝他们走来。人们看到它们在个头和数量上占有的优势，即使不跑，也快要被吓疯了。悄悄告诉你，有些人已经疯了。可它们的武器还不止恐惧，猎人！"苏霍伊压低了声音，"它们……我都不知道怎么才能给你解释清楚……它们一次比一次强大。不知怎么的，它们能让你的头脑有感应……我觉得它们是有意这么做的。隔得很远你就能感觉到它们，这种感觉越来越强烈，那种不争气的不安会让你腿肚子直哆嗦，你什么都听不见，也什么都看不见，可你已经知道它们就在不远处走着……走着……能听见它们的嚎叫声了，这时候你只想跑。等到它们来到近前了，你跑都跑不了，整个人抖成了筛子！还要过好一会儿，你才能看到它们瞪着一对大眼走进探照灯的灯光里……"

阿尔乔姆打了个寒战。原来，被噩梦折磨的不止他一人。过去他从不和别人聊起这个话题，怕被当成懦夫或傻子。

"到那时，这些混蛋能让所有人精神崩溃！"苏霍伊接着上句说道，"知道么，它们像是在调试你的波段，这样下次出现的时候，它们就能让你更好地接收信号，让你更痛苦？这可不只是恐惧……我再明白不过。"

说完，他陷入了沉默。猎人一动不动地坐在那儿，观察着他的眼神，显然也在思考苏霍伊的话。然后，他呷了一口热茶，缓缓地轻声说道："这是对每个人的威胁，苏霍伊。是对整个受污染的地铁网的威胁，不只是你们站。"

苏霍伊沉默着，像是不肯回答，却又突然打断了他的话："你说整个地铁网？不对，不只地铁网，是我们人类好不容易升级的文明系统，还有人类的发展成果，全要付诸东流！这是物种的竞争，猎人，是物种竞争！那些黑暗族不是妖怪，更不是什么吸血鬼，它们是新人类，是我们进化到下一步的产物，比我们更能适应环境。未来是它们的，猎人！说不定，在这个我们自掘的鬼洞子里，我们这些老一代的智人还能活上二十年，或者五十年呢。那个时候我们人还很多，多到地面上已经装不下了，所以，只有胜者才能在白天待在地下。人们开始变得苍白、虚弱，就像作家威尔斯[1]笔下的摩洛客变种人。记得吗，《时间机器》里就是这么写的：未来它们住在地下，长得也像野兽，也曾是智人……没错，我们人类可以强迫自己乐观，毕竟我们不想现在咽气！我们用我们的粪便饲养蘑菇，猪成了人类新的最好的朋友——不妨这么说——生存伙伴……我们咯吱咯吱地咀嚼

1　赫伯特·乔治·威尔斯（Herbert George Wells，1866—1946），英国著名小说家，新闻记者、政治家、社会学家和历史学家。代表作《时间机器》出版于1895年。

复合维生素片，这是我们那懂得呵护自己的祖先成吨成吨留给我们的。我们羞答答地爬到上面去，就为了能挑拣出一罐汽油、几件破衣裳，足够幸运的话，再加上一把子弹，然后飞快地跑回来，回到这个闷罐儿似的地牢里来，还要四下里偷偷望一望，有没有被什么东西盯上，因为上面已经不再是我们的家园了。世界不再是我们的了，猎人……世界不是我们的了。"

苏霍伊又沉默了，他凝视着茶杯里的蒸汽慢慢升腾到昏暗的空气中。猎人也沉默着。阿尔乔姆突然意识到，他从没有听过养父这么说话。长久以来，养父看起来总是坚信一切都会好起来，他总是饱含鼓励地冲阿尔乔姆眨眨眼，说一句"别怕，这事难不倒咱们！"……是养父的信念土崩瓦解了，还是他这些年来其实一直在表演？

"你怎么不说话，猎人？不说点什么吗……反驳我啊！抛出你的论据啊！你不是个乐天派吗？上回咱俩聊天的时候，你还言之凿凿地说射线水平在下降，总有一天人们能回到上面去。唉，猎人……'太阳升起在林上，可它不是为我而升'……"苏霍伊嘲弄地唱了一句，"我们要咬紧牙关，拼尽全力活下去，否则，哲学家和教徒们说得天花乱坠，可万一什么都没有呢？你不愿相信，不肯相信，可在灵魂深处，你知道是这么回事。猎人，是不是？咱俩都喜欢活着！咱们爬进这臭烘烘的地下，搂着猪崽睡觉，嚼着老鼠过活，可咱们活下来了，不是吗？醒醒吧猎人，没人会为你著书立传，写一部《一个真正的人》的小说，没人歌唱你对生活的渴望，还有你那强烈的自我保护本能……你对蘑菇、复合维生素和猪肉忍受多久了？放弃吧，智人！你不再是大自然的主宰了！你被解雇了！不，你还不会马上咽气，你还要做一番垂死挣扎，趴在你自己的粪堆上……可你这个智人知道，你的日子到头了！你所知道的进化法则已经完成了自己新一轮的造物，你跌下了食物链顶端，不再是造物者的王冠。你成了恐龙，该给新人让位了，给那些更完美的物种让位。可别那么自私，游戏结束了，到点了，该让别人玩了。等你灭绝以后，让未来文明的人去浪费脑细胞，思考智人灭亡的原因吧，尽管有可能压根没人感兴趣……"

就在苏霍伊发表这段独白时，猎人却一直忙着审视自己的手指甲。最后，他抬眼望着苏霍伊，语气凝重地说："上次见你的时候，你还不是这样的。记得你当时和我说，要是我们能保存好文化，要是我们不丧气，而且还能正确地使用俄语，并教会自己的孩子读和写，那就没问题了，也许在地底下也能过下去……说这话的人是你吗？你……现在倒好，缴械投降的智人……你怎么成了这副样子？"

"我只不过想明白了某一点，猎人。我感觉你可能还没弄明白，也有可能永远不会明白：我们就像恐龙，终归会走向灭亡，可能还有十年，可能还有一百年，但终归……"

"抵抗是徒劳的，对吗？"猎人不客气地说，"你不就是想说这个？"

苏霍伊低垂着眼睛，默不作声。看得出来，他一定是下了很大决心才说出这番话的。在阿尔乔姆印象里，他从没向任何人承认过自己的脆弱，尤其是向一位老战友张口，还当着阿尔乔姆的面。对他来说，举白旗是一件痛苦屈辱的事情。

"胡扯！你等着瞧吧！"猎人挺直身子，慢慢说道，"它们也等着瞧好了！你说新物种？进化？不可避免的灭绝？粪便？猪？维生素？这些我还没试过呢。我不怕这个，明白了？我绝不投降。自我保护的本能？你可以这么说。没错，我就是要咬紧牙关活下去，我还在你所谓的进化簿上待着呢，让其他物种等着吧，我可不是等着进屠宰场的牲畜。你举白旗了，长官，那就走进历史堆吧，让那些更完美也更有能耐的家伙替代你吧！要是你觉得没有胜算，那就走你的，去做你的逃兵，我不会审判你。可别想也让我做逃兵，也别吓唬我，别想着把我领进屠宰场。你为什么要讲那些大话？是不是有人陪着你，大家集体投降，你就不这么害臊了？还是敌人给每一个被策反的俘虏许诺了一碗热粥？我的战斗毫无希望？你说我们到了深渊的边缘？去你的深渊吧！要是你觉得你已经身处深渊，那就来个深呼吸然后向前冲吧。但是，我们不是一条道上的人。要是只有选择投降才算得上精致、开化的聪明人，那我拒绝这个光荣称号，我宁愿去做我的野人。而且，我也要像野人那样，没头没脑地拼命活下去，咬断别人的脖子也要活下去。我会活下去的。明白吗？！我会活下去！"

说完，他又坐下，轻声请阿尔乔姆再给他续一杯茶。苏霍伊自己站起来给他添了茶，拎着水壶去烧水了。他全程都阴沉着脸，一言不发。帐篷里只剩下阿尔乔姆和猎人。猎人方才话尾流露出的对危险的蔑视，以及他对于活下去的坚信，点燃了阿尔乔姆心中的火花。他一直犹豫着要不要先开口。不过，倒是猎人先转过身来，打开了话匣子："孩子，你怎么想？说说看，别不好意思……你也想活成个木头人吗？或是恐龙？就那么坐以待毙？你听过那个牛奶里的青蛙的寓言吗？两只青蛙掉进了盛牛奶的罐子里，一只青蛙很理智，马上明白挣扎是徒劳的，得认命，说不定还有来世，何必为一个虚无的希望多费力气呢？于是它蹬蹬腿儿，沉了底儿。另一只青蛙，大概是个无神论者，它拼命挣扎。如果一切都是命中注定，挣扎有什么用呢？可它一直跳，一直跳……到了最后，牛奶被搅和成了凝固的黄油，于是它爬出来了。现在，我们可以悼念一下它那个死于哲学精神和理性思维的同伴了。"

"您是谁？"阿尔乔姆终于鼓足勇气问道。

"我是谁？你已经知道我是谁了。我是猎人。"

"可您为什么叫猎人？您是干什么的？打猎的？"

"该怎么给你解释呢……你知道整个人体系统是怎么运作的吗？它由无数微小的细胞组成，这些细胞有的传导电信号，有的储存信息，有的吸收养分，有的运输氧气……可要是没有免疫细胞，这些细胞，即便是当中最重要的细胞，也存活不过一天，整个人体系统也会完蛋。这些免疫细胞叫作巨噬细胞，它们工作起来就像时钟和节拍器，有条不紊，从容不迫。当病原体入侵身体的时候，它们会找到它，尾随它，不管它藏在哪儿，迟早能把它找出来，然后……"说到这儿，他比划了个拧脖子的动作，嘴巴发出一声惨叫，"解决掉。"

"这和您的职业有什么关系？"阿尔乔姆不松口，为自己的问题能吸引住这个高大勇猛的男人而欢欣鼓舞。

"设想一下,整个地铁网就好比人体系统,由四万个细胞组成的复杂系统。而我就是巨噬细胞,这就是我的职业。任何严重到威胁整个系统安全的情况,都要被解决掉,这就是我的工作。我是个猎人,也是巨噬细胞。"

苏霍伊终于拎着水壶回来了。他往每个杯子里都添了点煮沸的茶汤,显然在外出期间梳理了一下思绪。他问猎人:"你打算怎么解决这次危险的源头,牛仔?扛起猎枪,把所有黑暗族打死?还能有什么别的好点子吗?咱们什么也做不了,猎人,什么也做不了。"

"出路总会有的,苏霍伊。最后的出路,就是把你们北边通往黑暗族老巢的隧道炸掉,炸它个稀巴烂。把那些新物种堵在那头,让它们到上面繁衍去,不要打扰我们这些地下的鼹鼠。这地底下如今可是我们的栖息地。"

"再给你说件趣事,这事儿我们站都没几个人知道呢。我们不是已经炸了南边一条隧道么?原来啊,就在我们头顶上,在我们北边那些隧道的上方,有好几条地下河流过。所以,等到炸北边第二条隧道的时候,差点没把我们淹死。要是炸药再厉害一点,我就要和我的故土展览馆站永别了。所以,要是我们现在想炸掉北边另一条隧道,不只会被淹死,还会被水里的放射性液体冲走。到了那个时候,要遭殃的可就不只是咱们了,整个地铁系统都得完蛋。要是你只顾眼下用这种方式忙着物种战争,那咱们这个物种可就输定了。就跟下棋一样,直接被将死了!"

"密封门呢?难道不能关上那一侧隧道的密封门?"猎人提醒。

"那些密封门十五年前就被这条地铁线上的聪明人拆了,拿去不知给什么站当防御工事了。具体哪个站,恐怕现在早就没人记得了。难道你不知道?怎么样,又被将死了吧!"

"和我说说……近来它们的攻势越来越猛了?"猎人似乎接受了他的观点,继而转向另一个话题。

"越来越猛?这还用说!不久前我们还对它们的存在一无所知,眼下它们就已经成了头号威胁,这简直叫人不可思议。相信我,离它们全歼我们的那一天已经不远了。它们会摧毁我们所有的防御工事、探照灯、重机枪。想要发动所有地铁站来保卫一个没用的地铁站,那是不可能的……我们的茶汤是不错,可谁会为我们的美味茶汤卖命?况且没了我们,有的是能做茶的地铁站,印刷工站可是从来不缺对手。又被将一军!"苏霍伊苦笑道,"没人需要我们。我们很快就没法自保了,我们没法炸掉隧道去堵住它们,也不能到上面去烧光它们的老巢,谁都知道为什么……死路一条。你也一样,猎人,我们都一样!我们很快都要完蛋,你明白我意思吧?"苏霍伊挤出一个勉强的笑容。

"咱们走着瞧,"猎人斩钉截铁地说,"走着瞧吧。"

他们又海阔天空地聊了好一会儿,聊天过程中不时冒出几个阿尔乔姆没听说过的名字,或是一段他没听说过的事情。二人时有争论,阿尔乔姆跟不上,但也听得出这些话题都已被持续争论了数年,因为老友分开而中断,由于重逢而再续,其间恐怕每人还都准备了新的论据。终于,猎人起身说要去睡了,他和阿尔乔姆不一样,从巡逻结束到现在他一直都没休息过。同苏霍伊道过别,走到帐篷口,他突然转身向阿尔乔姆耳语道:"出来一下。"

阿尔乔姆立刻跳起来,随他往外走去,甚至没留意到养父惊讶的眼神。猎人在外面等他,一只手抬着门帘,另一只手系好了长袍的扣子。

"走走?"他提议,说完便自顾自地甩开大步朝前,走向他的客用帐篷。阿尔乔姆犹犹豫豫地跟在后面,猜测着猎人有什么可同他这个毛头小子谈的。他从没办过什么大事,就算对别人有用的小事也没做过。

"你对我这份职业怎么看?"猎人问。

"棒极了……要是没有您……还有,别的跟您一样的人,如果还有别人的话……我们恐怕早就……"阿尔乔姆难为情地低声说道。他感到周身发烫,像是被丢进了火坑,既为自己的笨嘴拙舌而发窘,更为此时此刻被猎人这样的人物关注而激动不已,而且,这个人想和他单独聊聊,甚至要和他出来聊聊,不被人打扰,哪怕养父也不行。他像个小姑娘一样脸红了，说出来的话也含混不清。

"你觉得它有意义？很好，要是你能觉得有意义，"猎人笑了，"那就说明，你没听进那个失败主义者的话。你养父打哆嗦了，但他是条真正的汉子……一直都是。你们这儿有可怕的事儿发生了，阿尔乔姆，事情不能再这么继续下去了。你养父是对的，它们和其他站里的那些东西不一样，不是野人，也不是退化的物种，而是一个新物种，更凶残的物种。这种新生物会让人感到寒冷，带来死亡。在你们站的第二晚，我就已经感受到这里弥漫的恐惧了。你了解它们越多，你研究它们越多，看到它们的次数越多，这种恐惧就更强烈，我是这么认为的。打个比方，你不常见它们吧？"

"只见过一次，我来北边巡逻的时间并不长，"阿尔乔姆承认，"不过说实话，对我来说一次就够了。直到现在我还会做噩梦，其实今天就做了，可距离那一天已经过去这么久了！"

"噩梦？你也在做噩梦？"猎人皱起了眉头，"这可不像是偶然现象……我来这儿的时间还短，只有两个月，要是我天天和你们的人一起去按时巡逻，不出意外，我也会变得没精打采……原来如此！孩子，你养父犯了一个错误：刚才那些话不是他说的，也不是他想出来的，是它们放进他脑袋里的，也是它们借他的嘴巴说出来的。是它们在说，放弃吧，反抗是徒劳的。他成了它们的传声筒，可他自己还不知道……看来，它们真的能调控人的头脑。这帮混蛋，竟然跟我们玩心理战！该死的！告诉我，阿尔乔姆，"他径直喊出了阿尔乔姆的名字，预示着他即将发表一番很重要的谈话，"你有秘密吗？那种你不想告诉站里任何人，却能跟一个局外人分享的秘密？"

"嗯……"阿尔乔姆沉默着，在一个洞察力无比敏锐的人看来，这足以证明他的确藏有一个秘密。

"我是有个秘密。不过咱们得交换。我要是想和什么人分享秘密，就要确信他不会泄密，所以你也要告诉我你的秘密。当然，我可不想听和某个姑娘有关的废话，要来点严肃的，别人谁也听不到的。这样我就告诉你我的秘密。这对我很重要，非常重要。明白吗？"

阿尔乔姆又打起了退堂鼓。对于眼前这个人，他当然好奇，可他害怕让他了解自己的秘密。他不只是个响当当的人物，一个有趣的谈话对象和终生的冒险家，同时也是个冷血杀手。他可以毫不犹豫地消除掉自己职业生涯中的任何障碍，在执行自己的使命时不掺杂一丝个人情感。能信任这样的人吗？阿尔乔姆竭力想弄明白这一点。

"别怕。你不必怕我，我保证绝不伤害你。"猎人朝阿尔乔姆眨眨眼。

他们走到了客用帐篷前，这顶帐篷可供猎人全权使用一晚。二人在外面站定，阿尔乔姆最后想了想，下定了决心。他做了个深呼吸，然后像倒豆子一样，把植物园站的那次冒险经历一口气倒了出来。听完他的故事，猎人好一会儿没说话，细细咀嚼着听到的内容。然后，他用嘶哑的声音说道：

"事实上，按照通常的做法，你和你的朋友都应当被枪毙。不过我已经保证你不会受到伤害。至于你的朋友们，这一条并不适用……"

阿尔乔姆的心收得紧紧的，他感到自己的躯体在恐惧的驱使下变得麻木，两条腿也不听使唤了。他紧张得一个字儿也说不出来，只得安静地等待着宣判的继续，好在他并没有等到。

"鉴于你们当时还小，事情发生时都还没头没脑，事情也已经过去很久了——你们被赦免了。活下去吧，不过——"为了让阿尔乔姆尽快摆脱沮丧，猎人又冲他眨眨眼，眼神里充满了鼓励，"可要吸取教训，你站里的邻居们是不会可怜你的。你这是心甘情愿把一件对付你自己的重量级武器交到了我的手上。现在来听听我的秘密吧。"

阿尔乔姆陷入了对自己口无遮拦、不计后果的懊悔之中，可猎人只管接着说道："我穿过整个地铁网来到这个地铁站，不是没有原因的，我是带着使命来的。危险应当消除，你今天大概不止一次听到我说这话了。应当不计代价地去消除危险，我会这么做，可你养父却怕了，在我看来，他正在慢慢地变成那些鬼玩意儿的工具。他自己越来越不愿意反抗，甚至还想说服我。要是地下水的事儿是真的，炸掉隧道自然不可行。但你的故事让我明白了点什么。要是它们是在你们探险之后才第一次出现在这里，那么它们准是从植物园站过来的。有什么东西应该还在植物园站里慢慢长大，如果那里果真是它们的温床……就是说，它们或许是被困在了离地表很近的地方。只要在上面解决了它们，人们就不必面临地下水泛滥的威胁了。然而，鬼知道你们站七百米处是个什么情形，你们站的统治范围到那里就结束了，而黑暗势力的统治正从那里开始——这才是莫斯科地铁网络里最广泛的统治形式。我要到那里去。这件事不许告诉任何人。就跟苏霍伊说，我盘问了你很多关于你们站的情况，就说这些，别的不用向他解释。要是一切顺利，要是我能回来，我会亲自向该解释的人解释。但还有一种可能——"他注视着阿尔乔姆的眼睛，停顿了一秒钟，"不管有没有爆炸声，要是明早我还没有回来，得有人把我的遭遇告诉我的伙计们，告诉他们北边隧道里有些什么鬼东西。这个站里我所有的老相识，包括你的养父，我今天都见了。我感觉，我几乎能看到，有条怀疑和恐惧的小虫正折磨着所有人的头脑，这些人经常从正常人的频段掉到被它们操控的频段上。我不能指望一个脑袋里有虫的人，我需要一个健康的家伙，一个理智还没有被魔鬼吞噬的家伙。这个人正是你。"

"我？我怎么才能帮得上你？"阿尔乔姆大吃一惊。

"听我说。要是我回不来，你要不惜任何代价——记住，是任何代价——到波利斯[1]去……找一个叫'梅尔尼克'的人，将事情完完整整告诉他。还有，我要给你一个信物，你转交给他，好让他相信你是我派去的。你跟我进来一下。"说着，猎人摘下帐篷上的门锁，掀开门帘，让阿尔乔姆进去。

帐篷被摆在地上的一个硕大的迷彩背包和一个特大号旅行箱填得满满当当。借着手电筒的亮光，阿尔乔姆看到在旅行箱深处有一样醒目的武

---

[1] 波利斯（Полис），意为"城邦"，指文化繁荣的古希腊城邦国家。

器正泛着幽幽的光,似乎是一挺拆卸了的军用轻机枪。阿尔乔姆刚想细瞧,猎人却合上了箱子。匆忙之间,阿尔乔姆还瞥见在枪的一侧有一个暗黑色的金属箱,里面盛满了一排排密密麻麻的机枪弹链。而枪的另一侧,还有一些小个头的绿色防步兵手榴弹。

猎人对这些武器未置一词。他打开背包口袋,从里面掏出一个小小的金属胶囊,是用机关枪弹壳做成的,弹头部分被拧成了螺旋状。

"给,接着。最多等我两天。不要怕,你会在路上遇到帮你的人。一定要照我说的做!你知道,一切全靠你了。不用再给你解释一遍了,是不是?好了,祝我成功吧。你可以走了,小伙子……我该睡一觉了。"

阿尔乔姆好不容易挤出一句道别的话。他握了握猎人有力的手,转身朝家里走去,几乎被自己肩负的重任压得直不起腰来。

第三章

若我一去不返

阿尔乔姆理所当然地以为，到家后躲不过一场刨根问底的审讯，养父绝对会想方设法拷问出他和猎人聊了什么。然而出乎意料的是，养父根本没有用刑具和西班牙靴子[1]迎接他，而是已经平静地打起了鼾——他已经超过一天一夜没合眼了。

按站里规定，头天夜里巡逻，白天休息，眼下阿尔乔姆又该去茶叶厂值夜班了。

数十年的地下生活，活在黑暗里，活在暗红的灯光下，让人们对于白天黑夜的概念已经变得愈发模糊。夜晚的时候，地铁站的照明会暗一些，就像是地铁列车远去时的灯光，好让人们入睡。但也只会暗一些而已，除了某些紧急情况，这些灯光从来没有熄灭过。尽管已被黑暗生活打磨了多年，可人类的视觉还是没法跟那些栖息在隧道和废弃通道里的生物相提并论。在地下世界区分白天和黑夜，更多是为了维持一种习惯，而非需要。所谓"夜晚"，意思是选出一个大多数站内居民感觉合适的时间，大家同时睡觉，牲畜也让它休息，调暗照明，禁止喧哗。站台南北两条隧道入口的上方各有一只挂钟，让站内居民可以知道确切时间。两只挂钟属于地铁站的重要战略物资，其重要性不亚于武器库、滤水器和发电机。人

---

[1] 中世纪西班牙的宗教裁判官在拷问异教徒时，常用一种筒状刑具夹住犯人的腿和脚，使犯人因难以忍受疼痛而招供。

们对这些重要设施永远呵护备至，发现一个小故障也会立刻修复。任何有可能造成它们损坏的行为，不论是恶劣的破坏性行为，还是小小的恶作剧尝试，当事人都会受到最严厉的惩处，甚至被驱逐出站。

这里有自己一套严格的刑法法典，它是站内管理部门以陪审团的形式审判犯人的依据。这套法典本是为特别时期而临时设的，考虑到这个特别时期的常态化，如今它似乎要永久地发挥作用了。根据法典，各类破坏战略物资的行为将受到最高规格惩罚。在站台特定区域（该区域被称为公共"厨房"，设在站台边缘通向地铁站新出口的数条楼梯旁）以外吸烟和生火，以及在地铁站内不慎使用火器和爆炸物，当事人都会被没收财产，即刻驱逐出站。

这些措施之所以如此严苛，是因为有数个地铁站被烧毁的先例。火焰很快蔓延过一顶又一顶帐篷，将所有人吞噬。他们还没搞清楚发生了什么，就发出了疯狂而痛苦的惨叫。直到灾难过去很久，这声音依然在邻站居民的耳旁回荡着。一具具烧焦的尸体已经跟熔化的塑料和帆布黏在一起，无法想象的热浪定格了他们龇牙咧嘴的惨状，在手电筒的光照下，途经此地的小商贩和偶尔踏进这片地狱的旅行者无不心惊胆战。

为了避免悲剧重演，大多数地铁站都将不慎引发的纵火行为视为严重的刑事犯罪，同样严重的还有盗窃罪、蓄意破坏罪和玩忽职守罪。不过站内总共只住了二百多人，大部分时间人们都处在彼此眼皮子底下，这些犯罪，或者说所有犯罪行为都鲜有发生。如果发生，也主要是外来人所为。

在地铁站里，劳动是每个人的强制义务。不论老幼，都必须完成自己每天的定额任务。养猪场、蘑菇种植园、茶叶厂、肉类加工场、消防和工程服务、武器制造车间——每名居民都在其中一处或两处地方工作。除此以外，男人们还要隔天在某条隧道里执勤巡逻，冲突期间或是地铁深处出现新险情的时候，执勤力度还会加倍增强，每条道路上都有战备部队随时待命。

能像展览馆站这样组织周全的地铁站寥寥无几。良好的声誉让很多人想要投奔此地，不过地铁站并不领情，很少有外来人能成为这里的常住居民。

还有几个小时才去茶叶厂值夜班，眼下阿尔乔姆无事可做，便溜达着去找叶尼亚——他最好的朋友，也就是那次胆大包天的地面冒险的同伙之一。叶尼亚跟阿尔乔姆同岁，不同于阿尔乔姆，他是和自己真正的家人生活在一起：父亲，母亲，还有妹妹。这种全家幸存的家庭实属罕见，阿尔乔姆一直默默羡慕着自己的朋友。他当然很爱自己的养父，直到现在依然尊重他，哪怕他的头脑已经被控制。可他很清楚，苏霍伊不是自己的生父，连一点血缘关系都没有，所以他从来不喊他爸爸。

至于苏霍伊，起初是他自己要阿尔乔姆喊他"萨沙叔叔"，后来才觉得后悔。很多年过去了，他这匹老去的隧道之狼还是没能组建自己的家庭，甚至连个等待他远征归来的女人都没有。每当看到带着幼子的母亲，他的心就生疼。他梦想着有那么一天，自己再也不用踏上征途，离开舒适的地铁站，在黑暗中摸索好几天，好几个星期，甚至是永远。等到那个时候，他希望能找到一个肯嫁给自己的女人，生许多孩子。当孩子们开始咿呀学语的时候，不是管他叫"萨沙叔叔"，而是"父亲"。年老和衰颓越逼越近，时间已经所剩无几，大概是时候尽快结束这一切了，可他却无法脱身。任务一桩接着一桩，他迟迟找不到能为自己分担或者能够托付关系网和职业技巧的人，好让自己能在站里谋个清闲差事。对于这份安稳的差事，他已经花了相当长时间去考虑，甚至知道，得益于自己的威望、辉煌的履历和与管理层的良好关系，他可以谋个管理岗位。可到目前为止，没人有能力取代他，哪怕是潜在的也没有。他只得每天都沉浸在自己对于幸福明天的向往中，将自己最后的归期一拖再拖，然后在无数地铁站的花岗岩地面或是远方隧道的混凝土管壁上，洒下自己的热血。

阿尔乔姆明白，尽管苏霍伊把近乎生父一般的爱给了自己，却从没想过让自己做他事业的接班人。养父总觉得他笨头笨脑，不可托付。他从不带阿尔乔姆远征，尽管阿尔乔姆已经长大成人，再也不能用"还小""会被僵尸拖走""会被老鼠吃掉"诸如此类的托词打发了。他甚至想不到，正是自己的不信任，让阿尔乔姆屡屡惹下惊险无比的事端，事后还要挨他一顿打。他这么做，大概是不想让阿尔乔姆像他那样陷入生活里那种无法想象的危险境地，在地铁网中度过漫漫人生，而是去过苏霍伊所向往的生活：一辈子安安稳稳、平平安安的，工作，养孩子，不必白白耽误自己的青春。他为阿尔乔姆期许下这样的生活，却忘了自己还不曾追求过这样的生活。他经历了水与火的洗礼，从各种各样的险境中得以逃脱，并且乐在其中。经年积累下的智慧如今不值一提，想起的唯有岁月已逝，疲倦不堪。然而在阿尔乔姆体内却涌动着一股力量。他的生活才刚刚展开，却眼看就要像一株植物那样活下去，把干蘑菇碾成粉，给孩子换尿布，永远不敢走到地铁站五百米开外的地方去，这种枯燥的人生他完全无法忍受。想要从地铁站溜走的念头一天天在滋长，因为他越来越清晰地看到了养父为他准备的生活，那就是茶叶厂的工人以及许多孩子的父亲，而这些是阿尔乔姆在这世上最不喜欢的事情。他渴望的，恰恰是冒险，像蒲公英的种子那样被卷走，在隧道里穿行，去体验未知，去邂逅自己的命运。或许，猎人正是猜到了这一点，才把那个风险巨大的重任交给了他。猎人识人的眼光很是毒辣，一个小时的谈话就让他明白，他可以信赖阿尔乔姆。假如自己真的在植物园站遭遇不测，那么即便阿尔乔姆走不到终点，也起码不会留在地铁站里，把任务抛到脑后。

猎人没看错人。

幸好，叶尼亚在家。现在，阿尔乔姆可以喝着浓茶，和好友胡吹海侃，聊聊未来，消磨掉这临行前最后一晚的时光了。

"太好了！"见到阿尔乔姆，好友喜出望外，"今晚你也要去上工？我也得去。真够烦的，我本求领导换换班呢。既然咱俩一起，那就这样吧，我忍了。你昨天夜里值班了是吗？去巡逻了吗？快说说！我听说，你们那里有突发情况……到底怎么一回事？"

阿尔乔姆意味深长地扫了叶尼亚的妹妹好几眼。此刻她正兴致盎然地等着下文，给布娃娃喂饭的手也停在了半空。布娃娃是妈妈用破布给她缝的，里面填了干蘑菇的碎屑。她在帐篷的角落里屏住呼吸，用圆圆的眼睛望着他们。

"听着，小家伙！"叶尼亚明白了阿尔乔姆的意思，严厉地说道，"你，现在收拾好东西，去隔壁玩。卡嘉不是邀你去做客吗？要和邻居好好相处。好了，快把你的小洋娃娃抱好，然后往前走！"

小姑娘不满地哼了一声，一脸不情愿地开始收拾东西，还训斥了布娃娃几句。挨了训的布娃娃用快要磨破的眼睛呆呆地望着天花板。

"你以为你们的事有多重要！我全都知道！你们要说毒蘑菇！"她鄙夷地丢下一句就要走。

"那么你，连卡，还是少议论毒蘑菇为好。你嘴巴上的牛奶还没干呢！"阿尔乔姆反击道。

"什么牛奶？"小姑娘摸着嘴巴，困惑地问道。

然而没人解释，问题就这么在空气中蒸发了。

小姑娘刚走，叶尼亚就从里面反锁了帐篷，问道："究竟是怎么一回事？快说出来！我听到了好些说法。有人说，有只巨大的老鼠从隧道里跑了出来，也有人说，你们吓跑了一个黑暗族的奸细，还把它打伤了。该信谁的？"

"谁的也别信！"阿尔乔姆提出了忠告，"全都在说瞎话。是条狗，小奶狗。安德烈捡的，就是那个海军陆战队队员。据他说，这条狗能长成德国牧羊犬。"阿尔乔姆笑了。

"是吗？可我就是从安德烈那里听来的，他说是只老鼠！"叶尼亚困惑地说，"难不成他是故意撒谎？"

"你不知道？他最喜欢说俏皮话了，'猪一样大的老鼠'什么的。你懂的，他是个幽默大师。"阿尔乔姆回答，"你这里有什么新鲜事？从那些男孩那里听到什么没有？"

叶尼亚的朋友们是些小商贩，他们把茶叶和猪肉送到和平大道站的集市上,再拉回复合维生素、破布匹、各式杂货,有时候甚至还能弄到一些沾了油渍、通常还有缺页的书。这些书在路上漂泊了很久才汇集到和平大道站,它们经历了半个地铁网的旅行,从一个旅行箱辗转到另一个旅行箱,从一个口袋辗转到另一个口袋,由无数商贩的手传递,最终才来到主人身边。

让整个展览馆站为之自豪的是,尽管远离地下世界的中心和贸易主干道,但这里的居民不仅在日益恶化的条件下活了下来,还保存了——即便只是在地铁站的势力范围内——被整个地铁网迅速忘却的人类文化。地铁站管理层尽可能地对这个问题予以关注,对孩子们进行义务教育,地铁站甚至有自己的小小图书馆,市面上能买到的书几乎都在这里。可惜的是,商贩们不懂得挑选书,收来的书里有相当一部分是笔法拙劣的低俗小说。不过站里的居民依然很爱惜这些书,即便是最没有营养的书,也从没有人撕去一页。作为那个消逝无踪的美妙世界最后的馈赠,人们把书当成圣物,成年人在阅读中回味着被勾起的每一秒回忆,再把对书的热爱传递给自己的孩子。孩子们没有可回忆的,他们对过去的世界一无所知、毫无体验,他们体验到的,只有阴森狭窄的隧道、长廊、通道的无尽缠绕。只有在少数几个地铁站里,印刷文字还被这样崇拜热爱着。展览馆站的居民自豪地将他们站视为最后的文化堡垒,卡卢加—里加线上的北方文明阵地。

阿尔乔姆和叶尼亚也爱看书。每次朋友们从集市上回来,叶尼亚都在等候他们,头一个打听有没有带回新鲜东西。所以,叶尼亚总能率先挑到书,其余的才给图书馆。至于阿尔乔姆,养父远征归来时总会给他带书。他们的帐篷里有个像模像样的"读书角",上面摆着好些因岁月久远而泛黄的书,有的微微发霉,有的被老鼠啃咬了几口,有的还留有褐色血渍。展览馆站里不会再有其他人享有这些书,或许在整个地铁网里也是绝版:马尔克斯、卡夫卡、博尔赫斯、维昂,还有几卷俄罗斯经典文学作品。

"伙计们这次什么也没带回来,"叶尼亚说道,"莱哈说,有个男人向他打了包票,一个月后会从波利斯弄到一批书,到时会留两本。"

"我问的不是书！"阿尔乔姆有点不耐烦，"听到些什么消息没有？形势怎么样？"

"形势？应该没什么。当然了，各种流言满天飞，就跟往常一样。你也知道，商贩们离不开流言和故事，你要是不把这些喂给他们，他们就活不下去。不过这些故事可不可信，就是另外一个问题了。眼下总的说来很平静，当然了，这是跟汉萨和红线打仗那会儿比……对了！"他突然想起了什么，"和平大道站现在不让卖大麻了。如今要是在哪个小贩身上搜出大麻，就会全部没收，把人撵出地铁站，并且给他留下案底。要是下次再被抓住，莱哈说，会几年内都不准他进入汉萨的地盘，汉萨所有地铁站都不让进！对一个商贩来说，这和死刑也差不多了。"

"得了吧！说禁止就禁止？他们想什么呢？"

"据说，他们认定这是迷魂药，吃了就能产生幻觉。要是长时间吃的话，会让大脑慢慢死亡，总之是为了保护人们的健康吧。"

"他们应该先保护好自己的健康！怎么突然关心起咱们的健康了？"

"你猜怎么着？"叶尼亚压低了声音，"莱哈说，他们说损害健康，其实是放了个烟雾弹。"

"烟雾弹？"阿尔乔姆吃惊地问。

"就是假消息。听我说：有一回，莱哈沿着咱们线一路走到和平大道那头去了，他是去苏哈列夫站，办什么不能明说的事儿，他也没透露是什么事。在那里，他遇见了一个有意思的大叔，一位魔法师。"

"谁？！"阿尔乔姆忍不住笑出了声，"魔法师？在苏哈列夫站？你的莱哈没给吓跑？后来呢？魔法师是送了他一把魔杖，还是送了他一朵魔力七彩小花花？"

"你这个蠢货，"叶尼亚愤愤地说，"你当自己懂得比谁都多？你，你没见过魔法师，没听过他们的声音，并不代表他们不存在。我问你，你相信从费列夫卡来的变种人的事吗？"

"这还用相信？他们存在，这是明摆着的事实。这事儿养父告诉过我。不过我还从没听说过魔法师的事儿。"

"虽然我很尊敬苏霍伊,但是恐怕他也不能知晓这世上所有的事,又或许他只是不想跟你废话。总之,你要是不想听就算了。"

"那好吧,我的叶尼亚,说说吧,我还是挺感兴趣的,虽然你的话的确有点儿那个……"阿尔乔姆笑了。

"事情是这样的。他们两个人生起火堆,打算在火边过夜。你知道,没人一直住在苏哈列夫站。和他们一起过夜的,有一些来自其他站的商贩,因为汉萨的管理者不许他们夜里在和平大道站逗留。各类流氓地痞也在那儿晃荡,还有各种骗子、小偷……这些人一直缠着那些商贩不放。不少徒步旅行者也做短暂停留,然后接着往南边走。这时,苏哈列夫站外的几条隧道中响起了某种呓语声,可是那里没有活物,没有老鼠,也没有变种人,然而试图穿越隧道的人们却接连不断地失踪了——彻底失踪,一丝痕迹也没留下。苏哈列夫站以南的下一站是屠格涅夫站,这一站紧挨着红线,有换乘通道能走到红线的清塘站——不过,它现在重又改叫基洛夫站了,据说是以一名苏联党员的名字命名的……清塘站的居民都怕住得离这个站太近,于是,他们封死了换乘通道。屠格涅夫站如今也空着,废弃了。因此,连接苏哈列夫站和最近人类定居点的那条隧道就变得格外长,人们正是在这条隧道里消失的。要是人们单个儿地往里走,几乎没人走得出来;要是凑成一支超过十人的队伍,却能安全通过。据他们说,隧道普普通通,没什么特别的,干净,安静,空旷,里头也没有隧道分支,要说失踪都没地方可去……没有鬼魂,没有怪声,也看不到怪兽……到了第二天,就能听到有人夸耀:那里有多么安静,多么安适,自己是怎么唾弃了迷信,只身穿过隧道……而周围的人都像奶牛似的舔着舌头。结果还是进去一个,消失一个。"

"你刚才说的是魔法师的事儿。"阿尔乔姆轻声提醒他。

"马上就说到魔法师了,别急。"叶尼亚答复道,"于是,人人都怕独自穿过这条南下的隧道。到了苏哈列夫站,他们就要给自己找一帮队友,好能一起顺利通关。没有集市的时候，人就少，有时不得不坐在那里接连等上好几天，甚至好几个星期，直到人数凑够才出发，因为人越多越有希望。莱哈说，那里有时候能碰到非常有意思的人，当然了，下三滥也不少，得会分辨。赶上走运的时候，你就能听个尽兴了……总之，莱哈就是在那里遇到那个魔法师，他可不是你想的那种，某个从神灯里蹦出来的秃顶霍塔贝奇[1]。"

"霍塔贝奇是妖精，不是魔法师。"阿尔乔姆一本正经地纠正道，可叶尼亚忽略了他的指正，接着说道："这个男人一直从事神秘学的研究，花了半辈子研究各类神秘事件的文献。他给莱哈讲了很多关于什么卡斯塔尼达的事情……反正，这个男人能读别人的想法，也能看见未来，找到失物，预知危险。他说自己还能看到鬼魂。你想象一下，他竟然——"

叶尼亚卖关子地停顿了一下："可以不带武器在地铁网里溜达！什么武器也不带，只有一把随身的折叠刀，用来切割食物，和一根塑料手杖。他说，那些制作大麻的人，还有那些吸食大麻的人，全都是疯子。因为这压根不是我们想象的那样，这压根不是什么大麻，而那些蘑菇也压根就不是什么蘑菇。这种蘑菇从来没有在中间地带生长过。对了，有一回我看到过一本旅行手册，里面只字未提这种蘑菇，就连长得和它相似的也没有……那些吃蘑菇的人以为自己吃进去的不过是致幻剂，能让眼前出现幻觉，其实他们错了，魔法师是这么说的，只要换一种方式烹制这些蘑菇，吃了它们，你就会掉进这些蘑菇虚幻出的世界，在蘑菇的药效下，就能操控你在现实世界的行为。"

"我看真正嗑了药的，该是你这位魔法师吧！"阿尔乔姆用肯定的口气说道，"咱们这儿为了缓解压力抽大麻的人不在少数，你也知道，可还从来没有人到过你说的这种程度。这个家伙绝对是在散播谣言，他装不了

---

[1] 出自拉扎尔·拉金1938年发表的儿童故事《怪老头霍塔贝奇》。故事描写少年沃利卡下河游泳，捞出一只古瓶，救下瓶中的霍塔贝奇——哈塔卜之子，并与之一同展开一段奇遇。

太久的。听着,萨沙叔叔给我说过这么一件事儿……在某个地铁站,我记不得是哪个站了,他曾经碰到过一个怪老头。老头一见到他就打开了话匣子,说自己有很厉害的超感能力,眼下正领导一场持久战役,敌人是那些同样具有超感能力的坏人和异族。他说敌人快把他打败了,自己有可能撑不过今天,因为他已经在战斗中耗尽了全力。类似苏哈列夫站,这个地铁站也是个小站,人们也都凑在远离隧道的站台中央位置,围在篝火旁,休整一晚好第二天接着赶路。他正说着的时候,有三个人从养父和老头身边经过。看到他们,老头惊恐地说:瞧见没,中间那人就是那些邪恶超感人的一个头目,他是黑暗的信徒。旁边的两个都是异族,是他的帮手,他们的首领住在地铁最深处,叫什么名字来着,养父跟我提过……是个以形容词结尾的名字。他又说,他们不想靠近我,是因为你和我在一起,他们不想让普通人知道我们的战争。他们正用超能力攻击我,可我抵挡住了,我还能斗上一番!这会儿你觉得好笑,可当时养父并不觉得怎么好笑。设想一下,在地铁网某个被上帝遗忘的角落里,鬼知道会发生什么……尽管听起来的确像是胡话,但就是这样的。萨沙叔叔当时反复告诫自己,这不过是个脑袋不正常的家伙,但他那时候却分明感觉到,被两个异族护在中间的那人,似乎正在不怀好意地盯着自己,眼睛好像还在发光……"

"简直是胡扯。"叶尼亚质疑道。

"扯是挺扯的,可你也清楚,要想活着走到远方那些地铁站,就得做好面对各种离奇状况的准备。老头还对他说,自己很快就要同敌人展开最后的决战了。要是他输了——他的力量已经越来越微弱了——那么一切都要完蛋。他说,从前正义的超能者很多,两个阵营势均力敌,后来邪恶占了上风,老头就是最后几位抵抗者中的一员,又或者,他是最后一个了。要是他死了,邪恶势力就会获胜,那可就完蛋了,大事不妙!"

"依我看,到时候咱们这里也要大事不妙。"叶尼亚说。

"不过呢,事情还有转机,希望也还是有的,"阿尔乔姆说道,"于是,老头末了对他说:'孩子!给我些吃的,我已经筋疲力尽了,而最后的战役就要打响……战局将决定咱们共同的命运,你也一样!'听明白了吗?老头就是想讨些吃的。我想,你的魔法师也是一个套路。"

"不是的,你这个彻头彻尾的傻子!你还没听到故事的结尾呢……谁告诉你,这个老头是骗子了?对了,他叫什么?你养父跟你说了吗?"

"说了,但我记不清了,是个挺好笑的名字……什么'人'的。要么'男人',要么'怪人'……这些浪迹天涯的人都这样,找一个傻乎乎的代号代替本名。你的那位魔法师呢?叫什么?"

"他跟莱哈说,目前他叫卡洛斯,为了保持一致。我也不明白他的'保持一致'是什么意思,可他就是这么解释的。结尾才精彩呢,你应该好好听听。就在他们的谈话快要结束的时候,他告诉莱哈,第二天最好不要进北边的隧道——而莱哈正打算第二天返回。莱哈听了他的话,没有进去。万幸啊!就在那一天,在苏哈列夫站和和平大道站之间的那条隧道里,一群暴徒伏击了商队,这条隧道可是公认安全的啊。一半商贩都死了,其余人险些逃不出去。故事讲完了!"

阿尔乔姆陷入了沉思。

"按说,世界的本来面目无人可知,一切皆有可能。这样的事儿过去也发生过,是养父告诉我的。他还说,在那些很远很远的地铁站里,人们变野了,退化到了原始状态,忘记了人类是具有理性思维的生物。于是那里出现了一些怪东西,是咱们用逻辑完全解释不了的。他也没法确认那些东西是什么。其实,这件事他也不是给我说的,我不过是偶然听到了。"

"哈!我不是告诉你了么,有时候这些人说的话普通人根本不会相信。上次莱哈还给我讲了个有意思的事情……你想听吗?这种事儿恐怕你从养父那儿也听不来,是集市上一个来自谢尔普霍夫线的小贩告诉莱哈的……你相信有鬼吗?"

"这……其实每次和你聊完天,我都要问自己这个问题:该不该相信有鬼?等到过了一段时间,或是和普通人聊聊天,这种想法就没了。"阿尔乔姆带着僵硬的笑容回答道。

"你认真的？"

"是啊，我当然也读到过一些东西，萨沙叔叔也讲过一点。不过说实话，我不是很信这些。总的说来，叶尼亚，我不太理解你。由于那些黑暗族，咱们站久久地困在噩梦里，这种情况恐怕没有第二个地铁站有了。兴许在那些中心站的某处，你和我的生活也正被当成恐怖故事讲给孩子们，他们一边听还一边问彼此：你相信故事里的这些黑暗族真的存在吗？可这些对你来说还不够，你还总想着再找点儿什么吓唬吓唬自己，不是吗？"

"难道除了那些看得见、摸得着的，就没有什么能提起你的兴趣了？难道你真的以为，世界仅限于你看到的、听到的？就拿鼹鼠来说吧，它一出生就是瞎的，但这不意味着它看不到的东西就真的不存在，你也一样……"

"好吧，你想讲的是什么故事？那个来自谢尔普霍夫线的小贩？"

"小贩？嗯……有一次，莱哈在集市上认识了这个家伙。他其实不完全来自谢尔普霍夫线，他是环线上的，是汉萨的人，不过住在多勃雷宁站，那里能直接通到谢尔普霍夫站。在这条线上，不知你养父是否提起过，环线以外的站都已经没人居住了。也就是说，自图拉站才开始有人烟。据我所知，图拉站有汉萨的巡逻队，因为他们要自保：空无一人的未知地铁线上，你永远无法预料会有什么东西爬出来，因此他们给自己设置了一个缓冲区域。图拉站后面就没人去了。据说，那里什么都没发现过，每个地铁站都空了，设施也毁了，根本无法生存。就连野生生命都没有：没有野兽，没有虫子，哪怕老鼠也没看见一只。空空如也。但这个小贩有一个熟人，是个浪荡儿，也不知为了找什么，跑去了那里。后来他告诉小贩，谢尔普霍夫线上没那么简单，那里的空旷不是没有原因的。他说那里有无法想象的可怕东西。怪不得连汉萨都不敢把那里变成自己的领地，哪怕是用作种植园或是猪圈呢。"

叶尼亚说到这里先打住了。他见阿尔乔姆正张着嘴听得入迷，把先前的冷嘲热讽也抛到了脑后，不由暗自欣喜，便调整了一个更加舒适的坐姿，说道："恐怕你对这些胡说八道并不感兴趣，都是些无稽之谈。来点茶怎么样？"

"你的茶先放一放！还是先说说，究竟为什么汉萨不把那一片开辟成自己的领地？的确很奇怪，养父说过，他们最近很头疼人口过剩的问题，他们的地方已经不够所有人住的了，到处人挤人。为什么要放掉这个机会，不多给自己找块地方？这可不像他们的作风！"

"啊哈，还是感兴趣了？好吧，我们继续。话说，这位旅行家走出相当远。他说，一路上走啊走啊，连个鬼影都没有。没有人，没有东西，跟苏哈列夫站的隧道一个样，想象一下吧，连老鼠都没有！你唯一能听到的就只有水声。一座座废弃的地铁站沉睡在黑暗中，仿佛从未有人居住过，散发出一股危险的气息，叫人觉得压抑……他不由加快了脚步，不到半天工夫就走过了四个地铁站。真是一条汉子，竟敢一个人闯进这么荒凉的地方！后来，他走到了塞瓦斯托波尔站，那里有通道去卡霍夫卡站。你也知道，卡霍夫卡线上总共只有三站，与其说是地铁线，不如说是个偶然的错误，像个地铁网的阑尾……考虑到自己神经紧绷，筋疲力尽，他决定留在塞瓦斯托波尔站过夜。他在站里找到些碎木头，生起一个小火堆，好给自己壮胆，然后钻进睡袋，在站台中央睡下了。到了夜里……"

就在这个节骨眼上，叶尼亚站起来，伸了伸懒腰，带着一脸坏笑说道："不行，我太想喝茶了！"不等好友回答，他就拎着水壶离开了帐篷，留阿尔乔姆独自回味着未完待续的故事。

阿尔乔姆自然对叶尼亚的离开感到生气，可他还是决定耐着性子把故事听完，之后再把叶尼亚痛骂一顿。有那么一刻，猎人的嘱托，或者说是命令，一度浮上他的心头，可他的思绪很快又飘回了叶尼亚的故事上。

叶尼亚回来后，找了一个安在珍贵铁制杯托上的多棱玻璃杯，给阿尔乔姆倒了杯茶。这种杯子是过去在列车上冲泡真正的茶汤时用的。然后他继续讲道："于是，他在火边睡觉。四下里安静极了，这种安静，就像是用棉絮堵住了耳朵。到了半夜，他被一种奇怪的声音惊醒了……一种绝对疯狂、不可能出现的声音。他浑身的寒毛都竖了起来，从地上一跃而起。他听到了孩子的笑声，孩子响亮的笑声……这笑声是从隧道中传来的，从空无一人的四个地铁站方向传来的！可那里连老鼠都没有啊！你能想象么？在这个荒废的地铁站里，他有些惊慌了，他跳起来，穿过站台和轨道之间的拱门，就看见……一辆地铁列车正朝地铁站里驶来！那是一辆真正的列车，前灯明亮得能照瞎人的眼睛。幸好他下意识地用手捂住了眼，否则准会变瞎。一扇扇车窗里亮着黄色的灯光，里面还有不少人……可这一切都是静默的！听不见一丁点声音！没有引擎的轰鸣声，也没有车轮的摩擦声，一列列车就这么悄无声息地滑过了地铁站，又徐徐钻进了下一节隧道……听明白了？这个人坐了下来，满心觉得不对劲。车窗里的人看上去都是活的，他们还在说话聊天，只是男人依旧听不见……列车一节一节地在他身边经过，临到全车最后一扇车窗，他看见里面站着一个七岁左右的男孩，正望着他，用手指指着他笑……笑声听得真真的！在一片静默中，他只听得到自己的心在狂跳，以及这个孩子的笑声……列车钻进隧道，笑声也越来越弱……最终消失在远处。地铁站又变得空空荡荡，恢复了诡异的静谧。"

"然后他就醒了？"阿尔乔姆挖苦地问，内心却期待着什么。

"那就好了！他跑回火堆旁，用最快的速度收拾好东西，一路跑回了图拉站，总共才花了两个小时。他吓坏了，你该想得到。"

阿尔乔姆被这个故事震住了，一时说不出话来。帐篷里鸦雀无声。阿尔乔姆好不容易才缓过神来，他清了清嗓子，确认自己的声音不会出卖自己，让自己丢脸，这才尽量用事不关己的口吻问叶尼亚："怎么，你相信它是真的？"

"我已经不止一次听说谢尔普霍夫线上有这种事儿了，"他回答，"只不过不常和你提起。这种话题没法和你好好谈，总会第一时间引来你的冷嘲热讽……好了，咱们坐得够久了，马上该去上班了。回去收拾一下东西，咱们到了那儿再聊。"

阿尔乔姆不情愿地起身伸了个懒腰，慢吞吞地往家走去。得给自己准备些值班吃的东西。养父还睡着，整个站里安静极了，人们大概都已经进入了梦乡。工厂的夜班时间就要到了，得抓紧时间。经过猎人的客用帐篷时，阿尔乔姆发现门帘是打开的，里面没有人。他的胸口一阵发紧，不得不面对这个现实：自己和猎人的谈话不是梦，是实实在在发生过的，也许事态的走向真要取决于他了，也许——谁知道呢——他未来的命运也由此决定。

茶叶厂坐落在一个死角里，位于地铁站新出口的闸机旁，上行的扶梯口处。也可以称之为手工作坊，因为所有制茶工序都依靠手工完成，为制作茶叶而浪费宝贵的电能未免太奢侈了。一道铁制的围挡将茶叶厂的区域同地铁站其他部分分隔开来，围挡之内，每两道墙之间都拉着绷紧的金属丝，清洗过的蘑菇就在上面烘干。要是空气太潮湿，就在蘑菇下面点起一个个不大的火堆，好让水分加快蒸发，防止蘑菇发霉。金属丝下面是一张张桌子，工人先是把干蘑菇切碎，然后再研磨成粉。做好的茶盛进包装纸或保鲜袋中——车站里有什么就用什么——还要再添些提取物和粉末进去，配方属于商业机密，只有工厂老板知道。茶叶生产的全过程就是这么简单。不过，要是缺少了必不可少的交谈，这八小时不间断碾磨蘑菇的作业，恐怕就是一项令人无比厌烦的任务了。

这天晚上，同阿尔乔姆和叶尼亚一起值晚班的，还有个新来不久的蓬头小伙子基里尔，之前他和阿尔乔姆一起巡逻过。基里尔一见到叶尼亚就两眼放光，显然二人以前聊过天，并且没聊完，所以很快就接上了话头。阿尔乔姆夹在中间，心不在焉地听着，完全沉浸在自己的思绪里。叶尼亚所讲的那个谢尔普霍夫线上的故事，已经开始在脑海中慢慢消散，此刻浮现出的是自己和猎人的对话，阿尔乔姆一度以为自己已经忘记这件事了。

该怎么办？猎人交给自己的任务事关重大，得好好考虑。万一猎人此行失败了呢？他踏上的是一条不归路，他想要直捣敌人老巢，深入地狱。他将自己置身于巨大的危险之中，连他自己都不清楚那将是怎样的险境。他只知道，一旦走出两百五十米开外，等待自己的，便只有渐渐暗淡下来的边防岗哨篝火的微光，或许这也是从展览馆站北上以后所能看到的能代表人类的最后光亮了。猎人对黑暗族的了解并不比站里其他居民多，可不会有第二个人想要去那个鬼地方了。实际上，他甚至不清楚，让那些东西从地表钻进地铁网的那个通道，是不是真的在植物园站。猎人极可能无法完成自己肩负的使命。很显然，这股来自北边的危险可谓严峻，并且势头迅猛，解决起来容不得任何拖延。可能猎人对这危险的性质已经略知一二，却在和苏霍伊、阿尔乔姆的谈话中始终只字未提。想必他早已意识到自己是在铤而走险，做好了最坏的打算，否则断然不会将阿尔乔姆送入险境。也就是说，有很大可能，猎人将无法完成任务或是遭遇不测，当然也没法在约定的期限内返回。但是阿尔乔姆如何能做到抛弃一切，不说明情况就离开呢？尽管猎人害怕告诉其他人，担心再有人被控制了头脑，脑袋"生了虫"……况且，怎么可能只身一人到得了波利斯，那个传说中的波利斯呢？在那些幽深的隧道中，不知有多少明明暗暗的危险正等待着旅行者们，他又要如何化解所有的危险？阿尔乔姆突然后悔了，都怪自己被猎人刚毅的魅力和有魔力的眼神给诱惑了，才向他吐露了自己的秘密，并且接下了这么危险的任务。

"喂，阿尔乔姆！阿尔乔姆！你睡着了不成？怎么不回话？"叶尼亚晃了晃他的肩膀，"你听到基里尔的话了吗？明晚咱们要组队去里加站。据说，咱们的当局决定跟他们联合，并向他们提供人道主义援助，因为很快就要结成兄弟了。他们那边貌似发现了一个仓库的电缆，领导们想要铺设它们。据说，站与站之间要通电话。总之，要打造一个电报体系。基里尔说，明天歇班的人可以去。你想去吗？"

阿尔乔姆当即觉得，这是命运在设法让他完成任务。他默默点了点头。

"太好了！"叶尼亚高兴地说，"那咱们就一起去。基里尔！算上我俩好吗？明天几点出发？九点？"

直到交班，阿尔乔姆也没再说一句话，他怎么都摆脱不了那些忧郁念头的纠缠。叶尼亚被留下来帮蓬头小伙儿基里尔碾蘑菇，明显很不情愿。阿尔乔姆继续机械地剁蘑菇，把它们打成粉，再从金属线上拿下新的蘑菇，再剁碎，磨成粉，永无休止。猎人的面庞一直在他眼前浮现，那是当这个习惯了拿生命冒险的人说出"也许回不来"时那张平静的面孔。对于这场迫近的灾难的预感，如同墨水点一般搅浑了阿尔乔姆的意识。

  工作结束后，阿尔乔姆回到家中。养父不在，显然是外出做事了。阿尔乔姆倒在床上，把脸埋进枕头里就睡着了，尽管他本打算在宁静的环境里再思考一下自己的处境。

  梦，一个痛苦而荒谬的梦，被昨日所有的谈话、思虑和纠结制造出来的梦，攫住了他，不由分说地将他拖入梦魇的深渊。阿尔乔姆发现自己身处苏哈列夫站，坐在篝火旁，挨着叶尼亚和那个有着奇怪的西班牙名字的流浪汉魔法师，那个名叫卡洛斯的家伙。卡洛斯正教自己和叶尼亚如何正确制作大麻，并解释说，以展览馆站惯用的方式服用它简直是罪过，因为这些东西压根就不是蘑菇，而是地球上的新型智慧生命，也许有一天它们的时代将取代人类时代。这些蘑菇并非独立生命，而是作为一个完整机体的一部分存在，它们以菌丝体作为神经元，彼此相联，遍布整个地铁网络。事实上，那些吃蘑菇的人不仅仅是在食用精神毒品，也是在同这个最新型的智慧生命交流。要是方法得当，还可以跟它交朋友，通过蘑菇的交流获取它的帮助。紧接着苏霍伊突然出现了。他用手指指着卡洛斯，说这些蘑菇绝对不能尝试，因为长期服用会让脑袋里长出虫子。于是阿尔乔姆想要验证一下养父的话是真是假。他平静地站起来，声称要去透透气，然后径自蹑手蹑脚走到魔法师身后，却看到他没有后脑壳，一眼能看到他的脑子，已经变得乌黑了。无数条长长的白色蛆虫蜷曲成环状，正吞食着他的脑组织，钻出新的虫眼，可魔法师仍旧滔滔不绝地说着，仿佛什么都没发生……阿尔乔姆吓坏了，打定主意要赶紧跑掉。他拉扯着叶尼亚的袖子，示意他站起来跟自己走，可叶尼亚却不耐烦地挥了挥手，央求卡洛斯接着讲下去。这时阿尔乔姆看到,那些蛆虫从魔法师的脑袋里爬出来,在地上朝叶尼亚爬了过去,爬上他的脊背,试图钻进他的耳朵里……

于是阿尔乔姆跳起来就跑,拼尽全力冲出了地铁站。可他又想起来,眼前的隧道正是必须抱团进入的那条隧道,而眼下自己却孤身一人,于是他只得又转身往地铁站里跑。可不知为什么,他怎么跑也跑不到。这时背后突然有了光,在梦中,阿尔乔姆无比合乎逻辑且无比清晰地看到了自己映在隧道中的影子……他转过身,只见一辆地铁列车正势不可挡地沿隧道朝自己逼近,车轮发出魔鬼般的呼啸,前灯明晃晃地打过来,直叫人什么都听不见、看不见……他的两腿动弹不得,似乎它们并不存在,只是一堆用来填满空荡荡的裤腿的破布条。就在列车近在咫尺的瞬间,眼前的画面骤然失真,褪色,消失,跳转到了另一个完全不同的全新场景。阿尔乔姆看到了猎人,他穿得一身雪白,在一个四壁雪白的房间里,里面一件家具都没有。猎人低垂着头站着,视线先是停留在地上,然后抬眼直直盯着阿尔乔姆。这种感觉很诡异,因为在这个梦里,阿尔乔姆似乎感受不到自己的身体,只能旁观这一切。当望向猎人的双眼时,阿尔乔姆感受到了他眼中流露出的深深的不安,还有一种期待,似乎某件至关重要的事情正一触即发……

就在这时,猎人开口对他说话了。阿尔乔姆感到此情此景是那样真实。往常做噩梦时,他总能自知在睡觉,发生的一切都只是不安的臆想。可在这个梦境里,那种随时可以醒来的知觉却始终不曾出现。

猎人的目光搜寻着阿尔乔姆的目光——尽管阿尔乔姆觉得猎人其实看不见自己,这种尝试是徒劳的。猎人缓缓地用严肃的语气说道:"时间到了。你该履行你的承诺了。你该去做那件事了。记住,这不是梦!这不是梦!……"

阿尔乔姆猛地睁开了眼睛。猎人那低沉并略带沙哑的声音最后一次在耳畔清晰地回响着:"这不是梦!"

"这不是梦……"阿尔乔姆重复着。梦魇中的诸多细节很快在记忆中褪去，可第二个梦却深植在阿尔乔姆的脑海中，每个细节都一清二楚：猎人奇怪的衣着，神秘的白色空房间，还有那句"你该履行你的承诺了！"，这些都留在了阿尔乔姆的记忆里。

这时，养父走进帐篷，一见阿尔乔姆便焦急地询问道："昨天咱们跟猎人见面之后，你又见过他吗？已经是晚上了，可他人不见踪影，帐篷也是空的。难道说已经走了？他昨天没跟你提过自己的计划？"

"没有，萨沙叔叔，就问了一些地铁站的情况，还有咱们这儿发生的事儿。"阿尔乔姆的谎话说得很溜。

"我很担心他。我怕他做傻事，咱们也跟着遭殃。"苏霍伊沮丧地说，"他不知道自己是在跟谁斗……哎！怎么，你今天不上班？"

"我和叶尼亚报名今天跟队去里加站帮忙，要从他们那儿往外铺电缆。"阿尔乔姆回答，同时惊觉自己其实早已做出了决定。这个想法让他的内心豁然开朗，他体会到一股奇妙的轻松感，与之伴随的还有一种空虚，仿佛从胸上卸掉了一个始终压迫着他心脏和呼吸的肿瘤。

"跟队？你最好待在家里，不要跟着别人乱跑……难道是你自己想去的？……我本可以跟你们一起去，我正好要去里加站办事，可我今天有点不舒服。那就下次吧……你这就要出门了？九点？那咱们还来得及道个别。快收拾东西吧！"

说完，苏霍伊又出门了。

阿尔乔姆手忙脚乱地把路上可能用得上的东西一股脑儿塞进了背包：手电筒，除了电池还是电池，蘑菇，茶叶，猪下水灌肠，不知从哪儿顺来的装满子弹的冲锋枪弹匣，地铁图，更多的电池……证件可不能忘了带，去里加站自然用不上，可一旦出了站，迎头撞上第一支其他主权地铁站的巡逻队，没证件就可能被遣返，甚至被枪毙——这要取决于政治形势。再带上猎人交给自己的那个金属胶囊，出远门的行头便齐活了。

背起行囊，阿尔乔姆最后环顾了一遍自己的家，毅然决然走出了帐篷。

小队成员都在月台通向南侧隧道口的位置集合。一台盛满成箱肉类、蘑菇和茶叶的手摇车已在轨道上就位了,车的最顶上摞着一台复杂设备,是站里的巧匠们组装起来的,大概是台电报机。

这支队伍除叶尼亚和基里尔外,还另有两人:一名志愿者,还有一位政府领导人,此人是去建立关系和签署协定的。除了叶尼亚还没到,所有人都已到齐,整装待发了。边上是一堆枪身朝上、码成了锥形的冲锋枪,这些枪是分发给他们供此行使用的,每支枪都配了备用弹匣,用蓝色胶带缠在枪身上。姗姗来迟的叶尼亚终于出现了:父母都没下班,他出发前必须喂好妹妹,再把她托付给邻居照看。一行人正要出发,阿尔乔姆突然想起自己还没同养父道别。他连连道歉,保证去去就回,扔下背包就往家跑。见帐篷里没人,他拔腿又往车站服务室跑,如今那里是站内政府所在地。苏霍伊果然在。他正和站内选举产生的展览馆站领导、地铁站执勤官面对面坐着,二人热烈讨论着什么。阿尔乔姆敲了敲门框,轻咳了一声。

"您好,亚历山大·尼古拉耶维奇。我能和萨沙叔叔说两句话吗?"

"当然,阿尔乔姆,进来吧。喝茶吗?"执勤官亲切地说。

"是你啊,阿尔乔姆!你们这就要走了?什么时候回来?"苏霍伊连人带椅子从桌前挪开,问道。

"具体时间还不知道,"阿尔乔姆说道,"得看情况了……"

他明白,自己或许再也见不到养父了。面对这个唯一真正爱着自己的人,他多么想说出实话,却只能骗他说"明后天就能回来,一切照旧"。阿尔乔姆突然感到双眼有些刺痛。他必须难为情地承认,那是自己的泪水。他向前跨了一步,紧紧地拥抱了一下养父。养父对他的举止有点始料不及,忙安抚他说:"瞧你,小阿尔乔姆,瞧你……你们明天不就差不多回来了嘛……是不是?"

"要是一切按计划进行,明天晚上就能回来。"亚历山大·尼古拉耶维奇证实道。

"保重身体,萨沙叔叔!你要好好的!"阿尔乔姆握了握养父的手,用嘶哑的声音说道。说完他转身就走,生怕控制不住自己的情绪。

苏霍伊诧异地注视着他的背影。

"这孩子是怎么了？又不是头一回去里加站……"

"放心吧，萨沙，放心，你的小男孩总有长大的一天。到时候，你就该怀念这些日子了：他边哭鼻子边向你道别，仅仅是因为要去两站开外的地方！你还是快点说，阿列克谢站的人怎么看隧道巡逻这件事？咱们太需要他们的帮手了……"

就这样，二人又开始了之前的讨论。

阿尔乔姆一路跑了回去。指挥官比照着名单给每个人发了枪，说："怎么样，伙计们，出发前何不再小坐一会儿？"说完，率先在多年来已被自己磨得溜光的木凳上坐了下来。其他人也默默照做。

"好了，上帝与我们同在！"指挥官起身，艰难地跳上轨道，走向手摇车前方。

阿尔乔姆和叶尼亚是最年轻的。他们爬上手摇车，做好了干体力活的准备。基里尔和另一名志愿者则在车尾殿后。

"出发！"指挥官一声令下。

阿尔乔姆和叶尼亚同时使劲压下手柄，基里尔从后面推了一下手摇车，伴随着吱吱扭扭的响声，车子缓缓向前滑动起来。就这样，两个人跟车走在末尾，小队慢慢消失在了南边的隧道口中。

第四章
隧道的声音

指挥官的手电射出微弱的光亮，一个淡淡的黄色斑点在四周游走，轻舔着隧道壁和潮湿的地面。再把手电打得远些，十步开外的距离，光点便湮没在前方浓郁的黑暗里了，这贪婪的黑洞把所有小小手电发出的微光全部吞噬了。轨道车一路发出惹人嫌弃的吱扭声，不情不愿地往前走着，伴随着队员们沉重的呼吸声和有节奏的踏步声，打破了隧道中的寂静。

眼下，他们已经悉数跨过了地铁站南部的哨卡，领地之内的篝火也早已在背后褪去。他们行走在展览馆站和里加站之间的隧道中。基于两站的友好关系、活跃的人员往来以及即将合并的传言，近来这段路程公认是安全的，可依然要保持警觉——危险并非只来自隧道的南北这两个方向，还可能隐藏在头顶的通风道里，隐藏在无数或左或右的分支中，隐藏在曾经的杂物间或者秘密出口那紧闭的门后面。它甚至有可能来自脚下，来自地底深处的神秘窨井里，这些窨井是建设者们修建地铁时留下的，后来又被修理队遗忘并遗弃。起初，当人们没有住进地铁网里来的时候，还没有什么异常。而如今，在这些地下窨井中出现了某些不可名状的骇人之物，能让最勇敢的人也吓得魂飞魄散。

正因为如此，一路上指挥官始终不厌其烦地拿手电在墙上照来照去，车尾二人则不断用手指摸一下冲锋枪保险，随时做好切换全自动模式、上膛扣扳机的准备。队员们很少交谈，因为闲聊会妨碍他们侦听隧道里的动静。

阿尔乔姆开始感到疲乏了。他一刻不停地忙活，手柄压下去又提上来，他不得不重复着单调的机械运动，好一次又一次地让车轮再往前多滚动一圈。阿尔乔姆木然地盯着前方，脑袋里充斥着车轮那循环往复的吱扭声，像是沉重的呻吟，让他想起猎人临行前的话。猎人曾说，黑暗势力的统治——这才是莫斯科地铁网络里最广泛的统治形式。

他试图思考，自己要怎么做才能抵达波利斯，又该设计什么样的计划，但肌肉中缓慢释放出的剧痛和疲惫，却顺着他半蹲的双腿上向蔓延至腰部，传导到双臂，让人不得不将头脑中的复杂念头统统抹去。

阿尔乔姆的额上沁出一层温热咸涩的汗珠，它们汇集成大颗，并在重力作用下顺着他的脸颊滚落，流进他的眼里，他也顾不上擦，因为另一侧的叶尼亚正和自己一齐使劲，只要自己一松手，所有重量都要压在叶尼亚身上了。阿尔乔姆感到周身的血液越来越汹涌，血流的声音冲击着耳膜，让他回忆起自己小时候很喜欢摆出一种别扭的姿势，正是为了听到这个声音，因为这声音听上去像是士兵列队前行时齐刷刷的脚步声……他闭上眼睛，就能想象自己正在检阅一支忠诚的部队，一排排士兵整齐划一地在他面前通过，并向他投以注目礼……那些书里就是这么描写的。

就在这时，指挥官头也不回地说了句："行了，小伙子们，下来吧，咱们交换一下位置。"

路途已经过半。

阿尔乔姆和叶尼亚交换了个眼神，二人跳下轨道车，也不管是否该到车前或车后就位才是，不由分说一屁股坐在了铁轨上。

指挥官打量着他们俩，用怜悯的口吻说：

"才干这点儿活就累趴下了……"

"可不是嘛。"叶尼亚认怂。

"赶紧起来，坐得够久了，该出发了。我来给你们讲个好故事听。"

"好故事我们也有的是！"叶尼亚不肯起身，辩白道。

"你们那些故事我全都一清二楚，不就是黑暗族和变种人的那点事儿嘛……肯定还少不了那些蘑菇。我这里的故事可是你们听都没听说过的。说不定，这些事儿压根就不是故事那么简单，只不过没人能去证实罢了……也就是说，是有那么一些人一直想要去证实，只是不能把结果明明白白地告诉给咱们。"

听到这儿，阿尔乔姆的精神猛地为之一振。眼下，任何和平大道站后面的地铁里的信息，对他来说都显得意义重大。他连忙把枪从背后拽到胸前，从铁轨上站了起来，走到车尾就位。

只用手一推，小车便又哀怨地在轨道上唱起了歌，队伍继续向前行进。指挥官盯着前方，警觉地凝视着那团黑暗——在这种地方，光凭耳朵听是不够的。

"我很想知道，你们这一代究竟对地铁了解多少？"指挥官开口道，"不如咱们来分享一下彼此的故事，有的人见多识广，有的人自己能编故事，有的人听到一桩新鲜事儿，就把它添油加醋说给同伴，同伴又把故事描绘成自己的亲身经历，在茶余饭后讲给别人听……这就是整个地铁网中最大的问题：没有可靠的传播途径，没法把讯息从地铁的一头快速地传到另一头。有些地方走不得，有些地方被隔开了，还有些地方谣言盛行，而且情况每天都有所不同……你们觉得整张地铁网很大是不是？实际上，乘地铁从这一头到那一头不过一小时。可如今人们得一连走上好几个星期，而且极有可能抵达不了——你永远不会知道拐角后面有什么在等着你。咱们这回是去里加站执行人道主义援助的，可问题是，包括我和执勤官在内，没有一个人能百分之一百地保证，等咱们到了那儿，那里的人不会用猛烈的火力招待咱们。也有可能，咱们看到的里加站已经烧成了废墟，一个活口都不剩了。还有可能他们突然宣布加入汉萨，那咱们可真是叫天天不应叫地地不灵了。这些信息一概没有……我这里的消息还是昨天早上的，昨天晚上就已经过时了，到今天就更不能指望了，这跟捧着一百年前的地图去穿越沙漠没什么两样。信使花费在路上的时间太久，他们带来的讯息通常要么已经过时，要么不再可靠。真相被扭曲了。人们从没在这种环境下生存过……简直不敢去想啊，等到咱们发电机的燃料用光了，连电都没有，将会变成什么样。你们读过威尔斯的《时间机器》吗？书里写到了摩洛客变种人……"

对阿尔乔姆来说，类似的谈话已经是近两天来的第二场了。赫伯特·威尔斯和摩洛客变种人他都已经听说，不知为何，这次他一个字眼也听不下去。他丝毫不理会叶尼亚的再三抗议，只坚定地把话头引向最初的方向："那么，你们这一代对于地铁都了解些什么呢？"

"嗯，在隧道里谈论灵异事件——傻子才这么干呢。说说二号地铁[1]和隐形观察者？我也没这个打算。不过关于住在里面的那些人，我倒是可以给感兴趣的人透露一点儿。就拿曾经的普希金站来说吧，这个站还跟另外两个站相连，分别是契诃夫站和特维尔站。如今那一片已经完全被法西斯分子给占领了，你们可知道？"

"怎么还有法西斯分子？"叶尼亚困惑地问。这让阿尔乔姆满意地发现，原来叶尼亚也有疑惑的时候。

"货真价实的法西斯分子。很久以前，早在咱们的人还住在那里的时候，"指挥官指了指头顶上方，"这种人就已经存在了。还有一些新法西斯分子，自称光头党。鬼知道是什么意思，如今已经没人记得了，恐怕连这些人自己也都已经记不得了。后来这种人几乎销声匿迹了，再没有人听说过他们的消息，或是见过他们。可就在一段时间以前，这些人突然在普希金站冒了出来，'地铁是俄罗斯人的地铁！'你们听过这种话没？还有呢，'净化地铁就是行善！'他们还把不是俄罗斯族裔的人全都撵出了普希金站，紧接着是契诃夫站，后来是特维尔站。折腾到最后，这帮人兽性大发，开始迫害其他人。现在他们在那里成立了第四还是第五帝国……或是诸如此类的名字。他们暂时还没有扩张地盘，不过二十世纪的历史我们这代人还记得清楚着呢。顺便提一嘴，菲利线上的变种人也是真实存在

---

[1] 传闻中的莫斯科秘密地铁系统 METRO-2，也被称为 D-6。据称，D-6 的建设始于 20 世纪 60 年代，俄罗斯政府将其用作庇护所，将政府的关键机构与军事部门相连。

的……哪里是什么变种人，分明就是黑暗族嘛！还有其他各种派别，什么异教徒啦，撒旦信徒啦……简直就是个怪物展览馆，里头可谓无奇不有。"

说话间，一行人已经从数个废弃的地铁工作间被损毁的门前经过。这些工作间有的曾是盥洗室，有的曾是避难所……屋内所有的物件早已被人拆走拿光了，不论是双层铁床还是简易的卫生技术设备。如今，这些黑漆漆的空屋子零星分散在隧道各处，尽管人们知道屋子里应该什么都没有，却还是没人敢踏入半步……不怕一万就怕万一啊！

前方有了依稀的亮光。已经快到阿列克谢站了。这个站的居民很少，所谓的巡逻队也只有一人，驻守在五十米处——再远就不敢走了。

走到距离阿列克谢站巡逻兵的篝火约摸四十米远的地方，指挥官下令止步。他依照某个特定频率把手电筒明明灭灭了好几次，给前方发出了暗号。只见一个黑色轮廓从篝火那边走了过来，是来确认身份的。那人隔着老远就喊："待在原地！不许再往前走了！"

阿尔乔姆心想：万一某天某个被公认为友邦的地铁站的人没认出他们，会不会就因为这个草率的理由，便引发一场刀光剑影的争斗呢？

那人不紧不慢地踱了过来。他穿着条破旧不堪的迷彩裤，上身穿了件军棉袄，胸前一个大大的字母"A"，显然是阿列克谢站的标识。他凹陷的脸颊上胡子拉碴，眼神里充满了怀疑，两手不时摸摸腰上的冲锋枪。直到他把每个人的脸都端详了一遍，这才放心地笑了，信任地把枪甩到背后，开口说道："嘿，弟兄们！过得可好啊？你们这是要去里加站吧？咱们知道的，知道的，事先都通知过我们了。过来吧！"

指挥官含含糊糊地向这名巡逻兵打听着些什么，不过旁人一个字也听不清。阿尔乔姆也希望没人听见他的话，他压低嗓门对叶尼亚说："他可真被折磨得够呛。依我看，他们跟咱们联合以后，也没过上什么好日子。"

"那又怎么样呢，"好友回应，"咱们也有自己的利益。要是咱们的管理层选择了这样，就意味着咱们正需要这样。咱们可不是为了做慈善才养活他们的。"

众人从五十米处的篝火堆旁经过。篝火旁还坐着一名巡逻兵，穿着跟先前那人一样的衣服。就这样，轨道车摇进了阿列克谢站。站里灯光灰暗，居住在这里的人们都凄然无声，只向这些来自展览馆站的客人们投以友好的目光。一行人在站台中央停了下来。指挥官宣布稍作休整，只留阿尔乔姆和叶尼亚在车上值守，其他人则被邀请到篝火边歇息。

"那些法西斯分子和他们帝国的事儿，我还从没听说过。"阿尔乔姆说。

"我倒是听说过地铁里有法西斯分子，"叶尼亚回答，"不过我听到的说法是，这些人是在新库兹涅茨克站。"

"谁告诉你的？"

"莱哈。"叶尼亚不情愿地供认。

"他告诉你的新鲜事儿还真不少啊。"阿尔乔姆提示他。

"不过法西斯分子的事儿是千真万确的！他是弄错了地方，可他并没有撒谎！"好友辩解道。

阿尔乔姆沉默了，他陷入思考：在阿列克谢站的休整时间不会少于半小时，因为指挥官还要跟站内的首领进行交谈，讨论两站继续联合的诸多事宜。然后差不多就该继续赶路了，他们得在这一天内赶到里加站，在那里过夜，这样第二天才能腾出时间解决所有问题，对新发现的电缆进行检查，并差人返回寻求下一步指示。要是电缆能用于三站间的通讯，那么就得把电缆捋顺，接好通讯设施；要是电缆被证实用不上，就得立即打道回府。

因此，阿尔乔姆至多有两天时间来想出一个理由，让自己能穿越里加站的外部封锁线。那里的哨卡比展览馆站的更加戒备森严，因为出了里加站，就是整个大的地铁网络了，里加站南边的巡逻队经常遭遇攻击。尽管不像展览馆站居民所处的威胁那般隐秘而可怕，但里加站居民面临的威胁是五花八门的。守卫里加站南部要道的战士们，根本不知道自己会等来什么，因此必须做好应对所有情况的准备。

连接里加站与和平大道站的隧道，一共有两条。出于某种考虑，只封锁住其中一条并不可行，因此里加站的人不得不把两条隧道全都封锁了，这着实费了一番苦功夫。此后，保障北部的安全对于他们来说变得至关重要。与阿列克谢站以及更重要的展览馆站结盟，使他们卸下了守卫北方的负担，三站间的隧道也将变得安宁，这意味着，有机会利用这个有利条件发展站内生产。对于展览馆站来说，同盟的首要目的则是扩大自己的影响力，扩张领地和实力。

联盟在即，里加站的岗哨表现得高度警戒：必须证明给未来的盟友们看看，在南部边界的守卫问题上，里加站是靠得住的。因此，不论想要从哪个方向越过岗哨，都不是件易事。阿尔乔姆必须在一天，最多两天之内搞定这个难题。

不过，尽管难题很棘手，却并非什么不可完成的任务，真正的难题在于，这之后要怎么做。即使顺利穿越了南部的层层岗哨，要想到达波利斯，还是得找一条相对安全的路线。要是在展览馆站的话，他本可以装作若无其事地向熟识的商贩打听一下路上的险况，而不会引起任何人的怀疑。可当时他决定得实在太仓促了，压根没时间考虑该怎么去波利斯。

眼下，阿尔乔姆并不想征求叶尼亚或者其他队友的建议，因为他清楚，这将不可避免地引发怀疑，况且叶尼亚一听就会明白他的计划。阿尔乔姆在阿列克谢站和里加站又没有别的朋友，这个问题太重大了，他并不打算相信任何不明底细的人。

叶尼亚跑到月台上，跟一个坐在不远处的姑娘搭讪去了。借着这个空当，阿尔乔姆从背包里取出一张微型地铁图研究。地铁图印在一张边缘烧焦了的、已经不复存在的工业品市场广告页背面。他在上面找出波利斯的位置，用铅笔头重重描了好几圈。

去波利斯的路看上去简单又好走。在指挥官口中那个久远的奇特年代，人们在地铁站之间往来，甚至换乘到别的线路上，都不需要随身携带武器；从地铁网的一头到另一头，路上用不了一个小时的时间；在那个时候，隧道里除了轰鸣疾驰的列车，什么东西都没有；那时从展览馆站到波利斯的路程，想必也是畅通无阻的：先直达屠格涅夫站，再从那儿转清塘站换乘——这是老地铁图上标注的名称，也就是当前的基洛夫站。阿尔乔姆把那张地铁图反反复复看了很多遍。只要沿着红线，沿着索科利尼基线，就能直达波利斯了……在那个有地铁和日光灯的时代，这趟旅程用时不会超过半小时。但自从索科利尼基线归属于那个强大的军事阵营后，通向清塘站的沿路都悬挂起了他们的旗帜，就连清塘站本身都已经易名，这条去往波利斯的捷径也就没有必要再考虑了。

由于众所周知的原因，红线政权放弃了在整个地铁网扩张政权和吸纳民众的尝试。不过他们并没有放弃自己的梦想，反而按照自己的方式，野心勃勃地重新命名了整个地铁系统。此外，他们还创造出一套新的理论，使得在所辖的单条地铁线上伟大事业成为可能。然而热爱和平的表象丝毫无法改变其偏执的内里。数不清的组织内部安全机构——遵循旧名甚至颇具怀旧情怀地被叫作"克格勃"——始终密切监视着红线居民的生活，对于其他线上的来客也兴趣浓厚。没有政权的特殊许可，谁都休想踏进他们任何一处地铁站半步。不停的身份核查，全程监视和疑神疑鬼，不论是误打误撞进去的旅行者还是奉命而来的间谍，都躲不过他们的法眼。而前者与后者受到的对待并无二致，下场将是同样悲惨。因此，阿尔乔姆丝毫不考虑接连穿越红线上的三个地铁站前往波利斯。

要想去这个地铁网的核心地带，或许根本就没有捷径可走。那可是波利斯呵……这个名字，即使在谈话中不经意地被提起，都会让包括阿尔乔姆在内的很多人屏息凝视。直到现在阿尔乔姆还清楚地记得，第一次听到这个陌生词汇，还是从养父的一位来客口中。待这位客人走后，他便悄悄地问苏霍伊这个词是什么意思。养父当时凝视着他，嗓音有些哽咽。

"小阿尔乔姆，这恐怕是地球上最后那么一个地方，能让人活得还像人，那里的人还没忘记'人'这个字眼意味着什么，该怎么念。"养父悲伤地笑了笑，又补充道，"那是座城市……"

波利斯坐落在莫斯科地铁系统最大的换乘区间之内。那里是四条地铁线路的交会地带，囊括了亚历山大花园站、阿尔巴特站、博罗维茨基站、列宁图书馆站四个地铁站以及各站间所有的换乘通道。这片堪称广阔的地域，是文明之基最后的栖息地，是最后一片可供众多人类生活的沃土。那些来自边远站点的人们有朝一日见此情景，直呼其为"城市"。不知什么人给这座"城市"取了另一个名字——波利斯。这个名字再贴切不过了，人们一听到这个名字，便仿佛听到了悠久繁荣的文化那遥远而微弱的回声，人们相信正是文化庇护着他们。于是这个舶来词便流传开来。

在地铁系统里，波利斯是独一无二的存在。在那个地方，也只有在那个地方，你还可以遇到那些古老神秘知识的守护者。在这个严酷的新世界里，规则已经改变，这些知识也没了用武之地。对于其他几乎所有地铁站的居民，实际上，对于所有正慢慢滑向混乱和无知深渊的地铁系统中的居民来说，掌握知识变得毫无意义，在他们眼中，这些掌握知识的人也毫无用处。于是，这些人从各地被驱赶到了这里。作为他们唯一的避难所，波利斯永远张开双臂等候他们的到来，因为管理这个地方的正是他们的同类。所以，在波利斯，也只有在波利斯，你可以遇见两鬓苍苍的老教授，他们都曾在一流大学里执教，可如今大学早已成了荒芜的废墟，被老鼠和霉菌占领。只有在波利斯，还生活着最后的艺术家、演员和诗人，还有最后的物理学家、化学家和生物学家……人类在上千年不间断发展历程中所积累下的全部所得所知，就储存在这些人的头脑中。一旦他们死去，这些知识也将不复存在了。

波利斯所在的地方，曾是城市的市中心，地铁系统就是以这座城市命名的。就在波利斯的正上方，矗立着一座名叫列宁图书馆[1]的建筑。它是那个逝去的时代里最大的信息存储库，里面保存着成千上万册以数十种语言撰写的书籍，大约涵盖了人类对于各个领域的钻研思索和经年积累下

---

1 即俄罗斯国立图书馆，是俄罗斯乃至欧洲规模最大的公共图书馆，藏书总量仅次于拥有2.1亿册藏书的美国国会图书馆，居世界第二位。

的资料。浩如烟海的手稿上面，涂满了各式各样的字母、符号、象形文字，其中有一部分再也无人能懂，因为这种文字的语言已经伴随着语言的使用者一起消逝了……不过绝大多数书籍还是读得出、看得懂的，那些百年前便已故去的作者，依旧可以在书中同生者交流。

在为数不多的有条件向地表派遣考察队的联盟、帝国和实力雄厚的地铁站中，只有波利斯会派出先遣队去寻找书籍。只有这个地方对知识倍加珍视。为了获取知识，他们不惜赌上志愿者的生命，向雇佣兵支付令人咋舌的酬金，放弃物质财富去换取精神财富。然而，尽管管理层的行事看起来脱离实际并且充满理想主义，波利斯却年复一年愈发根基稳固，灾祸统统绕道而行，若是有什么威胁到了它的安全，似乎整个地铁网都将团结一致保卫它。红线和汉萨之战的余音已经在这里消散，波利斯再次被一种与世无争的氛围笼罩了。

阿尔乔姆思索着这个神奇之地。那个地方绝不可能轻而易举抵达，这条路一定困难重重，充满了危险，这一点他毫不奇怪——要不是这样，这场远征本身反而失去了一部分神秘感和魅力。

要是经基洛夫站沿红线走到列宁图书馆站这个方法无法实现且风险太大，那么不妨试着从汉萨的巡逻队突破，从环线上过去。阿尔乔姆愈加留心地研究起那张烧焦的微型地图。

要是他能编出个好理由，或者在守卫的岗哨那里蒙混过关，要么就干脆来个硬碰硬或是用别的什么法子，只要顺利进入汉萨内部，去波利斯的路途就不再遥远了。阿尔乔姆拿手指在地图上比划着路线：只要出和平大道站往右进入环行线，那么总共只需经过汉萨的两个站，到库尔斯克站，就可以从那里换到阿尔巴特—波克罗夫卡线上，然后一直走到阿尔巴特站了——那里紧挨着波利斯。

诚然，后面这条路上还要经过革命广场站，这个地铁站在战后作为列宁图书馆站的交换让给了红线。不过作为和平协议的基本条款之一，红线保证所有旅行者都能自由通行，因此阿尔乔姆并不打算进站停留，而是只想径自穿过去,照理说他会被无条件放行的。衡量再三,他决定暂时采用这个计划,等上了路再试着多打听些途经站的情况。他告诉自己,哪怕计划不顺利,替代路线总归还是找得到的。

审视着密密麻麻的地铁线路和数不清的换乘站点,阿尔乔姆心想,恐怕指挥官有些夸大了,才把他们这趟地铁线上最短的远征都想象得困难重重。比方说吧,从和平大道站出去以后可以不往右边走,而是往左边走——阿尔乔姆边想边用手指头在地图上顺着环形线比划——到达基辅站,再从那里转到菲利线或者阿尔巴特—波克罗夫卡线上去,这两条线也都通向波利斯。这下阿尔乔姆心里有了底,任务并非是无法完成的,这张微型地图为他增添了自信。现在他知道该怎么做了,并且再也不纠结了。等到小队抵达里加站,他不会再跟队回展览馆站了,他要继续向波利斯进发。

"研究什么呢?"这时,耳畔响起了叶尼亚的声音。阿尔乔姆沉浸在自己的思绪中,竟没留意到他已走到近前。阿尔乔姆吓了一跳,连忙窘促地去遮挡地图。

"没有……我这是……想在地图上找找,咱们刚才听说的帝国那一站在什么地方。"

"那你找到了吗?没有?真有你的,还是让我来指给你吧!"叶尼亚的兴奋溢于言表。比起阿尔乔姆和其他同龄人,他对地铁网分布要了解得多,这也成为他炫耀的资本。他一下子就在地图上准确无误地找到了契诃夫站、普希金站和特维尔站三站的交会点。警报解除,阿尔乔姆长舒了一口气。不过在叶尼亚看来,同伴的这声叹息中饱含着对自己的妒意。

他忙安慰阿尔乔姆:"没关系的,有那么一天你也能做得不比我差。"

阿尔乔姆表露出一个感激的神情,连忙扯开了话题。

"咱们歇了有多久了?"他问。

"小伙子们!该动身了!"就在这时,响起了指挥官洪亮而低沉的嗓音。阿尔乔姆意识到,休息时间就这么结束了,可自己还没顾上吃东西呢。

这一回又轮到阿尔乔姆和叶尼亚上轨道车了。手柄开始吱扭作响,高筒靴再次砰砰踩在混凝土上，一行人又钻进了隧道。

指挥官把基里尔叫到了身边，二人边走边轻声讨论着什么。整支队伍就这样安静地向前行进。阿尔乔姆什么都听不见了，他既无心也无力去听了——他周身所有的力量都被这台该死的手摇车抽走了。

在车尾独守的人显得心绪不定，出于害怕而频频回头。阿尔乔姆站在手摇车上，正好和他脸对脸，他能看到，后面并没有什么可怕的东西。但其实阿尔乔姆自己也老是不由自主地侧过脸去，扫一眼前面的隧道。这种恐惧和多疑始终如影随形地伴随着他。不只是他，每个落单的行路人对于这种感受都不陌生，人们甚至还给它起了个名字：隧道恐惧症。它的症状在于，当你走在隧道里，特别是手电筒快不行的时候，总感觉危险就藏在你身后。这种感觉是那么强烈，你感到有对眼睛还是其他什么的，正直勾勾地盯着你的脊背……鬼知道是什么人还是什么东西在那里，它是不是来者不善……你再也受不了这种折磨了！你猛地一个转身，将灯光投射进那片黑色的海洋……可那里却什么人都没有，有的只是一团死寂和一片虚空，一切看起来平静如常。可一旦你转过身，死死盯着眼前的黑暗，你发现背后那种感觉又回来了，它依然在你背后，并且越来越真实。于是，你又点亮手电筒，朝隧道里照去——还是没有人在那儿，也没有人靠近；可一回头，那种感觉又来了……在这种情况下，最要紧的事，是不要失控，不要屈服于这种恐惧，要说服自己一切都是幻象，没什么可怕的，况且什么动静都没听到……

然而，事情总是说起来容易做起来难，尤其当你孤身一人的时候。有些人就这么疯了，只因他们丢失了冷静，即便抵达地铁站后状况也没有好转。后来，他们自然会渐渐清醒过来，可是只要再次进入隧道，就重新变得无法自持——那种令人窒息的焦灼感很快又会再次攫住他们。尽管每个地下居民对地铁网都不陌生，但对这些人来说，这张网已经变成了一张索命魔网。

"别怕，我盯着呢！"阿尔乔姆给后面的人打气道。那人点点头，可才过了没多久，就又忍不住地频频回头。不去看，太难了……

叶尼亚看穿了阿尔乔姆的想法，他悄声说道："谢尔盖有个朋友，就是这么疯的。不过他要走的隧道可恐怖多了。他想要独自闯过那条去苏哈列夫的隧道。你记得吗？就是我以前跟你提过的那条隧道，一个人是万万走不得的，可搭伴在一起过就什么问题都没有。不过这家伙活下来了。你知道为什么能活下来吗？"叶尼亚露出一抹微笑，"因为走了一百米他就不敢往前走了。他进隧道的时候，好一派勇往直前的架势，哈哈……等到过了二十分钟退出来时，可就不是那回事了，两眼大睁着，吓得头发也全都竖了起来，一句人话都说不出来了。所以人们从他嘴巴里什么都没问出来。从那以后他说什么都不离开地铁站半步，一直待在苏哈列夫站，靠乞讨过活。现在他成了长期在那里留驻的疯子。怎么样，故事很有启发吧？"

"是啊。"阿尔乔姆不置可否地说，从这个很有教育意义的故事里面，的确会让人受到某些负面的启发。

队伍无声地行进，阿尔乔姆又陷入了沉思。他想要编出一个合情合理的理由，好骗过里加站的出境岗哨，放自己去和平大道站。他太投入了，甚至没觉察到有什么东西妨碍了他的思考。那是从隧道前方传来的怪声。这声音起初还若隐若现，不易察觉，此刻正变得越来越清晰。阿尔乔姆不知道这怪声是什么时候出现的，等他意识到的时候，声音已经很强烈了，它像是尖厉的低语声，却听不懂，不似人类语言。阿尔乔姆飞快地扫了一眼众人，只见他们都步调一致，默默走着：指挥官跟基里尔停止了交谈，叶尼亚正若有所思，车尾那人也平静地望着前方，不再神经兮兮地左顾右盼——没有人显示出一丝一毫的不安。难道他们什么都没听到？这怎么可能！阿尔乔姆开始怕了。在这越来越大的絮语声的衬托下，全体队员的平静和沉默显得诡异极了，叫人心惊。阿尔乔姆松开手柄，一下子挺直了身子。叶尼亚吃惊地望着他。从他的眼神判断，他并没有中邪什么的，阿尔乔姆担心的事也并没有发生。

"你这是干吗？"叶尼亚质问道，"要是累了，就该早点说，也不能直接撂挑子啊。"

"你什么都没听见?"阿尔乔姆困惑地问。他的口气顿时让叶尼亚脸色大变。

叶尼亚也竖着耳朵听,两只手还片刻不离手柄。可车子还是越走越慢,全因为阿尔乔姆:他依然一脸惊慌失措地杵着,捕捉着那神秘的回响。

指挥官留意到二人的举动,转身问道:"你们这是干吗呢?电量耗光了?"

"您什么也没听到?"阿尔乔姆问他。话音未落,他的心上闪过一个糟糕的念头:也许根本就没有什么声音——毕竟别人什么都听不到,只有他出了毛病,这一切都是他的恐惧幻化出来的,是那些他听到的恐怖故事,还有背后那仅一步之遥便能将众人吞没的黑暗在作祟。

指挥官一摆手,车轮的吱呀声和靴子的踩地声全消失了,这下没有了干扰。指挥官两手搭在冲锋枪上,一只耳朵对着隧道,全神贯注地探听着。怪声还在,阿尔乔姆听得一清二楚,它正变得越来越急促,越来越清晰;而阿尔乔姆也越来越留意指挥官的神情,想要弄清楚,他究竟有没有听到那个搅得自己心烦意乱的声音。然后,眼见指挥官的面容舒展开来,人也放松下来,阿尔乔姆也变得羞愧难当。只因为他的不实之词,整支队伍停了下来,他不光暴露了自己的胆怯,还让所有人都吓了一跳。

叶尼亚听了又听,显然也什么都没有听到。最后他放弃了尝试,一脸坏笑地望着阿尔乔姆,直视着他的眼睛问:"出现幻觉了?"

"滚开!"阿尔乔姆出人意料地愤怒,"你们都怎么了,全是聋子吗?"

"是你的幻觉!"叶尼亚断定。

指挥官想要缓和气氛。"安静下来。什么声音都没有,你可能是听错了。没关系,这种事情常有,别当回事,阿尔乔姆。加把劲,咱们还得继续赶路。"他用温和的语气说道,然后带头朝前走去。

阿尔乔姆只得不再坚持,转身回到岗位上。他真的很想说服自己,那声音不过是想象,是自己紧绷的神经制造的幻觉。他尝试放松下来,不再想那些把人逼疯的念头,希望怪声也能随之消失。有片刻的工夫,他的头脑确实放空了,可那声音却更响亮、更清晰地钻进耳朵里,似乎队伍越往南面纵深去,声音也越强烈。等这声音终于大到充斥整个地铁时,阿尔乔姆突然留意到,叶尼亚只用一只手在干活,另一只手正下意识地抓挠耳朵。

"你在干什么?"阿尔乔姆悄悄地问。

"我不知道……耳朵塞住了……有点痒……"叶尼亚说。

"还是什么都没听见?"阿尔乔姆怀着一丝希望问。

"是啊,什么都没听见,不过耳朵有点儿疼。"叶尼亚低声回答,他的语气中已经没有了先前的嘲弄。直到声音已经大到不可忍受时,阿尔乔姆终于找到了它的出处:那是铺设在隧道墙壁上众多管道当中的一条。它原本是一条通讯线路或是别的什么线路,铁皮管道上的某处爆裂了,黑黢黢的口子露出锯齿状的边缘,怪声正是从管子深处经由这里传出来的。阿尔乔姆正好奇为什么里面一条金属线也没有,只有一团黑漆漆的空气,这时,指挥官突然停下脚步,从牙缝里缓缓挤出几个字:

"伙计们,咱们在这儿……休息一下吧,我快撑不住了,头昏沉沉的。"

他跟跟跄跄走到车前,刚想坐下,可步子还没跨出,就像个沙袋似的一头栽倒在地。叶尼亚满脸呆滞地望着他,身子一动不动,两手一刻不停地揉搓着耳朵。不知怎么的,基里尔兀自朝前走去,像个没事儿人似的,对于眼前的一切熟视无睹。车尾那人却一屁股坐在轨道上,像个孩子般无助地大哭起来。他的手电掉在地上,光线笔直地打在低矮的隧道顶上,为整个画面平添了几分恐怖气氛。

阿尔乔姆慌了。显而易见,整支队伍里尚未失去理智的,就只剩下他一人了。此刻那怪声已变得刺耳无比,叫人无法集中精力对任何复杂形势做出判断。阿尔乔姆绝望地堵上耳朵,这招竟有点奏效了。他忙抡起胳膊,朝叶尼亚脸上重重甩了一个耳光,冲他又吼又叫,想让自己的嗓门压过怪声,甚至忘了自己是现场唯一还听得见的人。

"快把指挥官抬起来!把指挥官抬上车!这里不能久留!咱们得赶紧离开!"

说着，他又捡起掉在地上的手电去追基里尔。

眼下基里尔像是被催了眠似的正大步流星往前走，也不看路，反正没了手电也什么都看不见，好在他走得相当缓慢，阿尔乔姆几个箭步便追上了他。他拍拍基里尔的肩膀，可基里尔仍继续朝前走，眼看二人离其他人越来越远，阿尔乔姆不知如何是好，忙跑到前面，用手电去照基里尔的眼睛，这才发现他两眼竟然全都闭得紧紧的，不过经他这么一折腾，基里尔突然皱起眉头，步子也乱了。于是阿尔乔姆用一只手拦住他，另一只手撑开他的眼皮，把手电光直直打进他的眼里。基里尔惨叫一声，边晃脑袋边不住眨眼，没过几秒钟，就像刚睡醒似的睁开了眼，懵懵地望着阿尔乔姆。由于基里尔被手电的强光晃着了眼，暂时几乎什么都看不见，阿尔乔姆只好搀扶着他，反身朝轨道车走去。

指挥官不知死活，在小车上昏迷不醒；叶尼亚坐在他旁边，脸上依然挂着一副痴呆的表情。阿尔乔姆把基里尔留在车上，又跑去看车尾那人，他还坐在铁轨上嚎啕不止。阿尔乔姆审视着他的眼睛，这对眼睛里写满了痛苦和悲伤，这悲恸来得是那么真实，连阿尔乔姆都给传染了，他感到泪水无法控制地溢了出来，连忙后退了几步。

"他们全都……全都死了，他们死得太痛苦了！"阿尔乔姆从哭声中辨别出这句话来。

阿尔乔姆想把他扶起来，可他挣脱了他，出人意料地发出了恶狠狠的叫声："你们这些无赖！坏人！我不跟你们走，我要留在这儿！他们这么孤单，这么痛苦，可你们却想带我离开？都怪你们！我哪儿都不会去！放开我，听见没有？"

起初，阿尔乔姆想扇他一个耳光，好让他有所知觉，可又怕他人处于亢奋状态中，会跟自己拼命。想到这里，阿尔乔姆在他身边跪下来，费力控制住满脑子的怪声，用温柔的语气张口而出道："可你想帮他们，不是吗？你希望他们能结束痛苦，是不是？"

那人泪流满面的脸上露出一丝微笑，口气也柔和下来，他对阿尔乔姆喃喃道："当然……我当然想帮他们。"

"那你就得帮我。是他们想让你帮我的。现在到车上去，站在手柄那儿，你得帮我赶到地铁站去。"

"他们是这么跟你说的？"那人用不信任的眼神瞅着阿尔乔姆。

"是的。"阿尔乔姆肯定地说。

"那你还会放我回来找他们吗？"

"我保证，只要你想回，我就让你回来。"阿尔乔姆信誓旦旦地说着，不等对方反应，就把他往车上拖。他把这个男人，连同无条件盲从的叶尼亚和基里尔三人全都拉扯到手柄前，又把毫无知觉的指挥官拖到中间。阿尔乔姆俨然成了整支队伍的总指挥，他把枪口对准前方那团黑暗，大步流星地向前走去。听到小车在身后跟了上来，连他自己都有些惊讶。阿尔乔姆觉得自己是在铤而走险，因为后方毫无防备，可他明白，眼下最要紧的是赶紧离开这个鬼地方，并且越快越好。

现在有三人同时操纵手柄，小车行进得比之前快多了。阿尔乔姆欣慰地觉察到，怪声正逐渐减弱，这多少减轻了他的危机感。他不住地冲同伴吆喝，叫他们跟上，突然，他听到背后传来叶尼亚清醒而惊讶的声音：

"你怎么成了指挥官了？"

阿尔乔姆明白，他们终于走出了危险地带。他摆手叫停，回到同伴身边，倚着车子瘫坐在地上。其他人也渐渐清醒过来。车尾的男人停止了抽泣，用手指揉着太阳穴，困惑地四下张望；指挥官的身子也能动了，他呻吟着想要坐起来，一个劲地抱怨头痛。

就这么过了半小时，一行人终于找回了状态。除了阿尔乔姆，没人记得发生过什么。

"当时，我只感觉有股重压猛地朝我袭来，脑袋里就一片混沌了，紧接着一切都消失了。这种情况我以前还遇到过一次，是在一个隧道里碰上了毒气，那里离这儿很远。可要是毒气的话，应该不是这个效果，应该立刻把所有人都迷昏才对，不会挑人下菜碟……那个声音你全听见了？这可就太奇怪了，说不上来……"指挥官自言自语道，"而当时尼基塔在大哭……尼基塔，你在为谁鬼嚎呢？"他问车尾的男人。

"鬼知道……我记不得了。似乎一分钟之前还隐约记得，之后就忘得一干二净了……就跟做了一场大梦似的，刚醒过来的时候还什么都记得，画面还无比清晰地浮现在眼前，等到几分钟后人稍微清醒了，画面就消失了，只剩下些碎片还残留着……现在也是一样。我只记得我为什么人感到伤心欲绝，至于是什么人，什么原因——这些都记不得了。"

阿尔乔姆斜眼望着尼基塔。"当时你想留在那里，永远地留在隧道里，和他们在一起。我对你发过誓，你要是想回去，我就放你走，"他笑道，"所以呢，现在你可以走了。"

"谢谢，不必了，"尼基塔郁闷地回答，浑身抽搐了一下，"我改主意了。"

"好了伙计们，别再东拉西扯了。咱们不要在隧道里耽搁，一切等到了地铁站再做讨论不迟，毕竟回家还得走这条路呢……至于到时候能不能安全闯关，就全凭天意了。咱们走！"指挥官下令，"听着，阿尔乔姆，过来和我一起走……今天你可是我们的大英雄。"他出其不意地说道。

这一次，基里尔走在车尾，叶尼亚不顾众人反对，留下来和尼基塔摇手柄，一行人继续往前走去。

"你是说，那里有条管道爆裂了？你听到的声音就是从里面发出来的？要知道，阿尔乔姆，指不定当时我们已经成了不带耳朵的人偶，什么鬼动静都听不到。而你呢，想必对这种摄心术有特殊感应。小伙子，看来你够走运的！"指挥官断定，"可要说怪声是从管子里发出来的，这可就太蹊跷了。照你说，是根空管子？鬼知道如今那里头有什么东西！"他心神不宁地盯着隧道壁上无数条像蛇一样盘根错节的管子，又说道。

里加站已经近在咫尺了。走了一刻钟的工夫，就能望见岗哨篝火那跳动的火光了。指挥官放慢了脚步，用手电打出了暗号。

他们没有遇到阻碍，很快通过了岗哨，没过几分钟，小车已经摇进了站台。

里加站的条件要比阿列克谢站好一些。很久以前，地铁站上面是个大型市场，那些及时跑进地铁站的获救者，多是在市场里做买卖的商人。站里的居民至今很会做生意，再加上地铁站紧挨着和平大道站——也就是紧挨着汉萨和主要贸易路线——这些都让它获益匪浅。站里亮的是应急电灯，跟展览馆站一样。这里的巡逻队员都穿着旧时的迷彩制服，看上去可要比阿列克谢站的破棉袄精神多了。

客人们每人分到了一个单独的帐篷。眼下一时半会儿是不可能往回赶了，因为不清楚隧道里是否还潜伏着新的危险，又该怎么化解。里加站的头儿和展览馆站小队指挥官去召开临时会议了，其余人等则自由活动。高度紧张的神经一松弛下来，阿尔乔姆立刻感到疲惫不堪，一头栽进被里。他并不想睡，只是虚弱到了极点。两小时后将是迎客晚宴，从主人们意味深长的眼神和窃窃私语的内容判断，大餐里甚至还有肉呢。不过暂时还可以躺一会儿，让脑袋放空。

帐篷外越来越嘈杂。晚宴设在月台正中央，一团巨大的篝火正熊熊燃烧。阿尔乔姆忍不住往外瞧：一些人正在清扫地面，往地上铺苫布，稍远处有人在切猪肉，用钳子串烤肉串。这里的墙面很特别：不是展览馆站和阿列克谢站那样的大理石墙面，而是贴着红黄相间的瓷砖。在过去的时光里，它们肯定让人看上去耳目一新，现在即便砖面已经覆上了一层煤灰和油脂，看上去也还是令人感到愉悦。不过最绝的，要数一辆停在另一条轨道上的地铁列车了。这是一辆真正的列车，它的半截车身已经钻进了隧道，车窗全碎了，车门也被拆得一扇不剩。

列车很稀罕，远不是你在每条通道和每个地铁站随处可见的。二十年间，大多数列车，尤其是那些停留在隧道中于生活无益的列车，慢慢地被人们拆解了，车轮，玻璃或是其他零部件，装点了每个各取所需的地铁站。养父曾告诉过阿尔乔姆，在汉萨，人们特意清除了一整条单向线路上的列车，好让拉货物和乘客的轨道车得以在各站间畅通无阻地通行。据说红线上也是同样情形。从展览馆站通往和平大道站的那条隧道里，连一节车厢也没剩下，不过这可不是有人故意清理的。

站内居民越聚越多，睡眼惺忪的叶尼亚也爬出了帐篷。半小时后，当地领导人和阿尔乔姆的指挥官也到了，第一拨肉串架在了炭火上。指挥官和该站领导人谈笑风生，看来双方都对谈话成果大为满意。当地自酿酒被端上了桌，人们纷纷举杯共饮，欢乐的气氛感染了现场每一个人。阿尔乔姆大口嚼着肉串，吸吮着手上热乎乎的肥油，默不作声地盯着烧红的炭火，内心升腾起一种难以言表的安宁和舒适感。

"就是你把他们从陷阱里救了出来？"坐在旁边的一个陌生人问道，他已经观察阿尔乔姆好几分钟了。

阿尔乔姆的身子动了一下。此前他一直盯着篝火跳动的火舌，沉浸在自己的思绪里，全然没留意到这个男人的存在。

"谁告诉您的？"阿尔乔姆反问道。他打量着眼前的陌生人：男人的头发很短，胡子拉碴，厚重的皮夹克里面是一件暖和的蓝白条纹衫。阿尔乔姆没瞧出什么特别的，这个男人就像个普通商贩，这种人在里加站一抓一大把。

"谁说的？当然是你们的领队说的。"这人用脑袋指了指坐在远处的某人，那人正和指挥官的同僚们热烈讨论着什么。

"没错，是我。"阿尔乔姆不情愿地承认。他刚刚还盘算着要在里加站结交几个朋友，眼下一个大好机会摆在眼前，不知怎的，他却突然有点不自在。

"我叫波旁，大家伙都这么叫我。你叫什么？"男人饶有兴趣地问。

"波旁？"阿尔乔姆吃惊地问，"为什么叫这个名字？这不是个国王的名字吗？"

"不，小子，这是一种烈酒的名字，也就是能点燃的水，知道了吗？据说这种酒能叫人斗志高昂。现在说说你吧？"男人追问道。

"阿尔乔姆。"

"那么，阿尔乔姆，你们什么时候回去？"波旁又问，这让阿尔乔姆不由得提高了警惕。

"我不知道。眼下没人说得准什么时候回去。您要是已经听说了我们的经历，那您自己就能明白。"阿尔乔姆没好气地回答。

"听着，只管称呼我'你'就行，我比你大不了多少……长话短说吧，孩子，我之所以问你这些……是因为我有事找你。不是你们所有人，单单是你自个儿。实际上，是我需要你的帮助。你明白吗？这用不了太久……"

阿尔乔姆一个字也没听明白。男人语无伦次，他的话让阿尔乔姆胸腔憋闷，他感到自己的心脏跳得越来越快，脑门上也沁出了一层冷汗。他再也不想让这场莫名其妙的对话继续下去了。

"小子，别紧张，听我说，"波旁像是能感知阿尔乔姆的想法，忙去打消他的疑虑，"这不是什么见不了光的勾当，一切都光明正大……好吧，大部分都是。简单说吧，事情是这样的：前天我们有帮人要去苏哈列夫站，这些人始终是沿着地铁线走的，可是没走到。只有一个人回来了，并且什么都记不得了，真见鬼。跑到和平大道站的时候，他整个人哭成了泪人，又哭又叫的，按你们领队的说法，跟你们的人一个德行。其他人都没回来。也许他们还在去苏哈列夫站的路上……也许呢，他们哪儿都没去，因为一直没有人从和平大道站过来，这种情况已经持续快三天了。事到如今，也没人想到那儿去，大家伙儿都不肯去。总之，我认为那里必有蹊跷，跟你们碰上的怪事一样。你们领队一说，我立刻联想到，这可能是一码事。整条地铁线是通着的，管道也是一样的。"波旁猛地扭过头去，确认没人偷听，又悄悄地说，"可那摄心术对你不奏效，明白了吗？"

"有点儿明白了。"阿尔乔姆犹豫地说道。

"总之，我现在要到那儿去，必须去，明白吗？必须去。我不确定，但极有可能我也会发疯，像我们那帮伙计，像你们所有队员一样——只有你是例外。"

"你……"阿尔乔姆有些不习惯以"你"相称，似乎还在咀嚼这个字眼是否恰当，他略一迟疑，才说道，"你是希望我陪你走那个隧道，送你到苏哈列夫站，对吗？"

"差不多吧，"波旁轻快地点点头，"不知你听说过没有，就在苏哈列夫站外那条隧道里，这种怪事儿更多。我还得到那儿去。不少人在那里遇到过怪事。不过一切倒还好，别紧张，你要是能陪我去，我不会亏待你的。其实我还要接着往南边走，不过到了苏哈列夫站就有人接应我了，他们可以送你回来，什么事都帮你摆平。"

阿尔乔姆本想对波旁和他的提议统统置之不理，可他突然意识到，这对自己正是一个绝佳的机会，可以不费周折，轻而易举地越过里加站的南部守卫，甚至可以抵达更远的地方……尽管波旁没有明说自己的下一步计划，可他提到要走苏哈列夫站到屠格涅夫站之间那段该死的隧道，而这条路正是阿尔乔姆的计划路线，屠格涅夫站—引水管站—花卉站—契诃夫站……从那里走不了多远就能到阿尔巴特站……也就是波利斯……波利斯。

"报酬怎么支付？"阿尔乔姆决定装装样子。

"怎么都行，最好是现金，"波旁困惑地看着阿尔乔姆，想要确定他是否明白谈话的含义，"冲锋枪弹药也行。要是你愿意，也可以是食物、酒或者毒品，"他挤了挤眼，"这些都可以安排。"

"不，子弹就可以。我要两匣。还要有足够往返的食物。不还价。"阿尔乔姆摆出一副对要价自信满满的架势，接住了波旁试探的眼光。

"好样的，"波旁用暧昧的口气说道，"好吧，两匣子弹，还有食物。这些都不难办，我答应你。好了，阿尔乔姆，现在你要做的，是先去睡上一觉。等到宴会散场后，我很快会来找你。你把行李收拾好，要是会写字的话，可以留个便条，省得他们来找咱们。在我来之前你得做好这些准备。明白吗？"

第五章

为了那点子弹

总的说来,阿尔乔姆并没有什么行李要收拾,因为他还没来得及解开背包,也没什么其他要带的。唯一发愁的是怎么才能在不引起任何注意的情况下,把冲锋枪带出站去。他们配发的是笨重的军用冲锋枪,口径7.62毫米,枪托是木头的。展览馆站派人到邻近地铁站去时,总喜欢让他们带这种大家伙。

阿尔乔姆躺在床上,把头蒙在被子里,不去理会叶尼亚莫名其妙的问题:外面这么热闹,你阿尔乔姆为什么要睡大觉?是病了还是怎么了?帐篷里很闷热,蒙在被子里就更不用说了。阿尔乔姆试着让自己入睡,可睡意迟迟不来,到最后他终于进入浅睡状态,梦境却是那样令人不安,又像是隔着毛玻璃那般模糊:梦中他到了什么地方,和一个看不清面目的人说了些话,又接着跑……就在这时,叶尼亚摇着他的肩膀,悄声叫醒了他。

"喂,阿尔乔姆,有人找你……你不会是惹上什么麻烦了吧?"他警觉地问,"我可以把咱们的人全部叫起来……"

"没事,一切正常,就是说点事情。睡吧,叶尼亚,我去去就回。"阿尔乔姆轻声解释,他慢慢穿着靴子,直到叶尼亚再次睡去,这才蹑手蹑脚地把背包和冲锋枪往帐篷外面拖。听到金属摩擦地面的声音,叶尼亚突然又不安地问了句:"你这又是干吗?你确定没事吗?"

于是阿尔乔姆不得不骗他说,他和一个朋友打了赌,现在不过是想把枪拿给他瞧瞧,一切都很好之类的话。

"你撒谎！"叶尼亚断言，"算了，那我什么时候该操心？"

"一年后吧。"阿尔乔姆用低得不能再低的声音说，拉开帐篷的门帘就往月台上走。

"小子，你可真够磨蹭的。"在帐篷外等得不耐烦的波旁从牙缝里挤出几个字。他没换衣服，只是背后多了一只大大的背包。"老天爷！你打算拖着这个累赘玩意儿穿过整个边防线吗？"他指着冲锋枪嫌弃地问。阿尔乔姆也很吃惊，因为他没从波旁身上发现什么武器。

站里的灯光已经暗淡，月台上一个人都没有。酒足饭饱之后，所有人都进入了梦乡。阿尔乔姆还是走得很急，总担心路上碰到自己人。到了隧道入口，波旁拦住他，让他把脚步放慢。路上的巡逻兵留意到他们，隔着老远就问他们深更半夜的是去哪里，波旁叫着其中一人的名字，解释说有事情要办。

"听好了，"他扭亮手电，告诫阿尔乔姆，"一会儿在一百米处和二百五十米处都会碰到守卫，你要做的，就是别吱声。我会摆平他们。麻烦的是你的宝贝老古董枪没地方可藏，这破烂儿你是从哪儿挖出来的？"

二人顺利通过了一百米处的岗哨。这里的篝火快要熄灭了，只剩小小一团，火边坐着两个身穿迷彩制服的人，其中一个在打盹，另一个和波旁亲切地握了握手。

"是有生意上门吧？你小子——"他一脸坏笑。

前往二百五十米处的这一路上，波旁一句话也没说，闷着头往前走。他有点不大高兴。阿尔乔姆开始后悔和他同行了。他放慢脚步，把手指放在保险上，试了试冲锋枪是否正常。

过最后一个岗哨时，二人耽搁了些时间。也许波旁跟这里的人不熟，又也许是太熟了，管事的人一见到他，就让他在火边解下背包，把他拉到边上问个没完没了。阿尔乔姆只得百无聊赖地留在篝火边，应付着执勤队员。那几个执勤的像是憋坏了，什么都问，根本停不下来。阿尔乔姆知道，执勤的爱聊天是个好信号，因为这说明他们很无聊，也就意味着一切安好。

要是有什么怪事，或是从隧道里爬出来了什么东西，或是南边有人想要突破防线，或是听到了什么可疑声音，他们就一定会聚拢在篝火边，神经紧绷地缄默着，目光紧紧盯着隧道。所以，今天一切正常。那就意味着，至少到和平大道站这一路上，可以放心大胆地往前走。

"你不是本地人。是从阿列克谢站来的吧？"一个执勤队员盯着阿尔乔姆的脸，试探地问。阿尔乔姆牢记波旁嘱咐过的"别吱声，不要和任何人交谈"，只说着些模棱两可的话，让提问的人自己揣测去。值勤人员见从他口中问不出什么，也就放弃了，转而讨论起一个名叫米哈伊的家伙来。这人近些天来在和平大道站做生意，和车站当局起了冲突。

终于没人搭理自己了，阿尔乔姆对此很满意。他坐在原地，透过篝火的火光观察着南边那条隧道。这条隧道跟展览馆站北边的隧道看起来一个样，都是宽敞的通道，一眼望不到头，阿尔乔姆不久前还在那里面二百五十米处的篝火旁待过。单从表面上看，这条隧道并没有什么不一样，可里面的的确确又有点不一样，也许是被穿堂风裹挟出来的某种独特气息，也许是它独有的某种气氛或是氛围，让这条隧道不同于任何别的隧道，拥有一种独一无二的特性。阿尔乔姆想起养父的话：地铁网里没有哪两条隧道是一模一样的，即便是同一段地铁正反方向上的两条隧道都是不一样的。这种过人的敏感来自日积月累的长途跋涉，不是每个人都能有的。养父就有，他把这种让自己引以为豪的能力叫作"聆听隧道"，还多次告诉阿尔乔姆，自己不止一次得以死里逃生，靠的就是这种敏感。至于其他许多人，尽管也在地铁里走了不少路，却没什么长进，有些人感受到难以解释的恐惧，有些人听到怪声、人声，渐渐丧失了理智。不过人们达成了一个共识：尽管隧道里总是见不着人影，里面可并不是空荡荡的。某些看不见也不易觉察的东西，会徐徐地来到人们周围，环绕住他们，将自己独有的生命填充进他们的躯体，仿佛沉甸甸的、冰凉的血液在僵硬的巨人躯干中流淌。

这时，执勤队员们停止了交谈，全都用目光在篝火十步开外浓稠的黑暗中搜寻。阿尔乔姆终于明白养父说的"隧道第六感"的含义了。自从记事以来，他就没去过比这儿更远的地方。他知道，在那火光描画出的模糊边界之外，除了深红色的、晃动的火光照出的阴影之外，一定还有别人。不过此时此刻，他恍惚了。他似乎觉得，生命在十步开外的地方彻底终结了，再往前便什么都没有，只有漆黑的死寂，你若大叫，回应你的便只有自己低沉的回声。

不过，要是你一直坐在那，捂上耳朵，不再死盯着隧道深处，非得从那里找些什么的话，就可以试着把目光融进黑暗，直到它完全融化在黑暗之中，让自己成为这头巨兽的一部分，成为这个庞然大物的一个细胞。到那时，会有那么一种微弱的旋律，穿越喧嚣的外部世界，绕过你的听觉器官，渗入你的指尖，直接流淌进你的头脑——那是一种属于这个地下世界深处的超自然的声音，它模糊不清，叫人难以捉摸……可它绝非从阿列克谢站到里加站隧道里的爆裂管道传出的那种令人不安的单调噪音，而是完全另一种声音：纯澈，悠远……

阿尔乔姆徜徉在这条宁静的旋律之河中，猛然间，他领悟了这个现象的本质——尽管还不清楚原理。在这个过程中，他靠的是自己苏醒的直觉而非理智，这种直觉大概是自己在听到爆裂管道的噪音那一刻被唤醒的。从那个爆裂管道里喷出的气流里应该带有麻醉剂，类似乙醚[1]什么的，会迅速沿着隧道扩散开来；气体在管道里时产生了病毒，不知被什么东西给污染的，翻腾个不停，一直膨胀到把管道撑裂，把裹挟着让所有生物感到难受、恶心和疯狂的病毒，喷洒到外面的世界……

突然之间，阿尔乔姆感到自己已经站在解开某个重大问题的门槛上。似乎在那最后半个小时伸手不见五指的黑暗摸索中，就在自己意识越来越模糊的时刻，突然间揭开了一个神秘的面纱，那面纱下面，是一个所有理性生命都不知道的惊天秘密。而这个由几代人钻入地下建造起来的荒诞小世界的本源，也同样就掩盖在那面纱下面。

---

[1] 无色透明液体，极易挥发，主要作用为全身麻醉，若一次大量接触，早期会出现兴奋，继而产生嗜睡、呕吐、头痛、易激动或抑郁等不良反应。

想到这儿，阿尔乔姆有些怕了，这就像是他为了知道门后的秘密，就透过大门上的锁孔朝里窥望，结果却发现从里面放射出了灼眼的光线；若要打开这扇禁忌之门，强烈的光束也会无可阻挡地迸射出来，把胆大妄为的开门者烧成灰烬。而这道光束，就是"真知"。

所有的思虑、感受和不安拧成一股旋风，猝然席卷了阿尔乔姆的身心。这种感觉以前从未有过，他吓坏了，退缩了。不，所有的一切不过是自己的幻想，他什么都没听到，什么都没感受到，这只是一个幻象的戏法而已。怀着释然和失望并存的复杂感受，他审视着自己，看到那美妙的景象在眼前稍纵即逝，那凌厉而美丽的地平线迅速暗淡消融，于是他的头脑中再度弥漫起了熟悉又纠缠的迷雾。他害怕面对真知，他退缩了。现在，掀开的面纱重重地落下，也许是永远地落下了。他头脑中的风暴一如开始那般骤然平息，残留空虚和疲惫。

阿尔乔姆呆坐在原地，浑身战栗，努力想要弄清楚幻想与现实的交界点——假如这些感受都存在于现实的话。慢慢地，他的意识被忧虑的苦楚填满，那个启示，那个最最本源的启示已是唾手可得，可他却打不定主意，拿不出面对真相的勇气。如今他一辈子都要留在黑暗中徘徊了，因为他放弃了这唯一一次沐浴真知之光的机会。"真知究竟是什么？"他一遍又一遍地问自己，想要给自己匆忙而怯懦的退缩附加一点价值。他太投入了，都没有意识到自己已经不止一次大声说出了这个词。

"小伙子，真知就是光明，而无知就是黑暗！"一名执勤队员欣然解释道，"我说得怎么样？"他得意地朝同伴们挤了挤眼。

阿尔乔姆惊呆了，直愣愣地望着那人，好在这时波旁赶了回来，一把把他从地上提溜起来，又忙着和众人道别，说他们很想多待一会儿，可是必须得走了。

"要当心！"这儿的指挥官指着阿尔乔姆的冲锋枪，严厉地说，"你可以从我这里把武器带出去，不过回来的时候不能再带着它了。我可是有言在先。"

"我不是跟你说过，糊涂虫……"正当二人匆匆离开火堆的时候，波旁气冲冲地对阿尔乔姆耳语道，"回来的时候，你爱怎么样就怎么样，就算挨揍我也不管。我就知道，就知道会这样，混蛋！"

阿尔乔姆沉默着，波旁说了什么他几乎一个字也没听进去。与此同时，他突然想起养父曾经说过的话。养父认为，每条隧道都是独特的，唯一的，为了解释这一点，养父曾说：任意一条隧道都有自己的旋律，要学会倾听。养父这句话大抵不过是漂亮的措词，可回味起自己刚才坐在火边的感受，阿尔乔姆觉得，就是这样的，他真的感受到了！只要他去倾听，实实在在地去倾听，他就能听到……隧道的旋律！不过短暂的记忆很快就模糊了，半个小时过后，阿尔乔姆已经无法肯定这一切真的发生过，还是火光引发的幻想。

"好吧……你应该不是故意的，就是脑瓜子木了点儿，"波旁用和解的语气说，"要是我的态度不好，还要请你原谅。这份工作总叫人神经过敏。好了，看来咱们顺利过关了，这就很不错了。现在咱们要一直走到和平大道站，路上不停了。到了那儿咱们再休息，顺利的话很快就能走到。过了那里，麻烦可就要来了。"

"咱们这么走能行吗？我的意思是，出展览馆站的时候，我们都要组队，至少三个人，否则就不走，在我们那里，后卫是必不可少的，因为……"阿尔乔姆说着，回头望了望。

"不错，小子，成队走自然有成队走的好处，不论是有后卫还是别的什么。"波旁解释道，"不过依我看，劣势也是实实在在的。这可不是说着玩的，是会付出生命代价的。我过去也怕过。别说三个人，我们以前组团的人数还要多，不满五个人都不走，有时甚六个人或者更多。你以为这样就行了？一点用都没有。有一次，我们带了好多货物，为此还带了保镖：两个人走在前面，三个人走在中间，还有一个人殿后，这排场够大了吧，我们要从特列季亚科夫站一路走到当时的……马克思主义者站。就是那么一条隧道。我一进去就感觉不对，里面有一股子腐烂味……还有雾。

只能看得见人影，离得五步远就什么都看不见了，手电筒压根不起作用。于是，我们决定在殿后的人腰带上系一根绳子，然后连到中间的人，最后是前面的人，一个连一个，这样就不会在雾里走散了。我们就这么走着，一切都很正常，也很平静，我们悠悠闲闲地往前挪，反正也走不快，一路上也没有遇见别的人，我当时想，应该不到四十分钟就能走到吧……"

"然后呢，四十分钟就走到了？"阿尔乔姆客套地随口问道。

"根本没到四十分钟啊，小子。有个叫托梁的走在中间，走到一半的时候，他问了后面那人什么问题，可后面没有回答。托梁等了等，又问了一遍，可后面还是没有回答。托梁二话不说就往回拽绳子，可一下子就把绳子末梢拽到了跟前。绳子是被咬断的，千真万确，是被咬断的，绳子末梢还粘着些湿嗒嗒的东西……这种事情从没发生过。我们什么动静都没听见，任何响动都没有。当时我和托梁并排走在中间。他给我看了看绳子末梢，两条腿已经哆嗦个不停了。我们大叫起来，当然了，没人应答。已经没有人可以回答我们了。我们俩交换了一个眼神就往前狂奔，飞快地跑到马克思主义者站。"

"或许他是跟你们开玩笑呢？"阿尔乔姆抱着一丝希望问。

"开玩笑？或许吧。不过后来再也没人见过他。通过这件事，我明白了一点：要是你今天活该完蛋，怎么样都会完蛋，保镖什么的也帮不了你，顶多也就是让你完蛋得慢一点。自从那次以后，除了一条隧道——也就是从苏哈列夫站到屠格涅夫站的那条，那里情况比较特殊——其余的隧道我都选择找一个搭档，两人同行。这样，要是碰上事还能互相拉一把，行动起来也更快。明白了吗？"

"明白了。那咱们能进入和平大道站吗？我还带着这个——"阿尔乔姆指了指自己的冲锋枪。

"走这条线就能进。走环线肯定进不去，你光着屁股都进不去，带着武器就更不用说了。不过咱们用不着去那儿。咱们不会在那边儿久留的，歇歇脚就走。你是不是……从没去过和平大道站？"

"小时候去过，长大后就再没去过了。"阿尔乔姆承认。

"既然这样，我就给你上上课。简单说吧，那里压根没有哨卡，没人需要这个。那里是个大市场，没人住在那儿，所以不会有什么问题。不过那里能通到环线，也就是说，通到汉萨的地盘……所以，尽管咱们这条线上的和平大道站是无主的，可还是有汉萨的士兵在那里巡逻，维持秩序。你一定得低调行事，明白吗？不然他们会把你撵出去，并且禁止你进入他们任何一个站，那可就惨了。我们到了以后，你就爬上月台，安安静静地坐着，管好你这个大家伙，"他指了指那支饱经风霜的老枪，"不许在任何人面前嘚瑟。到了那儿我要跟别人商量些事情，你必须坐着等我。到了和平大道站，咱们再谈谈，该怎么通过那条见鬼的隧道到苏哈列夫站去。"

说完，波旁又陷入了沉默，不再理睬阿尔乔姆。这条隧道不算太差，地面有些潮湿，一股细细的黑色水流正顺着铁轨流向他们的目的地。然而没过多久，从边上传来了轻微的窸窣声和刺耳的抓挠声，在阿尔乔姆听来，这声音就像钉子划过玻璃，叫人厌恶到浑身发抖。这些小畜生，尽管还没现身，就已经让人感知到了它们的存在。

"老鼠……"阿尔乔姆憎恶地从嘴里吐出这个词，感到浑身的皮肤都起了鸡皮疙瘩。

老鼠依然会钻进他夜晚的噩梦中。在那个可怕的日子里，他的母亲连同整个地铁站的人全部被鼠群湮没，葬身其中。这段记忆几乎已经从他脑海中隐去了。然而真的隐去了吗？不，它只是隐藏得更深了，像是一根没有被蹩脚的外科医生及时取出的钢针，潜入体内，开始了流浪。起初它潜伏起来按兵不动，不会让人感觉到痛苦，也意识不到它的存在；直到某一天，在未知力量的推动下，它开始活动，以毁灭性的姿态穿过动脉和神经末梢，摧毁致命器官，给人造成难以承受的痛苦。有关那一天的回忆，鼠群的贪婪、无名的疯狂和盲目的残暴，还有当时内心的惶恐感，像钢针扎进阿尔乔姆潜意识的深处，在夜里折磨着他。只要一想到这些畜生，一闻到它们的气味，他的身体就会产生条件反射，像受了电击般抽搐不止。

对于阿尔乔姆和养父来说，或许对于那天轨道车上另外四名幸存者来说也是一样：他们是所有地铁居民当中最害怕老鼠，也是最憎恶老鼠的人了。

展览馆站里遍布着捕鼠夹和鼠药，几乎没有老鼠，阿尔乔姆都忘了它们长什么样了。不过出了站情况就不一样了，老鼠随处可见。在决定踏上征途的时候，他兴许是忘了这回事，也可能是刻意不去想。

"怎么，小子，你怕老鼠？"波旁揶揄道，"不喜欢老鼠？你可真娇气啊……好好适应吧，我们这里到处都不缺老鼠……不过这不算什么，甚至是件好事情，起码饿不着肚子。"说完，他挤了挤眼，阿尔乔姆觉得自己快要吐出来了。

"不过说真的，"波旁变得严肃起来，"没老鼠的地方才叫人害怕。要是一个地方连老鼠都留不住，就意味着有更可怕的东西存在。小子，要是这种东西不是人类，那可就吓人了。要是一个地方老鼠满地跑，就意味着那里很正常，没什么特别的。明白了吗？"

阿尔乔姆并不想向这个家伙透露自己内心的恐惧，默默地点了点头。这里的老鼠并不算太多，它们忙不迭地从手电的光束下逃离，几乎无法看清楚。有一只恰巧落到阿尔乔姆脚下，阿尔乔姆感到靴底在触及坚实的地面之前，踩到了一团柔软光滑的血肉。伴随着令人生厌的轻微碎裂声，脚下传来一声惨叫。这意外让阿尔乔姆的身体失去了平衡，险些连人带满身装备摔倒在地。

"别怕，小子，别怕，"波旁鼓励他，"这算不了什么。在这个粪坑子里还有两条隧道，里面老鼠满地乱窜，人只能踩着铁轨走。经常是你一路走着，脚底下就咔吧咔吧响个不停。"波旁粗鲁地大笑起来，对自己这番话的效果大为满意。

阿尔乔姆浑身抽搐了一下，强忍着一声不吭。两只紧攥的拳头明确传达出他的心意：要是现在就能一拳揍在波旁那张咧着大嘴的笑脸上，该有多好啊。

这时，远处突然隐约传来一阵喧嚣声。阿尔乔姆立刻忘记了自己的委屈,端起冲锋枪,冲波旁做了一个疑问的表情。

"别紧张,一切正常,咱们就要到和平大道站了。"他拍了拍阿尔乔姆的肩膀,安抚道。

尽管已经事先从波旁口中得知,和平大道站是没有哨卡的,可是远远看不到标志边界的微弱篝火,沿途也没碰上任何路障,就这么径直进入了另一个地铁站,阿尔乔姆还是不大适应,感觉很新鲜。当他们快要抵达隧道出口的时候,喧嚣声更嘈杂了,也看得到从站里发出的微光。

终于,隧道左面的墙上出现了一副铁制阶梯和带扶手的踏板,能让人上到月台上去。波旁的马蹄靴把铁梯子跺得砰砰响,没走几步,隧道突然往左来了个弯折——和平大道站到了。一束明晃晃的白光猛地打在他们脸上,这光在隧道里完全看不到。边上摆着一张小桌子,桌前坐着一个身穿灰不拉几的奇特制服的人,头上还戴了一顶老式军檐帽。

"欢迎。"他移开光束,冲他们招呼道,"是来做生意的,还是过境?"

趁波旁阐明来意的空当儿,阿尔乔姆四处打量起这座地铁站来。紧挨轨道的站台笼罩在一片昏暗之中,从月台里面却投射出柔和的黄色灯光,照亮了一道道拱门。一种突如其来的别样情绪击中了阿尔乔姆的胸腔,促使他想要赶紧办妥所有进站手续,好去瞧瞧拱门后面的那一方天地,去瞧瞧这令人感到无比熟悉而安适的灯光,究竟是从什么地方发出来的……尽管阿尔乔姆觉得自己从没见过这种光,但这份投在拱门上的柔光却让他恍惚间回到了从前,无比久远的从前。他的眼前莫名浮现出一幅奇异的画面:那是一间充满温暖橘色灯光的小屋,在宽大的长沙发上,一个年轻女人正半倚着读一本书。她的脸隐在满墙的彩色粉笔画之中没法看清,她旁边的窗框是深蓝色的……这幅画面在他头脑中一闪而过,留下了疑问,搅动了他的心。刚才看到的是什么?难道站内微弱的灯光可以唤起潜意识里尘封已久的童年片段?难道那个安详地读着书的年轻女人,就是他的母亲?

阿尔乔姆再也等不及了,他把证件往检查员手里胡乱一塞,也不顾波旁反对，就答应将自己的冲锋枪临时寄存起来。他急不可耐地循着光亮奔去，如飞蛾扑火般奔向柱子后面那个喧嚣无比的集市。

跟展览馆站、阿列克谢站、里加站三个站相比，和平大道站有所不同。富强繁盛的汉萨联盟赋予这里更好的照明条件，绝非应急灯能比。而阿尔乔姆自记事以来去过的所有地铁站都只用应急灯。事实上，在很久以前应急灯甚至连真正的灯都算不上。这座地铁站所使用的，是低功率的白炽灯。一条电线横穿过整个月台的天花板，上面每隔二十步远就悬挂着一只灯泡，在见惯了暗红色应急灯、摇曳的篝火和微弱的手电筒的阿尔乔姆眼中，它们实在太不寻常了。这正是照亮过他孩提时代的光，早在他们还生活在上面那个世界的时候。沉睡多年的诸多回忆被一一唤醒，他迷离其中不可自拔。来到月台上，阿尔乔姆并没有像其他人那样奔向汹涌的人潮，而是背靠柱子伫立着，单手遮住眼睛，从手指缝里痴痴盯着这些灯，直到双眼生出了刺痛感。

"怎么，你这是疯了不成？干吗要这样盯着它们看？是不想要眼睛了吗？你要是变成个瞎子，我可不会管你的！"这时，耳边响起了波旁的声音，"既然你那把古董枪已经交给他们了，那就好好转转去吧，去瞧瞧这里有什么新鲜的……盯着那些破灯泡算怎么回事！"

阿尔乔姆丢给波旁一个满含敌意的眼神，不过还是乖乖照做了。

站里的人并不算太多，可是个个都在扯着嗓子喊，有讨价还价的，招徕生意的，吆喝事情的，嗓门一个赛过一个地大，怪不得还在半路上就能听见集市的喧嚣了。两条铁轨上各有一辆废弃的列车，人们把许多节车厢改成了住所。月台上，沿两侧摆起两排摊位，售卖各式器具：一些摊位把商品码得整整齐齐，一些摊位却胡乱堆放着。地铁站的一头矗立着一道铁门，这里曾是通往上面的出站口；另一头是一排移动防护网，防护网的外围堆积着成垛的灰色沙包，显然是一个火力点。一条白色布帷从天花板垂下，上面画了个棕色圆环，是地铁环行线的象征。防护网后面就是通向环行线的路，那里有四条短短的上行扶梯，连接着强大的汉萨联盟的领地——所有外来者都无法踏入的禁地。不论是防护网之外，还是地铁站里，都有汉萨的边防士兵巡逻，他们身着质地优良的防水迷彩制服，头戴配套的军帽，背上斜挎着短冲锋枪。只是不知为何，他们的迷彩竟是灰色的。

"他们的迷彩怎么是灰色的？"阿尔乔姆问波旁。

"吃饱了撑的呗。"波旁鄙夷地说，"你先去逛逛，我得和别人谈点事情。"

地摊上什么新奇东西也没有，无非是些茶叶、香肠、手电蓄电池、猪皮大衣和外套，还有一些破破烂烂的书，大多是毫无遮掩的色情杂志，这里还兜售一种半升的瓶装可疑液体，瓶身的标签上用飞扬的字体写着"自酿酒"几个字。的确没有卖大麻的，放在以前它可是随处都买得到的。就连那个鼻子发青、泪水涟涟的可疑"自酿酒"瘦子摊主，当听到阿尔乔姆问有没有哪怕一点"那东西"的时候，都直接把他臭骂一顿。摊位上最常见的商品是木柴——枝节粗大的劈柴和树枝。这些木柴是那些探险者从上面带回来的，它们燃烧得特别持久而充分，几乎不会产生熏烟。在这里，所有货物你都能用色泽闪亮的卡拉什尼科夫冲锋枪尖头子弹换到，因为这永远是世上最受欢迎和使用最广泛的武器。五粒子弹能换一百克茶叶，十五粒子弹能换一条香肠，二十粒子弹能换一瓶自酿酒。这里的人们给它们取了个爱称——"枪子儿"："嘿，小伙子，瞧这件皮衣多棒！也不贵，只要三百个枪子儿它就是你的了！好吧，二百五十个成交怎么样？"

看到柜台上码得整整齐齐的一排排枪子儿，阿尔乔姆想起养父有一次对他说："我曾读到过，卡拉什尼科夫为自己的发明感到自豪，因为他的冲锋枪是世上最受欢迎的枪。他是这么说的：'我为我的发明能够保卫祖国安宁而感到幸福。'谁知道呢，要是我发明出来这么个玩意儿，恐怕我早就疯了。想想看吧，多亏你的发明，成就了世界上这么多的血腥屠杀！这可比断头台可怕多了。"

一粒子弹就是一条命。一条血淋淋的命。一百克茶叶就值五条人命。一条香肠呢？是啊，一点不贵，不过才值十五条人命。优质皮衣今日有折扣哦，才要三百条人命，算了，二百五十条命就卖给你了，还省下了五十条人命。这个集市一天的营业额,大概抵得上整个地铁网所剩居民人数的总和了。

"喂,有什么发现?"波旁边走过来边问。

"没什么有意思的。"阿尔乔姆回敬道。

"是啊,你说的没错,净是些破烂玩意儿。啊,小子,这个粪坑里以前可是有那么一些好地方,能买到所有你想要的东西。你一走近,他们就争相招呼你:'来瞧瞧吧,武器、毒品、姑娘、办证……'"波旁不禁发出一声赞叹,接着冲汉萨的旗帜点点头,"可是这帮杂种把这里管得死死的,这个不行,那个不许……好了,咱们去取回你的古董枪,该继续赶路了。前面就是那条该死的隧道了。"

阿尔乔姆取了枪,二人在南边隧道入口前的石凳上坐了下来。这里一片昏暗,波旁特意挑选了这个地方,好让眼睛先适应光线。

"给你说实话吧,这一趟我心里没底。我从没遇上过这种情况,所以不清楚要是咱们撞上那档子事,我会变成什么样。呸呸呸,算我没说过。可是,要是真遇上了……要是我变成了个鼻涕虫,或是聋子,也还没什么。不过依我看,进去以后每个人都会出现不同的反应。我们的人再也没回来,至少没回到和平大道站。我琢磨着,他们可能哪儿都没去,咱们今天还能遇到他们。所以你要做好准备,你毕竟还太嫩……要是我开始抽风,大嚷大叫,想要伤害你……这可就不妙了,明白吗?我也不知道该怎么办……行吗!"波旁像是下定了最后的决心,显然经历了长时间的思想斗争,"你这小子看起来不错,应该不会朝人背后开枪。进入隧道后,我就把我的枪也给你。你得当心,"他用锐利的目光注视着阿尔乔姆,"可别跟我闹着玩儿!我这人最没幽默感。"

说完,他从背包里掏出一块破布,小心翼翼地从里面取出一把裹缠着旧塑料袋的冲锋枪。也是一把卡拉什尼科夫冲锋枪,不过这枪和汉萨巡逻兵背上的枪一样短,不同于阿尔乔姆的古董枪,它以折叠枪托和喇叭形扩口短管取代了长枪管和瞄准镜[1]。波旁揭开塑料袋，把弹匣从枪上取下，扔回了背包里。

"拿着！"他把枪递给阿尔乔姆，"已经很久没拆过封了。说不定能派上用场，虽说隧道里还挺消停的……"话音未落，他便一跃而起，"好了，走吧。咱们早动身早到。"

一切都那么可怕。从展览馆站往里加站走的时候，阿尔乔姆尽管知道什么情况都有可能发生，可隧道里至少每天还有人来来往往，况且，一个有人烟的地铁站还在前方等待着他们。从来没有人乐意离开明亮而宁静的地方，而眼下他们却不得不这么做。即便是从里加站动身前往和平大道站的时候，尽管疑虑重重，也还能这么安慰自己：下一站就是汉萨的领地了，只要到地方了就能安心休息一下。

可这里就太吓人了。眼前的隧道伸手不见五指，笼罩在某种不同寻常、纯粹而绝对的黑暗之中，浓稠得几乎伸手可触，这黑暗就像是一块多孔海绵，贪婪地将手电筒发出的光亮吸吮殆尽，仅存一丝微光照亮脚下方寸间的地面。阿尔乔姆支棱起耳朵奋力倾听，想要辨别出那摄人魂魄的怪声出现的微弱苗头，却是徒劳：大概声音也像光一样，只能艰难而缓慢地穿透这层迷雾。就连波旁那响彻一路的马蹄靴声，在这条隧道里听起来都显得沉闷而绵软。

正走着，右边的墙体上突然出现了一处塌方——手电光全部湮没在它那黑黝黝的洞口里。阿尔乔姆费了很大功夫才明白，原来这是条分离于主隧道之外的岔路。他满脸疑惑地望着波旁。

"别怕，这里以前是一条跨线传送路线，"波旁解释，"地铁列车能经过这里直接开到环行线上，就不必再绕行了。不过汉萨的人把它堵上了，他们也不是傻子，不会留下一条开放的隧道在这里……"

---

[1] 阿尔乔姆使用的应该是 RPK-47 班用机枪，为 AK-47 的重枪管型号，枪管比普通自动步枪要长；波旁的枪应该是 AKS-74U，为 AK-74 的短管型号。

此后，两人默不作声地走了很久。伴随着静谧感越来越压迫人心，到最后阿尔乔姆实在憋不住了。

"嘿，波旁，"他故作神秘地问，"听说，不久前有一支商队在这里面被小混混袭击了，是真的吗？"

波旁没有马上回答。阿尔乔姆还以为他没听到自己的问题，正打算再问一遍，这时波旁开口了："我也是这么听说的。不过我当时还没来过这儿，也说不准是怎么一回事。"

他的声音听起来同样钝钝的。这些话和自己快要翻腾不动的念头——"为什么声音在这里这么难听清？"——搅合在一起，阿尔乔姆必须费尽力气才能捕捉到波旁的话音。

"怎么，难道说，后来没人见过他们？这条隧道不是两头儿都通着地铁站吗？他们能去哪里？"他追问道。事实上，他对这件事并没有太感兴趣，不过是想听到自己的声音罢了。

几分钟过去了，波旁还没回答。这一回阿尔乔姆也顾不上催他了：自己方才那番话的余音开始在他头脑中回荡起来，他急于倾听这个回声。

终于，波旁开口了："据说，这里面不知什么地方……有个口子。它很隐蔽，从表面上瞧不出来——不过话说回来，这乌漆墨黑的地方，你又能瞧见什么呢？"

波旁莫名有些气急败坏。阿尔乔姆好不容易才想起他们谈论的内容，为了让这场笨拙艰苦却能把他们从静谧中拯救出来的谈话持续下去，他痛苦地凝聚起思想，又抛出一个问题："那这里总是这么……黑吗？"与此同时，他发觉自己的声音听起来是那样小，仿佛耳朵被堵住了似的。他心里一惊。

"黑吗？这个地方一直这样。到处都是黑的。伟大的黑暗……就要降临，它将……笼罩世界，永远统治下去……"波旁从嘴巴里吐出一句令人费解的话。

"你这句话哪儿来的，书里看来的？"阿尔乔姆说着，发觉自己要费尽力气才能听见自己的话，他也注意到，波旁的措辞也像变了个人似的。然而阿尔乔姆已经耗光所有力气，连惊讶的力气都没有了。

"书……可怕的真相……就隐藏在……古老的经卷中……里面……描金的语句镌刻于墨色纸张上……永不朽去。"波旁艰难地说着，阿尔乔姆惊觉他已不再是过去的那个波旁了。

"说得好！"阿尔乔姆几乎喊了出来，"这是哪里看来的？"

"好……美好的事物……将被推翻和碾碎，先知……将因自己的妄言……而受死……那一日即将来临……比他们最惊惧的黑暗……更加黑暗……他们的所见……将令他们的心灵饱受摧残……"波旁用低沉的嗓音继续念道。

这时，就见他突然收住脚步，猛地左转脑袋。阿尔乔姆听到他颈椎断裂的声音。他的头一下子扭到后面，眼睛直勾勾地盯着阿尔乔姆。阿尔乔姆忙不迭地躲闪。

只见波旁两眼大睁，瞳孔却诡异地缩成两个小黑点——在如此漆黑的环境下，瞳孔本应放大来接收更多光线才对。他的脸上呈现出一种不寻常的平静状态，每一块肌肉都舒展着，就连他那一贯的讥笑也消失了。

"我死了，"他说道，"我已经不在了。"说完，他像个木头桩子般一头栽倒在地。

与此同时，那个可怕的声音再次钻进阿尔乔姆的耳朵。可这一次跟上次的情况不一样了：上次的声音是逐渐加强变得尖厉的，这一次却是霎时间从脚底下蹿出，骤然爆发到最强音量，并且要比上次的音量更强，直震得人耳朵发聋。阿尔乔姆躺在地上，久久无法攥紧拳头起身。于是，他像上次那样用手堵住耳朵，扯着嗓子大喊着，猛地从地上一跃而起。紧接着，他拾起波旁掉在地上的手电筒，疯狂地在墙上搜索着，想找出制造噪声的爆裂管道，可这里的管道全部是完好的，声音似乎是从头顶上方传出来的。

阿尔乔姆没有发现异常，便转身去看波旁。波旁一动不动地趴在地上。阿尔乔姆把他的身体翻过来，惊恐地发现他依然大睁着双眼。阿尔乔姆努力思考该怎么办。他把手搭在波旁的手腕上去摸他的脉搏，哪怕脉搏已那么微弱，哪怕凌乱不均，他也要听到它……可波旁的脉搏已经没有了。眼下阿尔乔姆一心想赶快摆脱这个鬼地方，只好抓住波旁的双手，吃力地拖着他沉重的躯体往前走，甚至忘了摘下旅伴身上的背包。

往前走出几十步远，阿尔乔姆突然踩到了一个柔软的东西，一股恶臭随之扑鼻而来，令他立刻想到波旁的话："咱们今天就能遇到他们。"他忍着不去看脚下，使出加倍的力气，死死拖住波旁，绕过了横陈在铁轨上的几具尸体。

波旁的头毫无生气地耷拉着，已经冰冷的双手不时从阿尔乔姆汗涔涔的手心里滑出。但是阿尔乔姆并没有在意这些，他不想承认波旁已经死了，他必须把他从这里拖出去。因为他答应过波旁，他们有约在先！

噪声渐渐退去，消失不见，四周又陷入了死寂。阿尔乔姆如释重负，这才让自己在铁轨上坐下来喘口气。波旁一动不动地躺在脚边，阿尔乔姆喘着粗气，绝望地看着他苍白的脸庞。大约过了五分钟，他艰难地说服自己站起来，拉着波旁的手腕，跌跌撞撞地倒着往前走。他的大脑一片空白，仅剩下一个念头：无论如何也得把波旁拖到下一个地铁站。可紧接着他便两腿一软，重重摔倒在枕木上。他在地上躺了几分钟，又揪起波旁的衣领，开始往前爬。"我能到，我能到，我能到，我能到，我能到，我一定能到……"尽管自己都不相信，可他还是反复叨念着。

终于，他耗尽了全身最后一丝力气。他从肩上拽下冲锋枪，用颤抖的手指把枪拨到单发档，边对着南面放枪，边喊："来人啊！"然而，他听到的最后一个声音却并非人声，而是许多老鼠爪子发出的沙沙声以及自己内心绝望的呐喊声。

阿尔乔姆一手攥着波旁的衣领，一手紧紧抓着冲锋枪握把，也不知究竟以这个姿势躺了多久，眼前竟然出现了一道光线。他抬头望去，一个上了年纪的陌生男人正站在自己面前，一手拿着手电筒，一手端着件古怪的武器。

"我年轻的朋友，"他用洪亮悦耳的声音开口道，"你应当放弃你的伙伴。他已经死透了，跟拉美西斯二世[1]一样。你是想待在这里，马上就跟他在天堂里重逢呢，还是让他再等等？"

"帮我把他带到地铁站。"阿尔乔姆拿手遮住刺眼的灯光，用虚弱的声音请求道。

"恐怕我必须拒绝这个馊主意，"男人沮丧地宣称道，"我坚决反对让苏哈列夫地铁站变成个墓地，那儿已经够让人不舒适的了。何况，即便我把你伙伴这具毫无温度的躯壳运到地铁站，那里也不会有人体面地送他最后一程。假如他不朽的灵魂已经重归造物主所有，或是又转世投胎了——这要取决于他的宗教信仰，尽管所有宗教都半斤八两——所以，让这具尸体就地腐烂还是在地铁站腐烂，并无本质区别。"

"我答应过他……"阿尔乔姆坚定地说，"我跟他有约在先……"

"我的朋友啊！"男人皱起了眉头，"我开始失去耐心了。帮助死人可不在我的准则之内，这世上的活人都已经帮不过来了。我要回苏哈列夫站了，在隧道里逗留太久，我的风湿病都要犯了。你要是想马上见到你死去的同伴，那你就留在这儿，老鼠和其他东西会帮助你达成心愿的。如果你只是在法律层面为这个问题而感到困扰，那么我可以告诉你，协议一方死亡就视为协议作废——要是没有签署补充条款的话。"

"但我不能丢下他不管！"阿尔乔姆轻声说，试图说服这个救了自己一命的男人，"他曾是一条鲜活的生命啊，难道就把他留给老鼠不成？"

"看上去，他的确曾是个大活人，我毫不怀疑。"男人审慎地打量了一下尸体，表示认可，"但毫无疑问的是，眼下他是个死人了，你得承认这一点。好吧，要是你强烈希望这么做，你可以晚些时候再回来，把遗体火化，或是搞个告别仪式什么的。起来吧！"他下达了命令，阿尔乔姆不

---

[1] 拉美西斯二世（约公元前1303年—前1213年），古埃及第十九朝的法老。其执政时期是埃及新王国最后的强盛年代。

情愿地站了起来。

男人不顾阿尔乔姆反对，又扯下波旁的背包搭在肩上，这才搀扶着阿尔乔姆快步向前走去。阿尔乔姆起初走得很吃力，但每多走一步，男人那股沸腾的能量便仿佛有一部分注入了他的体内。腿上的疼痛消失了，神智也渐渐清晰起来。他端详着救命恩人的脸庞：从容貌上看他有五十多岁，整个人却惊人地充满了精神和活力。他搀扶着阿尔乔姆的那只手坚硬有力，一路上始终不曾因劳累而打颤。他那灰白的短发，精心修饰过的胡髭，都在提醒阿尔乔姆：在整个地铁系统，尤其在当下这个看不到人影的荒凉地方，这个人的外表保养得未免也太好了些。

"你的同伴遇上了什么事？"男人问阿尔乔姆，"看起来不像是遇袭身亡，倒像是中了什么毒……我无比希望，事情并非我想的那样。"他并没有指出自己在担心什么。

"不，不是别人干的……"阿尔乔姆无力解释波旁死时的种种蹊跷，他还没理出个头绪，"这事说来话长，我晚些再告诉你。"

隧道突然到了尽头，说话间二人已进入了地铁站。阿尔乔姆觉得这里有什么地方很奇怪，很不寻常，几秒种之后他才恍然大悟。

"这里怎么……这么黑？"他不知所措地问男人。

"这里没有政权，"男人回答，"没人给这里的居民提供照明。所以谁需要光亮，谁就得自己想办法去弄。有的人弄到了，有的人没有。不过别担心，你很走运，我属于前者。"他敏捷地攀上月台，把阿尔乔姆也拉了上去。

他们从第一个拱门拐进了月台大厅：一条长长的走道，两侧是拱形柱廊，还有常见的铁墙，被阻隔开的扶梯……除了几小簇篝火发出微弱的火光，整个月台大都隐在黑暗中，令苏哈列夫站呈现出一片萧条和凄凉的景象。每团篝火边都聚拢了好多人，其中一部分直接和衣而睡，篝火之间的空地上净是些衣衫褴褛的人在蜷着身子睡觉。这些人全部聚在大厅中央，离隧道远远的。

男人把阿尔乔姆带到一簇篝火旁，这团篝火远离月台中央，比别的篝火烧得都要旺。

"迟早有一天，这个站会被烧得精光。"阿尔乔姆忧郁地瞧着月台，喃喃自语道。

"还有四百二十天。"男人平静地说，"所以在此之前你得离开这里。事实上，这正是我的打算。"

"你是怎么知道的？"阿尔乔姆一脸震惊地问。所有听过的有关巫师和预言家的故事，瞬间在他脑海中翻腾。他盯着男人的脸，想从这张脸上找出某个未知的神秘标记。

"是母体的心灵预感到了不安。"男人微笑着回答，"好了，你先睡一觉，咱们稍后再来认识一下，好好聊聊。"他的话音刚落，一股巨大的困意便朝阿尔乔姆席卷而来，从里加站隧道里的遭遇，到无数个夜晚的噩梦，到刚刚隧道里的又一场意志考验，所有的疲倦积累在一起，令他再也招架不住。他在篝火边的一块油布上倒了下来，头枕着背包，陷入一场长久无梦的沉眠之中。

第六章

强者的权利

眼前的天花板被熏得焦黑,过去粉刷过的白漆没能留下一丝痕迹。阿尔乔姆呆呆地望着那里,一时搞不清自己身在哪里。

"你醒了?"一个熟悉的声音传来,把阿尔乔姆游离的思绪拉扯了回来,也把他昨天——如果是昨天的话——的遭遇连贯成一幅完整画面。一觉醒来,发生过的一切是那样的不真实。先前的经历已经急剧褪去色彩,梦境的高墙有如浓厚的迷雾,隔开现实和回忆,再回想时,已分不清究竟是幻象还是真实的经历。它们变得那样模糊,如同梦境,如同对于未来或过去的憧憬。

"晚上好啊。"男人冲阿尔乔姆招呼道,他坐在篝火另一侧。透过火焰,阿尔乔姆看清了他的脸。他脸上的表情神秘莫测,不可捉摸。

"好了,现在咱们来相互认识一下吧。我有个普通的名字,跟你们这一世日常接触到的那些名字差不多。这个名字太长,也不能证明我什么。我在前世的名字叫成吉思汗,所以你可以叫我'可汗',这样简短些。"

"成吉思汗?"阿尔乔姆难以置信地望着谈话对象。最让他吃惊的是,这个男人竟然说出了自己的前世——尽管他压根不相信转世投胎这回事。

"我的朋友!"可汗受了冒犯似的为自己辩白,"不要带着如此明显的怀疑来分析我的眼神和行为。自那时以来,我已经转世投胎了很多回,有很多世都是响当当的大人物,可成吉思汗仍然是我人生道路上最重要的里程碑,尽管我恰恰把那一世的事给忘得一干二净了,这是我最大的遗憾。"

"那您为什么叫可汗，不叫成吉思？"阿尔乔姆追问道，"要是我没记错的话，可汗连个姓都算不上，就是个称谓。"

"名字不过是毫无意义的字母组合，更不必说传递信息了。"男人用令人费解的方式不情愿地解释道，"此外，我并不认为我有义务向任何人汇报我名字的起源问题。你叫什么名字？"

"我叫阿尔乔姆。我不知道我前世是谁，或许以前我也是个响当当的大人物呢。"阿尔乔姆说。

"很高兴认识你，"可汗显然对这个回答十分满意，"希望你愿意跟我一起简单吃点儿。"说着，他把一只斑驳的铁皮茶壶架在火上，像是在展览馆站北面巡逻时人们常做的那样。

阿尔乔姆忙起身，从自己的背包里摸出一条香肠来，这还是他从展览馆站带出来的。他用刀子把香肠切成片，又从背包里搜出一块干净的破布，把香肠摆在上面。

"给，"他把香肠递给新朋友，"就着茶吃。"

可汗的茶是来自展览馆站的，阿尔乔姆一尝便知。他轻啜着搪瓷杯里的茶水，默默回想着一天之内发生的事情。男人显然也在沉思，并不来打扰他。

从爆裂的管道涌入这个世界的癫狂之音，会给每个人造成不同的影响。对阿尔乔姆来说，它不过是碍事的噪音，叫人难以集中精神，思维产生停滞，却并不会让他失去理智；而波旁则死于没能承受住这猛攻。阿尔乔姆事先没料到这噪声可以杀人，否则他绝不会答应迈进和平大道站和苏哈列夫站之间这条黑漆漆的隧道，哪怕半步。

这一次噪音来得毫无征兆，它先是钝化你的感觉——阿尔乔姆现在可以确信，当时这个噪音已经把所有正常的声音都湮没了，尽管那时你还一点也听不到它；接着便扼杀你的思想，让它凝滞，让你毫无招架之力；最后再给人以致命一击。可是，当波旁突然以一种无法复述的口气说话，甚至念起了神启般的预言时，自己为什么没有很快意识到呢？这些话像迷魂汤药一样卸下人的防备,带着波旁越陷越深,连阿尔乔姆也中招了,觉得必须张口说话,好在意识还在挣扎……他们碰上的究竟是什么?脑子里不知为何竟不转了,有什么东西在干扰着它……

阿尔乔姆想要把发生的一切驱赶出头脑,统统忘掉,它们已经超出了他的认知极限。在展览馆站生活的那些年,但凡听到这种故事,他从来不信。这种事绝不可能在这个世界上发生,绝不可能。阿尔乔姆晃晃脑袋,又四下张望起来。

地铁站里还是那么昏暗。阿尔乔姆心想,这里一直没有灯光,要是有一天篝火的燃料用完了,又没有商队拉来新的燃料,这里只会变得比现在还暗。悬挂在隧道入口上方的时钟早已停摆,地铁站没人管理,没人关心它是走是停。这时阿尔乔姆想起,可汗刚刚对自己说的是"晚上好",可按照自己的计算,现在该是早上或晌午了。

"难道现在还是晚上?"阿尔乔姆疑惑地问可汗。

"对我来说,是晚上。"男人若有所思地回答。

"什么意思?"阿尔乔姆一头雾水。

"看得出来,你,阿尔乔姆,你长大的那个地铁站一定是这样的:隧道入口有一块走时精准的时钟,所有人都喜欢对着它调校自己手表上的红色指针,脸上写满了虔诚。你们所有人的时间都是一个样,就像你们的光一样。这里的情况恰恰相反:人们各过各的。没人需要保证这里所有人都得有光可用。要是你跑去跟他们建议,他们只会觉得这个主意荒谬透顶:那些需要光的人自会把光找来,这样他不就有光了嘛。时间也是一样:那些需要知道时间的人,担心时间混乱,都会把自己的时间带来。这里每个人都有自己的时间,每个人的时间都不重样,这取决于他是从哪个时间里离开的。但是所有人的时间都是对的,每个人奉行自己的时间,按照自己的节奏生活。现在对我来说是晚上,对你来说是早上,那又怎样呢?像你这样在远行中还维系着初始时间的人,就像是那些把烧完的炭一块块保存起来,想要从中还原出火来的原始人一样。可还有一些人,他们遗失或是丢弃了自己的炭。你知道，地铁网里永远只有黑夜，除非你只做观察时间这一件事，否则时间便毫无意义。扔掉你的手表吧，你会发现时间是多么变化莫测，这相当有趣。它会变，而你需要重新去认识它：它并不是割裂的，被小时、分钟和秒切割成段。时间就像水银，一旦被打破，它会立刻聚合，重新组成一个形状迥异的整体。人们驯服了它，把它束缚在怀表和秒表盘上，对于这些人，时间的流逝是等长的。试着给时间自由吧，你会看到，对于不同人，时间的流逝并非是等长的：对于某些人它是缓慢甚至停滞的，可以用吞吐烟圈的速度去衡量，但对于另外一些人它是飞驰而过的，要以生命的长度来测量。你觉得现在是早上？有很大概率你是对的，接近四分之一吧。不过，这个早上是没有意义的，在上面才有早上，可那里已经没有生命了，至少是没有人类了。对于从来没有去过上面的人来说，关心上面到了什么时候有意义吗？没有。所以我还是要对你说'晚上好'，你要是乐意，可以回答我'早上好'。具体到这个地铁站来说，时间在这里完全不存在，除了一个特例：现在是倒数第四百一十九天。"

他啜饮着热茶，不再说话。阿尔乔姆想起展览馆站的两只挂钟来，它们被视为圣物，任何做出有可能损坏它们的举动的人，都会立即遭到颠覆政权和暗中破坏的指控。要是管理者们听到"统一的时间将不复存在""时间的存在也毫无意义"这种论调，该有多么吃惊啊！他不禁觉得好笑。可汗的话突然让阿尔乔姆想起了一桩趣事，这件事他每每想起来，总会觉得惊讶不已。

"他们说，过去地铁列车运行的时候，会在车厢里播报：'车门即将关闭，请当心。下一站是某某站，列车即将开启左侧或右侧车门。'这是真的吗？"他问。

"你觉得这很不可思议？"男人扬起了眉毛。

"可他们怎么能确定月台在哪一侧呢？要是我从南往北坐，月台是在右侧；要是从北往南坐，月台就是在左侧。可车上的座位都挨着墙——要是我理解正确的话。所以对于乘客来说，站台是在他们的眼前或者背后的，并且对这一侧的人来说是这样,对另一侧的人来说正好相反。"

"你是对的,"可汗言语中透着恭敬,"实际上,列车司机都是以自己的视角说的,他们坐在最前头的驾驶室里,对他们来说,左就是左,右就是右。他们是这么看到的,也就这么说了,所以其实他们大可什么都不必说。不过我自小就听惯了这些话,从没想过这些。"

"你答应过要告诉我,你同伴的死是怎么回事。"过了一会儿,他提醒阿尔乔姆。

阿尔乔姆迟疑了片刻,犹豫着是否该把波旁临死时的种种蹊跷对这个人和盘托出,包括自己近来接连两次听到的怪声,它那摧残理智的力量,还有自己听到的隧道旋律和内心感受。最终他下定了决心:要是有人值得去倾诉这一切,那么一定就是眼前这个自以为是成吉思汗转世的人。于是他开始把遭遇讲给可汗听。他讲得激动不已,语无伦次,也顾不上事情发生的前后顺序,只想尽可能地把自己的细微感受描述出来。

"那是亡者之音。"听完阿尔乔姆的讲述,可汗低声说道。

"那是什么?"阿尔乔姆惊恐地问。

"你听到的是亡者之音。你说,一开始它很像某种低语声,对吗?没错,就是它们。"

"什么亡者?"阿尔乔姆一头雾水。

"所有那些最早死在地铁里的人。其实,这也解释了为什么成吉思汗的下一个转世就轮到了我这里。不会再有转世了,一切都即将终结,我的朋友。我也不知道为什么会这样,不过这次人类要完蛋了。不会再有天堂或是地狱,也不会再有炼狱。当灵魂被剥离出躯体——但愿你相信灵魂不朽——它将无处可栖。人类的所知是很有限的。灵魂是真实存在的,就像这只茶壶一样真实。我们的战争摧毁了天堂也摧毁了地狱,而现在我们要生活在一个无比离奇的世界里。在这个世界,人死后的灵魂只能留在原地。你明白我的意思吗?你死了,但你饱受痛苦的灵魂却再也无法转世,也再没有什么天堂,你的灵魂永远得不到安息。它注定要留在你生前生活过的地方——这个地铁里面。我不明白为什么会这样,但我知道事情就是这样。在我们的世界里,人死后灵魂就留在地铁里……它将在这个地下墓穴中游荡,在隧道中游荡,直到时间的尽头,因为它无处可去。地铁成了物质世界和那两处灵魂居所的交会点。现在,天堂和地狱都在这里,而我们就生活在亡魂中间。所有那些被枪打死,被列车碾死,被绞死,被烧死,被怪物咬死,或是死法离奇到活人想也想不出的人的魂魄,已经将我们团团围住。我早就想弄明白,这些魂魄去了哪里,为什么平日里感受不到它们的存在,为什么始终没有感受到它们在黑暗里冷漠的眼神……你了解'隧道恐惧症'吗?以前我以为,这些死者会盲目地跟着咱们在隧道里行走,你一步它一步,我们一转身,它们就隐藏在暗处。你的眼睛没用,它们看不到死者。不过,要是你的脊背阵阵发麻,毛发会竖起来,身体不停打颤,就说明这些看不见的追随者就在那里。以前我是这么以为的,可是听完你的讲述我才明白:它们应该是以某些未知方式进入了管道,和人有了交集……很久以前,早在我父亲甚至我爷爷出生以前,在我们头顶上的这座死城里,有一条河。当时城里的居民懂得治水,就把它引入地下管道里,大概河水至今还在这些管道里流淌着。有些类似这种情况,就像是有人把冥河水引入了管道……你的同伴说的不是他自己的话,恐怕当时那个人也已经不是他了。那是亡者之音,他听到了这些话,头脑中有了回旋,于是被它们带走了。"

可汗滔滔不绝地说着,阿尔乔姆死死盯着他的脸,挪不开自己的视线。一层模糊的阴影掠过可汗的面庞,他的两眼喷射出邪光,不是篝火的深红色火焰,而是能将一切吞噬的橙色火焰。听到最后,阿尔乔姆几乎可以断定可汗疯了,他一定也听到了来自管道里的喃喃低语。尽管可汗从死神手里救出了他,又热情招待了他,但是和他待久了,阿尔乔姆感到既不舒服,也不愉悦。该考虑继续往前走了。接下来,他要从苏哈列夫站走到屠格涅夫站,他已经无数次地听说,这条隧道是整个地铁中最凶险的一条了。而穿过这条隧道,他还要继续走下去。

"所以，你必须原谅我的小小谎言，"停顿了一会儿，可汗说道，"你朋友的灵魂并没有被造物主带走，也没有转世或者转化成其他形式。它成了管道里那些不幸者当中的一员。"

这番话倒是提醒了阿尔乔姆。他本打算回去找波旁，再把他的遗体带回地铁站来的。波旁说过，这里有他的朋友，要是顺利抵达的话，他们会把阿尔乔姆送回去。他又想起了波旁的背包，他至今没有打开过它，里面除了波旁的冲锋枪弹匣外，应该还有别的有用的东西。不过他有点不敢打开背包，现在他的脑袋里盘踞着太多匪夷所思的念头了。阿尔乔姆决定只打开背包看一眼，尽量不动里面的东西。

"你不必怕他，"可汗似乎读出了他内心的波动，出人意料地说道，"这东西现在是你的了。"

"在我看来，那是趁火打劫。"阿尔乔姆小声说。

"你不用害怕遭报复，他不能转世了。"可汗没有回应阿尔乔姆的话，而是直接解答了他头脑中的疑虑，"我认为，掉进这些管道里以后，死者会失掉自我，作为整体的一部分存在。他们的意志融为一体，理智也会丧失。他不再是一个个体了。另外，要是让你害怕的不是死人，而是活人……那好办，你把这个包拿到站台中央去，把里面的东西统统倒在地上，就没人指责你盗窃了，你的良心就保持纯洁了。你曾想要救这个人，他会为此而感谢你，就把这个背包当成他对你的酬谢吧。"

他的话听起来合情合理又令人信服。于是，阿尔乔姆壮着胆子把手伸进背包，把里面的东西拿出来摆在油布上。借着篝火的火光，阿尔乔姆看到除了此前波旁把枪交给自己时摘下的那两个弹匣外，另有四个弹匣。一个商人——依照阿尔乔姆对波旁职业的认定——能有这么多武器，也是够叫人诧异的了。阿尔乔姆把其中五个弹匣仔细拿布包好，放进自己的背包，把最后一个直接安在了波旁那把卡拉什尼科夫冲锋枪上。

这把枪保存得格外好：迷人的枪体由蓝钢铸造，显得油光锃亮，枪机运动稳定、撞击声微弱，扳动快慢机也还是紧的——一切表明，这把枪近乎全新。枪的握把握在掌心里极为舒适，枪管的抛光也很好。这把枪叫人感到希望，给人平添镇静和自信。阿尔乔姆当即决定，要是自己能从波旁的遗物里继承什么东西的话，那么就是这把枪了。

阿尔乔姆的老古董枪配的是7.62毫米口径子弹。阿尔乔姆并没有在背包里找到许诺给自己的弹匣，也不知波旁打算怎么将这份报酬支付给自己。阿尔乔姆思考后得出结论：或许波旁压根没打算支付什么报酬。危险过后，只消从背后给他来上一枪，再丢进通风井里，就能当作什么都没发生。要是有人问起阿尔乔姆的去向，理由可就多了去了：在地铁里什么事情都有可能发生，而这个年轻小伙子可是自愿来的。

包里除了各种破布，还有一张地图，上面画着只有已故主人自己能懂的标记，大约一百克大麻，包底还藏着几块袋装的熏肉和一个笔记本。阿尔乔姆没打算翻看笔记本，他对包里的东西大失所望。在内心深处，他盼着能找到些神秘或是值钱的东西，正是为这东西，波旁才如此迫切地想要穿越隧道来到苏哈列夫站。他曾认定波旁是个送信的，要么就是走私贩之类的，这至少能解释他为何不惜一切代价也执意要穿过那条该死的隧道，并且对自己的要价如此慷慨。可背包掏到底，连换洗的内衣裤都翻出来了，也没发现什么，倒是倒出来一地食物碎渣。看来他的坚持另有理由。波旁为什么一定要到苏哈列夫站来？阿尔乔姆想破了脑袋也想不出来。

他的思绪很快又转向了别处。那个不幸的家伙就这么被丢弃在隧道里，留给了鼠群。尽管他的确打算回去收尸，但事实上他并不清楚怎么才算是让这个家伙死得体面，又该怎么处理尸体。火化？那么你就得忍受住人肉和毛发烧焦的刺鼻臭味还有呛人的烟雾，这些气味肯定会飘进地铁站，到时候一场不快就在所难免。把尸体拖到地铁站？这么做起来很困难，也很恐怖：你可以为了挽救一个人的生命而拽着他的手往前走，哪怕他已经没了呼吸、停止了脉搏，可要是你明知道他已死去多时，却还要攥着这具死尸的手一路把他拖出隧道，就完全是另外一回事了。而且，然后呢？就像波旁应允给自己的酬劳一样，在地铁站里有朋友等着他这个问题上，他有可能也撒了谎，到时候阿尔乔姆的处境会更糟。

"你们这儿怎么处理那些死去的人？"阿尔乔姆想了很久，张口问可汗。

"你要问的是什么，我的朋友？"可汗反问，"是死者的灵魂，还是他们的肉身？"

"肉身。"阿尔乔姆嘀咕道，对于可汗那一通关于亡者世界的胡扯，他已经开始感到厌烦了。

"从和平大道站到苏哈列夫站之间，有两条隧道。"可汗说道。阿尔乔姆心想：没错，列车是对开的，隧道也总是成对的……那么问题来了，既然波旁也知道这一点，他为什么却选择了这条不归路？难道另一条隧道里隐藏着更大的危险？

"但是只有一条隧道可以通行，"可汗继续说着，"因为在第二条离我们更近的隧道里，地表坍塌了，地面塌陷了，现在那里有一道深沟，据说，曾有一整列火车掉了进去。要是你站在深沟的边上，不论是哪一边，都望不到另一边，而且无论多么强烈的手电光也照不到沟底。所以人们都传说，那是一个无底深渊。这自然不是真的，可沟底究竟有什么？没人知道。这道深沟就成了我们的墓地，我们把死者的肉身——按照你的说法——都丢进里面。"

想到自己不得不回到可汗救下自己的地方，拖着波旁被鼠群啃噬后的残肢断体，一路穿过地铁站再钻进另一条隧道，直到这道深沟边上，阿尔乔姆感觉糟透了。他试着说服自己，将尸体扔进沟里和丢在隧道里其实并没有区别，两者都不能称为下葬。就在他几乎确信保持现状是最好的选择时，眼前突然无比清晰地浮现出波旁临死前的那张面孔，对他说道："我死了。"阿尔乔姆惊出一身冷汗，他艰难地站起身，背起新枪，大声说："我得走了。我答应过他，我和他有约在先。是时候了。"说完，他拖着僵直的双腿穿过月台大厅，在越来越浓重的黑暗中朝着通向隧道口的铁梯走去。

在抵达铁梯之前，阿尔乔姆就不得不打开手电筒。脚踏在台阶上，震得铁梯哗哗直响,阿尔乔姆判断了一下,又迟疑地抬脚往前走。一股强风裹挟着腐烂的气味扑面而来,腿也不听使唤了,每迈出一步他都必须强迫自己这么做。他好不容易克服了恐惧和憎恶,得以正常行走了,可就在这时,肩头突然重重挨了一掌。他惊叫一声,自知已经来不及摘枪了,什么都来不及了……他猛地转过身,心已经提到了嗓子眼——

竟是可汗。

"别怕,"他抚慰阿尔乔姆道,"我是逗你的。你不用去了,你同伴的尸体已经不在那里了。"

阿尔乔姆迷惑地望着他。

"趁你睡觉的时候,我已经把他下葬了。你不用去那儿了,隧道已经是空的了。"说完,他转身朝月台走去。

阿尔乔姆如释重负,忙跟上他的步子。走了十步远,阿尔乔姆兴奋地问:"您为什么要这么做?干吗不告诉我?您不是说过,把他留在隧道里和带进站来没有区别吗?"

"在我看来的确没有区别,"可汗耸了耸肩,"可对你来说这很重要。我知道你此行是有目的的,你的路还很长,阻碍重重。我不知道你的使命是什么,不过它要你一个人来扛实在太重了,我想帮帮你。至于我为什么刚才不告诉你——"可汗微笑地望着阿尔乔姆,"是因为我在考验你。而你通过了考验。"

当二人回到篝火旁,坐在皱乎乎的油布上,阿尔乔姆忍不住又问:

"您提到了我的使命,您是怎么知道的?我说梦话了?"

"没有,兄弟。你并没有说梦话,是我在睡梦中看到的。梦里有人要我帮忙,这人的名字有一半和我重合。他向我预告了你的出现,这就是为什么当你带着你同伴的尸体在隧道里爬的时候,我会去找你,把你带回来。"

"是这样?"阿尔乔姆难以置信地看着可汗,"我以为您是听到了我的枪声……"

"枪声我也听到了,这里回声很大。不过你不会真的以为,每次听到枪响，我都要到隧道里去吧？那我的生命之旅早就终结了，而且死得一定很难看。不，一切都已表明，这次是个例外。"

"那这个跟您的名字有重合的人是谁？"

"我无法说出他是谁，我以前从没见过他，也从没和他交谈过，不过你是认识他的，你必须了解这一点。我只见过他一面，而且是在梦里，可我立刻就感受到了他巨大的能量。他请求我去帮助一个困在北部隧道里的男孩，然后你的形象就出现在了我眼前。这不过是一个梦，可他的存在却是那样的真实，醒来以后，我甚至分不清那究竟是梦境还是现实。这个强大的男人剃着光头，穿着白衣服……你认识他吗？"

阿尔乔姆愣住了。眼前的一切都浮动起来，可汗口中那个强大的男人的形象，清晰地呈现在自己面前。这个男人和可汗的名字有一半是重合的……是猎人！阿尔乔姆也曾看到过类似的画面：当他迟迟无法下定决心启程的时候，也曾见到过猎人，他穿着宽大的雪白衣服，而非他出现在展览馆站时——那是个值得纪念的日子——穿的那件黑色长袍。猎人跟他说话，催促他赶紧出发。

"是的，我认识这个人。"阿尔乔姆以一种全新的眼光注视着可汗。

"他进入了我的梦境，换了别人我是绝不会原谅的，不过他不一样。"可汗若有所思地说，"他，还有你，需要我的帮助。可他并没有命令我，也没有把他的意志强加给我，他只是不断地恳求我。他不懂得利用心理暗示或是给人灌迷魂汤，他当时的处境非常非常艰难，却是那样的为你担心，想为你寻求援手，找一个能倚靠的肩膀。我握了握他的手，拍了拍他的肩，就出去找你了。"

阿尔乔姆顿时心乱如麻，太多的思绪在他脑海中沸腾，一个接一个地浮起，还来不及用语言描述就消融沉底了。舌头也似乎变得僵硬了，久久说不出话来。难道这个人真的预知了他的到来？难道真的是猎人现身告诉他的？猎人还活着？还是他没有消散的魂魄？要是这样，就必须要相信可汗那一套亡者世界的鬼话了——相比之下，还是相信这个人已经疯了来得更简单、更令人愉悦。最重要的是,可汗知道自己有任务在身,并且称之为"使命"。尽管他并不清楚这项任务是什么,却了解到了其艰巨性和重要性,对阿尔乔姆产生了同情,并且想要减轻他的负担……

"你到底要去哪?"可汗轻声问道,他平静地凝视着阿尔乔姆的眼睛,像是要看穿他的心思,"告诉我你的目标吧,只要我做得到,我会帮你朝着目标再进一步。是他请求我这么做的。"

"波利斯,"阿尔乔姆说,"我要去波利斯。"

"可你为什么要从这个被上帝遗忘的角落去那儿呢?"可汗饶有兴趣地问道,"我的朋友,你应当沿着环行线走才是,从和平大道站到库尔斯克站,哪怕到基辅站也是可以的。"

"那里是汉萨的地盘,我在那儿一个熟人也没有,是绝对过不去的。无论如何,眼下我已经没法回和平大道站了,要是再走一遍那条隧道,我怕是撑不到最后。我想到屠格涅夫站去。我研究过以前的地图,那里可以直通斯利坚斯克林荫路站,这个站建在一条还没完工的地铁线上,沿着这条线能走到引水管站。"阿尔乔姆从背包里取出那张印着地图的广告残页,"引水管站这个名字我很不喜欢,尤其是当下,不过它是必经之路。从我的地图上看,那里可以直通花卉站,要是一切顺利的话,从那里就能直达波利斯了。"

"不行,"可汗摇摇头,愁闷地说,"你没法从这条路抵达波利斯。地图不准,它们是在一切发生前很久印出来的。事实上,画在这些地图上的很多地铁线从来都没有完工,还有许多地铁站已经毁了,数以百计的无辜生命还埋葬在里面。这些地图不会告诉你哪里潜伏着可怕的危险,而这些危险已经让很多条线路都变成了死路。你的地图就像个三岁娃娃那样愚蠢和天真,还是把它交给我吧。"说完,他伸出手去。

阿尔乔姆乖乖把地图交到他的手上,可汗当即揉成一团,丢进了火堆。阿尔乔姆觉得这么做纯属多余,并没有跟他理论。可汗又用命令的口吻说:"现在,把你从你同伴包里找到的那张地图给我。"

阿尔乔姆在一堆东西里扒拉了半天才找到地图。联想起自己那张地图的悲惨下场，他迟迟不愿把它交给可汗。一路上没有地图可不行。可汗觉察到他的犹豫，忙宽慰他道："别担心，我没打算烧了它。相信我，我不会平白无故做这些事的。你可能觉得我的一些行为毫无道理甚至有些疯狂，可我自有我的道理，只不过你理解不了。因为你对这个世界的认识和理解还很有限，你才刚刚上路呢。你太年轻，对于一些事还不能正确理解。"

阿尔乔姆无从反驳，只得把波旁遗留的地图递给可汗，那是一张明信片大小的方形硬纸片。说起明信片，阿尔乔姆曾用一枚在养父口袋里找到的肩章上的黄色星星，跟维塔利克交换过一张明信片，陈旧的纸页已经泛黄，上面画着烫金的彩球、雪花和"2005年新年快乐"的字样，漂亮极了。

"可真够沉的。"可汗的声音有些沙哑。阿尔乔姆留意到，地图放进可汗手掌心的时候，他的手猛地往下坠了一下，仿佛拿到的是一件超过一公斤的重物。可就在一秒钟之前，当阿尔乔姆把地图拿在手里的时候，并没有感觉到什么异常，它就是一张普普通通的纸片。

"这张地图可比你那张好多了，"可汗说，"里面所隐藏的信息，让我有理由相信它并不属于你的同伴。不过它的可贵之处并不在于上面这些圈圈画画的标记，尽管它们提供的信息量非常大。不，还有更可贵的东西……"

话音戛然而止。

阿尔乔姆抬起眼，注视着他。只见可汗拧紧了眉头，阴郁的火焰在他眼中复燃。他的脸变了形，让阿尔乔姆感到害怕，让他再一次想要尽快离开这个地铁站，去什么地方都行，哪怕再次回到那个他好不容易才死里逃生的夺命隧道里也行。

"把它给我。"可汗的口气并非请求，而是命令，"我另给你一张地图，它们对你来说没有区别。我还可以再给你别的东西，什么都行……"他继续说道。

"拿着吧，给你了。"阿尔乔姆痛快地答应了。他应允得那样轻松，径直堵住了可汗的嘴巴和没来得及说出的话。在可汗说出"给我"的那个时刻,阿尔乔姆就已经做出了决定。现在他突然明白,这些话并不是可汗想要说的,而是他被逼着说的。

可汗猛地起身离开了火堆,把脸隐进了暗处。阿尔乔姆猜测,可汗是在努力克制自己,不想让他目睹自己内心的挣扎。

"你看出来了吧,朋友?"可汗的声音从黑暗中传来,有点虚弱,有点犹豫,方才吓到阿尔乔姆的那股浓厚的炭气也已经消失了,"这不是地图。确切地说,这不仅仅是地图,这是地铁导航图。没错,毫无疑问就是它。有了它,你就可以在两天之内穿过整个地铁,因为……它是活的。它自己会告诉你该去哪儿,要怎么走,还能预知危险……它能引导你的航向,这就是它被叫作导航图的原因。"可汗又回到了火边,"'导航图'这个词是特指,专门用来指代它。我以前听说过这东西,整个地铁里也找不出几张,说不定这是仅存的一张了。这是那个时代最强大的魔法师当中的一位留下的遗产。"

"是被关在地铁最深处那一位吗?"阿尔乔姆本想卖弄一下自己的学识,不料迎来的却是可汗阴沉的脸。

"今后再也不要妄言你不了解的事情!你不知道地铁最深处发生了什么,我对此也知之甚少,上帝给我们留下了一个永恒的谜团。但我可以断定,那里发生的事绝不同于你朋友的说法,你也不要重复跟那里有关的闲话了,不然你会付出代价。况且这和导航图半点关系都没有。"

"不管怎样,"阿尔乔姆忙接话道,生怕错过了这次将谈话转移到安全话题上的机会,"这张导航图您可以收下。反正我也不会用它,此外我对您的救命之恩也深表感激,即便您收下了它,也抵不了您对我的大恩。"

"行吧。"可汗脸上的皱纹舒展开了,声音也柔和下来,"反正你短期之内也用不上它,把它送给我,咱们就扯平了。我有一张普通的地铁线路图可以作为交换,你要是愿意,我可以把导航图上所有标记都描在上面。还有……"他在口袋里摸索着什么,"我可以把这个玩意儿送给你,"说着，他掏出一只形状奇特的迷你手电筒，"它不需要电池。这个装置跟握力器很像：你看到这两个手柄吧？只要用手不停按压它们，它就能产生电流，让灯泡亮起来。当然了，它不是很亮，但在某些情况下，你会觉得这微光比波利斯的日光灯还耀眼呢……它不止一次救了我，希望也能对你有用。拿着，它是你的了，快收下吧。这笔交易是你吃了亏，现在不是你欠我的，而是我欠你的了。"

在阿尔乔姆看来，这笔交易却是再划算不过了。既然自己对地图的神秘属性一无所知，留它在身边有什么用呢？在手里折腾一会儿，对破解上面的符号进行一番无谓的尝试，就会把它扔掉。

"瞧吧，你规划的路线只能把你领进绝境。"可汗小心翼翼地捧着地图，继续说道。

"给你，拿好我这张旧地图，按照上面走，"他递给阿尔乔姆一张印在袖珍老日历背面的微缩路线图，"你说要从屠格涅夫站转去斯利坚斯克林荫路站？这个站，还有它到中国城站[1]之间那条长隧道可是有个坏名声，难道你不知道？"

"我倒是听说过，只身一人不能往里闯，必须要结队而行。我也想过，可以先跟队抵达屠格涅夫站，再从那里脱队离开，难道他们还会追我不成？"阿尔乔姆回答，他感到头脑中有一种说不清道不明的思绪在骚动，让他感到深深的不安。究竟是怎么回事呢？……

"那里没有换站的通道了，都封死了，没人告诉过你吗？"

怎么把这事儿给忘了？！以前当然有人告诉过他，可他没往心里去……红线的人怕隧道里的恶魔出没，就把屠格涅夫站唯一的出口堵死了。

"难道那里就没有别的出口了吗？"他谨慎地问。

"没了，所有地图上都没有显示。事实上，那条通往没建好的地铁线

1　原文为 Китай-города，因 Китай 在俄语中有"中国"之意，故而有人将其误译为"中国城站"并沿用至今，实际上该站与中国没有任何关系。此站最初只是一段城墙，也有文献将其译为"城墙站"。

的通道并非从屠格涅夫站起始，而且，即便那里有通道，通道也没关闭，你恐怕也没胆子脱队去那儿。尤其当你在等待结队出发的时间里，听说了关于这个可爱地方的传言之后。"

"那我该怎么办？"阿尔乔姆沮丧地问，两眼在地图上搜寻着。

"可以去中国城站。哦，这是个非常奇怪的地铁站，那里的规矩相当有趣，不过至少你在那里不会失踪，不会连你最亲近的朋友过一阵子也开始怀疑你是否真的存在过——在屠格涅夫站这种事再正常不过了。到了中国城站，你这么走——"他在地图上比划着，"总共两站就能到普希金站，再从那儿转到契诃夫站，然后再走一站就到波利斯了。看起来，这比你规划的路线还能短一些呢。"

阿尔乔姆翕动嘴唇，计算着两条路线所要经过的地铁站数量和线路转换次数。没错，可汗的路线要更短，也更安全，很奇怪他之前竟然没有想到。看来没别的选项了。

"您是对的。"最后他说，"那么，去那里的队伍多吗？"

"恐怕不是很多。这里有一个不大却很闹心的状况：要是有人想经过我们这个半调子的地铁站去中国城站，也就是去南面的隧道，他就必须从北面的隧道过来。现在想想吧，能从北面来到这里谈何容易？"可汗手指着北面隧道的方向，那里正是阿尔乔姆差点丧命的地方，"不过，最近出发的一支南下队伍已经离开很久了，说不定新的队伍已经集结好了。去问问人们，多打听打听，但不要聊得太多，这里有好些亡命徒，那些人可信不得……算了，还是我跟你一起去吧，免得你做蠢事。"他思忖片刻又说。

阿尔乔姆伸手去拿自己的背包，又被可汗摆手制止了："别担心自己的东西。这里没人不怕我，没有人胆敢靠近我的地盘。你在这里，就受我的保护。"

于是，阿尔乔姆把背包往火边一扔，不过还是随身带上了冲锋枪——他可不想跟这个新宝贝分开，然后忙去追可汗。可汗正迈着沉重而缓慢的步子，朝大厅另一头的团团篝火走去。一路上，阿尔乔姆惊奇地看到，那些裹着破布片、饿得皮包骨头的流浪汉都匆匆躲闪着他们。阿尔乔姆心想,这里的人大概是真的都怕可汗。有意思,究竟是为什么呢?

经过第一团篝火,可汗没有放慢脚步。这是一团小小的篝火,勉强还在燃烧,火堆旁偎依着一对男女,他们正在窃窃私语,听不清在说什么,像是在用一种陌生语言交谈。阿尔乔姆好奇坏了,他的脖子都要扭断了,也没法将视线从这两人身上移开。

接着又是一团篝火。这团火大而明亮,一大群人挤在它的周围。这群高大的男人一边烤手,一边大声交谈,刺耳的笑声和咒骂声在空气中回荡。阿尔乔姆有点畏缩,不由放慢了脚步,可汗却沉静而自信地朝这帮人走去,和他们打招呼,然后在火边坐了下来。没办法,阿尔乔姆只得学着他的样子,在他身边不情愿地坐了下来。

"……他瞧瞧自己,见手上也起了同样的疹子,胳肢窝底下也肿了起来,一摸是个硬块,还疼得要死。你们想想吧,那有多吓人,该死的……不同的人就有了不同的反应。有的马上开枪自杀了,有的疯了,开始扑向其他人,想要拉着别人跟他一起咽气。也有人离开环线,钻进了隧道,找一个僻静地方,好不再把这病传染给别人……什么样的都有。我们这里有个患病的家伙目睹了这一切,就问医生:我还有治愈的希望吗?医生直接对他说:没有,出疹子两个星期后,你必死无疑。我看到营长已经悄悄把马卡洛夫手枪从套子里掏了出来,以防他突然发狂……"

一个身穿棉衣、胡子拉碴的瘦男人用淡灰色的眼睛望着大家,断断续续地讲着,不时因过于激动而停顿一下。

尽管阿尔乔姆还没完全听明白他在说什么,可他的讲述营造出来的氛围和人群突然从喧闹转为沉默,还是让阿尔乔姆打了个哆嗦。他不想引起外人的注意,悄悄问可汗:"他在说什么?"

"鼠疫,"可汗沉重地回答,"鼠疫来了。"

他的话,叫人联想到尸体的腐臭味和火葬时尸油冒出的焦烟。这四字的回声在阿尔乔姆听来,无异于警钟和警报的哀号。

鼠疫在展览馆站和周边地区从没爆发过。作为传染病载体的老鼠都被斩尽杀绝了，况且站里还有几个懂行的医生。所以，关于鼠疫，阿尔乔姆只在书上读到过，其中有些故事他很小的时候就读到了，这些故事在他的脑海中打下了深深的烙印，童年起就噩梦般地一直伴随他至今。

所以，一听到"鼠疫"二字，他就感到脊背发凉，快要晕厥过去。他没再多问可汗，而是怀着强烈的好奇心听那个穿棉衣的瘦男人说话：

"不过里兹可不是那种脑子犯浑的男人。他沉默了一分钟，说：给我一些子弹，我这就离开。我不能再跟着你们了。营长松了一口大气，我都听见了。事情是明摆着的：朝自己人开枪可不容易，就算那人染了病也一样。我们给了里兹两匣子弹——大家伙凑出来的，他就朝着东北方向的航空发动机站去了。我们再没见过他。然后，营长又问医生，这病要多久发作。医生说潜伏期是一周，接触一周后要是没什么异常，就是没有传染。营长当即决定，让我们找个地铁站，在那里待上一周，好确认情况到底怎么样。环线以里的站我们可去不了，要是把传染病带进去了，整个地铁里的人都会死光。就这样，整整一周的时间，我们就那么待着，彼此都不敢靠近——谁知道我们当中有谁被传染了呢。有个小伙子，我们都叫他'杯子'，因为他很爱喝酒。所有人都嫌弃他，只因为他跟里兹是好朋友。杯子走到谁跟前，谁都要躲到地铁站另一头去。有人还用枪口对着他，叫他离开。杯子的水喝光了，大家伙自然还是会匀给他，不过都是把水放在地上就走开，没人愿靠近他。一周后，他消失了。后来什么说法都有，有人甚至说他被某种生物拖走了。可隧道里头安安静静的，也干干净净的。我个人觉得，他就是发现身上起了疹子，或者胳肢窝下面肿起来了，就跑了。队伍里的其他人都没有被传染，我们一直等到营长亲自给每个人做了检查。结果所有人都是健康的。"

阿尔乔姆注意到，尽管瘦子口口声声说自己没事，可他的身边还是空着好大一块地方，尽管火堆旁的空间有限，大家都宁可挤在一起。

"你花了多长时间到这儿的，兄弟？"一个穿着皮马甲、身材矮壮的大胡子男人用不大却很清晰的声音问他。

"我从航空发动机站出来已经三十多天了。"瘦子不安地望着他回答。

"那么，我有个新的消息要告诉你：航空发动机站也暴发了鼠疫。那里暴发了鼠疫，你听明白了？汉萨同时关闭了塔甘卡站和库尔斯克站，这叫作隔离。我在那儿有不少熟人，他们都是汉萨的居民。汉萨在塔甘卡站和库尔斯克站的站间通道里架起了火焰喷射器，要把所有进入喷火射程的人烧死，这叫作消毒。看来，有的人潜伏期是一周，有的人潜伏期则更长些。因为正是你们带去了病毒。"他压低嗓门恶狠狠地说。

"你在说什么，伙计？我没得病！你可以自己来瞧！"男人跳起来就开始扒棉袄和里面一件脏得难以置信的贴身衬衣，生怕来不及说服众人。

一时间空气中充满了紧张。瘦子周围一个人都不剩，所有人都聚集到篝火另一边，不安地交谈着。阿尔乔姆已经听到了拉枪栓的轻微响动。他用询问的表情望着可汗，从肩上摘下新枪，端在胸前。可汗依然沉默着，却用手势制止了他。然后他迅速起身，带着阿尔乔姆悄悄远离了篝火。

走出约十步远，他才停下来，继续观察事态的走向。

在火光的映衬下，瘦子脱衣服的慌乱动作，活像是某种疯狂的原始舞蹈。人群停止了喧嚣，都静静观望着。最后，他终于摆脱掉了贴身衬衣，狂喜地喊道："瞧！瞧吧！我是干净的！我没得病！什么都没有！我没得病！"

穿皮马甲的大胡子从火里拣起一块一端燃烧的木板，小心翼翼地靠近上身赤裸的瘦子，用挑剔的目光扫过他的身体。厚厚的污垢和油脂，让这个爱哇哇乱叫的男人的皮肤看上去黝黑油亮，不过一通检查过后，大胡子似乎并没有发现疹子的蛛丝马迹，又下令道："抬起胳膊！"

瘦子就赶紧抬起胳膊，顿时，腋窝下稀疏的毛发暴露在火堆另一边的众人眼前。大胡子捏住鼻子，又往前凑了凑，细细分辨着淋巴结的异常，却还是没找到瘟疫的症状。

"我没得病！没有！现在你们信了吧！"瘦子发出歇斯底里的叫声。

人群中响起不怀好意的低语。大胡子捕捉到了众人情绪，便不依不饶地说："你自个儿没得病有什么用？这什么也说明不了！"

"这怎么能……什么也说明不了？"瘦子怔住了，他感到无比沮丧，似乎遭到了重击。

"本来就是。你也许没病，这或许是因为你对瘟疫免疫，但你可以携带病毒。你跟你们那个里兹有过接触吗？是队友吧？你跟他说过话，用过同一个水壶吗？你们握过手吗？肯定握过，兄弟，不要撒谎，握过就是握过……"

"握过手又怎么样？我又没得病……"男人茫然地回答，万般无奈之下，他用困兽般的眼神望着人群。

"那就是了。你绝对已经被传染了，兄弟。很抱歉，我们不能冒险。预防在先，明白吗兄弟？"大胡子解开马甲纽扣，亮出里面棕色的手枪皮套。篝火另一边的人群中响起一片附和声和一片拉枪栓的声音。

"伙计们！我没病，我没病啊！你们瞧啊！"瘦子又抬起手臂，不过这回所有人都轻蔑地皱起眉头，流露出憎恶的眼神。

大胡子掏出手枪，把枪口对准了瘦子。而此时的瘦子仿佛无论如何都没法理解自己的处境，只一个劲叨念着他没得病，紧紧把棉衣搂在怀里：他感到寒冷，他快要冻僵了。

阿尔乔姆看不下去了。他拉开枪栓，顾不上反应自己的意图，就朝人群的方向迈出一步。他的胸口被什么东西堵得严严实实，喉咙也哽住了，一个字也说不出来。是瘦子那赤裸的身体，空洞和绝望的眼神，木然机械的喃喃声，刺激着阿尔乔姆，推着他迈出了这一步，不管自己接下来会做出怎样的举动。突然，一只手落在他肩上，死死按住了他。

"停下。"可汗平静地下令，阿尔乔姆登时动弹不得，他感到自己的决心被一个岩石般的意志给击得粉碎，"你什么都帮不了他，要是得罪了他们，你也会死，你的使命就完不成了，你必须谨记这一点。"

就在这时，瘦男人突然哆嗦了一下，大叫一声，搂紧棉衣一下子蹦到路上，撒腿就朝南边隧道的阴影里跑。他跑得像野兽一样快，边跑边发出狂野的叫声。大胡子穷追了一阵,还想击中他的背,却忽然摆了摆手。是啊,这么做纯属多余,每个人都清楚。不知被驱逐的瘦男人是否知道自己闯进了什么地方,是期待奇迹发生还是慌不择路。

才过了几分钟,就听见从那条该死的隧道中传出了他的惨叫,划破了里面死一般的寂静;他的靴声也凭空消失了,它绝非渐息,而是一下子就没了,像是有人关闭了声音,连回声也顷刻间消失了。一切重又陷入寂静。可考验人类听觉和理智的怪事出现了,大概是想象力作祟,人们似乎听到从遥远的地方传来了尖叫声。不过所有人都知道这是幻觉。

"胡狼总能感觉到狼群里有哪只得病了,朋友。"可汗说。阿尔乔姆留意到他迷离的眼神中又放出了凶光,这让他不自觉想躲开,"生病了,就变成了累赘,也是威胁。所以野兽会咬死生病的同类,把他撕成碎片……碎片……"他重复着,像是在咀嚼自己的话。

"可他们不是胡狼,"阿尔乔姆终于鼓足勇气反驳道,他突然开始相信,跟自己打交道的这个男人可能真的是成吉思汗转世,"他们可是人!"

"你想让他们怎么做?"可汗反问,"要是事态恶化,咱们缺医少药的,条件和胡狼没什么区别。这就算得上人道了,所以……"

阿尔乔姆本想反唇相讥,又觉得跟自己在这个荒凉的地铁站里唯一的靠山争执不是明智之举。等着被反驳的可汗见阿尔乔姆放弃了争执,就换了一个话题。

"这会儿,趁着咱们的朋友们还在就传染病和解决办法展开热烈讨论,咱们得做点儿什么了,否则他们好几个星期也下不了决心上路。要知道,时间在这里过得可快着呢。"

火堆边的人们正激动地讨论着眼前发生的事情。有人小心翼翼地用枪身把瘦男人留下的麻袋拨进火里。每个人都显得局促不安,危险的幻影笼罩了他们。现在该决定接下来要怎么办了,可他们的思维却像迷宫里的老鼠,陷进了死胡同,只能在原地打转,徒劳地来回奔走,却找不到出口。

"咱们的朋友们有点儿慌张啊。"可汗露出了微笑,快活地望着阿尔乔姆，满意地评价道，"而且，他们开始怀疑刚刚动用私刑杀害了一个无辜的人，这种态度可没法激发出有理智的思考来。现在咱们要打交道的不是一帮人，而是一群胡狼。要是想操纵他们的想法，眼下这种情况就再好不过了。"他得意洋洋的脸庞让阿尔乔姆很不自在，他试着挤出一个微笑，毕竟可汗是为了帮助自己，可他的笑看起来假惺惺的。

可汗用脑袋指了指人群，又说："现在最重要的是权威，是力量。这帮人尊重的是力量，而不是什么充满逻辑的辩论。你待在一边看着就好。用不了一天，你就能继续上路了。"说着，他大步流星朝人群中走去。

"此地不可久留！"只听可汗大喝一声，人群顿时安静下来。大家都怀着戒备的好奇心听他说话。可汗展现了自己强大到近乎催眠的极具煽动性的语言天赋。他一张口，就让每个人都觉得，假如事情发生后还胆敢留在地铁站里的话，就离大难临头不远了。这让阿尔乔姆惊叹不已。

"这里的空气已经被他污染了！咱们再呼吸这里的空气，也要完蛋。到处都是病菌，哪怕还没传染，要是咱们再不离开，早晚也得染病。像老鼠一样死去，在大厅中央的地板上腐烂。没人会来帮助咱们！想都别想！咱们只能靠自己。得尽快离开这个满是病毒的死亡地铁站。要是咱们这就一块儿走，穿过那个隧道并不难，不过得马上行动！"人们纷纷表示赞同。包括阿尔乔姆在内的大多数人，都无法抗拒可汗话语中强大的说服力量，只能任其摆布。伴随着他言语的指引，种种揪心的情绪在阿尔乔姆心中起伏：恐惧，惊慌，绝望，渺茫的希望。

"你们有多少人？"

有几个人立刻清点起来。不算可汗和阿尔乔姆，火边共有八个人。

"那不必再等了！咱们已经有十个人了，可以出发了！"可汗宣布，他丝毫不给人们思考的时间，接着说，"快收拾东西，一个小时之内我们出发！……走，回篝火边取你的东西！"

说完他拽着阿尔乔姆往自己的小营地走，小声对他说："最重要的是不给他们留反应时间。咱们要是慢了，他们就开始怀疑了，离开这儿去清塘站值得吗？当中一些人会朝反方向走，另外一些人就想待在这里，哪儿都不愿去。看来我必须陪你走到中国城站，不然的话，恐怕他们在隧道里会迷失方向，或是压根忘了要去哪儿，为什么去。"

就在可汗卷起油布，熄灭篝火的时候，阿尔乔姆迅速将看中的波旁的遗物拾进自己的背包，并不时扫视着大厅另一头的情况。人们起初还起劲地收拾着自己的家什，后来就越来越懈怠。一个人在火边坐了下来，另一个也不知何故，正慢慢朝月台中央走去，还有两人凑在一起嘀咕着什么。阿尔乔姆感到事情不妙，忙去扯可汗的袖子。

"他们在那边议论呢。"他警告说。

"爱议论是人类的天性嘛，"可汗回答，"即使人们的意志受到压抑，正处于催眠状态，他们也还是忍不住议论。这是人的社会属性，谁也改变不了这一点。在任何其他情况下，我都乐于接受'一切人类行为都是上帝意志或进化必然结果'之类的说法，具体哪一种则取决于我的谈话对象。不过这一次呢，以上说法均有害无益。我们应当干扰他们，我年轻的朋友，好把他们的想法引到咱们的正轨上来。"他背起自己硕大的行军包，总结说。

篝火熄了，浓稠得几乎摸得到的黑暗从四面八方涌来，攫住了他们。阿尔乔姆从口袋里掏出可汗送给自己的手电筒，不停捏动手柄，里面的装置发出了蜂鸣声，小小的灯泡亮起了，灯光闪烁不定。

"快，快，再快点，别担心。"可汗鼓励他，"它还能亮得更好呢。"

待他们走到其他人面前的时候，隧道浑浊的穿堂风已经把众人头脑中对于可汗的深信不疑给吹散了。作为称职的传染病预防员，大胡子率先迎了过来。"听着，兄弟。"他漫不经心地对阿尔乔姆的好伙伴说了一句。

阿尔乔姆瞧都不用瞧，仅凭皮肤就能感受到可汗周身气场的变化。显然，这种轻佻让他愤怒。在迄今认识的所有人当中，阿尔乔姆最不愿看到可汗发怒。当然了，猎人也算一个，不过阿尔乔姆觉得，猎人可做不到如此冷酷沉着。阿尔乔姆很难想象可汗发怒的样子，即使要杀人了，恐怕他的脸上也还是带着一副洗蘑菇或煮茶时候的表情吧。

"我们讨论了一下，一致觉得……"大胡子继续说，"你是在胡说八道。我呢，一点都不想去中国城站，伙计们也都反对。是不是啊，谢苗内奇？"他转向某人寻求支持。"是啊。"人群中响起一个怯懦的附和声，"我们要去和平大道站，再去汉萨，趁着那里还没封锁隧道。在那里缓一缓再出发。这里什么都不会留下，他的东西已经烧掉了，至于空气，你少蒙我们，这又不是肺鼠疫[1]。万一我们被传染了，也没办法，反正都已经被传染了，那么绝不能把传染病带到地铁其他地方去。不过眼下没人传染，所以，好兄弟，你可以带着你的建议滚蛋了！"大胡子越说越放肆。

这种咄咄逼人的气势叫阿尔乔姆有点慌张。他偷偷扫了一眼同伴，知道大胡子这下要遭殃了。可汗眼里又升腾起了不祥的橙色火焰，让他显得残暴而强大。阿尔乔姆不禁打了个寒战，头发全都竖立起来。他多想放声大笑大叫一通啊。

"既然没人传染，你为什么要害他？"可汗故意换了一种柔和的语调，亲切地问大胡子。

"为了预防！"大胡子露出挑衅的眼神，咬牙切齿地回答。

"不，朋友，这不是解救办法，这是谋杀。你有什么权利这么对他？"

"不要喊我朋友，我不是你的狗，明白吗？"大胡子咆哮起来，"我有什么权利这么对他？强者的权利！你听说过吗？要不是看你可怜，我们这就连你和你的小奶狗一起收拾了！为了预防。明白了吗？"说着，他又摆出了阿尔乔姆已经熟悉的那套动作：解开皮坎肩，把手放在枪套上。

这一回，不等可汗阻止，阿尔乔姆就已经赶在大胡子解开枪套之前端好了冲锋枪。阿尔乔姆呼吸急促，他听到自己的心脏在怦怦跳动，太阳穴也突突直跳，理智已经在他的头脑中败下阵来。他只知道一件事：要是大胡子再出言不逊，或者他的手继续往枪套里摸索，他就会毫不犹豫地扣

---

[1] 肺鼠疫为鼠疫的一种，主要依靠空气与飞沫传播，其他形式的鼠疫病毒不会通过空气传播。

动扳机。阿尔乔姆可不想像瘦男人那样死去,他不会让这群胡狼把自己撕成碎片。

大胡子待在原地一动不动,黑眼珠子放射出凶光。双方就这么僵持着。就在这时,一直在旁边无动于衷的可汗突然往前跨了一大步,脸贴着大胡子的脸,直视他的眼睛,轻声说了句:"停下。你要么照我说的做,要么就得死。"

大胡子眼神里的凌厉立刻消失了,两手无力地垂了下来。他的状态如此反常,阿尔乔姆丝毫都不怀疑,奏效的不是自己的冲锋枪,而是可汗的话语。

"永远不要谈论强者的权利,你配不上这个称谓。"可汗说着,朝阿尔乔姆转过身来,甚至没有给那人缴械的打算。阿尔乔姆不由暗暗吃惊。

大胡子呆立在原地,茫然地四下张望着。喧嚣声戛然而止,人们都静候可汗张口说话。可汗重新控制了局面。

"我们认为,讨论结束了,已经达成了共识。十五分钟后出发。"他又转身对阿尔乔姆说,"你说他们是人?不,我的朋友,他们是野兽。这是一群胡狼,打算把咱们撕碎,还差点就成功了。不过有一点他们不知道——他们是胡狼,而我是真正的狼。不少地铁站都知道我的大名。"

所见的一切,让阿尔乔姆惊得久久回不过神来。到了最后,他终于明白自己有时会觉得可汗像谁了。

"不过,你也是头狼崽。"隔了一分钟,可汗添了一句。阿尔乔姆并没有转身去看他,却从他的声音里感受到了突如其来的暖意。

第七章
黑暗国度

这条隧道空旷、干净得那么彻底。地面干燥，微风拂面，令人惬意。没有老鼠，没有可疑的岔道和黑窟窿一样的洞口，只有几间紧锁大门的房间，都是以前用来办公的。或许在这个隧道里住下来也不错，就像住在任意一个地铁站里一样。不仅是这样，这种不同寻常的安静和干净，非但无法叫人警觉，甚至还打消了人们此前对这儿的一切恐惧。那些人会无端失踪的传说全变成了愚蠢的谣言，阿尔乔姆已经开始怀疑，那个染了瘟疫的可怜的家伙，他的遭遇是真实存在，抑或只是他躺在可汗篝火前那张油布上打盹时做的一个梦？

阿尔乔姆和可汗走在队尾。可汗担心这帮人会一个接一个地溜掉，他认为要是最后真变成那样，那么"谁也到不了中国城站"。他合着阿尔乔姆的步子，平心静气地走着，好像什么都没发生过。因苏哈列夫站的冲突而烙在脸上的皱纹已经抚平，风暴平息了，走在阿尔乔姆身边的又是一个睿智平静的可汗了，那匹危险老道的野狼消失了。阿尔乔姆觉得，这种转换在一分钟之内就完成了。不过他也明白，又一个揭开——甚至是完全揭开——地铁某些神秘面纱的机会正摆在眼前，而自己绝不能错过这个机会。

"您知道这个隧道是怎么回事吗？"阿尔乔姆竭力用一种天真的声音问可汗。

"没人知道，我也一样。"可汗有些勉为其难地回答，"的确有一些东西,连我也一无所知。我唯一能告诉你的是,这里是个深渊。和自己交谈的时候,我把这个地方叫作黑洞……你恐怕从没见过星星吧?你见过?那你对宇宙了解多少?是这样的,一颗死亡的星体可能会变成这样的黑洞。如果它自身的引力足够大,它就会吞噬自己,把表面的物质不断吸进它内部的核心。它的体积越来越小,密度和质量却越来越大。它的密度越大,引力也就越大,这个过程不可逆转,就像雪崩。在引力的作用下,越来越多的物质被吸进这个怪兽的核心,到了某个阶段,它的密度几乎达到无限大,大到能把临近的星体连同一切处于它引力边界内的物质全部吸进去,直到最后,连光线都跑不出来。巨大的引力能让它吞噬其他恒星发出的光,它周围的空间将是死气沉沉,漆黑一团。任何掉进它的引力边界内的东西都逃不出来,它是黑暗星球,黑色恒星,在它的周围只有寒冷和黑暗。"说完他沉默了,倾听着前面人群谈话。

"可这些跟隧道有什么关系?"憋了五分钟,阿尔乔姆忍不住问他。

"我能预见未来,你是知道的。有时候我能看到未来和过去,或者把意念转移到其他地方。不过有时候却很模糊,甚至什么都看不到。比方说吧,我暂时还不清楚你这趟旅行的结局,你的未来对我来说也是个谜。这种感受和以往完全不同,就像是隔着一层水雾,什么都看不清楚。可是,当我试图看清这里正在发生什么,想要了解这个地方的本质的时候,我的眼前只有一片漆黑,我的思想的光束被这条隧道绝对的黑暗吞噬了,正因为这个原因,我管它叫作黑洞。这就是关于它我能告诉你的一切。"过了片刻,他又补充了一句,"我正是为此而来。"

"所以您也不知道,为什么这条隧道有时候非常安全,有时候却能让人消失?为什么它专挑落单的人下手?"

"我对此知道的不比你多,尽管两年多来我一直想要解开这个谜团,却毫无头绪。"

众人的脚步声在远处回荡着。这里的空气澄澈,呼吸起来无比轻松,虽然黑暗,却并不叫人觉得可怕,即便可汗的那番话也并没有引发阿尔乔姆的警觉和担忧。他觉得可汗之所以不开心，并非因为这条隧道有多么神秘，多么危险，而在于他的探寻和劳动全都没有结果。可汗的担忧在阿尔乔姆看来纯属自寻烦恼，甚至有些好笑。这不过是一条普普通通的隧道，笔直空旷，叫人丝毫感觉不到它的威胁……他的头脑里甚至冒出了欢快的旋律。不过，看来自己的感情还是过于外露了，因为可汗突然盯着他，带着嘲弄的口气问："怎么，你还挺高兴的？这里不错对吧？又安静，又干净，是不是？"

"没错！"阿尔乔姆欣然同意。

他的内心充满了轻松和自由。因为可汗理解他的感受，并且也同意这感受；因为他也边走边笑呢，不再为自己那些沉重的念头紧锁眉头；因为他也相信这条隧道……

"现在闭上眼睛，我拉着你的手，你就不会摔倒了……看到什么了吗？"可汗轻握住阿尔乔姆的手腕，兴致勃勃地问。

阿尔乔姆顺从地合上眼。"没有，什么都没看到，只有一丝丝手电筒的光线。"他带着些许失望说。突然，他发出了一声轻声的惊叫。

"这下看到了！"可汗满意地说，"很美，是吗？"

"太美了……它就像过去……没有天花板，是那么蓝……我的天啊，实在太美了！呼吸也畅快了！"

"朋友，这，就是天空。它很奇妙，是不是？只要闭上眼睛，放松心情，很多人都能看到它。说起来自然奇怪……就连那些从没到过上面的人也能看得到，就仿佛回到上面，回到了从前一样……"

"那您呢？您能看到它吗？"阿尔乔姆舍不得睁开眼睛，幸福洋溢地问。

"我什么都看不到，"可汗黯然地说，"几乎每个人都能看到它，可我不能。我只能看到隧道被清晰浓厚的黑暗包围着，你恐怕不会明白我想说什么。上面，下面，四周全是黑暗，只有一小束光穿过隧道。而我们进入这个迷宫以后，都在循着这束光走。或许是我瞎了，又或许是其他所有人都瞎了，只沉溺于飘浮在眼前的幻象，只有我能看到这神秘背后的些许本质。好了，睁开眼吧，我不是瞎子的引路人，也没有牵着你走到中国城站的打算。"说着，他松开了阿尔乔姆的手腕。

阿尔乔姆试着继续闭着眼睛往前走，却绊了一脚，连人带背包摔了个四仰八叉。他只好不情愿地睁开眼，也不说话，就那么傻笑着走了很久。

"这是什么？"他最后问。

"幻象。梦境。情绪。所有交织在一起。"可汗回答，"不过它变化莫测，它不是你一个人的情绪和梦境。咱们人多，这里暂时什么都没发生，不过这种情绪很可能变成完全不同的另外一种，你会感觉到的。瞧啊，咱们离屠格涅夫站已经很近了！咱们马上就能到。不过绝对不能在那里逗留，片刻都不能。这些人大概会这么要求的，但不是每个人都能感受隧道。他们当中大多数人甚至也感受不到你能感受到的。咱们必须继续往前走，尽管前面的路会越来越难。"

众人走进车站。浅色大理石的墙面，跟和平大道站和苏哈列夫站里的几乎一模一样，不过区别在于，别处的墙壁和天花板上早已被熏得焦黑，油迹斑斑，很难分辨出大理石的本色了。这里的大理石却依然葆有它的美，叫人移不开视线。很久以前人们就离开了这里，他们生活的痕迹早已荡然无存。因此，地铁站的保存状况出奇地好，似乎它从来没有被水淹过，也没有经受过火灾的洗礼。要不是地面、长椅、墙壁上的一层尘埃和无尽的黑暗提醒着人们，你很容易会产生一种错觉：这里马上就会有成群的乘客涌入，或是伴随着悦耳的提示铃声，一辆列车即将驶进站台。多年以来这里几乎依然保留着原貌，养父曾带着困惑和虔敬向阿尔乔姆描述过这个地方。

屠格涅夫站内没有立柱，一道道低矮的拱门全靠厚厚的大理石砖墙支撑着。手电筒的光无法穿过大厅的黑暗照到对面的墙上，这给他们造成了一种印象，似乎在这些拱门后面除了空荡荡的黑暗，什么都没有，他们所站的位置就是世界的尽头，时空的边缘。

人们步履匆忙地从地铁站旁经过，和可汗的担心截然相反，没人想要停下来休息，人们看起来躁动不安，不停议论着要尽快离开这里。

"你感到了吗，它的情绪在变化……"可汗轻声说，他把一根手指高高举起，像在测定风向似的，"咱们真的得走快些了，它们的皮肤已经感受到了，和我感知到的一样。不过有什么正阻挠我继续走下去。在这里稍等我一下。"说完，他小心翼翼地从衣服里侧口袋里取出那张他称为"导航图"的地图，让大家原地待命，随即熄灭手电筒，步伐轻盈地往前迈了好几大步，消失在了黑暗的隧道中。

可汗一离开，就有一个人从站在原地的人群中走了出来。他缓缓地，像是要克服什么阻力似的，径直朝阿尔乔姆腾挪过来。他的语气中充满了胆怯，以至于阿尔乔姆一开始竟没认出他就是那个在苏哈列夫站威胁过自己的大胡子。

"听我说，小伙子，咱们不应该傻站在这里。告诉他，我们很害怕。当然了，咱们的人不少，不过什么事都有可能发生……这条隧道被诅咒了，这个车站也被诅咒了。告诉他，必须离开。你听见了吗？快告诉他……求你了。"说完，他移开视线，匆匆回到人群中。

他话尾的那句"求你了"，让阿尔乔姆浑身一颤，产生了一种不祥的念头。他往前走了几步，好离人群近些，能听清他们的谈话。他猛地意识到，先前的好心情已经全跑光了。头脑里刚才还有一支小乐团演奏着威武雄壮的进行曲，眼下却又空又安静，只听到风在前方隧道里忧郁的呼啸声。阿尔乔姆沉静下来。他整个人一动不动地僵立住了，紧张地等待着什么，似乎预感到某些不可避免的变化即将发生——他是对的。就在当下，似乎有一片无形的阴影在他们头顶上凭空出现，顿时，众人感到一股寒意和强烈的不适感。阴影也带走了众人进入隧道以来内心积攒下来的全部宁静和信心。阿尔乔姆突然想起可汗的话：这并非他一人的情绪，也并非他一人的快乐，这种情绪的变化并不取决于他。一种不详的预感击中了他。他慌忙用手电筒往四周打探：覆满灰尘的白色大理石泛着阴森的冷光，拱门后的黑色帷幕也漆黑依旧，关于世界尽头的幻象此刻显得无比真实。阿尔乔姆再也控制不住了，他几乎是跑回到人群当中的。

"到我们这儿来，来吧，孩子。"一个陌生男人对他说。阿尔乔姆看到，人们正为了节约电池凑在一起。"别怕。你是人，我们也是人。发生这种事情，人人都应当团结一致。你觉得呢？"

阿尔乔姆丝毫不想否认，他能感到，半空里有什么东西飘浮着。恐惧让他变得异常健谈，他开口和人们讨论起了自己的忧虑，可心里却一直惦记着可汗的去向，惦记着他为什么离开了十多分钟还不见人影。可汗本人很清楚，还曾告诫过阿尔乔姆，绝对不能只身一人待在隧道里，要想保命就必须跟别人一起。可他怎么就只身一人离开了别人，他怎么敢对这不成文的规则不管不顾？难不成是忘了？还是寄希望于自己野狼的直觉？对于第一个理由，阿尔乔姆不太相信，因为可汗曾提过，他花了三年时间研究和观察这个古怪的地方。更何况，对于这条唯一的规则，只需听过一次就足以难忘：不要一个人走进隧道，不然的话，保准你会吓到浑身打颤，冷汗直流。

阿尔乔姆还没来得及思考自己的守护人可能遭遇了什么，可汗就悄无声息地出现在了他的身边。人群顿时活跃起来。

"他们不想再在这里站着了。他们害怕。咱们还是快点往前走吧，"阿尔乔姆央求，"我也觉得这里有点不对劲……"

"他们还没到怕的时候。"可汗望着身后，确信地对他说。阿尔乔姆觉得，可汗坚定而沙哑的嗓音有些发颤，"你也没到害怕的程度，所以不要大惊小怪。真正怕了的人是我。记住，我是不会轻易说出这句话的。我害怕，是因为我到车站后面的黑暗里走了一遭。导航图不让我走下去了，否则我必死无疑。咱们不能往前走了，我敢断定，前面一定有蹊跷，可是那里太黑了，我什么都看不见，不知道在那里等待咱们的究竟是什么。你瞧！"他迅速把导航图举到眼前，"看到了吗？用光照着这里！看看从这儿到中国城站的这一截隧道！难道你什么都看不见？"

阿尔乔姆把这一小截地图看了又看，盯得眼睛都疼了，也没有分辨出什么不寻常的地方。可他不敢向可汗承认这一点。

"你瞎了吗？难道你什么都看不见？这一截整个全是黑的！是会要人命的！"可汗低语道，随即收回了地图。

阿尔乔姆谨慎地盯着他，他觉得可汗又陷入了疯狂。他想起叶尼亚讲过的那个孤身闯隧道的人的故事：尽管那人保全了性命，却吓疯了。这种事会不会也发生在了可汗身上？

"可咱们也已经不能回头了！"可汗悄悄对他说，"咱们能走过来，全亏当时它的情绪正好。可现在那里黑暗缭绕，正酝酿着一场风暴。咱们现在唯一能做的，是往前走，不过不能再走这条隧道了，要到和它平行的那条隧道里去。或许那里暂时是安全的。喂！"他扭头冲人群喊，"你们是对的，咱们得往前走！不过咱们不能沿着这条路走了，再往前就没命了！"

"那该怎么走？"有人困惑不解地问。

"穿过地铁站，沿着跟这条路平行的那条隧道走——这就是咱们要做的。越快越好！"

"不行！"队伍里竟然有人提出反对，"谁都知道，在这条隧道走得通的情况下去走另一条反向的隧道，是愚蠢的行为，是找死！我们不去左边的隧道！"

又有几个人纷纷附和。队伍一时僵在原地。

"他的话是什么意思？"阿尔乔姆吃惊地问可汗。

"大概是什么鬼传说吧。"可汗不满地蹙起眉头，"该死的！没时间劝说他们了，我没那力气了……听着！"他对众人说，"我要去走那条隧道了。相信我的人可以跟我一起走。至于其余的人，那就永别了！我们走！"他对阿尔乔姆说道，随即把背包甩到月台上，艰难地用两手撑住月台边沿，爬了上去。

阿尔乔姆没有动，他犹豫了。一方面，可汗对于隧道和地铁的了解远超常人，似乎可以信赖；然而另一方面，这些被诅咒的隧道是否真的具有不可违抗的法则——只有和多数人在一起，才是成功的唯一希望？

"喂，你怎么了？压力太大？把手给我！"可汗单膝跪地，向他伸出了手。

眼下，阿尔乔姆实在不愿迎上可汗的目光，他很怕又看到他眼里闪现出疯狂的光芒，每一次看到都让他心惊肉跳。可汗的理智还在吗？他是否清楚，自己否决的不仅仅是整支队伍的忠告，也是隧道本身的忠告吗？而且，在他手捧的导航图上，那一截路线也不是黑色的——阿尔乔姆可以发誓，那是褪了色的橙色，跟整条线路是同一个颜色。那么问题来了：究竟是谁瞎了？

"怎么，你还在犹豫？难道你还不明白，再耽搁下去咱们都会死！你的手！该死的，快把手给我！"可汗急得叫出了声。可阿尔乔姆却低头望着地面，迈着小步子，一点点远离了月台，远离了可汗，朝怨声载道的人群靠拢过去。

"来吧，兄弟，和我们待在一起更安全，别理那个笨蛋！"人们冲他喊。

"傻瓜！你会跟着他们一块儿送命的！即使你不在乎自己的死活，也要想想自己的使命！"可汗喊着。阿尔乔姆鼓足勇气，终于抬起头，将目光迎向可汗扩大了的瞳仁，可是从那里面丝毫找不到疯狂的迹象，只能看到绝望和疲惫——极度的绝望和疲惫。

阿尔乔姆又犹豫了，他停下了脚步。可就在这时，不知是谁把手搭在他的肩上，轻轻把他拽到自己身边。

"咱们走！让他一个人受死吧，他还想把你也拖进坟墓呢！"阿尔乔姆听那人说道。他思索了很久才弄清这句话的含义，象征性地抵抗了一下，就任凭那人把自己拉进了人群。

阿尔乔姆觉得，队伍的速度慢下来了。人们缓缓地启程，缓缓地行进，朝着南部隧道的幽暗地带进发。他们慢得出奇，像是在水中行进，每走一步都要克服重重阻力。

就在这时，可汗突然轻盈地跳起来，落到原路上，连跃两步，就赶上了众人。他一掌击倒拽着阿尔乔姆的男人，扯住阿尔乔姆的身体就往回拉。在阿尔乔姆看来，一切都发生得慢得出奇：他先是用余光看到可汗在背后的那一跳，可汗在空中停留了很久才落下来，心中暗暗称奇；接着，他又后知后觉地看到，那个穿帆布马甲的大胡子男人上一秒还轻轻抓着他肩膀，下一秒就脱离了队伍，重重倒在地上。然而，就在可汗拉住他的那一刻起，时间又变快了，人们听到击打声后扭头的动作，在他看来几乎像闪电一样迅速。他们飞快地朝可汗围拢过来，把枪口对准了他。可汗轻轻后退一步，一手把懵了的阿尔乔姆往自己身边拉，直把他拉到自己身后，用身体护住了他；另一只手握着阿尔乔姆那支闪着冷光的崭新冲锋枪，向前伸出的手臂有些轻微晃动。

"走开，"可汗用嘶哑的嗓音说，"杀你们没有意义，反正一个小时之内你们都得死。不要管我们，你们走吧。"他说着，一步步朝地铁站中间退去。其他人呆呆地站在那里，身影渐渐化为模糊的轮廓，随后融进了黑暗之中。

终于，人们经过讨论，决定撤退。只听那边传来一阵嘈杂，大概是他们扶起了被可汗击倒的那人，然后继续朝着南下的隧道入口进发。可汗这才放下枪，催促阿尔乔姆赶紧往月台上爬。

"我年轻的朋友，我到底要救你多少次啊！"可汗的声音里满是掩饰不住的愤慨。

阿尔乔姆先爬了上去，可汗紧随其后。

来到月台上，可汗拿起背包，拖着阿尔乔姆走进了拱门内的黑暗。

屠格涅夫站的大厅很小，厅的左面是一道大理石墙面，右面则被遮住了，在手电光的照射下，只能看到一道铁皮瓦的挡板。整座地铁站都被因年久而微微泛黄的大理石包裹着，只有三道宽大的拱门，是用粗陋的灰色混凝土砌死的，从这里有台阶可以通到以前的清塘站，如今红线已经把它改叫作基洛夫站。车站里空空荡荡的，地上什么东西也没有，看不到一丝人类、老鼠甚至蟑螂留下的痕迹。阿尔乔姆环顾四周，想起波旁嘲笑自己害怕老鼠时说过的话：老鼠没什么好怕的，没老鼠的地方才可怕。

可汗扶着他的肩膀，快步穿过了大厅。即使隔着衣服，阿尔乔姆也能感觉到他的手在发抖，可汗似乎冻坏了。就在他们在月台边卸下背包，正要往下跳的时候，一束光线突然打在他们背上，眨眼间，可汗已经卧倒在地，用枪口瞄准了光源。阿尔乔姆不禁为他的反应速度暗暗感到吃惊。那束手电光并不强烈，却直直对着他们的眼睛照射，很难看清是什么人在身后追赶他们。阿尔乔姆反应了一会儿，也趴在地上，慢慢爬到他们的背包旁，摸索出了自己的旧枪。这支枪笨重又难用，却拥有完美的7.62毫米口径，任何野兽身上中了这么一个弹窟窿，都会动弹不得。

"干什么的？"可汗大吼。阿尔乔姆想道，要是那人真想杀死他们俩，恐怕早就已经下手了。那幅画面不难想象：在手电光和瞄准镜的协助下，他们很快便无助地倒在地上抽搐，毫无意识地蠕动，像一只蜗牛惨死在靴下。总之，要是那人真想杀人，他们早就倒在血泊中了，根本来不及拿枪。

"别开枪！"一个声音响起，"别开枪。"

"把灯灭了！"可汗要求道，借机挪到拱门底下去拿手电筒。

阿尔乔姆好不容易拉开了保险栓。他紧紧攥住枪托前部，滚向一边，闪出了对方的射击区域，在一道拱门后面隐藏起来，做好了假如对方先开枪，就包抄到对方侧面干掉对方的准备。

不过，对方显然已经降服：可汗一声令下，那人马上乖乖照做了。这么一来，可汗就用放松了些的口气又命令道："很好！现在把武器放在地上，快！"

只听那边传来金属碰到花岗岩地面的一声脆响。阿尔乔姆枪口朝前，从侧面匍匐潜入了大厅。他算得很准：那人恰好站在离自己十五步开外的地方。借着拱门上明晃晃的反光（可汗夺取了主动权），他看举着双臂站在那里的不是别人，竟然是跟他们在苏哈列夫站起过争执的大胡子。

"不要开枪，"他用颤抖的嗓音又一次央求，"我没有伤害你们的打算。请让我跟你们一起走吧。你们不是说过，愿意的人可以加入？我……我相信你，"他对可汗说，"我也有一种直觉，在左面的隧道里有什么东西。他们已经走了，他们全走光了。我留下了，我想跟你们一起。"

"你的直觉倒是挺准的。"可汗上下打量着男人,赞许道,"不过,我的朋友,我没办法相信你,谁知道你葫芦里卖的是什么药。"他嘲弄地说,"不过呢,我们可以先看你的表现。条件是,你必须马上把你的武器全部交出来,并且在隧道里要走在我们前面。要是你敢耍什么花招,可不会有好下场。"

大胡子把扔掉的枪踢到可汗面前,又小心翼翼地从身上掏出几弹匣的子弹,摆在一旁。阿尔乔姆拾起这些东西,端着枪靠了过去。

"我看住他了!"他喊。

"手别放下,往前走!"可汗大喝道,"快,跳下来,站着别动,背对我们!"

在隧道里走了两分多钟,三人已经走出了一个稳固的三角队形:名叫图兹的大胡子走在五步开外,可汗和阿尔乔姆跟在后面。三个人步伐稳健,正走得好好的,突然,他们听到一阵短促的哀号声穿过厚厚的墙体从右边隧道里隐隐约约传了过来,只一眨眼的工夫就什么动静都没有了。图兹惊恐地望着他们,他握着手电筒的手抖个不停,甚至忘了把手电挪开,从下方照上来的光束把他的脸映成一张鬼脸,这张脸比尖叫声更能让阿尔乔姆吓一跳。

"是啊,"可汗点点头,也不知在回答谁的问题,"他们错了。不过,还不能断言我们是不是就对了。"

他们加快了前进的步伐。阿尔乔姆不时扫一眼可汗,从他身上看到了越来越明显的疲惫。可汗的手在微微发颤,步伐也凌乱了,大颗大颗的汗珠从他脸上滚落下来。可他们启程还没多久呢……这条路他走得显然比阿尔乔姆辛苦。阿尔乔姆一路思索着同伴的精力去了哪里,竟忽略了可汗这次的正确决定救了自己的事实。当时要是阿尔乔姆任凭那一队人马带走自己,眼下无疑已经消失在右边的隧道之中,成为又一桩神秘死亡案的遇难者了,连尸骨都剩不下。要知道,那队人马着实不少,至少六个人。那条进入隧道的法则怎么没有奏效?而可汗是知道的,可汗知道!也许是他预先猜到了，也许真的是那张具有魔力的导航图给了他提示。救下他们的竟然是一张花花绿绿的纸，这未免有点好笑……这玩意儿真的帮了他？不过，纸上从屠格涅夫站到中国城站之间的那段隧道，当时的确是橙色的，肯定是橙色的……难不成，它其实是黑色的？

"怎么回事？"图兹突然停下脚步，不安地望向可汗，"你感觉到了吗？后面……"

阿尔乔姆莫名其妙地盯着图兹，很想回敬他一通尖酸刻薄的话，或是大骂他神经衰弱——自己明明什么都没感觉到。这个男人在屠格涅夫站就给他带来不小的压抑感和危机感，现在也是时候释放一下了。然而令他出乎意料的是，听到图兹的话，可汗立刻停了下来，嘱咐他们不要出声，扭过身子面向来路。

"你的直觉真是绝了！"半分钟后，可汗开口了，"真是令我钦佩，钦佩得五体投地。"他露出了微笑，神秘兮兮地说。"要是能逃出去，咱们可得坐下来好好聊聊。你什么都没听见吗？"他饶有兴致地问阿尔乔姆。

"没有，我觉得一直挺安静的。"阿尔乔姆乖乖回答，一股别样情绪涌上他的心头……是嫉妒？是委屈？还是懊恼于可汗竟对这个粗鲁的大胡子报以热烈回应？更何况，这人两个小时之前还差点要了他们俩的命……

"这就奇怪了，我还以为你有聆听隧道的本事呢……或许你的本事还没有完全开发出来？那就再等等，等等，等等就好了。"可汗晃了晃脑袋，又扭头对图兹说，"你是对的，有东西正往这边来，咱们得赶紧走。那东西像是波浪，正从后面涌过来。快跑！要是被它追上，游戏也就结束了。"说完，他冲到了前面。为了不掉队，阿尔乔姆不得不跟着小跑起来。大胡子现在和他们并排前行，他喘着粗气，一双短腿飞速交替着。

就这么走了十来分钟，阿尔乔姆始终不明白，身后的隧道明明又空又安静，没有任何被追逐的迹象，干吗要这么匆忙，跟跟跄跄，呼吸也乱了。又过了十来分钟，他终于感到背后那个东西的存在了：它真的在他们身后，正一步步逼近。它是黑色的，不是波浪，倒像是旋风，黑色的旋风,能吞噬掉一切。要是跑得慢了,让它赶上,等待他们的将是那六个人,以及那些在错误时间只身闯进隧道的莽汉和蠢货们同样的命运。他们一定撞上了情绪不佳的隧道,于是全被这邪恶的飓风吞噬了……对于这些离奇事件的种种推测和一知半解,在阿尔乔姆头脑中一个接一个地飞闪而过。他惊慌失措地望着可汗,可汗立刻就意会了。

"哦?怎么,你也感觉到了?"他惊呼,"不好!这说明它已经很近了。"

"快跑!"阿尔乔姆扯着嗓子喊,"能跑多快跑多快!"

可汗加快脚步,飞奔起来,不再理睬阿尔乔姆的问题。先前的疲态从他身上一扫而光,他的容貌又像一匹野狼那样焕发出生机。为了跟上他,阿尔乔姆不得不甩开大步往前跑。眼看他们就要摆脱那个东西的顽固追击了,在这个节骨眼上,图兹却被铁轨绊了一跤,整个人扑倒在地,脸上和胳膊上满是鲜血。在惯性作用下,可汗和阿尔乔姆已经跑出去十几步远了,阿尔乔姆真的不愿停下来回去,就让这个短腿的马屁精连同他那神奇的直觉一起被黑洞吞掉吧!他阿尔乔姆得在那东西赶上来之前一直往前跑。这个念头令他厌恶,可是,对于躺在路上直哼唧的图兹的厌恶一涌上心头,良知的声音便被湮没了。所以当他看到可汗回去拉图兹的时候,他甚至感觉有些失望。阿尔乔姆本暗暗希望,对别人生死毫不在乎的可汗,可以毫不犹豫地把图兹这个累赘丢在隧道里,这样他们二人就能继续赶路了。

然而,可汗却用嘶哑的声音,以不容违抗的口气,命令阿尔乔姆搀起图兹的一条胳膊,自己则搀起了另一条胳膊。事到如今,想要奔跑已经不太现实,大胡子呻吟着,每走一步都疼得龇牙咧嘴。不过阿尔乔姆对他没有半点同情,只有满心不断滋长的愤恨。又长又重的冲锋枪打得他的腿生疼,他却腾不出手去按住它。在他的意识里,去哪里都已经来不及了,而这一切又引发出更多的愤怒和偏执,甚至叫人忘记害怕背后的黑洞。

近在咫尺的死亡正驻足等待着:再过半分钟,那邪恶的旋风就会赶上来,把你吞噬掉,撕成碎片。用不了一秒钟,你就会在这个宇宙里荡然无存,你临死前的尖叫都不会有人听到……不过眼下,这些想法并没有让阿尔乔姆瘫软，一股恼怒和愤恨交织的情绪给了他力量，支撑着他迈出一步，又迈出一步，不断地走下去。

忽然，那股压迫感消失了，彻底消失了。它消失得那样突然，叫人意识里一片空白，像刚拔过牙的人还在茫然地用舌尖舔着豁口。他们身后什么都没有了，只有一条隧道——一条整洁、干燥、畅通并且绝对安全的隧道。这场出于恐惧和末日想象的夺命狂奔，对于某些特殊感觉和所谓直觉的盲信，如今在阿尔乔姆看来是那样的可笑、愚蠢又荒唐，这让他不禁放声大笑。一旁的图兹起初惊讶地看着他，而后也咧嘴笑了。

可汗不满地看着他们两个，直到最后才开口："怎么，都高兴了？这儿还挺不错，是吗？又安静，又整洁，嗯？"说完便径自朝前走。阿尔乔姆这才意识到，他们距离下一个地铁站只有五十多步远了，隧道尽头的光亮已经清晰可见。

他们完全松弛下来，一面开怀大笑，一面走完那最后的五十步。可汗则站在车站入口的铁梯上等待他们，不一会儿就抽完了一支烟。就在这段时间里，阿尔乔姆对这个用笑声代替呻吟的跛腿大胡子产生了好感和同情，并为自己先前的念头感到羞愧。他的心情好得出奇，所以，当看到可汗那张虚弱而疲倦的脸上正挂着古怪的不屑瞅着他们时，阿尔乔姆感到有点别扭。

"谢谢！"图兹的靴子把铁梯踩得咣咣响，他朝可汗伸出一只手，"要不是你……要不是您……我就完了。而您……并没有丢下我。谢谢！这件事我永远都不会忘。"

"没什么。"可汗的回答不带半点感情色彩。

"您为什么要回来救我？"图兹问。

"我还想跟你聊聊天，"可汗把烟头扔在地上，耸了耸肩，"仅此而已。"

阿尔乔姆登上梯子，立刻明白了可汗为什么一直站在梯子上，不往前走了。原因很简单，前面无路可走了：在中国城站的入口处，堆放着跟人一样高的沙袋，有几个人坐在沙袋后面的木凳子上，正神情严肃地注视着他们。他们一律留着短短的大奔头¹，宽肩膀，穿着油光锃亮的短款皮夹克和类似制服裤的破运动裤。这种搭配看上去十分滑稽，却无论如何谈不上有趣。沙袋后面坐着三个人，第四张凳子上则胡乱摊放着一堆纸牌。这些人满口脏话，阿尔乔姆听了半天也没听见一个文明字眼。

要想进入车站，就必须先通过铁梯尽头的一扇小门，再走过一条狭窄的过道。在这条过道上另有四名高大魁梧的守卫把守。阿尔乔姆打量着他们：光头，淡灰色眼睛，驼峰鼻，带伤的耳朵，训练裤，一支沉甸甸的 TT 手枪²别在腰上，露出黑色的枪柄。他们浑身散发着难闻的酒气，熏得人头脑发涨。

"你们是他妈干吗的？"其中一人把可汗和后面的阿尔乔姆从头到脚打量了一遍，扯着公鸭嗓子问道，"来观光的，还是卖东西的？"

"我们不是卖东西的，是过路的，我们带的东西都不值钱。"可汗解释。

"过路的——不值钱！"公鸭嗓自以为很押韵，爆发出粗野的笑声，"听见了吗，科里扬？过路的——不值钱！"他扭头向打牌的人们重复着。

那帮人也跟着笑起来。可汗耐心地微笑着。

公鸭嗓懒洋洋地伸出一只手撑在墙上，用公牛般壮硕的身躯堵住了通道。

"我们在这里……入境检查，明白了吗？"他循循善诱地解释，"钱就是通行证。想过去，就给钱。不想过，就滚蛋！"

"凭什么？"阿尔乔姆气愤地嚷道，却是徒劳。

公鸭嗓大概压根没听懂他在说什么，却听出了这语气并不让自己喜欢。他把可汗推到一边，重重地向前跨了几步，几乎把脸贴到了阿尔乔姆脸上。他收起下巴，用一对浑浊的眼睛死死盯着阿尔乔姆。这对眼睛空洞无神，毫无内容，看起来没有任何思想的痕迹，只剩下呆滞和凶光。阿尔乔姆没

---

1 即头发全部往后梳、两鬓和后颈推光剃净的一种发式，也称博克斯发式。
2 由苏联著名枪械设计师托卡列夫设计、图拉兵工厂生产的一种半自动手枪，其名称来自图拉和托卡列夫的缩写。

法直视他的眼神,他紧张得不停地眨巴眼睛,但仍然能感到,对于这对浑浊空洞眼球的主人的恐惧和愤怒,正在自己体内滋长。

"他妈的,你说什么?"公鸭嗓威胁般地质问道。

他比阿尔乔姆足足高出一头,身子有他的三倍还宽。阿尔乔姆想起了大卫和巨人歌利亚的传奇故事[1],只可惜他已经记不清谁是谁了。不过故事的结局是弱小的一方赢得了胜利,这多少给了他乐观的暗示。

"没什么!"不知打哪儿来的勇气,阿尔乔姆回敬道。

这个回答不知怎么竟惹恼了公鸭嗓,他伸展开五根粗短的手指头,径直摁在阿尔乔姆额头上。他的手掌又黄又硬,散发着一股子烟味和机油味。阿尔乔姆还没分辨出所有气味,就被他猛推一把。也许公鸭嗓这一下并没使劲,可阿尔乔姆却飞出去半米多远,还撞倒了站在他身后的图兹。见二人笨重地倒在过道上,公鸭嗓不紧不慢地往回走。

不料,有一份惊喜正等待着他。可汗已经卸下背包,撇开两腿,两手端着阿尔乔姆的冲锋枪。他示威般地拉开了保险栓,轻声说:"干吗这么不客气?"

此时,阿尔乔姆又羞又恼,正挣扎着想要从地上站起来。可汗的语气不禁令他头发竖立:这话里似乎并不带什么情绪,可阿尔乔姆知道,它是一声闷雷,预示着暴风雨的到来。他终于站稳了脚跟,从肩上扯下自己那把老枪,用枪口对准冒犯自己的家伙,猛地推开保险,拉枪机上了膛。现在他随时可以射击了。他心跳加速,满腔的仇恨压倒了恐惧。

"能把他交给我吗?"他问可汗,与此同时他也诧异了:自己竟为那个人推搡了自己而毫不迟疑地想要置他于死地。公鸭嗓那汗涔涔的光头清晰地暴露在瞄准器下,扳动扳机的欲望达到了顶峰。任它后果怎样,眼下最要紧的是先干掉这头畜生,把他带给自己的耻辱从血液中洗去。

---

[1] 传说中,巨人歌利亚是腓力士将军,拥有无穷力量。当时还是牧童的大卫王用投石弹弓打中歌利亚的脑袋,并割下他的首级。这个故事也隐喻着正义终将战胜邪恶。

"快来啊！"公鸭嗓大喊一声。可汗一个箭步从他腰里夺下手枪，闪到边上，同时将枪口瞄准了从凳子上蹦起来的其他"入境检查官"。

"别开枪！"他又朝阿尔乔姆喊。顿时，在场的人全都静止不动，构成了一幅静帧画面：光头举着两手一动不动，三名还没来得及拿起冲锋枪的暴徒也不敢动，因为纹丝不动的可汗已经把枪口瞄准了他们。"没必要见血，"可汗平静而坚定地说，他的口气不是商量，而是在命令，"这里有这里的规矩，阿尔乔姆。"他一边说一边死死盯着那三个吓呆了的纸牌迷，这些暴徒想必也知道他手上冲锋枪近程杀伤力的厉害，并不想惹恼他，"他们的规矩就是，咱们必须留下买路钱。你们要多少？"

"一个人三颗子弹。"站在桥上的公鸭嗓说。

"还能便宜点吗？"阿尔乔姆用冲锋枪指着公鸭嗓的腹部，阴险地问。

"两颗也行。"公鸭嗓迅速改口，他恶狠狠地盯着阿尔乔姆，不过并没有轻举妄动。

"给他！"可汗吩咐图兹，"连我的那份也都给他。"

图兹立刻照做。他走到公鸭嗓面前，从自己的旅行袋里数出六枚亮闪闪的尖头子弹，一一放进那人摊开的手掌心里。公鸭嗓迅速合拢手掌，把子弹塞进夹克上一个已经鼓鼓囊囊的口袋里。然后他又举起双手，用期待的眼神望着可汗。

"过路费付清了？"可汗扬了扬眉毛。

公鸭嗓尴尬地点点头，视线片刻不离他手里的枪。

"冲突解决了？"可汗又问。

这帮家伙谁也不吭声。可汗又从缠在枪管上的备用弹匣里拧下五枚子弹，塞进公鸭嗓的口袋。听到子弹掉进去发出的叮当脆响，公鸭嗓脸上紧绷的表情这才消失，恢复了先前目中无人、慵懒散漫的架势。

"精神损失费。"可汗解释，不过这句话没有收到任何回应。一种更大的可能，是公鸭嗓压根没有听明白他的话，正如他听不明白什么叫作"冲突"。他只能根据可汗的行为来推测他的意图——财物和武力对他来说是最好的语言,或许也是唯一的语言。

"可以把手放下来了。"可汗说着,小心地抬起冲锋枪,把枪口从那帮家伙身上移开。

阿尔乔姆也照着做了。由于神经紧绷得太久,他的手依然抖个不停:他本已做好了随时把那个公鸭嗓爆头的准备,他无法相信这帮家伙。然而他的担心是多余的:公鸭嗓甩了甩胳膊,把手放了下来,大声招呼同伙说这边没事了,然后背靠着墙,摆出一副假镇定的做作表情,放三人经由自己身边进了站。

阿尔乔姆经过时,恶狠狠地朝他盯了一眼,可公鸭嗓只把眼睛看向别处,对他的挑衅毫无反应。可刚走过去,就听到背后响起"小兔崽子"的咒骂和啐唾沫的声音。他想折回去,就在这时,先他一步走在前面的可汗拉住了他,拖着他继续朝前走去。阿尔乔姆犹豫不决,一个自己想要挣开去找那家伙算账,而另一个自己则胆怯地想要赶紧离开。当三个人踩到站内的黑色花岗岩地面时,身后突然传来一声拖着长音的叫嚷。

"喂……把枪还我!"

可汗停下来,从那支被自己没收的TT手枪弹匣里抖搂出所有子弹,又把弹匣按回枪上,扔给公鸭嗓。那家伙动作熟稔地接住手枪,别回腰上。接着,可汗把掉在地下的子弹踢到远处。那家伙眼睁睁地看着,却无可奈何。

"抱歉,"可汗摊开手,"以防万一,是吧?"他冲图兹挤了挤眼。

中国城站和阿尔乔姆到过的其他车站都不一样:它不像展览馆站和其他站那样被两堵墙分隔成三个区域,而是只有一个大大的厅室作为宽敞的月台,月台两边就是轨道。这种设计不由让人眼前一亮,生出一种没有拘束的感觉。站内随意挂着好些灯泡,发出的微光也是凌乱的,却没有一团篝火,看来这里禁止生火。月台中央有一盏汞蒸气灯,明亮的光倾洒在四周,照亮了一切——这在阿尔乔姆看来简直就是个奇迹。不过周围的纷杂吸引了他大部分注意力，他的视线仅仅在这个奇迹上停留了一秒钟。

"这个车站可真大啊！"他发出了惊叹。

"实际上你看到的还只是一半，"可汗说，"整个地铁站是这里的两倍还不止。哦，这里可是地铁里最奇特的地方之一。想必你听说过，这儿是不同线路的交会处。咱们右边的那些轨道，已经是塔甘卡—红普列斯妮娅线[1]的了，那里的疯狂和混乱很难形容。这条线和你们的橙线——卡卢加—里加线——正是在中国城站交会的，发生在这里的事情，其他线上的人压根不会相信。而且，这座地铁站不属于任何联盟，这里的居民享有完全的自由。这是个非常非常好玩的地方，我喜欢这里，我喜欢叫它巴比伦。"可汗环视着站内熙熙攘攘的人群，补充道。

站里热闹极了，有点像和平大道站，不过那里的气氛更拘谨，也更有序。阿尔乔姆突然想起，当自己和波旁在和平大道站里闲逛的时候，波旁曾提到，地铁里有一些好地方要比那个贫瘠的市场强得多。

沿着轨道，是一排排望不到尽头的货摊。棚子和帐篷占满了整个月台：其中有一些用作商铺，有一些是居所，还有一些涂着"出租"字样的是小旅馆。阿尔乔姆一面在人群中艰难跋涉，一面四下张望。他留意到，在右边的轨道上，停驻着一辆巨大的蓝灰色列车，不过它是残缺的，只有三节车厢。

车站里人声鼎沸。这里的人似乎一秒钟也安静不下来，始终不停地说着，喊着，唱着，激烈争辩着，笑着，哭着。大厅里不时爆发出阵阵音乐声，盖过了人群的喧嚣，为地下生活平添了一份节日般的氛围。

尽管展览馆站也有歌唱爱好者，却完全是另外一番情景：整个站里也许找得出一两个吉他手，有时候他们也在某个人的帐篷里聚会，作为下班后的消遣，有时候会从一百五十米处巡逻点传来音乐声，不用细听也知道，准是来自北边的隧道。战士们围坐在篝火边，伴着琴声哼唱。不过歌

---

[1] 即莫斯科地铁7号线，紫线。

曲的内容，阿尔乔姆大多理解不了：像是描写战争的，那种另有一套不同于当下的奇特规则的战争，他从没参加过；还有描写上面的生活的，人们过往的生活。他对一些关于什么阿富汗的歌曲尤其印象深刻，那是前海军陆战队队员安德烈最爱唱的，尽管除了对战友的哀思和对敌人的仇恨，歌里的内容他几乎全都听不懂，可安德烈唱得是那么动情，每一个听者都被这首歌深深打动，体会到过电一样的感受。

在解释阿富汗是什么地方的时候，安德烈曾说，那是一个有着山川、寺院和沙漠的国家。阿尔乔姆很清楚什么是国家，苏霍伊曾花费相当长的时间向他解释。对于自己的国家和历史，阿尔乔姆也有不少了解。至于山川、河流、盆地之类的词汇，于阿尔乔姆而言依然只是抽象概念。对于这些词汇及其含义的认识，仅仅是苏霍伊某次远行带回的一本中学地理课本上褪了色的图画。

实际上，安德烈也没去过阿富汗。他还是太年轻了，这些歌都是从朋友那里听来的。

展览馆站里的音乐，和这个奇特地铁站里的音乐截然不同。那里的音乐是忧伤的，引人沉思的——想想安德烈那些悲伤的民谣吧。相比之下，这个大厅四下里响起的奔腾欢快的旋律，简直令阿尔乔姆一次又一次地吃惊不已。原来音乐可以那么不同，那么迥异，原来音乐拥有那样直抵人心的力量。

经过离自己最近的乐手时，阿尔乔姆不由停下脚步，加入到一小群围观者当中。这是一首关于冒失鬼隧道冒险故事的欢快音乐。他好奇地打量着两名乐手：其中一个留着油乎乎的长头发，额上绑了根皮带，怪异地穿了身花花绿绿的破衣裳，吉他弹得震天响；另一个已经上了年纪，剃了个触目惊心的光头，戴一副明显修补过多次的眼镜，身穿一件颜色几乎褪尽的旧夹克，正在吹奏一种管乐器，可汗管它叫萨克斯。阿尔乔姆还从没见过这种东西，管乐器他只认识一种，就是笛子。在展览馆站有一些巧匠，能用各种直径的绝缘管制造笛子，不过这些笛子都是拿来卖钱的，在展览馆站没人爱吹它。这些笛子的声音听上去跟萨克斯有点像,有时赶上站里的警笛出了问题,笛子也能派上用场。

在两个乐手身前的地上,摆着一个敞开的吉他箱,里面已经堆了不少子弹。每当长发男人卖力地唱出某个特别滑稽的桥段,或是摆出一个令人捧腹的鬼脸,人群中便会爆发出一阵欢笑,伴随着掌声,子弹源源不断地落进琴箱。

这首关于可怜人隧道历险的歌儿结束了,长发男人倚墙休息,穿夹克的萨克斯手又接着吹奏起另一首曲子。这首曲子阿尔乔姆从没听过,但它显然在这里非常流行,人们都跟着拍起了巴掌,又有一些"小子弹"从空中准确地飞进琴箱,落在磨破的红色天鹅绒内衬上。

可汗和图兹正站在附近的一个摊位边聊天,并没有催促阿尔乔姆的意思。他本可以再在那里消磨个把钟头,听一听简单轻快的音乐,然而,演奏却意外地被打断了。两个彪形大汉突然向乐手们走去,他们像极了那些守在站口的暴徒,连衣着也一模一样。当中一个蹲了下去,毫无顾忌地抓起琴箱里的子弹就往自己皮夹克口袋里塞。长发乐手扑上去阻止,却立刻被那人用力推了一下肩膀,倒在地上。这名壮汉又夺过他的吉他,摆出要往柱子上摔的架势。上年纪的萨克斯乐手见状,忙跑过去帮助朋友,却被另一个暴徒毫不费力地按在墙上,动弹不得。

围观的人没有一个敢站出来替他们说话。人群渐渐散去,剩下的人要么眼睛盯着别处,要么装着浏览附近摊位上的货品。阿尔乔姆羞愧难当,为这些人也为自己,不过他并不打算插手。

"你们今天不是已经来过了吗!"长发男人揉着肩膀,语气里带着哭腔。

"你给我听仔细了!要是你们今天收成好,咱们的收成也要好,明白了吗?你可别想糊弄我,明白了吗?难不成你想进车厢里待着,你这只多毛的傻鸟?"暴徒冲他叫骂道,同时放下了吉他——显然,刚才挥舞那一通只是想吓吓他。

一听到"车厢"二字,长发男人立刻闭上嘴巴,把头摇得像个拨浪鼓，再也不说话了。

"这就对了……傻鸟！"暴徒得意地说，鄙夷地冲长发男人脚边啐了口唾沫。长发男人还是忍着没有吱声。捞完了好处，两个暴徒便扬长而去，寻找下一个受害者去了。

阿尔乔姆慌张地看了看四周，发现图兹已经来到自己身边，正认真地看着这一幕。

"他们是什么人？"阿尔乔姆疑惑地问。

"你觉得他们像什么人？"图兹饶有兴趣地说，"这是一帮土匪，普通的土匪。中国城站没有管理层，控制这里的是两个帮派。这一半车站由自称'斯拉夫兄弟'的一伙人控制着，整条卡卢加—里加线上的恶棍流氓都聚集在这里。他们大多数被叫作卡卢加站人，还有一些被叫作里加站人，不过这些人既不是卡卢加站来的，也不是里加站来的，这两个站跟他们扯不上任何关系。而在那个桥架那边，你瞧，"他指着月台中央通往右上方的阶梯对阿尔乔姆说，"那边还有一个大厅，几乎跟这个一样大。那里的情况也是一团糟，不过控制那边的是来自高加索的穆斯林，大多是阿塞拜疆人和车臣人。为了瓜分车站，这些人曾在站里大开杀戒，谁都想占领更多的地盘，到最后只好平分了。"

阿尔乔姆不明白"高加索"是什么地方，这个名称和"车臣""阿塞拜疆"一样令人费解和拗口。它们显然是这些暴徒的老巢，是他不了解或者改过名的几个地铁站。

"现在这两伙土匪相安无事。"图兹接着说道，"他们现在就只是打劫那些想要留在中国城站赚点小钱的人，还有就是向过路的人收取过路费：两个大厅的收费一致，都是三个子弹，任你从哪边进都是一样。这里没有秩序这个东西，反正也没人需要，不过有一点——禁止生火。想买大麻？开心就好！想要喝酒？那就喝到饱！在这里你能搞到足够你占领半个地铁系统的武器，很容易。这里遍地都是妓女，但我不建议你尝试。"他有点难为情地供出了个人经验，含糊地说。

"'车厢'是什么意思？"阿尔乔姆问。

"车厢？类似他们的总部。要是有人招惹他们，或是拒绝给钱，欠了他们钱什么的，就会被拖到那里，里面有一个大牢，专门关押欠他们债的人。最好永远不要进去，里头没什么好事。"

"饿了吗？"图兹转移开了话题。

阿尔乔姆点点头。鬼知道离他和可汗在苏哈列夫站喝茶谈天那会儿已经过去多少个钟头了。没有钟表，他已经丧失了判断时间的能力。那段曲折的隧道旅行，也许耗费了不少时间，也许不过寥寥几分钟，而且有一种感觉始终盘踞在阿尔乔姆头脑中：时间在隧道里的流淌可能完全不同于别的地方。反正他是饿了。他看看四周。

"烤热创！热腾腾的烤热创！"不远处有个小贩在叫卖，他黑黑的皮肤，浓黑的眉毛下面长着个大鹰钩鼻。

那人的口音着实奇怪。他把"肉"说成了"热"，"串"又念成了"创"，烤肉串就成了"烤热创"。阿尔乔姆以前也遇到过口音奇特的人，但还没有人的口音像这人一样奇特。阿尔乔姆对烤肉串不陌生，展览馆站也卖烤串，当然是猪肉串了。可这个小贩手上挥舞的肉串完全不对劲。阿尔乔姆仔细辨别了好半天，才认出扦子上串的那一团团黑乎乎的东西，竟然是烤焦的老鼠，处理后的爪子全都蜷曲着。他差点吐了出来。

"你不吃老鼠？"图兹同情地说，接着冲黑皮肤的小贩点点头，"他们不能碰猪肉，不过老鼠可以。"他贪婪地盯着烤架，"我以前也嫌弃鼠肉，后来就习惯了。当然了，鼠肉干巴巴的，没什么肉，还有点腥气。不过这些高加索人处理老鼠有一套他们自己的绝招。不知用什么腌一腌，老鼠就变得像你们的乳猪一样软了，再撒上香料……还便宜得多！"他发出了赞美。

阿尔乔姆用手捂住嘴，深吸了一口气，努力试着想点别的来分散注意力，可眼前总是浮现出那些插在扦子上的黑乎乎的鼠尸——铁扦子从老鼠的尾部插进去，再从它们大张的嘴里伸出来。

"好吧,随你的便,但是我请客!还是一起来吧,一串只要三个小子弹!"图兹做过一番动员,便朝烤架走去。

阿尔乔姆跟可汗打了个招呼,说要在附近的摊位转转,找点能吃的东西。他礼貌地摆脱了纠缠不休的酒贩子,而后贪婪又谨慎地盯着那些半裸的漂亮姑娘,她们站在半掩的帐篷帘旁边,朝过路的人大抛媚眼。她们粗俗不堪,却也无拘无束,自由奔放,全然不像展览馆站那些被艰难生活压垮了的妇女。阿尔乔姆在几个书摊前驻足了好一阵,并没有特别的发现,大都是些快散架的廉价口袋书,当中那些描写伟大纯洁的爱情的是给女人看的,描写谋杀和金钱的是给男人看的。

中国城站长约二百步,比一般的地铁站略长。站里的圆柱上刻着手风琴风箱似的褶子,这有趣的圆柱和墙面都以彩色大理石镶嵌,大部分是棕黄色,局部为粉红色。每条轨道两侧的墙面上都装饰着大片大片模压出来的黄色金属树叶,它们已经因年久而暗淡,叶片上还留有过去的人刻下的难以辨识的符号。然而这些简洁的美感几乎已经消耗殆尽,美好的残迹也只能换来人们的一声叹息。天花板被熏得焦黑,墙上满是油漆和煤烟的涂鸦,大多是些下流龌龊的图画。一些地方的大理石已经成块脱落了,金属叶子也刮花了。

在月台中间地带的左侧,有一条又短又窄的过道,经过这段过道,就能看到车站的另一个大厅了。阿尔乔姆本想去那边转转,却被一道两米宽的铁围栏挡住了去路。跟和平大道站一样,这里也设了关卡。

在窄窄的过道口处,有几个人正倚着围栏两侧站着。对于这一侧的人和他们手里的家伙,阿尔乔姆早已不再陌生,其中一人阿尔乔姆还认识。另一侧的人则个个皮肤黝黑,胡子和头发也是黑色的,个子不算高,却自带威严,当中一人把冲锋枪夹在两腿之间,另一个正从口袋里往外掏手枪。这伙暴徒正悠闲地聊着天,你很难相信他们曾是对手。他们相当有礼貌地向阿尔乔姆解释,从这里去隔壁地铁站需要两个小子弹,要是还回来的话就得再交两个。阿尔乔姆吸取了先前的教训,没有同他们理论收费的合理性，径直走开了。

阿尔乔姆转了一大圈，把每个货摊和商铺都仔仔细细瞧了个遍，最后回到了初抵月台时的地方。原来，这里并不是月台的尽头，还有一段上行的楼梯。他沿着楼梯往上走，走进了一个小厅，也被铁围栏隔成了等大的两半，显然是两方势力的又一处边界。就在自己的右边，他吃惊地发现了一座真正的雕像——就像他以前只在城市的图片里看到的那样，不过不是那种全身雕像，只是一个头部雕像。

这个头可真大啊，足有两米多高。尽管雕像的表面已经脏了，它的鼻子也因被摸得发亮而略显滑稽，但这丝毫不影响它的威严，甚至有点叫人生畏。阿尔乔姆把雕像幻想成一个巨人，一个在战斗中掉了脑袋的巨人。如今巨人的这颗脑袋被浇铸在铜座里，成为这个地球深处的小小罪恶之城一间大理石厅堂里的点缀，好能避开上帝的注视和惩罚。断头雕像的表情悲伤，阿尔乔姆起初怀疑它是自己曾在某本彩图书里看到的施洗约翰，后来又觉得从这颗头颅的尺寸来看，它更像是故事《大卫和歌利亚》里的那个巨人角色，高大而强壮。一个真正的巨人，最终却被砍掉了脑袋。往来穿梭的路人谁也说不清这颗脑袋的主人究竟是谁，阿尔乔姆有点失望。

不过，正是在这里，他发现了一处绝妙的地方。从一顶宽敞干净的深绿色帐篷里，透出了令人愉悦、备感亲切的灯光。像是在展览馆站一样，帐篷的角落里摆着配有布叶子的塑料假花，虽然不知道摆这些有什么用，但的确很美；一对精致的小桌子，桌上摆着几盏小油灯，营造出柔和舒适的光线。还有食物……无与伦比的食物：最软的热猪肉搭配蘑菇，入口即化。展览馆站只有过节才供应这个，却远不及这儿的菜肴这般美味、讲究。

用餐的人全都坐姿端正，衣着考究，显然是些大老板。他们聚精会神地切开煎得滋滋响的肉排，顿时油脂融化，肉香四溢，他们不慌不忙地把一小片送入口中，温文尔雅地低声交谈，讨论着自己的生意，不时向阿尔乔姆投以礼貌而好奇的目光。

贵是真贵——阿尔乔姆不得不为这顿饭掏出十五颗子弹。当他把子弹放进胖店长胖乎乎的手心里时，他有些懊悔自己没能经受住美食的考验，可他的肚子却格外满足，肚子里舒适安然，暖暖和和的，于是理智的声音陷入了沉默。

杯中的美酒是如此绵柔，令头脑愉悦地打着转，却并不凛烈，它可不像那些盛在肮脏的瓶瓶罐罐里的浑浊呛人的自酿酒，叫人一闻就两腿发软。一杯酒还要另付三颗子弹，可这三颗子弹算得了什么呢？要是能用它们换来一杯泛着泡沫的鲜香佳酿，帮你和这个不完美的世界和解，与之共度和谐时光……三颗子弹的代价简直不值一提。

浅口啜饮着美酒，独自享受着这么多天来第一次得到的宁静，阿尔乔姆试图将发生过的所有事全部回忆一遍，理一理自己已经完成的事情，再思考一下该往哪儿走才能实现猎人的嘱托。

一道必经的险关已经闯了过去，眼下，他像那些几乎被淡忘的童年故事里的勇士一样，再次站在了一个十字路口上。那些童年故事太久远了，久远到已经忘了讲述者是谁，是苏霍伊，是叶尼亚的父母，还是他的亲生母亲？阿尔乔姆最希望是母亲讲给自己的，因为他听到过母亲的声音，还见到过迷雾中她一闪而过的脸庞，她总是用缓慢的语气给他讲着故事："在很久很久以前……"现在，和故事里的勇士一样，他也站在巨石边，眼前是三条岔路：一条通往库兹涅茨克桥站，一条通往特列季亚科夫站，一条通往塔甘卡站。他品尝着甘甜的美酒，浑身被一股幸福的倦怠感裹挟了。他不愿再思考什么，脑袋里只回荡着那个旋律："往前走你就把命丧，往左走你就把马儿丢……"

这股倦怠感也许会不受控制地蔓延开来，在历经种种艰难过后，他真的需要休息一下了。可还有很多事情等着他去做：得熟悉一下环境，向当地人打听打听路；是再和可汗见一面，问问他要不要和自己继续走下去，还是就在这个奇怪的车站里为他们的共同旅程画上句号。可要是没有可汗，早就是另外一种结局了。阿尔乔姆望着桌上油灯里跳动的微小火舌，昏昏沉沉地想着。

第八章
帝国

就在这时，枪声骤响，刺破了人群欢闹的喧嚣，紧接着就传来一声女人的尖叫声和冲锋枪的扫射声。餐厅胖老板身手出人意料地敏捷，他从柜台下掏出一把小手枪，扑到帐篷门口。阿尔乔姆放下没喝完的酒，把背包往肩上一搭，拉开冲锋枪保险，一边跟在胖老板身后撤退，一边为预支的饭钱和酒钱懊恼不已——早知道能趁乱溜走就不用交钱了。十八颗子弹说不定在日后能派上大用场呢。

站在高处的台阶上，他发现楼下似乎发生了什么可怕的事，惊恐到丧失了理智的人们正蜂拥着往楼梯上涌。要想下楼去看个究竟，他必须挤过人群，阿尔乔姆有点迟疑，但好奇心最终还是占了上风。

轨道上卧着好几具穿皮夹克的人的尸体。月台上，一个死去的女人脸朝下趴在血泊中，就倒在他脚边。他试图不去看她，忙不迭地跨过她的尸体，却脚下一滑险些摔倒在她旁边。月台笼罩在恐惧之中，许多半光着身子的人从帐篷里跑出来，不知所措地朝四下里张望。阿尔乔姆目睹其中一人突然俯下腰，捂着腹部缓缓倒了下去。

可是阿尔乔姆弄不清楚，子弹是从哪里射过来的。此时射击仍在继续，一些穿皮夹克的矮壮大汉从月台另一头跑了过来，把尖叫的女人和受惊的小贩统统推搡到了边上。他们是控制中国城站这一侧的那伙土匪，不过他们看起来并不像是凶手。放眼整个月台，却找不出究竟是谁在制造这场屠杀。

最后，阿尔乔姆终于明白自己为什么看不到凶手了：凶手躲在身边的那条隧道里。他们躲在暗处伺机而动，并不进入车站，显然是害怕暴露自己。

事情起了变化。没时间考虑了，凶手一旦认定控制了局面，就会攻到月台上来，必须马上离开。阿尔乔姆握紧冲锋枪，用余光注视着身后，弓起身子前进。雨点般密集的枪声在大厅里回响，分不清枪声到底从何而来，是来自右边还是左边的隧道。

阿尔乔姆跑开很远以后，终于发现了隐蔽在左边隧道口处的人影。一看到他们黑乎乎的脸庞，阿尔乔姆的内心顿时生出一股寒意，立刻联想到袭击展览馆站的黑暗族：它们从来不使用武器，也不穿衣服。不过定睛一看，这些歹徒戴着黑色的头套，就是那种在任何军火市场都能买到，你要是买一支AK-47还会作为赠品送你一个的普通头套。

这时，卡卢加的增援人马赶到了，他们用轨道上的尸体作为掩护开火还击。阿尔乔姆看到，他们用枪托敲掉总部车厢的前挡风玻璃，打开了里面的子弹库，一时间枪声大作。

在车厢旁边几乎是站台正中央的位置上，悬挂着一块可以发光的地铁指示牌。阿尔乔姆抬眼搜寻着上面的信息：那伙凶手目前位于特列季亚科夫站方向上，所以这条路肯定没法走了；要是去塔甘卡站的话，则必须先回到激烈交火的区域；如此看来，去库兹涅茨克桥站是眼下唯一的选择。

困扰他的难题就这么迎刃而解了。阿尔乔姆跳到轨道上，迎着通向库兹涅茨克桥站的那个黑洞洞的隧道口走去。到处都没有可汗和图兹的人影儿。只有那么一次，高处闪过了一个像是可汗的身影，不过停下来一瞧，阿尔乔姆就知道自己看错人了。

往这个方向跑的不止他一人。月台上大半数的幸存者都涌进了这个隧道，鬼哭狼嚎声响成一片。隧道里到处闪烁着手电光，还有一些火把在晃动，每个人都在各自照亮各自的逃生路。

阿尔乔姆从口袋里掏出可汗送他的小手电筒，将微弱的手电光剧集在脚下,一路狂奔起来。他努力不被绊倒,渐渐赶超了一些逃亡者——有的是一家人,有的是独行的女人和老人,还有拖着未必属于自己的包裹的健硕小伙子。

途中他曾两次停下来扶起别人,还陪其中一个待了一会儿。这是位白发苍苍的瘦弱老人,他背倚着隧道那凹凸不平的墙壁坐在地上,一脸痛苦地捂着心窝,边上站着一个十来岁的孩子。从男孩狰狞的表情和迷离的眼神可以看出,他并非正常孩子。看到这对老少组合,阿尔乔姆不由动了恻隐之心,尽管理智在催促自己往前走,别耽搁,可他还是停下了脚步。

老头发现有人在留意他们,试图向阿尔乔姆报以一个微笑,说点什么,却憋得喘不上气来。他拧着眉头合上眼睛,想要积攒些力量。阿尔乔姆朝老汉弯下了腰,可男孩突然发出恐吓的狂叫,阿尔乔姆警觉地留意到,当他冲自己呲着满口细碎的黄牙时,一串口水也顺着他的嘴角淌下来。阿尔乔姆厌恶地向后退了几步,男孩也退了回去,动作笨拙地坐在铁轨上,不断地从嗓子眼里发出阵阵低吼。

"年轻……人……"老人挣扎着说,"别……怕他……他叫万尼亚……他只是……不懂……"

阿尔乔姆耸了耸肩。

"帮忙……硝化……甘油[1]……在包里……最底下……一片……给……我……我自己……不能……"老汉无比艰难地用嘶哑的嗓音说。阿尔乔姆把手伸进那个人造皮革的包里摸索着,他摸到一个崭新的药盒,撕开那层箔纸,接住滚出的小药丸递给老人。老人艰难地挤出一个内疚的微笑,急切地说:

"我……抬不……这双手……不听使唤……舌头下面……"他恳求道,说完又合上了眼睛。

阿尔乔姆稍微有点犹豫地瞧了瞧自己的脏手,最后还是把药片放进

---

[1] 硝化甘油是临床最常用的扩张血管的药物之一,用于治疗心绞痛、心肌梗塞。

了老人嘴里。陌生老人虚弱地点点头,什么都没说。一批又一批逃命的人从他们身边匆匆而过,可阿尔乔姆只看到无数的鞋子、靴子,它们脏兮兮的,有许多鞋口已经张开。偶尔有人绊倒在黑色的枕木上,前进的人群中就会传出粗鲁的咒骂声。再没有人留意到他们三个。男孩始终不曾挪动半步,自顾自地发出低沉的叫声,一个过路人狠狠地踢了他一脚,男孩叫唤得更起劲了,边用两个拳头抹着眼泪边晃身子。阿尔乔姆见状毫不在意,甚至有点儿幸灾乐祸。

就在这时,老头睁开了眼睛。他深吸一口气,低声说:"非常感谢……我现在好多了……能扶我起来吗?"

在阿尔乔姆的搀扶下,老人努力站了起来。阿尔乔姆把枪换到另一只肩上,拎起老人的包。老人一瘸一拐地走到男孩跟前,叫他站起来。男孩不情愿地哼唧着,可一见阿尔乔姆靠过来,就又发出凶狠的嚎叫,口水再次顺着他撅起的嘴唇流出来。

"瞧,这药是我刚买的。"老头忍不住解释道,"我是专程来买药的,这种药在我们那儿买不到,也没人卖,更不好求人带。我的药刚好没了,我在路上吃光了最后一片药,却被拦在了普希金站外面。知道吗,那里如今是法西斯分子的地盘,只要想到这个,我就气不打一处来!我听说,那帮家伙还想把地铁站的名字改了,改成希特勒站或是席勒站什么的……他们根本都不知道席勒是谁,得咱们这样的文化人才知道!想想看吧,那些佩戴着纳粹标志的坏家伙把我们拦在车站外面,还起劲地笑话小万尼亚,这可怜的孩子,得了这样的病,又能回应他们什么呢?我急坏了,心脏也出了毛病,他们才放我们过来。我这是要说什么来着?哦,对了!您知道,我是特意把药藏这么深的,万一有人搜查也发现不了,不然又是一堆麻烦。要知道,不是每个人都了解这种药的用途……然后就听见枪响了!小万尼亚看到鸡肉串就挪不动腿了,我只好拼尽全力拖着他往外跑。

"要知道,我的心口起初还疼得不厉害,我想着,或许挺一挺就过去了,不用吃药,这些药如今可是像金子一样宝贵。到后来我意识到自己撑不住了,可还没来得及找药我就不行了。小万尼亚什么都不懂,我试过教他在我发病时拿药给我,教了很久还是教不明白,不是自己把药片吞了就是把别的东西塞给了我。我对他说谢谢,冲他笑,他也冲我笑,您知道吗,是发自心底的笑,还有开心地哇哇乱叫,可就是不会给我拿。上帝不会让我出事的,不然就没人照顾他了,没法想象没了我他可怎么办!"

老头用讨好的眼神望着阿尔乔姆,不停地说啊,说啊,这让阿尔乔姆的境况十分尴尬:尽管老头已经拼了命地蹒跚前行,可阿尔乔姆还是觉得他们走得太慢,并且越来越慢,三个人不断被其他人超过去,身后马上就没人了。小万尼亚一摇一摆地走到老人右边,紧紧攥住老人的手,脸上又恢复了漠然的表情。他不时抬起右手,指着被慌张的逃命者丢弃或遗落的东西,或者眼前那越来越黑的隧道,兴奋地哇哇乱叫。

"不好意思,年轻人,请问您叫什么名字?咱们一直在说话,可还没互报姓名呢……阿尔乔姆?很高兴认识你,阿尔乔姆。我叫米哈伊尔·波尔菲里耶维奇。没错,波尔菲里耶维奇。我父亲名叫波尔菲里,要知道,这是个不常见的名字,在苏联时期他还被一些组织询问过,因为那个时候人们取的名字通常就那么几个:弗拉基连或是斯大林什么的……您从哪里来?展览馆站吗?我和小万尼亚是从路障站[1]来的,之前我就住在那边,"老汉腼腆地笑笑,"您知道吗,我以前住的那栋房子很高,就盖在地铁站旁边……恐怕您已经不记得房子长什么样了吧?敢问您多大了?哦,当然了,这些都不重要。我在那栋房子里有一套两居室,而且在很高的楼层,从那里能看到市中心的美景。我的房子不大,但是舒适极了!您知道,地板自然是橡木的,跟所有房间一个样,还有个带煤气炉的小厨房。上帝啊,一个煤气炉!现在看来有它是多么方便啊,不过那个时候人们都嫌弃它,只想用电热炉,而我是因为攒不够钱才用煤气炉的。你一进门,就能

---

[1] 位于塔甘卡—红普列斯妮娅线上的站点,毗邻普希金站。

看到右边墙上挂着幅丁托列托[1]的油画复制品,用镀金的画框装裱着,美极了!屋里面有一张真正的床,床上有枕头和床具,始终都是干干净净的。还有一张宽大的书桌,桌上有一盏可以伸缩的台灯,灯光明亮极了。最重要的,是我有整整一面墙的书架,父亲留给我很多藏书,我自己也爱买书,这既是工作需要,也是个人爱好。唉,我跟您说这些干什么呢?您恐怕不会对一个老头子的这些絮叨感兴趣吧……可我一直还在想念这些东西,尤其是那张桌子和那些书,非常非常想念,不知怎么近来我还越来越想念那张床。这里可享受不到了,要知道,我们那时候睡的都是手工木头床,如今却只能随便铺块破布睡在地上。不过这不重要,最重要的是这里——"他指着胸口说,"最重要的是内心,而非外在。最重要的是让内心始终不变,始终不甘堕落,别去管这世道变成个什么鸟样子!——不好意思。不过啊,要说睡在床上的滋味,那可真的是……"

他滔滔不绝地说着,阿尔乔姆也摆出了一副听得津津有味的样子,尽管他无论如何也想象不出住在高楼上是什么感觉,风景是什么样子的,怎么可以不走台阶,而是乘坐一种叫作电梯的东西在几秒钟之内升到高处。

趁米哈伊尔·波尔菲里耶维奇停下来喘口气的间隙,阿尔乔姆决定抓住机会,把谈话引到有用的话题上。毕竟自己还打算从普希金站(或者该叫希特勒站?)转到契诃夫站,再从那儿前往他朝思暮想的波利斯。

"难道说,普希金站里的那些人是真正的法西斯?"他问。

"什么?法西斯?啊,是啊……"老人无奈地叹了口气,"是真的,您知道吗,那些人全都剃着光头,缠着袖章,可吓人了?在车站入口和站台里,随处都挂着一个标志:红圈里面一个黑叉。这个标志在过去的意思是'禁止通行',我寻思着是他们弄错了。可这个标志实在太多了,随处可见,我就壮着胆子问了问。原来,这是他们的新标志,意思是不让那些黑色的人进去还是什么的,总之挺傻的。"

---

[1] 丁托列托(1518—1594),意大利画家,文艺复兴后期威尼斯画派的代表。

听到"黑色的人",阿尔乔姆打了个寒战。他惊恐地望着米哈伊尔·波尔菲里耶维奇,小心地问:"难道那里也有黑暗族?难道它们已经到那里了?"他心乱如麻,头脑在飞速地旋转:怎么会这样,自己出来连一个星期都不到,难道说展览馆站已经失陷了,黑暗族已经攻到了普希金站?难道自己的任务宣告失败了?是自己来晚了吗?一切都无可挽回了?不,这不可能,他们一定是把别的什么危险误传成了这样,一定是谣传!不然一切就全完了……

听到他的问题,米哈伊尔·波尔菲里耶维奇谨慎地盯着他,不易觉察地往边上退了一步,警觉地问:"很抱歉,请问您是哪一种思想阵营的?"

"基本上,我哪种都不是。"阿尔乔姆说,"怎么了?"

"那你对其他民族有什么看法?比方说,高加索人?"

"这跟高加索人有什么关系?"阿尔乔姆大为困惑,"总的说来,我对民族的事不是很了解,只知道有法国人、德国人,以前还有美国人。不过他们大概已经没了吧……至于高加索人,说实话,我一点都不了解。"他难为情地说。

"他们所谓的'黑色的人',就是高加索人。"米哈伊尔·波尔菲里耶维奇解释说,他也不知道阿尔乔姆是不是在装傻逗自己。

"可要是我没理解错的话,那些高加索人都是正常的人啊!"阿尔乔姆问,"今天我还看见过几个……"

"他们再正常不过了!"米哈伊尔·波尔菲里耶维奇的语气缓和下来,"可那些歹徒认为高加索人跟他们不一样,就迫害他们。这帮泯灭人性的家伙!您能想象吗,他们在轨道的天花板上吊了好些钩子,当中一个钩子上挂了个人,一个大活人?小万尼亚紧张坏了,用手指着那人直叫唤,就被那群畜生给盯上了。"

听到自己的名字,男孩转过身,用浑浊的眼睛定定地望着老人。这让阿尔乔姆觉得,男孩甚至能听懂一部分他们的谈话。然而当他发现没有人再次提他名字时,男孩很快就对老人失去了兴趣,转而去研究铁轨上的枕木了。

"既然我们说到了民族，总的说来，他们是真的很崇拜德国人，毕竟他们的意识形态就是德国人发明的，您一定明白我接下来要说什么了。"米哈伊尔·波尔菲里耶维奇急促地说。

阿尔乔姆其实什么都不知道，可他不想暴露自己的无知，便点了点头。

"要知道，那里到处都悬挂着德国鹰徽和纳粹标志，不用说，还有德文的希特勒语录，有关英勇啦，荣誉啦之类的标语。他们还经常游行或者行军什么的。当时我们站在那里，我正在告诫小万尼亚不要得罪那些人，就看见他们在月台上唱歌游行，唱的都是灵魂的伟大、对死亡的蔑视什么的。他们的德语学得倒是挺像那么回事。德语就是专为这种话而生的。我会说一点德语……您瞧，我还记了几句……"说着，老头收住步子，从衣服的内兜里掏出一个油迹斑斑的记事本，"这就好，烦请您给我来一点光照……它在哪儿呢？啊，找到了！"

借着昏黄的灯光，阿尔乔姆看到本子上仔仔细细地誊抄着一些轻盈飞舞的拉丁字母，外圈还描着花边的装饰：

> Du stirbst. Besitz stirbt.
>
> Die Sippen sterben.
>
> Der einzig lebt— wir wissen es
>
> Der Toten Tatenruhm.[1]

阿尔乔姆也会拼读拉丁字母，他曾在车站图书馆里发现一本早年的中学课本，并且自学过。他不安地回头扫了一眼，又把手电光打在本子上，然而却一个字都没看懂。

---

[1] 在现实中，这段话刻在德国城市卡尔斯鲁厄（Kalsruhe）的一座龙骑兵纪念碑上，据称出自冰岛神话传说集《埃达》(*Edda*)。

"这是什么？"他问。米哈伊尔·波尔菲里耶维奇正忙着把本子塞回衣袋里，催着小万尼亚继续赶路——不知怎么了，小万尼亚固执地僵在原地，不满地叫唤起来。

"这是一首诗，"老人似乎有点气急败坏地回答，"是为了纪念战争中的逝者。我的能力也翻译不了诗歌，它的大意是这样的：你会死去，你的亲人都会死去，你所拥有的终将消散。只有一样东西永流传，那就是对于光荣的战死者的美名。"用俄语念出来一点气势都没有，是不是？要是用德语念，那可就不一样了！Der Toten Tatenruhm！让你起一层鸡皮疙瘩！是啊……"他突然不再说话了，似乎对自己的失态有些难为情。

这之后，三人默默走了很久。阿尔乔姆又急又恼，他们恐怕是垫底的了，也不清楚身后是什么情况，甚至他们走着走着还在隧道中央停下来，傻里傻气地念起了诗。不过，虽然这么想，嘴巴却颠来倒去地念着这首诗的最后几行，不知怎么的，他想起了曾和自己一起去过植物园站的男孩维塔利克。维塔利克是被一伙想从南边隧道强取地铁站的强盗开枪打死的。那条隧道一直很危险，维塔利克刚满十八岁，正是年富力强的时候，于是也被安排在了那里。当时阿尔乔姆十六岁。他们整夜都在商量着去找叶尼亚，因为叶尼亚有个熟悉的烟草贩子刚进了一批特别的新货。然而，子弹击中了他的脑袋，只在他额头上留下一个小小的黑孔，却削掉了他半个后脑勺。他就这么死了。"你会死去……"不知怎么的，阿尔乔姆突然又想起了猎人和苏霍伊的谈话，想起了苏霍伊的那句："可万一什么都没有呢？"人死了，就什么都没有了，一切都结束，什么都留不下。当然会有人记得你，不过持续不了太久。"你的亲人都会死去。"——这会是什么样呢？阿尔乔姆打了个大大的寒战。所以当米哈伊尔·波尔菲里耶维奇再度开口打破沉默的时候，他甚至感到有些高兴。

"您不会恰好跟我们同路吧？就到普希金站？难道您要进站？我的意思是，离开轨道到车站月台上去？我十分，十分不建议您这么做，阿尔乔姆。您无法想象发生在那里的事。要不，您跟我们一起去路障站吧？我无比乐意能同您好好聊聊天！"

阿尔乔姆不得不再一次含糊地点点头，胡乱搪塞过去：他不能把自己的路线和任务告诉第一次见面的人，哪怕这位毫无恶意的老人也不行。米哈伊尔·波尔菲里耶维奇见没有得到肯定的答复，又不吭声了。

他们又默默地走了很久。身后听起来并无状况，阿尔乔姆终于放下心来。很快，远处开始有亮光闪烁，起初还很微弱，然后越来越亮。库兹涅茨克桥站就快到了。

阿尔乔姆对当地的规矩一无所知，他决定藏起武器以防万一。他把枪用汗衫包好，塞进了背包最深处。

库兹涅茨克桥站是个有人烟的地铁站。在距离进站口大约五十米远的隧道中央，有一个检查站，是的，检查站只有一个，不过探照灯是有的，机枪点也是有的——尽管探照灯现在已经关闭闲置了，唯一的一挺机枪也蒙上了苫布。机枪的旁边坐着个胖男人，身上的绿制服都已经磨破了，正捧着个军用碗吃一碗烂粥。还有两个穿着相似制服的人，肩上扛着笨重的军用冲锋枪，正在检查从隧道进站的人的证件。这条队伍不算太长，都是从中国城站逃出来的人，就在阿尔乔姆陪着米哈伊尔·波尔菲里耶维奇和小万尼亚慢慢挪步的时候，他们超了过去，排在了前面。

两名警卫极不情愿、磨磨蹭蹭地放行。有个小伙子被拒了，茫然地站在一边，不知如何是好。他不时走到警卫身边求情，可那名检察员每次都把他推开，然后叫下一个人上前接受检查。

每一个经过的人都要被彻底搜查一番。他们亲眼看到一个男人因为身上搜出了一把未申报的马卡洛夫手枪，被揪出了队伍，他试图争辩，结果被捆起来带走了。

阿尔乔姆有些惊慌，预感自己要遇上麻烦了。见米哈伊尔·波尔菲里耶维奇正诧异地望着自己，便把自己也有枪的事悄悄告诉了他。可老人只镇定地点了点头，承诺他不必担心。阿尔乔姆半信半疑，更好奇老人凭一己之力要怎么摆平这件事，可老人却冲他露出一个神秘的微笑。

马上就要轮到他们了。此时警卫把一个五十多岁女人的塑料行李袋倒了个底朝天，这个倒霉的妇人当即嚎啕大哭，直呼警卫为恶棍，声称他们不配活在世上。

阿尔乔姆打心底里认同她的说法，不过并没有显露出来。警卫层层筛查，终于满意地吹响口哨，从女人脏兮兮的胸罩里搜出几个手榴弹，等着女人解释。

阿尔乔姆相信，女人会立马搬出孙子当救兵，说出一段感人的故事来，比如他是个电焊工，需要这些莫名其妙的东西用作自己焊接仪器上的某个配件；要么，这些手榴弹就是她在路上捡到的，她正打算交给相关部门处理。可这位妇女的行为更加直截了当：她后退几步，压低嗓子咒骂了两句，然后撒腿跑回隧道，隐在了黑暗中。机枪手见状，放下饭碗，端起了机枪，却被年长的警卫用手势制止了。机枪手失望地叹口气，继续捧起碗来吃粥。

米哈伊尔·波尔菲里耶维奇准备好自己的护照，往前跨了一步。令人感到惊奇的是，那名年长的警卫，刚还不客气地把那个看起来毫无威胁的女人的包袋翻了个底朝天，这会儿却只匆匆扫了一眼老人的证件，对小万尼亚更是丝毫没有理会，仿佛他并不存在。轮到阿尔乔姆了，他把备好的证件递给留小胡子的瘦子警卫。那人仔仔细细地审核着护照的每一页，盖章的地方更是用手电照了又照，还把阿尔乔姆的长相和证件照片反复比照了不下五遍，嗓子里不时发出怀疑的哼唧声。阿尔乔姆只得摆出一副无辜模样，将友好的微笑挂在脸上。

"你的护照怎么是苏联制式的？"到了最后，警卫没挑出毛病，只得一本正经地问了这个问题。

"统一办证的时候我还小。等到我办证的时候，我们那管事的只能找得着什么样的就给我什么样的了。"阿尔乔姆解释。

"不合规矩，"小胡子皱起眉头，"打开包。"

这时，米哈伊尔·波尔菲里耶维奇凑到警卫近前，悄声说："康斯坦丁·阿列克谢耶维奇，这名年轻人是我的朋友。他是位非常、非常体面的青年，我个人可以为他担保。"

警卫打开阿尔乔姆的背包，把手伸了进去，阿尔乔姆顿时倒吸一口冷气，却听那人冷冷地说："五个。"阿尔乔姆一时摸不着头脑，而米哈伊尔·波尔菲里耶维奇已经从口袋里掏出一把子弹，快速清点出五个，丢进了警卫斜挎的行军包里。

然而，警卫康斯坦丁·阿列克谢耶维奇的手仍在阿尔乔姆的背包里摸索着：显然最糟糕的情况发生了，因为从他的脸上闪现出了一个意味深长的表情。

"十五个。"小胡子冷冷地说。

阿尔乔姆无路可退，只好乖乖点头，又数出十个子弹丢进那人的挎包。警卫脸上的肌肉依然纹丝不动（阿尔乔姆不禁要为此人钢铁般的耐力暗暗叫好），只往边上挪动了一步——通往库兹涅茨克桥站的大门终于向阿尔乔姆打开了。

在接下来的十五分钟里，阿尔乔姆一直同米哈伊尔·波尔菲里耶维奇争让不休。老人坚决拒收阿尔乔姆还给他的五个子弹，声称自己欠阿尔乔姆的比这要多得多。

库兹涅茨克桥站和一路上经过的大多数车站并无区别，也是一样的大理石墙面，花岗岩地面，不过这里的拱门倒是特别，修得又高又宽，给人格外敞亮的感觉。

最让阿尔乔姆惊讶的事情在于，车站两侧轨道上全部停满了列车！庞大的车身长得令人难以置信，几乎占满了整个车站。

车厢里柔和的灯光透过各式各样的窗帘弥漫出来，令人倍感舒适，车门全都敞开着，像是做好了迎客的准备……在阿尔乔姆的意识里还从没有过这样的画面。是啊，对于疾驶的列车和明亮的玻璃车窗的记忆实在太久远了，那是属于童年时代的记忆，遥远而模糊，迷离而飘渺。那些记忆总是这样：当你试图回想一些细节，从记忆深处打捞一些片段，那些难以捕捉的情景却倏地沉入遗忘之河，随之流去……阿尔乔姆长到这么大，也只见过堵在里加站隧道出口处的列车，还有中国城站和和平大道站里那些残存的车厢。

阿尔乔姆愣在原地，着迷地望着列车，数着车厢，这无数节车厢一直延伸进月台另一头的昏暗之中，通向红线的通道就在边上。在电灯光晕的笼罩下，可以看见一条鲜红的横幅自天花板垂下，横幅底下站着两个身子笔挺的机枪手，穿着同样的绿色制服，头戴大檐帽，由于离得太远，他们看起来是那么小，简直像是两个玩具兵，叫人觉得好笑。

早在阿尔乔姆和母亲一起生活的时候，他曾有过三个这样的玩具兵：一个是指挥官，从枪套里拔出了手枪，正回头高喊着什么，大意是号召部下随自己冲锋陷阵；另外两个则站得笔直，冲锋枪握在胸前。这三个玩具兵想必不是一套，没法配合在一起玩：指挥官已经投入战斗，面对自己的战士忘我高呼，可另外两个却不为所动，跟红线上的那两名守卫一样，压根感受不到战斗已经迫在眉睫。说来也奇怪，阿尔乔姆对这几个玩具兵记得真切，却一点也记不得母亲的样子了……

库兹涅茨克桥站内的秩序还算井然。和展览馆站一样，这里也是靠应急灯供亮。顺着天花板是一排不知做什么用的金属架子，或许是车站以前的照明装置吧。除了列车，这个车站里就没有什么惹眼的东西了。

"我常听说，地铁里有不少特别美的车站，见了这么多，也不过是一个样子。"阿尔乔姆向米哈伊尔·波尔菲里耶维奇表达了自己的失望。

"那您可就错了，年轻人！这里的确有一些特别美的车站，美得叫您难以置信！就拿环行线上的共青团站来说吧，那是一个真正的宫殿！"老头热忱地想要说服他，"您知道，那里的天花板上描绘着巨幅彩画，上面画着列宁和那些……哦，瞧我这话说的！"

他立刻闭住嘴巴，又悄悄向阿尔乔姆解释："车站里到处都是索科利尼基线的奸细和密探——就是红线，不好意思，我习惯叫它以前的名字……所以在这个地方要少说话。当局看似独立，也不想招惹红线，所以红线要是想要他们交出什么人，他们就会乖乖照办，更别说暗杀了。"说到这儿，他又把声音压低了些，警惕地望了望四周，"咱们得找个地方歇歇脚，说真的，我累坏了，依我看您也是在强撑。咱们休息一夜再接着赶路吧。"

阿尔乔姆点点头。这一天他的神经始终绷得紧紧的，确实需要好好休息。

阿尔乔姆始终无法将眼睛从车厢上挪开，他艳羡地叹了口气，跟着米哈伊尔·波尔菲里耶维奇离开了。耳边不时传来车厢里愉快的笑声和交谈声。经过车门的时候，阿尔乔姆看到许多操劳了一整天的男人正站在车门口，边抽烟边和邻居闲聊着一天里发生的事；老太太们则围坐在桌边，在一盏电线缠绕如麻的小灯下喝茶；孩子们在周围跑来跑去。这个场面在阿尔乔姆眼中也很不寻常：展览馆站的气氛总是很紧张，人们随时准备着应对各种灾难。是啊，到了晚上，人们也会相约在友人的帐篷里，安静地坐上一坐，可绝不会像这样，所有大门洞开，一切都瞧得清清楚楚，大人们串门走动，孩子们嬉戏奔跑……这个车站的生活实在太安逸了。

"他们在这里怎么过活？"阿尔乔姆追上老头，忍不住问。

"怎么，难道您不知道？"米哈伊尔·波尔菲里耶维奇惊讶又不失礼貌地说，"这里可是大名鼎鼎的库兹涅茨克桥站！这里有地铁里最好的技术人员，他们的技术相当了得。索科利尼基线的人把设备拉到这里来让他们修理，就连环行线的人也慕名而来。这里就这么富起来了。要是能住在这里该多好啊！"他憧憬着，叹了口气，"可是他们的要求也很苛刻……"

阿尔乔姆还幻想着，自己也能在车厢的沙发床上睡一觉，幻想却破灭了。只见车站大厅的中央支着一排大帐篷，跟他们在展览馆站住的帐篷倒是很像，在最靠前的那顶帐篷上精心描着两个大字：旅馆。边上是一条由逃亡而来的人组成的长队。米哈伊尔·波尔菲里耶维奇却把一个管理员叫到一旁，打点了一下，密语般地低声说了些"康斯坦丁·阿列克谢耶维奇"什么的,问题就解决了。

"咱们的在这儿。"他做了个邀请的手势,把小万尼亚高兴得直叫唤。

帐篷里居然有茶,还是免费的。地上的床垫柔软极了,叫人一躺下就不愿再起来。阿尔乔姆半倚在床垫上,小心地吹着热茶,聆听着老头的话语。老头顾不上喝茶,闪着兴奋的目光,侃侃而谈:"有些站其实已经脱离红线管辖了。这一点没人会说出来,红线也永远不会承认。不过大学站已经脱离他们控制了,大学站后面那些站也全是一样!如今红线的势力范围到运动站为止了。您知道吗,运动站之后是一条相当长的隧道,那里曾有一站叫麻雀山站,可是后来关闭了……正是从麻雀山站起,铁轨延伸到了地面上,要通过一座桥。可是桥在爆炸中损毁了,直到有一天桥塌了,掉进了河里,自那时起,红线几乎就和大学站断了联系……

阿尔乔姆抿了一口茶。他预感自己即将听到某桩神秘而不同寻常的事,由地铁西南角那片分离出红线的区域所引发的后续故事,故而整个身心都在为之欣喜不已。小万尼亚自始至终在埋头啃自己的手指甲,不时满意地欣赏一下自己的劳动成果,然后接着啃。阿尔乔姆看他的眼神里几乎生出了好感,对于男孩适时的沉默,他很感激。

"要知道,在我们路障站有个小圈子,"米哈伊尔·波尔菲里耶维奇不好意思地微微一笑,"到了晚上我们就聚在一起,有时候也会有人从一九〇五年街站过来,眼下普希金站驱逐了所有异见人士,所以安东·彼得洛维奇就投奔了我们……我们的聚会没什么正事,就是普通的文学聚会,偶尔也会谈点儿政治……要知道,在路障站,受过教育的人同样不怎么受待见,你听过那句话吗——知识分子就是没用的第五纵队[1]……所以我们的聚会也是暗中进行。雅科夫·约瑟夫维奇曾说过,大学站其实还存在,只不过那里的人成功封锁了隧道,如今那里也有人住。但那些人不是

---

[1] 第五纵队是1936—1939年西班牙内战期间,隐藏在后方的反共和政府的间谍、叛徒等总称。现在泛指被帝国主义和其他侵略者所利用的,在敌方内部进行破坏、颠覆活动的组织。

普通人，而是……你知道，那里曾有座莫斯科大学，车站就是以它命名的。据说，有很多教授和学生都得救了。如今那里成了一个知识分子的集合地……唔，这大概只是臆想罢了。他们还说，那里是由受过教育的人管理，有一名校长领着三个车站，每个车站各有一名系主任，所有管理人员定期更换。那里还在搞科研——要知道，全都是大学生、研究生和教授！文化也不像咱们这里一样已经消亡了，他们没有忘记咱们的思想遗产，一直都在记录着……安东·彼得洛维奇甚至还说，他有一个工程师朋友曾偷偷告诉他，他们已经找到了到上面去的方法，他们发明了一种防护服，有时候他们的侦察兵还会出现在地铁里……这些事情听起来是不是够离奇的？"米哈伊尔·波尔菲里耶维奇直视着阿尔乔姆的眼睛，眼神中饱含忧愁和疲惫，却依然流露出最后的希望。

阿尔乔姆轻咳了一声，用尽可能叫人信服的口气回答："哪离奇啊？听起来完全可能！比方说，我就听说有个叫波利斯的地方，那里也是……"

"波利斯——没错，一个神奇的地方。不过现在谁还会去那儿呢？据我所知，那里的议会权力已经移交给军方了……"

"哪个议会？"阿尔乔姆扬起了眉毛。

"你不知道？波利斯是由最具权威的人士组成议会管理的。在那个地方，最具权威的人士要么是图书馆的管理员，要么是军人。对于列宁图书馆的事你已经了解得很清楚了，没必要多说。波利斯的另一个入口曾经开在国防部大楼里，据我所知，至少是旁边吧，所以当时有不少将领疏散到了那里。最初很长一段时间，是军人把持着波利斯的政权，可是人们不太喜欢他们混乱的统治，流血事件时有发生，这是他们跟红线打仗很久以前的事了。后来双方达成让步，就有了这个议会，并且议会由两派组成：图书馆派和军方派。当然了，这个组合挺奇怪的，要知道，那些军人恐怕之前从没见过几个活的图书馆管理员呢。两拨人就这么凑在一块了。这两派永远在打架，今天你上去了，明天我下来了。跟红线打仗的时候，枪杆子的作用比笔杆子更重要了，军方派就占了上风。和平年代开始以后，政权又回到图书馆管理员手上。权力就像个钟摆,始终在他们之间摆来摆去。听说,眼下是军方派更占上风,他们重启了一些规矩,包括宵禁和禁止某些生活娱乐。"米哈伊尔·波尔菲里耶维奇微笑道,"现在去那里的路可不比去翡翠之城[1]容易——这是我们私下里对大学站和它周边地铁站的戏称——你要么得经过红线,要么得经过汉萨,都不是轻易能过去的。在法西斯分子到来之前,你可以从普希金站转到契诃夫站,再从那儿沿隧道直达博罗维茨基站。这条隧道很不好走,不过我早些年误打误撞走过一次,也闯出来了。"

阿尔乔姆感到机不可失,连忙追问这条隧道难走的原因。老头不情愿地回答:"要知道,在这条隧道的正中央,停着一辆烧毁的列车。距离上一次已经过去很久了,不知它如今还在不在。当时我看到有许多尸体或躺或坐在座位上……太恐怖了。我不知道那里发生了什么,问过几个朋友,也没人说得清。要越过这辆车很难,想从列车旁边绕过去是不可能的,因为隧道已经开始坍塌,列车周围的地面都塌陷了。在这个车上,我的意思是在车厢里,发生了各种可怕的事情,我很难解释,要知道,我是个无神论者,从来不相信那些玄幻的说法……现在我什么都不相信了。"

这番话让阿尔乔姆联想起索科利尼基线上那些隧道里的怪声。终于,他忍不住把一路上自己这支小队的遭遇和波旁的遭遇一五一十地告诉了老头,犹豫了一下,又把可汗给他的解释也尝试着复述了一遍。

"瞧您说的,瞧您这都是在胡说些什么呀!"米哈伊尔·波尔菲里耶维奇打断了他的话,两道眉毛拧成了疙瘩,"这种事我已经听过了。您还记得我提起过的雅科夫·约瑟夫维奇吧?他是个物理学家。他曾向我解释

---

[1] 出自经典童话故事《绿野仙踪》。故事中,小姑娘桃乐茜被龙卷风带进了魔幻世界,只有翡翠之城的魔法师才能帮她找到回家的路。一路上,桃乐茜和朋友们冲破重重阻挠终于来到翡翠之城。

过,这种心理现象会在人体受到次声波[1]干扰时发生。这个频率的声音人耳是听不到的,我的脑袋不好使,没记错的话是 7 赫兹上下……这种声波可以由一些自然变化而自我引发,像是地质构造运动什么的,我当时没有仔细听……至于亡者的魂灵?并且在下水管道里头?纯属一派胡言……"

这个老头挺有意思。他所讲述的一切,阿尔乔姆全都是头一回听说。老头看待地铁的角度也很特别,完全是另外一种老派有趣的角度。看得出,一切触及灵魂的话题,都会让他感到不适,和过去那些时日没有区别。阿尔乔姆想起苏霍伊和猎人的那次争论,便问他:

"那么,您觉得我们……人类,还能回去吗?回到上面?我们能活到回去那一天吗?"

话一出口他立刻就后悔了,因为这个问题似乎戳中了老头的要害。老头一下子瘫软下去,用毫无生气的声音喃喃道:"回不去了,回不去了。"

"但是还有别的地铁系统啊,我听说,在圣彼得堡、明斯克还有诺夫哥罗德都有。"阿尔乔姆罗列着记忆中的城市名称,尽管这些对他来说只不过是空洞、不具有任何意义的词汇。

"啊,列宁格勒[2]——多么美丽的城市!"米哈伊尔·波尔菲里耶维奇悲伤地叹了口气,"您可知道,那里的伊萨克大教堂、海军部和它的尖顶有多么美妙,多么精致!还有夜晚的涅瓦大街——熙熙攘攘的人群全都欢笑着,还有舔着冰激凌的孩子,身材苗条的年轻姑娘……空气里飘着音乐……尤其是到了夏天,那里的夏天很少有好天气,不过在好天气的日子里,你能看到明媚的太阳,瓦蓝的天空……连呼吸都畅快起来了……"

他的目光落在阿尔乔姆身上,眼神却穿过他,交融于另一个飘渺的幻象之中了。在这个幻象中,一座半朦胧的雄伟的建筑物轮廓,正从黎明破晓前的迷雾中浮现出来。阿尔乔姆仿佛觉得,只要自己一转身,也能看

---

[1] 频率小于 20 赫兹的声波叫作次声波,它可对人体造成危害,引起头痛、呕吐、呼吸困难等症状。

[2] 圣彼得堡在苏联时期的旧称。

到那幅震撼人心的画面。老人重重叹了口气,沉默了,阿尔乔姆决意不去打断他的回忆。

"是啊,除了莫斯科地铁还有其他地铁系统,或许还有其他幸存者住在那里……可是想想吧,年轻人!"米哈伊尔·波尔菲里耶维奇伸出食指指向空中,"多少年过去了,一丁点消息都没有。难道找咱们需要找这么多年吗?不,"他垂下头,"回不去了。"

就这么沉默了将近五分钟,老头以轻得不能再轻的声音叹了口气。他更像是自言自语而非回答阿尔乔姆的问题,说了句:"上帝啊,我们毁掉了一个多么美好的世界啊……"

帐篷里寂静无声。两人的低声谈话让小万尼亚觉得了然无趣,他昏昏睡去,微张的嘴巴不时轻轻砸吧两声,或是发出小狗一样的惊叫。米哈伊尔·波尔菲里耶维奇没有再说一个字。尽管阿尔乔姆相信他没睡着,却并不想打扰他,于是径自闭上眼睛,准备睡觉。

他本以为在经历过这惊险漫长的一天后,睡意会顷刻袭来,但时间一分一秒过去,他却毫无睡意。刚刚还觉得柔软的床垫,现在硌得人腰疼,阿尔乔姆不得不翻来覆去调整身体才找到一个舒服的姿势。老头忧伤的话语始终在他耳边萦绕,"回不去了,回不去了"……再也见不到那亮闪闪的大街,宏伟的建筑,再也体会不到夏日暖风拂过发梢和脸庞时的神清气爽,还有老人所描绘的那种天空——现在的天空,是走在隧道里时,头顶上那块被无数腐朽天线裹挟得高低不平的天花板,未来也还是这样——老头是怎么说的?瓦蓝?澄澈?……那样的天空可真奇怪,倒是跟阿尔乔姆在植物园站时看到的情形一个样:它不是天鹅绒蓝色,是淡蓝色的,上面缀满了星星,闪耀着光芒,叫人赏心悦目……那些建筑都高大极了,却并不显得逼仄,它们明亮轻盈,仿佛是由甜美的空气幻化出来的;它们直插天际,几乎脱离了地面,其轮廓在天穹中隐现。四下里到处是人群!阿尔乔姆从没见过这么多人,中国城站里的人已经够多了,也没有这里的人多。在这些巨大楼宇之间的空地上,全都是往来穿梭的人群。还有许许多多吃着东西的孩子，他们吃的大概就是冰激凌吧。

阿尔乔姆甚至想要拉住其中一个孩子，求他也让自己尝两口——他还从没吃过真正的冰激凌呢。他很小的时候，是那样渴望尝一尝冰激凌的味道，却无处可买，过去的甜食制品厂早已成了霉菌和老鼠的乐园。为什么这些舔着美味的小孩子总是笑着躲开他呢？他们的动作是那么敏捷，他甚至连他们的脸都看不清。到后来，阿尔乔姆也分不清自己的意图了：是咬一口冰激凌，还是看看孩子们的脸，好弄清楚他们是不是真的有脸……他突然怕了。

渐渐地，建筑物那轻盈的轮廓越来越清晰，越来越阴暗，不一会儿就逼近了阿尔乔姆的头顶上方，还在继续朝他靠近。阿尔乔姆仍在追逐那些孩子，他开始有一种感觉，孩子们不是在快活地大笑，而是不怀好意地笑，似乎预感到他要倒霉了。他使出浑身力气抓住一个男孩的衣袖，男孩挣脱着，像遇见鬼一样反抗，阿尔乔姆紧紧箍住他的喉咙，终于看清了他的脸。竟然是小万尼亚。男孩咆哮着，龇着牙，不住地晃动脖子，想要去咬阿尔乔姆的手。慌乱中，阿尔乔姆一甩手把他丢了出去，男孩跪在地上，猛地蹦了起来，扬起脑袋，发出骇人的嚎叫，那声音跟阿尔乔姆在展览馆站听到过的黑暗族的叫声一模一样……就在这时，正四处乱跑的孩子们突然全部停了下来，他们并不看他，只缓缓侧过身子，朝他聚拢过来。在他们背后，已经变得漆黑的楼宇大厦在上升，并且似乎也在向他靠近……孩子们在越来越窄的建筑物间隙里挤成一团，他们跟着小万尼亚嚎叫起来，那叫声充满了野性的仇恨和冰冷的哀伤。最后，他们终于把脸扭向阿尔乔姆：他们没有脸，只有黑色的肉皮，上面是一张豁开的大嘴和一对没有眼白和瞳孔的眼珠，闪闪发光。

突然，阿尔乔姆听到一个声音。这个声音本身并不强烈，又被此起彼伏的嚎叫声盖过，让他很难听得清楚。它持续不断地重复，重复，阿尔乔姆尽量不去想那些越来越近的孩子，辨识着这个声音，他终于听出来了——"你必须离开。"这声音一遍又一遍地重复着，阿尔乔姆认出了声音的主人，是猎人。

他睁开眼，掀开被子。帐篷里又黑又闷，脑袋里像灌了铅似的，思考变得迟钝而艰难。阿尔乔姆久久回不过神来，他不知道自己睡了多久，是该起床上路了，还是应当翻个身继续做个美梦。

就在这时，帐篷的门帘被掀开一角，放他们进站的那个警卫探进头来。是康斯坦丁……这人的全名是什么来着？

"米哈伊尔·波尔菲里耶维奇！米哈伊尔·波尔菲里耶维奇！赶紧起来！米哈伊尔·波尔菲里耶维奇！他是断气了还是怎么了？"这个警卫根本没留意到阿尔乔姆正惊恐地瞪着自己，他爬进帐篷，开始摇晃熟睡中的老头。

这一晃先把小万尼亚弄醒了，他发出了不满的哼唧声。警卫毫不在意，小万尼亚想去咬他的手，他反手扇了他一个耳光。就这样，老头终于被弄醒了。

"米哈伊尔·波尔菲里耶维奇！快起来！"警卫焦急地低声唤他，"你必须离开！红线的人正要求我们把你交出去，说你是诽谤者和敌对观点宣扬者。我告诉过你多少次了，就算是在这儿，在我们这个破站里，也不要提大学站的事！你怎么就是不听呢？"

"康斯坦丁·阿列克谢耶维奇，敢问这是怎么一回事？"老头呼哧带喘地从床上爬起来，迷茫地晃了晃脑袋，"我什么都没说，也没有宣扬什么，这种念头我想都没想过，我只不过给这个年轻人说了几句，都是私下里小声说的，没有别人在场……"

"那就把这个年轻人一起带走！隔壁车站是什么样的，你也清楚。在卢比扬卡站，他们会把你的肠子掏出来缠在棍子上，再把你的朋友就地枪毙，好让他没机会多嘴！快，他们马上就来了，这会儿正在商量着问红线要点什么当报酬呢，你们得赶快了！"

阿尔乔姆此时已经从床上爬起来，背好了背包。他不知道事态到底有多严重，犹豫着要不要把枪拿出来，老头也行动起来，他们匆匆忙忙上了路。康斯坦丁·阿列克谢耶维奇一直捂着小万尼亚的嘴巴，哪怕挨了咬也不松手,只痛苦地拧紧了眉头;老头则频频不安地望着他,生怕他一气之下拧断男孩的脖子。

通向普希金站这边的隧道关卡要远多于另一边的。出站后,在一百米和二百米的地方,他们接连通过了两道哨卡。在第一道哨卡处,一堵混凝土矮墙将道路拦腰截断,仅在墙边留下一道窄窄的缝隙供人出入。矮墙左部安了一部电话机,电话线直通到车站里,大概是总部之类的地方。除此以外,那里还堆着好些弹药箱和一台在一百米管辖范围内巡逻的轨道车。第二道哨卡倒是和另一边隧道里的一样,有好些沙袋,一挺机枪和一个探照灯。两道哨卡都有人站岗,好在康斯坦丁·阿列克谢耶维奇一路护送他们穿过了防线。到了边境,他用疲惫的声音说:"走吧,我再护送你五分钟,米哈伊尔·波尔菲里耶维奇,恐怕从今往后你再也不能到这里来了。"

他们慢吞吞地走在去往普希金站的路上。分别的时候到了,警卫在黑暗中停下脚步,叮嘱道:"他们还没原谅你的旧错,你又犯了新罪了。莫斯科温同志都知道了,你听说了没有?总归得想个办法才是。过普希金站的时候你可千万当心!要尽快通过!咱们的人都怕他们!那么,再会了!"

因为不着急赶路,三个逃亡者不约而同放慢了脚步。

"你怎么得罪他们了?"阿尔乔姆好奇地望着老头,问道。

"我只是非常不喜欢他们。战争开始以后,我们的小圈子编了一些稿子……安东·彼得洛维奇那时还住在普希金站,能接触到印刷机……当时在普希金站有一台印刷机,是那帮战争狂人从《消息报》[1]报社拖回来的……他可以用它印刷。"

"不过红线的边境线看上去很松啊,就两个人,一面旗,也没有工事,不像汉萨那边……"阿尔乔姆突然联想到这个。

"那当然了!这一边是很随意,因为他们边境的主要火力没有布置在外边,而是在里边,"米哈伊尔·波尔菲里耶维奇露出狡黠的微笑,"工事

---

[1] 《消息报》(Известий),俄罗斯知名报纸。

也在里边呢，外边不过是个装点罢了。"

接下来的路途，他们各怀心事，默默走着。阿尔乔姆倾听着隧道带来的感受，不过奇怪的是，对于这段隧道，还有上一段从中国城站到库兹涅茨克桥站的隧道，他什么都感觉不到，这些建筑毫无灵魂，留给他的只有空洞……

然后，他的思绪回到了刚才的噩梦。梦的细节已经记不得了，只留下模糊而惊悚的片段：那些没有脸的孩子，耸立在地平线上的巨型黑色建筑物。对了，还有那个声音……

就在这时，隧道前面传来熟悉的声响，打断了他的思绪：那是恶心的吱吱声和爪子的沙沙声。紧接着，一股令人窒息的腐肉腥味扑面而来。当微弱的手电光照到那个地方的时候，眼前的画面让阿尔乔姆恨不得回去向红线投降……

只见前面靠近墙边的地上，脸朝下成排放着三具尸体，已经被老鼠啃食得不成人样了，他们的手一律被电线捆在身后。阿尔乔姆拿袖子捂住鼻子，不去闻那股腥甜刺鼻的气味。他朝尸体弯下腰，用手电探照着。他们的衣服都被扒到只剩下内裤，尸身上并没有明显的伤痕，三人都是死于头部中弹，每个人的头发上都沾着血，尤其是在黑洞洞的枪眼附近。

"是后脑勺中弹。"尽管随时都能吐出来，阿尔乔姆还是竭力让自己的声音显得平静。

米哈伊尔·波尔菲里耶维奇捂住嘴巴，眼中闪现着泪光。"他们干了什么啊，上帝，他们都干了什么！"他压低声音呻吟道，"小万尼亚，别看，别看，到这儿来！"

可是小万尼亚并没有表现出一丝惊慌。他蹲在最近的一具尸体旁，聚精会神地用手指头比划着什么，口中激动地直叫唤。

光线扫过尸体上方的墙面，照亮了一片简陋的包装纸，就粘在齐人眼高的位置。纸片上画着许多展翅老鹰的形象，还用哥特字体[1]写着"Viertes Reich"（第四帝国），底下一行字则是用俄语写的："伟大帝国方圆三百米范围内，不允许黑东西出现！"同样醒目的还有"死路一条"几个大字，后面画了个被打了叉号的黑色小人。

"这帮畜生！"阿尔乔姆咬牙切齿地说，"就因为他们的发色不同？"

老头只是悲痛地摇了摇头，就去扯小万尼亚的衣领，可男孩只顾着研究尸体，就是不起来。

"我想，我们的印刷机仍旧需要运转。"米哈伊尔·波尔菲里耶维奇悲伤地说道。

三人继续赶路。他们的脚步越来越慢了，走了不过两分钟，就见墙上用红色油漆画着一只老鹰，写着"三百米"。

"还有三百米。"阿尔乔姆听到远处隐约传来了狗吠声，不由产生一丝不安。

走到离下一站大约一百米的地方，一束亮光打在了他们脸上，三个人停了下来。

"两手抱头！站好了！"一个声音透过扬声器高喊。

阿尔乔姆顺从地把两手放在脑后，米哈伊尔·波尔菲里耶维奇则高举双手，一只手还攥着小万尼亚的手。

"我说过了，所有人两手抱头！慢慢朝前走！别耍花招！"那个声音继续咆哮着。阿尔乔姆怎么都看不清说话的人，强光直射入他的眼睛，两眼被刺得生疼，他不得不朝下看。

三个人迈着碎步往前走了一段距离，那个声音再次要求他们停在原地。探照灯终于扭向了一边。

阿尔乔姆这才看清，眼前横着一整排路障，两名壮硕的机枪手和一个腰间别着手枪套的男人站在那里。这些人都身穿迷彩服，剃着光头，歪

---

[1] 一种相当华丽的印刷或手写字体，直到20世纪还被用于书写德语。

戴着黑色贝雷帽,肩上的白色臂章格外醒目——上面是类似纳粹标志的图案,不过是三个钩而非四个。稍远的地方还有些黑影,其中一人的脚下蹲着条狗,不时发出神经质的吠叫。四周的墙壁上涂满了纳粹标志、老鹰、标语和对非俄罗斯族裔的诅咒,阿尔乔姆看不太懂,因为有一部分是用德语书写的。在一处显眼的位置,挂着一块被火燎过的布幅,上面画着老鹰和少了一钩的纳粹标志,几束灯光有意无意地打在一个回收标志[1]上,标志的中央是个不幸的黑人。阿尔乔姆觉得这大概是他们的"红角"[2]。

这时,一名警卫往前迈了一步,将一只木棍般长长的手电筒点亮,贴到耳边,慢慢地围着三个人兜圈。他端详着他们的脸,大概是想要找出些非斯拉夫人的特征,可这三个人都是典型的斯拉夫人长相,就连小万尼亚也包括在内——尽管他的脸上带着病态。于是,这名警卫收起手电,失望地耸了耸肩。

"证件!"他说。

阿尔乔姆忙递上早已准备好的护照。米哈伊尔·波尔菲里耶维奇在衣服内兜里翻了半天,终于也找到了自己的证件。

"这家伙的证件在哪儿?"警卫厌恶地指了指小万尼亚。

"您瞧,事情是这样的,这个男孩……"老头开始解释。

"安——静!叫我'长官先生'!回答问题要简洁!"警卫两手交替把玩着手电筒,冲老头喝斥道。

"长官先生,您看到了,这个男孩有病,他没有护照,要知道他还小呢,不过您瞧,他的名字在我护照里有记录,就在这儿……"米哈伊尔·波尔菲里耶维奇慌了神,含混不清地嘟囔着。他用谄媚的眼神望着警卫,试图从那人眼中找到哪怕一丝同情。

---

[1] 三箭头循环再生标志,意为"可回收物"。

[2] 原文为 красный уголок,来自古斯拉夫语。在俄语中,红色(красный)一词还有"美丽、美好"之意。 在俄罗斯传统家庭中,"红角"是信徒与上帝交流的地方,是家中最神圣的角落,多设在东南角,通常会放置圣像画、圣像、《圣经》等宗教物品。

可那名警卫笔直僵硬地站在原地，像块石头一样一动不动。他的脸仿佛也石化了，看不到任何表情。阿尔乔姆恨不能杀了他。

"照片呢？"长官大人翻到护照信息页，又问。

在此之前，小万尼亚一直安安静静地站着，神情紧张地盯着远处那条狗，不时从嗓子眼里发出兴奋的嘶叫。让阿尔乔姆感到担忧的是，眼下小万尼亚的注意力突然转移到了警卫身上，冲他龇着牙齿，发出威胁的低吼。

阿尔乔姆忘了此前对小万尼亚的反感和想要狠狠踹他两脚的愿望，深深为小万尼亚眼下的安危感到担忧。

警卫不由地后退一步，恶狠狠地盯着小万尼亚，从牙缝里挤出几个字："把这个东西弄走。快！不然我亲自动手。"

"请原谅，长官先生，他不知道自己在做什么。"阿尔乔姆吃惊地听到自己在为小万尼亚辩护。

米哈伊尔·波尔菲里耶维奇感激地望着他。那名警卫草草翻看了一下他的护照就还给了他，冷冷地说："您没问题，可以过去了。"

阿尔乔姆没走几步就停了下来，他感觉自己的腿不听使唤了。那名警卫冷漠地转过身去，继续盘问老头照片的事。

"您瞧，事情是这样的，"米哈伊尔·波尔菲里耶维奇突然回过神来，给出了这样的解释，"长官先生，事情是这样的，我们那里没有摄影师，其他车站拍照又太贵，我实在拍不起照片……"

"脱衣服！"警卫打断了他。

"您……您说什么？"米哈伊尔·波尔菲里耶维奇的声音在颤抖，两条腿也哆嗦起来。

阿尔乔姆取下背包，摆放在地上。他没空思考自己在做什么。总有些事情是你不想做，发誓不会做或者不让自己做的，可是它们就那么猝不及防地发生了，不等你去思考，去深入地分析，它们就发生了。这个时候你只好惊讶地抚慰自己，告诉自己这不是你的错，事情是自然而然走到这一步的。

假如自己的两名同伴被他们脱掉衣服,像三具死尸那样被带到三百米处的隧道里去,阿尔乔姆就要从包里掏出枪来,拨到连发档位上,尽可能多地把这些身穿迷彩服的畜生撂倒,直到自己倒下为止。此时此刻,除了这件事,一切都失去了意义。尽管他认识老头和小万尼亚才一天,尽管他们会把他打死,这些都不重要。那展览馆站怎么办?别再想下去了。有些事最好想都不要去想。

"脱衣服!"警卫一字一句地重复了一遍,"搜身!"

"可是,请您……"米哈伊尔·波尔菲里耶维奇含糊地说。

"安——静!快点!"那人喝道,为了强调自己的话,他从腰里掏出了手枪。

老头见状赶忙解开外套。警卫挪开枪口,静静地看着他脱下绒衣,笨拙地单腿蹦跳着褪掉靴子,最后迟疑地解开了裤子上的皮带。

"快点!"警卫咆哮道。

"可这……怪难为情的……要知道……"米哈伊尔·波尔菲里耶维奇开口道。警卫终于失去了耐心,挥起拳头朝老头嘴巴上打去。

阿尔乔姆正要冲过去,不料有两只手从背后牢牢箍住了他,他怎么挣扎都是徒劳。

就在这时,意想不到的事情发生了:还不及那个暴徒一半高的小万尼亚突然龇着牙,吼叫着朝那人扑了过去。那人始料不及,被小万尼亚咬住左手,前胸也挨了一拳。可是一秒钟的工夫他就反应了过来,他甩开小万尼亚,退后两步掏出枪,对准小万尼亚扣动了扳机。

枪声在空旷的隧道里回荡,震荡着人的耳膜,可阿尔乔姆还是依稀听到了小万尼亚的低声呜咽。他看到小万尼亚低垂着脑袋坐在地上,两手捂住了肚子。接着,那个警卫用脚尖把男孩踹倒在地,满脸憎恶地在他仰面向上的头上补了一枪。

"我警告过您了。"他冷冷地看着老头。米哈伊尔·波尔菲里耶维奇僵立在原地,嘴巴张得大大的,呆呆地望着口中还在发出呼哧声的小万尼亚。

此时，阿尔乔姆眼前已是漆黑一团，有股力量从他体内涌起，促使他挣脱背后正在发愣的士兵，狂奔向前，差点把那人拖倒在地上。阿尔乔姆的身手变得异常敏捷，他打开冲锋枪保险，攥紧握把，瞄准那名警卫的胸口，时间刚刚好——冲锋枪穿过背包射出了子弹。

阿尔乔姆满意地看到，那名警卫绿色的迷彩服上，已经留下了一排弹孔。

第九章
你死定了

"绞刑。"司令官宣布。

人群中爆发出一阵热烈的掌声,无情地折磨着他的耳膜。

阿尔乔姆吃力地抬起头,打量着四周。只有一只眼睛还睁得开,另一只已经肿得不成样子了——为了审讯他,那些人用尽了手段。

他的听力也出了问题,声音像是穿过一层厚厚的棉絮才传进耳朵里一样;牙齿应该都还在。不过就算牙齿还在,能有什么用处呢?

枝形吊灯,以前大概都是用电来发光发亮的吧,如今上面却点着一根根冒黑烟的脂油制的蜡烛,将它们上方的天花板熏得焦黑。这个地铁站里总共亮着两盏这样的吊灯:一盏位于大厅尽头,那里有宽大的楼梯一直向上延伸;另一盏吊在大厅正中央,也就是阿尔乔姆所站位置的正前上方。此时阿尔乔姆站在位于车站正中间的过道台阶上,这个过道能通到另一条地铁线。

这个车站是怎么回事?半圆形的拱门一个接着一个,几乎见不到一根廊柱,还有成片的空地。

"绞刑将于明晨五点在特维尔站执行。"站在司令官旁边的胖子宣布。

和自己的上级一样,胖子穿的不是绿色迷彩服,而是黑色制服,制服上镶着好些金闪闪的纽扣。他们二人也戴着黑色贝雷帽,不过要比隧道里士兵的帽子小巧精致得多。

老鹰和三钩纳粹标志在这里随处可见。到处都是用哥特体字母精心勾勒的标语和口号。阿尔乔姆努力让自己将注意力集中到这些像虫子乱爬的字母上，读出了声："地铁属于俄罗斯人！""黑人滚回地面上去！""吃老鼠的人去死吧！"还有一些内涵更抽象的语句："前进！最后一次为伟大的俄罗斯精神而战！""用火与剑建立起地铁秩序是真正的俄罗斯秩序！"还有一句相对中性的希特勒名言，是用德文写的："有健康的身体，才有健康的精神！"此外，他还看到一幅惟妙惟肖的壁画，画上是一男一女的侧面像，那位男勇士咬肌发达、下巴饱满，他身后的女战友则表情坚毅。画像下面是一句让他印象深刻的标语："每个男人都是士兵，每个女人都是士兵的母亲！"不知为何，眼下这些标语和壁画要比司令官的话更能吸引阿尔乔姆。

视野正前方，是站在警戒线外高呼的人群。人算不上太多，都打扮得很不起眼，基本上都穿着棉袄和油迹斑斑的工装。人群里几乎看不到女人，要是现实果真如此，按照墙上那句标语的说法，士兵恐怕很快就要绝迹了。

想到这里，阿尔乔姆露出了一丝讥笑。实在没有力气撑住这颗脑袋了，就由它耷拉着吧；要不是有两名头戴贝雷帽的宽肩膀守卫架着他的胳膊，他早就瘫倒在地上了。

头又开始晕了，紧接着是一阵天旋地转，阿尔乔姆再也笑不出来了，他觉得人群马上就会一拥而上，将他撕成碎片。

一种钝钝的麻木感逐渐爬上阿尔乔姆的心头，自己会怎么样，他不在乎了。他仿佛在读一本书，周围的事物都与他毫不相关，他仅仅是作为阅读者观望着这一切，对于故事主人公的命运，他自然抱有兴趣，不过死了也没什么大不了，再从书橱上另取一本结局美好的书就是了。

开始的时候，他先是落到几个颇有耐心的壮汉手里，挨了一通漫长的毒打，与此同时，另一些有手段的聪明人不断向他发问。那个屋子里铺着叫人心慌的黄色瓷砖，显然是经过了深思熟虑——血迹大概轻轻一擦就能抹去，可那股血腥味却是无论如何也散不掉的。

他们先是教他管那个主持审讯的干瘦男人为"司令官先生"。这位司令官先生精心梳着淡褐色头发、有一张清秀的面容。然后，他们教他不得提问，只能回答。再然后，他们教他要准确又简明扼要地回答。其中，如何简明扼要地回答问题是单拎出来教授的内容。阿尔乔姆庆幸自己的牙齿都还长在牙床上，尽管有几颗牙已经松动得厉害，嘴巴里还一直有股血沫子的腥味。起初，他想要证明自己是无辜的，可事实证明这是徒劳。然后他试图保持沉默，可他很快发现这种做法也是错误的，只会招来毒打。当你被一个壮汉狠狠抽打头部的时候，你会有种非常奇特的感受：不只是疼痛，而是有一股飓风，将你所有的思想席卷一空，将你所有的感觉彻底粉碎。不过，真正的折磨还在后头。

过了一会儿，阿尔乔姆终于明白自己该怎么做了。答案很简单：尽可能地让司令官先生满意。要是司令官先生问他是不是库兹涅茨克桥站派来的，他只需要肯定地点点头就好。这样更省力气，指挥官先生也不必不满地皱起他完美的斯拉夫鼻子，他的副手们就不会在阿尔乔姆身上制造新的伤口了。要是指挥官先生认定，阿尔乔姆是被派来集结分裂分子、执行颠覆行动的，比方说，是来蓄意谋杀第四帝国领导人（包括指挥官先生自己）的刺客，那他还是要点头，于是施刑者就会满意地搓搓手，阿尔乔姆也保住了自己的另一只眼。但是只点头还不行，你还要留心听好指挥官先生的问题，这是因为，要是阿尔乔姆在不应该附和的时候附和了，指挥官先生的心情就会变糟，他的一名手下就会试图打断阿尔乔姆的肋骨。经过长达一个半小时的严刑拷问，阿尔乔姆感觉身体已经不是自己的了，他的眼睛看不清，耳朵听不清，大脑也无法思考了。有好几次他努力让自己失去了意识，却在冰水和氨水[1]的作用下再度清醒过来。看来这些人对他还

---

[1] 氨气是一种无色气体，极易溶于水。由于氨拥有强烈的刺激性气味，在医疗方面会用少量易于挥发的氨气作为使人清醒的吸入剂。

真是充满了兴趣。

就这样,他们最后得出一个荒唐透顶的结论,认定阿尔乔姆是一名来自敌方的间谍和破坏分子,他的出现是为了对第四帝国进行暗中破坏,刺杀帝国领导人,挑起动乱,为入侵做准备,其最终目标是在整个地铁系统建立一个反人民的高加索复国主义政权。尽管阿尔乔姆对于政治一窍不通,却觉得这个宏大的目标相当不错,于是便接受了。可能正是因为这一点,满口的牙齿才得以保全。供出阴谋的最后一个细节后,他终于可以晕厥过去了。

当他再次睁开眼睛的时候,指挥官已经对他宣判完毕。最后的手续已经办理妥当,死期也公布于众了。死囚犯的头和脸被一块黑布蒙住,世界成了漆黑一团。什么都看不见了,他的胃抽搐得更厉害了。阿尔乔姆强忍了一分钟,终于放弃了抵抗,随着身体一阵痉挛,他吐在了自己的靴子上。

卫兵谨慎地后退了一步,激愤的人群开始喧哗。阿尔乔姆有点儿难为情,但他立刻感到天旋地转,两腿一软跪倒在地上。

就在这时,一只强有力的手托起了他的下巴。耳边响起了那个几乎天天出现在他梦境里的声音:"走吧!跟着我,阿尔乔姆!一切都结束了。一切都好。站起来吧!"可是阿尔乔姆连抬头的力气都没有。

可真黑啊——大概是蒙着头罩的缘故吧,他心想。可是两手都被绑在身后,该怎么摘掉头罩呢?不行,必须摘掉它,得看看那个人到底是不是他,还是自己听错了。

"头罩……"阿尔乔姆发出含糊的低语,希望那人能懂。

眼前漆黑的幕帘刷地一下消失了,阿尔乔姆看到,眼前站着的正是猎人。距离两人在展览馆站的最后那次谈话已经过去很久了,简直像是上辈子发生的事情,可是猎人一点都没变。他怎么在这儿?阿尔乔姆吃力地转动脑袋,四下张望。此刻他坐在车站月台上,刚刚他就是在这里被宣判死刑的。周围到处都是死尸。一盏枝形吊灯上,只有几根蜡烛还在燃着黑烟,另一盏吊灯上的蜡烛已经全都熄灭了。

猎人右手上还握着上次见面时让阿尔乔姆叹为观止的那把手枪,就是那把装了长消音器和激光瞄准器的巨型斯捷奇金自动手枪。猎人担忧地端详着阿尔乔姆,问:"你还好吧?能走吗?"

"应该能。"阿尔乔姆逞强地说,他突然想起还有另外一件事情要问,"您还活着?您成功了?"

"完全正确!"猎人露出疲惫的微笑,"多谢你的帮忙。"

"可我没有完成任务。"阿尔乔姆摇摇头,一股羞愧感涌上心头。

"你已经尽力了。"猎人宽慰地拍了拍他的肩膀。

"家里还好吗?展览馆站怎么样了?"

"一切都好,阿尔乔姆,一切都过去了。我已经堵住了入口,黑暗族再也进不了地铁了。我们得救了。我们走。"

"那这里发生了什么?"阿尔乔姆朝四周望去,他惊恐地发现,整个大厅几乎满地都是尸体,除了他和猎人的声音,这里再也听不到任何声响。

猎人盯着他的眼睛:"没什么,你不必为此多虑。"

说着,他弯腰从地上捡起手提包,包里躺着一支微微冒烟的机关枪,弹带上的子弹几乎已经打光。

猎人向前走去。阿尔乔姆只得跟上,他环顾四周,看到了某件之前没有留意到的事情:就在他接受判决时站立的通道下面,悬吊着几个黑色的人影。

猎人不吭声,大步流星地迈步向前,似乎忘了阿尔乔姆在后面快要跟不上了。不管阿尔乔姆多么努力,两个人的距离还是越拉越大,阿尔乔姆真怕猎人就这么走掉,把他扔在这个恐怖的地铁站里,在这个鬼地方,温热黏稠的鲜血在地上肆意流淌,居民是一具具没了呼吸的尸体。难道是因为我吗——阿尔乔姆心想——难道我的生命抵得上他们所有人加起来的总和吗?他很高兴自己能获救,可代价未免也太大了。如今,所有这些人横七竖八地陈尸在地,在月台边缘,在铁轨上,就像是一个个盛满了破布头的口袋,相互叠摞,永远保持着被猎人射杀时的姿势——是他们的死,换来了他的生吗？猎人轻而易举就完成了这场命运的转换，像是棋局中的丢卒保帅……他不过是名棋手，地铁是他的棋盘，所有人都是任他支配的棋子，因为下棋的只有他一人。可是问题在于，阿尔乔姆的身份真的有那么关键，那么重要吗？重要到能够为了他杀光所有人？从此往后，那流淌在冰凉的花岗岩地面上的鲜血，很可能会一直在他的体内奔腾——就好像是他喝下了这鲜血，剥夺了其他人的性命，才让自己的生命得以延续。他再也感受不到温暖了……

阿尔乔姆奋力向前跑去，想要追上猎人问问，他是否还能感受温暖，抑或是哪怕在最热烈的篝火旁，他也只能感受到寒冷和压抑，如同在废弃的小车站里度过的凛冽冬夜那样。

可是猎人还是越走越远，他也许以为阿尔乔姆跟不上了，竟俯下身子四肢着地，像某种动物一般在隧道里敏捷地爬行起来。他的动作让阿尔乔姆有一丝反感，觉得那很像是……狗？不对，是老鼠……天啊。

"您是老鼠？"阿尔乔姆脱口而出，这个可怕的猜测让他自己都吓了一跳。

"不，"猎人说，"你才是老鼠。你才是老鼠！胆小的老鼠！"

"胆小的老鼠！"有个轻蔑的声音在他耳边起劲地反复怪叫着。阿尔乔姆用力晃了晃脑袋，随即便后悔了：这一晃，他体内的钝痛彻底爆发了，他再也控制不住自己的身体，任由它前倾跌落，脑门重重地撞在冰凉的铁轨上，他感到一阵刺痛。

轨道表面不平，这一下恐怕磕到了骨头，倒是让滚烫的内心冷静了下来。阿尔乔姆在地上一动不动地趴了好久，他没有力气去思考任何事情了。他渐渐喘过气来，小心翼翼地尝试着睁开了左眼。

他坐起来，把额头抵在栅栏上。这些栅栏向上直通到天花板，将车站大厅两侧一道道低矮狭小的拱门牢牢封死。阿尔乔姆此刻面对着车站大厅，身后是一条通道。对面目力所及的每一道拱门里面，都被改造成了一个监牢，每个监牢里都坐着几个人。想必这一侧也是如此。这个车站跟那个自己被宣判死刑时待的车站没有任何相同之处：抛开阴暗的光线和凌乱的标语图画，那里是精致、舒适、通风又敞亮的，有晶莹剔透的廊柱和高大圆润的拱门，相比之下，那里简直像宴会厅一样华丽。然而在这个地方，一切都叫人感到压抑和恐惧：天花板跟隧道里的一样低矮狭仄，勉强有两人高，粗制滥造的廊柱密密麻麻，每一根都比拱门还粗，拱门倒像是从廊柱里挖出来的。况且，这些廊柱还都前探着，一些栅栏厚厚的钢筋嵌进了探出的廊柱里。

拱门里的空间格外局促，只要一伸手就能够到天花板——若是两手没被绑在身后的话。在这个紧锁的鸽子笼里，除了阿尔乔姆，另有两个人：一个人躺在地上，脸埋在破烂衣裳里，不时发出克制的呻吟；另一个人长着黑眼睛黑头发，头发已经很久没剃了，倚着大理石墙面蹲在那里，正满脸好奇地打量着阿尔乔姆。隔栅外面，有两名头戴贝雷帽、身穿迷彩服的壮硕小伙正沿着笼子巡逻，其中一个牵着条大狗，不时训斥它两句。正是他们让阿尔乔姆醒了过来。

这是梦，这是梦，这全都是梦。

他依然要被吊死。

"几点了？"阿尔乔姆吃力地动了动木胀的舌头，歪斜着眼睛问黑眼睛男人。

"丘舔盼（九点半）。"男人欣然回答。这个人吐字跟中国城站卖肉串的小伙子一样奇怪：把 j 念成 q，把 d 念成 t，把 b 念成 p。"是晚上。"黑眼睛男人又补了一句。

九点半，距离凌晨零时还有两个半小时，距离行刑还有……五个小时，一共七个半小时。是时候想一想，盘算一下了，时间在流逝。

阿尔乔姆曾经试图想象过，一个人在被处死的前夜里，会是怎样的感受？又会想些什么？是恐惧，对仇人的愤恨，还是懊悔？

然而他只感到空虚。心脏在胸腔里怦怦跳动，太阳穴也怦怦直跳，嘴巴里的血越积越多，直到他一口吞下——一股浓烈的铁锈味，抑或是湿润的铁分子沾染了鲜血的气味?

他要被吊死了。他要被处死了。

他要跟这个世界永别了。

这就是临死前的感受。他终于知道了。

人终有一死,每个人都清楚这一点。在地铁里,死亡更是生活的常态。但你还是觉得任何不幸都不会降临在自己头上:子弹会从你身边飞过,疾病会绕着你走,你一定会寿终正寝,可那还早着呢,眼下根本无需考虑。人不应当在活着的时候总想着自己的死,要忘掉它,要是这种念头还在,那就驱散它,将之扼杀,否则它会在你心底生根发芽,它那有毒的孢子会让宿主丧命。不要去想你会死,那会让你疯掉,唯一拯救你的办法就是保持无知状态。那些被宣判死缓一年执行的囚徒,那些被医生宣告了最后期限的病人,与普通人只有一点不同:前二者确切或者半确切地知道自己的死期,而普通人永远不会知道,于是他觉得自己可以一直活下去,尽管很可能他第二天就会死于非命。死亡本身并不可怕,可怕的是对死亡的预期。

七个小时。

他们会怎么行刑?阿尔乔姆有点想象不出了。他们展览馆站倒是曾经枪毙过一个叛徒,不过那时阿尔乔姆还小,什么都不懂,从那以后车站里就再也没有公开处决过犯人了。大概先是在脖子上套根绳子吧……然后要么把人吊在天花板上……要么叫人踩在凳子上……算了,还是不要去想这件事了。

真渴啊。

他竭力试着让自己思想的列车驶向另一条轨道——那名被他开枪射杀的警卫,是他杀的第一个人。他的眼前又浮现出那幅画面:细密的子弹楔进他扎着武装带的宽厚胸膛,在皮肤上留下无数灼黑的弹孔,鲜血顷刻间便喷涌而出。叫他惊讶的是,他对自己的所作所为并没有感到丝毫后悔。他曾经以为,每一次杀戮都会成为杀人者良心上的重担,成为他的噩梦，在他迟暮之年惊扰着他，像块磁铁一样吸附在他的思绪上。然而并没有。事情根本不是这样。没有惋惜，没有悔过，只有暗自的称心如意。阿尔乔姆知道，哪怕亡者的鬼魂在梦里出现，他也可以冷冷地别过脸去不看它，如此它就会消失得无影无踪。至于到了迟暮之年……反正事到如今也活不到那个时候了。

时间不多了（想来，大概还是会让人踩在凳子上吧）。在这所剩无几的时间里，该考虑一下重要的事情了，那些以前无暇顾及以致一拖再拖的最重要的事情……那些假如生命可以重来，他会做出不同选择的事情……不，他的生命不会在这个世上重来一次了，也没什么好选择的了。难道当那个警卫对准小万尼亚的脑门开枪的时候，他不该扑向机枪，而是冷眼旁观吗？要是那样的话，在梦里折磨自己的人可就成了小万尼亚和米哈伊尔·波尔菲里耶维奇了。也不知那老头怎么样了？该死的，真想喝口水啊！

他们先是把人从牢里押出去……走运的话就会穿过一整条通道，这也能稍微拖延一点时间。要是头上不蒙头罩了，在一道道栅栏和这排一眼望不到头的牢房之外，他还能再最后看看这个世界。

"你哪个站的？"阿尔乔姆扭身对着牢里，抬眼望着黑眼睛男人，张了张干裂的嘴唇。

"特外尔站（特维尔站）。"男人回答，接着又好奇地问，"兄弟，里（你）是怎么进来的？"

"我杀了个军官。"阿尔乔姆缓缓地说，有些说不出口。

"唉……"男人同情地叹了口气，"他们要叼使（吊死）你吧？"

阿尔乔姆耸了耸肩，扭身靠回隔栅上。

"没错。"另一个男人发话了。

没错，很快，就在这个站里解决，哪儿也不去。

真想喝口水啊……去去这满嘴的血腥味，滋润一下冒烟的喉咙，到时也许还能再多聊一分多钟。牢房里没有水，隔栅另一头倒是摆着只臭烘烘的铁皮桶。要不要问狱卒讨点水？说不定他们会可怜可怜自己这个死囚犯？要是能把手伸出隔栅挥一挥就好了……可他的两手反绑在身后,手腕被绳子箍得紧紧的,手指头又胀又麻。他试着发出喊叫,喊出来的却只有嘶哑声,紧接着是一阵凄厉的咳嗽。

听到响动,两名守卫来到牢房跟前。

"耗子醒了。"牵狗的那个咧嘴笑道。

阿尔乔姆扭头望着他的脸,用沙哑的声音艰难地挤出两个字:"喝,水。"

"喝水?"牵狗的那个故作惊讶,"你还喝什么水呀?人都要被吊死了,还想喝水?不行,我们不会给你水的,说不定这样你能早点儿咽气。"

一个不留余地的回答。阿尔乔姆疲惫地闭上眼睛,可那两个狱卒显然还想跟他多聊两句。

"怎么样,混蛋,现在你知道自己得罪的是什么人了吧?"第二个狱卒说,"你这只耗子,也配当俄罗斯人!竟站在这些一心想在背后捅你刀子的败类那一边。"他手指着缩向笼子深处的黑眼睛男人,说道:"这些家伙很快就要填满整个地铁了,到那时,他们连呼吸的空气都不会给单纯的俄罗斯人剩下。"

黑眼睛男人垂下了头,阿尔乔姆用仅存的力气耸了耸肩。

"真该好好赏这个杂种一顿鞭子,"牵狗的那个说,"西多罗夫说过,要让半条隧道都泡在血水里,他说的没错。劣等人就应当被全体消灭!他们会影响我们的……基因库。"他绞尽脑汁才想出这个词,"你的那个老家伙也死了。"

"什么……"阿尔乔姆哽咽了,他就怕是这样,他怕,却一直还怀着侥幸:希望他没死,希望他们没有杀他,希望他也在这里,就待在隔壁的牢房里……

"没错,他死了。被家伙那么轻轻一烙就蹬腿儿了,也就是咽气了。"牵狗的狱卒火上浇油,为终于能刺到阿尔乔姆的痛处而扬扬自得。

"你会死去。你的亲人都会死去……"他又看到米哈伊尔·波尔菲里耶维奇站在漆黑的隧道里,他打开自己的记事本,动情地重复着这最后的诗句，忘记了世间的一切。那边怎么样？Der Toten Tatenruhm？不，诗人错了，光荣也无法留下，什么都无法留下。

不知怎么，他想起了米哈伊尔·波尔菲里耶维奇对于老屋，尤其是旧床的怀念。接着，他的思绪开始凝滞，流动得越来越慢，最后完全停了下来。他再一次把额头抵在隔栅上，呆呆地盯着狱卒袖章上的三钩万字符。这个标志可真奇怪啊，像星星，又像是一只断腿的蜘蛛。

"为什么是三个钩？"他开口问道，"为什么是三个？"为了让狱卒明白自己的意思，他不得不努着脑袋指给他们看。

"你想要几个？"牵狗的那个恶声恶气地回答，"有几个车站就是几个钩子，白痴！它是统一的标志。等我们占领了波利斯，就把第四个钩子添上……"

"跟地铁站扯不上关系！"另一个说，"它自古以来就是个斯拉夫标志，很古老了，叫作太阳门[1]。德国佬是从咱们这儿学去的。不是什么车站，蠢货！"

"然而太阳已经不存在了……"阿尔乔姆勉强挤出几个字，他感到眼前又蒙上了黑布，听力越来越模糊，他的思绪迷离了。

"好嘛，耗子疯了。"牵狗的狱卒十分满意地宣布，"咱们走，再去找下一个聊聊。"

阿尔乔姆呆坐着，什么都不去想，什么都看不见，只有一些裹挟着血腥味的模糊身影还不时在脑海中闪现。时间一分一秒地流逝。无论如何，他很高兴，出于对头脑的悲悯，身体自行关闭了思绪，同时也抹除了理智带来的那些焦虑和烦恼。

"喂，兄弟！"黑眼睛男人晃晃他的肩，"憋（别）睡了，你已经睡了够久了！快四点了！"

阿尔乔姆挣扎着，用像绑了铅块的双腿艰难地从意识的深渊里往上

---

[1] 在斯拉夫神话中，太阳门寓意着从黑暗走向光明。

爬。眼前的现实世界如同胶片在显影液里一点点清晰起来。

"几点了?"他用嘶哑的嗓音问。

"擦是分(差十分)四点。"黑眼睛说。

差十分四点……大约四十分钟后他们就该来提刑了。而一小时十分钟后……一小时十分钟。一小时九分钟。一小时八分钟。一小时七分钟。

"你叫森么民(什么名)字?"黑眼睛问。

"阿尔乔姆。"

"窝(我)叫鲁斯兰。我的哥哥叫艾哈迈德,那些人当场枪毙了他,却不知道该怎么处置我,因为我有个俄罗斯名字,他们怕弄错。"终于能和新来的聊聊天了,黑眼睛显得很高兴。

"你从哪里来?"

这场谈话并不能引发阿尔乔姆的兴趣,却有助于阻止自己胡思乱想,想展览馆站的命运,想自己的任务,想整个地铁系统的未来。不要去想,统统不要去想!

"我是从基辅站来的,你兹岛(知道)这个站吗?窝(我)们都叫它太阳基辅……"鲁斯兰微笑着,露出一排白亮的牙齿,"我们有不少人住在那儿,几乎缩(所)有的人……我的老婆还留在那儿,我们有三个孩子,老大的每只手上都长了六根手指头!"他自豪地说。

……真想喝水啊。不必是一杯水,只要能喝上一口就好。热水也行,他不介意喝热水。生水也行,什么水都行。就一口。

他再次昏厥过去。他再次让自己放空,不被打扰。他再次让思绪停止转动,停止纠缠,停止发声,反复告诉自己是他错了,他没有权利那么做,他当时就该堵住耳朵,转身离开,远走高飞:从普希金站到契诃夫站,再从那里穿越最后一条隧道。这很简单,仅仅穿过一条隧道,一切就结束了,任务就完成了,他也会活下来。

水。浮肿的双手已经没有丝毫感觉。

对于信徒而言,死亡要容易得多。他们相信,死亡并非生命的终结,在他们眼里，这个世界非黑即白，他们清楚地知道自己该做什么，为什么要这么做，他们手擎着思想和信仰的火炬，在火光中，一切都看起来简单明了，他们的内心不曾有过疑虑和懊悔。他们将从容赴死，甚至带着微笑死去。

"在过去，水果是朵（多）么香甜！鲜花是朵（多）么美丽！我送给姑娘们鲜花，她们就回赠我微笑。"黑眼睛继续说，然而这些话再也提不起阿尔乔姆的兴致了。

此时此刻，只听从大厅深处传来几个人的脚步声，阿尔乔姆的心揪得紧紧的，扑通狂跳。这些人是为他而来吗？他本以为四十分钟还很长，想不到竟这么快……难不成是狱友使坏，故意谎报了时间，好让他体会希望越大，失望越大？不，他不会的……

就在这时，三对靴子已经赫然停留在了视线里。其中两双靴子塞在迷彩裤里，另外一双搭配着黑色裤子。

咔嚓一声，锁开了，阿尔乔姆使劲支撑着身体，才没有趴在打开的隔栅前。

"把他带走。"一个刺耳的声音喊道。他立刻被架着胳膊提溜了起来。
"一路损（顺）风！"鲁斯兰送上了最后的祝福。

这是两名冲锋枪手，不是跟他交谈过的那两个，这两人他从没见过，但一样毫无特征。另一个人头戴贝雷帽，全身裹在黑色制服里，有着坚硬的小胡子和淡蓝色的眼睛。

"跟我走。"他下令。

于是，阿尔乔姆被拖着朝月台另一头走去。如果要离开人世了，那就体体面面地赴死吧……他不想被当成吓破胆的提线木偶，试着要自己走，可两条腿却不听使唤地蜷曲着，他只好任它们笨拙地划过地面，一路阻碍着前行，这让穿黑制服的小胡子严肃地看了他一眼。

原来这些牢笼并非延伸到大厅尽头。他们这一排是从中间隔断的，往前走两步就是中间，那里有通往下层的电动扶梯，下面的深处燃着火把，不祥的血红色火光映在天花板上，使得从那里传出的一声声惨叫更加凄惨，让阿尔乔姆联想到地狱，他甚至为自己能绕过那个地方感到庆幸。经过最后一个牢房时，有人从里面冲他喊："永别了，同志！"可他的注意力全被一杯水吸引去了，并没有在意。

对面的墙上有一处岗哨，摆着一张胡乱拼接而成的桌子，两把椅子，有灯光从下面打在一个悬挂的黑人回收标志上。目之所及也没有见到绞刑架，有那么一秒钟，阿尔乔姆的内心甚至闪过一线盲目的希望，觉得这些人不过是想吓唬他一下，并非真的要绞死他，他们会把他带到车站边缘，然后趁别人不注意的时候就把他放了。

眼见走在最前面的小胡子转身折进最后一道拱门，径直朝铁轨走去，阿尔乔姆愈发沉浸在自己即将得救的幻想之中……

然而他很快看到，铁轨上竖着一座不大的带轮木头台子，台子的台面正好跟月台持平。台子上，一根绳子穿过天花板上拧紧的钩子垂荡下来，一个身穿迷彩服的矮胖家伙正在检查绳子的韧性。这个男人和其他人只有一点区别，他的袖子高高挽起，露出粗短的小臂，头上戴了顶刽子手行刑用的帽子。

"都准备好了？"小胡子问。

刽子手点点头，对小胡子说："我不喜欢这个玩意儿，为啥不能用老式的凳子呢？那个好用，只要蹬一脚！"他一拳砸在自己手掌心里，"脖子就拧断了，死囚也死得好受。可这个玩意儿……他还得像吊钩上的蚯蚓似的挣扎半天才能死透。等他们断了气，你还得跟在后面收拾！肠子流一地……"

"别说了！"小胡子打断了他的话，把他领到一边咆哮着什么。

长官一走，两名押解阿尔乔姆的士兵立刻回到了他们没说完的话题。

"嘿，后来呢？"左边的士兵先按捺不住了。

"后来啊，"右边的士兵冲他大声耳语道，"我把她推到柱子边，把手伸进裙子下面，她的声音都发软了，对我说……"话没说完，小胡子就回来了。

"他虽是俄罗斯人，却杀了我们的人！他是个叛徒、变节者、精神堕落者，应当受到严惩！"他向刽子手发出最后的示意。

他们给阿尔乔姆松了绑，脱下他的外套和绒衫，只留一件脏兮兮的圆领衫在他身上，接着，又从他脖子上扯下了猎人送给他的子弹挂坠。

"护身符？"刽子手好奇地问，"我把它放在你口袋里，或许你用得上。"他的声音一点也不凶，还有些安抚人心。

然后，他们再次把阿尔乔姆的手反绑起来，把他推上了绞刑架。两名士兵站在月台上，他们什么都不需要做，这个死囚是跑不掉的，当刽子手把绳索套在他脖子上的时候，他必须把全身力气都用在让两条腿保持站立上。站好，别倒下，别出声。真渴啊——整个头脑里只剩下这一个念头——真想喝水。水！

"水……"他用嘶哑的声音说。

"水？"刽子手无奈地拍拍手，"这会儿我上哪儿给你弄水去？这办不到，亲爱的，咱们马上就要执刑了，你还是将就一下吧……"说完，他重重地跳到铁轨上，朝手上啐了口唾沫，牢牢握住了断头台上的索命绳。两名士兵挺起了胸膛，他们的长官表情郑重，甚至有些凝重：

"你作为一名敌方间谍，出卖了自己的人民……"

此时此刻，一些思绪的碎片和故人的面孔在阿尔乔姆脑海中飞旋。请等一等，还不是时候，我的使命还没有完成啊。猎人严峻的面庞浮现在眼前，转瞬便消失在地铁站血红色的昏暗中，紧接着又闪过了苏霍伊温柔的凝视，念诵着"你会死去"的米哈伊尔·波尔菲里耶维奇……还有黑暗族……它们不该……停！此时此刻，对于水的渴望战胜了所有回忆，战胜了一切虚无缥缈的话语和希冀。真想喝水啊……

"你作为一名叛徒，让自己的民族蒙受羞耻……"长官还在喋喋不休。

隧道里突然响起喊叫声和机枪扫射声。伴随着一声巨响，四周归于沉寂。士兵们握紧了冲锋枪，那名军官慌张起来，他一挥手，匆匆下令：

"执行死刑。快！"

刽子手嘟囔一句，两个脚掌牢牢钉在枕木上，他一拉绳子，木头台子就从阿尔乔姆脚下滑走了。他赶忙在上面拼命跟着小跑，好让双脚不离开地面,然而木台子越滑越远,他也越来越站不住了,绳套紧紧勒住了他的脖子,把他往回拖,拖入死亡的深渊,可他不想死,他是那么地不想死……终于,脚下空了,全身的重量往下坠,绳套紧紧箍住了他的脖子,阻断了他的呼吸,从喉咙里发出了窒息前的颤音。他的视线一片模糊,内心拧成了细细一条,身体的每一个细胞都在渴盼着呼吸。可呼吸是不可能的了,他的身体开始抽搐,伴随着这股非条件反射引起的强烈抽搐,他尿失禁了。

与此同时,车站突然被呛人的黄色烟雾所笼罩,耳边响起子弹的呼啸。

他晕了过去。

"嘿,吊死鬼,快醒醒,别装死了!你的脉搏还在跳呢,快别装了!"脸上挨了两个巴掌,说话的人想让他恢复知觉。

"我可不想再给他做人工呼吸了!"另一个声音说。

这一次,阿尔乔姆可以确信这是个梦,也许是临终前的片刻迷离。因为双脚空悬在铁轨上方的感受是那样的真实,被死神掐住脖子的感受是那样的真实。

"别死啊,想死将来有的是机会!"第一个声音说,"不过这一次我们把你从绳套里解救了,你就先活着吧,别把脸贴在地上了。"

有人在剧烈地摇晃他。阿尔乔姆胆怯地睁了睁眼,随即就闭上了,他觉得自己大概是早死早投胎了。身体上方有个家伙,像是个人,却又不那么像,让他想起了可汗关于灵魂离开易朽肉体后的去向那番话。这个家伙的皮肤是暗黄色的,即使在手电光下也分辨得出来,他的眼睛就是两道细缝,就像是木雕家几乎完成了雕像的头部,只剩勾画好的眼睛忘了雕琢,而这对眼睛正等着在他的妙手下得以睁开,看一看这个世界。还有他颧骨高耸的圆脸,阿尔乔姆还从没见过长成这样的人。

"不行,这样没用。"上方传来一个坚定的声音,紧接着,有水喷洒在他的脸上。

阿尔乔姆大口吞咽着,他伸手去摸水瓶,摸到了就再也不肯放手:

他抱着瓶子喝了个痛快，这才挺起身子环顾四周。

眼下，他身处一辆足有两米多长的轨道车上，正以极快的速度在黑漆漆的隧道里穿行。令阿尔乔姆惊讶的是，空气中弥漫着淡淡的煤烟味，这说明轨道车的燃料很可能是汽油。

除了自己，车上还有四个人和一条带有黑色斑点的褐色大狗。第一个就是扇他巴掌的人。第二个是个大胡子男人，身上的棉大衣和护耳帽上都绣着红星，背上那把长长的冲锋枪跟阿尔乔姆之前的"老古董"相仿，只是枪身上多了把刺刀。第三个人是个大块头，阿尔乔姆起初看不清他的脸，等到看清了吓得险些跳车：黑暗族一样的黑皮肤！不过再细瞧就放宽了心：他不是黑暗族，皮肤色度跟它们不同，脸也是正常的人脸，就是嘴唇稍稍外翻，鼻子像拳师犬一样扁平。相比之下，第四个人的外表相当正常，他那张俊朗刚毅的脸庞和意志坚定的下巴，让阿尔乔姆联想起普希金站一张招贴画上的人物。他穿着帅气的皮衣，两排带洞眼的皮带将皮衣紧紧扎住，上身束一条军官武装带，腰上挂着硕大的手枪套。在轨道车的尾部，一挺捷格加廖夫轻机枪[1]和一面飘动的红旗在黑暗中若隐若现。借着偶尔扫到旗子上的手电光，阿尔乔姆发现，那不完全是旗，更确切地说，压根不是旗，而是一块带毛边儿的破布片，上面画着个大胡子男人红黑色的脸庞。

这一切组合在一起，诡异极了，比睡梦中猎人敷衍的营救更加诡异。

"他醒了！"细眼睛男人欣喜地嚷道，"喂，吊死鬼，你犯了什么事？"他的俄语说得跟阿尔乔姆和苏霍伊一样好，不带任何口音。听着纯正的俄语从这个非俄罗斯面孔的男人嘴巴里冒出来，这种感觉可真奇怪，像是有人在和细眼睛一起唱双簧，细眼睛只负责张张嘴，自有大胡子或者穿皮衣的帅哥在后面出声——阿尔乔姆无法摆脱这种感觉。

"我把他们的一个军官……杀了。"他不情愿地承认。

"真有你的！这是我们的风格！他们罪有应得！"细眼睛发出热情洋

---

[1] 即DP机枪，由苏联捷格加廖夫主持设计，在第二次世界大战中发挥了重要作用。

溢的赞扬。坐在前面的黑皮肤大块头转过身来，冲阿尔乔姆敬重地抬了抬眉。阿尔乔姆心想，出声的准是这个人。

"看来这一场咱们没白干。"细眼睛咧开嘴笑了，真是完美的俄语发音，阿尔乔姆搞糊涂了，他实在想不出别的理由。

"敢问英雄大名？"穿皮衣的帅哥望着他。

阿尔乔姆做了自我介绍。

"我是卢萨科夫同志，这一位是万赛同志，这一位是马克西姆同志，这一位是费奥多尔同志。"他指着细眼睛、大块头和大胡子一一介绍。介绍到大块头的时候，他也冲阿尔乔姆咧嘴笑笑。

倘若那条大狗也被叫作"同志"，阿尔乔姆都不会感到意外。不过，它就叫卡拉楚帕。阿尔乔姆依次握了卢萨科夫同志干燥有力的手、万赛同志短小结实的手、马克西姆同志黑色铁锹般的手、费奥多尔同志肉乎乎的肥手，同时努力背着每一个名字，特别是拗口的卡拉楚帕。不过他很快发现，他们彼此之间根本用不上这些称呼。领头的皮衣帅哥是"政委同志"，黑皮肤的大块头可以是"小马克西姆"或者"鲁蒙巴"，细眼睛是"万赛"，带护耳帽的大胡子是"费奥多尔叔叔"。

"欢迎加入莫斯科地铁埃内斯托·切·格瓦拉同志第一国际红色旅！"卢萨科夫同志热情洋溢地说。

阿尔乔姆谢过了他，静静环顾四周。他们的这个称呼实在太长了，到末尾他完全不知所云，也不知是从什么时候开始，阿尔乔姆变得像公牛一样对"红色"格外敏感，而"旅"这个字眼叫人联想起叶尼亚口中希皮洛夫站[1]那些穷凶极恶的匪帮。那片迎风招展的破布条上的那张脸，引起了他强烈的好奇心。

他腼腆地开口问道："你们旗子上画的是谁？"他险些说成了"破布片"。

"兄弟，那就是切·格瓦拉。"万赛解释道。

---

1 偏处莫斯科地铁东南角的一站。

"切个哇啦?"阿尔乔姆没听懂,不过从卢萨科夫同志愤怒充血的眼睛和小马克西姆那张写满讥笑的脸判断,他问了一个愚蠢的问题。

"是埃内斯托·切·格瓦拉同志。伟大的古巴革命领导人。"政委一字一句地说。

这一次阿尔乔姆算是听清楚了——尽管还是什么都没听明白。他知趣地闭上嘴巴,装作兴奋地转了转眼珠。这些人救了他的命,眼下用无知惹恼救命恩人们就太不礼貌了。

一截又一截隧道飞快地闪到身后,谈话间,轨道车已经穿过了一个半空着的车站,在昏暗的隧道里停了下来。隧道在这里出现了一条堵死的分岔路。

"我得去看看,那帮法西斯败类是不是还在追咱们。"卢萨科夫同志说完,带着卡拉楚帕跳进隧道深处侦察去了。为了不妨碍他们,其他人必须压低声音说话。

"你们为什么这么做?为什么……赶来救我?"阿尔乔姆字斟句酌地问。

"这是有计划的偷袭。我们得到了情报。"万赛露出神秘的微笑。

"是关于我的?"阿尔乔姆问。他很乐意相信,猎人交给自己的任务是一项享有特殊地位的任务。

"不是的,"万赛摆摆手,"只是笼统地说他们正在策划暴行。所以政委同志决定预先阻止,更何况,我们的使命就是持续不断地打击这帮恶棍。"

"他们车站这一头没有路障,连探照灯都没有,只有些围坐在篝火旁的普通士兵,"小马克西姆说,"于是我们轻而易举就拿下他们,冲进了车站。只可惜我们不得不开了枪。然后我们带上面罩,放了个烟幕弹,就把你这个干掉过他们党卫军分子的死囚犯带出来了。"

一直默默抽着烟卷的费奥多尔叔叔被烟雾熏得直流泪,冷不丁地冒出一句:"没错,年轻人,幸好他们救了你。想不想喝点儿?"说着,他从地上一只铁箱子里取出半瓶子深色液体,摇了摇递给阿尔乔姆。

这液体入喉像是吞了一把粗粝的砂粉,阿尔乔姆鼓起很大勇气才吞下肚去。他感到，过去的一昼夜带来的焦虑感的确得到了释放。

"那么……你们是红线的？"他小心翼翼地问。

"兄弟，我们是共产主义者！是革命者！"万赛自豪地说。

"是红线的吗？"阿尔乔姆追问。

"不是，我们哪儿的都不是。"万赛迟疑了一下，又补充道，"还是让政委同志向你解释吧，我们几个里面，他是负责思想工作的。"

不一会儿，卢萨科夫同志回来了，英俊刚毅的面庞一脸平静。

"一切正常，可以稍事休息。"

没有东西可以生火，革命者们点起酒精灯煮茶，每人分了块冰冷的猪肉火腿，对付着吃了起来。

"不，阿尔乔姆同志，我们不是红线的人。"听到万赛抛过来的问题，卢萨科夫同志坚定地回答，"莫斯科温取代了斯大林同志的位置，拒绝在地铁系统内发动全面革命，终止了对于革命活动的支持。他是叛徒，是妥协分子。现在，我和我的同志们所追随的是托洛茨基的思想路线，还把卡斯特罗和切·格瓦拉的思想拿来与之相比照。这就是为什么我们的战旗上画着切·格瓦拉。"他用崇敬的手势指着迎风飘扬的破布条，"我们是忠于革命理想的，绝不同于通敌叛国的莫斯科温。对于他的行动方针，我和我的同志们只有谴责。"

"呦呵！那么燃料是谁给你的？"费奥多尔叔叔吧嗒吧嗒抽着自制烟卷，不合时宜地打断了他。

卢萨科夫同志的脸涨得通红，狠狠地盯着他。费奥多尔叔叔嘿嘿笑两声，深吸了一口烟。

对于政委的解释，阿尔乔姆能听懂的地方并不多，却听懂了最重要的事：这些人跟那些想把米哈伊尔·波尔菲里耶维奇的肠子挑出来再枪毙他的红线士兵并不是一伙儿的，这让他放宽了心。为了争取一个好印象，他主动问道："斯大林？就是那个葬在陵墓里的人吧？"

不料此话一出，卢萨科夫同志那张英俊刚毅的面孔愤怒地扭曲了，万赛转过身去不看他，就连费奥多尔叔叔也皱起了眉头。

"错了错了，陵墓里的人是列宁才对！"阿尔乔姆赶忙更正。

卢萨科夫同志高额头上拧紧的眉头这才舒展开了，他严肃地说："还得多接受教育才是啊，阿尔乔姆同志！"

阿尔乔姆并不喜欢被人说"缺少教育"，但他忍住什么都没说。他的确对于政治缺乏了解，不过开始感兴趣了，所以等到刚刚的风暴过去，他又勇敢地开了口："你们为什么反对法西斯？当然了，我也反对，可你们作为革命者……"

"因为他们这群败类要为西班牙、为恩斯特·台尔曼[1]的死、为第二次世界大战负责任！"卢萨科夫同志咬牙切齿地说。阿尔乔姆依然什么都不明白，依然礼貌地收起了自己的无知。

热茶喝起来，气氛顿时变得轻松愉快。万赛用一个个傻问题缠住费奥多尔叔叔不放，显然是在调戏他。小马克西姆凑到卢萨科夫同志身边，低声问他："政委同志，请您说说看，我们应该怎样看待无头变异人？我已经困扰很久了。我想从思想上武装自己，可我对这方面一片空白。"说完他愧疚地笑着，露出一口白牙。

"马克西姆同志，好兄弟，要知道这个问题可不简单。"政委犹豫了一会儿才说，接着便陷入了沉思。

用政治观点去解释无头变异人，阿尔乔姆也很感兴趣，难道无头变异人真的存在？然而政委同志始终沉默着。阿尔乔姆的思绪渐渐飘回了原点，回到那个自己连日来一直顾不上考虑的问题上：波利斯。他要赶到波利斯去。他奇迹般地死里逃生，重获一次机会，这也许是最后的机会。他全身疼痛，呼吸困难，每一次深吸气都会引起咳嗽，有只眼睛直到现在也睁不开。他多想一直跟这些人待在一起啊！他们让他感到安心和踏实，陌

---

[1] 恩斯特·台尔曼（Ernst Thälmann，1886—1944），前德国共产党主席，后被法西斯迫害致死。

生隧道里浓稠的黑暗再也折磨不了他——和他们在一起，他无暇去想，也不愿去想。从暗处传来的窸窣声和挠爪声，再也不会叫他提心吊胆，他多么希望这样的美好时刻能够变成永恒啊！一次又一次得救让阿尔乔姆心怀感激。尽管死亡的獠牙已经碰到他的喉咙，却没有咬下去。临刑前的恐惧曾阻断了他的思想，麻痹了他的肉体，如今这股恐惧已经烟消云散，连它残存在内心和胃里的痕迹也已被大胡子费奥多尔同志的家酿酒洗涤了个干干净净。费奥多尔，神经大条的万赛，穿皮衣的严肃政委，还有大块头的马克西姆——和他们在一起真好啊，自从离开展览馆站后，阿尔乔姆已经很久没有过这样的感觉了。他两手空空，什么都没有剩下，崭新的帅气冲锋枪，将近五个满满当当的弹匣，护照，食物，茶叶，两只手电筒——全丢了，全部留给了法西斯分子，眼下他只剩身上的外套裤子和口袋里的子弹吊坠——"或许用得上"，那个刽子手是这么说的。该怎么办？留下来，跟这些什么什么红色旅的战士待在一起？什么旅来着？不重要了……忘掉自己的生活，融入他们的生活……

不，他不能。一分钟也不能多待了，没时间歇息了。他没权利这么做。自从答应猎人的那一刻起，他的生命就不再属于他自己，他的命运已经和许多人的命运紧密相连。已经很迟了，必须走了，没有别的选择。

他静静地坐了好一会儿，试着让自己放空，可是，那叫人无奈的决心每一秒都在他体内滋长，甚至挣脱了他的意识，在他虚弱无力的肌肉和扯得酸疼的血管中游走。他变成了一个被掏空身体的瘫软的布偶，只能靠一副冰冷的金属骨架支撑住自己。他早已不是他自己，隧道里的穿堂风吹散了他的过往，他的躯体现在被另一个人占据，对于他流血的身体发出的苦苦哀求，这个人充耳不闻，赶在他的躯体恢复自我意识之前，就用钉着铁掌的鞋跟碾碎了一切放弃、停下、歇息、投降的念头。这个人入侵了他身体的本能，控制了肌肉和脊髓的反射，绕过他被寂静空虚所主宰的混沌意识和清醒时永无休止的内心对白，抢先做出了这个决定。

于是，阿尔乔姆像个提线木偶般僵硬机械地站了起来。他的举动让政委大吃一惊,马克西姆已经伸手摸到了枪。

"政委同志,可以和您……谈谈么?"阿尔乔姆用仿佛不属于自己的声音问。

他的举动也成功吸引了万赛的注意。只见万赛停止了对不幸的费奥多尔的调戏,别过脸来不安地望着他。

"但说无妨,阿尔乔姆同志,我和我的战士们之间没有秘密。"政委谨慎地回答。

"要知道……我非常感激你们救了我。可我不能报答你们了。我非常想留下,可我不能。我得继续赶路了。我……必须这么做。"

政委一声不吭。

"你要去哪儿?"费奥多尔叔叔出人意料地问。

阿尔乔姆紧抿嘴唇,眼睛盯着地面。大家陷入了尴尬的沉默境地。在阿尔乔姆看来,现在他们望着自己的眼神是不安的,充满了怀疑和对于他真实意图的猜测。他是间谍还是叛徒?为什么这么遮遮掩掩的?

"既然你不想说,那就算了。"费奥多尔叔叔当起了和事佬。

"波利斯。"阿尔乔姆忍不住脱口而出。他不能为了这个愚蠢的念头而冒险失去所有人的信任。

"怎么,有事要办?"费奥多尔叔叔问,听起来并无恶意。

阿尔乔姆默默地点了点头。

"是要紧事?"

阿尔乔姆又点点头。

"好吧,孩子,我们是不会挽留你的。既然你不想说,那就不说。可是,我们总不能就这样把你扔在隧道里吧!我们干不出那种事,对吧,伙计们?"费奥多尔叔叔扭头问其他人。

万赛肯定地点了点头。小马克西姆随即表示认同,马上把手从枪身上拿开了。

这时,卢萨科夫同志严肃地问:"阿尔乔姆同志,你能当着我们全体救过你性命的战士的面发誓,你肩负的任务不会损害革命事业吗?"

"我发誓。"阿尔乔姆回答。他丝毫没有损害革命事业的打算,他有更重要的事情要做。

卢萨科夫同志久久地凝视着他的眼睛,最终做出决定:"战友同志们!我以个人名义相信阿尔乔姆同志。我请求以投票表决的方式决定,我旅是否协助他抵达波利斯。"

费奥多尔叔叔第一个举起了手。阿尔乔姆心想,从自己脖子上解下绳套的人,应该也是他。马克西姆也跟着举起了手。万赛简单地点了点头。政委开了腔:"您瞧,阿尔乔姆同志,离这里不远就有一条秘密的人防通道,它连接莫斯科河畔线和红线,我们可以把您送到那里……"

话音未落,此前一直静静地趴在他脚边的卡拉楚帕突然跳了起来,发出一阵狂吠。说时迟那时快,政委以闪电般的速度从枪套里拔出了手枪。阿尔乔姆还没看清楚是怎么回事,就见万赛已经发动了轨道车,马克西姆已经在车尾站定,费奥多尔叔叔则从那个藏酒的铁箱子里掏出了一个自制炸药瓶。

隧道从这里开始下坡,阻碍了后方的视线,狗还在狂吠个不停,直叫得阿尔乔姆心烦意乱。

"也给我一把冲锋枪吧。"他低声请求。

就在不远处,一束探照灯强烈的光柱一闪而过,只听到一个嘶哑的嗓音下达了简洁的命令,紧接着,就传来无数双沉重的皮靴踏在枕木上的声音,有人低声咒骂的声音,不一会儿,隧道重归宁静。政委刚一松开摁在卡拉楚帕嘴巴上的手,它又狂吠起来。

"车发动不了了,"万赛压低声音沮丧地说,"得推着它走!"

阿尔乔姆第一个跳下车,费奥多尔叔叔和马克西姆也紧跟着跳了下来。他们吃力地用脚抵住光滑的枕木,推了一把轨道车。车缓慢地动了起来,当发动机终于苏醒过来的时候,纷乱的靴子声已经近在咫尺了。

"开火!"伴随着黑暗中传来的一声口令,隧道狭窄的空间里顿时枪声大作。至少有四个机枪口对准他们扫射,子弹像密集的雨点落在周围,四下弹跳,一时间火花四溅,金属碰撞发出的叮当声响作一团。

阿尔乔姆觉得,这一回他们恐怕是凶多吉少。却见马克西姆挺直了身子,两手抱着机枪一通扫射,对面的冲锋枪顿时全都哑了火。就在这时,轨道车滑得快了起来,三个人小跑着追上车,跳了上去。

"他们要跑了!快追!"背后有人喊道。几架冲锋枪在背后同时提高了两倍火力,不过大部分子弹都打进了隧道墙面和天花板上。费奥多尔叔叔用烟头点燃了炸药瓶的引线,把瓶子包在破布片里扔了出去。一分钟后,背后强光闪烁,传来了震耳欲聋的爆炸声。当阿尔乔姆被执行绞刑的时候,他听到的正是这个声音。

"再来一个!烟还不够多!"卢萨科夫同志下令。

运转正常的轨道车很快就把烟雾里的敌人远远甩在后面。喝燃油的轨道车就是给力,阿尔乔姆心想。轻盈的轨道车一路飞驰,带着惊魂未定的一车人呼啸着穿越了新库兹涅茨克站,因为卢萨科夫同志坚决不同意在这里停留,以致阿尔乔姆连车站是什么样的都没看清。印象里没什么特别的,就是格外昏暗,尽管站里的人并不少。万赛悄悄告诉他,这个车站邪得很,居民也古里古怪,他们以前来过这里,对此感受强烈,就赶紧离开了。

"对不起,同志,眼下我们帮不了你了。"卢萨科夫同志终于把对阿尔乔姆的称呼从"您"变成了"你","我们短时间内不会回去了,我们要到我们的备用基地汽车厂站去。你要是愿意,可以加入我们。"

阿尔乔姆不得不再一次强迫自己拒绝了这个建议。不过这一次他不那么纠结了,他置身于一种美妙的绝望感当中,全世界都在跟他作对,一切都事与愿违,现在他离波利斯更远了。波利斯呵——地铁系统的中央,他任务的终极方向。随着时间一分一秒地流逝,这个任务越来越虚无缥缈,它正一丝一丝地从阿尔乔姆头脑中剥离,消散在隧道无边的黑暗里,成为一个永远遥不可及、无法实现的念想。

然而,这股来自整个世界的敌意却唤醒了阿尔乔姆的意识,点燃了他的愤怒。这腔熊熊的愤怒之火补充了他失去的力量，点亮了他熄灭的双眸，吞噬了他的恐惧、担忧和理智。

"不，"他的口气重新变得坚定而平静，"我该走了。"

政委沉默了一会儿："既然这样，咱们就同行到帕维列茨站，在那里分别吧。很可惜，阿尔乔姆同志，我们真的需要战士。"

出新库兹涅茨克站没多久，隧道便分了岔，轨道车继续沿左边的轨道行驶。打探之下阿尔乔姆才知道，原来右边的隧道是禁止通行的。往里走几百米就是汉萨的前哨阵地，一座真正的碉堡。那条隧道虽不起眼，却直接连通着环线上三个车站：帕维列茨站、多勃雷宁站还有十月站。汉萨很看重这个重要的交通枢纽，并没有破坏和报废这条小小的线路，而是把它用作自己多个秘密组织的据点。一旦有外人靠近，汉萨前哨就会不由分说地把他干掉。

在分岔路上行驶了一段时间，帕维列茨站赫然出现在眼前。阿尔乔姆想起了展览馆站不知哪个朋友的话来，那个朋友曾说，乘着地铁列车，可以在一个小时内从地铁一头抵达另一头。他那个时候还不信。唉，要是他也有这么一辆轨道车就好了……不过话说回来，轨道车也帮不上他的忙，因为这条路并非坦途，没有几个地方可以任你像阵风似的刮过去。或许能让轨道车畅行的，就只有在汉萨的地盘上，和眼下这个地方了。

所以，停止你的幻想吧。在这个新世界里，你要抛弃所有幻想，依靠着顽强的努力，承受住炽烈的痛苦，去走好脚下每一步。旧时光一去不复返，那个天真美好的世界早已死去。既然它无法重生，也就不必在余生为它苦苦执着。

你必须狠狠地将它唾弃，永不回头。

第十章
禁止通行

临近帕维列茨站,也没有见到一支巡逻队,只有一群流浪汉坐在离站口三十米开外的地方,用敬畏的眼神注视着他们的轨道车,给他们让出了路。

"怎么,这里没人住?"阿尔乔姆问,他竭力让自己的声音听起来镇定自若,其实内心充满了抗拒:作为没有武器,没有食物,也没有证件的"三无人员",他可不想只身一人留在这个废弃的地铁站里。

"你说帕维列茨站?"卢萨科夫同志惊讶地望着他,"当然有人住!"

"那怎么连个岗哨都没有?"阿尔乔姆为自己辩解。

"因为这里是帕——维——列——茨——站!"万赛打断他的话,一字一顿地念出地铁站的名字,"没人敢招惹它!"

阿尔乔姆想起了某位先哲的遗言:我唯一知道的事就是我一无所知[1]。一说起帕维列茨站,大家就都像是在说某个不可侵犯的圣地,还默认这是不需要解释、每个人都理应了解的事情。

"怎么,你竟然不知道?"万赛用难以置信的口气说,"瞧着吧,你马上就会知道了!"

看到帕维列茨站第一眼,阿尔乔姆就被深深震撼住了。这里的天花板是那么高,高悬在墙壁上的火把甚至无法照亮他们的脸庞,那跳动的火

---

[1] 古希腊哲学家苏格拉底的名言。

焰宛如神秘的极光，在众人头顶上方制造出一种空旷无垠的幻象；无数根排列整齐的细柱支撑着巨大的圆拱，无数圆拱又以奇妙的方式顶起了一座座雄伟的拱顶。

拱顶与拱顶之间的空隙里嵌满了青铜铸件，尽管光泽已经暗淡，却依然能够诉说往日的辉煌；作为那个昔日帝国几乎被人遗忘的象征，上面传统威严的图案一如当年，傲视着众生。长长一排望不到头的柱子，直插进遥不可及的黑暗之中，叫人觉得它们似乎能延伸到无限远的地方。一团团血红色的火光在柱子上摇曳着，火舌舔吻着大理石娇美的肌肤，直到几百步、几千步之外才被浓稠的幽暗之口吞噬，逐渐消失不见。这里的一切为何都如此巨大？难道这座地铁站曾是基克洛普[1]的居所？

难道没人敢招惹她，就是因为她的美丽？

万赛关掉发动机，轨道车越滑越慢，渐渐停了下来。阿尔乔姆聚精会神地研究着这个古怪的车站。究竟是什么原因？为什么没人敢招惹这个地方？它有什么神通？绝对不止是因为它被装点得像童话里的地下宫殿那么简单。

随着时间的推移，轨道车四周渐渐聚集了一帮衣衫褴褛的孩子，年龄有大有小。他们用忌妒的眼神盯着轨道车，其中一个孩子还跳下铁轨，壮着胆子摸了摸发动机，嘴巴里不住地啧啧称奇，直到费奥多尔把他轰走。

"好了，阿尔乔姆同志，咱们就在这里分别吧。"政委打断了阿尔乔姆的沉思，"我和同志们经过商量，决定送你一份小礼物，拿着！"说着，他将一把冲锋枪丢给阿尔乔姆，枪的前任应该是普希金站被打死的两名警卫之一。"还有这个，"他又把一只手电筒放进阿尔乔姆的手心，正是普希金站的小胡子军官用来照路的那一只，"这些都是战利品，你就别客气了，留下它们吧。我们只能在这里待一小会儿，不能久留，谁知道那些法西斯走狗追到什么地方了——好在他们不敢在帕维列茨站乱来。"

---

[1] 希腊神话中的独眼巨人。

尽管已经下定决心，当道别的时刻来临，阿尔乔姆的心还是紧紧地揪了一下：万赛握住他的手祝愿他一切顺利，马克西姆拍了拍他的肩膀，费奥多尔不知该送他什么，就往他怀里塞了一大瓶酒，并且说："年轻人，咱们后会有期。咱们都会活下来的，死不了！"

最后，卢萨科夫同志又同他握了握手，英俊刚毅的脸上表情郑重：

"阿尔乔姆同志，我有两句临别赠言。第一，相信自己的命运，正如埃内斯托·切·格瓦拉同志所说的，Hasta la victoria siempre[1]！第二，也是最重要的事，No pasarán[2]！"

这时，全体战士都举起攥成拳头的右手，齐声重复着这句口号："No pasarán！"阿尔乔姆唯一能做的，就是也高举拳头，用毅然决然和充满革命热情的呐喊去呼应他们："No pasarán！"尽管他打心底里觉得这种仪式未免过于做作，却并不想因自己的成见破坏这个重要的告别时刻。看起来，他的做法是正确的，因为卢萨科夫同志看他的眼神充满了自豪和满足，还隆重地向他敬了一个礼。

马达声响起，轨道车喷出一圈灰色的尾气，惹得孩子们发出了兴奋的尖叫。轨道车在孩子们的簇拥下驶进了黑暗。阿尔乔姆又变成了孤身一人，在这个对他来说已经远离家园十万八千里的地方。

徘徊在月台上，几只挂钟最先引起了他的注意。跟展览馆站一样，这里也有挂钟，并且不只有隧道出入口上的两只，而是很多。阿尔乔姆一下子就看到了四只。在展览馆站，时间更多的是一种象征符号，如同书本和孩子们对学校的渴望，代表着车站居民仍在顽强抗争，他们不甘堕落，他们仍是人类。然而在这个地方，时间似乎承载着某种无与伦比的重要意义。没走几步，阿尔乔姆又发现了一些奇怪的事情：首先，站内见不到任何居所，只有些废弃的列车车厢停在另一侧轨道的隧道中，从车站大厅里

1　西班牙语，意为"为了永恒的胜利"。这是切·格瓦拉告别革命后的古巴，继续前往玻利维亚山区展开丛林武装斗争时，写给老同志卡斯楚及古巴人民的一封信中的最后一句。

2　西班牙语，意为"不让他们通过"，西班牙内战时期国际纵队著名的反法西斯标语。

望过去，只能看到露出隧道的一小截，以至于阿尔乔姆差点没注意到。五花八门的小商贩和作坊在这里随处可见，却不见一顶帐篷，就连用来躲在后面过夜的屏风都没有，只有零星的流浪汉和乞丐懒散地躺在硬纸板上。车站里时不时有人赶到时钟下面，阿尔乔姆注意到，当中那些有手表的人总是神色匆匆地对着表盘上的红色数字，调校好自己的手表，再接着去忙自己的事。要是可汗也在，不知他会对此作何评价？阿尔乔姆好奇地想。相较于中国城站的热情好客，比如邀人品尝啦，兜售商品啦，把人带到私密角落谈生意啦，这里一概没有，每个人都各忙各的，也没人上前跟阿尔乔姆搭讪。他内心中最初被好奇心暂时取代的孤独感又滋生出来，并且越来越强烈。

为了不让自己陷入忧伤的情绪里，阿尔乔姆又开始观察周围的人群。他期待着能在这里遇到一些带有车站独特气质的人，因为车站的生活一定会在人的气质上留下烙印。乍看起来，人们在他身边往来奔波，高谈阔论，忙碌着，争论着，跟别的车站没什么不同。不过细看之下，他不由倒吸一口冷气：这里残障和畸形的青年人数量多到吓人，有的没有手指头，有的满身皮肤结痂，有的锯掉了第三只手，断口处还挂着残肢。至于成年人，往往都是秃头，而且病怏怏的。在这里几乎见不到一个健全强壮的人。他们孱弱丑陋的模样，和他们赖以生存的车站那超乎诡异的雄伟，形成了鲜明对比。

宽阔的月台中央，两个长方形的开口直通到地下深处，那里就是前往环行线，也就是前往汉萨的通道入口。不过，跟和平大道站有所不同，这里既没有汉萨的边防军驻守，也没有边防检查站。阿尔乔姆并没忘记那个说法：汉萨在所有跟自己相通的邻近地铁站都设置了极为严密的管控。不对，这其中必有蹊跷，这个车站叫人困惑的地方实在太多了。

于是，他没走到大厅另一头便停了下来。他先是花五个子弹买了一大碗烤蘑菇粒和一杯尝起来发苦的怪味水，找了个底儿朝上的装玻璃瓶的塑料周转箱坐下，忍住恶心，逼自己咽下了这些东西。然后，他起身朝那排列车车厢走去，希望能在那里找到一个休息的地方——他的体力已经透支，身上的伤口还在隐隐作痛。然而，眼前这辆列车跟中国城站的完全不是一回事：所有车厢都已损毁，车厢里空空荡荡，有的地方被火烧过，裸露着熔化后的模样；柔软的真皮座椅全被拆下，弃置一旁；血点子深深刻进了这里的每一处，无数空弹壳在车厢地板上闪着幽光。这里显然不是个理想的栖身之所，倒像是经受过多重炮火洗礼的堡垒。

阿尔乔姆胆战心惊地打量了一会儿那辆列车，等他回到月台上的时候，已经认不出这个车站了：货摊空了，喧嚣声停了，月台上不见一个大活人，只有零星几个流浪汉扎堆聚在中央的通道口附近。站台内明显暗了下来，方才阿尔乔姆进站方向的灯光已经全部熄灭了，只剩大厅中央还亮着几盏灯，除此之外，就是在遥远的大厅另一头，跳动着一团算不上明亮的篝火。

时钟显示，眼下刚过晚上八点。发生了什么？阿尔乔姆忍着伤痛一路朝前跑去，只见通往汉萨通道的两边都封死了，不是普通的小门，而是坚不可摧的双扇大铁门。另一个楼梯的情形也是一样，不过其中一扇铁门还半开着，透过这扇门能看到用粗钢筋焊接成的结实的钢丝网，跟特维尔站监牢里的一个样。门后面有一张小桌子，在微弱的灯光下，一名身穿已经洗得褪色的蓝灰色制服的守卫正在桌边坐着。

阿尔乔姆便请求他放自己进去。"八点以后禁止入内，"那人斩钉截铁地打断了阿尔乔姆，"大门早上六点才开。"说完他就别过脸去，示意谈话到此为止。

阿尔乔姆呆住了。为什么这个车站里的生活一过晚上八点就结束了？眼下他该怎么办？那些像虫子一样在纸板壳子上乱爬的流浪汉，叫人看起来就觉得恶心，阿尔乔姆丝毫不想靠近他们。于是，他打定主意，决定去大厅另一头的篝火那边碰碰运气。

隔着很远就能看清，围聚在篝火旁的一群人不是流浪汉，而是边防士兵之类的人物：在火光的照映下，可以看出这些人个个体型健硕，身上都佩有冲锋枪。不过那边有什么好警戒的呢，就在站台上……岗哨应该设在隧道里或者车站入口处才对，越远越好，这算是怎么一回事？要是有野兽或是土匪从那个方向冲过来，这帮人根本来不及应对，就像在中国城站发生的那样。

不过，再走近些，阿尔乔姆又留意到一件事：在篝火的后面，不时有道亮眼的白光一闪而过，光线应该是往上走的，但由于它闪得实在太快，仿佛违背了所有物理法则，一出现就被凭空截断似的，总是射到几米高的地方就消失了，永远投不到天花板上。大概是个间隔时间很久才开一次的探照灯吧，因此阿尔乔姆之前并没留意到它。它到底是什么玩意儿？

走到篝火前，他礼貌地向众人打过招呼，解释说，自己是路过此地，无意中错过了关门时间，不知可否跟他们一起在这里休息一会儿。

"休息？"离他最近的男人讥笑道。此人留一头蓬松的黑发，有一只丰满的大鼻子，个头不高，但看起来十分强壮。"年轻人，这里可不是休息的地方，能撑到明早就是万幸了。"

至于让阿尔乔姆困惑的下一个问题，也就是"坐在站台中央的篝火旁有何危险"，男人并没有给出回答，只转身冲闪光的地方点了点头。其余的人则一直忙于交谈，对阿尔乔姆毫不理会。最后，阿尔乔姆心一横，决定自己去弄明白这里的状况，径直走向了探照灯。

眼前的景象，让他大吃一惊，却也让心中的很多疑问有了答案。

大厅的尽头有一间小屋子，它像是人们偶尔能在通往换乘通道的自动扶梯附近看到的那种小岗亭，四周摞着成堆的沙袋，有些地方还用厚重的铁皮进行了加固，有一名警卫正忙着给某件看上去威力惊人的武器扯下外罩，另一名警卫待在控制室里。那台闪个不停的探照灯就安装在控制室的屋顶上，光线是射向上方的。上方！阿尔乔姆循着光线抬头望去，发现那里既没有挡板，也没有屏障，竟是露天的，一段直通地面的自动扶梯紧挨着控制室。准确地说，探照灯就是用来探照扶梯的。光线不安地扫过每一层台阶和侧板，像是想要揪出藏在黑暗中的什么人，可是出现在视野中的，只有生满褐色铁锈的灯架和受潮后已经成片剥落的天花板，再往远处……就什么都看不见了。

一切都豁然开朗。

也不知出于什么原因，这个地方并没有那种用于将地铁站和上面的世界分隔开来的常见的金属挡板，下面没有，上面也没有。这个车站就那么赤裸裸地暴露在外面的世界之下，车站居民不得不时刻生活在外物入侵的威胁当中。他们呼吸着被污染的空气，饮用着被污染的水，这或许就是它带着一股怪味的原因……这也解释了为什么这里天生畸形的年轻人要比别处——比如展览馆站——要多得多，以及为什么这里的成年人也都病恹恹的：车站居民的头顶直接暴露在辐射线中，他们的身体活活受到摧残，日渐虚弱，最终被怪病侵蚀。

不过，这显然还不是车站面临的唯一威胁。否则，该怎么解释整个车站一过晚上八点就陷入了死寂？篝火旁那个黑头发的守卫说"能活到早上就是万幸"又是什么意思？

阿尔乔姆犹豫了一阵，走向了控制室里的那名守卫。

"晚上好。"听到阿尔乔姆的问候，那人给出了回应。

此人五十岁上下，但是几乎已经谢顶，只有耳鬓和后脑勺还留着硕果仅存的几根白发，他胸前挂着双筒望远镜和口哨，啤酒肚在紧绷的普通防弹背心下无可遮掩。此时，他正用一对黑眼珠好奇地望着阿尔乔姆。

"坐吧，"他指着身旁的沙袋对阿尔乔姆说，"那些家伙只顾自己开心，把我一个人丢在这里，无趣得很。咱们不妨来聊聊天吧，是什么人把你眼睛弄成这个样子的？"

两个人就这样打开了话匣子。

"你瞧，我们什么像样的事情都做不了，"他指着头顶的大洞，伤心地说，"那里需要的不是铁片，而是混凝土。铁片我们已经试过了，压根没用。一到秋天雨水就泛滥，水越积越多，到最后就会把铁板压塌……这种事发生了很多次，死了不少人，打那以后我们就不去管它了。不过现在这个样子，人人自危，跟其他站一样，我们得时刻警惕着那些畜生在夜里爬进来。白天它们从不来，要么在睡大觉，要么正相反——忙着在地面上晃荡，等到天黑以后，它们就索命来了。于是，我们这儿养成了规矩，八点过后所有人退进通道里，那里是我们的生活区，站台这块地方主要是做买卖。稍等……"他突然不说话了，摁下操控台上的一个按钮，探照灯发出明亮的光芒。

雪白的灯光扫过三台扶梯，掠过天花板和墙壁，然后熄灭了。

这时候男人才用手指指着探照灯扫过的天花板，压低声音说道："那上面就是——至少曾经是吧——帕维列茨火车站，一个被诅咒的地方。我不知道它的轨道通向哪里，不过现在那个地方正发生可怕的事情。有时候会传出怪声，那声音能让你全身的寒毛孚起来。而且，它们会爬到下面来……我们管这些爬下来的畜生叫'外来的'。"他停顿了一分钟才说，"是从火车站里爬下来的，模样并不算太吓人。不过有好几次，这些'外来的'里强壮些的，都已经越过了这道警戒。看到我们停在轨道上的废旧列车了吗？它们已经到了那里。决不能放它们到下面去，那里都是女人和孩子，要是这些'外来的'爬到了那里，就全完了。我们男人都清楚这一点，把列车团团围住，打死了好几头畜生。可我们自己也损失惨重，去十个人只能活下来两个。还有个'外来的'逃脱了，一路爬到了新库兹涅茨克站，到了早上我们想要追捕它，就循着它留下的厚厚的黏液去追，结果发现它爬进了一条下行的分支隧道，我们就不敢追下去了，我们遭受的损失已经够多了。"

阿尔乔姆想起一件事："我听说，从没有人袭击过帕维列茨站，是真的吗？"

男人郑重地点点头："当然了，谁会来招惹我们呢？要不是我们死守着这道防线，那些畜生早就在地铁里爬得到处都是了。所以没人招惹我们。汉萨还把几乎整条通道都给了我们，只在通道最末端的尽头设了他们的工事。他们还给我们武器，不就是为了让我们替他们守门嘛。跟你说，他们就爱让别人当替死鬼！你叫什么名字来着？阿尔乔姆，好的，我叫马克。稍等一下，那里有东西……"说着，他再次点亮了探照灯，却一无所获。一分钟后，他不确定地说了句："不对，我似乎听到了什么动静。"

危险临近的强烈感觉瞬间击中了阿尔乔姆。他学马克的样子，死死盯着上空，可看到的只有几盏破灯的影子。阿尔乔姆仿佛感受到，那刺眼的光芒封印住了许多邪恶的幽灵。起初他还以为这是自己可笑的幻觉，不料，光线刚刚掠过，其中一个鬼影竟然微微动了一下。

"等一等……"阿尔乔姆压低声音说，"再照一下那个角落，那儿有道巨大的裂缝，快……"

就在这时，在很远的扶梯中间位置，有个巨大而纤瘦的东西，之前一直仿佛被光线钉住了一般，这时突然抖动了一下，随即猛扑下来。马克用哆嗦得快要不听使唤的双手捧起哨子，拼命吹响了它，与此同时，围坐在篝火边的所有人都一个激灵跳起，飞奔了过来。

阿尔乔姆这才发现，那里还有一盏探照灯，灯光稍弱，却巧妙地跟一挺不寻常的重机枪组合在了一起。阿尔乔姆还从没见过这种武器：它有长长的枪管，枪管末端是个喇叭口，瞄准镜上缠着些网状物[1]，油光锃亮的弹链里填满了子弹。

"它在那儿，靠近十点钟方向！"此时已经坐到马克身边的瘦男人用探照灯对准那个东西，用沙哑的嗓音喊道，"快，望远镜……莱哈！十点钟方向，右侧！"

"收到！好吧，小可爱，该咱们上场了，你可要给我稳住了！"机枪手一边嘟囔着，一边把机枪对准了隐藏的黑影，"把它干掉！"

机枪喷射，发出震耳欲聋的响声，十点钟方向上的吊灯被击落在地，摔了个粉碎，那个东西在高处发出一声惨叫。

---

[1] 瞄准镜的镜面反光可以暴露狙击手的位置，因此有经验的狙击手会在瞄准镜上缠上网状物降低反光，还不影响观察和射击效果。

"看来打中了。"瘦男人断定,"好吧,再照过去瞧瞧……躺在那儿呢。你完蛋了,捣乱鬼。"

可是,在长达一个多小时的时间里,那东西一直在高处发出痛苦的呻吟,那竟是一种接近人类的声音。阿尔乔姆听得毛骨悚然,他提议一枪结束那东西的痛苦,得到的回答却是:"既然你想,你就去做吧。这里可不是靶场,小子,我们得节省每一颗子弹。"

换班后,马克和阿尔乔姆走到篝火旁坐下。他就着火光点燃一根卷烟,若有所思。接下来,阿尔乔姆听到了一场谈话。

"莱哈昨天给咱们说的那帮克里希纳[1]教的信徒,"一个低脑门、大脖子的壮汉用低沉粗重的声音说道,"他们聚集在十月平原站,正打算潜入库尔恰托夫研究所[2]炸毁核反应堆,让所有人同归于尽,不过暂时他们还在积蓄力量。这件事让我想起了四年前我的一段经历,当时我还住在萨维奥洛沃站。有一天,我打算去白俄罗斯站办事,那时我在新村庄站有接应,所以我是直接从汉萨过去的。我很快就赶到了白俄罗斯站,见到了我的伙计,办妥了事儿,然后我想着该去喝一杯。那个伙计对我说,你要多加小心,这里经常有醉鬼失踪。我对他说,得了吧,快闭嘴,这种事情不可能发生。最后,我们俩干掉了整整一瓶酒。我记得的最后一个画面,就是他在地上边爬边喊:'我是月球车1号!'等我酒醒过来的时候,圣母玛利亚!我发现自己被五花大绑,嘴巴里塞着东西,脑袋也剃光了,躺在一个小屋子里,很可能是以前的警察局。我心想,这下可倒了大霉了。半个小时后,进来一群恶魔,他们揪着我的衣领把我拖到一个大厅里。我不知道自己到了什么地方,所有地名都被揭掉了,墙上涂得乱七八糟,地上到处是血渍,火在燃烧,整个地面都被掘开了,底下是一道很深的坑槽,最深处有二十来米甚至三十米。地面和天花板上画着星星,知道么,像是

---

[1] "克里希纳"是印度教中崇拜的黑天神。
[2] 该研究所于第二次世界大战期间在莫斯科创立,其研发了世界上第一枚热核弹头以及最早的供潜艇和破冰船使用的核反应堆,开辟了世界上第一座工业性原子能发电站。

小孩子一笔画下来的那种？我心想，或许是落在红线手里了？我扭头看了看，不像。他们把我推到坑槽前，那里垂着一根绳子，他们用冲锋枪指着我，叫我顺着绳子爬下去。我朝下望去，见下面有好多人正拿着铁钎和铲子挖坑。他们把土用绞车运上来，再倒进翻斗车里拉走。我算是走投无路了，这些手持冲锋枪的家伙是一伙疯子，从头到脚都文着文身，我猜测自己是掉进某个犯罪组织的老巢里了，这个组织像是在挖地道想要逃跑，这帮小混混就是他们的打手。"

"不过紧接着我就意识到自己错了：地铁里要是有地方连条子都没有，那该是什么鬼地方？于是我对他们说，我恐高，在绳子上我会一头摔下去，就没用了。他们商量了一下，就让我留在地面上，往翻斗车里装拉上来的土。"

"他们给我铐上手铐，绑上脚链，叫我这么干活。我始终没闹明白他们在干什么，但这事绝对不简单。我还算是幸运的，"他耸了耸宽阔的肩膀，"那些身体弱小的人一旦倒下，就会被拖到楼梯口去。后来我有一次打那儿经过，看到那里竖着一截木桩子，跟以前红场上对付德国佬的玩意儿一模一样，上面立着一把寒光闪闪的斧子，木桩子四周全都是血，好多砍下来的脑袋插在一根根木棍上。我差点吐出来。我心想，不行，我必须赶在自己被晾在这里之前离开这个鬼地方。"

"他们究竟是什么人？"坐在探照灯前的瘦男人忍不住打断他的话，用嘶哑的声音问。

"这个问题，后来我问过跟我一起装土的那些人。你猜他们怎么说？——魔鬼！明白了吗？他们认为，世间的末日已经降临，而地铁就是通往地狱的窗户。还有转世轮回什么的，我已经记不得了……"

"是通往地狱的大门。"冲锋枪手纠正他。

"好吧。地铁是通往地狱的大门，地狱本身还在更深的地方，魔鬼在那里等待着他们。而他们要想抵达那里，就得把路挖通。这已经是四年前的事儿了，也许他们已经挖通了。"

"那是什么地方？"冲锋枪手问。

"不知道！我真的不知道。后来我逃出来了：趁守卫不注意，伙计们把我藏进翻斗车，在我身上撒上土。车子走了很久，然后我被抛进一个深坑，摔昏过去。等我醒过来，我就开始爬，一直爬到也不知是什么轨道上，然后就顺着轨道继续往前爬。这条轨道和另一条轨道交叉了，我在交叉口上又晕了过去。后来有人救了我，我醒过来就已经人在橡木站了，明白吗？我的救命恩人已经离开了，真是个好人。至于那是什么地方，你们自己想去吧……"

接着，他们又讨论起一则流言，说是在伊里奇广场站和罗马站[1]出现了传染病，死了好多人，不过阿尔乔姆一句也没有听进去。

地铁是通向地狱的大门，甚至可能是地狱的最外圈，这个念头把他吸引住了，他的眼前浮现出一幅奇幻的画面：成百上千的人像蚁巢里的蚂蚁一样往来穿梭，用他们的双手永无休止地挖着，也不知会挖到哪里，直到有一天，他们当中某人的铁钎触到无比绵软的泥土，径直掉落下去，就意味着地狱和地铁终于连通为一体。这个可怕的念头在他脑海里翻腾着，始终挥之不去。

接着他又想到，帕维列茨站跟展览馆站的情况几乎是一样的：它时刻面临着地上怪物的侵扰，孤立坚守着。要是它坚持不住了，那些怪物就会在地铁里散得到处都是。照此看来，展览馆站的境遇并非个例，这也打破了他的预期。不知道这样的车站在地铁里还有多少，它们各自坚守，并非为了整个地铁的安宁，而是为自己的栖身之所而战……你可以后退，退到车站中央，炸毁身后的隧道，可你们的生存空间也将随之缩小，在那块巴掌大小的土地上，所有幸存下来的人不得不为抢夺生存空间而自相残杀。

不过，倘若展览馆站果真没有特别之处，倘若还有其他出口能通往地面……那意味着……阿尔乔姆猛地强迫自己打住了思绪。这个想法很危

---

[1] 这是同一地点的两个换乘站，离帕维列茨站不远。

险，不能再深想下去了，这不过是你的软弱发出的声音，狡猾、谄媚、步步诱导，好让你中止这趟旅程，放弃任务。软弱没能从正面迎头击倒阿尔乔姆，这一次它试图从后面突袭了。决不能让它得逞，他没有回头路。

为了转移注意力，他又开始倾听人们交谈。他们先是讨论了一个叫普希卡的不知道又赢了什么，后来哑嗓子男人开始讲述中国城站遭到一伙歹徒袭击，打死了不少人，好在卡卢加线上的兄弟们及时赶到，收拾了他们，迫使那伙歹徒撤退到了塔甘卡站。阿尔乔姆刚想指出那不是塔甘卡站，而是特列季亚科夫站，一个看不清面容的干瘦男人却接过了话茬，说起中国城站已经完全脱离了卡卢加线的控制，如今从属于一个从没听说过的新崛起的集团势力。于是哑嗓子男人和他展开了激烈的唇枪舌战，成功地让阿尔乔姆打起了瞌睡。这一次他什么梦都没有做，睡得很沉，连让众人惊跳起来的警报声都没有把他吵醒。

警报过后并没有枪声响起，大概只是虚惊一场。

一觉睡到差一刻早上六点，马克才叫醒了他。

"起来吧，完事了！"他快活地晃动着阿尔乔姆的肩膀，"走，带你到昨晚没进去的通道去瞧瞧。身份证有吗？"

阿尔乔姆摇摇头。

"这也没关系，有办法。"马克信誓旦旦地说。他果真做到了：几分钟后，他们已经站在通道里面了，门口的守卫轻声打着呼哨，把玩着掌心的两颗子弹。

这条通道非常长，甚至长过了车站本身。沿一面墙壁立了一溜帆布屏风，亮着明晃晃的小灯泡。"托汉萨的福。"马克笑道。另一面墙壁却被一排高不过一米的低矮隔板围住了。

"它可是整个地铁站里最长的通道之一！"马克自豪地说，"你问这些隔板的用处？你竟然不知道？那玩意儿可是有名得很！来我们站的人有一半都是奔着它的！再等等，现在还早，还得过一会儿才开始。到了晚上才是最热闹的时候呢，车站也关门了，人们也闲下来了，不过，白天有跑得好的也说不定。难道你真的从没听说过这个？咱们这儿可是有名的赛老鼠赌场！我们管它叫作赛鼠场。我还以为是个人都知道呢。"发现阿尔乔姆并没有同自己开玩笑，他倒显得很惊讶，"怎么样，你好这口吗？我可是个玩家。"

阿尔乔姆当然爱看这种比赛，但是从不执迷。况且他睡过了头，深感时间紧迫，内心正充满了负罪感。他等不到晚上，一刻也耽搁不起，已经白白浪费了太多时间，他必须赶紧上路了。可是要去波利斯就得先穿过汉萨，如今这是他绕不开的一道坎。

"我恐怕待不到晚上了，"他说，"我得赶去……林地站。"

"那你就得经过汉萨，"马克眯缝起眼睛，说，"可你打算怎么经过汉萨呢？别说签证了，连个身份证你都没有。朋友，这种事我可帮不上你了……不过我倒是有个好点子，帕维列茨站的头儿——不是我们站的，是环线上那个站的——可是我们赛鼠场的忠实粉丝，他的那只老鼠名叫海盗，没少跑第一，很给他长脸。每晚他都会带着保镖闪亮登场。要是你愿意的话，可以跟他单挑。"

"可我有什么能当赌注的？"阿尔乔姆反问。

"就赌你自己，输了就给他当仆人。你要是愿意，我可以用你下注去赌。"马克两眼放光，"咱们赢了，签证到手；输了的话，你照样能去那儿，不过怎么脱身就看你自己的了。这可是个大好机会。"

阿尔乔姆一点都不喜欢这个主意。让自己卖身为奴，况且还是为只跑输了的破老鼠，这可真够叫人害臊的。他决心再找找别的法子去汉萨。他发现了几个不苟言笑的边境巡逻兵，他们穿的也是灰色迷彩服，跟和平大道站的汉萨士兵是一样的。接连几个小时，他始终围着他们打转，想跟他们搭上话，可他们总是不理不睬，直到最后，有个士兵轻蔑地管他叫"独眼龙"（这种叫法有失公正，因为他的左眼已经能睁开了，尽管还是疼得要死）并且建议他滚蛋，阿尔乔姆这才放弃了徒劳的努力，转而开始在车站里寻找那些最阴暗最多疑的人物——武器贩子也好，毒品贩子也罢，只要是能把他"走私"到汉萨就行。即便阿尔乔姆许以自己的冲锋枪和手电筒，也没人肯一口应承下来，并且个个都大言不惭地要求他先把枪和手电给他们才做考虑。

折腾到晚上，阿尔乔姆陷入了无声的绝望。他一屁股坐在通道里，品尝着失败者的沮丧。与此同时，通道里渐渐热闹起来，大人们下班回来，与家人共进晚餐，孩子们叽叽喳喳，在催促声中上床睡觉。终于，大门关闭了，人们从帐篷里和屏风后面走出来，聚到小小的赛道旁边。要想在这三百多人里找到马克可不是容易的事情。人们都在为海盗今晚的表现打赌，赌普希卡有没有机会赢它一局，其他老鼠的绰号偶尔也被提及，但是显然只有这两只最具竞争实力。

主人们拎着笼子里的爱鼠往起点走去，每一个都志得意满，胜券在握，唯独不见环线帕维列茨站的头儿。马克也仿佛人间蒸发了一样，阿尔乔姆甚至担心他需要执勤，来不了了——那他还赌个什么劲呢？

终于，通道另一头出现了一小队人马。在两名冷面保镖的护卫下，只见一个戴眼镜的胖老头迈着沉稳的步子走来。他的脸刮得干干净净，只蓄着两撇浓密的小胡子，身穿剪裁合体的黑色西服，还搭配了一条真正的领带。一名保镖提着个红绒布做底衬的方形笼子，有个灰色的东西在里面窜来窜去，想必它就是大名鼎鼎的海盗了。

这名保镖带着海盗站在了起点上。小胡子老头径直走到裁判长桌前，毫不见外地赶走了副裁判长，重重坐了下去，展开了愉快的交谈。第二名保镖背对主人站守一旁，两腿分开，两手放在胸前的黑色微型冲锋枪上。看这老头的架势，别说跟他对赌了，即便靠近他都叫人害怕。

就在这时，阿尔乔姆看到了马克。他穿得邋里邋遢，挠着好久没洗过的头，吊儿郎当地朝那两位绅士走去，并向裁判长解释着什么。他离得太远，只能依稀分辨出他们的语气，看倒是能看得一清二楚：小胡子老头先是激愤到涨红了脸，后来摆出一副傲慢的神情，直到最后摘下眼镜拿布擦了又擦，终于不满地点了点头。

阿尔乔姆挤过人群来到起点，马克就站在那里。

"一切都天衣无缝！"他搓着两手，快活地说。

阿尔乔姆询问他们都谈了些什么，马克只好细细解释，说刚才自己跟老头长官打了个私赌，赌自己新养的老鼠能在第一轮就跑赢海盗。作为筹码，不得不把他阿尔乔姆押上了，只要赢了，他们俩都能拿到自由进出整个汉萨的签证。当然了，那个头儿对这个提议断然拒绝，声称不做奴隶交易（阿尔乔姆松了一口气），不过他又补充说，考虑到此等放肆行径理应受到惩罚，要是他们的老鼠输了，他们俩就必须到环线上的帕维列茨站去清理一整年的厕所。要是赢了呢，就如他们所愿，把签证给他们——他当然是怀着百分之一百的自信，认为这种可能性为零。他之所以答应，就是想要惩罚一下这两个自大到不知天高地厚的无赖。

"那你有自己的老鼠吗？"阿尔乔姆小心翼翼地问。

"那当然了！"马克有把握地说，"它可是一头真正的野兽，能把那个海盗撕成碎片！你知道它今天是怎么从我这儿逃走的吗？险些就让它成功了！我快要追到新库兹涅茨克站才把它逮住。"

"它叫什么？"

"叫什么？好问题，该怎么叫它呢？不妨就叫它火箭吧，"马克提议，"火箭——叫起来气势够足吧？"

要说比赛比的是谁家的老鼠把对手撕成碎片，阿尔乔姆是不信的，可他什么都没说。可是，当他得知马克的老鼠今天是头一回上场的时候，他终于没法镇定了："您哪来的自信，认为它能赢？"

"我相信它，阿尔乔姆！"马克的声音很激动，"你知道吗，我盼着有一只自己的老鼠已经盼了很久了？我押过别人的老鼠，结果都输了，那个时候我就心想：没关系，总有那么一天，我会有自己的老鼠，它准能给我带来成功。我等了很久，盼了很久，因为这事儿没那么轻巧，得拿到裁判长的准许，哎呀，可真叫人烦透了……我又想，我这大半辈子都过完了，说不定哪天就被那些'外来的'吞进肚子了，要么就自个儿死翘翘了。这么看来，我可能再也不会有自己的老鼠了……后来你就出现了！这次我心想：就现在了！过了这村就没这店了，要是你现在还豁不出去，那你活该玩一辈子别人的老鼠。我下定决心，既然玩，那就玩一票大的。当然了，我也想帮你，不过请原谅，这并不是最主要的。然后我就去找那个老家伙了，我对他说：我的老鼠要和你的海盗单挑！他气急败坏，让裁判长取消我的老鼠的比赛资格。后面的结果你就知道了，"他声音低得几乎听不见了，"输了就得清理一年的厕所。"

"可咱们的老鼠输定了！"阿尔乔姆发出绝望的呐喊。

马克认真打量了他一会儿，笑着说："万一赢了呢？"

裁判长那凌厉的目光扫过人群，他捋了捋花白的头发，清了清嗓子，开始宣读参赛老鼠的名单。火箭排在倒数第一，不过马克对此毫不在意。海盗赢得了最多的掌声。至于火箭，由于马克正用两手托着笼子，所以只有阿尔乔姆为它鼓了鼓掌。此时此刻，阿尔乔姆仍期待着奇迹的发生，能让自己逃脱那个悲惨结局……还有散发着恶臭的化粪池。

裁判长手里的发令枪一响，主人们纷纷打开了笼子。火箭第一个蹿了出来，阿尔乔姆的心快活地跳了一下。可等到其他老鼠都在跑道上撒着欢儿地你追我赶、冲刺向前的时候，火箭却愧对了自己闪亮的名字，躲在离起点五米远的一个角落里再也不肯出来。驱赶老鼠属于违反规则的行为，阿尔乔姆小心翼翼地看了马克一眼，担心他会悲痛欲绝。不过，从他努力装出的表情看来，他更像是那名为了不让船落入敌手而下令沉船的巡洋舰舰长——阿尔乔姆曾在展览馆站的图书馆里和伙伴读到过那么一本残破不全的书，书里写的是俄罗斯人和什么人打仗的故事，当中就有这样的情节。

两分钟后，第一批老鼠冲过了终点。海盗赢得了冠军，某只没名没姓的老鼠拿了第二，普希卡跑了第三。阿尔乔姆扫了一眼裁判席，就看见小胡子老头正拿眼镜布擦去秃脑门上激动的汗珠，一边跟裁判长讨论着比赛结果。他满心希望他们已经忘记了自己和马克，可就在这时，老头突然笑着拍了拍脑门，然后勾勾手指招呼马克过去。

眼下，阿尔乔姆的心情跟在特维尔站上绞刑架时相差无几，仅仅是没那么强烈罢了。他吃力地挤过人群，跟着马克走向裁判桌，内心安慰自己说，不管怎样，眼下进汉萨的门票是有了，到时候只要找个办法逃脱便是。

一通羞辱是躲不掉了，就让该来的来吧。

马克和阿尔乔姆被客客气气地请到了高台上，小胡子老头面向人群，简单说明了三人的赌局，然后大声宣布，按照事先的约定，这两个输家要从今天开始打扫公共厕所，为期一年。也不知从哪里冒出来两名汉萨守卫，在保证他未来一年的人身安全和到期奉还后，就缴了阿尔乔姆的械。接着，在众人的呼哨声和哄笑声中，他们二人即刻被押往环线。

跟另一边的同名车站一样，走出环线帕维列茨站的换乘通道，你就站在车站大厅的中央了。不过两个车站的共同点仅限于此。这边的车站留给人的印象相当怪异：一方面，这里的天花板很低，连根像样的柱子都没有，只有等距排列的拱门，而且每道拱门的宽度和它们的间距是等同的。如此看来，还是另一边的帕维列茨站更善待建筑师，似乎那边的土质要软一些，可以打穿，而这边的地下都是坚硬顽固的岩石，要想凿开别提有多费劲了。

不过，这里倒是没有特维尔站那种叫人压抑窒息的氛围，也许是因为站里足够亮堂，墙上装点着明快的图案，拱门两侧还雕刻着仿古石柱，跟《古希腊神话》里的插图一个样。总之，对于被迫来此的劳工来说，这里还不算是最糟糕的地方。

自然，作为汉萨的地盘，这里无处不散发出汉萨的气场，让人一望便知。首先，这里异常洁净舒适，天花板上，柔和的光芒透过玻璃罩倾洒下来，那是无数只巨大的灯泡在同时发光，完全不同于阿尔乔姆在其他车站看到的形单影只的小灯泡。车站大厅不像隔壁车站那么空旷，不过大厅里一顶帐篷也没有，只有许多张工作台，上面堆着山一样高的新奇玩意儿，每张工作台后面都坐着一名身穿蓝色工服的工作人员，空气中有一股子好闻的淡淡的机油味。看来这里的工作时间要比另一个帕维列茨站久。墙上挂着汉萨的白底棕环标志，还有某个名叫 A. 斯密关于提高劳动生产力的名言警句[1]。在一面最大的旗帜下，摆着一张玻璃展示桌，两名站得笔挺的仪仗队士兵分列两旁。经过它时，阿尔乔姆故意放慢了脚步，想要看看玻璃下面摆放的究竟是何方圣物。

他的好奇心得到了满足。红丝绒的衬布之上，静静地躺着两本书，几盏微型小射灯无限怜爱地为它们照亮。其中一本书是个大部头，保存得非常好，黑色封面上印着几个烫金大字：《国富论》，亚当·斯密著。另一本书已经快被翻烂了，纤薄而残破的封面满是用细纸条补过的痕迹，上面用粗体字写着：《人性的优点》，戴尔·卡耐基著。

阿尔乔姆从没听说过这两个人，所以他的注意力全都聚焦在另一个问题上：车站的长官老头用来给爱鼠垫窝的那块红绒布，是不是里面这一块的余料呢？

车站的一条轨道还在正常运行，不时有载着货箱的轨道车驶过。这些轨道车大多是手摇式的，机械车只见到一辆，它冒着黑烟在站里停了停就开走了。在它停靠的短暂空隙里，阿尔乔姆一直用崇拜的眼神盯着坐在车里的那帮精壮士兵，他们统一身着黑色制服和黑色条纹衫，每名士兵的头上都佩戴着夜视仪，胸前挂着奇特的短款冲锋枪，身上裹着厚厚的防护服。他们的长官抚摸着双膝上硕大的深绿色防护头盔，跟几名身穿灰色迷彩服的车站守卫聊了两句，轨道车就消失在隧道中了。

另一条轨道上则停着一辆完整的地铁列车，它甚至比阿尔乔姆在库兹涅茨克桥站见到的那辆还要好。那些窗帘已经落下的车厢，应该就是人们的生活区域了；还有一些没挂帘子的车厢，透过玻璃能看到里面的书桌和桌上的打印机，桌子后面坐着的似乎是些公职人员，车厢的门牌上写着

---

[1] 英国古典经济学家亚当·斯密在 1776 年出版《国富论》一书，他认为"劳动生产力上最大的改进，以及运用劳动时所表现的更大的熟练、技巧和判定力，似乎都是劳动分工的结果"。

"中央办公室"。

这个车站给阿尔乔姆留下了不可磨灭的印象。它并不像另一个帕维列茨站那样使人震撼，后者自带的那种阴郁而神秘的华美气息，总能让退化的地下人对先辈的卓绝才能发出一声惊叹。不，这个车站丝毫没有沾染到那种气息。这里的人们仿佛生活在一个与世隔绝的世界里，远离一切正在环线之外滋长的疯狂荒诞的生存方式。在这里，日子是从容不迫的，生活是完善有序的，工作结束就好好休息；年轻人无暇借毒品麻痹自己，而是忙于钻营事业——越早开始事业，越能占领先机；人们不必害怕衰老，不必担心自己在垂垂之年会被丢进隧道里去喂老鼠。这就是汉萨吝惜和不情愿扩员的原因了。天堂的入场券总是一票难求，只有地狱的大门是向所有人敞开的。

"我终于属于这里了！"马克满意地打量着四周，快活地说。

月台尽头有个玻璃间，挂着"值班室"的牌子，里面还坐了一名守卫。一根刷红白漆的挡杆从隔间旁边伸出，横拦在轨道上。每当有轨道车开到跟前，车上的人都要规规矩矩地刹住车，等着守卫步伐傲慢地走出值班室，检查过文件，有时还要验一验货，这才抬杆放行。阿尔乔姆注意到，不论是边境守卫还是海关检查员，每个人都以岗位为豪，显然都很热爱自己的工作。不过话说回来，这样的工作有谁不喜欢呢。

绕过一堵围挡（有条小路从这里延伸进隧道），拐进一条走廊，来到职工宿舍区，两人终于见识到了他们的工作场所。被浸渍得泛黄的瓷砖令人作呕，即便配备了真正的座圈，抽水马桶里也是不忍直视，工作服脏得令人发指，铁锹上也覆着一层恶心东西。单轮手推车装满了就推走，车轮绕着"8"字来来回回，把脏物一车车倾倒在不远处一个很深的坑道里。那股不可思议的恶臭，会钻进你的衣服，从发根到发梢占领你的每一根头发，渗入你的皮肤，让你觉得，它就是你与生俱来的一部分，并将永远伴随你左右。这股恶臭会吓跑你的同类，让他们在看到你之前，只消闻到你的气味就扭头离开。

枯燥的工作让第一天就变得格外漫长。阿尔乔姆觉得，自己和马克将永远活在诅咒里，无限重复着掏、运、倒，再掏、再运、再倒的动作，一车清空又是一车，循环往复，永无休止。活儿终究是干不完的，因为公厕的访客总是源源不断。不论是这些如厕的人，还是那些站在宿舍入口和坑道附近的守卫，都毫不掩饰对于这两个可怜的掏粪工的厌恶。一看到他们俩，人们就捏住鼻子，嫌弃地闪到一边，更有甚者，先要鼓足胸腔深吸一大口气，为的是靠近他们时不用闻他们身上的臭味。看着他们那副苦大仇深的样子，阿尔乔姆不禁有些诧异：难道这些臭烘烘的屎尿不都是从他们肚子里排出来的吗？他们何必要如此决绝地急于跟这档子事情撇清关系呢？

一天的劳动下来，虽然戴着厚厚的粗布手套，两只手还是给磨得掉了一层皮。阿尔乔姆发觉自己看清了人的本性和生命的意义。

如今，在他眼里人不过是台消化食物和制造粪便的高级机器，几乎无间断地运转一生，并无"意义"二字可言——如果"意义"这个词指的是某种终极目标的话。吞下尽可能多的食物，尽快完成消化并排出渣滓，这套运转过程就是意义了，管它是烟熏猪肉排、油焖多汁蘑菇还是烤松饼，所有消化不完的残渣废料统统免不了腐烂变质。于是，随着一代代人类的生息繁衍，人性的特质最终被抹杀得一干二净，他们成为了人情味沦丧的机器，用排泄出的腐烂变质的渣滓，取代他们亲手摧毁的一切美好。

阿尔乔姆憎恨人类。他对众人的厌恶，并不比众人对他的厌恶少。至于马克，他逆来顺受，还时不时地说些诸如"这不算什么，我早就听说初代移民会很辛苦"之类的话给阿尔乔姆打气。最紧要的问题在于，一天过去了，两天过去了，他们却始终找不到逃跑的机会。逃跑的可行路线并不复杂，只要绕过倾倒脏物的坑道，跳进隧道，就能一路跑到多勃雷宁站了。可是这里戒备森严，插翅难逃。晚上他们要到公厕边的仓房里过夜，夜里门是上了锁的；白天他们片刻不能离岗，况且月台进站口的玻璃间里总是坐着一名警卫。

已经是进站后的第三天了。时间在这里不再是二十四个小时，它的流逝像蜗牛爬过一样缓慢，是一秒接着一秒的无尽噩梦。阿尔乔姆习惯了没人走过来跟他说话，接受了自己低人一等的命运。他仿佛不再属于人类，而是变成了某种丑陋不堪的活物，人们看他的眼神里不仅带有厌恶和嫌弃，还有某种不易察觉的亲密联系——这个事实让他们害怕，更滋长了他们的恨意，似乎他会把丑陋传染给他们，似乎他——成了个麻风病人。

起初制定的几个逃跑方案最终一一落空。阿尔乔姆的思维开始麻木了，凝滞了。当理智不再是生活中的必需，这份理智便蜷缩起来，连带卷走了一连串的情感和觉知，在他意识的一个小小角落里安顿下来，结成了茧。

他一刻不停地进行着机械劳动，工作已经成了下意识的反射运动，无非是那么几个动作：掏、运、倒，再掏、再运、再倒，倒完了就赶紧回去，好接着掏下一个。他的梦不再鲜活，梦境和现实混淆在一起，都是无休止的跑，掏，倒，倒了，再掏，再跑。

第五天傍晚。阿尔乔姆正推着手推车往前走，却被滚落的铁锹绊倒，连人带车摔在地上，脏物泼了一地，也弄了他一身。他慢慢爬了起来，与此同时，脑袋里闪过一个念头。于是，他没有跑去找木桶和擦布，而是不慌不忙地朝隧道入口走去。眼下他感觉自己真是糟糕透了，恶心透了，没人能受得了他身上的馊味儿。说来也巧，平日里向来有人把守的坑道这会儿也不见一个人影。关于被追捕的问题，阿尔乔姆一刻也没有多想，迈步走上了轨道。他顾不上低头看路，但走得还算稳当。就这样，他的两条腿越走越快，几乎飞跑起来。不过理智此时还没有重新控制他的身体，依旧龟缩在角落里不敢归位。背后没有传来叫喊声，也没有追兵的脚步声，只有一辆载着货物的轨道车，伴着只能照亮方寸前路的昏暗车灯，在他身边吱吱嘎嘎开了过去。阿尔乔姆这时只需贴在墙上，并不碍事。车上的人或许并没有发现他，或许是觉得没必要在意他，他们的目光在他身上匆匆掠过，没有人张嘴发出动静。

突然，体内有股不容违抗的力量促使他平躺下来——糊了满身的恶臭屎尿赋予了他隐身功能，这下他终于能好好休息一下，补充点体力了，意识也开始慢慢苏醒。他做到了！他的出逃不按常理出牌，充满了巧合和偶然，可他就是这么莫名其妙地从那个鬼地方跑出来了，甚至没有被任何人发现！太奇怪了，太惊人了，眼下他甚至不敢去回想刚才发生的一切，他觉得，哪怕只是动一动念，流露出想要冷静分析一二的意图，奇迹的魔力就会顷刻间消失，巡逻队的探照灯束马上就会打在他的背上。

隧道尽头有了光亮。他放慢脚步，一分钟后，他走到了多勃雷宁站的入口。

边防警卫一手捂住口鼻，一手猛扇着空气，只敷衍地问了句"是来修下水道的吗？"就匆匆放行。进来了，现在必须接着往前走，尽快离开汉萨的地盘，趁警卫队还没有反应过来，趁背后还没有想起嗒嗒的军靴声，趁预警的枪声还没有响彻空中……要快。

他的眼睛盯着地面，不去看任何人；他用皮肤感受着挂在身上的屎尿糊，它们在他周围打造出一个隔离屏障，让他在车站拥挤的人群中畅行无阻，很快就要走到出站的检查站了。现在他该怎么说？免不了一番盘问，免不了要查护照，该怎么应付才是？

阿尔乔姆把头低得不能再低，下巴都快要抵到胸上了。四周的一切他什么都看不到，所以整个车站给他留下的印象就是地上铺砌得整整齐齐的深黑色花岗岩石板。一路上他提心吊胆，生怕听到那句"站住！"的威吓声。汉萨的边界已经近在眼前，现在……就要趁现在……

"这又是哪里冒出来的癞蛤蟆？"一个捏着鼻子的声音在耳边响起。

该他上场了。

"我……我……迷路了……我不是这儿的……"阿尔乔姆含含糊糊地嘟囔着，也不知是出于紧张，还是入戏太深。

"那就赶快滚，你这个臭玩意儿，听见了吗？"那声音极具感召力，几乎能把人催眠，叫人非得马上乖乖照做不可。

"行行好……我想……"阿尔乔姆哼哼唧唧地说，生怕自己演技穿了帮。

"在汉萨，禁谈条件！"那个声音很严厉，还是从远处飘过来的。

"可怜可怜我吧……我的孩子们还小……"阿尔乔姆终于摸清了套

路，开始上劲了。

"哪来的孩子？这人是疯了吧？"声音陡然提高了八度，"波波夫、洛马科，快把这个臭玩意儿弄走！"

波波夫和洛马科都不愿弄脏自己的手，他们用枪管抵着阿尔乔姆的后背，把他赶出了站。那个上司的咒骂声不绝于耳，在阿尔乔姆那声音听来无异于天籁。

汉萨，再见！谢尔普霍夫站，我来了！

在这个车站，他终于能抬起头来了，可是环视过四周的人群，他还是选择把目光扭回地上。这里不是汉萨，他又掉落进了肮脏混乱的贫民窟，而这才是汉萨之外的地下世界的本来模样。不过，即便身处这种环境中，阿尔乔姆也还是格格不入。这副创造了奇迹的铠甲，一路上护他性命，帮他隐身，让众人忙于跑开从而掩护了他，带他闯过所有关卡岗哨的铠甲，眼下又变回了惹人厌的风干的屎尿糊。

眼下，想必已经过了午夜十二点。

当最初的狂喜散去，那种像是被附体而获得的力量，支撑他一路从帕维列茨站抵达多勃雷宁站的力量，一下子就从他体内消失了，只留下一具饥肠辘辘、筋疲力尽的躯壳。他口袋空空，一无所有，过去一周的劳动让他浑身散发着经久不消的恶臭。

他走到墙根，在一帮叫花子旁边坐了下来，满心以为自己不会被这样的群体嫌弃，可他错了，他们骂骂咧咧地四下散去，让他一个孤零零地留在原地。阿尔乔姆感受到了寒冷。他环抱住肩膀，闭上眼睛，放空脑袋，也不知这么坐了多久，竟沉沉地睡着了。

阿尔乔姆走在一条没有尽头的隧道里。这条隧道比他一生中走过的所有隧道加起来还长，路弯弯绕绕，又一会儿上坡一会儿下坡，平直的地方永远超不过十步。他怀揣希望，想要就近找到一扇大门结束旅程。他走啊，走啊，路越来越难走，双脚磨出了血，背也酸疼，每迈出一步，身体都要发出一声痛苦的呻吟，可一想到出口就快到了，或许就在下个拐角，他就又有了前进的力量。后来，他的脑袋里突然冒出一个简单却可怕的念头：要是隧道没有出口怎么办？要是出口和入口都被封住了怎么办？或是有个隐形的上帝，故意把他丢在这个没有出口的迷宫里，欣赏他徒劳的挣扎，看他像只乱咬自己爪子的老鼠那样急得团团转，再一点点地耗光力量最终倒下，不为别的，只为给自己解闷儿怎么办？他不过是迷宫里的老鼠，转轮上的松鼠。他又想，既然再怎么瞎走也走不到出口，反过来，要是停住脚步会不会就自由了？于是，他一屁股坐在了枕木上，这可不是歇歇脚——就让旅程到此为止吧。四周的围墙真的消失了。"想要实现目标，完成旅程，只需停下脚步。"这个念头只闪了一下，就在他内心消退了。

从睡梦中醒来，阿尔乔姆就被一股莫名的焦虑笼罩了。起初他全然闹不明白这情绪从何而来。他开始回忆梦中那些支离破碎的片段时，却发现怎么都没法把它们还原成一个完整的梦境：这个过程还缺少一点黏合剂。而这黏合剂，就是他梦里的那个想法，它是核心，是他内心的投射，对他的意义重大。缺了它，梦境不过是一幅逃不过被撕碎命运的拙劣之作；有了它，层次才完整，意境才深远，这幅画才能成为杰作——可阿尔乔姆却想不起来了。

他一会儿搓着两个拳头，一会儿用脏兮兮的手揪住脏兮兮的头发，嘴巴里还念念有词，从他身边经过的人都用害怕又厌恶的眼神望着他。可它就是不肯出现。于是，他慢慢地，小心翼翼地，像是要用一根头发丝从沼泽里捞起什么东西似的，开始从记忆碎片中重塑它。终于，奇迹出现了！在灵敏地捕捉到一片记忆碎片后，他突然认出了它在梦中的本来模样："想要完成旅程，只需停下脚步。"

对于当前我们意识无比清醒的主人公来说，这个念头是庸俗的，可悲的，根本不值一提。"想要完成旅程，只需停下脚步"？这还用说？停下脚步，旅程自然是到此为止了，再简单不过的道理……难道说，这就是答案？……难道说，这就是他此行苦苦追寻的结局？

生活就是这样，有些在梦里有如天启般的想法，醒来后却变成了无用的废话……

"哦，我亲爱的兄弟！你的身体和灵魂都沾染了污垢。"这时，头顶上方传来一个声音。

这个声音让阿尔乔姆大为意外，那个高深的想法和它引发的失望的酸楚立刻消失得无影无踪。阿尔乔姆甚至没想到要回话：他已经习惯在自己张口前，人们就作鸟兽散了。

"我们欢迎所有孤苦伶仃的可怜人。"那个声音继续说道。它是那样温柔亲切，那样抚慰人心，阿尔乔姆忍不住朝自己左右两侧各扫了一眼，生怕这个声音是说给别人听的。

不过四周没有别人，这个声音就是说给他听的。于是，他慢慢仰起头，迎上了一个男人笑盈盈的目光。男人穿着一件宽大的长袍，个子不高，淡栗色头发，绯红的脸颊，正友好地朝阿尔乔姆伸出手来。阿尔乔姆用生命渴望着这一刻。他胆怯地微笑着，也伸出了手。

"他为什么不像其他人那样避开我？"阿尔乔姆心想，"他竟还敢跟我握手呢。别人见了我都是有多远跑多远，他为什么要主动送上门来？"

"我会帮助你的，我的兄弟！"男人接着说，"我和其他兄弟会为你提供栖身的场所，还会帮你重获精神力量。"

阿尔乔姆刚刚点了点头，男人就忙不迭地宣布："哦，我亲爱的兄弟，那你就随我到守望台[1]会去吧。"说完，他紧紧扯住阿尔乔姆的胳膊，拽着他上了路。

---

1 守望台（Watchtower），总部位于纽约布鲁克林的宗教异端组织，其主要刊物《守望台》以多种语言出版。该组织拥有自己的电台，并在全球各地设立所谓"王国聚会所"。俄罗斯于2017年4月裁定该组织为极端组织并全面取缔。

第十一章
我不相信

　　阿尔乔姆不记得自己是怎么答复男人的，也不记得路，只记得他被带出车站就进了隧道，可是车站总共连着四条隧道，究竟是哪一条他也不知道。他的新朋友自称"季莫费兄弟"，一路上，不论是身处简陋阴暗的谢尔普霍夫站，还是行走在黑漆漆的隧道深处，他的声音片刻没有停下来过。

　　"哦，我亲爱的兄弟，你应该高兴才是。你在旅途中遇到了我，这次相遇将改写你的人生，你漫无目的的漂泊就要结束了，你无可救药的愚昧人生到此为止了，因为你在找寻的那个地方就要到了。"

　　阿尔乔姆听不太懂他在说什么，因为他清楚自己还得漂泊好一阵子才能到波利斯。不过这个红脸蛋的季莫费说起话来是那么和善，那么可亲，阿尔乔姆很想听他没完没了地说下去，并对他的话报以回应。全世界都抛弃了他，只有这个人没有，阿尔乔姆很想对他说一声谢谢。

　　"哦，阿尔乔姆，我的兄弟，你相信神的存在吗？"季莫费装出一副漫不经心的样子，带着好奇的口气发问道。他的眼睛却直勾勾地盯住阿尔乔姆的眼睛。

　　阿尔乔姆猜不透季莫费的心思，只好胡乱晃了晃脑袋，含含混混地说了些模棱两可的话，叫人听起来既能理解成相信，又能理解成不相信。

　　"很好，非常好，阿尔乔姆兄弟，"季莫费温柔地说，"要知道，只有依靠信仰，才能从无边无尽的地狱之苦当中得到拯救，才能够赎清罪过。你研习过神旨吗，我的兄弟？"

阿尔乔姆没有回应。这一次，季莫费望向他的眼神里带有一丝怀疑。

"等咱们到了守望台，你就能亲眼见证，神旨是必须要研习的，巨大的福祉会降临在迷途知返者的头上。"为了以防万一，季莫费兄弟略显严厉地问阿尔乔姆，"你总该知道神旨是谁写的吧？"

阿尔乔姆觉得没必要再装下去了，他诚实地摇了摇头。

"有关这件事还有其他许多事，到了守望台会有人告诉你的，你一定会大开眼界。"季莫费兄弟信誓旦旦地说，"你可知道神曾经说过什么？"见阿尔乔姆眼神躲闪，他伸出一根手指，上扬的语调流露出他的谆谆善诱，他要为好学的求知者发表他的高见了。

阿尔乔姆忙摆出一副大有兴趣的表情。

"灵性的蒙蔽必须得到医治。"接着，季莫费自顾自地解释道，"就像你，还有成千上万误入歧途的人一样，你们还在黑暗中苦苦摸索，因为心是瞎的。你必须真正打开双眼，看清这世界的本貌。否则你虽肉体不瞎，你的灵性却是被蒙蔽的。"

阿尔乔姆心想，四天前他倒是真挺需要眼药的。

见他不接话茬，季莫费兄弟断定他需要些时间来消化这么复杂的思想，便也不再作声。

五分钟后，前方开始有灯光闪烁。为了宣告这一喜讯，季莫费兄弟不得不打断了阿尔乔姆的"思考"："看到远处的灯光了吗？那里就是守望台。咱们到了！"

阿尔乔姆不禁略微有些失望：出现在前方隧道里的，并不是什么守望"台"，而是一辆普普通通的列车，前灯没精打采地亮着，照亮了车头前十五米的地方。当季莫费带着阿尔乔姆走到车前时，一个身穿季莫费同款长袍的胖男人爬下驾驶室迎接了他们。他先给了季莫费一个拥抱，又对阿尔乔姆报以季莫费同款称呼"我亲爱的兄弟"，阿尔乔姆由此领悟，这个称呼无关"亲爱"，不过就是个称谓。

"这个年轻人是谁？"胖男人笑眯眯地望着阿尔乔姆，轻声问。

"他叫阿尔乔姆,是咱们新的兄弟,他想跟咱们一起进行研习!"季莫费兴奋地涨红了脸。

"哦,我亲爱的兄弟阿尔乔姆,我作为守望台的警卫员欢迎你的到来!"胖男人用低沉的嗓音说。跟季莫费一样,他也表现得像是没闻到自己身上的那股恶臭,这让阿尔乔姆再次受到震惊。

"现在,"当他们不紧不慢地穿过第一节车厢时,季莫费开口说道,"在你去王国大厅见其他兄弟之前,你得先把身体清洗干净。不仅仅是因为这味道,更因为我们要保持灵性和肉体上的洁净,以及思想上的纯洁。我们生活在一个肮脏的世界,"他用怜悯的眼神看了看阿尔乔姆惨不忍睹的衣衫,"而想要保持洁净,就要做出不懈努力,我的兄弟。"他一边总结陈词,一边把阿尔乔姆推进车厢门不远处一个用塑料板围成的隔间。季莫费请他脱掉衣服,然后将一块散发着刺鼻气味的硫磺肥皂递给了他。约摸五分钟后,他用橡皮水管为他冲干净了身体。

阿尔乔姆努力不去想那块肥皂的成分。不管怎么说,它不但把他的皮肤洗了个干干净净,就连那股恶臭也被连根拔除。待一切收拾妥当,季莫费递给阿尔乔姆一件跟自己身上一模一样却成色尚新的长袍,用带成见的眼神看了看阿尔乔姆挂在脖子上的弹壳,认定它是异教徒的护身符。不过他只幽怨地叹了口气,什么都没说。

这辆列车可真够奇怪的,也不知它是何年何月停在隧道中央的,如今又成了这帮教徒兄弟的庇护所,竟然还能让橡胶水管喷出水来。这也让阿尔乔姆感到惊讶。他好奇地向季莫费打听橡胶管里的水来自哪里,这套出水设备又是怎么组装起来的,但是季莫费只神秘地笑了笑,声称人的光辉伟业得以成就,全有赖于对神的侍奉。这个解释着实叫人摸不着头脑,到最后只有服气的份儿。

他们走进第二节车厢,这里摆了许多长桌和硬邦邦的长条凳,眼下桌子还是空的,有个厨师兄弟正对着几口大锅施展他的法术,香气不断从锅里飘出来。季莫费走到他跟前,再回来时手里端了一大碗粥,事实证明，粥的味道相当不赖，尽管阿尔乔姆没尝出它是用什么做的。

当他心急火燎地用一把旧铝勺把粥送入口中的时候，季莫费用怜爱的眼神注视着他，又不失时机地展开引导："不要觉得我不够相信你，兄弟，但是在信仰的问题上，你的回答听起来并不坚定。你能想象一个没有造物主的世界是什么样子吗？难道一切浩瀚无垠的生命形态，地球上的一切美好事物，"他用下巴扫过整个餐厅，"这一切的一切都产生于偶然？"

阿尔乔姆将餐厅细细打量了一圈，也没发现有别的生命形态存在，只有他们俩和厨师兄弟。他只好嘀咕两声以示怀疑，然后继续埋头喝粥。

出乎预料地，他的举动竟丝毫没有伤害到季莫费兄弟。恰恰相反，这激发了他的斗志，他的脸颊飞起了两团激昂的红晕，开始大谈如果没有神，那就意味着人类是孤独的，我们一旦陷入混乱就再无生机，隧道的尽头依旧是黑暗，活在这样的世界有多么可怕之类的话。

阿尔乔姆不打算回应，不过这些话多少引发了他的一点思考。直到这一刻他才看清楚，原来他的生活就是一场巨大的混乱，是一环扣一环的偶然事件，毫无关联也毫无章法可言。然而，尽管这个事实让他心情沉重，鼓动着他去找个至简大道当成信仰，好给自己的生命附上伟大意义，可他还是把这当成懦弱的表现。他觉得，独自也好，结伴也罢，每个生命都应当努力去抵制生命的空虚和混乱，要刺穿痛苦和怀疑，从思考中获取力量，他的生命只由他做主，不属于任何人。可他此刻并不想同亲爱的季莫费兄弟争辩。

他心满意足，内心安逸又快活。对于眼前这个人，他心怀无限感激：在他最累、最饿、满身恶臭的时候，是他用温暖的话语拉了他一把，现在又为他清洗身体，给了他食物和干净衣服，他怎么感谢他都不为过。所以当他呼唤他跟随自己，说要带他去参加兄弟会的时候，他毫不迟疑地起身就走，想用自己全部的行动去表明，他很乐意照他说的去做，不论是去这个兄弟会，还是去做别的什么事情。

兄弟会在下一节车厢，也就是第三节车厢内。车厢里已经站满了人，这里的人形形色色，不过大多数都穿着和自己一样的长袍。车厢中央应该是摆了块小小的高台，因为站在上面的那人要比其他人足足高出一大截，脑袋都快顶到车厢的天花板了。

"你要好好听，这对你很重要。"季莫费教导阿尔乔姆。他轻轻拨开人群，示意阿尔乔姆跟着自己一路走到那人跟前。

阿尔乔姆这才看清，那人已经很老了，一把漂亮的花白胡子垂在胸前，深邃的眼睛里流露出智慧和宁静，瞳仁的颜色很特别。他的脸不胖不瘦，上面布满了深深的皱纹，但这展示的并非是衰老后的无助和无力，而是属于长者的智慧，散发出某种难以形容的活力。

"这位是长老约翰。"季莫费的声音里充满了仰慕，"你实在是太走运了，阿尔乔姆兄弟，布道会马上开始，这下你能连着上好几堂课了。"

长老抬了抬手，车厢内顿时安静下来。接着，他以一种宏亮而低沉的嗓音，开始了他漫长的布道。

"我亲爱的兄弟们，我给你们的第一个训诫，是要了解神在索求什么。要做到这一点，你必须回答三个问题：神旨里有什么重要的信息？它的作者是谁？我们为什么要研究它？"

他的语气和风格与季莫费漫不经心完全不同，简洁有力，观点一清二楚。阿尔乔姆起初有些惊讶，但他在人群中扫了一圈后，才发现对于大多数人来说，只有这样表达才听得懂，季莫费的那些话就算是对桌子凳子说都比对他们说更有效果。与此同时，白发的布道者宣布了答案，总的来说就是神旨是上天的恩赐之类的话，阿尔乔姆没有听清。

做完总结，老人又提出一个问题："现在，回答我，兄弟们，为什么我们要学习神旨？"

人群躁动，似乎有人想回答这个问题，然而不等他开口，长老已给出了答案："因为我们的誓言和信念，就是认识神，而这就需要读它的律法。"他的语气严厉而郑重。

人群中发出赞许的窃窃声。季莫费将因喜悦而容光焕发的脸转向阿尔乔姆，说道："长老约翰是一位伟大的演说家，感谢他，我们兄弟之间的情谊越发深厚，真理的追随者们也迅速增多！"

阿尔乔姆苦笑着。他并没有像其他人那样从长者激情澎湃的宣讲中体会到什么，但也许再多听一听也无妨。

"接下来，我们要谈论神子的问题。"老人继续说道，"神子是从何而来？又为什么要来到这里？"

阿尔乔姆不知道什么是神子，那是一种生物还是别的什么，但他莫名觉得如果有什么特殊生命体的话，那它应该居住在天上。他之前只见过一次天空，那是在植物园，在世界末日降临的那一天。他之前听人说过，遥远的星球上或许存在生命——这和这位传道者所说的是一回事吗？

长老约翰继续说："你们中间有人能告诉我答案吗？"说完，他又故作深沉地停顿了一下。

此时，阿尔乔姆恍然意识到他周围发生了什么。在场的所有人都处于需要被净化和改造的行列，他们已经不是第一次来这儿听讲座了。那些经验深厚的团员们从不试图回答老人的问题，而新来的修道者试图展示他们的知识和热情，大喊出答案或者摇动手臂，但老者从来不给他们回答的机会。

果然，长者只是自顾自地用严肃的语气解释了一番，等待团员们脸上露出某种醒悟的表情，接着便呼吁大家做某种祈祷仪式。人们顺从地垂下头，聚集在一起，开始祈祷。阿尔乔姆沉浸在各种各样的嗡嗡声中，分不清具体的语词，但总的意义却很清楚。经过五分钟的仪式，信徒们开始热烈地交流，讨论的都是"品格"和"净化"一类的话题。

阿尔乔姆心里有些不对劲。他内心焦躁，烦闷不堪，但还是决定再待一段时间。

老人继续他的布道。第四个训诫是关于背叛者魔鬼撒旦的，比如撒旦是如何隐藏在人类中间的，信徒们又该如何拥有正确认识它们以及如何抵抗它们的力量。这个话题让人群欣喜若狂，然而在阿尔乔姆看来，这位老人所用的言辞严肃得令人畏惧，而且提出了一些不适合讨论的问题。季莫费兄弟不时地打量他,在他的脸上寻找启蒙的火花,但阿尔乔姆的脸色却变得越来越阴沉。

约翰挥了挥手,平息了大家歇斯底里的躁动,开始自己最终的陈词。

"最后一个问题:我们的世界究竟将会何去何从?"他张开双臂,面朝听众,开始说明第一个男人亚当和第一个女人夏娃是如何违反律法而被逐出乐园的。但他认为,人类新的家园——地球——即便要经历无数次毁灭,最终依旧会存续下去。

阿尔乔姆没能控制住自己,冷冷哼了一声。季莫费立刻向他抛来喷怒的目光,举起一根手指以示警告。

此时,演说迎来了一个漫长的停顿,这预示着布道的关键时刻即将到来。长者炽热的目光扫向那些凝神聆听的人,倾泻出一个个骇人听闻又让人匪夷所思的字眼,诸如邪恶最终会被焚毁,他们刚刚经历的战争其实是某种"圣战",而活下来的人们只要心怀信仰,就能等到最终的幸福,世界会变为没有衰老、疾病和死亡的天堂……

阿尔乔姆想起了苏霍伊和猎人的那场谈话。他们提到,地表的辐射水平至少五十年不会降低,人类注定将走向灭亡,被其他物种取而代之……这个老头说,地表将变为鲜花盛开的天堂,可他并没有解释这一切具体将如何发生。阿尔乔姆很想问问他,在那个满目疮痍的天堂里,将会长出什么诡异的植物来?有什么人敢跑到地面上去,和这些植物共存?可他问不出口。他的内心被无尽的疑问和巨大的痛苦湮没了,他两眼一红,滚烫的泪水顺着脸颊流淌下来,这让他感到了羞耻。他的千言万语最终化为一句话:

"那么请问,神旨是怎么描述无头变异人的呢?"

他的声音突兀地在空中回荡着。长老约翰甚至连看都不愿看他一眼,而人们都用惊恐异样的眼神望着他,在他周围自动让出一小片空地,仿佛他又浑身发臭了一样。季莫费伸手去抓他的胳膊,但他挣开了他,奋力拨开密密麻麻的人群朝出口挤去。

这一路上，有好几次，他险些被故意伸出来的腿绊倒，后背上甚至还挨了一拳，引得哄堂大笑。他跑出了王国大厅，穿过餐车。眼下这里已经有不少人了，正围坐在桌边准备开饭，人人面前摆着只空碗。车厢中部不知有什么趣事儿正在上演，所有人的眼睛都望着那个方向。

"兄弟们，在我们进餐之前，"一个鼻子歪斜、其貌不扬的瘦男人说，"先来听小大卫说说他的故事吧。这个故事可以对今天有关暴力的布道内容做个补充。"

说完，他退到一边，换一个年轻人走上台去，这人是个小胖子，塌鼻头，一头淡金色头发光溜溜地梳到脑后。

"他气冲冲地想要揍我，"大卫开场说道，他的语气活像个正在背诗的小孩子，"可能就是欺负我个子矮。我边后退边喊：'住手！等一等！先别打我！我什么都没做，怎么招惹到你了？你把话说清楚！'"大卫的面部表情也配合到位，显然是训练有素。

"那个恶人是怎么说的？"瘦男人带着饱满的情绪发问道。

"原来，他的早饭被人偷了，于是他就把怨气发泄到第一个遇到的人头上了。"大卫解释说，不过他的语气里掺杂了一丝怀疑，似乎他并不能完全理解自己的话是什么意思。

"那你是怎么做的？"瘦男人煽动着，不断将故事推向高潮。

"我只对他说：'即使你打了我，你的早饭也不能回来。'然后陪他去向厨师兄弟道明原委，帮他又讨来了一份早饭。做完这些，他握了握我的手，此后我们一直相处得很和睦。"

"这位欺负过小大卫的兄弟在场吗？"瘦男人审问道。

话音刚落，一只手便高高举了起来。一个面相凶憨、约莫二十岁的壮小伙穿过众人，走上临时戏台，为大家讲述了小大卫的话是如何让他醍醐灌顶的一段动人佳话。在搞不懂句意的情况下能把台词背得这么滚瓜烂熟，他也挺不简单的。表演结束后，小大卫和悔过自新的恶人伴着赞许的掌声走下舞台，瘦男人再次粉墨登场，开始了他的真情流露。

"是啊，温柔的话语总是拥有强大的力量！正像谚语说的：好话一句三冬暖。哦，我亲爱的兄弟们，温和并不是软弱，温和背后隐藏着巨大的意念！有很多例子可以证明这一点……"说着，他用口水蘸着书页，找到了某个最为切题的故事，热情洋溢地宣讲起来……

阿尔乔姆自顾自地继续往前走，在众人讶异的目光护送下，终于跨进了第一节车厢。见没人阻拦，他正想下车，那位和气的守望台胖警卫立马出现了，他在车门口亲热地跟他打招呼，同时用宽厚的身躯堵住了去路，眉头拧成了疙瘩，严厉地问阿尔乔姆是否得到离开的许可。没有缝能从他身旁溜过去，推开他看来也是力不能及。

等了半分钟也没等到解释，警卫把两个拳头捏得咔咔响，逼近阿尔乔姆。阿尔乔姆惊恐地环视四周，脑袋里却跳出了小大卫的故事。说不定，与其和大块头警卫来场硬碰硬，不妨问问他，是不是有人动了他的早饭？

幸运的是，季莫费兄弟这时赶到了。他和蔼地望着警卫，对他说："这个年轻人可以离开，我们向来不逼迫任何人。"

警卫吃惊地观察了他片刻，顺从地退到一边。

"不过请允许我陪你走一小会儿，我亲爱的阿尔乔姆兄弟。"季莫费温柔地说，阿尔乔姆无法抗拒地点了点头。

"也许第一次你还不能习惯我们这样的生活，不过神的慧种已经在你体内生根了，我的双眼可以看到，那是一片沃土。美好的乐园已经近在咫尺，我只想提醒你不要去做哪些事，好让你到时不会被拒之门外。听着，你要学会憎恨丑恶，远离会让自己变得不洁净的那些事：淫乱、不忠、赌博、撒谎、盗窃、愤怒、暴力、酗酒。"季莫费一口气说出这一大堆词汇，担忧地盯着阿尔乔姆的眼睛，"一定要远离这些罪恶！而你，或许需要一些成熟的朋友们的帮助。"他不动声色地暗示着自己的职责，"不要让那些人蒙蔽你的眼睛，你应该和我们一样成为神的代言人……"

他自顾自地喃喃说，阿尔乔姆却一个字都没听见。他越走越急，已经把季莫费甩在了后面。

"告诉我，下一次能在哪里找到你？"季莫费追得上气不接下气，只好冲着阿尔乔姆那快要消失在昏暗中的遥远背影大喊道。

阿尔乔姆没有回应，由快走改为快跑。终于，身后的黑暗里传来一声绝望的嘶吼：

"把衣服还我！"

阿尔乔姆只顾往前跑，他磕磕绊绊，什么也看不清，好几次摔倒，膝盖蹭破了，可他用手撑着水泥地爬起来，片刻不肯停下来，他满脑袋里都是冲锋枪那黑乎乎的样子，现在他不确信，那帮"兄弟"们会不会一声令下，选择用暴力处置他。

距离目标只有一步之遥了。波利斯就在这条地铁线上，两站开外。他要做的，就是前进，朝准目标，一步都不偏离，直到……

他走进谢尔普霍夫站，一秒钟也没有停留，确认过前行的方向后，他又走进了漆黑的隧道。

可就在这时，怪事发生了。

那种已经遗忘的对于隧道的恐惧感，此时如排山倒海般袭来，把他摁在地上，阻碍了他的前进、思考和呼吸。他以为，在这趟漫长的旅途中，他早已摆脱了恐惧的束缚，不会再被这种情绪困扰了。不管是从中国城站到普希金站，还是从特维尔站到帕维列茨站，哪怕独自一人从帕维列茨站走到多勃雷宁站的时候，他都不曾感到过丝毫恐惧和慌张。可眼下，这感觉卷土重来了。

每前进一步，这种感觉都更加猛烈，更加强大，逼得他想要立即掉头跑回车站，回到微弱的灯光和人群中去。这感觉如影随形：似乎有一对邪恶的眼睛正从身后凝视着他，让他后背发痒。

对于在阿列克谢站那条出站隧道里的强烈感受，他和人们已谈论得太多，因此他不愿再感受了：地铁不仅仅是建于从前的交通体系，不仅仅是核爆炸后的避难所，也不仅仅是成千上万人的居所。它不知被什么人赋予了独特、神秘、无与伦比的生命力,具有了某种意识,这是用常人思维无法理解、不同寻常的意识。这种感觉此刻无比清晰,阿尔乔姆心想,隧道带来的恐惧,不过是这个庞大生命体的敌意,人们把它误当成自己最后的家园,像微生物一样寄居在它的体内。现在它不愿让阿尔乔姆往前走了,想要阻止他抵达自己梦寐以求的终点,达成他心心念念的目标。他每靠近一步,它的阻挠就来得更凶猛一分。

他依然在黑暗中跋涉着,这里伸手不见五指,他仿佛脱离了空间和时间,有一种幻觉,自己的肉体已经不复存在,此刻不是他走在隧道里,而是他思维的灵体飘荡在某个未知的维度里。

由于看不到墙壁正随着自己的走动后移,他感到自己像是在原地踏步,五分钟过去了,十分钟过去了,目标始终是那样遥不可及。没错,他的脚正在踩过一节又一节的枕木,这可以证明他产生了位移。但从另一方面来看,脚踩在每一节枕木上所产生的大脑信号都是如此雷同,像是一个已经记录下的信号在循环往复。这也让他怀疑自己运动的真实性。他真的在向目标靠近吗?这个问题一直折磨着他。他细细地在脑海中勾勒出一幅行走的画面,这似乎是眼下能拯救他的唯一办法。

他晃晃脑袋,想把那些愚蠢、没用又碍事的想法统统赶出去,可这恰恰暴露了自己的软弱,正中它们下怀,于是闹得更欢了。于是,也许是出于对背后那股无形的、充满敌意的邪恶力量的恐惧,也许是想要证明自己的确在不断前进,他使出三倍的力量往前冲去,以至于当他的第六感感知到前方出现障碍物时,险些停不下来。好在他奇迹般地没有一头撞上。

他小心翼翼地伸出手,摸到了冰冷生锈的铁块,包裹着胶条的残破玻璃窗,手感是钢铁的列车轮盘,原来这个神秘物体是一辆地铁列车。车应该是被废弃在这儿的,不过保险起见,他又竖起耳朵听了听,四周什么声音都没有。回想起米哈伊尔·波尔菲里耶维奇的恐怖经历,阿尔乔姆并不打算爬进车厢,只贴着隧道的墙壁,绕过了列车。直到钻出夹缝他才松了口气,继续往前奔跑起来。

在黑暗中奔跑并非易事,好在他的双腿逐渐适应了环境。他一直跑着,直到前方突然出现一团微弱的红色火光。

这真是无法形容的慰藉啊!这意味着,他的确身处现实世界,真实的人类就在自己身边。他们会怎么对待自己已经不重要了。他们是杀人犯或者盗贼,是信教徒还是革命者,都没有关系了。重要的是,他们是和自己一样的血肉之躯。他半秒都不曾怀疑,他们就是自己的避风港,能让自己逃离被这个无形的巨型生物吞噬的命运,可那会不会是自己发狂的大脑制造出来的幻觉?

出现在眼前的这幅奇怪的画面,让他无法断定,自己是否真的回到了现实世界,还是仍在自己的潜意识的缝隙中漫游。

前方就是林地站。只可能是林地站。站里只有一团篝火在燃烧,它是小小的一团,却是站里唯一的光源,因此显得要比帕维列茨站所有的电灯都亮。篝火旁坐着两个人,一个背对阿尔乔姆,另一个正对着他,可两个人谁也没有留意到他,也没有听到他的动静,似乎有一道无形的墙,把他挡在了他们的世界之外。

整个车站被火照亮的部分,堆满了各种各样叫人意想不到的破烂,可以依稀辨别出残破的自行车、汽车轮胎、废旧家具和报废设备。两个人不时从小山一样高的废纸堆里抽出一沓报纸和书,投进火里。火堆正前方的垫子上,摆着尊半身石膏像,边上蜷着一只懒洋洋的猫。除此以外就没有别的活物了。

当中一个人正和另一人不慌不忙地说着什么。待走近些,阿尔乔姆也听到了:"有些有关大学站的流言正传得起劲……不过呢,全是错的,无非是些有关拉缅基区地下城的传闻[1],新瓶装旧酒的东西。那里曾是二号地铁

---

[1] 拉缅基区是莫斯科西部行政区,地处地铁1号线西端,莫斯科大学、麻雀山都在该区。相传,拉缅基地下有一可容纳30万人的巨型堡垒,同时也是苏联最高指挥部的预备指挥中心。

的一部分。当然了，什么话都得留点余地，不能全票否定，那个地方尤其不能。那可是个充满神秘和传奇的王国。不过，其实二号地铁才是最神秘的谜团呢，只不过知道它的人不多罢了。竟然有人相信什么隐形观察者！"

"那里是有什么人。"背对着阿尔乔姆的那人说。与此同时，阿尔乔姆走到了他们跟前。

"有他。"另一个回答。

"你可以来坐一会儿，"背对他的那人对他说，但并没有将脑袋扭向他，"反正眼下你也不能往前走了。"

"为什么？"阿尔乔姆有些不安，"隧道里，是不是有什么人？"

"当然没有，"背对他坐的那人耐心地向他解释，"有谁会往那里面钻啊？我说过了，眼下那里不能过，所以你就坐下吧。"

"谢谢。"阿尔乔姆犹豫着往前迈了一步，坐在了石膏雕像对面。

这两个人都已年过四十，一个头发斑白，戴着方框眼镜，另一个满头金发，身材瘦削，留着短密的络腮胡子。两人都穿着和他们外表并不相称的破旧的短款军棉衣，共用一个水烟壶，头顶上烟雾缭绕。

"你叫什么？"金头发好奇地问。

"阿尔乔姆。"男孩打量着这两个奇怪的家伙，机械地回答。

"他叫阿尔乔姆。"金头发告诉同伴。

"嗯，知道了。"那人应道。

"我是叶甫根尼·德米特里耶维奇，这位是谢尔盖·安德烈耶维奇。"金头发说。

"没必要搞得那么正式吧？"谢尔盖·安德烈耶维奇发出了质疑。

"不，谢廖沙，咱们好不容易活到这把岁数了，也得过过倚老卖老的瘾，"叶甫根尼·德米特里耶维奇反驳道，"这事关身份。"

"嗯，还有呢？"于是，谢尔盖·安德烈耶维奇转而问阿尔乔姆。

这个问题着实问得叫人摸不着头脑，似乎还没开场呢，怎么就要求继续了？阿尔乔姆彻底搞糊涂了。

254

"你只说你叫阿尔乔姆,这等于没说。你应当主动坦白,你住在哪儿,要去哪儿,信仰什么,不信什么,是谁犯的错,打算怎么办。"金头发对同伴的问题给出了权威解答。

"就和那时候一个样,记得吗?"谢尔盖·安德烈耶维奇突然没头没脑地来了一句。

"没——错!"叶甫根尼·德米特里耶维奇放声大笑。

"我住在展览馆站……确切地说,是曾经住那儿。"阿尔乔姆不情愿地开始了回答。

"那话是怎么说的来着……'是谁把靴子扔在控制台上的?'[1]"金头发咧嘴笑道。

"是的,已经没有什么美国了!"谢尔盖·安德烈耶维奇露出得意的微笑,摘下眼镜对着火光检查起来。

阿尔乔姆又一脸狐疑地瞧了瞧他们两个。可他还是留在了篝火旁,或许是还惦记着他们早先的谈话。

"您刚才说的是二号地铁吗?请原谅,我无意中听到了一点。"他坦诚地说。

"你想了解地铁的头号传奇?"谢尔盖·安德烈耶维奇露出一个鼓励的微笑,"具体想了解哪方面的?"

"您提到了某个地下城,还有观察者什么的……"

"嗯,总的说来,当诸神的黄昏[2]来临,邪恶势力占了上风,二号地铁就是国家万神殿里众神最后的庇护所……"叶甫根尼·德米特里耶维奇盯着天花板,吐着烟圈,缓缓地开了口,"据传,在城市公共地铁系统的下面,

---

1 冷战时期的一个笑话:一艘苏联核潜艇和一艘美国核潜艇浮出水面。苏联核潜艇又脏又破、一片混乱,指挥官生气地质问船员:"是谁把靴子扔在控制台上的?"船员们一片沉默。美国指挥官见状说道:"要知道,在我们美国……"苏联指挥官回答说:"行了,已经没有什么美国了!我再问一遍,到底是谁把靴子扔在控制台上的?"

2 诸神的黄昏(Ragnarok),北欧神话中的最终之战。在这场战争中许多重要神祇死亡,一连串巨大劫难发生,世界毁灭并重生。

还有一套为精英们打造的地铁系统。你身处的这一个，是给羔羊准备的，而传说里的那一个，是给牧羊人和牧羊犬准备的。在灾后最初的日子里，这些牧羊人对羔羊的统治还没有失控，他们就在下面发号施令，后来他们实力耗尽，羔羊也全跑散了，仅有一扇大门连通着这两个世界。假如你相信那些传说，这扇门就在将地铁系统一分为二的那条红线——索科利尼基线上，从运动站往后数的某一站上。后来也不知发生了什么，去往二号地铁的入口被永久性地封闭了，住在上层地铁里的人也对那里所发生的一切集体失忆了，从此以后，二号地铁就成了谜一样不真实的存在。不过，"他伸出一根手指强调，"尽管通往二号地铁的入口已经没有了，但这并不意味着地铁本身不存在了。相反，它就在我们周围。它的隧道跟咱们的隧道纠缠在一起，它的那些车站跟咱们的车站也许只有一墙之隔。这两套地铁系统是分不开的，就像一个有机体的血管和淋巴管。有些人相信，那些牧羊人绝不会抛弃自己的羔羊，任其自生自灭，他们说那些人一直在默默守护我们，指引我们，关注着我们的一举一动，不过他们从不现身，也从不暴露自己。这就是那些'隐形观察者'的信徒们的观点了。"

这时，在石膏像边蜷成一团的猫咪忽然抬起脑袋，睁开绿莹莹的大眼睛，出乎意料地以一种通晓人性的眼神望着阿尔乔姆，那是种全然不属于动物的神情。阿尔乔姆一时无法断定，是不是另有其人正透过它的眼睛审视自己。不过猫咪随即吐出粉嫩的尖舌头，打了个哈欠，就又把小脑袋埋进窝里睡去了。刚才的一幕也如幻影般消散了。

"可他们为什么不想被我们发现呢？"阿尔乔姆这才回想起自己的问题。

"有两个原因。第一，是羔羊坏了规矩在先，趁主人虚弱之际脱离了他们的统治；第二，在二号地铁跟咱们的世界彻底隔绝的那段时日里，牧羊人跟咱们各自进化各自的，如今他们不再是人类，而是更高层次的生命体，我们无法了解他们的逻辑，达到他们的思维高度，也不知道他们对咱们的地铁是怎么盘算的，但是他们有能力改变这一切，也能把那个遗失的完美世界还给咱们，因为他们的力量恢复了。不过，由于咱们过去造他们的反,背叛了他们,他们不会掺和咱们的事儿了。尽管这样,他们还是无处不在,咱们的一呼一吸,迈出的每一步,遭受的每一次打击……地铁里发生的一切,他们都一清二楚,只是暂时在观察。只有等我们赎完了自己犯下的大罪,他们才会关切到我们,向我们伸出援手。到那个时候,复兴就开始了。那些'隐形观察者'的信徒们就是这么说的。"他吸了口烟,沉默下来。

"那人们要怎么赎罪呢?"阿尔乔姆问。

"这没人知道,只能问隐形观察者自己了。人们是弄不明白的,因为他们既不懂观察者的逻辑,又没法捕获观察者的想法。"

"那就是说,人们永远都不能向他们赎罪了?"阿尔乔姆疑惑了。

"这让你难过了?"叶甫根尼·德米特里耶维奇耸了耸肩,完美地吐出两个环环相套的大烟圈。

三个人同时陷入沉默。最初的沉默恰如其分,后来渐渐变得突兀起来。阿尔乔姆终于坐不住了,他决心随便说点什么废话,哪怕只是制造一点声响,去打破这尴尬的沉默。

"那么,你们住哪儿?"他问。

"我以前住斯摩棱斯克大道,离地铁站不远,大约五分钟路程。"叶甫根尼·德米特里耶维奇回答。阿尔乔姆吃惊地望着他,心想:住得"离地铁站不远",这叫什么鬼话?难不成,他的意思是住在隧道里面?

"路上要经过好几家肉饼摊,我们有时候会在那里买啤酒,总有妓女在摊边站街,那里有个她们的……呃……大本营。"叶甫根尼·德米特里耶维奇接着说。阿尔乔姆这才听明白,原来他说的是自己很久以前的地上生活。

"是啊……我也住那附近,就住在加里宁大街[1]的一栋高层公寓楼里。"谢尔盖·安德烈耶维奇说,"大概五年前,有人告诉我,他的一个冒险家

---

[1] 现在叫新阿尔巴特大街。

朋友去过了图书之家[1],商店还在,书也都整整齐齐地摆在架子上,你能想象吗?所有高楼大厦都已成了废墟,只剩下一堆水泥墩子,可书店还在。真是奇怪。"

"你们当时的生活是什么样的?"阿尔乔姆好奇地问。

他喜欢向年长的人抛出这个问题,然后看他们暂时抛下一切,津津有味地追忆起当年。他们的目光沉浸在过去,他们的声音由此不同,他们的面容也仿佛年轻了几十岁。阿尔乔姆依照他们的讲述所勾勒出的画面,与浮现在他们脑海中的真实画面,总是相去甚远,但他依然乐此不疲。

"这么说吧,简直是好极了,我们当时……呃……过得很'燃'。"叶甫根尼·德米特里耶维奇深吸一口烟,给出了回答。

很燃?这个金发男人指的是燃烧吗?是该想象点火的画面吗?

谢尔盖·安德烈耶维奇洞察到了阿尔乔姆的困惑,忙解释说:"很'燃'就是很'快活'的意思,日子过得很好。"

"没错,我就是这个意思。日子过得非常'燃'。"叶甫根尼·德米特里耶维奇证实,"当时我有一台绿色的'莫斯科人2141'[2],我的工资全都花在它身上了,装了音响,换了机油,有一次甚至傻乎乎地给它安了个跑车的化油器。"他整个人显然都沉浸在对那个时代的甜蜜回忆中——那个可以轻易得到跑车化油器的时代。他的脸上呈现出满满的憧憬,这是阿尔乔姆百看不厌的表情。只可惜,他的话有很大一部分令阿尔乔姆感到费解。

"阿尔乔姆恐怕连'莫斯科人'都未必知道,更别提什么化油器了。"谢尔盖·安德烈耶维奇打断了同伴的甜蜜回忆。

"还有人不知道这个?"叶甫根尼·德米特里耶维奇气呼呼地扫了阿尔乔姆一眼。

1　莫斯科最著名的书店之一。
2　"莫斯科人2141"于1986年投产,是苏联莫斯科人公司模仿法国的Simca 1307车型外观制造的前轮驱动轿车,在华约国家和西欧国家市场表现抢眼。

阿尔乔姆赶忙将目光聚集在天花板上，做思考状。他主动换了一个话题："那你们为什么要烧了这些书？"

"都读完了。"叶甫根尼·德米特里耶维奇回答。

"书中没有真理！"谢尔盖·安德烈耶维奇分享了自己的见地。

"还是先来问问你吧，你这是穿的什么衣服？难不成，你还是个宗教分子？"叶甫根尼·德米特里耶维奇咄咄逼人。

"不不，当然不是了。"阿尔乔姆赶紧澄清，"不过在我最落魄的时候，那些人曾收留过我，帮过我。"对于自己的落魄，他选择性地一嘴带过。

"没错，这就是他们的惯用伎俩，我清楚得很。他们专挑落单的和穷困潦倒的人下手……呃……或是有类似情况的人。"叶甫根尼·德米特里耶维奇点了点头。

"我还在他们那儿听了一次布道。他们说的东西太邪乎了，我站在那儿只听了一会儿就受不了了。举个例子来说吧，他们说，撒旦的首要罪孽，是它也想要荣光和崇拜……我过去以为它有多么罪大恶极，原来就是嫉妒。难道世界上的一切，就围绕着谁想或谁不想分享荣光这点事儿转吗？就这么简单？"

"这世界可没那么简单。"谢尔盖·安德烈耶维奇边说边从同伴手里接过水烟壶，吸了一会儿又递还给他。

"对此我的看法是，"叶甫根尼·德米特里耶维奇深吸一口烟入肺，露出了满足的微笑。停顿了一会儿，他才接着说，"上帝只钟爱有趣的故事：他先设一个局，然后观察事态走向，要是故事平淡了，就撒上点胡椒粉。所以莎士比亚老头说的没错：世界是一个舞台。只不过可能跟他的本意有所不同。"

他的话本身就足以当成一个有趣的故事，这让阿尔乔姆产生了新的想法："我读过各种各样的书，时常让我感到惊讶的一点是，书里写的跟现实完全对不上。书里的事都是在一条主线上依次发生，故事之间有因有果，一环套一环，不存在偶然事件。可事实完全不是这么回事！现实生活，其实是由无数互无关联的事情组成的，它们随机发生在我们身上，逻辑顺序上不分先后。而书里呢，只要逻辑线一断，故事就该收尾了，总是开头—发展—高峰—结尾。"

"高潮，不是高峰。"谢尔盖·安德烈耶维奇纠正说，他早已听得一脸不耐烦了。

对于阿尔乔姆的高见，叶甫根尼·德米特里耶维奇也没有表现出什么兴趣。他把水烟壶朝自己跟前挪了挪，深吸了一大口。

"好吧，高潮。"阿尔乔姆稍微有点沮丧，"现实中完全不是这么回事，说到逻辑线，第一，它或许是不会断的；第二，即便它断了，人生照样会继续。"

"你的意思是，人生不是演戏？"谢尔盖·安德烈耶维奇替他总结道。

阿尔乔姆想了想，点点头。

"那你相信命运吗？"谢尔盖·安德烈耶维奇偏头打量着阿尔乔姆，叶甫根尼·德米特里耶维奇也把视线从水烟壶上收了回来。

"不信，"阿尔乔姆毫不迟疑地说，"不存在什么命运，人生就是一些偶然事件发生，然后我们做出反应。"

"大错特错……"谢尔盖·安德烈耶维奇失望地叹了口气，略一低头，从镜片上方朝阿尔乔姆投去两道严厉的目光，"现在，我要向你传授一个小小的理论，至于它对你的人生是否适用，就看你自己了。有人说，人生是个空洞的笑话，毫无意义，也没有命运可言，这就意味着，人生是设定好的，是一目了然的，人的命运从出生那一刻起就已注定，是成为一名宇航员，还是芭蕾舞演员，还是在儿时就夭折……但我认为，并非如此。当你活到某个特定时间……该怎么解释呢……或许有个事儿就找上门来，迫使你完成一系列特定的行为，做出一系列特定的决定。在这个过程里，你始终可以自由选择，是这么做还是那么做。不过，一旦那个正确的决定被你选中，这之后发生的事，可就不再是你所谓的'偶然事件'了，而是这个决定连带的必然结果。我指的并不是说，你决定要在红线上一直住到它被那些人占领，那等待你的结果当然就是被困在那里——还有别的后续结果什么的，诸如此类都不包括在内。我所说的，是更微妙的东西。总之，要是你碰巧站在十字路口上，又碰巧做出了恰当的决定，到那时，你面前的路就只剩下一条，而且是必然的一条——当然了，得出这个结论的前提，是你有领悟力，也有思考能力。从此以后，你的人生渐渐不再是一系列偶然事件的叠加，它将变成……一出带剧本的好戏。一切都将沿着数条逻辑线汇集到一点上，但过程不是线性的，而这，就是你的命运了。等你的人生路走出足够远，抵达某个特定阶段，就会相应地有好戏开演，你会经历很多奇异的事情，无论是用纯粹理性主义，还是你的'偶然性理论'，都没法解释它们，它们早就埋伏在你的必经之路上，即将改变你对人生的看法。我觉得，命运不会发生，只会等你迎向它，一旦你人生中所有事件全都汇集到一点，完成了归位，你就会抵达前所未有的高度……最有趣的是，对于即将发生的改变，当事人往往意料不到，要么就是错得离谱，或是试图基于自己的世界观对那些事件进行归纳分析。但命运有它自己的逻辑。"

这个奇特的理论起初在阿尔乔姆看来全是胡扯。然而突然之间，它迫使他换用另一种视角，重新审视他自从答应了猎人以来的全部经历。

他的整个旅程和种种遭遇，此前在他看来，都是徒劳的尝试，无一不以失败告终。但是自始至终，他路途的终点只有一个——波利斯。他千方百计地靠近它，像是铁块被磁石吸引着，他一路被推向它，被牵引向它，不待他考虑自己为什么要这么做，就已经进入了另外一个世界。在他眼中，这是一个复杂巧妙又经过了精心布置的世界。

假如事情果真如谢尔盖·安德烈耶维奇所说，那么，从阿尔乔姆答应猎人的那一刻起，后面发生的这一切：先是组队去里加站，在里加站跟波旁相遇，又陪他上路；然后是被可汗搭救，在完全可以留在苏哈列夫站的情况下，还是选择了继续钻隧道……不过这些都还可以有另外一种解释，毕竟可汗用截然不同的理由解释过自己的行为。但是接下来的事就难以解释了：在特维尔站被法西斯俘虏后，他本该被绞死，国际旅却偏偏在行刑当日发动突袭，硬是让他捡回了一条命。要是早来一天或晚来一天，阿尔乔姆就必死无疑，他的旅途也就中止了。

是真的吗？他想要继续前行的顽强意念，会对未来发生的事产生影响吗？决心、愤怒、绝望，难道这些驱使他迈出下一步的情绪，真能以某种未知的方式，将沿途毫不相关的一堆经历和所遇之人的行为思想，一一有序排列起来，编织成现实？就像谢尔盖·安德烈耶维奇所说的那样，把普通生活变成一出带剧本的好戏？

乍看上去，这种事断然不会发生。可要是再想想……不然的话，还能怎么解释自己跟马克的相遇？正是他为自己提供了唯一进入汉萨的可能。还有最重要的，最最重要的，当他已经认命于当一名公共厕所保洁员时，命运似乎也暂时抛弃了他。可是，当他不假思索地决心逃走时，不可能的事就成了可能——向来尽职守责的警卫竟然脱了岗，甚至后来也没追来。也就是说，当他一时偏离主路，再回来时，为了不耽误他命运的发展走势，他的人生必须直接快进到原剧情的对应情景中，于是他的现实将得到修正，或者说是严重的走样。是这样吗？

要是这样，那就意味着，一旦他放弃了目标，偏离了主路，命运之神马上就会弃他而去，它那护着阿尔乔姆性命的无形盾牌会被摔个粉碎，被它小心翼翼捏在手里的那根阿里阿德涅之线[1]会被扯断。到那时，阿尔乔姆不得不独自面对一个正准备兴师问罪的现实，一个因他的肆意践踏，导致内在法则完全被打破的现实……也许，曾有人试图欺骗命运，可是当不祥的乌云在头顶汇聚，他怎能轻而易举地离开那条路？也许，他只稍微探出一只胳膊，他此后的余生，就变得绝对单调平庸，再也没有不同寻常的、奇妙的、无法解释的事情发生了，因为好戏戛然而止了，主角也被钉

1　出自古希腊神话传说。阿里阿德涅是克里特王米诺斯的女儿，她用一个小线团，帮助雅典王子忒修斯逃出迷宫。

上了十字架……

这是否意味着，阿尔乔姆没有权利也没有机会逃离这条路了？这就是那个叫作命运的东西在作祟？命运，他以前不信，只是因为他没有正确理解自己的遭遇，他不会看沿途的指路牌，还始终天真地以为，那条将他引向遥远地平线的路，会是为他专门铺设的康庄大道。殊不知，这一路上还有无数交缠的岔路，叫人眼花缭乱，一不留神就走上殊途。是这样吗？

不过，假如他走上了正途，假如他的人生严格按照剧本发展，那么剧本就能控制人的意志和理智，让他的敌人个个变成白痴，让他的朋友个个强大，总能及时出场向他提供帮助。剧本也能牢牢掌控现实，能让颠扑不破的概率法则乖乖听话。它仿佛一只无形的手，那些人间法则就是人生棋盘上的棋子，任其改变它们的形状，并在它不断的施压之下，被推动到任意位置……要真的是这样，那个曾让无数人用饱含忧郁的沉默和咬牙切齿的不甘、用"人生有什么意义"当作回答的问题，就再没有存在的必要了。现在，他有勇气向自己承认，并且可以肯定地告诉别人：这世上没有什么上帝的旨意，没有什么高级的智慧，没有任何法则，没有任何公理，这些统统都不需要，因为有思考就有怀疑，不会有人愿意反驳这个思想，它实在太诱人了，只有铁石心肠的人才会放弃它。因此他拒绝任何解释，不管是用他所知道的宗教还是主义。

这一切都只意味着一件事。

"我不能再待下去了。"阿尔乔姆一字一句说完这句话，就站了起来，他感到周身充满了新鲜沸腾的力量，"我不能再待下去了。"他又重复一遍，为的是听清自己的声音，"我该走了，必须走了。"

所有曾驱使他走向这团篝火的恐惧，此时全都已经被遗忘。他一次也没有回头，径直走到月台边，跳下了轨道。他是那么心安理得，那么自信满满，自知终究能把一切都做对，即使偏离了航线，他也仍旧站在他笔直闪亮的命运之路上。

这种情感在他全身蔓延，此刻，脚下的枕木像是在自动向后移动，他感到自己没有耗费半点力气。不一会儿，他就消失在了黑暗之中。

"完美的理论，不是吗？"谢尔盖·安德烈耶维奇深吸了一口烟。

"足以让人信以为真……"叶甫根尼·德米特里耶维奇挠着猫咪的耳后根，埋怨他道。

第十二章
波利斯

最后一条隧道。

只要走完这最后一条隧道,猎人交给阿尔乔姆的那件任务,让他直入险境、历尽磨难的任务,就完成了。只要在这条干燥又安静的隧道里走上两公里,也许三公里,他就到了。此时阿尔乔姆的头脑彻底放空了,就像这条隧道一样,激荡在耳边的几乎只剩下回声。他不再有疑问。再过四十分钟,他就到了。四十分钟,他的旅程即将画上句号。

他甚至顾不上去想,自己正在至暗的环境中行走,两条腿有节奏地向前迈步,枕木再也绊不倒他;他仿佛忘记了自己正身处危险境地:没有证件,没有手电,也没有武器,可谓手无寸铁,身上还裹着一件可疑的长袍,而且对这隧道和它的危险性一无所知。此时的他满怀信念,只要他跟随命运的引领,就没有什么可以威胁到他。先前隧道带给他的似乎摆脱不掉的恐惧感不见了,身体的疲惫和内心的怀疑也不见了。

可是这回声有点不妙。

由于这条隧道太空旷了,前前后后都回响着他的脚步声。脚步声被墙壁反射回来,声音大得惊人,渐渐消减,变为沙沙声,这段反应造成的时间间隔,导致听上去仿佛走路的不止阿尔乔姆一个人。经过时间的发酵,这种感觉越来越强烈,阿尔乔姆恨不能停下来仔细听一听,如果自己的脚步停止了,那个回声还会继续吗?

他作了好一会儿思想斗争,连他自己都没发觉,他的身体就已经先于内心采取了行动。他的脚步越来越慢，越来越轻，他的耳朵仔细倾听着那个回声的动静。最后，阿尔乔姆完全停了下来。他大气都不敢喘，生怕呼吸的噪音让自己错过了远处最细微的响动。他伫立在幽幽的黑暗中，等待着。

一片死寂。

现在，当他止步不前，他突然又丧失了对于空间的真实感的感知。他走动的时候，仿佛能从脚底捕捉到这个现实。当他在幽暗的隧道中间停下来时，他竟一时不知身在何处了。

似乎？

他似乎感觉，当他接着赶路时，一只脚刚刚落在水泥地面上，耳边就已响起了微弱的脚步声。

他的心跳急促起来。不过他很快说服了自己，关注隧道里的风吹草动是件又傻又没有意义的事情。阿尔乔姆坚持了一会儿，试着忽略那个回声，可是，当最新一声回声微弱地响起时，它听起来似乎更近了。他堵上耳朵，继续赶路，但这也只能算是权宜之策。

过了几分钟，他拿开了手，继续往前走。这时他惊恐地听到，自己前方的脚步回声更响了，像是在不断靠近。可他一停下来，前面的回声延迟了两秒钟，也跟着停了下来。

这条隧道在挑战阿尔乔姆和他对恐惧的承受能力。他不会屈服的。他已经走过了太多的隧道，还惧怕什么黑暗和回声？

可那真的是回声吗？

现在可以肯定地说，那个声音正在靠近。阿尔乔姆上一次停下来的时候，那个幽灵般的声音听上去离自己已经只有二十米远了。这个情况真是难解又恐怖。阿尔乔姆抹去脑门上的冷汗，忍不住对着空荡荡的隧道放声大喊：

"有人吗——？"

这句话的回声近得令人恐怖，阿尔乔姆都认不出自己的声音了。雷鸣般的回声互相追逐着，涌进隧道深处，渐渐变得支离破碎："有人吗……人吗……吗……"无人应答。突然,一桩不可思议的事情发生了。

回声竟然传了回来,也是重复着他的问题,却成了"吗……人吗……有人吗……",并且越来越响亮,像是三十步开外的地方,有人正用恐怖的声音一遍遍重复着他的问题。

阿尔乔姆害怕了。他转身就往回走,起初还试着尽量慢慢走,后来就完全对内心的恐惧缴械投降,跌跌撞撞地跑了起来。可是跑了好一会儿他才意识到,那个脚步声依然若即若离地跟自己保持着二十米的距离。看来这个看不见的追随者是不想放过自己了。阿尔乔姆直跑得气喘吁吁,也没拉开和那个声音的距离。最后,他在一个隧道的岔路口撞到了墙上。

那个回声立刻消失了。又过了五分钟,阿尔乔姆才从惊吓中回过神来,他站起身,试探着往前走了一步,是去波利斯的方向无疑了。可是自己每走一步,那个用鞋底在水泥地上摩擦出的沙沙声就朝自己逼近一点。这个发现让他惊出一身冷汗。眼下,只有沸腾的血液敲击耳膜的声音,才能掩盖一下那个不祥的声音。每一次阿尔乔姆停下来,定格在黑暗中,那个追随者就会跟着停下。阿尔乔姆现在可以肯定,那个声音根本不是回声。

就这么走了一会儿,那个脚步声分明已来到跟前,距离他仅一臂之遥。于是,阿尔乔姆大叫着,胡乱挥舞着拳头,朝他认定的那个方向扑了过去。

两只拳头呼啸着划过一团虚空。没人接招。他徒劳地击打着空气,兀自高喊着,躲闪着,两手比划着,想要揪出那个隐藏在黑暗中的敌人。他扑了空,那里什么人都没有。但是当他喘过气来,朝波利斯刚刚迈出第一步,那个沉重的脚步声也回来了,这次竟已近在眼前。他又挥动手臂,结果又扑了个空。阿尔乔姆感到自己快要被逼疯了。他把眼睛瞪得生疼,想要发现点什么,他的耳朵也在竭力捕捉那人靠近时的呼吸。但真的什么人都没有。

他一动不动地站了好一会儿,想通了一点:这桩蹊跷事不管该如何解释,至少并没有什么危险,很可能是某种声学现象。"等回家以后,倒是可以问问养父。"他自言自语道。然而刚要抬腿往波利斯走,耳边冷不丁地传来一声低语：

"等等。你现在不能去那儿。"

"是谁？谁在这儿？"阿尔乔姆喘着粗气，大喊一声，但是没有人回答。四周又被无尽的空虚笼罩了。他用手背擦掉额头上的汗水，继续向着博罗维茨基站跑去。

追随者那幽灵般的脚步声完美应和着他的步伐，与他相背而行，渐行渐远，最终消失得无影无踪。直到这时，阿尔乔姆才停了下来。他不知道也无法知道，那究竟是什么，朋友们从没向他提到过类似的事，养父也不曾在夜里的篝火边讲过这种故事。但是，不管那个在他耳边轻声要他停下来等一等的人是谁，阿尔乔姆已经不怕他了。眼下，当他有时间去思考刚刚发生的事情，忽然觉得这个提议听上去竟带有莫名的信服力。

在接下来的二十分钟里，他坐在铁轨上，像个醉鬼似的左摇右摆，不住地发抖。他一边努力克制着这种情绪，一边回想着那个非人的怪声让他"等一等"。直到身子不再发抖，头脑中恐怖的沙沙声终于融入隧道安静的氛围中，他才继续上路。

剩下的这段路程，他一心埋头赶路，努力什么都不去想。除偶尔被地上的电缆绊倒外，再也没有别的可怕的事情发生。由于时间会在黑暗中拖长变慢，他也不知道究竟过了多久，但感觉中似乎并没有用太多的时间，就看到了隧道尽头的光亮。

博罗维茨基站到了。

波利斯，到了。

与此同时，只听车站里传来一声粗鲁的咒骂声，紧接着枪声骤响。阿尔乔姆退闪到墙边，找了个凹处藏身。一阵阵呻吟声，夹杂着咒骂声从远处传来，紧接着又是一阵冲锋枪扫射，经过隧道的扩音，枪声格外刺耳。

"等等。你现在不能去那儿……"

足足过了有一刻钟，等到一切都归于平静，阿尔乔姆才壮起胆子，从藏身处走出来。他将两手高高举起，缓慢地朝光亮处走去。

前面真的就是站台入口了。显然是仗着波利斯的不可侵犯，博罗维茨基站连巡逻岗哨都没有。走出圆拱形的隧道出口五米远，就是进站检查点的混凝土隔间，那里有一些身穿绿色制服，头戴军帽的边防士兵，和一具倒在血泊中的尸体。当阿尔乔姆走进这些边防兵的视野时，他们命令他走过去，脸贴墙站好。看到地上死尸的惨状，他立刻乖乖照做。

他被迅速搜过了身，交代了护照的情况，然后被反拧着胳膊，带进了站。光，就是那样的光。故事里说的是真的，都是真的，那些传奇故事没有说谎。光线是那样明亮，阿尔乔姆不得不眯起眼睛，好不让它们瞎掉。可光芒竟能穿过眼皮照进他的瞳孔，他的眼睛被刺得生疼，直到边防士兵用一块布条蒙住了他的眼睛，才恢复正常。看来，要想回到那种生活，回到从前人们的地上生活，其痛苦将超出阿尔乔姆的想象。

当蒙住眼的布条被摘下时，阿尔乔姆已经身处一间警卫室了。它小小一间，地上的瓷砖都已有了裂纹，一张漆成了黄褐色的木桌，就是个普普通通的办公间。屋子里很暗，只有一根蜡烛，在桌上的铝盘中独自散发出微光。

卫队长是个大腹便便的男人，身穿绿军衣，袖子挽起，领带松散，脸也没刮。他拿手指接住一滴蜡油，一边观察着它的冷却，一边打量着阿尔乔姆，就这么过了许久，才开口问他："你从哪里来？护照在哪？那只眼怎么了？"

阿尔乔姆觉得自己没必要撒谎，于是一五一十做了交代，护照留在了法西斯分子手上，那只眼也差点在那里没保住。出人意料地，卫队长接受了他的回答，并且露出了赏识的表情。

"我们知道，是那么回事。你瞧，我们北上的隧道正好能到契诃夫站。我们在那里建起了一座完整的要塞。虽然没有开战，但已经有不少伙伴建议我们保持警惕。正如格言所说，Si vis pacem, para bellum[1]。"他向阿

---

[1] 古罗马军事著作家韦格蒂乌斯的名言：如果你想要和平，那么就准备战争。

尔乔姆使了个眼色。

　　阿尔乔姆听不懂他最后的那句格言，但他宁可不问。这时，卫队长臂弯上的文身吸引了他的注意力。那是一只因辐射而扭曲的鸟，有两个脑袋，伸展的翅膀，钩形的喙。这只鸟让他依稀想起了什么，是什么呢？他想不起来。接着，当卫队长转向一名士兵的时候，他在他左太阳穴处又看到了相同的微缩图案。

　　"你到我们这来有什么事？"卫队长又问。

　　"我在找一个人……他叫'梅尔尼克'，应该是个代号。我有一个重要消息要告诉他。"

　　卫队长突然脸色大变。他那漫不经心的和蔼笑容从嘴唇上消失了，摇曳的烛光映亮了他眼中满满的惊讶。

　　"我可以代为转告。"

　　阿尔乔姆摇了摇头。他一边道歉，一边向他解释："请您理解一下吧，我真的办不到，这个秘密是严格保密的，除了这个'梅尔尼克'本人，我谁也不能说。"

　　卫队长又上下打量了他一番，冲士兵打了个手势。一部黑色的塑料电话机被抱了出来，电话线打理得整整齐齐。卫队长用手指在电话盘上拨了一个号，对着话筒说："我是南部岗哨的伊瓦绍夫。我找梅利尼科夫上校。"

　　就在卫队长等待对方回应的时候，阿尔乔姆留意到，屋子里那两名士兵的太阳穴上，也有小鸟文身。

　　"怎么介绍你？"卫队长用脸颊和肩膀夹着听筒，问阿尔乔姆。

　　"就说，是猎人派来的，有要事。"

　　卫队长点点头，又对着话筒和转接到另一条线上的接话员说了些什么，谈话才告一段落。

　　"他在阿尔巴特站，在站长那里。明早九点以后有空。"说完，他冲正要往门外退的士兵挥了挥手，又对阿尔乔姆说，"等一下……想必你是位贵客，又是初来乍到，拿上这个，但是要记得还！"他递给阿尔乔姆一副褪了色的金属边墨镜。

要等到明天？阿尔乔姆感到深深的失望和委屈。为了来到这里，他不顾自己和他人的生命安危，就换来这个结果？为了及时赶到，即使筋疲力尽，他依然逼迫自己不能停下脚步，就换来这个结果？这算哪门子的紧急要事呢？这个该死的"梅尔尼克"，明明已经把情况都跟他说了，可他还是没空搭理自己？还是说，自己来迟了，他已经都知道了？或许，"梅尔尼克"已经知道了阿尔乔姆不知道的事？或许，是自己迟到得太久，整个任务已经失去了意义？……

"要等到明天？"他忍不住了。

"上校今天有任务，明天一早就赶回来。"伊瓦绍夫解释，"走吧，先去歇一歇。"说完，他把阿尔乔姆送出了门。

阿尔乔姆虽已冷静下来，可还是一肚子不高兴。他戴上墨镜，自我感觉很不错，这下眼底的淤青没人看见了，镜片上有划痕，使得画面有些轻微变形。他谢过卫队士兵后就往站台上走，此时突然意识到，没有墨镜他压根寸步难行。对他来说，这里的灯光过于强烈了，让人睁不开眼。并且这么想的不仅他一个人，车站里有不少人都戴着墨镜。应该也是外来的吧，他心想。

看到这一整个被照得灯火通明的地铁站，对他来说是种奇怪的体验。这里完全找不到影子。不论是展览馆站，还是他到过的其他大小车站，光源都很少，无法照亮视野里的全部空间，于是，在光线抵达不了的地方，就给阴影留下了可乘之机。每个人都拖着好几条影子，烛光下的那条，模糊又暗淡；应急灯下的那条，血红血红的；还有电灯下的一条，是边缘清晰的黑影。人们自己和自己的影子，自己和别人的影子相互交织，有时候在地上抻出好几米长，看上去怪吓人的，而且具有欺骗性，勾起人的猜测和联想。可在波利斯，残酷的日光灯让一切影子遁形。

阿尔乔姆用惊叹的眼神打量着博罗维茨基站，他看呆了。这个车站保存得异常完美。不论是大理石墙面还是雪白的天花板上，都找不到一丝烟熏的痕迹,车站被打扫得一尘不染。在月台尽头,有一名身穿蓝色工作服的女工,正俯身在一块年久锈蚀的青铜浮雕上方,用海绵块和清洗液精心擦拭着。

车站里宽厚的拱廊都被改造成了居所。月台两侧各保留了一个拱廊,作为进出轨道的门洞;其余的,都用砖块从两边垒起来,打造成了名副其实的公寓单间。每个单间都留了门和窗,有一些甚至还安装了真正的木门和玻璃窗。从一个单间里传出了音乐声。有几户门前还铺了地垫,供人入室前先擦净鞋底——阿尔乔姆还是头一回见这种东西。这里的居所是多么温馨、多么舒适啊,此情此景,令阿尔乔姆的心揪得紧紧的,眼前突然闪现过一幅童年画面。但是最叫人感到惊讶的,是沿月台两侧墙面而立的无数整整齐齐的书架。这些书架占据了每个公寓单间之间的空间,让整个车站看起来妙极了,充满了复古感,令阿尔乔姆想起作家博尔赫斯笔下的巴别塔图书馆[1]。

自动扶梯位于大厅的另一头——前往阿尔巴特站的通道就从那里开始。隔离门是敞开的,过道边设有一个小小的检查站。不过,守卫任凭人们自由进出,连证件都不检查。

而在大厅的另一头,就在青铜浮雕边上,驻扎着一个真正的军营。那里支起了许多绿色军用帐篷,帐篷上的标识,很像是边防士兵太阳穴上文的双头鸟。一辆拖车停在那里,车上载了些不知什么武器,从罩布下面只露出一根长长的枪管和它呈喇叭形的枪口。边上站着两名穿深绿色制服配防弹衣并且带头盔的执勤士兵。军营把空悬在轨道上方的过道台阶整个包围了起来。直到看到亮着的指示牌上显示那里"通往地面",阿尔乔姆才明白这里如此戒备森严的原因。另有一处楼梯也通往地面,已经被一堵巨大的水泥墙截断了去路。

---

[1] 作家博尔赫斯在他的《巴别塔图书馆》中虚构了一个由无数图书、书架构成的宇宙,或者说图书馆。在他心目中,"天堂应该是图书馆的模样"。

站台中央摆着几张笨重的木桌,桌边几个身穿厚布灰袍子的人正聊得火热。走到跟前他才吃惊地发现,他们的太阳穴上也有文身,不过不是那只鸟,而是一本打开的书,背景是几条类似廊柱的直线。被阿尔乔姆盯得太久,其中一个面带礼貌的微笑,问他:"你不是本地的吧? 第一次来?"

一听到"不是本地的",阿尔乔姆不由哆嗦了一下。他定了定神,点点头。问话的人比他大不了多少,他站起来,从宽大的袖口里抽出手,握了握阿尔乔姆的手。这时阿尔乔姆发现,他们的个头也相仿,只不过对方更壮实些。

阿尔乔姆的这名新朋友叫作丹尼尔。他并不急着介绍自己,看得出,他想先跟阿尔乔姆聊点自己感兴趣的,像是波利斯外面正发生什么,环线上有什么新闻,以及法西斯和红线上的传闻……

半小时后,他们已经坐在了丹尼尔局促的家中——属于最窄小的拱门"公寓"当中的一间,喝上了很可能是从展览馆站辗转至此的热茶。房间里,有一张堆满了书的桌子,一排直达天花板的铁隔板架,上面摆满了大部头的书,此外还有一张床。天花板上吊着一只四十瓦的小灯泡,并不明亮的灯光恰到好处地打在一幅画上,那是一座恢宏的古老宫殿,阿尔乔姆过了好久才想起来,那正是矗立在波利斯地表之上的列宁图书馆。

等到主人的问题都问完了,就轮到阿尔乔姆了。

"为什么你们这里一半的人脑袋上都有文身?"他好奇地问。

"怎么,难道你对种姓一无所知?"丹尼尔吃惊地说,"也没听说过波利斯议会?"

阿尔乔姆猛地想起,曾有人(他怎么会忘记呢? 就是那位被法西斯杀害的老人米哈伊尔·波尔菲里耶维奇)告诉过他,波利斯被军人和图书管理员分权把持着,因为它的上面既有曾经的列宁图书馆,还有某个跟军事有关的组织的大楼。

"听说过!"他点点头,"军人和图书管理员。这么说,你是个图书管理员喽?"

丹尼尔望着他的眼神变得惊慌失措，他脸色煞白，不住地咳嗽。他好不容易才平静下来，压低声音说："哪还有什么图书管理员？你见过一个活的图书管理员没有？最好不要见到！图书管理员都在上面坐着呢……你看到我们戒备有多森严了吧？别把这些事情当儿戏。我可不是图书管理员，我是个图书保管员，他们也管我们叫婆罗门[1]。"

"怎么有这么奇怪的称呼？"阿尔乔姆挑起了眉毛。

"要知道，我们这里是有种姓制度的，跟古印度一样，也就是卡斯特体系……类似阶层吧……那帮红线的人没跟你解释过？没关系。婆罗门是祭司种姓，是知识的保管者，包括所有收集并管理书籍的人。"他解释道，可阿尔乔姆却始终对他故意回避"图书管理员"这个词感到惊讶。

"还有战士种姓，负责守护和防御，跟印度非常相似。另外还有商人种姓和用人种姓。他们有的我们都有，并且我们也按印度的叫法称呼自己：祭司是婆罗门，战士是刹帝利，商人是吠舍，用人是首陀罗。种姓一旦确定就会跟着你一辈子。加入时要举行特别的仪式，尤其是刹帝利和婆罗门。在印度，种姓是由血统决定的，世代相传。不过在我们这儿，是你年满十八岁时的个人选择。在我们博罗维茨基站，婆罗门是最多的，几乎个个都是。学校、图书馆和宿舍，都在我们站里。至于图书馆站，自从移交给红线以后，它有另外一套制度，如今是他们的必保之地。我们用这个站换来了亚历山大公园站。再就是阿尔巴特站，那里是总参谋部，所以几乎都是刹帝利。"

又一个拗口的古印度词汇。阿尔乔姆重重地叹了口气，他一次可记不住这么多高深的头衔。可丹尼尔一点都没留意到，还在滔滔不绝地讲着："这个很好理解，能进入议会的种姓只有两个：刹帝利和我们。但其实我们私下里管他们叫'当兵的'。"他冲阿尔乔姆眨眨眼。

---

[1] 印度种姓制度将人分为四个等级，即婆罗门、刹帝利、吠舍、首陀罗。第一等级婆罗门主要是僧侣贵族，拥有解释宗教经典和祭神的特权以及享受奉献的权利。

"那他们为什么要在身上文两只头的鸟？"阿尔乔姆想到了这个,"至少你们文的还是书,书好理解,可鸟是什么意思？"

"那是他们的图腾,"婆罗门丹尼尔耸了耸肩,"我猜是从前能让军人免遭辐射的保护神。那应该是头鹰。他们总爱相信自己奇奇怪怪的那套东西。总的说来,我们不同种姓间的关系算不上特别好,过去还起过冲突。"

透过窗帘可以看到,站里的灯光已经暗淡下来。看来这里已到了夜晚,阿尔乔姆打算告辞。

"你们这儿有能过夜的旅馆吗？我约了明早九点在阿尔巴特站见个人,今晚没地方住。"

"你要是愿意,就在我这里过夜吧。"丹尼尔两手一摊,"我习惯睡地上,眼下正好也该做晚饭了。留下吧,再和我说说你路上的见闻。要知道,我还从没离开过这里呢。我们图书保管员遵照遗训,不得离开车站半步。"

阿尔乔姆想了想,点点头。房间里舒适又暖和,况且阿尔乔姆从一开始就对房间主人很有好感。他们有某个相同之处。一刻钟后,他已经撸起袖子洗起了蘑菇,丹尼尔则忙着切肉片。

一个钟头以后,两人吃上了肉片炒蘑菇。

"你亲眼见过那个图书馆吗？"阿尔乔姆边从军用铝碗里夹菜,边口齿不清地说。

"你指大图书馆？"婆罗门严谨地确认。

"就是上面的那个……它还在那里吗？"阿尔乔姆用叉子指了指头顶。

"大图书馆那儿,只有我们的长老能上去。除他们外,就只有为婆罗门做事的潜行者能去了。"丹尼尔回答。

"是他们把书带下来的吗？从图书馆里？我是指,从大图书馆里？"见主人又皱起了眉,阿尔乔姆赶忙纠正自己。

"是他们,但他们也是奉长老的命令办事。我们自己做不了这件事,所以才差遣他们来做。"婆罗门不情愿地解释,"按照遗训,这本是我们的分内事:保管知识,传授给有求之人。不过,要想传授知识,就必须先获取知识。可我们谁敢去那种地方呢？"他叹口气，抬眼望着上空。

"是辐射的缘故吗？"阿尔乔姆点点头，表示理解。

"也有这个原因，但主要还是因为图书管理员——"丹尼尔压低了声音。

"可你们不就是图书管理员吗？或者这么说，你们不就是图书管理员的后代吗？我听过这种说法。"

"咱们还是先好好吃饭吧。反正我不爱说这些事，总会有别人告诉你的。"

晚饭后，丹尼尔开始收拾桌子。他略想了一秒钟，把墙上一部分书往边上挪了挪，露出后面的一个暗洞。只见里面摆着个大肚瓶的家酿酒，晶莹的瓶身微微闪光，还有几只棱形酒杯。

酒过三巡。阿尔乔姆兴奋地望着满墙的书架，最先打破了沉默。

"瞧啊，你的书可真多，恐怕我们展览馆站整个图书馆的书，也比不上这儿的书多。那里的书早就被我读了个遍。我们站里很少能遇到好书，养父有时会带回几本还能读的。那些小商贩总是卖一些垃圾的侦探小说，一半都看不懂。这也是我梦想来波利斯的一个原因：大图书馆。我真的无法想象，那上面究竟有多少书，才需要造这么庞大的一个建筑。"他指着桌边的那幅画说。

两人已经喝得眼睛直放光。听到阿尔乔姆的恭维，丹尼尔得意扬扬，俯身靠近阿尔乔姆，十分肯定地对他说："这些书统统不值一提。大图书馆可不是为它们造的，那里保存的也不是这种书。"

阿尔乔姆吃惊地望着他。婆罗门刚要开口继续，突然跳下椅子走到门边，把门拉开一道缝听了听，然后又轻轻关上门，回到椅子上。他凑到阿尔乔姆耳边，悄悄对他说："整个大图书馆是为了一本独一无二的书建造的。这本书被单独藏了起来。其他书都是为它打掩护用的。事实上，人们在找它，可它被严密保护着。"

阿尔乔姆不由一个激灵，也压低了声音："这是本什么书？"

"是本古老的典籍。描金的语句镂刻于墨色纸张上，将一切历史记录在案……直到最后。"

"为什么要找它?"阿尔乔姆小声问。

"这还用问?"婆罗门摇头晃脑地说,"直到最后,就是直到最后的结局。而距离这个结局,我们还有好长一段路要走……那么,谁事先知道了这个结局,谁就……"

这时,窗外突然闪过一个半透明的黑影。虽然一直死盯着丹尼尔的眼睛,阿尔乔姆还是注意到了,他冲丹尼尔使了个眼色,故事便就此打住。丹尼尔一跃而起,扑向门边,阿尔乔姆也紧随其后。

月台上不见人影,只有远去的脚步声,从通道里传了过来。可扶梯两侧的守卫依然趴在桌上呼呼大睡。

回到房间以后,阿尔乔姆还等着婆罗门接着讲故事,可他已经酒醒了,只沉重地摇了摇头。

"我们不允许讨论这些,"他回绝道,"泄密者是会遭到议会惩罚的。是我喝多了,说漏了嘴,"他懊恼地皱起眉头,"千万别告诉任何人你听过这件事。要是有人听到你知道那本书的存在,你就会大祸临头,我也要跟着你一起遭殃。"

阿尔乔姆这才明白,为什么在告诉他那本书的事情时,婆罗门的手心一直冒汗。可他又联想到了一件事。

"这种书应该没几本吧?"阿尔乔姆稳住心绪,问。

丹尼尔警惕地望着他的眼睛。

"你是什么意思?"

"可怕的真相,就隐藏在古老的经卷中,里面描金的语句,镌刻于墨色纸张上,永不朽去[1]。"他念道,眼前浮现出波旁在黑暗中吐出这些陌生晦涩的字句时那张面无表情的脸。

婆罗门顿时目瞪口呆:"你怎么知道的?"

"我是从一本启示录里看到的。这书又不止一本……别的书里是怎么

---

[1] 见本书第五章。

写的呢？"阿尔乔姆着迷地盯着大图书馆的画作，问道。

"就只剩下这一本了。曾经一共有三本，"丹尼尔终于开了口，"分别记录了过去、现在和未来。记录过去和现在的那两本早在几个世纪前就不复存在了。只剩下这最后一本，也是最重要的一本。"

"它在什么地方？"

"就在主档案室。那里面有超过四千万本藏书，它就在其中。而且，它从外观上完全看不出来，就是本普普通通的硬皮书。要想认出这本书，必须翻开书页去找——据说，这本书的书页是纯黑的。可要想一一翻找完主档案室里所有的书，不休不眠也得要花七十年时间。可人们能待在那里的时间超不过一天，而且根本不会有时间让你心平气和地站在那儿，一本本地去翻看。好了，这个话题到此为止。"

他在地上铺好床铺，又在桌上点燃一支蜡烛，熄了灯。阿尔乔姆不情愿地躺了下来，不知为什么，他一点睡意都没有，尽管已经记不得上一次休息是猴年马月了。

"我想知道，上去到图书馆的路上，能看到克里姆林宫吗？"他不带希望地问了一句，因为丹尼尔已经入睡了。

"当然看得到。不过不能看它，会被吸进去。"他含糊地小声说道。

"怎么个'被吸进去'？"

丹尼尔支起一条胳膊，昏黄的光线映亮了他满是愠色的脸。

"那些潜行者说，上去的时候，不能看克里姆林宫，尤其不能看那些塔尖上的星星。你只要看一眼，眼睛就挪不开了。要是还盯着看，就会被吸过去，那里所有大门都是敞开的。所以去大图书馆的时候，潜行者从来不独往，倘若有人一不小心看了眼克里姆林宫，另一个人就得马上帮他回过神来。"

"克里姆林宫里面有什么？"阿尔乔姆咽了口唾沫，轻声问。

"没人知道，因为所有人都是有去无回。书架上有本书，写的是星星和纳粹标志的一些趣闻，里面就提到了克里姆林宫塔尖上的星星。你要是感兴趣可以读一读。"他起身从书架上取下那本书，翻到那一页递给阿尔乔姆，然后又钻进被窝。

丹尼尔不一会儿就睡着了，阿尔乔姆把蜡烛挪到身边，读了起来：

……无数受召唤的恶魔镇守着苏联的全部：孩童和成人，楼房和设施。恶魔领主们则被安顿在克里姆林宫众多尖塔之上的巨型五角星内，为了他们日益增长的势力而自愿过起了被幽禁的生活。正是以此地为发端，无形的力量蔓延笼罩起了整个国家，使其免遭混乱和崩溃，并让百姓顺服于克里姆林宫当权者的意志。从某种意义上来说，整个国家已变为一颗巨大五角星，其疆界则形成了这颗巨星的结界。

阿尔乔姆放下书，四下里看了看。蜡烛已经燃至一半，冒起一缕黑烟。丹尼尔面朝墙壁，睡得正香。阿尔乔姆伸个懒腰，继续看下去：

同纳粹德国的战争，是苏维埃政权面临的一场决定性考验。借同样古老而强大的神秘力量的庇护，全副武装的日耳曼人得以在千年内第二次深入我国腹地。此次他们出征旗帜上的标志，代表着太阳、光明和繁荣的反转。直到战争胜利五十年后的今天，不论是在博物馆全景图上，在电视屏幕上，还是被淘气的学生画在作业本上的画作里，随处可见苏德坦克对垒的图案，一辆坦克绘着星星，另一辆绘着纳粹标志。

烛光跳了两下，熄灭了。该去睡了。

倘若你转过身去，背对纪念雕像，透过半毁的房屋之间的那道缝隙，就能看见一小片高墙和无数塔尖的轮廓。但你不能转身去看，原因你很清楚。况且，台阶上面的那些门也必须守好，这是因为，假如出现意外情况，你就必须第一时间拉响警报，要是傻愣着可就完蛋了，你完蛋了，其他人也跟着完蛋了。

所以，阿尔乔姆强忍住转身的念头，只是站在原地，细细打量着眼前的雕像。雕像底座已长满青苔，这是位单手托腮倚坐着的老人，他的面容深沉，一些黏稠的东西从他青铜雕刻的眼睛里慢慢流出，滴落到胸前，就像是他在哭泣似的。

总不能一直看着这尊雕像吧。于是，阿尔乔姆开始绕着雕像转圈，眼睛却一眨不眨地盯着那门口。一切都很平静，四周安静极了，只有风在残垣断壁间穿梭，带起轻微响动。那支小分队已经离开很久了，他们没有带他，而是命令他留在这里警戒，万一出现什么情况，就赶紧去给下面的车站预报。

时间过得可真慢。他一圈圈地绕着纪念碑，数着脚下的步子：一，二，三……

当他数到五百的时候，伴随着一声吼叫，身后突然响起脚掌落地的声音，正是从那个不能去看的方向传过来的。有个东西落在了身边，随时可以朝他扑过来。阿尔乔姆竖起耳朵，一动不动，然后飞快地卧倒在地，身体紧贴石碑底座，端起了冲锋枪。

阿尔乔姆听到了属于动物的沙哑呼吸。很明显，那个东西现在已经近在咫尺，就在纪念碑的另一头。它在移动，正绕过纪念碑向他靠近。他努力控制住两手的颤抖，端好枪，将瞄准镜对准了那个东西即将出现的位置。

孰料，呼吸声和走动声竟掉转方向往远处去了。阿尔乔姆从雕像后面探出身，想趁机对着那个神秘敌人的后背来上一枪，可他突然忘记了敌人，忘记了其他一切。

即便是隔了这么远的距离，在他眼中，克里姆林宫塔楼上的五角星却依然清晰可见。在被云层遮挡的昏暗月光下，塔楼本身已成为一个模糊的轮廓，但塔尖的那颗星却分外明亮，足以吸引世间所有目光。它一直在闪耀。阿尔乔姆无法相信自己的眼睛，掏出了望远镜。

那颗星的确在闪耀。它迸发出万丈绚丽的红光，照亮了方圆数米以内的空间。细看之下，阿尔乔姆发现，那星光很不寻常，在这颗硕大的红宝石内部，仿佛有一团风暴在流动、翻滚、燃烧，那星光就是因它而来。这世上怎会有这般绝美的景色？又怎能让距离限制住自己的视线？不行，得再靠近一点瞧瞧。

阿尔乔姆把枪扯到背后，跑下台阶，跳到了龟裂的柏油路上。他找到一个街角，从这里能看到克里姆林宫一整面的宫墙……以及，塔楼。每一座塔楼上都有一颗红星在闪耀。阿尔乔姆激动得快要喘不过气来了，他又端起了望远镜：群星的星光依然汹涌，真想就这么一直看下去。

阿尔乔姆把目光聚集到最近的那颗五角星上，端详着它变幻莫测的美丽星光，突然之间，他看出了五角星表面之下，那些不断运动着的东西的轮廓。

要想看清它们奇怪的轮廓，必须再靠近些。阿尔乔姆忘记了所有危险，他走到一块开阔的空地上，收起望远镜，努力想要弄明白自己看到的事情。

恶魔领主。他终于想起来了，正是受了领主们的召唤，恶魔大军才会镇守此地。这个国家，这个世界都已经分崩离析了，可克里姆林宫塔尖上的五角星，却依然保持着原状，同恶魔订下契约的人已经消失，如今已没有人能归还它们自由……没有人了吗？不是有他吗？

"得找到那扇门。"他心想，"得找到那个入口。"

"快起床，一会儿该出发了！"丹尼尔推醒了他。

阿尔乔姆打了个哈欠，揉了揉眼睛。刚才的梦转眼就消散了，他只记得自己做了个无比有趣的梦，但梦里的情景他已经记不起来了。窗外已经大亮，可以听到清扫女工一边打扫车站，一边嬉戏对骂的声音。

他戴上墨镜，接过主人从背后递来的一块不干不净的毛巾，准备出门洗漱。洗手间位于青铜浮雕这一头，人已经排成了长队。阿尔乔姆排着队，打着哈欠，努力想要回忆起梦里的哪怕一个画面。

不知什么原因，队伍突然不动了，人们都在大声议论着什么。阿尔乔姆朝四下里张望，想弄明白发生了什么。所有人的眼睛都盯着那道上了锁的铁门。现在铁门打开了，门里站着一个高大的男人。一看到这个人，阿尔乔姆也把排队的事情给忘了个一干二净。

潜行者。

这个人能满足自己对于潜行者所有的想象。从养父的讲述中，从小商贩的道听途说里，他已经无数次想象过他们的模样。这人身上的防护服已经花了，有的地方已经烧焦。他穿着又长又沉的防弹背心，宽阔的肩膀上，一挺笨重的轻机枪轻巧地搭在他的右肩，左肩则斜挎着一整挂油光锃亮的子弹。裤腿胡乱塞进马丁靴里，背着一只硕大的油布包。

潜行者脱下全罩式特种兵头盔，摘掉橡胶防毒面具，露出他憋得通红、满是汗水的脸，跟哨所指挥官交流着什么。他已经不年轻了，阿尔乔姆看到了他脸颊和下巴上的白胡髭，和他黑色短发里夹杂的银发。然而，这个男人浑身都散发着力量和自信，他整个人显得坚定而从容，仿佛时刻做好了迎接危险、应对危险的准备，即便身处这个安静祥和的车站里也不例外。

眼下只剩阿尔乔姆一个还在痴痴地望着那名来客。队伍里的其他人开始催他往前走，后来就直接绕到他前面去了。

"阿尔乔姆！你在那里磨蹭什么呢？快要迟到了！"丹尼尔走了过来。

听到他的名字，那名潜行者转向阿尔乔姆，打量了他一会儿，突然大步流星朝他走了过来。

"莫非你来自展览馆站？"他用低沉洪亮的声音问。

阿尔乔姆默默地点了点头，两条腿却激动得直打哆嗦。

"要找'梅尔尼克'的人是你吗？"他又问。

阿尔乔姆又点点头。

"我就是梅尔尼克。你有话带给我？"潜行者盯着阿尔乔姆的眼睛。

阿尔乔姆忙从脖子里摘下弹壳吊坠。他已经把这枚吊坠当成了自己的护身符，把它递给潜行者时，他的心情甚至有点酸楚。

潜行者褪下皮手套，拧开弹壳，小心翼翼地从里面取出某样东西，放在手掌上。一张小小的纸条。一个留言。

"跟我来吧。很抱歉，昨晚没法见你，接到电话的时候，我们已经在上去的途中了。"

匆匆谢过丹尼尔并同他道别后，阿尔乔姆紧紧跟在梅尔尼克后面，步入通往阿尔巴特站的换乘电梯。

"有猎人的消息吗？"他怯生生地问，两腿拼命跟上潜行者的步伐。

"什么都没听说。我很担心，恐怕现在得向你们的黑暗族打听他的消息了。"梅尔尼克用余光望着身后的阿尔乔姆，"不过，关于展览馆站的消息倒是有很多。"

阿尔乔姆感到自己的心开始狂跳。

"什么消息？"他努力想要掩饰自己的慌乱。

"没什么好消息，"潜行者冷冷地说，"黑暗族又发起了进攻。一个星期以前，有过一场恶战，死了五个人。黑暗族那边的数量似乎还在不断增多。你们站的人开始逃命了。据说，是受不了那种恐惧。所以猎人是对的，他曾告诉过我，你们那里隐藏着某种骇人听闻的东西。他感觉到了。"

"您可知道，死了的是什么人？"阿尔乔姆战战兢兢地问，努力回想着那一天该是谁执勤。一个星期以前？那是哪天？是叶尼亚吗？还是安德烈？但愿不是叶尼亚……

"我怎么会知道？那些死人又不能爬过来。和平大道站一带的隧道里还出了件邪乎事，人们丧失了记忆，还有几个人死在了轨道上。"

"那该怎么办？"

"今天议会将召开会议，听取婆罗门长老和几名将军的意见。不过他们未必能帮上你们站的忙，他们连波利斯都快要守不住了，而且这还是在暂时没人敢对它图谋不轨的情况下。"

阿尔巴特站到了。这里也是汞灯照明，跟博罗维茨基站一样，住所也都坐落在砖砌的拱洞里，一些房间周围有卫兵值守。总的说来，这里的士兵可不是一般地多。刷成雪白的墙壁上，挂满了绣着金鹰的军旗，看上去依然和崭新的一样。车站里熙熙攘攘：身穿长袍的婆罗门在站里走来走去；清洁女工一边拖地，一边呵斥想踩湿地面的人；从其他站来的人也不少，这些人很容易判断，要么戴着墨镜，要么拿手遮挡着眯成一道缝的眼睛。月台上只有生活区和行政区，所有商铺和小吃摊都在通道里。

梅尔尼克带阿尔乔姆来到月台尽头的办公区，让他坐在一条大理石长椅上等他，之后径自离开了。

椅子上的木板已经被无数张屁股磨得发亮了。阿尔乔姆盯着天花板上别致的浮雕装饰看了一会儿，心想，波利斯真的没有辜负自己的期待。这里的人们把生活过成了完全不同的样子，他们不像其他车站的人那么动荡、愤怒、担惊受怕，在这里，知识、书籍和文化的地位似乎是举足轻重的。单单从博罗维茨基站到阿尔巴特站这一路上，阿尔乔姆至少经过了五个书摊，甚至还看到了明晚上演莎士比亚戏剧的宣传海报，并且在两个车站都听到了音乐声。

那条换乘通道，同时得到了两个车站的精心维护。除去墙上的旧痕，所有破损之处，都会被随处可见的维修队修好。出于好奇，阿尔乔姆往隧道里面瞧了瞧：连那里也是井然有序、干燥、洁净，每隔一百米就亮着一盏灯泡，同样亮得刺眼。站台上不时有载着成箱货物的轨道车停靠，或是让搭便车的人下车，或是把成箱的书装车，从波利斯输送到整个地铁。

"这一切也许即将终结，"阿尔乔姆突然冒出这个念头，自言自语道，"展览馆站快要扛不住那些怪兽的进攻了……意料之中。"他想起了自己执勤时和黑暗族的那个交战之夜，以及交战后那些折磨过他的噩梦。

难道展览馆站会失陷吗？那意味着，他将无家可归。要是养父和朋友们能逃出来就好了，那就还有希望，有朝一日能和他们在地铁里相逢。他暗暗发誓：要是今天梅尔尼克告诉我，我的任务完成了，没事可做了，那我就立刻返程。如果他的车站注定是阻挠黑暗族前进的唯一屏障，朋友和亲人定会誓死保卫它，他宁可和他们并肩战死，也不愿在这个天堂苟且偷生。他突然想回家了，想看看家里成排的拱顶和那个茶叶厂，想跟叶尼亚说说话——如果他还活着——和他讲讲自己的冒险经历，其中的大半经历他准不信……

"阿尔乔姆，我们走，"梅尔尼克在唤他，"有人想跟你谈谈。"

梅尔尼克已经脱去防护服，换上了高领套衫和猎人同款的工装裤，头戴一顶无帽徽的黑色软军帽。他总能让人联想起猎人，自然不是外表，而是举止。他的精神也是绷紧的，没有丝毫涣散和懈怠，说起话来也跟猎人一个样，爱用简练的短句。

会议室相对的两面墙上，挂着两张巨幅油画，画框是深色橡木的。阿尔乔姆一眼认出，其中一幅画的是图书馆，另一幅画了一座高大的白石头建筑，底下写着"俄罗斯联邦武装力量总参谋部"[1]。

在宽敞的房间正中央，摆着一张巨大的木桌，桌边坐了大概十个人，正在打量着阿尔乔姆。当中一半的人穿着灰色婆罗门长袍，另一半的人穿着军官夏装。军官们都坐在总参谋部的画下面，婆罗门则坐图书馆的画一侧。

桌首端坐着一名小个子男人，看样子是总指挥。他戴着黑框眼镜，头顶秃了一大片，穿着西服打着领带，身上却没有表明种姓的文身。

"说正事吧，"他没有做介绍，直接说，"请把您知道的一切都告诉我们，包括从您的车站到和平大道站那段隧道的情况。"

阿尔乔姆一五一十地陈述了展览馆站和黑暗族的战斗情况，讲到了猎人交代给自己的任务，最后讲了自己来到波利斯的一路上的经历。当他讲到阿列克谢站、里加站和和平大道站那几条隧道里发生的事情时，军人和婆罗门开始窃窃私语，一部分人表示怀疑，另一部分人大为震惊，角落

---

[1] 俄罗斯联邦武装力量总参谋部是俄罗斯国防部领导下的执行机构，负责实现国防部长作战指示和命令。俄罗斯国防部长是名义上的俄罗斯联邦武装力量最高指挥官，接受俄罗斯联邦总统领导。

里还有名军官把他的话一一记录下来。

在座的人请他接着讲下去。于是,他开始讲述自己的旅行经历。这一段并没有引发听众们的兴趣,直到他讲到了林地站和那两名居民。

"一派胡言!"一名军官激动地打断了他的话。此人五十岁上下,身材魁梧,油亮的头发一丝不苟地梳到脑后,一副金丝眼镜重重地架在他肉乎乎的鼻梁上,"众所周知,林地站没有人居住。车站早就被废弃了。的确,每天都有很多人经过那里,但那个地方没法住人。那个站总是定期喷发气体,种种迹象表明,那里充满危险,自然早也没有什么猫和废纸堆了。那个站台上什么都没有,根本没有,别再编故事了。"

其他军官也点头表示同意。阿尔乔姆困惑地沉默了。在林地站的时候,有个念头曾在他头脑中一闪而过:这个车站太安静了,在地铁里安静得很不真实。可这个念头很快就被否定了,毕竟站里还有两个正在交谈的大活人。

然而,婆罗门并没有加入军官们的声讨。其中最年长的那位留着花白长胡子的秃顶老头,饶有兴趣地看着阿尔乔姆,用旁人听不懂的语言跟身边的几人交流了几句。

"这种气体,你们也知道,在与空气按一定比例混合时,会有致幻的效果。"坐在老头右手边的婆罗门当起了和事佬。

"问题是,现在还要不要相信他其余的话。"一名军官不信任地盯着阿尔乔姆,反驳道。

"谢谢您的陈述,"穿西装的男人打断了讨论,"议会将对其进行商讨,并告知您结果。您可以走了。"

阿尔乔姆朝门口走去。难道,和林地站那两个吸水烟的家伙的整场谈话,都是自己的幻觉?那就意味着,什么他是被命运选中的,什么他可以让现实扭曲,好进入预设情节……这一切不过是自己的臆想,是自己打给自己的安慰剂……现在,就连博罗维茨基站和林地站隧道里的那个神秘声音,似乎也不能看作奇迹了。只是气体吧?只是气体。

他坐在门前的长椅上，根本不想去听议员们的争论。人群、轨道车和内燃机车在他身边往来穿梭，可他始终坐在那儿，思考着。他的使命真的存在吗？或者只是自己的一厢情愿？现在应当怎么办？该何去何从？

不知是谁拍了拍他的肩。原来是那名在他陈述时负责记录的军官。

"议会宣布，波利斯无法向贵站提供支援。议员们感谢您对于地铁系统现状的详细汇报。您可以走了。"

好的。波利斯无法提供支援。全是白费劲。他已经把能做的都做了，但并没有改变什么。他只剩下一条路，就是回展览馆站去，和仍然坚守在那里的人们并肩作战。阿尔乔姆缓缓地站起身，一时不知该往哪里走。

当他就要走到去往博罗维茨基站的通道时，身后响起一声轻咳。阿尔乔姆转过身，就看到了刚才在议会里见过的一名婆罗门，就是坐在婆罗门老头右手边的那位。

"年轻人，请留步。我想，我们还有事与您商量……是私人层面上的。"婆罗门礼貌地微笑着，"如果议会无法为您提供什么，那么，或许您忠实的仆人可以效劳。"

他轻扶着阿尔乔姆的肘弯，一路把他引到一间砖砌的拱洞居所前。这间房子没有窗户，也没安电灯，只有一根蜡烛在桌上燃烧，映亮了屋内的几张面孔。还没等阿尔乔姆看清，其中一个婆罗门就吹灭了蜡烛，屋子里顿时漆黑一团。

"你在议会会议上说到有关林地站的事，可是真的？"一个嘶哑的声音问。

"是真的。"阿尔乔姆坚定地回答。

"你可知道，我们婆罗门怎么称呼林地站？命运之站。那些刹帝利认为，是气体让人精神恍惚，我们没有反对，是因为我们不想治好新敌的眼睛。我们相信，在这个车站，人们遇到的是命运的使者。命运并未对大多数人开口，他们经过时，看到的只是一个废弃的空车站。所以，如果你在林地站遇到了什么人，你就应当好好重视这场相遇，把他们对你说的话牢记一辈子。你都记得什么？"

"我忘了。"阿尔乔姆撒了个谎。这些人很像是某个教派的教徒，他无法信任他们。

"我们的长老坚信，你来到这儿并非偶然。你不是普通人，你的特殊能力，在路上已经不止一次救了你的命，也能帮助到我们。作为交换，我们会向你和你的车站伸出援手。我们是知识的守护者，在这些知识里面，就有拯救展览馆站的办法。"

"这跟展览馆站有什么关系？！"阿尔乔姆气不打一处来，"你们不要只提展览馆站！你们似乎还不明白，我来这儿不只是为了我的车站，不只是为了我们自己的不幸！你们所有人，所有人都要大祸临头了！先是展览馆站完蛋，然后是整条线路，再然后就轮到整个地铁系统了……"

众人都陷入了沉默。四周安静极了，只能听到他们匀称的呼吸。阿尔乔姆又等了一会儿，忍不住打破了沉默，问："需要我怎么做？"

"到上面去。去主档案室，找到属于我们的某样东西，再回到这里。要是你能找到我们要找的东西，我们会从中找出你需要的知识，帮你消除威胁。我要是撒谎，就让大图书馆被火光吞没吧。"

第十三章
大图书馆

　　阿尔乔姆走出屋子，来到站台上，怔怔地望着周围。他刚刚签订了人生中最离奇的一份合约，雇主甚至拒绝明示他要去主档案室寻找什么，只说等他到了上面自会有人告知。尽管他立刻就反应出来，要找的东西很可能就是丹尼尔头天提到的那本书，可他不能向这些婆罗门求证。那天夜里，在他们两个都喝得酩酊大醉的情况下，热情的主人才向他吐露了这个秘密，所以没必要怀疑它的真实性。

　　婆罗门说了，不会让他独自上去的，他们会为他配备一整支小分队。至少有两名潜行者陪同阿尔乔姆左右，另有一名婆罗门，若此行顺利的话，负责第一时间接收他找到的东西，并把他所需要的内容找出来，以消除展览馆站面临的威胁。

　　现在，当他离开那间昏暗的屋子，来到月台上，回想起合约的条款，只觉得十分荒唐，就像是古老的童话里的情节：在使命的召唤下，他要去一个未知的地方，寻找一样未知的东西，他会因此获得神奇力量的救赎，怎样的救赎？自然也是未知的。可他还有别的选择吗？两手空空踏上归途？这绝不是猎人希望的。

　　当阿尔乔姆向那些神秘人物询问，他要如何在主档案室浩如烟海的藏书里找到他们要找的东西时，他们告诉他，他自会知道答案，他要做的，只是跟从那个声音的指引。于是他住口了，生怕雇主们对他的特殊能力产生怀疑，尽管他自己就在怀疑。到了末了，他们严正警告他，不能向军人透露任何消息，否则合约作废。

阿尔乔姆坐在大厅中央的一张长椅上，陷入了沉思。这次倒是个上去看看的绝佳机会，并且不用担心受罚和承担任何后果。他只上去过一回，还是很多年前的事了。这次上去，他不是一个人，而是和真正的潜行者一起，去执行婆罗门的秘密任务……可他始终没有问他们，为什么那么讨厌"图书管理员"这个词。

这时候，梅尔尼克重重地在他身边坐了下来。这会儿他看起来疲惫又紧张。

"你为什么要趟这个浑水？"他直视前方，面无表情地说。

"您是怎么知道的？"阿尔乔姆大吃一惊，距离自己和婆罗门的谈话才刚刚过去一刻钟。

"我必须和你一起去，"梅尔尼克没有接他的话茬，用他不带感情色彩的声音说，"现在我要替猎人对你负责，无论他是死是活。和婆罗门的合约一旦签下，就不能反悔，还没人那么做过。最重要的是，别跟那些军人说漏了嘴。"他站起来，无奈地摇了摇头，又说，"但愿你明白你卷进了一桩什么事情里……我去睡觉了。今晚咱们就要动身。"

"您不就是军人吗？"阿尔乔姆追着他问，"我听到他们都喊您上校。"

"上校是上校，但跟他们不是一回事。"梅尔尼克丢下这句话，走了。

这一天剩余的时光，阿尔乔姆全都在对波利斯的探寻中度过：漫无目的地走在无尽的通道和台阶上，欣赏着庄严雄伟的柱廊，为这座地下城能容纳下这么多人而惊叹不已。买一份印在包装纸上的小报《地铁新闻》，听一听流浪乐手的演奏，翻一翻书摊上的书，逗弄下待售的小狗，再了解下最新的流言八卦……在这段时间里，他无时无刻不感觉到，有一双眼睛正追随着自己，监视着自己。有好几次他猛地回头，想要迎上那对凝视的目光，却是徒劳——周围人来人往，并没有人多看他一眼。

他在一个通道里找了家旅馆，睡了几个小时。按照约定的时间，晚上十点钟不到，他赶到了博罗维茨基站的出站口。梅尔尼克还没到，但是守卫已经得到了指示，让阿尔乔姆喝杯茶等他。一名年老的守卫帮他的搪瓷杯里添了沸水，又接着讲自己的故事：

"……于是，他们让我去监听无线电。所有人都巴望着，能收到乌拉尔山里的政府掩体发过来的信号。可是白费功夫，他们最先打击的就是这些战略目标。拉缅基区也完蛋了，还有城外所有的小房子，全给炸成了三十米深的大坑……那个时候，人们还都不知道，这是一场战争……最后知道了，但什么都来不及了。所以，兴许他们也舍不得拉缅基区，可是指挥站就设在那儿呢，只好投了下去……至于平民伤亡，是这么说的：'很抱歉，连带损失，无可奉告。'可事情都这样了，还是没人相信。长官下令让我监听无线电，就在阿尔巴特站边上，在那个地堡里。一开始接收到的，净是些古里古怪的信号……唯独西伯利亚没动静，其他地方都有响应，那些战略核潜艇，也有响应。他们一个劲地问，打还是不打……没有人相信莫斯科已经不存在了。那些舰长大人们在电话里像孩子似的，哭成了泪人儿。感觉相当怪异，当你听到那些平日里说一不二的海军将领，一辈子连句软话都没说过，却边哭边求着我们去找找，看他们的妻子和女儿是不是还活着……'去找找他们吧'，他们这么说。接着，一切突然变了：有的人说，好哇，既然你们不让我们活，你们也别想活了，统统见鬼去吧，然后就冲向海岸，把弹药一股脑儿地喷给了他们的城市。另一些人正相反，他们觉得，既然横竖都是下地狱，打下去也没有意义了。人何苦还要自相残杀？光这个就够人们受的了。那些起初想为家人复仇的，也不想打了。那些船上一直有人回应。他们在水下能坚持半年。当然了，只能联系上一部分人，没法找到所有人。"

"我还听过一个故事，直到现在想起来，还叫人浑身起鸡皮疙瘩。不过没关系，说说也行。有一回，我联系上了一个坦克兵，他在战斗中奇迹般地活了下来，他和几个战友开着坦克离开了基地还是什么地方……那坦克装的可是新一代防辐射装甲钢板。他们一共有三个人，从莫斯科全速往东开。沿途经过的村庄都烧没了，捡了个娘们儿——然后加了油，接着上路。他们一直开到一个没人烟的地方，荒凉得甚至都没人去轰炸，坦克的油也耗光了。那个地方竟然也有辐射，不过，总比城市附近要好得多。他们在那里安营扎寨，挖了个半人高的坑，把坦克埋进去，当成他们的防御工事。就着坦克的边上扎起帐篷，过了一阵子又挖了地窖，还造了手摇发电机发电。就这么挨着坦克生活了很久。有将近两年的时间，我和他们每晚都通话，对他们全部的家庭生活情况一清二楚。起初他们的日子挺平静的，做做农活，那两人还生了孩子……几乎过上了正常的日子。弹药也充足。他们见识过从森林里跑出来的各种野兽，它们的样子他都没法形容——就是那个中尉，我们一直联系的那个，后来就联系不上他们了。我花了半年时间找他们，但他们不知出了什么事。兴许是发电机还是发射机出了故障，兴许是弹药打光了……"

"你说，拉缅基被炸毁了。"他的伙伴插话，"而我在想，咱们在这里服役了这么多年，也从没听人提起过克里姆林宫的事情。怎么偏偏就它完整保留下来了？为什么没人动它？说不定那个地堡就在里面……"

"谁告诉你没人动它？还要怎么才叫动它？"老头肯定地反驳，"他们只不过是不想毁了它，因为它是一座具有纪念意义的建筑，顺便还可以用来测试新装备。这就是咱们了解到的情况……其实，他们还不如直接把它从地球上抹了去呢。"他啐了口唾沫，不说话了。

阿尔乔姆还是头一回听到这么多关于那件事的细节。他一声不吭地坐着，生怕打断了老兵的回忆，可那名老兵不再张口，陷入了自己的深思。最后，阿尔乔姆憋不住了，他决心提出那个一直萦绕在他心头的问题：

"其他城市不也有地铁吗？据我所知，至少是曾经有过。那些地方就没人活下来？您监听无线电的时候，从来没收到过他们的信号吗？"

"没有，从来没有。不过你是对的，举例来说吧，圣彼得堡应当有幸存者才对。他们的地铁站挖得很深，有的甚至比咱们的还深，配套设施也是一样的。我记得我年轻时去过那儿，他们那儿有一条地铁线，每一站的轨道和站台间都用厚厚的铁门隔开了。列车到站的时候，那些铁门就和列车门同时打开。我记得我当时惊讶坏了,问了好多人,为什么建成这样,没人能说出个所以然来。有的说是为了防水灾,有的说这么弄节省材料。后来,我认识了一个建地铁的,他告诉我,修建那条线的时候,他们施工队一半的工人,都叫什么东西给吃了,其他施工队的情况也是一样。人被发现时就只剩下啃干净的骨头和修路工具了。知道这件事的人并没向外透露,为了防止意外,就把整条线都加装了这种厚厚的铁门。这是很早的事了……至于遭受核辐射之后怎么样,就很难想象了。"

这场谈话因梅尔尼克的到来而中止。和他同行的还有一个矮小敦实的男人,宽脸盘,短络腮胡,眼窝深陷。他们两人都已穿戴好了防护服,背着鼓鼓囊囊的双肩包。梅尔尼克默默打量了一会儿阿尔乔姆,将一只黑色大包丢在他脚边,用手指了指军营。

阿尔乔姆拉开包上的拉链,从包里取出一套跟梅尔尼克和他的伙伴一模一样的黑色防护服,一顶不常见的带有宽护目镜和滤罐的防毒面具[1],一双高帮靴子,最重要的,是一把崭新的卡拉什尼科夫冲锋枪,枪上还配有激光瞄准器和金属折叠枪托。这件武器非常特别,类似的款式,阿尔乔姆只在搭乘内燃机车进行环线巡逻的汉萨精英部队那里看到过。包的最底部还有一柄长手电筒,以及一个布面的全罩式头盔。

他还没来得及换上这身行头,婆罗门丹尼尔就从掀起的帐篷帘里走了出来,手上也捧了个同样的大包。两人面面相觑,最后还是阿尔乔姆先一步弄明白了状况。

"你要上去?跟我们一起?去找我不知道的那东西?"他揶揄地问。

"我倒是知道,"丹尼尔回敬他,"不过你打算怎么找到它,我就不知道了。"

"我也不知道,"阿尔乔姆坦白,"他们告诉我,上去后我自会知道

---

[1] 隔绝式防毒面具,适用于缺氧的水下、高空或是密闭舱等比较特殊的场所,以及在高浓度含毒空气中作业时使用。

的……那就等着呗。"

"他们告诉我的是,这次派上去的是个千里眼,该往哪儿走他自有感觉。"

"这个千里眼就是我喽?"阿尔乔姆扑哧一声笑了。

"长老们认为,你天赋异禀,命格特别。遗训里提到,会有一个命中注定的青年,发现尘封在大图书馆里的秘密,也会找到我们婆罗门苦寻了十年的东西。长老们相信,你就是那个青年。"

"就是你说的那本书吧?"阿尔乔姆径直发问。

丹尼尔沉默许久,最后点了点头。

"你应该能感知到它。它并非骗得过所有人的眼睛,假如你真是那个'命中注定的年轻人',你甚至不用在主档案室里乱窜,那本书自会找到你。"他敏锐的目光上下打量着阿尔乔姆,犹豫着问,"你向他们要了什么报酬?"

答案没什么好隐瞒的,阿尔乔姆只是有点惊讶,有点失望。丹尼尔,这个身负使命告知该如何拯救展览馆站的人,竟对这件事以及自己和婆罗门议员达成的约定一无所知。于是,他简要地向丹尼尔介绍了合约内容,并解释了他想要阻止的是多么大的灾难。丹尼尔认真地从头听到尾,直到阿尔乔姆换好行头从帐篷里出来,他还是一动不动地站在那里,若有所思。

梅尔尼克和络腮胡潜行者已经整装待发,他们把防毒面具和头盔拎在手上,就等两个男孩了。络腮胡手持一柄轻机枪,梅尔尼克则搂着一挺跟送给阿尔乔姆的一模一样的卡拉什尼科夫冲锋枪,脖子上挂着夜视仪。

当丹尼尔走出帐篷,他和阿尔乔姆趾高气昂地互相看了看。丹尼尔挤挤眼,两人都笑了。现在他们看上去就像是真正的潜行者。

"真够走运的……潜行者菜鸟在被派执行重要任务之前,都得先到上面去捡两年的树枝,咱俩可是一步到位了!"丹尼尔轻声说。

梅尔尼克不以为然地瞧了瞧他们两个,什么话都没说,做了个手势让他们跟上。走到前往通道的拱门,上楼梯,在一堵水泥砖墙上的专用小门前停了下来。门前有众多卫兵把守。梅尔尼克打了个招呼,示意他们开门。一名士兵起身走了过去,用力拉开门闩。厚重的钢门轻轻打开了。梅尔尼克让三人先行通过,之后他向卫兵们敬了个礼,这才跟上队伍。

门后是长约三米的短小缓冲带,由两面墙和一道铁制密封舱门组成,另有两名荷枪实弹的士兵和一名军官在此值守。在下令升起舱门之前,梅尔尼克决定指导一下两名新人。

"听着。路上不准交头接耳。你们上去过吗?没关系……把地图给我,"他对军官说,"到达入口大厅之前,每一步都要跟紧我,不准乱走,不准四处乱看,不准交谈。从入口大厅出去的时候,不要走旋转门,除非你的腿不想要了。始终要跟紧我,不准擅自行动。我出去的时候,老十,"他指着络腮胡说,"会留在后面打掩护。确认安全以后,出站接着左转。这会儿天还没黑透,出去后不要使用手电筒,否则会引起注意。克里姆林宫的情况你们都了解吧?它会出现在右手边,但是有一个塔是毫无遮挡的,出站后一眼就能看见。任何情况下,不准去看克里姆林宫。谁要是看了,就等着吃我的耳光吧。"

原来是真的,关于克里姆林宫的传言,关于潜行者在任何情况下不得看它的规定,都是真的。阿尔乔姆大吃一惊。某些东西突然在他体内涌动,一些支离破碎的想法和画面……骤然滑过,又归于平寂。

"现在说说怎么进入大图书馆。先上台阶,走到门口。我先进。要是台阶上没问题,那就老十警戒,咱们先上去,然后咱们警戒,让他上来。在台阶上不准出声。要是发现危险,就用手电筒发信号。除非万不得已,不准开枪,枪声会把它们引来。"

"它们是谁?"阿尔乔姆忍不住问。

"还用问吗?"梅尔尼克反问,"在大图书馆里你还能碰见谁?当然是图书管理员。"

丹尼尔艰难地咽了口唾沫,脸色变得煞白。阿尔乔姆看了看他,又看了看梅尔尼克,自知眼下不能再不懂装懂了:"图书管理员是什么人?"

梅尔尼克惊讶地挑起了眉毛,他的搭档络腮胡用手捂住了眼,丹尼尔则盯着地面。梅尔尼克用难以置信的眼神盯着阿尔乔姆看了很久，终于弄明白，这个人并没有开玩笑。他不动声色地对阿尔乔姆说："你会亲眼看到的。最重要的，记住一点：直视它们的眼睛，就能拖慢它们进攻。直视眼睛，明白吗？别让它们绕到你的背后……好了，出发！"说完，他戴上防毒面具，套好头盔，竖起拇指朝卫兵们示意了一下。

那名军官一步跨到闸刀开关前，开启了密封舱门。随着钢铁大门的徐徐爬升，行动开始了……

梅尔尼克挥挥手，示意可以通过。阿尔乔姆端起冲锋枪，推开透明玻璃门，霎时间就已身在地面世界了。尽管梅尔尼克有言在先，要求他跟紧每一步，不得掉队，可他怎么可能做到？

这时的天空，跟阿尔乔姆上一次见到的天空截然不同。头顶那片无边无际的空间不再是晴朗的天蓝色，而是低悬着一层黑压压的乌云，将初秋的雨滴洒落大地。阵阵冷风吹过，即使隔着防护服，阿尔乔姆依然感受到了寒意。

这里实在太空旷了，竟然有那么多的空地，左边、右边和前面，都是空地。这一眼望不到头的空旷，既吸引人，又带给人莫名的压抑。有那么两秒钟的工夫，阿尔乔姆恨不能跑回博罗维茨基站的入口前厅去，重返地下世界，感受铜墙铁壁带给人的安全感，和有限空间隔离出的舒适感。为了克服这种压抑的感受，他强迫自己去观察四周的建筑，转移注意力。

太阳已经下山，城市逐渐被可怕的昏暗笼罩。低矮的楼房只剩骨架，又被酸雨侵蚀了数十年。腐朽的窗框是它们的眼睛，空洞地望着这四名过客。

这座城市……衰败而迷人。阿尔乔姆已经听不到队友的任何召唤，一动不动地站在原地，贪婪地朝四处张望。他终于可以将现实与梦境，与无比模糊的儿时记忆进行比照了。

丹尼尔也在他身边站住了，这大概是他第一次到上面来。最后一个从车站前厅出来的是老十，为了转移阿尔乔姆的注意力，他拍了拍阿尔乔姆的肩，手指着右边远处一个大教堂的圆顶轮廓让他瞧。

"瞧那个十字架。"从防毒面具下面传出潜行者闷闷的声音。

阿尔乔姆起初并没有看到什么特别的东西,甚至连十字架都没看到。然而,伴随着从残梁上传来的一声长长的凄厉叫声,一个巨大的带翅膀的黑影从头顶掠过,他才明白老十的意思。那个叫声简直能让浑身的血液凝结成冰。那个怪物拍了拍翅膀,冲向高空又俯冲下来,盘旋着觅食。

"那里就是它们的老巢。"老十挥了挥手,解释说,"就在救世主大教堂[1]的顶上。"

他们紧贴着墙,朝大图书馆入口方向移动。梅尔尼克打头,走在前面几步远处,老十断后,侧身盯紧后方。正是由于两名潜行者都心有旁骛,阿尔乔姆才得以在经过老人坐像时,瞥了一眼克里姆林宫。

阿尔乔姆是下意识做出这个举动的。从他看到雕像的那一刻起,他像是受到了触动,脑袋里有什么东西正变得清晰起来,突然,昨天的梦境完整地浮现出来。可他现在并不觉得那只是梦,呈现在眼前的大图书馆外观,还有它的柱廊,都跟梦里的一模一样。这是否意味着,克里姆林宫也是梦里的样子呢?队友没人注意到他,丹尼尔也落在后面,跟老十走在一起。要看就趁现在,阿尔乔姆自言自语。

他嗓子发干,太阳穴突突直跳。

那塔尖上的星星真的在闪耀。

"喂!阿尔乔姆!阿尔乔姆!"有人猛烈摇晃着他的肩膀。

意识从麻木中艰难地醒了过来。一束手电光直刺眼睛。阿尔乔姆眨动眼睛,伸手去遮挡。此时,他正背靠纪念碑的花岗岩底座坐着,丹尼尔和梅尔尼克躬身俯在他身前,担忧地望着他的眼睛。

"瞳孔收缩了,"梅尔尼克确认,又埋怨起边上始终紧盯街道的老十,"你是怎么搞的?"

"那后面有动静,我一直没法转身。"潜行者解释,"谁知道他动作这

---

[1] 世界上最高的东正教教堂,也是最大的东正教教堂之一,位于莫斯科河畔。

么快……一分钟之内,差点就跑到马涅什广场去了……就这么快,好在咱们的婆罗门够麻利。"他拍了拍丹尼尔的后背。

"它在发光,"阿尔乔姆用微弱的声音对梅尔尼克说,之后又告诉丹尼尔,"它在发光。"

"好好,它在发光。"丹尼尔哄他。

"不是告诉过你不要往那儿看吗,笨蛋?"确认他是有惊无险,梅尔尼克拍了下他的后脑壳,骂道,"你怎么不听老人家的话?"

头盔多少减轻了这个带有训诫意味的巴掌的力度。阿尔乔姆仍然坐在地上,两眼发直。梅尔尼克只好提溜起他的两肩,猛晃一通,然后让他自己站立住。

阿尔乔姆慢慢地恢复了正常。他对自己没能抵挡住诱惑而羞愧不已。他站在那儿,眼睛盯着靴头,不好意思去看梅尔尼克。好在梅尔尼克没时间训斥他,站在十字路口上的老十引起了他的注意。老十打手势招呼搭档过去,又把手指头放在嘴巴的位置,示意大家别出声。阿尔乔姆决心吸取教训,梅尔尼克走到哪里他就跟到哪里,绝不再朝那个神秘的塔尖多看一眼。

走到搭档身边,梅尔尼克也呆住了。老十手指的方向,正是加里宁大街的尽头,这条街正对着克里姆林宫,街上被时间腐蚀的高楼大厦,就像是它龇着的一排残缺獠牙。阿尔乔姆小心翼翼走到梅尔尼克身后,透过他宽阔的肩膀向远处瞭望,一下子看明白了。

就在大概六百米开外的街心位置,他看到,有三个人影一动不动地站在沉沉暮色中。那……是人影吗?距离太远了,阿尔乔姆无从断定,不过从个头和双腿站立的姿势来看,像是人类。

"他们是谁?"阿尔乔姆用沙哑的声音低声问。他努力透过糊了层水汽的玻璃眼罩做出独立判断,远处的究竟是人影,还是他从人们口中听说过的某种变异物种?

梅尔尼克默默摇了摇头,意为自己知道的不比他多。这名潜行者对着三个黑影打开手电筒,连晃三圈,然后熄了手电筒。很快,远处也投来一束手电光，晃了三圈，熄了。

气氛顿时松懈下来。不等梅尔尼克解释，阿尔乔姆就敏锐地感受到了这一点。

"是潜行者。好好学着点：手电打三圈，是咱们验明身份的方式。要是得到同样回应，大可放心大胆地往前走，自己人不会伤害自己人。可要是压根没有回应，或是回应得不对劲，就赶紧跑，一刻也不要耽搁。"

"可是，既然他们有手电筒，不就说明他们也是人类，不是这上面的什么怪兽吗？"阿尔乔姆提出了异议。

"你永远不知道，会有什么更糟糕的事发生。"梅尔尼克丢下这句话，也不解释，径直迈上大图书馆门前的台阶。

那扇足有两人高的厚重的橡木门，似乎不情愿地被缓缓推开了，生锈的大门合页发出一阵歇斯底里的尖叫。梅尔尼克戴上夜视仪，单手端起冲锋枪，闪进了门里。一秒钟过后，他示意可以进入。

率先映入眼帘的，是一条长长的走廊，两侧各有许多严重扭曲变形的铁制挂衣架，想必以前曾是衣帽间。再往前看，是通往二层的宽大台阶，室外暮色里的微光映在上面，还原出一片洁白的大理石地面。这个双层前厅高约十五米，上下层大致等高，依稀能看清上层回廊镂空的护栏。大厅里静谧极了，每走一步，回声都显得格外刺耳。

前厅的墙壁上长满了青苔，它们始终在微微摆动，像是在呼吸；从天花板上垂下诡异的藤蔓植物，每一截都有手臂粗细，几乎碰到地面。在手电筒的照射下，它们的枝干油亮泛光，上面盛开着大朵大朵丑陋的花，散发出令人窒息的恶臭，直熏得人头晕眼花。这些花也在微微摆动，至于是由于二楼窗口缝里漏进来的风，还是它们的自主意识，阿尔乔姆并不想去探究。

"这些是什么？"阿尔乔姆伸手摸了摸，问老十。

"是这里的绿植……"老十回答，神情高度戒备，"受了辐射，就长成这样了。是喇叭花，植物学家都没见过的新品种……"

他们跟着梅尔尼克，来到石阶前，在老十的掩护下，贴着左墙，开始往上移动。走在最前面的梅尔尼克，眼睛死死盯住前方的黑暗地带，那里直通向办公区的数个房间。其他人则用手电筒照着大理石墙面，还有长满了锈色青苔的天花板。

这宽大的大理石石阶上方，没有加盖任何遮挡物，因此上下两层共享着同一大片前厅。楼上整体呈一个"U"形，内部和敞口就是脚下的石阶，其余三面则摆满了木柜。大部分木柜已经烧毁、腐朽了，还有一部分仍保留原状，看上去就像是昨天还有人用过。每个柜子里都有数百个小抽屉。

"这些是索引卡片柜，"丹尼尔一脸虔诚地看着这些柜子，小声说，"答案就在这些抽屉里。仪式后，任选当中一个柜子，然后从任意一个抽屉里任选一张卡片。要是仪式进行得对，你挑中的书名就预示了你的未来是凶兆或是吉兆。"

阿尔乔姆本想走到最近的柜子前，抽出那张冥冥中的索引卡片，解码自己的命运。可他的注意力被一张巨大的蜘蛛网吸引了过去。这张网结在破窗边的角落里，直径足有几米长。一只体型巨大的鸟，粘在纤细但看上去异常牢固的丝网上，还在做最后的垂死挣扎。好在巨网的主人不在场，阿尔乔姆舒了口气。除了他们几个，空旷的二楼就再没有其他活物了。

梅尔尼克让所有人停止活动，对阿尔乔姆说："现在，用心去听，不要被外部杂音打扰……试着去听你内心的声音，脑海里的声音。那本书应该在召唤你。婆罗门长老认为，它最有可能藏在主档案室的书里，但什么地方都有可能。在某个阅览室，不起眼的手推车上，走廊里，管理员的桌上……所以，现在我们会想办法进入主档案室，而你就趁这段时间好好感受一下那个声音。闭上眼，放松。"

阿尔乔姆眯起眼睛，侧耳聆听。在绝对的黑暗中，静谧被无数细小的噪声打破：木柜的脆响，穿堂风，街上传来的窸窣声穿过阅览室，就像老人的咳嗽声一样……但是没有一种声音像是对他发出的召唤。阿尔乔姆一动不动地站着，五分钟过去了，十分钟过去了，他大气不敢喘，生怕从声音的大杂烩里漏过那个声音，那是由一本有生命的书发出的，要穿越成千上万本没有生命的书才抵达他耳朵的声音。

"没有，"他睁开眼，内疚地摇了摇头，"什么都没有。"

梅尔尼克沉默着，丹尼尔也一声不吭，可阿尔乔姆捕捉到了他失望的眼神。

"也许它真的不在这儿，咱们得到主档案室去。或者这么说，试着坚持到那儿。"沉默了一分钟，梅尔尼克下令，打手势让三人跟上。

他朝宽大的门厅移动，两扇对开门如今只剩下一扇，门的边缘都烧焦了，门上涂满了奇怪的符号。门后就是个圆形的小隔间，高六米，有四个入口。老十跟着梅尔尼克绕过了房间，丹尼尔却趁他们不注意，走到离自己最近的完整柜子前，拉开一个抽屉，取了张卡片出来。他飞快地瞟了一眼，困惑地撇了撇嘴，把卡片塞进胸前的衣兜。见阿尔乔姆看到了这一幕，他不慌不忙地用手指头压住嘴唇，做了个嘘的动作，接着就去追潜行者了。

圆形房间的墙壁上，也画满了图案和笔迹，角落里有一张塌陷的沙发，皮革面上尽是划痕。在四道门中的一道门里，躺着个倒扣的书架，几本书散落在地上。

"什么东西都别碰！"梅尔尼克提醒。

老十已经一屁股坐在沙发上，压得弹簧吱呀乱响。丹尼尔也跟着坐了上去。阿尔乔姆像是着了魔似的，盯着地板上那几本书。

"不要动它们……"他低声说，"我们站的图书馆会下鼠药，不然老鼠会把全部东西啃光……这里应该也有老鼠吧？"他的脑袋里想起波旁的那句话，老鼠满地跑的地方不可怕，可怕的是一只老鼠也没有的地方。

"哪还有什么老鼠？你在开玩笑吗？"梅尔尼克拉下脸来，"这里怎么会有老鼠？一百年前就被吃光了……"

"被谁吃光了？"阿尔乔姆慌张地问。

"还能是谁？自然是图书管理员了。"老十解释。

"它们是人还是动物？"阿尔乔姆问。

"肯定不是动物。"老十若有所思地摇了摇头，不说话了。

就在这时，一条通道深处的巨大对折木门突然缓缓打开，发出悠长的吱扭一声响。两名潜行者迅速各自扑向一边，隐藏在圆拱两边的半圆柱后面。丹尼尔从沙发出溜到地上，闪到边上，阿尔乔姆也和他躲到一起。

"那里是大阅览室，"丹尼尔低声说，"它们有时候会在那里出现……"

"闭嘴！"梅尔尼克骂道，"图书管理员受不了噪声，你不知道？你这等同于朝公牛挥舞红布。"说着，他冲老十指了指阅览室大门。

老十点头。两名潜行者贴着墙根，慢慢地朝阅览室的巨型橡木门推进。阿尔乔姆和丹尼尔寸步不离地紧跟着他们。梅尔尼克做好了破门而入的准备。他用背贴住其中一扇门板，举枪让枪管朝上，深吸一口气，然后猛地用肩顶开门板，枪口同时已经对准了黑漆漆的室内。

其余三人也迅速就位。这个阅览室大得不可思议。已经残缺的天花板足有二十米高。跟前厅一样，天花板上也爬满了长势茂盛的喇叭花，沉重的藤蔓已将阅览室四壁占领。两面墙壁各有六张巨幅窗户，少数窗户的玻璃仍是完整的。

然而，室内光线很弱，仅有几丝月光穿透盘旋交错的粗壮茎叶漏下来。

看起来，过去这里应该从左到右摆满了成排的桌椅，供阅读者使用。如今大部分桌椅都已撤掉，有一些被烧毁或损毁了，不过，还有十张桌子保留在原位，就在正对面墙上开裂的壁画下面。壁画前有座雕塑，雕得好像是一个人在看书，在昏暗中看不清楚。室内到处挂着写有"禁止喧哗"的塑料牌。

同样很安静，但和前厅的静，却截然不同。这里的安静，是那么稠密，似乎伸出手就能摸到。它蔓延开来，填满整座巨大的厅室，没人敢去惊扰它。

四个人站在门口，用手电筒探照着各自面前的区域。最后，梅尔尼克得出结论："也许是风吹的……"

话音未落，阿尔乔姆就发现一个灰影，从两张破桌之间蹿过，躲进了书架之间的阴影里。梅尔尼克也看到了。他戴上夜视仪，端起冲锋枪，谨慎地踩过长满青苔的地板，一步步朝那个神秘的东西靠了过去。

老十紧随其后。尽管被要求待在原地，阿尔乔姆和丹尼尔还是忍不住跟了上去，留在门口的感觉太恐怖了。前进过程中，阿尔乔姆不由为阅览室那尚未完全消逝的美所倾倒，他的眼睛把大厅整个地扫视了一遍。谁料这个举动，既救了他自己，也救了其他人的命。

高出阅览室地面几米，是一整圈环绕大厅的连廊，连廊的过道不宽，围着木制栏杆。这圈连廊将许多事物相连：左右十二张窗户、前后两堵墙、墙上古老壁画的两侧以及通向办公区的两扇门。要想到连廊上去，有两条路可以选择：可以走大厅前端的左右两道楼梯，直达正对面那座"阅读者"雕像前，也可以选择从门口左右两边的楼梯上去。

就在他们方才背对着的门口两道楼梯上，现在慢慢地，悄无声息地，溜下来一些含胸塌背的灰色影子。这些生物数量上不少于十只，正接二连三地融进地面的黑暗里，每一只都和阿尔乔姆个头相当，要是直起身子来几乎是他两倍高，长长的前爪酷似人手，几乎碰到了地面。它们用两条后腿直立行走，走起路来一摇一摆，却走得驾轻就熟，步伐轻盈。远远看过去，这些生物很像生物课本里的大猩猩，就像小时候养父教他知识时提到的那样。

阿尔乔姆完成这一系列观察的时间不过数秒。他看准其中一只生物，猛地将手电光照向它，在它身后的墙上投下一个清晰的黑影。顿时，四下里响起无比瘆人的吱吱乱叫声，那些野兽不再掩饰，俯冲下来。

"是图书管理员！"丹尼尔狂喊。

"趴下！"梅尔尼克下令。

阿尔乔姆和丹尼尔迅速卧倒在地。他们还记得梅尔尼克的教诲，枪声以及任何响亮的声音，都会惹怒图书管理员。他们正犹豫要不要开枪，突然看到梅尔尼克已经飞身卧倒在他们旁边，率先开了火。几只生物惨叫着跌落到地板上，其余生物则迅速闪进了黑暗中，想靠近他们再偷袭：眨眼间，一头野兽意想不到地出现在距他们仅两米远的地方，纵身一跳，想要撕破老十的喉咙。可它刚一落地，就被老十几枪给解决了。

"跑！离开这儿！退到圆屋去，再想办法去档案室！婆罗门应该知道怎么去，他们学过！我们留在这儿掩护你们，试着把它们击退！"梅尔尼克向阿尔乔姆下达了任务，之后无暇多言，便匍匐着朝搭档靠了过去。

阿尔乔姆冲丹尼尔一示意，两人压低身子，朝门口跑去。一只图书管理员从黑暗中蹿出，拦住了去路，随即就被雨点般的子弹撂倒在地——是身后的潜行者在守护着他俩。

退出主阅览室后，丹尼尔又一路冲向他们驻足过的前厅。阿尔乔姆起初以为，他是被图书管理员给吓坏了，想要逃跑，但是丹尼尔并没有跑下石阶离开，而是绕开了它，在一片索引卡片柜旁飞奔而过，径直跑向了前厅另一头。

那里是一间突然变窄的大厅，尽头有三扇对开门，正对面一扇，左右各一扇。从右边的门出去，是黑漆漆的楼梯间。丹尼尔一口气跑到这里停下来，喘匀了呼吸。阿尔乔姆晚了好几秒才赶上来，怎么都没想到同伴能跑这么快。两个人一动不动，竖起耳朵听了听动静。厮杀还在继续，主阅览室里的枪声和喊叫声响成一片，也不知是哪一方占了上风。可他们不能把时间浪费在等着看热闹上。

"咱们为什么要回来？为什么不一开始就来这儿？"阿尔乔姆气喘吁吁地问。

"我不知道他们要带咱们去什么地方，"丹尼尔耸耸肩，"也许他们打算走另一条路。长老们只教会我们一条路线，就是怎么从前厅这边去档案室。现在咱们得沿着楼道往上走一层，然后通过走廊，到楼道后接着往上爬，然后穿过索引卡片室，就能到达档案室。"

说完，他将枪口对准黑洞洞的楼道，迈上了台阶。阿尔乔姆尾随其后，用手电筒照着前路。

楼梯间的中部是电梯井，他们目前所处的楼层是第三层，看上面还有三层。曾在这里运行的应该是部玻璃电梯，电梯的钢铁外骨架上至今仍支棱着尖利的玻璃残片，数十年的灰尘让它早已不再透明。电梯顶盖的外表面包裹着木条，上面落满了碎玻璃碴、用过的子弹壳和已经干透的、不知什么东西的粪便。楼梯上没有护栏，阿尔乔姆紧贴墙壁，死盯着脚下，生怕一跤滑进电梯井里。

他们上了一层，来到一个不大的方形房间，同样有三个出口。阿尔乔姆开始明白，没有向导是无法走出这个迷宫的。打开左门，是一条黑漆漆的宽走廊，手电光照不到它的尽头。右门是关着的，不知为何被无数木条死死封住了，旁边墙上写着："切勿打开！极度危险！"

丹尼尔拉上阿尔乔姆就往左门外走。走着走着，走廊拐了个弯，两人进入一条更窄的走廊，两旁有很多道门。丹尼尔放慢了脚步，不时停下来侧耳倾听。这里的地面是拼花地板的，和图书馆任意地方一样，刷成黄色的墙面上也挂着"请勿喧哗"的提示牌。从那些大敞的门里，能看到各个房间和损毁的办公室。至于那些紧闭的门里，有时会传出沙沙声。还有一次，阿尔乔姆自认为听到了脚步声。从同伴的脸色判断，这恐怕不是什么吉兆，两人赶忙匆匆穿过了走廊。

接着，正如丹尼尔所说，他们右手边出现了一个通往新的楼梯间的出口。相对于黑暗的走廊，这里可就亮堂多了，每层的墙壁上都有窗户。上到第五层，透过窗口，就看到了楼顶的露台，以及露台上的几个设备间和一些严重烧焦的机器。阿尔乔姆来不及细看，便惊觉有两个佝偻的灰影，从楼梯间外侧一角闪进了视野。它们在露台上缓慢地挪动，像是在搜寻什么。突然，其中一只停了下来，它仰起头，眼睛似乎直直看向这边的窗户。

阿尔乔姆忙闪身蹲下。不需要他解释，丹尼尔已经明白了一切。

"图书管理员？"他用惊恐的声音低声问，同时也蹲了下来，以防暴露。阿尔乔姆默默点了点头。丹尼尔顿时慌了，他伸出手，使劲擦拭着防毒面罩上的有机玻璃，好像这样做就能擦干他前额的冷汗似的。不一会儿，他回过神来，喊阿尔乔姆赶紧跟他一起往上爬。两人上了一层，又摸进了一条弯弯绕绕的走廊……终于，这名婆罗门迟疑地停在了几道门前。

"我对这个地方毫无印象，"他茫然地说，"这里应该就是通往索引卡片室的入口了。可从来没有人告诉过我们这里有好几扇门。"

他略一思索，试着拉了拉其中一扇门的门把手，没拉动，其他门也是一样。他困惑地摇晃着脑袋，似乎感到难以置信，又挨个试了一遍，阿尔乔姆也跟着照做。结果是徒劳的。

"全都锁着。"他绝望地指出这一点。

丹尼尔的身子突然微微抖动了一下，阿尔乔姆惊恐地盯着他，为了以防万一还后撤了一步。可丹尼尔一直笑个不停。

"要不你敲敲门试试！"他向阿尔乔姆提议，已经笑出了眼泪，"抱歉，大概我这是间歇性发疯。"

阿尔乔姆也被不合时宜的笑意击中了。一个小时以来的紧绷情绪倾泻而出，绷得有多紧，笑得就有多放肆。两人倚墙站着，傻笑了足有一分钟。

"敲门！"阿尔乔姆捂着肚子，重复着这句话，恨不能摘下面罩抹一把笑出来的眼泪。

他走向最近一扇门，用指关节在门上敲了三下。

不料，一秒钟后，门后竟传来了清晰的回响。阿尔乔姆顿时喉咙发干，心脏狂跳。门后有人！他一直站在那里，听着他们大笑，耐心地等待……等待什么？丹尼尔抛来一个六神无主的眼神，离那扇门越退越远。这时，门后再次响起了敲门声，力度更重，更急促。

于是，阿尔乔姆按照苏霍伊教过他的，先远离墙面，然后一脚踹向旁边另一扇门的门锁。他本没指望这招能奏效，可那门却轰然倒地，钢锁也从腐朽的门上脱落下来。

门后的空间，跟在图书馆里他们见过的其他房间和走廊，都不一样。不知为何，里面格外潮湿闷热，在手电光的照射下，能看出这是一间不大的屋子，里面长满了奇奇怪怪的植物。粗壮的茎杆，沉重油亮的叶子，浓烈的混杂气息甚至透过面罩都能闻到。树根、树干、尖刺和花朵纠缠盘错，将地板覆盖得严严实实……一些植物的根还扎在完整或不完整的大小花盆里。在图书馆已经屡见不鲜的藤蔓植物缠住了一排排站立的木柜，这些木柜跟二层前厅里的一模一样，但在高度潮湿的环境下已经烂透了。当丹尼尔试着拉开一个抽屉时，这一点得到了印证。

"是索引卡片，"他吁了口气，向阿尔乔姆宣布，"咱们就快到了。"

背后又响起砸门声。声毕，那个声音的主人像是试探着，轻轻转动起了门把手。两人见状，拔腿就跑，他们用枪口挑开头顶的枝蔓，脚下还要留意着不被树根绊倒，一口气跑出了这一整座隐藏在图书馆深处的邪恶花园。厅的尽头又有一扇门，好在它没有上锁。接连又穿过一条走廊，两人这才停下。

档案室已经到了，这再明显不过。空气中布满书尘，大图书馆在平静地呼吸，数十亿书页正沙沙作响。

阿尔乔姆环顾四周，一股打孩提时就无比热爱的旧书气味钻进了他的鼻腔。他用征求的眼神望着丹尼尔。

"没错，咱们到了，"丹尼尔回答，又满怀希望地问，"怎么样？"

"怎么样……阴森恐怖。"阿尔乔姆一下子没反应过来。

"没听到那本书的声音？"婆罗门提示他，"到了这儿，它的声音应该更清楚才对。"

阿尔乔姆闭上眼，努力让精力保持集中，可脑袋里就像有一条空空荡荡的隧道。这么站了一会儿，他又开始去接收和分辨充斥在图书馆内的各种微弱声响，但没有听到任何类似召唤的呼声。就算是丹尼尔和其他婆罗门提到的那种他的特殊感应，也没有任何变化。

"没有，什么都没感觉到。"他两手一摊。

"好吧……"丹尼尔沉默了一会儿，叹口气说，"那咱们就换一层，这里总共有十九层呢。不找到它决不罢休，可不能空手回去。"

两人走上工作梯，沿水泥台阶往上走了几层，然后停下来继续碰运气。这一层和上一层很相像：不大不小的屋子，玻璃窗，几张办公桌，天花板上和角落里已经见惯不惯的巨大植物，两条通往不同方向的走廊，成排的书柜望不到尽头，仅留一条窄道供人通行。屋子和两条走廊的天花板都很低，刚刚超过两米，在见识过宏伟的前厅和主阅览室以后，这里的空间叫人感到局促，甚至有点喘不上气来。成千上万本不同的书籍密密麻麻挤满了书架，很多书看上去从没被人碰过，保存得完好如初——由此看来，早在最初修建的时候，大图书馆就被设计成了即便无人照料，也能维持一个适宜图书保存的微气候的建筑。这个藏宝室，让阿尔乔姆一时忘记了自己的任务。他走到一排书架前，浏览着书名，掌心虔诚地在书脊上划过。丹尼尔起初以为同伴终于听到了冥冥之中的召唤，就没有打扰他，很久之后才明白真相，扯着阿尔乔姆的胳膊就往前走。

　　走过了三条、四条、六条走廊。在伸手不见五指的档案室里，手上的手电筒的黄色光斑，打在一百个接着一百个书架上，照亮了成千册接着成千册的图书。一层，又一层……但一无所获。阿尔乔姆没有感应到任何召唤，任何特别的事都没发生。他回想起人们的不同看法：波利斯议会上的婆罗门将他视为天选之人，认定他有特殊的天赋和命运的指引；而军官们则为他的所见所闻找到一个固有的解释——幻觉。

　　当他们身处最后面的几层时，他开始有了感觉，但绝非自己期待的那个。他模糊地感觉到，这里有什么人存在。他不寒而栗，过去由隧道带给他的那种深深的恐惧感，此时又找上了他。尽管他们走过的每一层，看上去都早已彻底荒弃，也没有图书管理员和其他生物的明显痕迹，可他偏偏总想要频频回头，似乎有什么人，正透过书架之间的空隙，密切观察着他们的一举一动……

　　丹尼尔拍拍他的肩膀，又用手电筒照了照自己的一只靴子。这个婆罗门不怎么会系鞋带，有好长一截已经耷拉在地上了。

　　"我系一下鞋带，你先往前走着，看能不能听到点什么。"他低声说，然后蹲了下去。

阿尔乔姆点点头,继续一步一步地往前挪动,他走得很慢,每隔一秒钟就回头看丹尼尔一眼,可同伴迟迟没有系好:鞋带总是从他肥大的手套间滑落。在往前走的过程中,阿尔乔姆总要先照亮身体右侧的一排书架,然后猛打手电筒到左侧,想在积满灰尘的书海中揪出图书管理员佝偻的灰色身影。不知不觉,他和丹尼尔已经拉开了约三十米的距离。就在这时,从前方两排书架之间,传来一阵清晰的窸窣声。阿尔乔姆端起冲锋枪,把手电筒贴在枪身上,一个箭步蹿到可疑的书架行道前。

前后两排长长的书架,一眼望不到头。书架上满满当当全是大部头,一直顶到天花板,行道里空空如也。也许对手藏在左边那排?但手电光闪向那里,却是空的。对面那排呢?也是空的。

阿尔乔姆屏住呼吸,仔细辨别着空气中最细微的声响。除了书页发出的不真实的沙沙声,什么动静也没有。他回到过道上,用手电光去找正和鞋带较劲的丹尼尔。可那个位置上已经空了。人呢?!

阿尔乔姆想都没想,马上就往回冲。手电筒的光斑疯狂地跳跃着,照亮了站立在黑暗中那一排排毫无区别的书架。他刚才停在哪里来着?相隔三十米……这里估摸着有三十米了,他应该就在这里才对……可他不在。这人连声招呼也没打,能上哪儿去呢?要是遭到袭击,为什么没听见他反抗?发生了什么?他究竟发生了什么?

不对,一定是跑过头了,丹尼尔离自己应该没那么远……但哪里都没有他的人影!阿尔乔姆觉得自己像个没头苍蝇,整个人变得惊慌失措起来,此时他的脚下正是丹尼尔系鞋带的地方。他倚着书架瘫坐在地上,就在这时,只听从这排书架深处,幽幽地传出一个非人的声音,继而变调为凄厉的尖叫——

"阿尔乔姆……"

阿尔乔姆紧张得无法呼吸,哈出的水汽蒙住了眼罩,让他几乎什么都看不见。他猛地转过身,面朝声音的方向,端起手中颤抖的冲锋枪,把眼睛凑近瞄准镜,朝那个声音靠了过去。

"阿尔乔姆……"

已经近在咫尺了。突然,隔着书架,有一束细细的光线透过底层排列松散的书本透了过来。光束忽前忽后,似乎有人正拿着手电筒忽左忽右、忽左忽右地来回晃动……阿尔乔姆听到了金属碰撞的声音。

"阿尔乔姆……"这次的声音轻得几乎听不见,却是熟悉的那个低语声,不用怀疑,正是丹尼尔的声音。

阿尔乔姆兴奋地往前迈了一大步,期待着看到自己的同伴。然而,就在两步开外的地方,发出一个像是从嗓子眼里挤出来的、尖利刺耳的不祥之音,正是他最初听到的那个声音。与此同时,手电光又开始漫无目的地在地板上跳跃。

"阿尔乔姆……"奇怪的声音还在叫他。

阿尔乔姆又向前迈了一步,他扫了一眼右边,顿觉汗毛乍立。

书架在这里到了尽头,右前方的空隙里,丹尼尔坐在血泊之中。他脑袋上的头盔和面罩都不见了,面色像死人一样煞白,一对睁开的眼睛仍有意识,嘴唇还在翕动。在他的背后,藏着一个佝偻的灰色身影。它的身体半隐在昏暗中,一只骨节修长、狰狞的手——不是爪子,而是真正的手——覆满了钢针般的硬毛,蜷曲的手指甲锋利无比,正拨弄着掉落在离丹尼尔半米开外的手电筒,似乎在配合主人的若有所思。另一只手,则伸进了丹尼尔已经开了膛的肚子里。

"你来了……"丹尼尔用微弱的声音说。

"你来了……"背后那个东西也学着他的腔调,用刺耳的声音说。

"图书管理员……在我背后。反正我活不成了,开枪,杀了它。"丹尼尔用虚弱的声音央求。

"开枪,杀了它。"灰影重复着。

手电筒不慌不忙地被拨弄到了地板左侧,正打算回到原点开始新一轮往复。阿尔乔姆感觉自己快要疯了,脑海中回荡着梅尔尼克的警告,枪声会引来更多怪兽。

"滚开。"他对图书管理员说,并不抱希望它能听懂。

"滚开。"得到的是一个近乎温存的回应,可长满尖利指甲的那只手,仍继续在丹尼尔腹腔内翻腾着。丹尼尔发出微弱的呻吟,浓稠的鲜血从他嘴角成股流淌下来。

"开枪!"丹尼尔攒足了劲,用略微抬高的音量说。

"开枪!"图书管理员从他的背后下令。

是亲手杀死自己新结识的伙伴,让枪声引来其他怪兽呢,还是留他在这里等死,趁着为时未晚独自逃走?丹尼尔已无生还希望了,他肠穿肚烂,活不过一个小时。丹尼尔后仰的脑袋后面,先是露出一只尖尖的灰耳朵,紧接着又露出一只硕大的绿眼睛,在手电光下莹莹发亮。这个图书管理员慢慢地,像是害羞似的,从垂死的丹尼尔身后探出头来,用眼睛搜寻着阿尔乔姆的目光。不要别过脸去,直视那里,直视它的眼睛,直视它的瞳孔……那对属于野兽的竖瞳。但从这对阴鸷、不可思议的眼睛里,竟能看到理智的痕迹,诡异极了。

走近后才看清,图书管理员和大猩猩绝无相似之处,也一点不像猴子。它有着猛兽的长相,脸上覆满了毛发,两排长长的獠牙一直延伸到耳际,眼睛有灯笼那么大。无论是生活中还是图画里,阿尔乔姆从没见过和它类似的动物。

时间似乎停滞了。阿尔乔姆深陷在它的瞳孔当中,再也拔不出视线,直到听到丹尼尔发出一声漫长而含糊的呻吟,他才回过神来。瞄准镜的小红点对准了图书管理员那毛茸茸的低矮额头,冲锋枪也调整到单发模式。听到金属拨盘的轻响,野兽从嗓子里发出低吼,重又躲到了丹尼尔身后。

"滚开……"那个东西突然对他说,跟自己刚才的口气一模一样。

阿尔乔姆呆住了。这次他并没开口,图书管理员可不是在重复他的话,它似乎记住了之前的话,并且能够理解。怎么会这样?

"阿尔乔姆……趁我还能出声……"丹尼尔强打精神,努力收拢起每一分钟都越来越涣散的眼神,"在我前胸口袋里,有个信封……他们告诉我,要是你找到了那本书,就把它交给你……"

"可我什么都没找到。"阿尔乔姆摇了摇头。

"什么都没找到。"后面那个东西也跟着重复。

"没关系……我知道你为什么来这里。你不是为了自己……或许它会对你有帮助。我反正要死了,还管它命令不命令的……最重要的,记住……不要回波利斯……要是他们知道,你什么都没找到……或是军人知道了……走其他站。好了,现在开枪吧,实在太疼了……我不想再忍受……"

"我不想……疼……"图书管理员打乱了句序,口中还发出咝咝声。与此同时,它的手在丹尼尔腹中一阵猛捣。丹尼尔抽搐着,发出一声嚎叫。

阿尔乔姆再也看不下去了。他抛开所有顾虑,把枪重调回连发模式,轻合上眼睛,开了火。子弹密集地喷射在同伴和躲藏在同伴身后的那个狡猾东西身上,寂静中,子弹穿透肉体的声音听上去大得惊人。一阵凄厉的尖叫声过后,全部声音都戛然而止,蒙尘的图书像海绵一样吸尽了所有回声。阿尔乔姆睁开眼睛。一切都结束了。

他一步跨到图书管理员跟前。它被打成筛子的脑袋耷拉在丹尼尔的肩上,哪怕死了也要羞怯地躲在他身后,在手电光的照射下,阿尔乔姆将这副可憎的皮囊看得一清二楚,他能感到它的血液正在冷却,两个手掌在张力作用下渗出了汗珠。他嫌恶地用靴尖捅了捅它,这个图书管理员仰面轰然倒地。不用怀疑,它死透了。

阿尔乔姆努力不去看同伴血肉模糊的面孔,匆忙扯开他防护服上的拉链,里面的衣服随即被浓黑的血液浸透,一股腥臭的雾汽升腾到清冷的空气中,阿尔乔姆的胃里顿时翻江倒海。摸到了丹尼尔前胸的口袋……手指头在肥大的防护手套里笨拙地去解那粒纽扣,这让他想到,或许正是这副手套,耽误了丹尼尔自救。

就在这时,远处传来了清晰的沙沙声,紧接着,是赤脚踩在走道上啪嗒啪嗒的声响。阿尔乔姆紧张地扭过头去,用手电筒探照着四下里的走道。确认附近暂时只有他一个人后,又埋头去解扣子。纽扣终于解开了,在口袋深处,他用僵直的手指摸出一个被子弹打穿的密封袋,里面装着一个灰色薄信封。

除此之外,阿尔乔姆还从口袋里找到一张染血的方形卡片,大概就是丹尼尔从二楼前厅抽屉柜里取走的那张索引卡。卡片上印着:"《塔吉克苏维埃社会主义共和国的农业灌溉和展望》,施努尔科夫[1],杜尚别,1965 年"。

啪嗒的脚步声,含混的嘟囔声,现在听起来已经到了近处。没时间了。阿尔乔姆拾起丹尼尔的枪,又从图书管理员手边捡起滚落的手电筒,迅速离开了那个地方。他来不及思考,就沿着来路狂奔,拼尽全力跑过一排排永远没有尽头的书架。他不知道身后是不是有东西在追他,因为沉重的靴声和血液撞击耳膜的声音,已经盖住了背后的其他声音。

直到一口气跑回楼梯间,飞奔下水泥台阶的时候,他才想起,自己连出入档案馆的那扇门在哪一层都不知道。当然了,也可以跑到一层,敲碎玻璃进入院子……阿尔乔姆在台阶上停留了一秒钟,观察院子里的情况。

就在院子正中央,有几个灰色身影正纹丝不动地站着,仰起兽脸,盯着窗户这边——似乎盯的就是他。阿尔乔姆赶忙收住脚步,将身子贴着窗户侧边的墙面,改为静悄悄地往下移动。当落到台阶上的靴声不再沉重,这时他也听清了从上面传来的啪嗒啪嗒的脚步声,那几对赤脚正越靠越近,越靠越近。阿尔乔姆彻底失去了控制,又开始朝楼下狂奔。

为了寻找那扇熟悉的门,每下一层,他都要匆匆环顾一圈,要是没有,就接着往下跑。跑到荒僻的最下面几层以后,当他隐约听到有脚步声,就找一个漆黑的角落,静静地躲上一会儿,然后继续在台阶上乱窜,下一层,或者上两层——万一自己看漏了眼呢?他深知,在这个找寻迷宫出口的过程中,自己制造的讨厌噪音,会招来所有栖息在图书馆里的野兽,可他无法让自己平静下来,他徒劳地、毫无胜算地寻找着那扇门。当

---

1 俄语原文为 Шнурков,而其同根词 шнурок 意为鞋带。

他又一次打算跑回台阶上时，却惊觉在残破的窗户内侧，赫然出现一个熟悉的、佝偻的灰色身影。阿尔乔姆倒退几步，就近闪进一条走廊，后背贴墙，枪口对准了那个家伙预计出现的位置，屏住呼吸……

一片寂静。

那个家伙也许是太过狡猾，不敢贸然独自跟上来，也许是在等阿尔乔姆露出破绽，自投罗网。但阿尔乔姆也不是非走回头路不可，脚下这条走廊一直通到远处。阿尔乔姆略加思索，盯着目标开始撤退。

走廊在前面拐了个弯，就在拐弯处的墙上，有个黑黢黢的洞口，四周散落着碎砖块和一层薄薄的石灰。阿尔乔姆本能地爬了进去，来到一个满是损毁家具的房间，胶卷和胶片在地板上撒得到处都是。前面出现一扇虚掩的门，月光从门外洒进来，留下一道细细的白影。阿尔乔姆蹑手蹑脚地穿过嘎吱作响的拼花地板，走到门口，向外张望。

尽管此时身处的是它的另一端，他还是一眼就认出了这个地方：令人印象深刻的"阅读者"雕塑，高耸的天花板，巨幅的窗户，通向神秘木门的过道，以及过道两侧已是横七竖八的阅读桌。毫无疑问，这里正是主阅览室。他站在四米高的狭窄连廊上，倚着木围栏，俯瞰整个大厅。那些图书管理员就是从这里扑向他们的。至于自己是怎么从档案馆来到这里，并且还直接绕过了之前丹尼尔带他走的那条路线，他怎么都理解不了，也没时间去想个明白——图书管理员很可能正步步紧逼。

阿尔乔姆沿着雕像前的对称式楼梯跑进大厅，朝大门奔去。几具图书管理员蜷曲的尸体横陈在门前的地板上，阿尔乔姆经过时，险些滑倒在它们凝固的血泊中。

他奋力推开沉重的木门，迎接他的是一道刺眼的白光。他想起梅尔尼克的话，忙用右手攥紧手电筒，比划了三圈，示意是自己人。刺眼的亮光立刻挪开了。当着对方的面，阿尔乔姆把枪使劲往身后一拽，缓慢地向前移动，朝那间带有拱柱和沙发的圆形房间走去，也不知是什么人在等待着自己。

只见一挺机枪架在地上,梅尔尼克正俯身照料自己的同伴。老十半仰在沙发上,双眼紧闭,不时发出短促的呻吟。他的右腿不自然地扭着,阿尔乔姆看了一会儿才明白,这条腿自膝盖以下全断了,它不是向后弯折,而是向前弯折的。怎么会发生这种事?那帮灰家伙是有多大力气,才能把精干的潜行者弄成这般地步?阿尔乔姆无法相信。

"你的同伴呢?"梅尔尼克瞟了他一眼,就接着埋头护理老十。

"有很多图书管理员……在档案馆里,被我们遇上了。"阿尔乔姆试着解释。不知为什么,他并不想告诉他们是自己亲手杀了丹尼尔,即便这么做是出于好心。

"书找到了吗?"梅尔尼克转换了问题。

"没有,"阿尔乔姆摇摇头,"我在那里什么都没听到,也没感觉到。"

"来帮我一把,把他扶起来……算了,你还是替他拿包吧,还有我的包。你看到了,他的腿……都快被扯下来了。现在我必须背着他走。"梅尔尼克的脑袋指了指老十。

阿尔乔姆将所有设备一一收好,这些东西足有五十斤重。梅尔尼克则要吃力地背着同伴发软的身体,担子显然比他重得多。他们缓慢地朝门口挪动,直到离开也没再碰上图书管理员,然而,当阿尔乔姆敲开沉重的木门,帮汗流浃背的梅尔尼克通过时,却听到从图书馆深处传来一声愤恨的哀号。阿尔乔姆顿时感到毛骨悚然,砰的一声关上了大门。

现在,首要的事情是尽快回到地铁站。

"垂下眼睛!"走到街上,梅尔尼克下令,"五角星马上会出现在你视线正前方。别往塔上看,想都别想……"

阿尔乔姆顺从地盯着地面。他拖着三个大包,两挺冲锋枪和一挺机枪,走得呼哧带喘,梅尔尼克更是不必说了,于是,在去往博罗维茨基站的这段二百米的路上,两人走一会儿就要停下来歇歇。可是到了目的地,梅尔尼克却不让阿尔乔姆进站。

"现在你绝不能回波利斯。你不但没有找到书,还把他们的人弄丢了，"梅尔尼克轻轻放下同伴，大口喘着粗气说，"婆罗门可不会喜欢这个结果。最重要的是，这说明他们找错了人，还把自己的秘密托付给了你，你要是回去，准会消失得无影无踪。别看他们是文化人，这方面他们可是行家，连我也保不了你。现在你该走了。最好去斯摩棱斯克站，那里直走就到，沿途房屋很少，也不用穿巷子。要是赶在日出前出发，说不定你很快就能到。"

"什么日出？"阿尔乔姆不解地问。

听到自己不得不在地表独自赶往另一个地铁站，并且从地图上看，两站离得足有两公里远，这个消息对他来说无异于闷头一棍。

"就是太阳。人是夜行动物，最好不要白天出现在地表上。会有东西从瓦砾里爬出来晒太阳，要是碰上了，够你后悔一辈子的。更不用说太阳光了，数两个数的工夫，就会把你的眼刺瞎，墨镜也救不了你。"

"可我一个人要怎么过去？"阿尔乔姆还是无法相信自己的耳朵。

"你别怕，只要直走就能到。就沿着加里宁大街走，不要拐弯，不要换别的路，绝对不要走进楼房，那里面到处都是它们的窝。一直走到这条街和另一条大路的交叉口，那条路就是花园环路[1]。你要左转上这条环路，一直走到一幢米色石头的方楼前，那里曾是一家时装店……楼后面有个黄色拱墙，上面写着'斯摩棱斯克站'。转进去是个类似内庭院的小广场，你就看到地铁站了。要是一切正常，就往下走。他们有一道门是开着的，有人接应，供自己的潜行者出入。你要这么敲门：快敲三下，慢敲两下，再快敲三下，门应该就开了。就说是梅尔尼克让你来的，然后在那里等我。我把老十送到医院就赶过去，中午前就能到，等着我来找你。以防万一，两把冲锋枪你都带上。"

"但从地图上看，还有另外一个更近的地铁站……叫作阿尔巴特站。"

---

[1] 莫斯科市中心的主要交通干线，著名的斯大林风格建筑群"七姐妹"中有三幢在花园环路上，分别是：外交部大楼、库德林广场的住宅楼、红门广场的行政住宅楼。

阿尔乔姆终于想起了站名。

"是有这么一站，可你别往那儿走，你也不会想要这么做的。你要绕开它，从路的另一边迅速经过，但不要跑。快，抓紧时间吧！"说着，他就把阿尔乔姆往前厅门外推。

阿尔乔姆不再争辩。他将一把枪背在肩上，另一把枪拿在手里预备着，然后走到街上，用右手遮住眼睛，好不让自己在无意间看到克里姆林宫的群星闪耀。然后，再次朝纪念雕像匆匆走去。

第十四章
地表之上

阿尔乔姆没有走到椅子上的老人雕像前,而是沿着大图书馆台阶下面的路,左拐进了街角。再次经过这里,他依然用视线打量着这座宏伟的建筑,一想到里面可怖的居民,不由打了一个寒战。眼下,图书馆重又归于阴森的静默,那些悄无声息的管理员,在经历过一场无礼的来犯后,大概已经分散到阴暗的角落中,舔舐着伤口,为了让下一拨探险者付出血的代价而积蓄力量。

眼前浮现出丹尼尔那张毫无血色的惨白面孔。不知怎的,阿尔乔姆心上闪过一个念头:丹尼尔对这些野兽的恐惧,甚至到了拒绝谈论它们的地步,这并非无缘无故的。是他有所感觉,还是在夜晚的噩梦中预见了自己的死亡?他的躯体将永远留在档案馆里,和杀死自己的图书管理员相拥而眠。不过,要是那些野兽不喜欢尸体的话……阿尔乔姆想不下去了。在两天的相处中,他几乎已经把同伴当成了兄弟,他永远都无法忘记他死去时的惨状。他觉得,丹尼尔将在很长一段时间里占领自己的梦境,用沾满鲜血的嘴唇,在夜里一遍又一遍对他发出无声的呓语。

步入宽阔的加里宁大街,阿尔乔姆立刻想起梅尔尼克的叮嘱:别拐弯,直走到这条路和花园环路的交叉路口……可怎么才能看出哪条路才是花园环路呢?他很好奇。不要走路中央,但也不要贴着楼房墙根走,最重要的是,要在日出前赶到斯摩棱斯克站。

加里宁大街上最为知名的高楼群[1]，阿尔乔姆过去只在泛黄的莫斯科景点明信片上见过，眼下，它们当中最近的一座离自己不过五百米远。这一段路上，街道两旁始终是低矮的住宅，直到与新阿尔巴特大街交会处才有了起伏，而凸起的恰恰始于那四幢高楼。在一片昏暗中，远眺时模糊混杂的建筑物轮廓，正随着脚步的临近而愈发清晰。低空的云层遮住了月亮，洒下的月光有些微弱，只有在云层移开的间隙里，建筑物那如梦似幻的轮廓，才化为具体可感的实体。

街对面每隔一百米，就会出现一条垂直于大街的街巷。即便在昏暗的月光下，透过这些巷子，也能看到一座古教堂恢宏的轮廓。一个巨大的带翅膀的黑影，又开始在圆顶十字架的上空盘旋。

或许正是由于阿尔乔姆停下来，朝那个方向看了两眼热闹，才有了这个发现：在肉眼难以分辨的昏暗中，不知是不是自己的幻觉，似乎有个诡异的身影站在巷子深处，紧贴在残存的墙壁上，几乎和它融为一体。细看之下，他才发现那团东西在动，并且具有意识。隔得太远，他很难看清那个活物的形状和大小，只能确定它是用两腿站立的。于是，阿尔乔姆搬出了潜行者的通用做法：对着巷子打开手电筒，连晃三圈。

等了一分钟，没有回应。阿尔乔姆并没意识到在原地停留不动是很危险的。离开前，他忍不住又举着手电筒往巷子里瞧。这一瞧吓得他马上熄灭手电筒，以最快速度逃离了现场。

那不是人。在光照下，它的轮廓更加清晰，模样准确无误地呈现在视线中。它的身高不低于两米五，几乎没有肩膀和脖子，硕大的圆脑袋直接长在强壮的躯干上。尽管那个东西并没有挪动位置，阿尔乔姆还是吓出了一身冷汗。

不到一分钟，他就走到了一百五十米外的下一个巷口对面。细看之下，他才明白，那根本不是什么巷子，而是在战火中住宅区被豁开的口

---

1 莫斯科地标建筑，由连续四幢像是打开的书的高楼组成。

子,也许是炸弹留下的弹坑,也许是军事装备推倒了一整排楼房。阿尔乔姆细细打量着残迹深处那些半毁的房屋,他的视线再次停留在一团静止的模糊黑影上。只需要一秒钟的光照就能断定,就是那家伙,要么就是它的同类。它站在巷子正中央,远在两街区之外,甚至躲都不躲。

要是它就是刚才那只,并且一下子跑到了两街区之外,那就意味着它有一条跟自己这条路平行的路可走,而这也就意味着,它走得要比自己快两倍,因为当自己抵达下一个街区时,它已跑出三个街区了。更可怕的是,两次看到的黑影,一次比一次靠得更近。跟第一只一样,它也呆立在原地一动不动,活像一尊塑像。有那么一瞬间,阿尔乔姆觉得它也许并非活物,而是标志一类的东西,不知被谁摆在那里吓唬人,或者当作警示……

下一个十字路口,他是跑着去的。站在街角尽头的房子拐角处,他小心翼翼地朝对面张望,发现神秘的追随者已经如约而至。这一次,那庞大的身形多出了几只,云层此时已变得稀薄,它们的模样在月光下清晰可见。

和前两次一样,这些生物一动不动地站着,像是在静候他的出现。可怎么知道它们是死是活?在下面的地铁世界里,他的第六感能助他一臂之力,但地上的这个世界不同,它处处令人迷惑,这里的生活完全依照另一套规则延续着,他的第六感和直觉在这里派不上用场。

阿尔乔姆以最快速度,尽可能悄无声息地跑到了下一个巷口。他贴着墙根稍作等待,又朝对面望去,这次让他倒吸一口冷气:那些影子正以怪异的姿势移动着,它们使劲拉长脑袋,头还动来动去,像是在嗅着空气。其中一只竟然改用四肢着地,纵身一跃,就在角落里消失了。几秒钟后,其余的也跟着消失了。阿尔乔姆退到一个可以藏身的地方,坐在地上喘匀呼吸。

毫无疑问,它们在追他。这些生物似乎想把他从大街上引到两边的平行街道上去。它们等待着他走过一个又一个街区,在巷子里出现则是为了确认他还没有偏离路线,然后继续默默尾随他。为什么?是为了伺机进攻,还是纯粹出于好奇?为什么它们不到大街上来,而是躲在阴暗的巷子里?梅尔尼克叮嘱过他,千万别离开大道,难道他知道它们会暗中窥探,让他身陷险境?

为了让自己安心,阿尔乔姆给自己那把枪换了弹匣,哗哗拉动枪栓,又试了试激光瞄准镜。他全副武装,况且不同于在大图书馆里,现在他可以毫无顾忌地对那些未知生物开枪,更好地保护自己。他深吸一口气,站了起来。无论如何,梅尔尼克都不会乐见他待在原地白白耽误时间。要快,在这个地上世界,干什么都要快才行。

又走过一个街区,阿尔乔姆放慢脚步,打量起四周。街道在这里变宽了,出现了一小片广场,它的一部分用栅栏和道路隔开,改造成了公园,这很容易看出来:树木都还在原地生长,只不过不是阿尔乔姆在明信片和照片里看到的样子了。粗大的树身长满树瘤,树冠张牙舞爪地支棱着,足有公园后面那座楼的五层那么高。很可能,潜行者们就是来这种公园寻找木柴,供给整个地铁采暖和照明的。树林间怪影重重,远处有团模糊的火焰在跳动,如果不是淡绿色的,阿尔乔姆就把它当成篝火了。那座建筑物看起来也阴森恐怖,给人一种感觉,似乎它饱经了腥风血雨的战火洗礼。楼的上层已经坍塌,很多地方留着黑黑的弹坑,只有两面墙还完整,透过墙上空洞的窗子,能看到迷蒙的夜空。

过了广场,楼房退避三舍,紧接着是一条宽广的林荫道。从他的方向望去,新阿尔巴特大街第一波高楼大厦叠加在林荫道上方,崛起在黑暗里,犹如瞭望塔。从地图上看,阿尔巴特站的入口应该就在对面某处。阿尔乔姆又看了看黑漆漆的公园。梅尔尼克是对的,不会有人甘愿为了寻找地铁站而深入这些密林。他越久凝视那片蔓延到楼前的黑暗树林,进入视野的神秘黑影就越多,正在巨树下移动——正是尾随他的那些生物。

一阵狂风费力地吹动树枝,沉重的树冠发出嘎吱轻响。远处传来一声长啸。密林静默着,但并非死气沉沉。它的沉默类似于那些神秘追踪者的沉默,似乎在等待着什么。阿尔乔姆有一种强烈的感觉,要是他继续待在原地,窥视密林尽头的秘密,就会难逃惩罚。他搂紧枪,一边观察着四周有没有那些偷偷靠近的身影,一边继续前进。

加里宁大街到头了。没走几秒钟,他在林荫道旁停了下来。这里的景象让他再也迈不动腿了。

此时他正站在宽阔的十字路口上,从前这里一定是车来车往。这个枢纽很特别,纵向的道路先是以地下隧道的形式穿过大街,又回到地面上的。大街右侧,两排林荫道上同样生长着巨树,繁茂的树影一直延伸到远方。大街左侧,是一个铺着沥青的大广场,它也属于这个交通枢纽的一部分。广场后面又是一片密林。发现自己可以看到那么远的地方,阿尔乔姆不禁自问,难道可怕的日出已经临近?

这些路上满是烧焦变形的汽车残骸。阿尔乔姆知道汽车。这里不会存留下任何有价值的东西,二十年间,潜行者往返于地面,已经带走了一切能带走的东西:加油站里的汽油、蓄电池和发电机、汽车前灯和信号灯、拆下的汽车座椅……这些东西在展览馆站都能找到,在地铁的其他大型市场里也可以。柏油马路上留着深深浅浅的弹坑,巨大的裂缝随处可见,杂草和柔嫩的花朵从缝隙中冒出来。放眼朝前方望去,就是新阿尔巴特大街的地标了,这几栋不可思议地得以保全的大厦,以四本打开的书的姿态呈现在阿尔乔姆眼前,宛如连绵的黑色峡谷。街对面的高楼就没那么幸运了,它们每一座都不低于二十层,每一座都有局部坍塌。身后这条路,则通向大图书馆和克里姆林宫。

站在这无比恢宏的文明之棺中央,阿尔乔姆觉得自己像是一名发掘古城的考古学家。即便历经数个世纪,古城残存的昔日辉煌与壮美,仍让后来者激动得不能自已。想象一下吧,过去居住在这些大厦里的人们,这些汽车残骸的主人,过着怎样的生活?那时候,这些车还车体锃亮,驰骋在平坦的柏油路上,车胎碾压过的路面微微发胀,发出好听的滋滋声;人们钻进地铁,只是为了从这个无边城市的一点快速抵达另一点……简直不可思议。他们每天都会想些什么?又会为何而烦恼?既然他们无需时刻担心自己性命的安危,也不必为多活哪怕一天而疲于奔命。那么,还会有什么可让他们烦恼的呢?

此时此刻,云层有了游移,一轮淡黄色的圆月在云中若隐若现。明亮的月光倾洒在这座恢宏的死城中,为它平添了几分凄美。房屋和树木虚幻的平面轮廓,此刻变得真实可感,细节和局部也一一显露在眼前。

阿尔乔姆像是被钉在了原地,他努力压抑住身体的颤抖,欣喜而着迷地左看右看,怎么都看不够。直到现在他才开始理解并且感同身受,当老人们追忆往昔,沉浸在对自己居住过的城市的回忆中时,声音里的那种怅惘。直到现在他才开始意识到,人类距离早日的辉煌和成就,已经后退了太远太远,就像一只翱翔的鸟儿,由于受伤而落在地上,虽找到了缝隙藏身,却再也没法离开这缝隙。他想起了养父和猎人的争论:人类会不会幸存,以及,即便人类得以幸存,又是否能像曾经的人类那样,继续征服世界,自信地以世界的主宰而自居?此时,阿尔乔姆可以给出个人观点了:人类从文明的顶峰上跌落得太狠,他们对于美好未来的信心再也找不回来了。

宽广笔直的加里宁大街离他远去,越来越小,最终消失在漆黑的远方。现在,阿尔乔姆站在空无一人的街道上,置身于无数属于过去的幻象和魅影中,试着去想象,曾有多少人不分白天黑夜地穿行在这些人行道上,又曾有多少车从他脚下疾驰而过,那些空洞漆黑的窗户里,曾亮起过多么舒适温暖的灯光。这一切都去了哪里?今天的世界看起来落寞而荒凉,但阿尔乔姆知道,这不过是种幻觉:地面之上并非死气沉沉,它不过是换了主人。想到这里,阿尔乔姆转过身,面朝大图书馆的方向。

就在一百多米开外的路中央,它们一动不动地站着,至少有五只。看来它们不打算继续藏在巷子里面了,这也意味着它们放弃了引他靠近的尝试。阿尔乔姆百思不得其解,这些生物是怎么做到如此敏捷又悄没声地靠近自己的?在月光下,它们的模样无比清晰:强劲发达的后肢,似乎比一开始站得更高了;即使看不清它们的眼睛也能知道,它们正打量着他,从潮湿的空气中嗅着他的气味,等待着。很可能,是他的气味里夹带的那股并不陌生的火药味让它们望而却步，只远远地观察他，从他的举手投足间寻找他的破绽和心虚的迹象。又或许，它们只是送他离开自己的地盘，并不想和他树敌？他怎么才能知道，这些违背了地球进化法则的生物，究竟是怎么想的？

阿尔乔姆强装镇定，回过身来，故作轻松地继续往前走，为防止不测，每走十步就用眼睛的余光扫一眼身后。那些生物起初按兵不动，后来，他最担心的事情果然应验了，它们变成四脚着地，慢慢跟了上来。

不过，一走到和他相距百米的地方，身后这支护卫队就回到最初的状态，又停下来一动不动了。对于跟踪者们的表现，阿尔乔姆已经见怪不怪了，为了防备它们猛扑上来，枪已经端在了手上。他们就这么披着月光，一前一后走在空荡荡的街道上。前面的人警惕万分，神经紧绷，每走五十步就停下来左右顾盼，后面的五六只怪家伙则不紧不慢地跟着。趁它们重新换成两腿站立的时候，阿尔乔姆迅速拉大距离，想要甩掉它们。

过了十分钟左右，阿尔乔姆感觉它们又跟了上来。不仅如此，之前一直集体行动的野兽，现在分开形成了扇形的包围圈，像是企图两面夹击。阿尔乔姆还从没当过猛兽群体捕猎的对象，但他肯定它们就要扑过来了。该行动了。他猛地转身，举枪瞄准其中一个黑影，这一举动果真对它们奏效了：这次它们不再假惺惺地呆立不动，等他回过头去，而是一刻不停地继续慢慢朝他靠拢，直到形成一个半包围圈。必须赶在这个包围圈缩小到攻击范围之前，试着把它们吓跑。

阿尔乔姆微抬枪管，放了个空枪。一声巨响回彻在高楼的墙壁之间，一直传到大街另一头。弹壳掉在柏油路上，发出一声脆响。响声刚落，兽群暴发出愤怒的嘶吼，径直朝他扑来。只用了寥寥数秒，它们就前进了几十米，好在他早已预料到事态的发展。他瞄准离自己最近的一只，抬手就是一枪，然后撒腿朝一片楼房跑去。

毫无疑问，从它发出的哀嚎声判断，他打中了。这招能威吓住其他野兽吗？还是适得其反，会更加激怒它们？他也不知道。

这时，身后又传来一声尖利的叫声。这绵长的叫声，并不是那些捕食者在对他发出威胁的吼叫，而是来自天上，即使隔着墙壁听起来也叫人毛骨悚然，血液凝固。阿尔乔姆明白，有新的玩家加入了游戏，显然是被枪声吸引来的，应该就是那只把巢穴建在大教堂顶上的怪鸟。

一片巨大的阴影骤然掠过头顶，阿尔乔姆马上回头，只见那群野兽正在四散，只剩下被自己打伤的那只还在街中央蹒跚。它也想躲起来，吱吱叫着，一瘸一拐地向建筑物挪动。但它没有机会自救了，大鸟在数十米高空中盘旋了一圈，呼扇着皮糙肉厚的巨翅，朝猎物俯冲下来。它的速度太快，阿尔乔姆还没看清一切是怎么发生的，只听猎物声嘶力竭地发出最后一声惨叫，就被巨爪轻而易举地捏着，带到了某座大厦的顶端。

怪兽们一时不敢现身，生怕怪鸟回来，阿尔乔姆却不必为此担心。于是，他贴着墙根一路飞奔，根据推算，花园环路应该就在下一个路口了。他一口气跑出半公里远，又气喘吁吁地回头去看，好确认那些捕食者是否已经回过神来。只看到街上空荡荡的。又走了几十米，他朝一条巷子扫了一眼，吓了一跳：那些一动不动的熟悉的黑影又出现了。现在他开始明白，为什么这些生物不愿走到开阔的空地上来，而是喜欢在狭窄的小道上追逐猎物了——它们是怕在猎食他的过程中，引起更大型猎食者的注意，成了别人的口粮。

现在，阿尔乔姆不得不每隔一分钟就环视一圈四周，他见识过那些野兽发起进攻时的惊人速度，并且可以悄无声息地进行，因此时刻提防它们的突袭。可突袭还是来了，当街道的尽头已经近在眼前，它们离开巷子，又一次包围了他。依照经验，阿尔乔姆当即放了枪空枪，想引来那只怪鸟把它们吓跑。它们果然贴着建筑物，伸长脑袋，一动不动地呆立了一会儿。可天上什么都没有，想必是怪鸟还没吃完上一只猎物。比捕食者更快地明白这一点后，阿尔乔姆拔腿就往右边跑，飞快绕过一座居民楼，钻进它最近的单元门。尽管梅尔尼克曾告诫过他，有东西定居在楼里面，但要在空旷的大街上迎战灵活健硕的敌人——例如那群追逐他的野兽——无异于送死。不等他拉好枪栓，它们就会将他撕成碎片。

楼道里很黑，他不得不打开手电筒。墙壁上涂满了几十年前写的下流话，楼梯上肮脏不堪，残破的门板后面，是无数火烧后毁坏殆尽的房屋。老鼠肆无忌惮在周围跑来跑去，更为眼前的画面平添一丝悲凉。

他的选择没有错：楼道的窗户正对大街，每上一层，他都能确认一下，那些野兽暂时没有跟到楼道里来。它们已经聚集在楼下，又恢复了后腿着地，石化般一动不动的状态，但并没有冲进楼里围捕他。

要说它们会放任自己溜走，阿尔乔姆是不信的。它们迟早会对他来个瓮中捉鳖，当然了，前提是楼道里没有隐藏着什么让阿尔乔姆自己都想逃离出去的东西。

阿尔乔姆又上了一层，习惯性地用手电去探照房门，却发现当中有一扇门是关着的。他用肩膀撞了一下，意识到门上了锁。他略一思索，用枪口对准锁眼开了一枪，一脚踹开了房门。对他来说，出于防御的角度，选择哪个房子抵御捕食者的进攻都是一样的，可他绝不能错过这个能一睹前人住所原貌的机会。

进门后，他先砰的一声把门关紧，又用门厅的橱柜堵住了门。这道防线承不住猛攻，但至少能挡住它们的突袭。然后，阿尔乔姆走到窗前，小心翼翼地观察外面的情况。这里真可谓一处理想的射击点位，从四层楼的高度上，他能清楚地观察到单元门入口的情况：有十只野兽坐在那里，将门口团团围住。现在优势在他这边，他立刻抓住机会，打开激光瞄准器，将小红点对准最大那只的头颅，深吸一口气，扣动了扳机。随着一阵短暂的轰鸣，怪兽没哼一声就倒向了一边。其余怪兽立刻以闪电般速度四散开去，只一眨眼的工夫大街上就空了。但可以肯定的是，它们并没有跑远。阿尔乔姆决定等一等，好确定它们是否真的能被同伴的死震慑住。

现在，他有一点时间来好好看看这个房间了。

尽管跟所有房屋一样，这里的窗玻璃早已破碎，所有家具和陈设却保存得惊人完好。地上撒满了一粒一粒的东西，很像是展览馆站使用的鼠药。说不定就是鼠药呢，难怪阿尔乔姆在房间里一只老鼠也没见到。他在屋子里待的时间越久，越能确信房子的主人并没有将它匆匆离弃，而是将它很好地封存了起来，期待着有一天能够重返家园。房子是精心打扫过的，厨房里没有留下食物招引鼠虫，大部分家具都被塑料纸包裹了起来。

阿尔乔姆从一个房间走到另一个房间，试着想象住在房子里的人们过着怎样的生活。这里曾住过几口人？他们几点起床，几点下班，几点吃晚饭？谁能坐在桌子头上？对于那些习俗礼节之类的事情，阿尔乔姆都是从书里想象来的，看到真正的住所他才明白，原来过去的很多想象都是错的。

阿尔乔姆轻轻撩起半透明的塑料纸，打量着书架上的书。一些侦探小说，常见于地铁里的书摊上，还有不少彩色的儿童读物。他轻轻抽出其中一本，翻看着里面绘着的滑稽的怪兽插图，这时，一张硬纸片从书里掉了出来。阿尔乔姆弯腰捡起，是一张彩色照片，上面是一个笑盈盈的女人，手上抱着个孩子。

他呆住了。

刚刚调整均匀的心跳，这下被彻底打乱了。心脏急剧跳动起来，不合时宜地怦怦直跳。要不是这里的空气有毒，阿尔乔姆真想脱下紧箍着自己的防护服，大口呼吸新鲜的空气。他小心翼翼地，像是怕它轻轻一碰就化成粉末似的，从地上捧起照片，凑到眼前。

照片上的女人看起来三十岁上下，她怀抱的小孩不到两岁，头戴一顶好笑的小帽，很难判断是男孩还是女孩。孩子直视镜头，眼神成熟又严肃，像是已经预知童年的即将终结。阿尔乔姆翻到照片背面，玻璃眼罩顿时模糊起来，那是一行蓝色圆珠笔的笔迹："小阿尔乔姆两岁零五个月照"。

像是被抽去了筋骨，他两腿一软，瘫坐在地上，又把照片摆在投进窗户的月光下，细细端详着。为什么这个女人的微笑如此熟悉，如此亲切？为什么自己一看到她，就无法呼吸？……在这座城市灭亡之前，它曾拥有数千万的居民。"阿尔乔姆"这个名字，虽说不是最常见的，但在这个大城市上百万的孩子当中，叫这个名字的应该也有几万人。这个孩子恰好是自己的概率，就跟整个地铁的居民都叫阿尔乔姆的概率一样渺茫,这么想毫无意义。可是为什么,照片上那个女人的微笑,竟让他感到如此熟悉?

他试图唤醒记忆中有关童年往事的碎片残章,它们有时候在脑海中一闪而过,有时候会在睡梦中浮现。那是一个舒适的小房间,有着柔和的灯光,和一个正在读书的女人……趴在宽大的沙发椅上。他从地上蹦了起来,像一阵旋风似的再次扫过各个房间,想要找到一件同梦里的沙发椅相类似的家什。当他走进一个房间,他恍若相识,家具的陈设和记忆中一模一样。沙发看起来略有不同,窗户的位置也不对,不过在三岁孩子的意识里,记忆有点走样也是常事……

三岁?照片上写的年龄也不是三岁,但这同样说明不了什么。底下没有日期,"两岁零五个月"可以是任何一天,未必是房子的主人永远离开前的那几天。他心想,照片可能是那之前半年或一年拍的,那么,这个戴小帽的孩子的年龄,就能跟自己对上了……还有他的母亲……这个概率一下子增加了几十倍。"但照片也可能是三年或者五年前拍的。"内心一个陌生的声音冷冰冰地说……是啊!

他灵机一动,又有了个主意。他推开浴室的门,四下环顾,终于找到了想要的东西。镜子上蒙了厚厚一层灰,阻挡了手电光的反射。阿尔乔姆从挂钩上摘下房子主人留下的毛巾,把镜子抹干净,镜中出现了头戴防毒面罩和防护头盔的自己。他用手电筒照着,端详着镜中的自己。在这套设备的遮挡下,自己瘦削而虚弱的面庞几乎看不见,但只有那对深陷的黑眼珠,此时他正吃力地用它们望穿玻璃眼罩,让他觉得与照片中小孩的眼睛神似。阿尔乔姆把照片凑到眼前,仔细看了看小孩的脸蛋,然后又抬眼望向镜子,然后又借着手电光看了看照片,接着又端详起自己防毒面罩下的脸。他试图回忆起上一次在镜中端详自己的情形。那是什么时候的事?是离开展览馆站之前没多久的事,但至今已经过了多久,他说不上来。从他眼前的模样判断,该有好几年了。要是能摘掉这该死的面罩该多好!那就能和照片上的孩子好好比对一下了!当然,人的面貌在成长过程中有时候会发生翻天覆地的变化，但每个人的脸上总会留下某些特质，是从遥远的孩童时代起就不曾改变的。

只有最后一个办法了：等回到展览馆站，问问苏霍伊，照片上这个正对自己微笑的女人，像不像在鼠群到来前把幼小的自己托付给他的那个女人——自己的母亲。尽管她当时的面庞因绝望和哀求而走样，但苏霍伊准能认出她来，他对人的面容过目不忘，一定能说出照片上的人是谁。究竟会不会是她呢？

阿尔乔姆又对着照片端详了一会儿，然后以出乎自己意料的温柔，手指轻抚过女人的面庞，小心地把照片夹回书页里，装进了背包。他心想，可真怪，仅仅几个小时以前，他还置身于亚欧大陆最大的知识宝库中，可以从百万卷藏书中尽情挑选自己喜欢的带走，其中有很多都是无价之宝，能卖个大价钱。可他甚至都没有动过这个念头，任由它们留在书架上蒙尘。来到这里，他却挑中了一本廉价的儿童画书，还觉得自己得到了世上最宝贵的财富。

他回到书架前，想再翻翻其他书，找找看有没有相册。但是，抬眼望向窗外，他感到那里发生了细微的变化。一丝不安掠过心头。有点不对劲。他靠近窗户，明白了问题所在：是窗外的夜色起了变化，天空开始呈现出淡黄色和粉红色。天更亮了。

那些野兽也回来了，它们蹲守在单元门口，犹豫着不敢进来。那只同伴的尸体不见了，不知是被怪鸟叼走了，还是被它们自己撕成了碎片。阿尔乔姆一时没弄明白，它们为什么没有疾风骤雨般地冲进房子，而是给了他喘息的时间。

日出前还来得及赶到斯摩棱斯克站吗？这主要取决于，能摆脱掉这些追捕者吗？要不，就留在这个算是设有防线的房子里，躲进浴室避开阳光，让阳光把那些凶猛的家伙驱走，等到下一个天黑再上路。可是防护服还能撑多久？防毒面罩的过滤器能坚持到那个时候吗？要是没有在约定的时间约定的地点找到自己，梅尔尼克会怎么做？

想到这里，阿尔乔姆朝房子的门口走去，听了听外面的动静。安静极了。他轻轻移开橱柜，慢慢地把门打开一道缝。走廊里是空的，不过他发现，在手电光的照射下，楼梯上多了些之前没见过的东西，又或许是自己当初没有留意？

是一层厚厚的透明黏液，看上去像是什么东西爬过后留下的痕迹。尽管这些痕迹并没有靠近自己一直待的房子门前，但这并不能让阿尔乔姆感到宽慰，痕迹的存在，是否意味着那些废弃的房子并非真的被废弃了，呈现出的空寂也只是假象？

现在他可不想留在房子里了，更不用说在这里睡觉了。只有一个选择：吓跑那群不肯舍弃他这块肥肉的野兽，赶在阳光灼伤他的眼睛并唤醒梅尔尼克口中那些未曾现身的怪物之前，试着一路跑到斯摩棱斯克站去。

这次他顾不上瞄准了，只想尽量多撂倒几个怪物。一圈扫射下来，两只野兽咆哮着栽倒在地上，其余的全消失在了巷子里。路障似乎已经扫除了。

阿尔乔姆跑到楼下，担心有埋伏，又从楼道里细细观察了一阵，这才撒开腿拼命朝花园环路狂奔。要是绿化带上栽种的两排小树都能长成黑压压的参天巨树的话，那些昔日里的环路花园，如今该是多么壮观的一片绿色啊……更不必说植物园里的植物了。

就在身后的捕食者聚集成群的空当里，他几乎已经跑到街道尽头。天色越来越亮，可那些野兽看起来对阳光毫不畏惧，它们分为两组，顺着墙根蹿了上来，眼看离阿尔乔姆越来越近。在这个开放的空间里，它们占据了优势：阿尔乔姆不能停下来瞄准射击，而且，它们是用四肢奔跑，身高不过一米，几乎贴着路面。无论阿尔乔姆多么努力向前奔跑，身上的防护服、背包、两挺冲锋枪连同一夜鏖战后的疲惫，都拖累了他的步伐。

这群猛兽就要追上来捕食自己了，他绝望地想。脑海中浮现出单元门口血泊里的中弹野兽那丑陋而壮硕的身形，阿尔乔姆没时间仔细看它们，但只消一眼，就足够记住它们的样子：油亮的褐色兽毛，硕大的圆脑袋,满口细碎的尖牙足有几十颗,似乎里外长了好几排。阿尔乔姆把所有自己认识的动物都想了一遍,也没想出哪种动物能被辐射成这副模样。

幸运的是,在花园环路上——如果它真的就是花园环路的话——并没有多少树木。这不过是另一条宽阔的大街,从十字路口上看它的两端,都一眼望不到头。此时,那群野兽又形成了一个半包围圈,和他的半径距离已经不到五十米了,有几只几乎已和他平行。阿尔乔姆朝它们乱放几枪,然后拔腿接着跑。

环路上分散着几个深达五六米的巨大弹坑,他不得不在它们之间寻找道路,在同一个地方多走不少冤枉路,才能绕过去。这里的建筑看上去很诡异,不像是烧毁的,更像是熔化过。给人一种感觉,这片区域经历过特别的摧残,比加里宁大街遭遇的灾难更大。放眼望去,超出楼群数百米之上,耸立着一座无比恢宏的建筑,它没有遭受时间和战火的洗礼,像一座中世纪城堡傲然屹立。阿尔乔姆忙抬眼往上看,顿时松了口气:怪鸟可怕的身影正在城堡上空盘旋,此时它或许是自己的救星。只要吸引来它的注意,它就能帮他解决掉追捕者。于是,阿尔乔姆单手举枪,朝着怪鸟的方向扣动了扳机。

枪没有响。

子弹打光了。

背上还有一支备用枪。这两支枪拖慢了他的奔跑速度。他钻进最近一条巷子,紧贴墙面换上了备用枪。现在他可以无惧于那些野兽的靠近了,这枪的弹匣还是满的呢。

一只野兽已经出现在街角,以熟悉的姿势两腿站立,将身体拉到了最长。它大着胆子靠了过来,阿尔乔姆终于看清了它的眼睛:两只藏在浓眉下的小眼珠,燃烧着邪恶的绿色火焰,和公园里那团神秘的鬼火倒是很像。

丹尼尔的这支枪没有瞄准器,不过离得这么近,他很难打偏。他把握十足地对准野兽呆立不动的身躯,把枪往肩上贴得更紧些,扣动了扳机。

然而枪栓毫无征兆地停下了。怎么回事?难道是自己在匆忙中把两支枪搞混了？这不可能，自己的枪上带有瞄准器……阿尔乔姆试着去拉枪栓，没拉动，枪栓卡住了。

他的脑中一时涌上无数念头：丹尼尔和图书管理员……原来，这就是他在档案馆遇袭时没有抵抗的原因！因为他的枪是坏的！在被图书管理员拖进走廊深处以前，他大概也曾如自己眼下这般慌张地拉扯着枪栓……

就在这时，又有两只野兽如幽灵般闪现在第一只的身边。它们端详着阿尔乔姆的举动，盯着他几近绝望地摆弄丹尼尔的枪，似乎正在研判形势。最近的那只应该是领头的，一下子跳到离他不到五米远的地方。

就在这时，一个巨影在头顶掠过。野兽们立刻趴在地上，仰起脑袋。留在巷子里不会有一线生机，退回花园环路的路也已堵死。阿尔乔姆趁乱猛扎进一道拱门，尽管心知肚明已是在劫难逃，也要像那些野兽一样，尽量拖延自己的死期。

他来到一块由几座建筑的外墙围成的空地上，墙上修有拱门和过道。在他正对的这栋建筑物后面，就是那座高耸的城堡的昏暗轮廓，上次被它震撼时还是在花园环路上。

阿尔乔姆收回目光，发现对面的建筑物上写着"莫斯科地铁"，下面是"斯摩棱斯克站"，几扇高大的橡木门微微敞开着。

自己是怎么撞到这里来的，他也说不清楚。那感觉很奇特，既有对于危险的预知，也有对于气流的感知，而搅动空气的，就是那些甩不掉的尾巴，那些为捕食而东奔西跑的猛兽。

就在这时，一只野兽猛地空降到眼前半米远处，阿尔乔姆闻得到它身上散发出来的恶臭。他闪向一边，拼尽全力冲向地铁站入口。那里有他的家，他的世界，只要回到地下，他就能够重新掌控形势了。

斯摩棱斯克站的前厅看上去跟阿尔乔姆预想的一模一样，又黑又潮，空空荡荡。显然，这个站里的人没少到地面上来：售票处和所有办公设施都大敞着，已被洗劫一空。有用的东西早在多年前就被搬到地下去了，连进站口的旋转闸门和值班岗亭都没留下，只剩下水泥底座供人想象。后面能看见隧道的半圆拱顶,有手扶电梯通往最深处。光线最远只能照到隧道中央,阿尔乔姆无法确认,那里是否真的有入口存在。但他不能待在原地,从吱扭一声门响判断,那些野兽已经潜入前厅。再过一秒钟,它们就能抵达手扶电梯,等到那时,他将失去仅存的最后一线生机。

他宽大的靴子踩在晃动的台阶上,颤颤巍巍地开始往下跑。他本想试着跃一大步,多下几层,不料脚底湿滑,仰面重重栽了下去,脑袋和腰部磕着地,接连翻下十来层台阶才停下。他转身用手电光照了照滚下的这段路(竟然那么短!),却在扶梯上看到了自己不愿看到的一幕:那些石化般的黑影。它们习惯性地在发动进攻前先呆立不动,也不知是在观察形势还是悄悄商议。阿尔乔姆转过身,试着又往下连蹦两层台阶,这一次稳当了不少。他右手扶橡胶扶手,左手持手电筒,接连往下走了二十多秒,直到再次摔倒。

背后传来沉重的脚步声。那群野兽要采取行动了。

阿尔乔姆满心希望,那在自己脚下嘎吱乱响的陈旧台阶,会不堪野兽的巨重而坍塌。然而黑暗中越来越近的脚步声向他表明,扶梯承受住了负重。

一堵中间带有大门的砖墙出现在手电光中,距他至多只剩二十米了。阿尔乔姆吃力地站起来,用十五秒完成了最后一段路程。这十五秒就像一生一样漫长。

大门是钢板做的。他用拳头捶门的声音,听上去有如钟鸣。那些黑影在昏暗中已是依稀可见,阿尔乔姆拼命地砸门。过了几秒钟他才惊觉,自己犯了一个严重的错误:没按约定的暗号敲门。他的行为只会引起门卫的惊慌,眼下这门恐怕是无论如何都不会开了,从地面来到这里的人本就罕见,更何况还是在日出后……想到这里,他浑身直冒冷汗。

暗号是什么来着?三快三慢再三快?不对,这是 SOS 求救信号。确定是开始三下,结束三下,但究竟是快是慢,他已经记不得了。要是现在开始试验,进门的希望将化为零。还不如试试 SOS 信号呢……至少门卫能听明白,敲门的是人类不是怪物。尽管如梅尔尼克所说,你永远不知道会有什么更糟糕的事发生。

于是,阿尔乔姆又咣咣捶了几下门,发出 SOS 信号,接着从肩上扯下自己的枪,用颤抖的双手换上了丹尼尔枪上的弹匣。幸好还有子弹。他把手电筒贴在枪管上,对准上方的拱顶,神经紧绷地搜寻着。长长的阴影在光下交错游移,难保它们没有藏身其中……

另一边的大门还是跟先前一样,纹丝不动。天啊,难道这里并非自己要找的斯摩棱斯克站?阿尔乔姆心想,也许这道门几十年前就从里面堵上了,从此再无人用过?要知道,自己也是误打误撞到了这里,压根没按梅尔尼克的指示走。也许是他搞错了!

十五米外,近在咫尺,台阶有了响动。阿尔乔姆忍不住冲那个方向一通扫射,回音顺着隧道一直传到地面上,震得他耳朵生疼,却没听见任何类似野兽受伤或是惨死前的哀号。子弹白废了。

阿尔乔姆眼睛眨都不敢眨,他背对大门,又重重敲了一次:三快三慢再三快。这一次,门里传来沉重的金属扭动声。可与此同时,一只捕食者以惊人的速度从暗处猛扑上来。阿尔乔姆抬起右手的冲锋枪,本能地后退,几乎无意间扣动了扳机。子弹在半空中撕开了野兽的身体,它没法咬断他的喉咙,轰然跌落在两米开外的台阶尽头。之后它立刻爬了起来,不顾流血的伤口,继续向他靠近。它晃晃身子,又扑了上来,把阿尔乔姆死死抵在冰冷的门板上。但它没法继续进攻了,阿尔乔姆将所有子弹一股脑喷进它的头部,它在落地前就已经咽气了。不过,单凭它身体扑来时的惯性势能,也足以压碎他的头骨,而他也没了头盔……

门开了,明亮的白光倾泻而出。扶梯那边传来惊恐的吼叫,从声音判断,现在那些野兽不少于五只。几只强有力的手拽着他的衣领,把他拉进门里,又是一声金属扭动声,大门关上了。

"没受伤?"边上有个声音问。

"鬼知道……"另一个声音回答,"那些跟着他的东西,你也看见了。上次咱们好不容易才把它们甩掉,那还是在用了毒气瓦斯的情况下。更何况,它们现在都聚到了斯摩棱斯克站,阿尔巴特站几乎没有。他完全有可能受伤!它们就嗜好人肉……"

"把他留下。他是我的人。喂,阿尔乔姆!醒一醒!"听到这个熟悉的声音的呼唤,阿尔乔姆艰难地睁开了眼。

有三个人正俯身望着他。其中两个应该就是大门守卫了,他们身穿深灰色上衣,头戴针织帽,并且都穿着防弹背心。第三个人正是梅尔尼克,见到他,阿尔乔姆心里的石头终于落了地。

"怎么,他也是?"一个门卫略带失望地问,"那您就把他带走吧,不过别忘了隔离和消毒。"

"这还用你们教?"潜行者笑了,"起来吧,阿尔乔姆,你躺了够久的了……"说着便朝他伸出一只手。

阿尔乔姆尝试着站起来,可两腿不听使唤。他感到天旋地转,有点想吐,脑袋里一阵晕眩。

"得带他去医务室。你来帮我,而你,把密封门关好。"梅尔尼克吩咐。

在医生给他做检查的时候,阿尔乔姆始终盯着手术室的白色壁砖。房间里整洁明亮,空气中弥漫着一股浓烈的漂白粉味儿,几只日光灯固定在天花板下方。手术台共有好几张,每张台子旁边都备好了器械箱,里面摆着各种器械。这个微型医院的条件相当不错,可是,印象中热爱和平的斯摩棱斯克站,为什么需要这样的医院?阿尔乔姆不得而知。

"没骨折,只有几处擦伤。还有几道划痕,我已经消过毒了。"医生边用毛巾擦手边说。

"能让我们单独待一会儿吗?我有事要和他私聊。"梅尔尼克请求道。医生心照不宣地点点头。待他离开后,梅尔尼克坐在阿尔乔姆的床沿上,听他讲述了事情的整个详细经过。按照梅尔尼克的推断,阿尔乔姆本应在两小时前就抵达斯摩棱斯克站,他已经打算到地面上找他去了。尽管兴趣不大,他还是从头到尾听完了他的被追捕经历,并用一个书面语"翼手龙"称呼那些怪鸟。真正让他感兴趣的，只有阿尔乔姆藏身住宅楼时遇到的事情。在得知他所待的屋外过道上曾有东西爬过时，潜行者皱起了眉。

"你确定自己没踩到楼梯上的黏液？"

阿尔乔姆摇摇头。

"上帝保佑，但愿你没把那些脏东西带进站里来。我跟你说过，不要靠近房子！你在屋里时，那东西没进去拜访你一下，算你走了大运……"

梅尔尼克站起来，走到阿尔乔姆留在门口的靴子跟前，把鞋底挨个仔仔细细检查了一遍。确认没有任何可疑的发现后，才把它们摆回原处。

"正如我说过的，你暂时不能回波利斯。我不能跟婆罗门讲实话，他们还以为你们俩在去图书馆的途中同时失踪了，还派我去找你们。对了，你的同伴到底出什么事了？"

阿尔乔姆又把整个故事从头到尾讲了一遍，这次他如实交代了丹尼尔的死因。潜行者拧起了眉头。

"这个结局你最好烂在肚子里。坦白说，我还是更喜欢第一个版本，第二个版本会招来婆罗门的无数问题。他们的人死在了你的手上，书你也没找到，他们会悬赏要你的人头的。对了——"他蹙眉望向阿尔乔姆，"这个信封里是什么？"

阿尔乔姆单肘撑起身体，从口袋里掏出那个沾满血迹的袋子，定睛看了看梅尔尼克，打开了它。

第十五章
计划

信封里，有一页从作业本上撕下来的折了两折的纸片，和一张带有铅笔手绘隧道图的厚纸板，正是阿尔乔姆期待看到的东西：地图和地图说明。从加里宁大街跑到斯摩棱斯克站的一路上，他完全没时间去想丹尼尔交给自己的袋子里有什么。很显然，这是一个锦囊妙招，能解决那个正从展览馆站向外蔓延的难题，那个不可避免的灭顶之灾，悬在整个地铁上方的达摩克利斯之剑。纸片中央洇上了一个红褐色斑点，那是丹尼尔的血渍。要想不破坏细密的笔迹，必须把它微微打湿才能看清下面的字。阿尔乔姆激动地念了起来：

"编号……隧道……D6……设备完好……达 400000 平方米……龙卷风……损坏……意外……"词语争先恐后地从横格纸上跳入阿尔乔姆的眼帘，混成一团，叫人费解。他放弃了尝试，把纸片递给梅尔尼克。梅尔尼克小心地双手接过，贪婪地注视着纸上的字符。他沉默了好一阵，接着，阿尔乔姆见他疑惑地扬起了眉头。

"这不可能，"潜行者喃喃地说，"全是胡扯！他们不可能放弃这么重要的东西……"他翻过纸片，看了看背面，然后又把纸片从头到尾读了一遍。

"只有他们自己知道……没告诉军方……这不奇怪，这种东西给他们看了，只会当废纸片扔掉。"梅尔尼克喃喃自语道，阿尔乔姆则耐心等待着他的解释，"不过，难道他们真的放弃了？损坏……管他的呢……反正他们已经核实过了！"

"它真的有用？"阿尔乔姆终于按捺不住了。

梅尔尼克点点头："要是这里面写的都是真的，那咱们就有希望了。"

"里面写的什么？我一个字也没看明白。"

梅尔尼克没有立刻回答。他又通读了一遍纸片上的内容，沉思了几秒钟，这才开口解释："我从前倒是听说过这个传闻。地铁里总是各种传闻不断，有真有假。我们不只靠面包过活，也要靠这些传闻活下去。什么大学站的，克里姆林宫的，还有波利斯的，很难分辨哪些是真的，哪些是坐在伊里奇广场站篝火边的闲人想出来的。至于这个传闻，是这么说的……在莫斯科或者莫斯科地下某处，保留下来一整支导弹部队。当然了，这本来是不可能的，因为军事基地向来是打击的头号目标。传闻说，这支导弹部队没被击中，也可能是被遗漏或遗忘了，完好无损地保留了下来。据说，甚至有人曾去过那个地方，还亲眼目睹了导弹库里蒙在帆布下面的导弹设施。这些东西在地铁里派不上用场，这么深也够不着敌人。既然摆在那儿，就让它们继续摆着好了。"

"我们的事跟导弹设施有什么关系？"阿尔乔姆一下子挺直了身子，两腿耷拉在床边，惊讶地盯着潜行者。

"黑暗族正从植物园站往展览馆站进发。猎人怀疑，它们就是从这片地上区域进入地铁的。从逻辑上推断，它们的老巢也应该在那儿。有两个版本的说法：第一种，它们住在车站口附近某个类似蜂箱的东西里；第二种，不存在类似蜂箱的东西，黑暗族是从外面跑进城里的。那么问题就来了：为什么别处没有发现它们呢？这说不通。除非是时候未到。总之，情况就是这样：要是它们的老巢离得远，那咱们拿它们没辙，即便是炸掉展览馆站以北的隧道，甚至把和平大道站以北全部炸掉，它们迟早也能找到新的入口。留守在地铁里当缩头乌龟，不再对重回地面抱什么希望，只能靠猪和蘑菇维系性命。作为潜行者，我可以肯定地说，这种局面不会持续太久。不过呢，要是它们真像猎人以为的那样，住在蜂箱似的老巢里，并且就在附近的话……"

"导弹？"这下阿尔乔姆听明白了。

"十二枚高爆集束导弹齐射的落点面积为 400000 平方米，"梅尔尼克挑着念道，"用不了几轮，不管是植物馆站还是它们的老巢，都会化为一堆焦土。"

"您不是说了吗，这只是传闻？"阿尔乔姆表示难以置信。

"婆罗门可不这么认为，"潜行者扬了扬纸片，"这里面甚至记录了前往该军事区域的路线，还提到了部分设施的损坏。"

"那该怎么去？"

"D-6，里面提到了 D-6，也就是二号地铁，还指明了一个入口的位置。他们能肯定那里有条隧道直通那里。不过也给了提醒，在穿越二号地铁时，会遭遇种种意外险阻。"

"隐形观察者？"阿尔乔姆想起了传闻。

"观察者？纯属瞎扯……"梅尔尼克皱起眉。

"导弹的事不也只是传闻吗？"阿尔乔姆插话。

"我没亲眼见证的东西，就是传闻。"潜行者的回答利落干脆。

"那二号地铁的入口在哪？"

"这里面写了，马雅科夫斯基站。奇怪……我去过马雅科夫斯基站多少次了，从没听过这一类消息。"

"那我们现在该怎么做？"阿尔乔姆好奇地问。

"跟我走，"潜行者回答，"你先吃点东西，休息一下，我正好考虑一下。咱们明天再议。"

不提便罢，一提到吃东西，阿尔乔姆突然觉得饥饿难耐。他跳到冰冷的瓷砖地板上，一瘸一拐地打算去穿靴子，却被梅尔尼克一个手势制止住了。

"留下鞋和全部衣物，丢进那个箱子里。会有人负责清洗消毒。背包也是。换上那边椅子上的衣裤。"

斯摩棱斯克站给人的第一印象，是阴森森的：低矮的半圆形吊顶，早已不再洁白的大理石厚墙，还有夹在这些墙壁间的窄小拱门。尽管拱门两侧雕刻着仿古圆柱，墙面上的装饰也保得不赖，却只加剧了它阴森的氛围。车站给人的感觉，像是一个久攻不下的堡垒，守卫者不得不对它进行修饰，使之看上去简陋贫乏，低调无华，堡垒因此愈发显得阴森了。双层水泥墙，厚重的密封铁门，隧道入口的混凝土火力点——所有这些无一不说明着，生活在这里的人们极其缺乏安全感。斯摩棱斯克站几乎没有女人，能看到的只有荷枪实弹的男人。阿尔乔姆径直问梅尔尼克车站怎么了，可梅尔尼克只摇了摇头，声称并没有发现什么异常。

可阿尔乔姆还是觉得，斯摩棱斯克站的气氛很不对劲，每个人像是都在等待着什么。这种感觉很快也传染给了初来乍到者。人们把居住的帐篷成排扎堆地搭在月台中央，所有拱廊一律清理得空空荡荡，像是怕堆砌物会妨碍他们的紧急撤退。不仅如此，左右每对拱廊之间的空地也全部保留着，从轨道这边可以径直看到另一边的情形。

月台边紧挨轨道的每个乘车点位上，都有人员坐在正中间值守，眼睛一眨不眨地盯着两头的隧道。整个车站几乎鸦雀无声。这里的人在交谈时也压低了嗓门，有时甚至是窃窃私语，像是怕一不小心就湮没了来自隧道的某个预示危险的声音。

阿尔乔姆试图从脑海中搜寻对斯摩棱斯克站的一知半解。也许是面临邻站的威胁？不会的。它的一头通向地铁的心脏——光明而强盛的波利斯，另一头则通向基辅站，阿尔乔姆只记得，那里大多数居民是"高加索人"，他在中国城站和普希金站法西斯的牢狱中都见到过，可他们不过是些普通人，有什么好怕的呢……

月台中央支的棚子就是餐厅。自制的简陋餐桌旁已经不剩几个人了，看来饭点已过。梅尔尼克安排阿尔乔姆坐下，很快端回一大碗粥。这粥看上去让人提不起食欲。望着梅尔尼克鼓励的眼神，阿尔乔姆只好尝了尝，没想到一口气吃了个底朝天。这粥的味道好极了，他尝不出是用什么做的，但有一点可以肯定：厨子挺舍得放肉。

吃饱了饭，阿尔乔姆推开碗，心平气和地环顾四周。隔壁桌还坐着两个人，正安静地交谈。尽管他们穿着便装棉袄，但从外表上一看便知，他们已经全副武装，并且携带着轻机枪。其中一人和梅尔尼克攀谈起来，阿尔乔姆留心观察，却一个字也听不见。穿棉袄的家伙扫了他一眼，就继续回到自己慢条斯理的交谈中去了。

他们沉默了几分钟。阿尔乔姆试着引梅尔尼克聊聊车站的情况，可梅尔尼克的回答却总是一语带过。

接着，穿棉袄的家伙起身走到他们桌前，探身凑近梅尔尼克。

"基辅站那边怎么处理？时候快到了……"

"阿尔乔姆，你先去休息。"潜行者打发他，"从这里数第三个帐篷是给客人用的，床我已经铺好了。我还要待会儿，谈点事。"

阿尔乔姆有点不高兴，这种感觉似曾相识，以前大人们在谈话时也总要支开自己。他顺从地起身离开，心里安慰自己说，至少能自个儿去瞧瞧车站了。

细看之下，他又发现不少奇怪的细节。在有人定居的地铁车站里，大多不可避免地充斥着各种废品破烂，而这里的大厅却是彻底清空过的，什么都没有，这让斯摩棱斯克站看上去俨然像是个无人居住的车站。阿尔乔姆突然想起一本历史课本里的一幅图，上面画着古罗马军团的营地，同样从任一角度看都井然有序，没有多余的东西，卫兵散布各处，把守着所有出入口……他没能在车站里闲逛太久。人们怀疑的目光不加掩饰地投在他身上，让他很快明白，自己已经引起了整个车站的注意。于是他便溜回了帐篷。

帐篷里，果然有一张铺好的折叠床在等待着他。角落里放着一大包用塑料袋裹着的东西，袋子上贴着他的名字。坐在嘎吱乱响的单人床上，阿尔乔姆拆开包裹。里面全是他背包里的个人物品。他迅速翻找出从地面上带回的那本儿童读物。真有趣，也不知自己这堆宝贝是否被辐射探测器检查过了，仪器在靠近这本书时准会乱响一通。阿尔乔姆可顾不上这些。

他不停翻阅着褪色泛黄的书页，直到那张要找的照片出现在视野里。他的照片。真的是他吗？

现在，不管自己、展览馆站乃至整个地铁的命运将会怎样，他都要先回到自己的车站，向苏霍伊问上一句："照片上的人是谁？是不是我妈妈？"阿尔乔姆用嘴唇亲吻照片，又把它夹回书页，放进了背包。恍惚之间，这个男孩感觉在自己的生命中，有什么东西正渐渐回归……他很快睡着了。

当他睁开眼睛走出帐篷，车站已经发生了翻天覆地的变化，让他一时竟不知身在何处。周围的帐篷只剩下不到十顶，其余的都毁的毁，烧的烧。熏黑的墙面上满是坑坑洼洼的弹痕，天花板上的石膏也成片剥落，掉在地上。月台两边流淌着不祥的黑色溪流，它们预示着洪水的到来。月台上没有别人，只在挨着轨道的一顶帐篷前，有个小姑娘在玩她的玩具。车站的另一头出现了一排台阶，是通往地面的新出口。此时，从那个地方传来了低吼声，还有阵阵火焰不时将下面的墙壁映亮。除此之外，整个月台上就仅剩下两盏应急灯能驱散黑暗了。

那把冲锋枪，阿尔乔姆明明记得留在床头了，这会儿却不见踪影。阿尔乔姆把整个帐篷搜了个底朝天，不得不接受现实：必须赤手空拳地离开。

这里出了什么事？他想问问玩耍的小姑娘，可她一见自己靠近，就哇哇大哭。看来是问不出什么来了。

阿尔乔姆不再去招惹哭得上气不接下气的小姑娘，转而小心翼翼地穿过廊洞，望向轨道。首先映入眼帘的，是钉在大理石墙面上的青铜大字："国……成就展"。那亲切的"经"字不知哪儿去了，它的位置上只剩下黑色的旧迹，一道深深的裂痕贯穿了整面大理石墙壁。得去探一探隧道里的情况。要是车站被占领了，那么，在南下求援之前，必须先摸清楚状况，才好跟南部盟友解释他们正面临怎样的威胁。

一走进隧道，阿尔乔姆瞬间被黑暗吞噬了，连自己的胳膊都看不见。隧道深处有什么东西正发出诡异的吧唧吧唧声，不带武器过去绝非明智之举。当这个声音短暂中止的时候,就听见轨道里弥漫着哗哗的水声,流水绕过他的皮靴,朝展览馆站奔流而去。

他双腿打颤,再也迈不动步子。

"前面危险,走下去太冒险了。"一个理智的警告声在他头脑中盘旋。而且隧道里实在太黑了,他什么都看不见。另一个自己却对这一切毫不在乎,往里走,到黑暗里去,它起劲地撺掇他。他像是中了蛊惑,放弃了抵抗,又往里迈了一步。

周围已陷入绝对的黑暗,伸手不见五指。阿尔乔姆有种奇怪的感觉,似乎他的肉体已经消失,从前那个"我"只剩下了听觉,以及依靠听觉维系的理智。阿尔乔姆又往前走了一会儿,离那个声音却还是那么远。与此同时,他还听到了别的声音——沙沙的脚步声,跟他上次在同样的黑暗里听到的一模一样。可他怎么都想不起来,上一次发生在哪里、身处怎样的环境了。在这深不见底的隧道里,每多走一步,他就感觉黑暗冰冷的恐惧在内心多滋长一分。经过无数次的挣扎,他终于受不了了,转身朝车站跑去,却绊倒在黑暗中的一块枕木上。他知道,为时已晚。

他大汗淋漓地醒来,一时分不清梦境和现实,跌下了床。头异乎寻常地沉,太阳穴也一跳一跳地钝痛。阿尔乔姆在地上呆坐了好几分钟,这才恢复意识,站了起来。

然而,随着头脑逐渐清醒,残存的噩梦也褪尽了,他甚至记不得刚才梦到了什么。他掀起门帘,外面只有几名卫兵。看来已是夜里了。他深深呼吸了几口熟悉而湿润的空气,转身回到帐篷,在床上伸了个懒腰,又沉沉地睡着了。

一夜无梦,阿尔乔姆一觉睡到被梅尔尼克叫醒。

梅尔尼克穿着黑色高领防寒外套和军工装裤,看上去像是准备出发了,头上还戴着那顶深色旧军帽。两只熟悉的大包躺在他的脚边。梅尔尼克把其中一只踢到阿尔乔姆跟前,说:"给。鞋、衣服、背包、武器。换上鞋,准备一下。防护衣不用穿,不去地面,只是预备着。半小时后出发。"

"去哪儿?"阿尔乔姆睡眼惺忪,强忍住呵欠。

"基辅站。要是一切顺利,再走环线到白俄罗斯站,然后去马雅科夫斯基站,到了那里再看看情况。快准备吧。"

潜行者坐在角落的凳子上,从衣袋里摸出一小片报纸页,卷了支纸烟抽了起来,不时瞟一眼阿尔乔姆。在这凌厉的眼神中,阿尔乔姆收拾得手忙脚乱,反而比独自一人的时候花费了更多时间。即便这样,大约二十分钟后,他已准备妥当了。

梅尔尼克二话不说,起身抓起自己的包,走到月台上。阿尔乔姆看了看帐篷,也跟了出去。

车站里没什么人,这次不会有人盯着阿尔乔姆看了。二人穿过廊洞,走向轨道。

沿木制台阶走下轨道,梅尔尼克冲守卫点点头,便朝隧道走去。直到这时阿尔乔姆才发现,这里的隧道入口设置奇特,就在通向基辅站的隧道外这一侧,有一半的轨道都作为混凝土火力点封闭了起来,仅开了几个狭窄的射孔。唯一的过道拦着铁栅栏,边上有两名卫兵值守。梅尔尼克和他们嘀咕了几句,一名卫兵开锁打开了栅栏。

隧道的一面墙上缠着黑色电线,每隔十到十五米,就亮着一盏微弱的灯泡。可在隧道里,这光亮对于阿尔乔姆来说已经足够奢侈了。走出三百步远,电线到头了,就在这个地方,竟然还有支卫队等待着他们。这些士兵没穿制服,可看上去比波利斯的军人还威严。当中一个认出了梅尔尼克,冲他点点头,准予放行。走到光亮尽头,梅尔尼克停下来,从包里掏出一只手电筒,拧亮了它。

又走了几百米,前面有了声音和手电光。梅尔尼克的枪不知何时已从肩膀滑落到手上,阿尔乔姆也跟着照做。

这应该是另一支斯摩棱斯克站巡逻小队了。两个荷枪实弹的壮汉,正和三个小贩争执不下。只见那两名士兵都身穿带有仿皮领的厚外套,头戴针织圆帽，胸前用皮绳挂着夜视仪。三个小贩里有两个佩带武器，不过阿尔乔姆敢肯定，他们只是商人。大包的破衣烂衫，手里的隧道地图，特有的狡黠神情，还有手电光下灼灼发亮的眼睛，这些他已经见识太多次了。通常，商人们能在除汉萨之外的各站间畅行无阻。但是看样子，斯摩棱斯克站并不欢迎他们。

"得了吧，老兄，别扯你那一套了，咱们不去你的斯摩棱斯克站，就是借个道。"一个穿着包身棉袄的瘦高个儿小胡子商贩说。

"咱们的家伙都在这儿，你们自己瞧。"另一个长发遮眼的矮胖小贩随声附和。

"咱们对你没害处，只有好处，瞧瞧吧，几乎全新的好牛仔裤，肯定有你穿的尺寸，送给你。"第三个想求通融。

卫兵沉默着摇了摇头，就要封上通道。见他始终没怎么说话，一个商贩把这当成了默许，试探着朝前迈了一步，这下子，两名卫兵几乎同时拉响了枪栓。梅尔尼克和阿尔乔姆就站在他们身后五步开外，潜行者尽管没动枪，但从他的姿势也能看出他很紧张。

"站住！给你们五秒钟，转身离开。车站有规矩，任何人不得入内。五……四……"一名卫兵开始倒数。

"那咱们该怎么过去呀？难道走环线不成……"一名小贩情绪有些激动，另一个绝望地摇了摇头，拽住他的衣袖。商贩们从地上提起大包，磨磨蹭蹭地往回走。

等了一分钟，潜行者冲阿尔乔姆递了个眼神，二人跟在小贩们后面，也朝基辅站走去。从卫兵身边经过的时候，一名卫兵向梅尔尼克默默点了点头，两根手指从太阳穴那里挥出，像是打了个敬礼。

"车站有规矩？"走出哨卡几百米远，阿尔乔姆问梅尔尼克，"这是什么意思？"

"回去再说。"梅尔尼克一口回绝了他的所有提问。

阿尔乔姆和梅尔尼克本想离前面那些商贩远点儿，可他们的交谈声还是越来越近，到最后一下子没了声响。两人又走了十来步，突然有光线打在他们脸上。

"喂，谁在那儿？干什么的？"一个声音紧张地喊。阿尔乔姆听出这是其中一个小贩的声音。

"冷静，让我们过去。我们要去基辅站，不会打扰你们。"潜行者声音不大，但字字清晰。

"过来吧，你们先走，咱们不急着赶路。"商贩们在黑暗里商量了一会儿，回答说。

梅尔尼克不满地耸耸肩，不慌不忙地往前走，约摸走出五十米，那三人果然在等着他俩。见两人走到跟前，小贩们礼貌地放下枪管，让出一条路来。梅尔尼克表现得跟没事人似的踏步走了过去，可阿尔乔姆很快注意到，他走路的姿态起了变化：现在梅尔尼克把步子踩得格外轻，像是怕盖过身后的声音。尽管那几个小贩紧跟了上来，他却不曾朝他们看上一眼。阿尔乔姆挣扎了足足三分钟，终于忍不住回过头去。

"喂！"后面传来一个紧张的声音，"先停一下！"

潜行者停了下来。他怎么对这几个小商贩这么言听计从？阿尔乔姆有些纳闷。

"他们是因为基辅站出的那事儿，还是为了保卫波利斯？"一个小贩追上来问。

"显然是因为基辅站那事。"梅尔尼克马上回道。阿尔乔姆顿时感到妒火中烧：这个潜行者，竟然什么都不愿告诉自己。

"那就好理解了。眼下没人敢留在基辅站了，用不了多久，你们那小白脸士兵可就该喊热了。汉萨已经不让进了，基辅站的人都会涌向你们那里。你自己也清楚，出了这档子事，谁还想留在那儿？还不如一颗子弹来得痛快……"瘦高个小贩像是对梅尔尼克说，又像是在自言自语。

"说得就跟你不怕挨枪子儿似的……"另一个小贩揶揄道，"别逞能了！"

"当然了，最好也别挨枪子儿。"高个子回应。

"那里出了什么事?"阿尔乔姆忍不住问。

那两人立刻向他投以诧异的目光,似乎他的问题愚蠢至极,连两岁孩子都知道答案。梅尔尼克始终沉默着,商贩们也沉默了,一行人就这么沉默着走了好一会儿。也不知是因为他觉得自己真的犯了蠢,还是因为延绵不绝的沉默变得有些可怕,阿尔乔姆突然不想再听那个解释了,他刚要向它挥手作别,瘦高个却不情愿地开了口:"事情是这样的,在通向胜利公园站的那条隧道里……"

听到这个站名,另外两个小贩不由缩了缩身子。阿尔乔姆立刻感觉到有股阴风袭来,仿佛隧道四壁都压了下来。就连梅尔尼克也抖了抖肩膀,像是想从寒冷里取取暖。

阿尔乔姆从没听说过胜利公园站的坏消息,事实上,他想不起来和这个车站有关的任何事。可为何一听到它的名字,他竟变得如此不安?

"怎么,事情更糟了吗?"潜行者严肃地问。

"我们能知道什么呢?不过是些小老百姓,只是偶尔经过那个地方。你们只要去那里待上一待就会明白……"大胡子瓮声瓮气地含糊着。

"不断有人失踪,"矮胖小贩压低声音说,"不少人都吓跑了。哪些人失踪了,哪些人是自己跑的,谁也闹不清,剩下的人就更怕了。"

"这些隧道全被诅咒了。"瘦高个朝地上啐了一口。

"所以隧道塌了。"梅尔尼克答非所问。

"它们已经塌了一百年了,可又怎么样呢?你要是外来的,最好先打听打听!是个人都知道,那边隧道里有蹊跷,他们恨不能炸它个稀巴烂,跟隧道彻底隔绝开。即便你只是用鼻子朝那边闻了闻,也会浑身起一层鸡皮疙瘩,连咱们的谢尔盖都不例外。"高个子指着自己的大胡子同伴说。

"没错。"大胡子谢尔盖证实,也不知出于何故,在身前画了个十字。

"可隧道不是有人把守吗?"梅尔尼克问。

"每天都有人巡逻。"大胡子点点头。

"那抓到过什么人没有?或是瞧见过呢?"梅尔尼克又问。

"咱们哪能知道？反正我是没听说抓到过什么人。"小贩两手一摊。

"那当地人怎么说？"

瘦高个没回答他，只无奈地摆了摆手。谢尔盖莫名地朝身后看了一眼，用压不住的嗓门悄悄说："死人城……"

说完赶紧又在身前画了个十字。

阿尔乔姆差点笑出声来：有关地铁某地死人的故事、流言、传闻和理论，他已经听了太多太多，诸如此类还有隧道墙壁管道里的阴魂啦，某站正在挖掘地狱之门啦……现在又多了个胜利公园的死人城。可幽幽的穿堂风让阿尔乔姆笑不出来了，尽管穿得够暖和，他还是冷得直打颤。更不妙的是，对于这个荒唐的回答，梅尔尼克并没像他希望的那样报以轻蔑一笑，而是终止了提问，沉默不语。

剩下的路，就在众人的沉默中走完了。每个人都沉浸在自己的思绪中。这段通向基辅站的隧道，是那么安静空旷、干燥洁净，但每向前多走一步，一种压在众人心头的反常的沉重感就会增强一分，那是对于前路的不祥预感……

一走进车站，一股不安和寒冷的感觉立刻扑面而来，有如决堤的洪水难以抑制。只消一眼就能看出，整个车站已经臣服于这种恐惧感了。难道这就是那位高加索狱友口中"阳光明媚的基辅站"？难道他说的，是隔壁菲利线上的基辅站不成？

要说住在车站的人都跑了，车站已经废弃了，这纯属胡扯。站里人多着呢，但给人的感觉是，基辅站并不属于它的居民。所有人都尽可能扎堆住在一起，他们让帐篷依墙而建，挤挤挨挨地搭在月台中央。在这里，防火条例里规定的安全距离不过是句废话，住户们有比火更危险的东西需要防范。一看到阿尔乔姆盯着自己的脸，路人们赶忙移开视线，有的动作太慢，让阿尔乔姆捕捉到了他们的眼神，只看到满满的惊惧和疲惫。

月台夹在两排低矮的圆拱之间，一侧设有下行的自动扶梯，另一侧则是段平缓的短楼梯，能通向另一个车站。车站里好几个地方点着火炭，飘出令人垂涎的烤肉味，还能听到一个孩子的哭声。尽管基辅站就在让小贩们闻风丧胆的所谓"死人城"大门口，站里倒是烟火气十足。

简短道别后，三名小贩消失在了去往另一条地铁线的通道里。梅尔尼克毫不生分地四下张望一番，毅然决然朝某个通道的方向走去，显然是这里的常客了。阿尔乔姆脑子不够用了：既然这样，梅尔尼克干吗还向小贩细细打听车站的事？是想从他们的闲扯中不经意地翻找出蛛丝马迹，还是在清查潜在的内应？

他们很快来到一间办公室门前。门板已经没了，有名警卫在站岗。阿尔乔姆心想，要见的准是站长。

一位长者从屋内走出来，迎接了潜行者。他的发型和胡髭都精心打理过，身穿地铁工作者的蓝色旧工装，已经水洗得褪了色，却十分干净。能在这个车站里把自己照顾得这么好，也不知他是怎么做到的。

长者把两根手指贴在太阳穴上，模样滑稽地冲梅尔尼克打了个敬礼，全无隧道守卫那样的正式感，两眼也好笑地眯缝起来。

"一切都好吧？"他用深沉的嗓音欢快地说。

"托你的福。"潜行者也笑着回答。

十分钟后，他们已经坐在温暖的屋子里，品尝着必不可少的蘑菇茶。这次阿尔乔姆终于得偿所愿，没被打发走，也参与了讨论。只可惜，梅尔尼克与这位被唤作阿卡迪亚·谢苗诺维奇的谈话，他一直听得云里雾里。梅尔尼克先是询问了某个名叫特列季亚克的人的情况，又问隧道里有没有变化。站长告诉他，特列季亚克去办私事了，应该很快就回来，让他等等。接着，他们又深入探讨了某些协议的细节，阿尔乔姆这下彻底放弃了。他干坐在那里，慢慢吞咽着热茶，在蘑菇的香气中怀念家乡，又时不时打量着四周。从室内的摆设可以看出，车站的生活一度是富裕而平静的：墙上挂着几张壁毯，尽管遭到了虫蛀，图案却保存得依然完好。壁毯正上方钉着几幅地铁隧道的铅笔素描，镶在宽大的描金画框里。身前的桌子看上去则是一件真正的古董，阿尔乔姆甚至想象不出，需要多少名潜行者，才能把它从地上不知哪家的空房子里抬回来，站长又要为此支付多少费用。一面墙上挂着把氧化发黑的长刀，边上还挂了把历史久远的手枪，肯定不能射击了。房间尽头的柜子上，一具硕大的头骨泛着白光，也不知是什么生物的。

"可这些隧道里，当真什么都没有。"阿卡迪亚·谢苗诺维奇摇了摇头，"我们的监视，无非是让大家有个心理安慰。你自己也去过那儿，应该很清楚，两条隧道在离车站三百米远的地方都有塌方，出是出不去的。那些说法全是胡扯。"

"可还是不断有人失踪啊。"梅尔尼克皱起眉头。

"这倒是，"站长说，"这些失踪的人，也不知去了哪里。我想，可能是怕了，就跑了。通道里没有我们的人巡逻，而从那里，"他手指着通道的方向，"能去到地铁里任何地方，环线也行，菲利线也行。据说，汉萨现在也放我们站的人进去了。"

"有什么好怕的？"梅尔尼克问。

"还能怕什么？有人失踪呗，而且就是你身边的人。"阿卡迪亚·谢苗诺维奇两手一摊。

"这就怪了，"梅尔尼克百思不得其解，"我们反正要等特列季亚克，就趁这个时间去趟巡逻点，多了解点情况，否则斯摩棱斯克站的人会一直紧张下去。"

"我明白，"站长点了点头，"你们先去三号帐篷，安东住那儿，他是下一班巡逻队的队长，就说是我派你们去的。"

这顶涂着数字"3"的帐篷里，热闹极了。两个十岁左右的男孩趴在地上，正在玩冲锋枪弹壳。跟大多数出生在地铁里的孩子一样，他们的肤色像白化病人那样雪白。旁边坐着个小姑娘，只睁大眼睛好奇地看着哥哥们玩耍，并不给他们添乱。一位打扮整洁的中年妇女正系着围裙在案板前准备午饭。真是个舒适的地方，空气中弥漫着浓浓的家庭氛围。

"安东出去了，坐下等吧。"女主人亲切地笑道。

男孩们起初对他们投以警惕的目光，后来，其中一个走到阿尔乔姆面前，皱着眉头望着他，问："你有弹壳吗？"

"奥列格，不许跟人家要东西！"女人一边切菜，一边严厉地说。

让阿尔乔姆惊讶的是，梅尔尼克把手伸进裤子口袋，掏出一把罕见的长椭圆形弹壳，绝不是卡拉什尼科夫冲锋枪的子弹。潜行者把弹壳虚握在拳头里，摇晃着让它们发出摇铃般清脆的响声，然后把这些宝贝送给了男孩。男孩的眼睛亮了，却并没有接过礼物。

"拿着吧，拿着！"潜行者冲他使了个眼色，把弹壳倒进男孩摊开的手心里。

"现在我赢定了！瞧啊，它们这么大！能凑成特种部队了！"男孩快活地喊。

阿尔乔姆注意到，男孩们把弹壳排成了两排，当成士兵小人在玩。他小时候也玩过这种游戏，幸运的是，他还能玩到真正的锡兵小人玩具，尽管小人长得五花八门。地板上的战斗刚要打响，孩子们的父亲走进了帐篷。他个子不高，很瘦，一头稀疏的淡褐色头发。见到陌生来客，他只冲他们点了点头，一言不发地望着梅尔尼克，眼神里带些紧张。

"爸爸，爸爸，你还有弹壳给我吗？现在奥列格的弹壳比我多，他们给他的弹壳长长的！"另一个男孩拽着父亲的裤腿说。

"是站长让我们来的，"潜行者解释，"我们要跟您一起去隧道里执勤，类似增援。"

"那里有什么好增援的……"男主人嘀咕着，不过表情已经放松下来了，"我叫安东。咱们吃点东西就走。请就坐吧。"他指着家中用作餐椅的几只填充麻袋说。

两位客人也不矜持，随手端起了热气腾腾的大碗。碗里盛着阿尔乔姆没见过的块状食物，他犹豫地看了看梅尔尼克，却见他已毫不迟疑叉起一块，送进嘴巴里咀嚼着，他那张不苟言笑的脸上，竟浮现出某种近似于心满意足的表情。这让阿尔乔姆吃了颗定心丸。这种食物的味道跟蘑菇很不一样,甜津津的,还带着点肥腻,下肚几分钟就让人有了饱腹感。阿尔乔姆本想问问他们吃的是什么,想了想还是不问为好。好吃就够了。有些地方还把老鼠脑子当成美味……

"爸爸,我能跟你一起去执勤吗?"名叫奥列格的男孩吃到一半,舔了舔碗边问道。

"不行,奥列格,你知道的。"男主人皱着眉头回答。

"小奥列格!你又想跟去执勤?你在想什么呢?他们不让小孩子去那儿!"女人攥住儿子的手,责骂道。

"妈妈,在你眼里,我还是个小孩子?"奥列格窘迫地望着客人,试图压低声音。

"想都别想!你想把我逼疯不成?"母亲提高了声调。

"那好吧,那好吧……"男孩嘟囔着。可一见母亲去帐篷另一头给餐桌添吃食,他就拉扯着父亲的衣袖,用响亮的声音说起了悄悄话:"可你上回都带我去了……"

"谈话到此为止!"父亲严厉地说。

"反正……"奥列格像蚊子似的说完剩下的话,没人听清他说了什么。

吃完饭,安东从桌边站起身,打开地上一只上锁的铁箱子,从里面取出一支老式军用 AK-47,对妻子说:"那我们就走啦。今天值班时间短,我六小时后就回来。"

梅尔尼克和阿尔乔姆也跟着站起身。小奥列格绝望地盯着父亲,在座位上躁动不安,却终究什么都没说。

在黑漆漆的隧道口处,有两名守卫耷拉着脚坐在站台边缘,另有一名守卫站在下面轨道上,凝视着洞口。

墙上印着一排大字:"阿尔巴特联盟[1]欢迎您!"字迹已经模糊,显然

1　指3号线上的基辅站、斯摩棱斯克站、阿尔巴特站、革命广场站四个地铁站点。

早已无人问津。

守卫们交谈的声音都很轻，要是有人声音大了，其他人还会赶紧提醒。除去梅尔尼克和阿尔乔姆，跟安东一起来的还有两个人，这两人都寡言少语，用不欢迎的眼神瞅着客人。至于他们姓甚名谁，阿尔乔姆也无从得知了。

和隧道口的三名守卫打过招呼，他们走下轨道，缓慢前行。这条隧道有着最为常见的圆形拱顶，地面和墙壁看上去也完好如新，没有遭受岁月摧残，可阿尔乔姆刚迈进隧道，就被小贩们口中那种"不好的感觉"笼罩了，一种无法明说的恐惧从漆黑的隧道深处扑面而来。隧道里安静极了，只能听到远处传来的说话声，那里很可能就是巡逻点了。

这可谓阿尔乔姆见过最奇特的岗哨之一了：有几个人坐在沙袋上，围成圈坐着，正中央立着一台烧火铁炉子，边上有一只盛满的油桶。一只挂链油灯从天花板上垂下来。

从炉缝中蹿出的火舌，油灯灯芯上微微跳动的火焰，一起映亮了巡逻队员们的面庞。在无风的隧道里，灯火近乎静止，人们的影子也一动不动，似乎有了生命。最让人感到意外的是，不同于别处，这里岗哨上的人都踏踏实实背对隧道坐着。

接收到来自接班队伍刺眼的手电光，队员们拿手挡住眼睛，准备收拾回家。

"情况怎么样？"安东往油灯里添了勺油，问。

"还能怎么样？"上一班最年长的那个满腹牢骚，"永远是那个样子，又空又静，一点动静也没有……"他夸张地吸了吸鼻子，佝偻的身躯朝车站走去。

新到的队员们都忙着挪动沙袋，朝火炉边围拢。梅尔尼克对安东说："咱们再走远些，去那边看看吧？"

"可那边没什么好看的，给堵得死死的，我都看过一百遍了。你要是想看就去吧，总共只能往前走十五米。"安东手指着背后的胜利公园站方向。

从巡逻点到塌方处的这段隧道，也已半塌。地上散落着碎石和土块，天花板有多处鼓包开裂，墙皮已经剥落。边上有个黑乎乎的门洞，也不知通向哪片办公区域，已经变形了。就在这段"阑尾"的尽头，混在一片圆石和泥土当中的锈迹斑斑的轨道，直插进大堆碎裂的混凝土墩里。沿着墙壁有一些铁制管道，也湮没进这厚厚的土层内。他们用手电筒照了一圈，也没在损毁的隧道里发现任何暗门。梅尔尼克耸耸肩，又回到那扇歪斜的门前。他用手电光探照着朝里张望，却并不跨过门槛半步。

"另一条通道里也没任何变化？"回到火炉边，他问安东。

"跟十年前一模一样。"安东回答。

他们沉默了好一会儿。此时此刻，当所有手电熄灭，只有虚掩的炉门里的火光，还有油灯熏黑的玻璃罩里的小火苗还亮着，四周的黑暗变得愈发浓稠，像盐水正排挤出它体内的异物。大概正是出于这个原因，所有执勤的人都尽可能地紧紧围拢在炉边：金黄的炉火能抵挡住黑暗和阴冷，叫人得以畅快呼吸。阿尔乔姆憋了很久，但最后羞涩还是被渴望听到声音的欲望打败了。

"我这是头一次来你们站，"他清了清嗓子对安东说，"我不明白，既然那里什么都没有，你们干吗要执勤呢？你们连看都不看那里一眼，不是吗？"

"这是我们的规矩，"安东解释，"据说，是因为我们这里的情况跟别处都不一样，所以需要执勤。"

"那塌方的后面是什么？"

"应该是隧道吧，一直通下去，"他顿了顿，扭头望向那处死胡同，"一直通到胜利公园站。"

"那边有人住吗？"

安东没有回答，只不确定地摇了摇头。沉默了一会儿后，他饶有兴趣地问："怎么，难道你对胜利公园站一无所知？"

不等阿尔乔姆回答，他又接着说："谁知道呢，那里如今还有没有人留下，不过那里以前可是相当大的一站，是两站合一，当中有一站建成得最晚，完全是新的。有些年纪大的人曾去过那儿……在塌方之前……他们说，那个站富丽堂皇，并且修得很深，跟其他的新站不一样。可以想见，那里的人应该过得很快活，但隧道很快塌了，好日子也结束了。"

"隧道怎么塌的？"阿尔乔姆问。

"按照我们这儿的说法，"安东扫视一眼众人，"是它自己塌的。没设计好，外加偷工减料什么的。不过事情已经过去太久，没人能说清了。"

"可我听说的是，"一名执勤队员轻轻开了口，"是当局同时炸毁了两条通道。要么是为了跟胜利公园站竞赛，要么是别的原因……也可能是怕被胜利公园站渐渐碾压。而在当时我们基辅站，你们都清楚是谁当家……就是以前市场里的那帮水果贩子。他们热情似火，擅长动手。只要远离自己的车站，往这个隧道丢一箱炸药，再往那个隧道丢一箱，全部搞定，连流血都免了，问题解决。"

"他们后来怎么了？"阿尔乔姆饶有兴趣地问。

"那我们就不知道了，我们后来已经来到这个车站了……"安东刚开口，就被一名健谈的队友抢去了话头："还能怎么样？全死光光了。你应该清楚，一个车站要是和地铁切断了联系，是活不下去的。不管是过滤器坏了，还是发电机坏了，还是发大水——全完蛋，就拿地上来说吧，你到现在也回不去呢。我听说，最初他们还想扒土出来，后来就放弃了。据那些最早来这里执勤的人说，能从管道里听到他们的喊叫……很快连这声音也没了。"

他咳了一声，把手伸到炉边取暖。等到两手暖和过来，他又盯着阿尔乔姆，说："那里压根就没有打过仗。谁能这么个打法？他们那儿有女人有孩子，还有老人……有什么好打的？很简单，打了也没钱分。按说那边没有杀戮发生，可还是没留活口儿。刚才你问塌方后边是什么，告诉你，那里只有死亡。"

安东摇了摇头，但什么都没说。梅尔尼克仔细观察着阿尔乔姆的反应，张了张嘴，像是想给听到的故事加点料，却欲言又止。阿尔乔姆感到浑身冰冷，也把手伸向炉门的火舌。他试着想象，在这个车站，居民都相信从自己的家园延伸出的轨道一路通向死亡国度，生活该是什么样呢。阿尔乔姆渐渐开始理解，在堵塞的隧道里面执这种奇怪的勤，与其说是必须，不如说是一种仪式。他们坐在这儿能吓跑谁呢？又能阻挡谁进入车站，进而前往地铁其他区域呢？阿尔乔姆感到越来越冷，就连铁炉子和梅尔尼克给自己的暖和棉袄都抵挡不住这寒气了。

就在这时，潜行者出人意料地猛转身体，面朝通向基辅站的隧道，噌地站了起来，聆听着，观察着。数秒后，阿尔乔姆也明白了他不安的原因：只听从隧道里传来了急促轻盈的脚步声，在昏暗的手电光下，远处似乎有个人影在跳过枕木，拼命朝他们奔来。

潜行者闪到一边，贴着墙壁，将冲锋枪瞄准了那个亮点。安东从容地站起身，观察着黑暗中的情况，从他放松的姿态就能看出，他并不认为隧道里会有什么巨大危险出现。

梅尔尼克摁亮了手电筒，黑影不情愿地后退了几步。就在离他们约三十步开外的路基中央，一个小小的身影高举双手，一动不动地站着。

"爸爸，爸爸，是我，别开枪！"毫无疑问，是个小孩的声音。

梅尔尼克挪开手电，掸了掸衣服，从地上站了起来。不一会儿，一个男孩就走到了炉边，发窘地盯着自己的靴子。原来是安东的儿子，那个曾央求父亲带自己来执勤的小男孩奥列格。

"出什么事儿了吗？"父亲神情紧张地问。

"没有……我只是太想跟着你了。我已经不是跟妈妈待在帐篷里的小孩子了。"

"你是怎么过来的？那边不是有守卫吗？"

"我撒了个谎，说是妈妈派我来找你的。彼佳叔叔在那儿，他认识我，只嘱咐我别往侧路上瞧，尽快赶路，就放我过来了。"

"我会和彼佳叔叔谈谈的，"安东阴沉地对儿子说，"至于你，先想好要怎么跟你妈妈解释吧。我不能让你再一个人回去。"

"那我可以留下来了？"男孩难掩喜悦之情，乐得蹦了起来。安东挪到一边，把自己坐得热乎乎的沙袋让给儿子，脱下外套正想给他披上，可男孩立刻爬到地上，把随身带来的宝贝从口袋里掏出来，一一摆到一块破布上。那是一把弹壳和别的几样东西。阿尔乔姆就坐在他身边，这下能好好看看这些东西了。最有意思的要数一个带旋钮的金属小盒了。当奥列格一只手拿着它，另一只手转动旋钮，小盒子就会发出叮叮当当的金属音，演奏起简单机械的旋律。有意思的是，一把它贴在别的东西上，那东西就开始共振，让声音反复放大。最明显的就是铁炉子，不过没法坚持太长时间，因为小盒导热相当快。好奇心作祟，阿尔乔姆决定亲自试试。

"这算不了什么！"男孩把发烫的小盒递给他，吹着手指，神秘兮兮地说，"一会儿我带你去看样好东西！"

后面的半小时过得很漫长。阿尔乔姆忽视了执勤队员们的不满目光，一遍又一遍拨转旋钮，沉浸在音乐之中。梅尔尼克和安东始终在低声交谈。男孩趴在地上自顾自地玩着弹壳。

袖珍音乐盒播放着忧郁的旋律，对于阿尔乔姆来说，它似乎拥有莫名的魔力，一听到就再也停不下来。

"不，我不明白，"潜行者说着，从座位上站了起来，"要是两条隧道都塌了，还有人把守，依你看，这些人能藏到哪里去？"

"谁告诉你，整件事只跟这两条隧道有关系？"安东自下而上打量着他，"光是能通到其他地铁线的隧道就有两组，还有通到斯摩棱斯克站的那一组通道呢……我觉得，是有人在利用我们的愚昧迷信。"

"那可不是什么愚昧迷信！"为大家讲述被炸掉的隧道和滞留在另一侧的人们惨状的那名队员插话道，"我们站终将成为下一个胜利公园站，这是个诅咒，而我们所有住在车站里的人，也都被诅咒了……"

"你得了吧，萨内奇，别再瞎捣乱了。"安东不满地打断了他，"人们想要的是严肃的答案，不是你那些瞎编乱造的鬼话！"

"咱们去转转吧，刚才我在路上看见几道门和一个侧口，想去检查一下。"梅尔尼克提议,"斯摩棱斯克站的人也不安得很。特瓦尔特瓦泽本人对此也很感兴趣。"

"他现在倒是感兴趣了?"安东露出一个忧郁的微笑,"还是算了吧,装什么装,咱们的议会只剩个空架子了,各有各的盘算……"

"波利斯已经注意到这个问题了。给,瞧瞧吧。"潜行者从口袋里掏出一张折叠的报纸纸页。

阿尔乔姆在波利斯见过这种报纸。他在一个通道里见过有报摊卖报,但是一份报纸要十个子弹,为这么一份通篇都是谣言的印刷包装纸花费这么一笔大价钱,他可舍不得。看样子,梅尔尼克可真不缺子弹。

这报纸有个引以为豪的名字《地铁新闻》,印在切割粗糙的泛黄纸页上。几篇豆腐块小文挤在一起,其中一篇甚至还配了张黑白图片,标题是《基辅站神秘失踪案接连不断》。

"印刷术还没失传呢,"安东小心翼翼地接过报纸,展平了它,"好吧,走,我带你去认认那些支线。能把它留给我看看吗?"

梅尔尼克点点头。安东站起身,对儿子说:"我去去就回。我不在的时候,你可不许淘气啊!"说完他又转向阿尔乔姆,"劳驾你费心,看管好他。"

阿尔乔姆只好点头答应。可父亲和潜行者前脚刚走远,奥列格就跳了起来,从阿尔乔姆手里一把抢走了小盒子,边喊着"来追我啊",边往死胡同里跑。想到自己是男孩的临时监护人,阿尔乔姆歉疚地看了看大家,摁亮手电就去追奥列格。好在男孩没有跑进半毁的办公区去一探究竟,就在塌方的地方等着他。

"瞧着吧,接下来会发生什么!"男孩说着,爬上乱石堆,一直爬到消失在塌方中的管道的大概位置上,然后掏出自己的小盒子,把它贴在管道壁上,转动起旋钮。

"快听!"他兴冲冲地说。

管道有了共鸣,发出嗡嗡低响,似乎整段管道里都充满了小盒那简单忧郁的旋律。男孩把耳朵贴在管道壁上,像着了魔似的,起劲摇着旋钮,让声音接连不断地从金属盒子里发出。他停下来听了听,脸上露出快活的微笑。接着,他从石堆上跳下来,把小盒递给阿尔乔姆,说:"给,你自己试试!"

乐声穿过管道金属壁后会起怎样的变化,阿尔乔姆一清二楚,可看到男孩灼灼的目光,他决定不做惹男孩失望的讨厌鬼。他把小盒贴在管道上,耳朵也贴上去,开始转动旋钮。轰鸣的乐声猛然响起,震得他几乎缩回脑袋。他不懂声学法则,无法理解这块铁皮有什么奥妙,竟能把音乐盒里若有若无的叮叮当当声放大这么多。

他又转了几圈旋钮,坚持听了三遍短曲,这才冲奥列格点点头。

"很棒。"

"你再听!"男孩笑着说,"不用转,只听!"

阿尔乔姆耸耸肩,朝岗位上张望——那两人怎么还不回来?他只好又把耳朵贴在了管道上。现在这样能听见什么呢?风声?还是像在阿列克谢耶夫站和和平大道站隧道里听到的那种恐怖回声?……

可他霎时间明白了男孩如此开心的原因,只不过,他本人一点都不觉得好笑:只听到有些轻微的声音从很远很远的地方艰难地穿过厚厚的土层,传了过来。不用怀疑,它们正是来自死去的胜利公园站。阿尔乔姆呆住了,越听越感到浑身冰冷。他意识到,此时传进耳朵里的,本是绝不可能听到的一种声音——音乐。

一个音符接着一个音符,数公里之外,不知什么人或什么东西,正模仿着音乐盒发出的忧郁旋律。它绝非回声,因为那位神秘演奏者已经出了好几个错,个别地方还掉了音,但调子还是完全听得出的。

最重要的是,那声音一点不像是发条发出来的,它是刺耳的嗡嗡声……或是歌声?含混的合唱声?不对,就是刺耳的嗡嗡声……

"怎么样,有声音吗?"奥列格得意地问,"让我再听听!"

"这是什么声音?"阿尔乔姆微微张开嘴,用嘶哑的嗓音低声问。

"是音乐！管道演奏的！"男孩给出了简单解释。看来，这诡异歌声给阿尔乔姆带来的苦恼和困扰，并没有传染给男孩。对于他，这只是个好玩的游戏，不会让他产生这样的疑问：在一个与世隔绝、几十年前就没了活口的地铁站里，怎么会有乐声的回应？

奥列格又爬上石堆，正要重启自己的小盒子，阿尔乔姆突然莫名地为自己和男孩感到一阵不安。他抓住男孩的胳膊，不顾他的反抗，拖着他往铁炉走去。

"胆小鬼！胆小鬼！"奥列格高喊着，"小孩子才相信那些故事呢！"

"什么故事？"阿尔乔姆停下来，盯着他的眼睛。

"就是他们会把想在隧道里听管道声的小孩子抓走的故事！"

"他们是谁？"阿尔乔姆继续拖着他朝炉边走。

"死人！"

谈话不得不到此为止了。一听到这个词，先前提到诅咒的那名队员猛地打了一个激灵，死死盯着他们。阿尔乔姆不得不把要问的话咽回肚子里。

两人的冒险结束得刚刚好。才回到炉边，安东和梅尔尼克就回来了，同行的另有一个人。阿尔乔姆赶紧让男孩坐好。安东是让他看管奥列格的，可不是由着他胡来……谁知道安东本人是不是实际上也"迷信"什么呢？

"抱歉，有事耽搁了，"安东坐在了阿尔乔姆身边的沙袋上，"他没瞎胡闹吧？"

阿尔乔姆摇了摇头，内心但愿男孩够聪明，不要显摆他们的冒险。看来奥列格自己也心知肚明。他已经装出一副沉迷其中的表情，摆弄起了自己的弹壳。

那同行而来的第三个人，是个秃顶的瘦子，面颊凹陷，顶着两个眼袋。阿尔乔姆并不认识他。他一到炉边，就忙着跟队员们点头致意，又仔细打量了阿尔乔姆半天，不过并没有跟他交谈。梅尔尼克给阿尔乔姆做了介绍：

"这位是特列季亚克，后面的路他跟咱们一起走。他是导弹专家。"

第十六章
亡者之歌

"那里从没有什么秘密出口。你不知道?"特列季亚克不满地抬高了语调,连阿尔乔姆都听到了。

他们正走在从执勤点返回基辅站的路上。梅尔尼克和特列季亚克走在队尾,正热烈讨论着什么,可一见阿尔乔姆停下来等着他们,也想加入谈话,就转成了窃窃私语。阿尔乔姆只好回到队伍中。小奥列格急急迈着碎步,努力不落在大人后面,他拒绝让父亲扛在肩上,牵着他的手快活地走着。

"我也是导弹兵!"他一本正经地对阿尔乔姆说。

阿尔乔姆诧异地看着男孩。梅尔尼克向自己介绍特列季亚克的时候,他就在旁边,大概是无意中记住了这个词。他明白这个词的意思吗?

"不过别跟别人说!"奥列格接着补充道,"这是个秘密,不能让别人知道。那个叔叔应该是你朋友,他要是问,可别告诉他。"

"好的,我谁也不说。"阿尔乔姆配合地说。

"我不是不好意思,正相反,我很骄傲。不过别人会嫉妒,有可能说你坏话。"尽管阿尔乔姆没问,男孩还是给出了解释。

安东走在前面十步远处,正为大家照路。男孩对着父亲瘦弱的背影点了一下头,说:

"爸爸不让给别人看,不过,看在你能保守秘密的份上——瞧!"他从内口袋里掏出一小块布片。

阿尔乔姆将手电照了一下：原来是拆下来的臂章，厚绒布质地的小圆片，直径约七厘米。一面是全黑的，另一面是深色底，上面是个类似六角形雪花的图案——展览馆站在庆祝新年的时候就会用这种雪花装饰——由三个长方形的东西交叉而成。细看之下，阿尔乔姆认出中间竖着的是个子弹，像是机枪或狙击步枪的子弹，不过多了对小翅膀。另外两个长得一个样，都是黄色的，两侧各有一个圈，他无法断定是什么。神秘的雪花描着花体字，像是用字母镶边的老式帽徽。不过已经掉色了，阿尔乔姆只能辨认出"……和炮……部队"和图案下方不成词的词"我罗斯"。要是再给他多一点时间，或许就能弄清男孩给他看的是什么东西了……可惜他并没有。

"喂，奥列格！快过来，有点事！"安东冲儿子喊。

"这是什么？"趁奥列格把臂章夺走并藏进口袋的间隙，阿尔乔姆忙问他。

"是导弹和炮兵部队[1]！"奥列格一脸自豪，有板有眼地说，然后冲他眨眨眼，一溜烟跑去找父亲了。

沿楼梯爬上月台，队员们各自散去。安东的妻子已经等在入口。一见到小奥列格，她泪汪汪地迎了上去，张开双臂搂住他，接着数落起丈夫来。

"你想折磨死我吗？！孩子离开家这么久，我会怎么想？你们一个个都不让我省心！你怎么跟个孩子似的，就不能把他送回来吗！"她哭诉道。

"列恩，别当着大家的面……"安东又窘又恼，低声含糊地说，"我不能脱岗。想想你说的是什么话，身为哨卡指挥官，怎么能擅自离开岗位呢……"

"什么指挥官！你倒是指挥去啊！别假装不知道这里出了什么事情！邻居家的孩子一个星期前失踪了……"

梅尔尼克和特列季亚克从边上快步经过，连招呼都没打，留安东和妻子独处，阿尔乔姆赶紧跟上他们。走出很远，两人的对话已经听不清

---

1 俄语缩写为 PBA。

了,却仍可以听见女人的哭声和责备声。

三个人朝站长办公室走去。几分钟后,他们已经坐在装点着破挂毯的房间里。梅尔尼克请求让他们单独待一会儿,站长心领神会地点头离开了。

"你好像没护照?"梅尔尼克跟阿尔乔姆核实。

他摇摇头。证件被法西斯没收了。没了证件,他也成了没有身份的人,几乎在地铁里寸步难行。不论是汉萨、红线还是波利斯,都不会接受他。有梅尔尼克在身边,没人盘问他;可一旦梅尔尼克离开,他将沦落到只能在基辅站这样的废弃地铁站里流浪。至于重返展览馆站,怕只是痴心妄想了。

"没护照,就没法带你去汉萨。办这事得先找人,"梅尔尼克像是在试探他的想法,"可以新办一本,但得花时间。去马雅科夫斯基站最近的路,就是走环线,一点路都不绕,怎么样?"

阿尔乔姆耸耸肩。他感受到了梅尔尼克的有意引导。等是等不了的,让他一个人绕过汉萨去马雅科夫斯基站又行不通。那站的隔壁就是特维尔站,重回法西斯老巢,况且是已被改造成监牢的车站,这种想法是愚蠢的,结果只有一个——有去无回。

"不如这样,我和特列季亚克马上动身,"梅尔尼克给出了结论,"去马雅科夫斯基站找找 D-6 的入口,找到后就回来找你,或许到那时你的护照也有眉目了。我会先找人谈谈,给你准备一份合适的表格。我们找不到也会回来,不会让你等太久。我们俩到那儿很快,一天就够了。怎么样?"他注视着阿尔乔姆。

阿尔乔姆没法强迫自己点头同意,又耸了耸肩。他感到自己可有可无,像个废物遭人遗弃。如今,他预警危险的任务已经结束,"成年人们"将完成其余工作。他们嫌他碍手碍脚,就把他推到了一边。

"好极了,"梅尔尼克说,"我们不到早上就能回来。时间宝贵,我们这就动身。你的食宿问题我会和阿卡迪亚·谢苗诺维奇说好,他不会委屈你的。应该都交代清楚了吧……不对,还有件事,"他从口袋里掏出了那张沾有血迹的纸片,上面是计划和说明,"拿着,我抄了一份。谁知道事情会不会生变。千万别给任何人看……"

跟站长进行过短暂的交谈,不到一小时后,梅尔尼克和特列季亚克就走了。行事周全的阿卡迪亚·谢苗诺维奇随即把阿尔乔姆送回帐篷,邀他共进晚餐,让他先休息。

客用帐篷的位置有点偏。尽管帐篷里面条件完善,阿尔乔姆却打一开始就觉得浑身不自在。他探出身子往外看了看,再次确认其他住所都紧挨在一起,并且尽可能地远离隧道口。现在梅尔尼克走了,阿尔乔姆独自留守在这个陌生的车站,内心感到压抑难过,久违的失落感又找上门来。

基辅站带给他的感觉是恐惧,只有恐惧,没来由的恐惧。时候不早了,孩子们的喧闹声渐渐静下来,走出帐篷的成年人也越来越少。阿尔乔姆丝毫不想去站台上溜达。把丹尼尔的遗信看了三遍后,他实在忍不住了,比约定时间提早半小时前去赴站长的晚餐。

眼下,办公室的接待厅改成了厨房,一个比阿尔乔姆稍大的漂亮姑娘正在里面忙碌着。大锅上煎着肉块和某种菜根,旁边煮着他在安东家吃过的白色块茎。站长本人则坐在一旁的凳子上,正翻看一本书,书都被翻烂了,封面上画着支左轮手枪和穿黑丝袜的女人大腿。看到阿尔乔姆,阿卡迪亚·谢苗诺维奇尴尬地把书放到一边。

"我们这里挺无聊的吧,"他善解人意地笑着说,"咱们到办公室去,卡捷琳娜会把桌子布置好,咱们先喝两杯。"说着,他递了个眼色。

现在,这个挂有地毯和头骨的房间,看起来完全不一样了:一盏点亮的绿布灯罩台灯,令整个房间倍感舒适。一路上如影随形的紧张感,也彻底消散在这灯光中了。

阿卡迪亚·谢苗诺维奇从柜子里拿出一小瓶棕色液体,往一个造型独特的大肚玻璃杯里斟了一点,那香气顿时熏得人脑袋直发晕。他就倒出指甲盖那么高的一小杯,阿尔乔姆心想,这一小瓶肯定比他在中国城站尝过的一整箱家酿酒都贵。

"这是白兰地,"面对他好奇的眼神,阿卡迪亚·谢苗诺维奇回应道,"产自亚美尼亚,快三十年了。从上面带下来的,"站长一脸憧憬地望向天花板,"别怕,没毒,我用仪器测过了。"

这种陌生饮品口感醇厚,香气扑鼻。阿尔乔姆没有一饮而尽,而是学着主人的样子,小口细品着。有团火在体内弥漫,然后逐渐冷却,变成一股舒坦的暖流。房间里愈发宜人,阿卡迪亚·谢苗诺维奇也更加可爱了。

"奇妙的东西。"阿尔乔姆眯缝起眼睛,满意地评价。

"挺不错,是吧?它是一年半以前,潜行者在红普列斯妮娅站一个从没被动过的食品商店里找到的,"站长解释,"在地窖里,以前人们常这么做。商店的招牌掉了,没人注意到它。是有个潜行者记得,城市毁灭以前,他有时候会去那儿,所以决定去搜查一下。地窖里的酒一放就是很多年,越陈越好喝。因为我们是熟人,他一百个子弹卖给我两瓶。在中国城站一瓶就要两百个子弹呢。"

他又抿了一小口,透过白兰地棕色的液体凝视着灯光,若有所思。

"这个潜行者,人们都叫他瓦夏。"站长开口道,"是个好小伙,做事认真,从不像他们捡树枝之类的玩意儿,带回来的都是好东西。每次从上面回来,他都要先到我这儿来,说一句'谢苗诺维奇,上新货了'。"说完他无力地笑了。

"他出什么事了?"阿尔乔姆关切地问。

"他特别喜欢红普列斯妮娅站,总说那里是真正的黄金国,"阿卡迪亚·谢苗诺维奇感伤地说,"什么都没被动过,有座斯大林式建筑[1]……可以理解它为什么能完整保存下来……马路对面就是动物园。可谁会往红普列斯妮娅站凑呢?可怕的鬼地方……小伙子瓦夏准是绝望了,才不停冒险,虽说挣了不少钱,最后还是把自己给搭进去了。他被拖进了动物园,他的搭档好不容易才跑掉。咱们为他干一杯。"站长深深叹了口气,又要

---

[1] 即"七姐妹"建筑群中的文化人公寓。

给各自倒酒。

想起这酒贵得不同寻常，阿尔乔姆想要谢绝，可阿卡迪亚·谢苗诺维奇坚决把玻璃杯塞进他手里，还说如果不喝就是对获得这珍贵甘露的无畏潜行者的侮辱。阿尔乔姆只得从命。

与此同时，姑娘已经将餐桌布置好，两人又换精酿的普通私酒接着喝。肉也烹饪得美味极了，晶莹的肉汁让人垂涎欲滴。

"你们站不怎么样，"一个半小时后，阿尔乔姆已经喝得口无遮拦，"这里很可怕，有种让人压抑的东西……"

"是你不习惯，"阿卡迪亚·谢苗诺维奇含糊地摇了摇头，"人们在这里过得不差，相比其他一些……"

"不，您别多想，"阿尔乔姆自觉冒犯了这位基辅站站长，忙往回找补，"我明白，您肯定把能做的都做了……却于事无补。所有人都在说一件事，这里不断有人失踪。"

"他们胡说。"阿卡迪亚·谢苗诺维奇斩钉截铁地说，可一杯酒下肚，他又改口了，"不是什么人都会失踪，只有儿童。"

"是死人把他们带走了？"阿尔乔姆哆嗦了一下。

"谁知道是什么人带走的？死人的说法我是不信的。我这辈子死人可见多了，没什么好怕的。他们不能把任何人带去任何地方，只能安安静静地躺着。不过，在塌方的另一头，"阿卡迪亚·谢苗诺维奇手指胜利公园站的方向，几乎失去平衡，"那里是有人的。我肯定。我们不能过去。"

"为什么？"阿尔乔姆努力想让视线对准酒杯，眼前却总是模糊一团，目光也在游离。

"你等着，我拿给你看……"

站长往后一挪身子，艰难地站了起来，摇摇晃晃朝柜子走去。他在某一层搁板上翻找了半天，将一枚末端粗钝的长金属钩子小心地拿到光下。

"这是什么？"阿尔乔姆皱起了眉头。

"我也很想知道……"

"您从哪里得来的?"

"从一名守卫右边隧道的巡逻兵脖子上。他躺在那里,一滴血也没流,浑身发青,口吐白沫。"

"是胜利公园站的人干的?"阿尔乔姆猜测。

"鬼知道,"阿卡迪亚·谢苗诺维奇嘟囔着,同时打翻了剩下的半杯酒。他把钩子放回橱子里,补了一句,"可别告诉任何人。"

"您为什么不把这事告诉别人呢?您会得到帮助,人们也能安下心来。"

"没有人会安下心来,到时候所有人都会逃跑,跟耗子一样!现在已经有人跑了……我们防不胜防,因为敌人是看不见的。看不见的敌人才可怕呢。即使我给他们看了这钩子,又能怎样?你以为问题就能全部解决了?可笑!所有人都会逃走,这帮混蛋,把我一个人留在这里!没有人我还算哪门子的站长?就像个没有船的船长!"他陡然抬高了嗓门,在一个破音后不说话了。

"阿卡迪亚,阿卡迪亚,别这样,一切都好好的……"那个姑娘吓坏了,坐在他身边,抚摸着他的头。醉眼蒙眬的阿尔乔姆悲伤地明白了,她根本不是站长的女儿。

"所有人都会逃跑,这群狗东西!像耗子一样跳下船逃命!只留下我一个人!但我绝不屈服!"他仍无法平静。

阿尔乔姆艰难地站起身,摇摇晃晃朝门口走去,门口的守卫用手指在喉咙弹了一下。[1]

"喝得烂醉,"阿尔乔姆勉强说道,"天亮以前最好别去招他。"说完,他迈着缓慢的步伐,跌跌撞撞摸向自己的帐篷。

一路上,他好几次摸错了帐篷,直到男人粗鲁的咒骂和女人的惊叫声响起,他才知道自己又找错了。那私酒可比便宜的家酿酒更上头,这会儿酒劲才开始上来。拱门和圆柱在他眼前飘浮起来,最糟的是,他开始神

---

[1] 俄罗斯习俗,此动作意为"喝多了"。

志不清了。要是在正常时间，或许能有人帮他找到帐篷，可眼下车站里空无一人，就连隧道口也没人站岗了。

夜已深，整个站台一团昏暗。天花板上仅有三四盏昏暗的小灯还亮着，勉强能照亮下方一小片。阿尔乔姆驻足细看，却惊讶地发现，暗处有个东西正在微微动弹。他不敢相信自己的眼睛，在好奇心和酒劲的驱使下，慢慢靠近了那个可疑的地方：就在去菲利线的通道旁边的一个拱门里，黑暗的流动不同于别处，似乎有了形体和意识。

"谁！谁在那儿？"他越走越近。

没人回答，可他能感到，有道长长的黑影正从暗处慢慢显露出来。它几乎和黑暗融为一体，但阿尔乔姆越发肯定，有人正暗中窥视着他。阿尔乔姆有些摇晃，他站稳身子，又迈出一步。

黑影急剧变小，像是缩成一团，滑了过来。一股令人作呕的气味扑鼻而来，熏得阿尔乔姆连连后退。这是什么味儿？眼前浮现出一幅画面，是他在即将抵达第四帝国的隧道里看到的一幕：数具两手反绑的尸体堆叠在一起，散发出腐烂的气味……

说时迟那时快，突然，那道黑影像一支离弦箭，朝他猛扑过来。一张苍白的脸闪现在眼前，这张脸上眼窝凹陷，布满诡异的斑点。

"死人！"阿尔乔姆撕扯着喉咙喊。

接着，他感到天旋地转，伴随着天花板的旋舞，一切都熄灭了。他浑身绵软，陷入虚无的寂静，只有一段对话、一些画面凌乱地闪过：

"……妈妈不让，她会担心的，"不远处有个孩子说，"今天绝对不行，她都哭了一晚上了。不，我不怕，你不可怕，并且歌也唱得好听。我只是不想让妈妈再哭了。你别生气嘛！那好吧，就一小会儿……咱们早上就回来，行吗？"

"……没时间了，没时间了，"一个男人用低沉的声音重复着，"时间紧急，他们快赶上来了。起来，别躺着，起来！要是失去希望，要是动摇或投降，你的位置很快会被别人取代。我还在坚持战斗，你也该这样。起来！你不明白……"

"……他又是谁？来找站长的？还是过路的？当然得搬走了！你得帮帮我……抱着脚也行。太沉了……是什么东西在他口袋里丁零咣啷响？有意思。别别，我开个玩笑。好了，总算到了。我可再也不干这事了，再也不干了。我要走了……"

帐篷的门帘猛地被掀开，一束手电光落在他的脸上。

"你是阿尔乔姆？"看不见来人的脸，只听出是个年轻人的声音。

阿尔乔姆从床上惊坐起，顿觉天旋地转，胃里一阵翻江倒海。后脑勺一跳一跳地钝痛，一碰就火烧火燎地疼。那一块的头发也打结在一起，像是被血糊住了。脑袋这是怎么了？

"能进来吗？"来人问，也不等他回答就迈进帐篷，掩上了门帘。

他把一个微型的金属物件塞进阿尔乔姆手里。阿尔乔姆打开手电，打量着这东西：一粒冲锋枪弹壳改造成的密封胶囊，跟猎人给他的一模一样。阿尔乔姆无法相信自己的眼睛，手心也紧张得沁出了汗。他试图打开盖子，却两手打滑，让胶囊掉在了地上。一张小小的纸片赫然暴露在手电光下。难道真的是猎人的书信？

"诸事不顺。D-6入口遇阻。特列季亚克遇害。等着我，别乱走。组织人手需时日，会尽快回。梅尔尼克。"

阿尔乔姆把纸条又读了一遍，竭力想要消化其中的信息。特列季亚克遇害了？二号地铁入口有阻碍？这意味着，他们的全部计划和本就渺茫的希望，统统将化为泡影！他不解地望着来人。

"梅尔尼克命你待在这里等他，"送信人重申，"特列季亚克死了，被杀了。梅尔尼克说他是死于毒针，不知什么人干的。他正在召集人手。好了，我该走了。要带信儿给他吗？"

阿尔乔姆想了想。能给梅尔尼克写点什么呢？问他该怎么办？还有什么指望？可不可以抛下一切回展览馆站，和最亲近的人度过最后时光？

他摇了摇头。送信人没再说话,转身离开了。

阿尔乔姆在床上躺平,陷入了沉思。他现在根本哪儿也去不了。没有护照和梅尔尼克,他既进不去环线,也回不了斯摩棱斯克站。眼下,只能寄希望于阿卡迪亚·谢苗诺维奇在接下来的时日里,能够一如昨天那样以礼相待了。

基辅站已经"天亮"。站上的灯光加倍明亮,站长办公室旁边的水银灯管,此时更是亮得耀眼。阿尔乔姆后脑勺疼得直皱眉头,好不容易挪到了办公室门前,却被守卫用手势拦下了。屋子里很吵,有人正扯着嗓子说些什么。

"站长正忙,"守卫解释,"你要是愿意,可以等。"

不一会儿,只见巡逻队队长安东像出膛子弹似的从屋里跑出来。站长也紧随其后跑了出来,尽管他的头发重又梳得整整齐齐,却顶着两个大眼袋,面部明显浮肿,嘴巴边长了一层青胡茬。阿尔乔姆不由摸了摸自己的脸,心想,估计一夜宿醉后,自己的形象也好不到哪儿去。

"我能做什么呢?!你说!"站长在安东身后追着喊,然后朝手心啐口唾沫,拍了拍自己的脸颊,这才发现阿尔乔姆在场,勉强挤出一个微笑:"啊……你这就醒了?"

"梅尔尼克还没回来,我只好继续赖在您这里。"阿尔乔姆难为情地解释。

"了解,了解,已经向我通报过了。咱们进屋去,把托付我的事给你办了。"阿卡迪亚·谢苗诺维奇做了个邀他进屋的手势,"这样,趁着等梅尔尼克,你先来拍张护照相片。我们基辅站的设备还不错……说不定他能弄到护照表格,到时咱们就能给你办新证件了。"

他让阿尔乔姆在一张圆凳子上坐好,取出一架小巧的塑料相机,将镜头对准了他。夺目的闪光灯一闪,在接下来的五分钟里,阿尔乔姆眼前一团漆黑,无助地朝四周看来看去。

"抱歉,忘了提醒你……你一定饿了,进来吧,卡捷琳娜会给你弄些吃的。不过我今天没时间陪你，站里出事了，安东的大儿子昨夜失踪了。现在整个车站都被他搅得鸡犬不宁……这是什么日子？对了，他们告诉我，早上是在站台上发现你的，头上还带着血？出什么事了？"

"我记不得了……大概是喝醉后摔了一跤。"阿尔乔姆迟疑了一下，回答说。

"是啊……昨晚咱们可没少喝。"站长咧嘴笑道，"好了，阿尔乔姆，我该去忙了，你晚些再过来吧。"

阿尔乔姆滑下凳子。小奥列格的脸庞浮现在他眼前。安东的大儿子……难道是他？阿尔乔姆回想起他昨天拨动他的音乐盒旋钮，把盒子贴在铁管上，还说只有小孩子才相信，要是走进隧道听管道声就会被死人抓走。阿尔乔姆打了一个冷战。难道这是真的？难道都是自己的错？他又无助地望向阿卡迪亚·谢苗诺维奇，张了张嘴，却什么都没说，转身离开了。

回到帐篷，他坐在地上，望着虚空的前方，呆坐了很久。此刻的他开始觉得，有个神秘的力量挑选他去完成使命，同时也给他施了诅咒：几乎每个愿意与他同行的人，哪怕只同行了一段路，全都难逃一死。一张张面孔在眼前划过：波旁、米哈伊尔·波尔菲里耶维奇爷孙俩、丹尼尔……可汗不知所踪，救下他的革命旅战士们可能也死在下一条隧道里了。现在是特列季亚克，还有小奥列格？……难道真的是自己在不知不觉中，把死神引到了同伴身边？

突然，毫无来由地，他噌地站了起来，背起背包和冲锋枪，抓起手电，走上了站台。双腿下意识地把他带到昨夜遇袭的地方。他凑近一看，顿时僵住了。在酒醉后模糊的记忆里，有一对眼窝深陷的死人眼死死盯着他。他全都想起来了，那不是梦。

必须找到奥列格！不管付出怎样的代价，也要帮巡逻队队长找回儿子。这是他的错，是他阿尔乔姆的错，是他没照看好男孩，让他玩了那个诡异的管道游戏。现在他完好无损地站在这儿，男孩却失踪了。阿尔乔姆相信他不会独自离开车站，夜里这儿一定发生了什么难以理解的坏事。那阿尔乔姆就是错上加错，他本该阻止这件事的发生，却没能做到。

他细细察看昨天那鬼影藏身的暗处，那里堆着成堆的垃圾。翻找半天，只惊动了一只流浪猫。在站台上的侦察一无所获，他走到月台边，跳到轨道上。隧道入口的守卫懒洋洋地打量着他，警告说进去以后责任自负。阿尔乔姆这次进的不是昨天和梅尔尼克去过的那条隧道，而是与之平行的另一条。正如安东所说，这条隧道也有塌方，就在和那条塌方的位置差不多的地方。执勤岗哨就在死胡同前，一个大铁桶当炉子，四周堆着一圈沙袋。旁边的轨道上停着辆手推车，盛着一桶桶煤。执勤队员们正坐在沙袋上低声交谈，一见他走近，都从位子上跳起来，神色紧张地盯着他。其中一人率先解除了警报，其余人也跟着放松下来，各回各自的位子。细看之下，阿尔乔姆认出那人正是安东队长。他窘迫地匆匆寒暄几句，转身就往回走。他无法正视安东的眼睛，脸红得发烫：是自己害他丢了儿子。他拖着沉重的步子往前走，边走边轻声念叨着："不关我的事……我也没想过这样……我又能做什么呢？"

突然，他注意到，在两条枕木间的阴影里，孤零零地躺着个小小的东西。即便离得很远，他也一眼就认出了它。阿尔乔姆的心狂跳起来。他从地上弯腰捡起音乐盒，转动摔得有些变形的手柄，盒子里传出清脆而忧郁的旋律。正是奥列格的音乐盒，准是他几个小时以前扔下或者不小心掉在这里的。

阿尔乔姆把背包留在原地，集中起十二分的注意力，全神贯注地研究起隧道墙壁来。不远处有道门，打开一看，却是个已经损毁的公厕。二十分钟又过去了，他在隧道里没有任何发现。

回到背包处，阿尔乔姆背倚墙壁坐在地上，筋疲力尽地仰头望向天花板。下一秒，他又猛地站了起来：在摇曳的手电光下，一道黢黑的狭窄通道在阴暗的混凝土天花板间隐现出来，就在阿尔乔姆捡到音乐盒的地方的正上方。原来，是遮掩这条通道的盖板没有盖严。天花板足有三米多高，他够不着盖板。

他马上有了主意。他把背包丢在铁轨上，带着发现的音乐盒，跑回了执勤岗哨。他再也不怕看安东的眼睛了。

跑到近前，为了不引起队员们的骚动，他特意放轻了脚步。他绕到安东跟前，将自己的发现小声告诉了他。很快，两人轮流驾驶着手摇车，在众人疑惑的目光中离开了岗哨。

这条小通道太窄了，只有用力挤才能钻进去。它出现在天花板上方一米半的高处，和隧道平行。阿尔乔姆想象不出它的作用。是为了排风？防止鼠患？紧急避难？还是隧道被炸毁后挖出的一条逃生通道？

两人把轨道车停在盖板正下方，高度正好。阿尔乔姆踩在安东肩膀上，推开盖板爬了进去，随后把安东也拉了上去。

尽管这条通道有两个方向，安东却果断选择了胜利公园站的方向。事实很快证明他没有选错：走出没几步远，手电光就探照到地上一枚闪闪发光的椭圆形弹壳，正是梅尔尼克昨天送给男孩的。阿尔乔姆大受鼓舞，奋起直追。往前走了二十米左右，没路了，而在脚下又发现了一个黢黑的洞口，盖板被掀开，搁在一边。不等阿尔乔姆阻拦，安东已经毫不犹豫地跳了下去，消失不见了。只听下面骂了一声，接着传来安东低沉的声音："跳的时候要当心，这里有三米高。来吧，我给你打着手电。"

阿尔乔姆两手攀住洞口边缘，先把身子探了出去，荡了几次才松开手，让两腿落在枕木之间。

"到时候咱们该怎么回去呢？"他直起身子，边拍打两手边问。

"会有办法的，"安东摆摆手，"最重要的是，你确定你看到的不是死人？"

阿尔乔姆耸了耸肩。尽管后脑勺还在火辣辣地疼，头脑却是清醒的，夜里也不知是人是鬼在基辅站内袭击了自己，这事想来真够荒诞离奇的。

"咱们去胜利公园站，"安东决定，"要是真有什么古怪，只能是从那里出来的。你已经在我们站待过了，应该有所感觉。"

"昨天您为什么不告诉我们？"阿尔乔姆一边问，一边去追安东，竭力跟上他的步伐。

"站长不让,"安东眉头紧锁,"谢苗诺维奇很怕引起恐慌,说是不能散播谣言,其实是担心自己的位子。可凡事总有个度。我早就跟他说过,纸里包不住火,秘密迟早会被发现……两个月来,有三个孩子不见了,还有四家人逃跑了。我们的人被针刺中了脖子。他却说,不能说出去,会引发恐慌,让局面失控。这个孬种……"说完愤怒地啐了口唾沫。

"用针害人的会是谁呢?……"阿尔乔姆话说到一半,站住了,安东也停下了脚步。

"这又是什么?你见过这种东西吗?"安东疑惑地问。

阿尔乔姆没有回答。他定定地站着,用手电光在地上扫来扫去,试图更好地看清那个东西。

地面上留下一抹巨大的痕迹,像是用白色油漆草草刷上去的,在轨道、枕木和沙土地上到处都是。这痕迹曲里拐弯的,宽约四十厘米,长约两米,很像是蛇或软体虫爬过的轨迹,宽的一头看着像个脑袋,叫人越看越觉得像是某种巨型爬行动物。

"是蛇。"阿尔乔姆推断。

"有可能,但怎么还会留下油漆一样的颜色?"安东说。

"头在那边……是往胜利公园站方向爬的。"阿尔乔姆肯定地说。

"那就是说,咱们跟它同路。"安东接着说。

走出几百米,沿途又在路中央找到三枚丢弃的弹壳,猜测得到证实,这下可以坚信方向没错了。两人不由加快了脚步。

"好小子!"安东自豪地说,"他这是在留踪迹呢!"

阿尔乔姆点点头。种种迹象表明,被不明生物悄无声息带走的男孩还活着,他越发确信这一点。难道自己在昏迷中听到的对话是真实的?奥列格是自愿跟那个神秘的人贩子走的?那他为什么还要在沿途留下这些踪迹?

阿尔乔姆沉默着,安东也不说话了。两人低头赶路,默数着枕木。贪婪的黑暗一点点吞噬了他刚刚获得的快乐和希望,取而代之的是恐惧。

为了弥补自己对这对父子犯下的错误,他把一切警告和恐怖故事抛到了脑后,忘记了梅尔尼克不许他离开基辅站,一定要在车站等他的指令。如果说安东此行是为找回儿子,那他阿尔乔姆去胜利公园站那个鬼地方干吗?他为什么要不顾自身安危,撇下自己的重要使命,跟他来这儿?他猛地想起林地站那两个奇怪的男人,和他们关于命运的谈话。不知怎的,心里竟一下子轻松起来。可惜这种情绪仅仅维持了十来分钟:那个蛇爬形的痕迹又出现了。

眼下,这个痕迹要比上一个大了两倍,似乎是想劝他们打道回府。阿尔乔姆一点都高兴不起来。

隧道仿佛没有尽头。他们走啊,走啊,照阿尔乔姆的估计,已经走了不止两小时了。安东越走越沉默。要知道,在黑暗和寂静中行走,时间会成倍地放缓。

当第三个蛇爬行的痕迹出现时,它已经有十来米长了,同时出现的还有某种声音。安东僵在原地,耳朵对着隧道倾听,阿尔乔姆也学着他的样子听。这怪声是从隧道深处传过来的,起初他没听出来,后来明白了,这和着微弱的鼓点般节奏的低吟声,跟他在基辅站管道里听到的音乐很相似。

"不远了。"安东边点头边说。

缓缓流动的时间突然变得凝滞了。阿尔乔姆望向同伴,清晰地看到他在疯狂点头,像是脑袋发生了抽搐,让他惊讶的是,安东的下巴始终没回到正位上。当安东缓慢地歪向一边时,动作滑稽得就像个填满碎布头的人偶。阿尔乔姆觉得,自己有足够的时间去扶住他,可肩上传来的微微刺痛感妨碍了他这么做。他困惑地望向肩头,发现衣服上刺进了一根带羽毛的金属针。他刚想把它拔下来,身体却动不了了,紧接着,这具身体仿佛顷刻间消失了,他再也感受不到它。软绵绵的两腿失去了支撑力,他立刻跌倒在地。此刻他们的意识还是清醒的,听觉和视觉也没受影响,呼吸却愈发局促,只能小口进小口出了,四肢也动弹不得。

身边响起一阵轻盈急促的脚步声。这一步步靠近的生物,不可能是人类,早在展览馆站巡逻时,阿尔乔姆就学会辨别人类脚步声了——在地铁里听得最多的，要数笨重的人造革长筒靴那震天响的踢踏声了。一股恶臭钻进他的鼻子，而视线中仍然只是几段枕木和通往反方向基辅站的轨道。

"一个，两个。是陌生人，都撂倒了。"高处有个声音说。

"我瞄的准，这么远。一个脖子，一个肩膀。"另一个回答。

他们的语气听上去很诡异，毫无语调可言，倒像是隧道里单调的风声。不过这的确是人类的声音，千真万确。

"是的，准。大虫想要这样。"第一个声音又说。

"是的。你一个，我一个，把陌生人拖回家。"第二个声音说。

于是，眼前的画面骤变——阿尔乔姆的身体猛地离开了地面。一张脸在他眼前一晃而过，窄窄的脸颊，乌黑深陷的眼窝。接着，他和安东那两盏正在地上打滚的手电就被熄灭了，四周变得一团漆黑。只有头部充血的感觉提醒着阿尔乔姆，他正被像拖沙袋似的拖往某个地方。

与此同时，奇怪的对话还在继续，里面还夹杂着呼哧呼哧喘粗气的声音。

"麻醉针，不是毒针。为什么？"

"指挥官命令这样，祭司也命令这样，大虫想要这样，肉保存得好。"

"你真聪明。你和祭司是朋友。祭司教你。"

"是的。"

"一个，两个，敌人来了。闻到火药味了。敌人厉害。怎么来的？"

"不知道。指挥官和瓦尔坦审讯。我和你抓。好，大虫高兴。我和你得奖赏。"

"什么奖赏？软皮鞋？夹克衫？"

"多得是。不是夹克衫，不是软皮鞋。"

"我年轻，抓敌人。好。很多奖……奖赏。我高兴。"

"今天——好日子。瓦尔坦新带了小的。我你抓敌人。大虫高兴，人们唱歌。节日。"

"节日！我高兴。跳舞？伏特加？我跳舞娜塔莎。"

376

"娜塔莎，指挥官跳舞，不是你。"

"我年轻，我强壮。指挥官大了。娜塔莎年轻。我抓敌人，勇敢，好。娜塔莎和我跳舞。"

随着不远处响起一些新的声音，讨论中断了。阿尔乔姆猜测，他们已经进入了车站。这里几乎和隧道一样黑，整个车站只燃着一小堆篝火。他和安东被随手扔在篝火旁的地上。有人用钢刀一样的指甲捏住他的下巴，把他的脸扳到正面朝上。

四周站着好几个模样古里古怪的人。他们几乎没穿什么衣服，看样子都不觉得冷。每人额头上都画着条波浪线，就像是隧道里出现的蛇爬行痕迹。他们都个头不高，脑袋剃得溜光，并且颧骨深陷，皮肤苍白，看起来病怏怏的，但从这样的躯体里却释放出某种超人的力量。梅尔尼克把老十从大图书馆里背回来时有多吃力，阿尔乔姆对此记忆犹新，而那两个怪家伙却只用了那么短的时间，就把他们俩拖到了车站。

几乎每个人手里都拿着根又长又细的管子，细看之下，阿尔乔姆惊讶地发现那是用于隔绝电线的绝缘塑料壳。他们年龄相仿，都不超过三十岁，腰带上都挂着硕大的钢刺刀，像是老款卡拉什尼科夫冲锋枪上的。这些人默不作声地看了他们两个半天，当中唯一一个额上画着红线并且留胡子的男人开了口："好。我高兴。他们是机器的主人，大虫的敌人。作恶的人，鲜嫩的肉。大虫满意。沙拉普和沃凡——好样的。我把机器的主人带到监狱审讯。明天过节，所有善良的人吃掉敌人。沃凡！用的哪种针？麻醉针？"他转向把战利品拖回来的其中一个人。

"是的，麻醉针。"额上是蓝色线条的矮胖男人回答。

"麻醉针好。肉不会坏。"大胡子赞许地说，"沃凡、沙拉普！带上敌人，跟我去监狱。"

眼前的画面又起了变换，火光渐渐远去。有新的声音从身边响起，有人正兴奋地咿呀乱叫，有人却发出哀嚎。接着听到了歌声，声音格外低沉，一点都不好听，似乎真的是死人在歌唱。阿尔乔姆联想起有关胜利公园站的那些传说。然后，他和安东又相继被扔在地上。阿尔乔姆躺了一会儿，睡着了。

……迷迷瞪瞪地，阿尔乔姆被什么东西给推了一把，像是告诉他该起来了。他伸了个懒腰，拧亮手电筒，把手捂在灯上，好让惺忪的睡眼逐渐适应刺眼的光线。他在帐篷里扫视了一圈（枪哪里去了？！），然后走出帐篷，来到车站上。他实在太想家了。然而此时此刻，当他再次站在展览馆站的月台上，内心却没有半点喜悦。熏黑的天花板，焦糊味的空气，布满弹孔的空帐篷……似乎有什么可怕的事在这里发生了。从远处大概另一头的隧道里传出一声声惨叫，像是有人在挨刀子。

两盏应急灯微弱的光线透过挥散不去的烟雾，淡淡地投下来。有个小女孩正在隔壁帐篷边玩耍，此外整个站台上就再也看不到第二个人了。阿尔乔姆本想问问她这里发生了什么，其他人都去了什么地方，可小姑娘一看到他就大哭起来。他不得不打消这个念头。

他望向隧道，那两条和植物园站相通的隧道。要是站里的人们果真去了什么地方，就一定是顺着这两条隧道，走向了那个被诅咒的地方。他相信人们若是想要逃跑，绝不会把他和小女孩留在这里不管的。

阿尔乔姆跳到了轨道上，朝黑洞洞的隧道口走去。他心想，没有武器很危险，但也只能豁出去了，必须去侦察一下情况。不会是黑暗族已经冲破防线了吧？那他就是最后的希望了。他必须摸清情况，通知南部盟友。

一走进隧道口，黑暗即刻笼罩了他。只要迈进这个洞口，他就作别车站，进入隧道的世界了——这个恐惧和黑暗相伴相随的世界。前面什么都看不见，却听见了骇人的啪嗒啪嗒的脚步声。阿尔乔姆又为自己没枪而后悔了一遍，可退缩为时已晚。

脚步声正由远及近。在阿尔乔姆前进的同时，脚步声也在靠近。他一停下，脚步声也消失了。类似的事情不是头一回遇到，但上次发生在何时何地，他已忘得一干二净。这太诡异了，即将面对的那看不见摸不着的东西……究竟是敌是友？打颤的双膝延缓了他的步伐，内心的恐惧在随时间滋长。脑门上冷汗直冒，他越来越慌。当最近的一次脚步声在三米远的地方响起时，阿尔乔姆终于受不了了。他调转身子，跌跌撞撞地朝车站跑去，一路上不时跌倒又爬起来。当第三次摔倒在地上时，打软的腿已经彻底不听使唤了，他明白自己的大限已到。

"……这世上万事万物都是大虫的创造。整个世界以前由石头组成，除了石头什么都没有。没有空气，没有水，没有光，没有火，也没有人类和动物，只有死气沉沉的石头。大虫就在石头里住下了。"

"那怎么有了大虫？它从哪里来？谁生了它？"

"大虫是永生的。别插话。它在世界的中心住下了，说道：'这个世界将属于我。它虽是个坚硬的石头世界，我也要咬出自己的路来。它寒冷，我就用身体把它焐热；它黑暗，我就用眼睛把它照亮；它荒凉，我就让我的造物在这里生息。'"

"造物是人还是东西？"

"造物，就是从大虫肚子里出来的生命。是你也是我，咱们都是他的造物，懂了吧？大虫又说：'一切都将如我所言，因为这个世界从此属于我。'于是它开始在坚硬的石头里咬出路来。在它唾液和体液的滋润下，石头在它腹中变得柔软，有了生命力，能长出蘑菇来。大虫不停吞咬石头，让它们穿过自己的肠胃，接连做了几千年，直到它的道路畅通无阻才会停下。"

"什么是千？一，二，三？千是多少？"

"你有十根手指头，沙拉普也有十根手指头……不对，沙拉普有十二根……他不行。那就换一个吧，格罗姆有十根手指头。要是把你和格罗姆，还有其他手指头跟你一样多的人加在一起，十个人就是一百根手指头。那一千呢，就是十个一百加起来。"

"很多手指头。我数不过来。"

"没关系。就是说，大虫在世上有了自己的路，它的第一件事就完成了。于是它说：'好，我已经在坚硬的石头里咬出成千上万条路，也把石头变成了碎石。碎石穿过我的肠胃，被我的体液滋润，有了生命力。过去这世上到处都是石头，现在有了一块空地。现在我生的孩子们有地方了。'于是，第一批生命从它腹中出来了。他们的名字如今已经没人记得。他们高大强壮，就像大虫。大虫爱他们，可是那个时候世上没有水，他们喝不上水，全都渴死了。大虫很悲伤。它从前不懂得悲伤，也不懂得孤独，因为从前它没有爱过。现在，它爱上了自己创造的新生命，再也离不开他们了。于是大虫哭了起来，它的眼泪填满大地，便有了水。于是它说：'好，现在有地方住，也有水喝了。土地被我的体液滋润，有了生命力，能长出蘑菇了。现在我要造物，诞生自己的孩子了。他们可以住在我咬出来的道路上，喝我的眼泪，吃我体液滋养出的蘑菇。'因为地方、水和蘑菇都不够，它怕再生出跟自己一样庞大的生命，就先创造了跳蚤，然后老鼠，然后猫，然后鸡，然后狗，然后猪，然后人类。可一切并不如它所愿：跳蚤开始喝血，猫吃老鼠，狗又咬死猫，人杀死所有生命并把它们吃掉。当一群人杀死并吃掉了一个人的时候，大虫明白了，它的孩子不值得它爱，它哭了。每次人吃人，大虫都哭，它的眼泪在道路上流啊流，淹没了所有生命。"

"人好，肉香，甜甜的，但只能吃敌人。我知道。"

阿尔乔姆反复活动着自己的手指关节。他的两只手被一根电线反绑在背后，已经麻了，不过至少又能感受到它们的存在了。就连遍布全身的疼痛感，眼下也是个不错的信号——看来麻醉针的药效仅仅是暂时的。陌生的讲述者说得头头是道，知识贫瘠的阿尔乔姆心里只有一个疑问：地铁里的鸡是从哪儿抓来的？猪是从展览馆一个展馆里赶回来的，这他是知道的，可是鸡……大概是商贩们从某个市场拉来的。他试图看清四周，但这里实在太黑了，只知道有人在不远处。阿尔乔姆恢复意识已经半个小时了，他屏住呼吸，倾听着这场奇怪的谈话，渐渐弄明白自己落到什么人手里了。

"他在动，我能听见。"一个嘶哑的声音说，"我去叫指挥官，指挥官审讯。"沙沙声响了一阵，消失了。阿尔乔姆试着动了动腿，发现腿也被电线绑着。他试着翻了个身，伴随着一声痛苦的呻吟，身体撞到一个软绵绵的东西上。

"安东！是你吗？"阿尔乔姆轻声呼喊。

没人回答。

"哦……大虫的敌人醒了……"黑暗中有人讥讽道。

正是那个充满智慧、有些发颤的声音。在过去的半个小时里，正是这个声音娓娓讲述了大虫造物的故事。显而易见的是，这个人和车站其他居民不一样，他使用的并非简陋低级的词组，可以用句子正常表达，甚至有点咬文嚼字。他的嗓音也很正常，不像其他人那么古怪。

"您是谁？请放了我们！"阿尔乔姆吃力地卷起舌头，用嘶哑的声音说。

"就是这句。每个人都是这么说。很可惜，不行。你们已经是死路一条。他们会拷问你，再把你烤熟。你能有什么办法？那是一帮野蛮人……"黑暗中传来冷漠的回答。

"您……也被囚禁了？"阿尔乔姆问。

"我们都被囚禁着，即便今天放了你们也是一样。"看不见的交谈者发出咯咯的笑声。

安东又发出一声呻吟，在地上乱动起来，嘴里不断发出低声的呓语，却仍没恢复意识。

"咱们干吗在黑暗里坐着？跟史前的山洞人似的！"

打火机嚓的一声点着了，火光映亮了说话人的脸：长长的花白胡子，肮脏打结的头发，一对饱含嘲弄的灰眼睛几乎消失在满脸褶皱中，看样子已经过了六十岁了。一张铁栏杆将屋子一分为二，他就坐在铁栏杆另一边的椅子上。展览馆站也有这样的屋子，它有个奇怪的叫法"猴棚"——阿尔乔姆只在生物课本和儿童绘本里见过猴子的样子——实际上就是监狱。

"我怎么都适应不了这该死的黑暗，只好用这破玩意儿，"老汉眯缝起眼睛，抱怨道，"你们跑来这里做什么？是那边住不下了，还是怎么着……"

"请听我说，"阿尔乔姆打断了他，"您能自由活动……您可以放了我们！赶在那些食人族回来之前！您是正常人……"

"我的确可以，"老汉回答，"不过我肯定不会这么做。我们不和大虫的敌人做交易。"

"哪来的什么大虫？您在说什么啊？！我从没听说过它，更不可能是它的敌人……"

"你们是否听说过它并不重要。你们从那边来，从它敌人住的地方来，那你们肯定是探子了。"老汉语气里的嘲讽变成了咬牙切齿，"你们带着火器和手电筒！该死的机械玩具！杀人机器！不需要别的证据了，很显然，你们靠不住，你们是生命的敌人，大虫的敌人。"他从椅子上跳起来，冲到铁栏杆前，"你们，还有跟你们一样的人，全都犯下了不可饶恕的罪行！"说完，老汉熄灭了过热的打火机。黑暗中能听到他在吹自己烫伤的手指。就在这时，不远处又响起了食人族含糊嘶哑的交谈声，直叫人周身血液凝固。想起死于毒针的特列季亚克，阿尔乔姆怕了。

"求您了！"他急切地低声恳求，"就快来不及了！您为什么要这样做呢！"

老汉不再回答。一分钟后，屋子里喧闹起来：赤脚踩在混凝土地面上的咣咣声，沙哑的呼吸声，鼻孔吸气的哨音……阿尔乔姆尽管看不见他们，却能感觉到他们有好几人，都在细细观察他，看他，闻他，听他的心脏在胸腔里咚咚直跳，响彻整个屋子。

"用武器的人。闻着有火药味，闻着叫人害怕。一个有那边车站的味儿，另一个是外来的。一个，另一个，都是敌人。"响起一个嘶哑的声音。

"让瓦尔坦干吧。"另一个声音吩咐。

"用火。"有人提议。

打火机又亮了起来。

除了手上火光摇曳的老汉，屋子里还站着三个光头野蛮人，都用手遮着眼。其中一个阿尔乔姆已经见过,正是那个矮胖大胡子。第二个他也似曾相识,此人直视着阿尔乔姆的眼睛,向前跨了一步,走到铁栏杆前。他身上散发的气味与众不同,是种若隐若现的腐肉味。阿尔乔姆无法将视线从他眼睛里移开,那对眼睛就像两股旋涡,能把周遭一切吸进去……阿尔乔姆打了个哆嗦,他想起曾在什么地方见过这张脸了——他就是那夜在基辅站袭击自己的家伙。

阿尔乔姆感到身体被一种怪异的感觉控制了,类似他们麻醉针的药效。意识也完全放弃了抵抗,他的思维停滞了,顺从地向这个仅靠眼睛就能麻痹自己的非人非鬼的家伙打开了记忆之门。

"是盖板……盖板敞着……来找男孩。安东的儿子。夜里被偷走了。全是我的错,是我让他听了你们管道里的音乐……靠轨道车爬上来的。没告诉别人。两人来的。没关……"阿尔乔姆听着出现在头脑中的问题,并一一作答。

面对这无声的提问,想要抵抗或欺瞒什么是徒劳的。盘问了阿尔乔姆一分钟,他们就掌握了所有想要了解的情况。怪眼人点点头,退到了后面。火光熄了。伴随着双臂有了麻胀感,阿尔乔姆感到自己的意识重新掌控了身体。

"沃文、库拉克,回隧道去,关上门。"下令的应该是大胡子指挥官,"敌人留下。德龙看守敌人。明天过节,大家吃敌人,敬大虫。"

"你们对奥列格做了什么?对那个孩子做了什么?"对着他们的背影,阿尔乔姆声嘶力竭地喊。

门砰的一声关上了。

第十七章
大虫的子民

在一片静默中等了一会儿,阿尔乔姆觉得那些人该走光了,又开始动弹,想先坐起来。捆紧的手脚已经木胀酸痛。他想起养父曾经说过,即便是绷带和止血带在身上绑太久,也会引发肢体组织坏死。不过眼下倒是无所谓了。

"敌人,好好躺着!"一个声音响起,"德龙会打麻醉针!"

"别,"阿尔乔姆乖乖不动了,"别打。"

他的内心生出一线希望:要是和这名看守好好聊聊,说不定能说服他帮自己脱身。但是,这些野蛮人能听懂自己一半的话就不错了,该和他聊点什么好呢?

"大虫是谁?"这是脑海中浮现出的第一个问题。

"大虫是造物主。创造世界,创造人。大虫是一切。大虫是生命。机器的主人,大虫的敌人,必须死。"

"我从没听说过它。"阿尔乔姆小心地接过话茬,"它住哪儿?"

"大虫就住这里。在身边,在周围。所有路都是大虫挖的。后来,人说是他们挖的。其实不对,大虫挖的。它能给予生命,也能拿走生命。它挖新路,让人住。好人尊敬大虫。敌人想杀大虫。祭司是这么说的。"

"祭司是什么人?"

"老人,有头发。只有他们能听到大虫心愿,告诉人。好人照做,坏人不听。坏人是敌人,好人吃他们。"

联想到之前偷听到的谈话，阿尔乔姆渐渐明白了其中含义。那个说大虫故事的老汉应该就是一名祭司了。

"祭司说了，不能吃人。他说，人吃人，大虫会哭。"阿尔乔姆模仿着野蛮人的说话方式，试图提醒他，"吃人违背大虫意愿。我们留在这里，会被吃掉。大虫会伤心，会哭的……"他小心翼翼地说。

"大虫自然会哭，"黑暗中响起一个满含讥讽的声音，"不过感情归感情，你们即将变成蛋白质食物的现实，你是无论如何也改变不了的。"

说话的还是那个老汉。阿尔乔姆立刻听出了他的语音语调，只是不知道他是一直留在屋里，还是刚刚悄没声地溜进来的。反正这下脱身是没戏了。紧接着，他想到一件叫他脊背发冷的事。幸亏安东还没醒过来，听不到接下来的谈话。

"那孩子呢？你们抓来的孩子，也被你们吃掉？那个男孩呢？你们把奥列格吃了？"他睁大的双眼惊骇地望着黑暗，声音都变了。

"我们不吃小孩，"阿尔乔姆本指望老汉回答，却是野蛮人开了口，"小孩不可能作恶，不可能是敌人。我们抓走小孩，是要告诉他们怎么生活。我们讲大虫的故事，教他们尊敬。"

"好样的，德龙，"祭司表扬他，"你是我最喜欢的学生。"

"你们把昨晚偷来的那个男孩怎么样了？他在哪？是你们这些怪物把他带走的，我知道。"阿尔乔姆说。

"怪物？究竟是谁造出这些怪物来的？！"老汉咆哮着，"是谁造出这些哑巴、三只眼、没胳膊没手、六根手指头、生出来就半死不活、失去生殖能力的怪物来的？是谁本许诺给他们一个天堂，却剥夺了他们人类的外表，把他们扔在这个受诅咒的城市的盲肠里等死？这是谁的错？谁才是真正的怪物？"阿尔乔姆沉默了。老汉也不再多说，他重重地喘着粗气，竭力让情绪平复。就在这时，安东醒了过来。

"他在哪儿？我儿子在哪儿？我儿子在哪儿？！把儿子还给我！"

他声嘶力竭地叫喊着，在地上滚来滚去，身体一次次撞向铁栏杆和墙壁。

"反了你了，"老汉又恢复了嘲弄的语调，"德龙，让他安静。"

只听一声怪响，像是有人咳嗽一声，或者深呼了一口气，有个东西嗖地从空中飞过，安东那边很快又没了动静。

"教训得非常好，"祭司老汉说，"我这就去把男孩领来，让他看看自己的爸爸，跟他告个别。真是个好孩子，轻而易举就能抵挡住催眠，他爸爸会为他骄傲的……"地上响起他沙沙的脚步声，随着吱呀一声门响，他出去了。

"别怕，"看守的声音竟变得温和了，"好人不杀也不吃敌人的孩子。小孩没罪，可以学会好好生活。大虫原谅敌人的孩子。"

"我的天啊，哪里有什么大虫？简直荒谬到家！比相信上帝和魔鬼还荒谬！你们怎么会相信这个呢？你们的大虫有人见过吗？你见过吗……"在生命的最后时刻，阿尔乔姆本想痛痛快快地挖苦他一番，然而缚住手脚躺在地上的姿势，却影响了他的发挥。跟上次在法西斯大牢里等着被绞死时的心情一样，此时，阿尔乔姆已经坦然接受了自己的命运。他把头抵在冰冷的地面上，合上眼，并不期待那人的回答。

"大虫看不得。不让看！"看守打断他的话。

"不可能有这东西，"阿尔乔姆只好回答，"根本不存在什么大虫……隧道是人类建造的，地图上都画着呢……有条路还是圆的，那里是汉萨，只有人能造出这样的路。你恐怕连什么是地图都不知道吧……"

"我知道，"德龙平静地说，"祭司教过我，给我看过。地图上少很多路。大虫挖了新路，地图上没有。就连我们家新挖的圣路，地图上也没有。机器的主人造了地图，以为路是他们挖的。愚蠢、自大、无知。大虫为此惩罚他们。"

"为什么惩罚他们？"阿尔乔姆没听明白。

"为他们的——至——大。"野蛮人一字一顿地说。

"是自大。"祭司的话音响起。

"大虫最后创造出人类,人类是它最喜爱的孩子。因此它将智慧给了人类,并没有给其他生物。它知道智慧是危险的玩具,就训示人类:在这片生机勃勃的土地上,你们要相依为命,同所有生物和谐共处,并且尊敬我。说完,大虫就去了地球最深处。临行前它还说:终有一天我会回来。你们要像我在时一样生活。人们就遵照创造者的训示,在它创造的土地上相依为命,同所有生物和谐共处,并且崇敬大虫。"

"他们生下孩子,孩子又生下孩子,大虫的话由父亲传给儿子,母亲传给女儿。然而,直到亲耳聆听过大虫训示的人死了,他们的下一代也死了,人类历经数代更迭,可大虫始终没有回来。一个接一个地,人们不再遵从它的训示,肆意妄为。有些人说:从来就没有大虫,现在也不会有。还有些人在等大虫回来惩罚那些人,用它眼里的光炙烤他们,吞噬他们的身体,压塌他们栖息的通道。大虫没有回来,只是为人类哭泣。它的眼泪从地底抬升,淹没了低处的路。那些背叛它的人又说:没有谁创造了我们,我们是永恒的存在。完美强大的人类,不可能由一条虫来创造!他们还说:整片土地都是我们的,以前是我们的,以后也是。地上的路不是大虫造的,是我们和我们的祖先造的。他们点起火,开始屠杀大虫创造的生物,边杀边说:看吧,这里所有生命都是我们的,一切生命的存在只是为了成为我们的食物。为了加快屠戮,为了散播死亡,为了残害大虫创造的生命,把它的世界占为己有,他们制造了机器。"

"可大虫还是没有从地底现身。他们笑了,更加猖狂地违抗大虫的训示。为了羞辱它,他们决定仿照大虫的样子造一种机器。他们造出了这样的机器,在机器挖空的肚子里面笑道:看吧,现在我们可以控制大虫了,不是一条,是许多条。我们的大虫眼睛能发光,爬起来震天响,肚子里也能钻出人来。是我们造了虫,不是虫造了我们。但这对他们来说还不够。仇恨在他们心中滋长,他们决定毁灭自己居住的土地。为此,他们制造出成千上万不同的机器:能喷火的,能吐铁的,让土地变得千疮百孔,接着便开始彻底摧毁这片土地,将土地上的生命斩尽杀绝。"

"大虫终于看不下去了。它和人类恩断义绝，收回了自己最宝贵的礼物——智慧。失去了智慧，人类开始将机器对准彼此，自相残杀。他们已经记不得为什么要这么做了，却再也无法收手。这就是大虫对人类自大的惩罚。"

"但不是对所有人吧？"一个孩子问。

"没错。还有些人对大虫念念不忘，并且对它崇敬有加。在那片土地上生活的时候，他们也始终拒绝机器和灯光。他们得救了，大虫没有忘记他们的忠诚，保留了他们的智慧，并承诺在它的敌人垮台后，就把整个世界交给他们。一定会实现。"

"一定会实现。"野蛮人和孩子齐声重复。

"奥列格？"阿尔乔姆觉得孩子的声音有些耳熟。

孩子没有回答。

"直到今天，大虫的敌人还住在大虫挖的通道里，因为他们没有别的地方可藏身。不过他们崇拜的不是大虫，而是他们的机器。大虫很有耐心，对于人类的胡作非为，它已经忍耐了几个世纪，可它的耐心也是有限度的。等到它在敌人的黑心脏里来个致命一击，摧毁他们的意志，世界就是好人的了。预言说，那个时刻很快就要来临，大虫将召唤河流，大地和天空都来帮忙。到那时，大地抖动，河水奔腾，敌人的黑心脏将停止跳动。正义将取得最终胜利，好人将迎来幸福，从此过上没有疾病、蘑菇够吃、牲畜满栏的生活。"

火光亮起。阿尔乔姆好不容易倚着墙壁坐了起来，他终于不用痛苦地支起身子看铁栏杆外面的人了。

屋子中央背对着他，有个小男孩盘腿坐在地上，身前站着祭司老汉，手上的打火机映照出他枯瘦的身影。野蛮人手持吹箭，倚在他身侧的门框上。每个人的目光，都落在刚刚结束一番长篇大论的老汉身上。

阿尔乔姆吃力地扭头看向安东：他还保持着被毒针射中瞬间的姿势，眼望天花板，看不到儿子，但肯定已经听到了一切。

"站起来，孩子，看看这些人。"祭司说。

男孩立刻站起来，转向阿尔乔姆。正是奥列格。

"离他们近点。有你认识的人吗？"祭司问。

"有，"男孩皱着眉头看了看阿尔乔姆，肯定地点点头，"这个是我爸爸，这个是跟我一起听你们从管道里唱歌的叔叔。"

"你爸爸和他的朋友都是坏人。他们使用机器，想要侮辱大虫。他们是大虫的敌人。记得吗，你曾告诉过我和瓦尔坦叔叔，在坏人决定摧毁世界的时候，你爸爸都干了什么？"

"是的。"奥列格又点点头。

"再给我们说一遍。"老汉把打火机换到另一只手上。

"我爸爸过去在导弹部队工作。他是一名导弹兵。等我长大了，我也想和他一样。"

阿尔乔姆顿感喉咙发干。他怎么早没猜透这个谜底？怪不得男孩手上有那枚奇怪的臂章，怪不得他说自己也是导弹兵，跟遇害的特列季亚克一样！这太巧了……整个地铁里也找不出几个曾在导弹部队服役过的老兵了，基辅站竟一下子就有两个。会有这么巧的事？

"导弹兵……这些人作的恶比其他人加起来还多。他们发射的机器和装置，几乎烧毁了所有土地和土地上所有生命。大虫可以原谅大多数误入歧途的人，但不包括下令摧毁世界和播撒死亡的人，也不包括执行这些命令的人。你父亲带给大虫难以忍受的痛苦。你父亲亲手毁了我们的世界。你知道他应受什么惩罚吗？"老汉的声音变得如钢铁般冰冷。

"死？"男孩看看祭司，又看看铁笼里蜷在地上的父亲，不确定地问。

"死，"祭司确定地说，"他必须死。让大虫痛苦的恶人死得越快，大虫就能越早兑现承诺，让世界在好人手里重生。"

"那爸爸必须死。"奥列格表示同意。

"好孩子！"老汉温柔地拍拍男孩的头，"去吧，跟瓦尔坦叔叔和孩子们玩去！不过在黑处要当心，可别摔倒！德龙，带他去吧，我再待会儿，和他们谈谈……半小时后带其他人回来，带上袋子，可以准备起来了。"

火光熄了。野蛮人沙沙的脚步声和男孩轻盈的碎步声很快消失在远处。祭司咳嗽一声，对阿尔乔姆说："你要是不反对，咱们俩就再聊聊天。我们通常不抓大人，只抓些孩子，不然生出来的都是病秧子……至于成人，大都是打昏后才带进来。我倒是很乐意跟他们聊聊天，他们自己应该也不会反对，可他们总是很快就被吃掉了……"

"那你怎么不教导他们吃人不好？"阿尔乔姆冷冷地问，"大虫不会哭什么的？"

"怎么说呢……这是为了人们的将来。你们自然是等不到那个时候了，我也一样，但是未来文明的基础正在当下奠定，那就是和自然共生的文化。为此，人吃人是必犯的恶。没有动物蛋白就活不下去。但规矩会延续下去，当杀害贪食同类不再是必需，他们就必须停止这么做。到那时，大虫会让人做回人。生活在这个美好的时代，真是不幸……"老汉冷笑道。

"要知道，我在地铁里已经长了不少见识，"阿尔乔姆说，"一个车站的人相信，只要一直往深处挖，就能挖到地狱。另一个车站的人觉得，我们就快进入天堂了，因为善与恶的最后交战已经结束，那些活下来的人就是被选中升入天国的。经历过这些，您的大虫也让我见怪不怪了。您自己信它吗？"

"我和其他祭司信什么不信什么，与你又有何干？"老汉笑了，"既然你活不了几个小时了，那我就教你一个道理：不要对任何人过分坦诚，不要以为别人能把你的秘密带进坟墓……所以，我自己信什么不重要，重要的是大众信什么。让我信自己创造的神，可不是件容易事……"

祭司停下来思索了一会儿，然后接着说："怎么跟你解释呢？我还是学生的时候，在大学里念的是哲学和心理学，这你恐怕都没听说过。我有一位老师是认知心理学教授，人聪明绝顶，上他的课是种享受，能把整个思维过程分解剖析给你看。有一次，我问了他一个那个年纪的人都会问的问题：上帝真的存在吗？我读了很多书，和朋友在餐馆彻夜长谈——那个时候我们常这么做。得到的结论是，上帝很可能是不存在的。我觉得，只有这位教授，人类心理的大师，可以准确解答这个困扰我的问题。我借讨论专题报告的由头去办公室找他，然后问他：伊万·米哈里奇，您认为，上帝到底存不存在？他的回答让我大吃一惊。他说：'对我来说，这个问题甚至不值得回答。我来自一个信徒家庭，早就习惯了他的存在，从来没有用心理学观点分析过我的信仰，因为我不想这么做。总之对我来说，这不是一个类似研究人类日常行为的知识和原理性问题。我所信仰的，不在于对最高力量有多笃信，而是遵从戒规、做祈祷、去教堂。做这些事能使我不断进步，得到平静。这就是我的回答。'"老汉沉默了。

"那又怎样？"阿尔乔姆忍不住打破了沉默。

"就是这样。我信不信大虫，已经没那么重要了，我的旨意借神之口将得到永存。谎言说得多了也成了真理：你只需要造一个神，把你想说的教给它就够了。相信我，大虫不比其他的神差，并且会比其中大多数活得更长久。"

阿尔乔姆闭上了眼。无论是德龙还是这群怪人的首领，就连具有特异功能的瓦尔坦，都对大虫深信不疑。对他们来说，这是唯一能够解释周遭一切的客观现实，唯一的行为准则和判断善恶的标准。一个生来只见过地铁的人还能相信什么呢？不过在有关大虫的传说里，还有些阿尔乔姆理解不了的地方。

"可您为什么要煽动他们这么憎恨机器？机器有什么不好？发电，照明，武器……您不想自己的人使用这些东西吗？"他问。

"机器有什么不好？！"老汉口气大变，刚才高谈阔论时表现出的和善和耐心全不见了，"你不会是想把生命最后一个小时用来向我鼓吹机器的好处吧？好好看看你的周围！只有瞎子看不见，假如人类迎来末日是自作自受，那这恶果就是人类过分依赖机器造成的！你竟敢在这里，在我的车站里，说机器的好处！你也配？"

在阿尔乔姆看来，这个问题远不及上一个有关信仰大虫的问题尖锐，不料它竟引起老汉这么大的反应。他一时不知如何作答，只好沉默着。在黑暗中，可以听见祭司沉重的呼吸，低声的咒骂。他努力让自己平静下来，过了好一会儿，才又开口。

"是我不大习惯和非信徒说话，"从语调判断，他已经恢复了常态，"咱们都聊了这么久了，孩子们还没把袋子拿来，准是被什么事给耽误了。"说到"袋子"时，他特意做了个艺术性的停顿。

"什么袋子？"阿尔乔姆果然上钩了。

"用来对付你们的。以前我管这个叫'逼供'，其实是错误的表述。大虫痛恨盲目施暴。要是还没来得及问，人家就全招了，这算哪门子逼供？我不是这个意思。当我和我的同事发现吃人的现象在这里已是积习难改，我们决定，至少可以改进一下烹调方法。有人想起吃狗肉的时候，会先把活狗装进袋子里，再用棍子打死。这样出来的肉特别好吃，又鲜又嫩。捶打越狠，肉就越松软。因此过一会儿可要得罪了。我是宁可先被弄死，再受棍刑，不过内出血是难免了。没辙，手法就是这么个手法。"老汉点亮打火机，想看看这番话产生的效果，"他们怎么还不来，不会出什么事……"

话音未落，就被刺耳的尖叫声打断了。只听远处传来叫嚷声、奔走声、孩子的哭声、不祥的哨声……车站里有事情发生。祭司不安地倾听着杂音，吹灭打火机，安静不语。

不一会儿，伴随着沉重的脚步声，门口传来一个低沉的声音："有活人吗？"

"有！我们在这里！阿尔乔姆和安东！"阿尔乔姆一边拼命大喊，一边庆幸老汉没用毒针刺进他的胸腔。

"找到他们了！掩护好我和孩子！"有人高喊。

一束强光照了进来。老汉撒腿就往门外跑，却被堵在门口那人照准腿部连踹好几脚。老汉"啊"一声昏倒在地。

"门，守住门！"

随着扑通一声响,天花板上的石灰扑簌簌掉了下来,阿尔乔姆不由眯起眼睛。等他睁开眼的时候,屋子里已经多了两个人。他们的装束看起来很不一般,他还从没见过这样的人。

这两人都身穿黑色军服,外面是沉甸甸的加长防弹背心。他们的微型冲锋枪配有激光瞄准器和消音器,模样有些古怪,头戴笨重的钛合金头盔,倒像是留给阿尔乔姆匆匆一瞥的汉萨特种兵,还有不知派什么用场、带有观察缝的高大金属盾牌。其中一人还背了台火焰喷射器。

他们手持外形像大棒的强光手电筒,将屋子迅速检查了一遍。

"是他们?"一个人问。

"没错。"另一人肯定地说。

于是,第一个人细细看了看铁笼上的锁,然后退后几步,飞身就是一脚。生锈的铁网承不住重击,牢门在阿尔乔姆脚边轰然倒下。来人单膝着地,俯在阿尔乔姆面前,摘下了头盔。一切终于水落石出:眼前半眯缝眼望着自己的,正是梅尔尼克。他用一柄宽锯齿刀给阿尔乔姆手脚松了绑,又麻利地割断了安东身上的绑绳。

"活着就好,"梅尔尼克表示满意,"能走吗?"

阿尔乔姆点点头,却怎么都站不起来,麻木的身体不听他使唤。

屋子里又跑进一小队人马,其中两个一进屋便径直在门口的防御位置就位。这支队伍共有八名战士,穿戴和装备跟梅尔尼克他们差不多,其中几个还披着跟猎人一样的皮制长斗篷。一名战士腋下夹着个孩子,此前一直用盾牌护着他,这会儿放他下地了。男孩立刻跑进铁笼,趴在安东跟前:"爸爸!爸爸!我是故意骗他们,让他们以为我跟他们一伙的,是真的!是我告诉叔叔你在这儿的!对不起,爸爸!醒醒啊,爸爸!"男孩忍不住流下眼泪。

安东空洞的眼神注视着天花板。阿尔乔姆担心,一天之内挨两针麻药会要了这名巡逻队队长的命。梅尔尼克把食指贴在安东脖子上试了试。

"他没事,"他宣布,"还活着。把担架抬过来!"

阿尔乔姆向他讲述了毒针的效力。两名战士在地上支好担架，把安东抬了上去。

这时，地上被踢晕的老汉有了动静，嘴里嘟囔起来。

"这是谁？"梅尔尼克问阿尔乔姆，了解情况后，他下令，"带上他，给咱们打掩护。外面情况怎么样？"

"一切正常。"守在门口的战士汇报。

"退回隧道，"梅尔尼克说，"送伤员回基地，审讯俘虏。接着——"他扔给阿尔乔姆一把冲锋枪，"要是一切顺利的话，你用不着它。你没穿防弹衣，就看好孩子，让我们来掩护你吧。"

阿尔乔姆点点头，牵起奥列格的手，好不容易把他从躺在担架上的安东身上拉了起来。

"摆龟甲阵。"梅尔尼克下令。战士们立刻将盾牌举在胸前，紧紧连在一起，只露出戴头盔的脑袋，摆成了个椭圆队形。其中四人用空着的另一只手抬起担架，男孩和阿尔乔姆站在队伍中间，四周都有盾牌掩护。被俘的老汉嘴里塞上了布，两手反绑在背后，被推到队首。挨了重重几巴掌后，他停止了挣扎，安静下来，用阴沉的目光盯着地面。

打头的两名战士是众人的眼睛。他们佩戴的夜视设备很特别，是固定在头盔上的，这样就解放了双手。整队人马按口令稍俯身子，把腿藏在盾牌下，然后迅速向前推进。

阿尔乔姆挤在战士们中间，紧紧牵住奥列格的手，不让他掉队。他什么都看不见，只能从战士们断断续续的交流中判断外面正发生什么——

"右侧三个……两名妇女，一个孩子。"

"左侧！拱门，拱门内！有人射击！"随即传来针尖碰上铁盾牌的叮当作响声。

"干掉他们！"

枪声呼啸。

"又一个……两个……前进，前进！"

"后面！洛莫夫！"又是一阵枪响。

"往哪走，往哪走？那里过不去！"

"我说了，前进！看住俘虏！"

"妈的，就在我眼前飞了过去……"

"停！停！快停下！"

"怎么了？"

"这条路走不通！前面有四十来人！有路障！"

"远吗？"

"二十米。他们没射击。"

"有人正从两侧靠近！"

"他们什么时候搭的路障？！"

毒针密密麻麻地落在盾面上。得到命令，众人单腿跪地，将整支队伍掩护在钢铁铠甲之下。阿尔乔姆躬身护住男孩，安东的担架也落了地。针落得加倍密集了。

"不要反击！不要反击！等着……"

"都落到我鞋上了……"

"准备亮灯……我数到三，点手电，开火。有夜视仪的人现在锁定目标……一……"

"给他们点厉害瞧瞧……"

"二！三！"

数支强光手电同时亮起，子弹喷出了枪膛。只听前面传来一片叫喊声和垂死的呻吟。枪声骤停。阿尔乔姆侧耳倾听着。

"瞧，那边，白旗……是要投降吗？"

"停止射击！跟他们谈判。给他们看人质！"

"停下，混蛋，往哪儿跑！……我抓住了，抓住了！老滑头……"

"你们的祭司在我们手里！让我们走！"梅尔尼克高喊，"让我们回隧道！再说一遍，让我们走！"

"怎么样了？那边什么反应？"

"什么反应都没有。没人说话。"

"他们能听明白吗？"

"来，给我把他照清楚些……"

"让他们看清楚了……"

讨论声戛然而止。战士们仿佛突然陷入了沉思——从前排的人传导给后面的人。不祥的安静令气氛骤然紧张起来。

"出什么事了？"阿尔乔姆不安地问。没人回应。战士们纹丝不动。阿尔乔姆感到男孩紧张出汗的小手在他手心里攥了一下。他一个激灵清醒过来。

"我感觉……他正盯着他们看……"男孩小声说。

"把俘虏放了。"梅尔尼克突然说。

"放了俘虏。"另一个战士也跟着说。

阿尔乔姆忍不住挺直身子，视线越过一片盾牌和头盔向前望去：只见十步开外，在三束强光交会处，站着个高大驼背的男人。他既不眯缝眼，也不用手遮挡眼睛，那只前伸的骨节粗大的手里拎着块白布。在这个距离上，他的脸清晰可见……再清晰不过了，像极了数小时前"审问"过自己的瓦尔坦。阿尔乔姆钻回盾牌中，给枪上了膛。

刚才那骇人又刺激的一幕仍停留在眼前，让他突然回想起一本童年时最爱看的老书《古希腊神话传说》，其中有个故事讲述了一个半人形的怪物，它的目光让很多勇士石化了。

他长出一口气，将注意力集中在手上，不去看那个催眠师的脸，脚像踩了弹簧似的一跃而起，在空中扣动了扳机。在这场离奇的战斗中，敌我双方一直使用吹箭和消音冲锋枪进行着无声的较量，此时卡拉什尼科夫枪声乍响，突突的子弹喷射声响彻车站拱顶之上。

阿尔乔姆自以为在这么短的射程内不可能失手，然而最让他担心的事还是发生了：对手已神不知鬼不觉识破了他的意图，他的脑袋刚从盾牌上方冒出,那对死鱼般的眼睛已经捕获了他的目光。他奋力扣下扳机,一只看不见的手却稳稳地将枪筒推向一边。几乎所有子弹都打偏了,只有一颗子弹揳进了那家伙的肩膀。随着一声刺耳的呻吟,他倏地闪进了黑暗里。

阿尔乔姆心想:不过几秒钟的时间,前后不过是几秒钟的时间。梅尔尼克的人马是在他们出其不意的情况下,才得以进入胜利公园站的。眼下这帮野蛮人组织起了反攻,要想突破他们的包围圈,机会着实渺茫。剩下唯一的办法,是另谋出路。阿尔乔姆脑中闪过那名监狱看守说漏嘴的话:尽管地图上没画,但实际上,地铁站里还有好几条不知通往何处的隧道。

"这里有其他隧道吗?"他问奥列格。

"这个通道后面还有一个车站,跟这个站一模一样,就像镜子里一样。"男孩手一指,"我们在那里玩过。那里也有隧道,跟这里一样,不过他们从不让我们进去。"

"撤退!去换乘通道!"阿尔乔姆努力压低声音,模仿梅尔尼克的腔调高喊。

"搞什么鬼?!"梅尔尼克不满地吼,看来已经恢复了意识。

阿尔乔姆一把抓住他的肩膀。

"快,他们有个家伙能催眠,"他焦急万分,"咱们没法从这边突围!那边有个出口,在通道后面!"

"你说得对,这是个双子车站……我们走!"梅尔尼克接受了这个决定,"放弃路障!后退!队形不要乱!"

战士们慢吞吞地,像是不情愿似地向前移动。梅尔尼克一遍遍下令催促他们排好队形,赶在毒针从黑暗中飞出前撤退。当他们退到去往另一个车站的通道台阶上时,走在最后的那名战士摸着小腿发出一声惊呼。他用僵硬的双腿又勉强往前迈了几步,接着,浑身开始剧烈抽搐,整个人拧成了麻花,倒地不起。队伍停了下来。在盾牌的掩护下,两名战士跑过去扶起了战友,但一切为时已晚。阿尔乔姆眼睁睁地看着他皮肤变青,口吐白沫。他明白这意味着什么,梅尔尼克也明白。

"拿上他的盾牌、头盔和枪！快！"他催促阿尔乔姆，"继续撤退！撤退！"他冲众人大喊。

头盔上还沾着死者的白沫，但这样也得从死者头上把头盔取下。阿尔乔姆没法强迫自己这么做，只拿了盾牌和枪。他朝四周扫射一圈，想要吓退黑暗中那些隐形的凶手，然后抬起盾牌补到队尾，跟着队伍继续前进。

他们几乎是在跑了。有人朝远处丢出一枚烟雾弹，队伍趁乱跳下轨道。又一名战士惨叫着倒下了。现在抬安东担架的就只剩下三个人了。阿尔乔姆不想暴露在盾牌之外，胡乱朝身后放了好几枪。后来，毒针一下子全不见了，四周顿时安静得有些诡异。不过从沙沙的脚步声和低沉的交谈声判断，追逐并没有停止。

阿尔乔姆鼓足勇气向外看去。此处离隧道入口有十米远。最前面的战士们正要往里走，两名战士转身面向队伍，用强光探照着队伍后方的空地，给后面的人打掩护。其实没这个必要，看样子，那些野蛮人并不打算跟进隧道。他们收起吹箭，围成个半圈，用手遮着刺眼的手电强光，正静静等待着什么。

"大虫的敌人，你们听好了！"大胡子首领迈出包围圈，之前的审讯就是他主持的。

"敌人进大虫圣道。好人不跟你们进去。今天那里不许进。巨大危险。死亡，诅咒。敌人交还老祭司然后离开。"

"不许放人，别听他们的，"梅尔尼克立刻吩咐，"我们走。"

众人继续小心前行。阿尔乔姆和其他几名走在后面的战士调转身体，一边后退，一边从瞄准镜里死死盯着车站里的情况。起初的确没人跟上来，接着，车站那边起了内讧，争执声越来越大，最后响起了喊叫声。

"德龙做不到！德龙要去！为了老师！"

"不许去！站住！站住！"

还没看清是怎么回事，一个黑影就从暗处扑进了手电筒的强光中。似乎又有一些人也远远地跟了上来。

见已来不及瞄准冲在前面的家伙,一名战士随即扔出了个东西。

"趴下!手榴弹!"

阿尔乔姆按照养父教他的那样,两手护头,嘴巴张开,卧倒在枕木上。震耳欲聋的爆破声冲击着他的耳膜,一股强大的力量压得他动弹不得。他在地上躺了好一会儿,脑袋里嗡嗡直叫,眼前直冒金星。他不停地眨巴眼睛,终于清醒过来。耳边传来的第一个声音,是个没完没了重复的笨拙的声音:"不,不,别开枪,别开枪,别开枪,德龙没有武器,别开枪!"

他抬头望去,只见高举双手站在光束交会处的,正是那个铁笼的看守。两名战士端枪瞄准他待命,其他人已经从地上爬起来,掸着身上的土。空气里飘浮着厚厚的岩石碎屑,一股呛人的浓烟从车站方向弥漫过来。

"怎么,炸塌了?"有人问。

"只要一颗手榴弹……能把整个地铁炸平。"

"那他们一时半会是追不上来了,得先把塌方清理了……"

"把他绑起来带上。没时间了,我们走,他们随时可能追上来……"梅尔尼克走过来,吩咐道。

一个小时后,队伍才停下来稍事休息。一路上,隧道分了好几次岔,每次都由领头的梅尔尼克做出选择。在一个地方,墙上仍保留着硕大的生铁合页,旁边散落着密封门的碎片,可以想见,这扇门当年该有多高多厚。此外就没什么有意思的发现了,整条隧道都空空荡荡,漆黑一团,死气沉沉的。

队伍行进得很慢:作为人质的老汉走起路来跟跟跄跄,连栽了好几次跟头。德龙走得不情不愿,鼻子里一个劲哼唧着禁忌诅咒之类的,直到嘴巴也被堵上。

终于,梅尔尼克下令队伍停了下来,两名佩戴夜视仪的战士则分别守在前后五十米远处放哨。筋疲力尽的祭司瘫倒在地,被堵住嘴的野蛮人发出含混不清的央求。于是,守卫把他带到老汉身边。他立刻跪倒在他面前,用被缚的双手抚摸着他的头。

小奥列格跑到安东的担架前,哭了起来。安东体内的麻醉剂已经失效，但和第一次一样，他始终昏迷不醒。梅尔尼克把阿尔乔姆招呼到跟前。阿尔乔姆再也控制不住自己的好奇心了。

"你们怎么找到我们的？我还以为这下完蛋了，要被吃掉了呢。"他向梅尔尼克坦白。

"这有什么难的？手推车就停在洞口正下方。安东的人半小时后也没等到他回来喝茶。不过他们没敢贸然行动，先派人回车站向站长报告了。至于你，只差一点就等到我了。我又去了趟斯摩棱斯克站，回基地找来了增援队伍。情况紧急，但还是需要时间，又要做好准备……我一到马雅科夫斯基站就弄明白是怎么回事了。那里的情况跟之前类似，也有条侧塌方的隧道，我和特列季亚克就是在那个地方分开的——我们当时正在根据地图找可能的入口。"

"我们分开大约五十米远。他应该更接近那个入口。总共过了三分钟，我喊他时，他没应答。我跑过去，见他已经倒在地上，全身浮肿发青，嘴边都是白沫。入口是找不成了。我抓着他的腿正要把他往车站拖，突然想起谢苗诺维奇讲过的守卫中毒那事。我用手电检查了特列季亚克的身体，果真在他腿上找到一根针。我全明白了，赶紧派人来告诉你待在车站里，我一把事情安排好也回来了。可还是迟了。"

"难道他们也在马雅科夫斯基站活动？"阿尔乔姆有点吃惊，"可他们从胜利公园站怎么过去呢？"

"他们自有办法，"梅尔尼克摘下沉甸甸的头盔，放在地上，"你别怪我，其实我们到这儿来不只是为救你，也是为了侦察情况。我认为，这里应该也有一个通往二号地铁的入口。那帮吃人的家伙就是从那里抵达马雅科夫斯基站的。对了，那边也有同样的事情发生：常有孩子夜里从车站消失，没人知道他们哪里去了，我们也找不出半点线索。"

"那么……你想说的是……"这个想法太叫人难以置信，阿尔乔姆一时竟不敢说出声来，"你觉得，二号地铁的入口就在这里某个地方？"

难道说，通往神秘地铁 D-6 的大门，就在他们身边？有生以来听过的所有关于二号地铁的传言、传说、故事和理论,此时都在阿尔乔姆脑中盘旋。林地站那两个奇怪的交谈者,也对"隐形观察者"深信不疑……他不由四下张望,像是期待着能看到那些隐形人。

"这么说吧,"梅尔尼克朝他眨了眨眼,"我觉得,我们已经身在其中了。"

阿尔乔姆向一名战士要了手电,研究起隧道墙壁来。这一举动成功收获了其他人惊异的目光。他很清楚自己现在像个傻帽,但还是忍不住这么做。即使真的已经进入二号地铁了,又指望看到什么呢?这个问题连他自己都没搞明白。是黄金铺成的轨道?还是始终生活在过去、对当下的苦难一无所知的人们?是宝藏?是神?他从这头哨兵的位置走到百米外另一名哨兵的位置,最终一无所获地回到梅尔尼克身边,见梅尔尼克正和看守野蛮人的战士说话。

"这两个人质怎么办?毙了他们?"一名看守平淡地问。

"先和他们聊聊。"梅尔尼克回答。他弯下腰,依次把老汉和德龙嘴里的布扯了出来。

"老师!老师!德龙陪你走!我陪你走,老师!"野蛮人马上痛哭起来,在躺在地上呻吟的祭司头顶晃来晃去,"德龙违反了禁令,德龙准备好死在大虫敌人手上,可德龙要陪着你,直到最后!"

"后面有什么?什么虫?圣道又是怎么回事?"梅尔尼克问。

老汉沉默着。德龙畏惧地瞧了瞧看守,忙不迭地说:"大虫的圣道——好人不能走。大虫可能出现。人会看到。不能看!只有祭司能看。德龙怕,但是来了。德龙陪着老师。"

"什么虫?"梅尔尼克皱起眉头。

"大虫……造物主,"德龙解释,"后面就是圣道。不是每天都能走。有的日子不能走。今天就不能走。要是看到大虫,会化成灰。要是听见它,会被诅咒,很快死掉。是人都知道。长老们都是这么说的。"

"怎么,他们的人都是这种退化后的?"梅尔尼克望着阿尔乔姆。

"不是的,"阿尔乔姆摇摇头,"你跟祭司聊聊就知道了。"

"主教大人，"梅尔尼克面向老汉，毫不掩饰口气里的嘲讽，"请原谅，我当了一辈子兵……粗人一个……不会说漂亮话。在你们的这片控制区里，有个地方正是我们要找的。也不知道……那里面……会是带火的箭头？还是愤怒的葡萄[1]？"

他注视着老汉的脸，想从上面看到他对自己其中某个隐喻的回应。但祭司执拗地沉默着，阴险的眼神恶狠狠地盯着他。

"众神的热泪？"梅尔尼克不顾众人惊奇的目光，继续引他开口，"宙斯的闪电？"

"别在这丢人了，"老头终于一脸鄙视地打断了他，"你们肮脏的军靴是踏入不了圣地的。"

"导弹，"梅尔尼克立刻换了一副公事公办的口吻，"莫斯科近郊的导弹部队，马雅科夫斯基站的隧道出口。您应该明白我在说什么。我们要赶到那里去，您最好能帮助我们。"

"导弹……"老汉像是在反复咀嚼这个词，缓缓地重复着，"导弹……您大概五十岁吧？那您肯定还记得，西方把SS-18叫作'撒旦'[2]。这是人类文明自诞生以来唯一一次英明的洞察。难道您不知道？！是你们摧毁了整个世界，难道您不知道？！"

"听着，主教大人，我们没时间说这些，"梅尔尼克打断了他，"您只有五分钟的时间。"他把手指头掰得咔咔响。

老头做了个夸张的表情。看来，梅尔尼克那身唬人的行头，以及他的拳头和他口气里满满的威胁，对老头没有造成丝毫影响。

"怎么，你们能把我怎么样？"他笑了，"是给我上酷刑，还是杀了我？悉听尊便，反正我已经老了，况且我们的信仰里正好需要殉道者。杀了我吧，就像你们杀死那千百万人一样！就像你们毁掉我的整个世界一

---

[1] 《愤怒的葡萄》是美国现代小说家约翰·斯坦贝克创作的长篇小说，描写的是逃荒的人们的故事。"葡萄"象征着成千上万受尽压迫的劳苦大众。

[2] 俄罗斯SS-18"撒旦"洲际弹道导弹，世界上体积最大的导弹。

样!我们的整个世界!来吧,扣动你那该死的扳机吧,就像你按下成千上万种机器设备的按钮一样!"

老汉的声音起初虚弱而沙哑,很快注入了能量,变得铿锵有力。尽管他满头白发蓬乱,两手被缚,个头矮小,却再也不显得凄惨,一股奇怪的能量从他周身散发出来,他口中吐出的每一个字,都比上一个更有说服力,更叫人胆战心惊。

"你们不必亲手处决我,甚至不必亲眼看着我死去……你们和你们所有的机器都会被诅咒!你们让生死都变得没有价值……你们以为我疯了?真正的疯子是你们,是你们的祖先和子孙!一心想要征服地球,让大自然臣服,把它糟蹋得不成样子,到后来,因为恨透了自己和跟自己一类的败类,就想要彻底终结它,这不是危险的疯子是什么?世界毁灭的时候你们在哪?你们看到当时的情景了吗?你们看到我看到的情景了吗?天空开始熔化,然后被石头一样的云遮蔽;河流和海洋在沸腾,冲向岸边,把一切生物活活煮熟了,然后又冰冻起来;太阳消失在天边,再没升起过;房屋和人顷刻间全部化为了灰烬。你可听过他们的呼救声?!还有那些受到辐射、在死亡线上挣扎的癌症病人和残疾人……你们可听过他们的诅咒?!看看他吧!"他指着德龙,"看看那些没胳膊没眼、六根手指头的人吧!当中有些人甚至拥有了超能力,能让你们服服帖帖!"

野蛮人跪在地上,虔诚地捕捉着祭司的一字一句。此刻,阿尔乔姆竟产生了相似感受,就连两名看守也不由各退了一步。只有梅尔尼克仍忙斜着眼,盯着老汉的眼睛。

"你们见过这个世界是怎么死去的吗?"老汉喋喋不休,"你们可知道这是谁的错?是什么人坐在控制室里,甚至看不到它给外面带来的后果,就随手按下按钮,从地球上抹去成千上万人的性命,让无边的绿林成为空旷的焦土?你们对这个世界做了什么?对我的世界做了什么?!你们负不起那个责!这世上没有比你们那该死的机器文明更邪恶的存在了,自然的祸害!你们千方百计地想要终结和毁灭世界,最终反噬到了自己头上……你们的文明是毒瘤,是超级寄生虫,贪婪地吸收营养,排出的却是臭大粪。现在你们又需要导弹了!你们需要的,是那个末世最臭名昭著的武器!你们要它干吗?是要完成你们没完成的杀戮,吓唬剩下的生者,还是为了权力?杀人犯!我恨你们,恨你们每一个!"他发出怒吼,紧接着一阵咳嗽。

没有人吭声。

他咳嗽完了,又说:"不过你们的时代就要结束了……尽管我活不到那个时候,可自会有别人取代你们,那些了解技术的危害,不依赖技术而活的人!你们正变为劣种,你们的日子不多了。可惜我不能亲眼见证你们的灭亡!不过,我们抚养的孩子们能看到!傲慢的人类将为自己毁灭了本应珍视的这一切感到懊悔!经过数个世纪的欺骗和谎言,人类终将学会辨别善恶、真理和谎言!而我们正在培养继你们之后定居在这片土地上的人。为了让你们死个痛快,我们很快将把仁慈的匕首插进你们的心脏,插进你们腐朽文明的那颗不堪重负的心脏……这一天即将来临!"他朝梅尔尼克脚边啐了口唾沫。

梅尔尼克没有回应。他端详着气到发抖的老汉,过了一会儿,才将双臂抱在胸前,带着讥讽的口气问:"原来,你编出个虫子的故事来,就是为了让你的食人族仇恨技术进步?"

"闭嘴!你怎么会明白我对你们那该死的邪恶技术有多么深恶痛绝!你对人、人的希望、目标和需求了解多少?!我们之前造的那个上帝已经满足不了人们了!要是以前的神允许人坠入深渊,也会和自己的世界一同死去,再让他们复活毫无意义……从你的话语中,我听出了狂妄自大,不懂敬畏,自以为是,这些东西会把人类带到深渊的边缘。的确没有什么大虫,它是我编造出来的,但你们很快就能印证,这个编造出来的地下神,要比你们那些已经跌下神坛摔个粉碎的天神更强大!你们想嘲笑我的大虫?那就笑吧!不过笑到最后的绝不是你们!"

"够了,堵上他的嘴!"梅尔尼克下令,"留着他,可能还有用。"

老汉反抗、咒骂，但破布还是堵上了他的嘴。自始至终被押着双臂的野蛮人面无表情。他静静地站着，两肩松松垮垮地耷拉着，呆滞无神的目光落在祭司身上。

"老师……没有大虫是什么意思？"他终于艰难地开了口。

老汉看都没看他一眼。

"老师编造出大虫是什么意思？"德龙痛苦地摆动着脑袋，磕磕巴巴地说。

老汉还是没有回答。阿尔乔姆觉得，刚才的讲话已经耗尽了老汉所有精神和气力，全部的愤怒和绝望也像火山喷发而出，现在，他真的筋疲力尽了。

"老师……老师……大虫是真的……你骗人！为什么要这么说？你说假话，是迷惑敌人！它是真的……是真的！"

出人意料地，德龙撕心裂肺地大哭起来。他边哭边嚎，绝望极了，阿尔乔姆恨不能靠过去安慰他一下。老汉似乎已对人生再无留恋，陷入了沉思，自己的学生也不能引发他任何的兴趣。

"是真的！是真的！它是真的！我们是它的孩子！我们都是它的孩子！它是存在的，以前存在，将来也存在！它存在！要是没有大虫……那就……只有我们了……"

野蛮人再也控制不住自己。他神情恍惚，使劲摇晃脑袋，像是想要忘掉听到的一切。他的眼泪混着口水一起流了下来，却只用手抱住自己的光脑袋，甚至不想去擦一下。看守放开了他。于是，他扑在地上，用手堵住耳朵，把头往地上磕。他在地上疯狂地翻腾打滚，喊叫声充斥整条隧道。战士们试着让他安静，可是连拳打脚踢都不能阻止他从胸腔深处发出绝望的悲号。

梅尔尼克不满地看着癫狂的野蛮人，解开大腿上的枪套，取出消声手枪，对准德龙扣动了扳机。一声轻响过后，德龙软绵绵地倒了下去。他含糊的喊叫中止了，只有尾音仍在回荡，像是德龙的生命又延续了片刻——

"孤……"

直到这时,阿尔乔姆才领悟德龙临死前在呐喊什么——

"孤独!"

梅尔尼克把枪插回枪套。不知怎的,阿尔乔姆不愿看他,只把视线落在安静的德龙和坐在不远处的祭司身上。祭司对学生的死毫无反应。枪响的时候,老汉抽搐了一下,扫了一眼学生的尸体,就漠然地别过脸去了。

"继续前进,"梅尔尼克下令,"这样的喊声能引来半个地铁的人。"

队伍迅速集结完毕。阿尔乔姆被安排在队尾殿后。他举着强光手电,穿上了一名抬安东的战士的防弹背心。队伍很快启程,走进了隧道深处。

阿尔乔姆心不在焉。他吃力地迈着腿,不时绊倒在枕木上,无助地望着远去的队伍。德龙临死时的呐喊在他耳边回响,他不愿相信在这个阴森恐怖的世界上,只有人类孤独地存在,现在,他的绝望和失望也传染了阿尔乔姆。说来奇怪,直到听到德龙为那个假神发出的苦苦哀号,看到他的悲痛欲绝,阿尔乔姆才开始明白,原来孕育出信仰的,正是全人类共通的孤独感。

行走在空旷荒凉的隧道中,他切实体会到了这种孤独感。如果梅尔尼克是对的,他们已经进入二号地铁内部一个多小时了,那么,这个神秘的地方不过是个废弃已久的工程,并被这些半智半愚的食人族和他们狂热的祭司们据为己有而已。

战士们发出窃窃私语。此时队伍进入了一个空车站,它看上去不同寻常:短小的站台、低矮的天花板、粗大的钢筋混凝土柱子、瓷砖墙面而非熟悉的大理石墙面。一切表明,车站装饰成这样不是为了养眼,唯一用途是尽可能保护它的使用者。

随着时间推移,墙上的青铜字母已经暗淡,组成一个无法理解的词"Совмин"[1]。另一个地方写着"俄联邦政府大楼"。阿尔乔姆清楚,自己的

---

1 Совмин,全称为 Совет Министров,意为"部长会议大厦"。

地铁里没有一个车站叫这两个名字，这只意味着一件事：他们早已走出那个熟悉的地铁了。梅尔尼克似乎并不打算在此停留。他匆匆环顾四周，跟战士们轻声商量了什么，就继续赶路了。

阿尔乔姆体内升腾起一种难以言表的奇怪感觉，就好像过生日时养父送他一张用报纸卷的藏宝图，可他却怎么都找不到那件礼物。

古希腊神话里的人物雕像，已被隧道的湿气和穿堂风摧残得面目全非，透着恐怖、智慧而神秘的力量，叫人联想起"隐形观察者"。此时，"隐形观察者"在他眼前暗淡了，一路上在旅途中见识过的种种信仰，也从他脑海中消失了。

地铁中最大的秘密之一正展现在他面前。D-6，这条曾被某位伙伴称为"地铁黄金谜案"的线路，此时就在脚下。然而他感受到的，不是激动的喜悦，反而是莫名的痛苦。他开始明白，有些秘密之所以神秘，是因为没人揭开谜底，有些问题最好永远不要知道答案。

阿尔乔姆感到两腮冰凉，是隧道呼出的风吹过了他的泪痕。他难过地拼命摇晃脑袋，就像被击毙的德龙不久前做的那样。他浑身发冷，不知是因为穿堂风带来了湿润荒凉的气息，还是因为锥心刺骨的孤独感和空虚感。

有一秒钟的时间，阿尔乔姆觉得世上的一切都失去了意义，不论是自己的任务，还是人类改变世界试图活下去的希冀。什么都没有了，只有一条能够穿越人生每个时刻的隧道，它空荡荡、黑漆漆的，而他必须蒙着眼睛从"生"站走到"死"站。那些寻找信仰的人，则试图在这条隧道里找到别的分支。然而车站只有两个，隧道也只为连接这两站而建，因此分支根本不曾有过，也永远不会有。

等到阿尔乔姆回过神来，他已经远远落在大部队后面了。过了一会儿他才明白，是什么让他回过神来。他打量着墙壁，细细地听，终于发现，隧道的一面墙上有道虚掩的门，里面正传出越来越响的怪声，像是机器低沉的隆隆声或动物不满的呼噜声。队伍经过的时候，这个声音应该还很小，一点都听不见，而现在它已经大到想要听不见都难了。

眼下，大部队已经走出将近一百米远了。阿尔乔姆压制住自己想要追过去的想法，屏住呼吸，上前推开了那道门。一条又长又宽的通道出现在眼前，尽头是一个黑漆漆的方形洞口。怪声正是从那里发出来的，越听越像是某个巨大动物的叫声。

阿尔乔姆不敢再往前走了。他站在那里，着魔般地盯着方形洞口，痴痴地听着。突然，那叫声猛地增大了许多，在手电强光的照射下，只见从隧道另一侧的墙洞里，一个难以置信的巨大黑影冲了出来，从通道边蹿走了。

阿尔乔姆忙闪到门外，砰地关上门，去追赶队伍了⋯⋯

第十八章
无上权威

他们也已经留意到他不在,停了下来。白色光束在隧道里不安地游走,当落到阿尔乔姆身上时,他谨慎地举起双手高喊:"是我!别开枪!"

刺眼的强光熄灭了。阿尔乔姆拔腿往前跑,心里想着一通责骂是免不了了。然而,当他回到大部队时,梅尔尼克只轻轻问了他一句:"刚才听到什么动静了?"

阿尔乔姆默默点了点头。他不想说出自己看到的一幕,他不相信那是真的,一切不过是自己的幻觉罢了。可多次经验告诉他,在地铁里,自己的幻觉不是平白无故出现的,不能掉以轻心。

看到的东西究竟是什么?理智告诉他,那应该是一趟穿行的电动列车,但这很不可思议,早在几十年前,地铁里就没足以让车发动的电能了。第二种可能就更玄了:他想起食人族对于大虫"圣道"的警告,今天是"不能进"的。除此以外,他想不出别的解释了。

"地铁列车不开了,对吧?"以防万一,他向梅尔尼克核实。

梅尔尼克像看神经病似的看着他。

"哪还有什么地铁列车?自打它们停下来,就再没挪过地方,后来就被人们拆得差不多了。你觉得那动静跟这有关?我觉得是地下水。咱们头顶上就是条河,离它很近。管它的,咱们走,我还不知道怎么出去呢。"

阿尔乔姆很怕面对梅尔尼克锐利的目光。至于对大虫"圣道"的第二种推测,听起来就更像神经病了,他宁可闭上嘴,绕过这个话题。

河应该就在右上方不远处。河道并不欢畅的流水声和轨道边数条细流的潺潺声，打破了隧道阴森的静默。湿气让墙壁和拱顶都泛着微光，那是附着在上面的白色霉斑。遍地都是水洼，人们一不留神就会踏进去。阿尔乔姆一直对隧道里的水感到恐惧，这条通道让他走起来浑身不舒服。湿气无孔不入，渗进了被人们遗弃的每一处角落。原始的墙面被土层里富含的水攻陷了，通道里到处都在漏水。养父曾给他讲过河水倒灌吞没隧道和车站的故事。所幸那些出事地点要么靠近地表，要么位置很偏，并没有牵连整条线路。因此在阿尔乔姆看来，墙上渗出的水珠相当不妙。

不仅如此。他们越往前走，四周就变得越干燥。渐渐地，脚下的细流枯竭了，墙上被水浸出的霉斑消失了，空气也干爽起来。隧道急转直下，依然那么空，叫人揪心。阿尔乔姆一遍遍想起波旁的话，空荡荡的隧道才最可怕。其他人似乎也深谙这个道理，他们频频回头，目光与走在最后的阿尔乔姆一相遇，就赶紧避开。他们一路笔直向前，不曾为隔栅外的分支和墙上锁死的厚重铁门而停留片刻。直到这时阿尔乔姆才了解到，这个经城市几代居民挖出来的地下迷宫有多宏伟。在这个蛛网一样的地下迷宫里，密密麻麻交织着数不清的通道连廊，而整个地铁系统不过是它的一部分。

沿途有些门敞开着，手电照过去，净是些废弃的鬼屋，锈迹斑斑的双层床、灰白墙壁的回廊什么的。没有人的痕迹，连件匆匆抛弃的物品都没有。阿尔乔姆觉得，眼下即便在地上发现腐烂的遗骸，都比这强。

路，似乎永远走不到尽头。老汉筋疲力尽，越走越慢，看守不论是推搡他还是高声喝斥，也无法让他加快脚步。队伍片刻无休，最长一次停留也不超过半分钟，还是为让抬安东的战士们倒倒手。令人诧异的是，小奥列格始终顽强地跟着，尽管看得出他已经很累了，却从没抱怨，就那么喘着粗气，努力和大家走在一起。

走着走着，前面突然叽叽喳喳热闹起来。阿尔乔姆透过战士们宽广的肩膀缝隙望去，一眼就明白了是怎么回事。又一个车站到了。它看起来跟上一个几乎一模一样：低矮的拱顶，象腿粗细的廊柱，涂漆的水泥墙，不掺杂丝毫观赏性元素。月台宽得不同寻常，从这头望不到那头，同时容纳两千人候车不成问题。然而这里同样空无一人，最后一趟列车早已不知去向何方，铁轨覆盖着厚厚的黑锈，腐朽的枕木青苔丛生。铜铸的站名让阿尔乔姆打了个哆嗦："总参谋部"。又一个叫人费解的词，却让他想起波利斯的军官，以及国防部大楼外小公园里那个游移的鬼火。

梅尔尼克扬起戴手套的手。队伍立刻停了下来。

"乌尔曼，跟我去看看。"梅尔尼克说完，敏捷地爬上月台。

与他同行的那名壮得像熊的士兵也攀上月台，跟上了自己的指挥官。他们轻盈的脚步声很快消失在黑暗中。其他战士则训练有素地摆出防御架势，端枪瞄准隧道两头。阿尔乔姆被夹在中间，正好借着战友掩护研究一下这个古怪车站。

"爸爸不会死吧？"他感到男孩在扯他的袖子。

阿尔乔姆低下头，见小奥列格正用哀求的眼神望着他，快要哭出来了。为了宽慰他，阿尔乔姆摇摇头，摸了摸男孩的脑袋。

"因为我说出了爸爸的工作，他才成这样的，是不是？爸爸总是对我说，不能告诉别人……"奥列格说着，突然哽咽了，"他说人们不喜欢导弹兵。爸爸说导弹兵保卫祖国，不丢人，不是坏人，不过是有人嫉妒他们。"

阿尔乔姆提心吊胆地回头去看祭司，却见他已经瘫坐在地上，眼神空洞，丝毫没有留意到他们的对话。

几分钟后，侦察的人回来了。战士们围拢到梅尔尼克身边。

他开门见山地说："车站是空的，但并不是废站。有他们的大虫爬过的好几处痕迹。另外……我们在墙上发现了一张手绘线路图。要是按上面画的，这条线能通到克里姆林宫。那里是中心站，也是其他线路的枢纽站，其中有条线通马雅可夫斯基站的方向。咱们得往那儿走，路应该是通的，就不去别的支线凑热闹了。有问题吗？"

战士们你看看我，我看看你，没人吭声。

一直坐在地上沉默不语的老汉，一听到"克里姆林宫"顿时慌了，他摇头晃脑，含糊不清地嚷了起来。

梅尔尼克扯下他嘴里的布条。

"不能去那儿！不能去啊！我不去克里姆林宫！把我留在这儿！"

"为什么？"梅尔尼克不满地问。

"不能去克里姆林宫！我们从来不去那地方！我不去！"老汉身体微颤，颠来倒去说着这几句话。

"您老不去，那好啊，"梅尔尼克回答，"至少，你们的人不会跟过去了。这条隧道既空又干净，我可不想去别的支线凑热闹了。依我看，从克里姆林宫硬闯出去是最佳路线。"

队伍里发出窃窃私语声。阿尔乔姆回想起克里姆林宫塔尖上的不祥之光，很清楚害怕去那个地方的不止祭司一个人。

"好！"梅尔尼克打断了众人私语，"没时间了，咱们出发。今天是他们避讳的日子，隧道里没有他们的人。咱们不清楚现在是什么时候了，得抓紧时间。扛着他走！"

老汉似乎彻底疯了。

当一名看守走近时，老汉灵活地挣脱了他的手，然后伪装顺从地在枪口下一动不动，绑在背后的双手猛地抖动了一下。

"你们找死去吧！"他狂妄的笑声很快变成了沉重的喘息声，身体抽搐，口吐白沫，面部肌肉的抽动使他整张脸都变了形，更可怕的是，他的嘴角过度朝上咧着，形成一道尖锐的弧线，这真是阿尔乔姆有生以来见过的最恐怖的笑容了。

"早有准备。"梅尔尼克说。

他走到仰面倒地的老汉跟前，用靴头把他翻了个个儿。冰疙瘩般僵硬的尸体重重落下去。阿尔乔姆起初以为，梅尔尼克这么做是不想看到死者的脸，后来才弄清他真正的意图：梅尔尼克用手电照着老汉被电线紧紧勒住的手腕。右手的拳头里攥着根毒针，已经扎进了左臂。老汉是怎么做到的？一路上又把毒针藏在哪里？他为什么不早点用？阿尔乔姆想不明白。他转身避开尸体，用手掌捂住了小奥列格的眼睛。

战士们僵持在原地。尽管前进的命令已经下达，却没有人动弹一下。梅尔尼克打量着他们。不难想象战士们脑袋里在想些什么：祭司宁死也不肯去克里姆林宫，在那里等待他们的将会是什么呢？

没时间说服大家了，梅尔尼克走向发出呻吟的安东，弯腰握住了担架一角。

"乌尔曼！"他呼唤道。

稍一犹豫，宽肩膀的侦察兵握住了担架另一角。

阿尔乔姆被一股冲动怂恿着朝他们走去，握住了后面一角。又有一名战士握住了第四个角。梅尔尼克什么都没说，四人同时挺直身子，朝前走去。其他人也跟了上去，再次组成了战斗队列。

"不远了，"梅尔尼克轻声说，"前面两百米左右就是。首要任务是找到去另一条线的通道，然后直达马雅科夫斯基站。后面怎么办，我也不知道，因为特列季亚克不在了……得想想办法。现在咱们只有一条道走到黑，绝不能偏离它。"

梅尔尼克最后的话让阿尔乔姆若有所思，他不由得又回想起自己走过的路。他陷在自己的思绪里，没有马上弄明白梅尔尼克开头的话是什么意思，直到死去的特列季亚克被提起，和他的思绪有了碰撞，他才恍然大悟，一个激灵高喊：

"安东……这名伤者……他在 RVA 服役过……他就是导弹兵！我们还有希望！不是吗？"

梅尔尼克难以置信地别过脸，看了看担架上的巡逻队队长。安东的状况看起来糟透了。尽管肢体早已恢复运动能力，他却发起了烧，不停说着胡话，含糊激愤的命令、绝望的祈祷、哽咽声和喃喃自语取代了之前的呻吟声。并且，越靠近克里姆林宫，他的喊叫声就越大，在担架上动弹得越厉害。

"我说了！别吵！他们来了……卧倒！胆小鬼……那样的话……其他人怎么办？！没人能过去，没人！"安东对着只有他自己能看到的战友们喊。

他的额上沁出一层汗水。一直跟着担架小跑的奥列格，只有趁战士们倒手和给父亲擦汗的间隙，才能停下来休息片刻。梅尔尼克把手电照在安东脸上，似乎在判断他已经恢复了多少理智。在光照下，只见安东咬牙攥拳，眼珠在眼皮底下不安地转来转去，身子左右翻腾，多亏有帆布带绑着才没有掉下来。可是担架却越来越不好抬了。

又走了五十米，梅尔尼克一扬手，队伍又停了下来。原来，地上再次出现了用白漆潦草涂画的符号：依旧是熟悉的曲线，顶部多了一抹加粗的红色线条，截断了前面的隧道。乌尔曼吹了声口哨。

"红灯亮，脚步停。"身后不知是谁发出一声怪笑。

"这是画给爬虫看的，跟咱们无关。"梅尔尼克回应，"前进！"

可队伍的速度还是慢了下来。梅尔尼克把自己手握的担架一角交给阿尔乔姆，走到队前，打开了夜视仪。队伍放慢速度不止出于谨慎。"总参谋部站"的隧道急转直下，尽管站里空空荡荡，却似乎存在着什么东西，以看不见却摸得着的薄雾形态，从克里姆林宫方向爬了过来，将整支队伍团团围住，逼得人们相信，在暗无天日的地下深处，隐藏着无法解释的巨大邪物。它带给阿尔乔姆的感受，跟他之前经历过的那些都不同，不论是苏哈列夫站追逐过他的黑色旋涡，管道里的怪声，还是通往胜利公园站隧道的迷信传说留给人们的恐惧。这一次，他更加强烈地感受到了平静背后隐藏着什么……那并非生命体，却是活的。

阿尔乔姆望着走在担架另一侧、被梅尔尼克唤作乌尔曼的强壮士兵，突然格外想跟他聊聊天，聊什么都行，只要能听到人类的声音就好。

"克里姆林宫塔顶的星星为什么发光？"阿尔乔姆想到了这个始终折磨着自己的问题。

"谁告诉你它们发光？"乌尔曼吃惊地回答，"从来没有这回事。克里姆林宫其实是这么回事：每个人都能看到自己想看的东西。人们都说，克里姆林宫其实早就不存在了，那一个不过是人们希望看到的克里姆林宫。人们愿意相信那座圣城仍完好无损。"

"那它怎么了？"阿尔乔姆问。

"只有那些食人族知道了，"乌尔曼回答，"当时我还小，只有十岁。据那些参加过战斗的人说，为了不破坏克里姆林宫，战争一爆发，他们就朝它投掷了某种秘密发明的……生物武器。一开始没人留意到它，连个警报都没发布，等到弄明白怎么回事的时候，已经迟了，因为这东西已经吞吃掉所有人，连周围的百姓也不能幸免。这东西现在还在宫墙里，活得好着呢。"

"那它是怎么……吞吃的？"在阿尔乔姆眼前挥之不去的，是克里姆林宫塔尖上无数颗闪烁着诡异光芒的星星。

"你知道有一种叫蚁狮的昆虫吗？它在沙地里挖一个漏斗形上宽下窄的坑，然后自己爬到坑底张开大嘴。要是有蚂蚁从坑口经过，一不小心掉进坑里，完蛋，一生到此为止。蚁狮只要轻轻动弹两下，沙子就会往下滑，蚂蚁直直掉进它嘴巴里。克里姆林宫也是一样。它坐在坑口上，不停吸啊吸。"乌尔曼露出得意的微笑。

"那人们为什么乖乖往里走？"阿尔乔姆又问。

"这我就不知道了，大概是被催眠了吧……就连那些食人族魔术师不也会催眠人，把你的意识控制得死死的！没见识过的人是不会相信的。差点把咱们留那儿……"

"那我们岂不是在找死？"阿尔乔姆困惑不解地问。

"这个问题不该问我，该去问梅尔尼克。不过我觉得，该是只有在墙外和塔上看它时，才会被吸进去。咱们应该已经进入它内部了……这破地方能往哪儿看？"

梅尔尼克转过身，没好气地冲他们嘘了一声。乌尔曼立刻闭上嘴不说话了。直到这时，一个之前被他盖过的声音才显露出来：那声音来自深处，不祥、轻微……是咕嘟咕嘟的水声？呜噜呜噜的杂声？这声音听一次就够，它虽不带任何危险的预兆,却是延绵不断,叫人难以忽略,心生不爽。

队伍接连经过三道巨大的密封门。每道门都好客地大敞着,沉重的铁帘卷到天花板上。"是门,"阿尔乔姆心想,"我们到了。"

墙壁突然退向两边,转眼间,战士们已置身于一个大理石站台内。站台实在太宽敞了,强光手电的光线只能勉强照到对面墙壁上,投下一个淡淡的光斑。不同于其他秘密车站,这里的天花板很高,廊柱上雕刻着精美繁杂的图案。几盏历经岁月而变黑的巨大枝形吊灯高悬头顶,在手电光下依然亮得泛出光来。墙上是巨幅马赛克镶嵌画,上面画着一位留络腮胡谢顶的身穿夹克的老者,还有冲着他微笑身穿制服的人们,扎白色三角巾衣着朴素的年轻姑娘,戴旧式军帽的战士,还有满天的战斗机和在地面行进的坦克群……以及克里姆林宫。尽管这个非凡的车站没有名字,但克里姆林宫画像的出现已经说明了一切。他们到了。

这个地方像是被彻底遗忘了,几十年间似乎从未有人踏足。廊柱和墙壁上覆了一层几乎有一厘米厚的灰尘。

稍远的轨道上停着辆不同寻常的列车。它总共有两节车厢,却是辆装甲列车,涂成了暗绿保护色。车窗被类似射击口的窄缝取代,挡着遮光玻璃。每节车厢有一个车门,却都被牢牢锁住。阿尔乔姆心想,说不定正是由于这个原因,克里姆林宫的主人们才没能利用自己的秘密通道跑掉。他们从那里跑了出来,来到站台上,最终停下了脚步。

"原来它在这儿,"梅尔尼克在头盔准许的范围内高高仰起头,"我听过那么多故事……全没说中……"

"接下来怎么走?"乌尔曼问他。

"我不知道,"梅尔尼克坦率地说,"得好好研究下。"

这一次他没有抛下队伍独自行动,战士们也越走越近,渐渐聚拢到一起。这个车站在某些方面倒是跟普通车站一样:站台一前一后有两条轨道,长方形大厅的两头各有一台早已停止运转的扶梯,通向两座宏伟的圆形拱门。队伍近旁的那一台是上行的,另一台则钻进了更深的深深地底。

这里肯定也有直达电梯，克里姆林宫的前主人们可不会跟平民百姓一样，为了赶时间，从自动扶梯上慌里慌张走出来。

梅尔尼克看得入了迷，其他人也看得入了迷。人们竭力用手电照到最高的拱门，端详着大厅中央的青铜雕塑，欣赏着精美绝伦的壁画，为这座庄严宏伟的车站赞叹不已，认为它是真正的地下宫殿。他们压低语调说话，生怕打破它的宁静。阿尔乔姆左看看，右瞧瞧，全然忘记了危险的存在，忘记了宁死不从的祭司，还有克里姆林宫的星光闪烁。脑海中只剩下一个念头：要是枝形吊灯亮起来，这个车站该有多美啊！

众人靠近大厅另一头，走到了下行扶梯口的位置。阿尔乔姆试图想象下面隐藏着什么：也许是另一个车站，可以直达乌拉尔山的秘密基地？也许是秘密通道，通向不知何年何月修建的无数地洞掩体？是地下堡垒？是武器、医药和粮食的战略储备仓库？或者只是无尽的下行台阶，一眼望不到头？另外，可汗提到过的地铁最深处，不会就是这里吧？

阿尔乔姆浮想联翩，不免在去扶梯口的路上拖延了一点时间，因此没能成为第一个看清下面的人。乌尔曼到得比他早。不料他看后却惊叫一声，吓得连连后退。这时，阿尔乔姆也赶到了。

仿佛故事里沉睡数百年的神兽被唤醒了，开始舒展筋骨，扶梯突然缓缓发动起来。老化的台阶吱吱呀呀向下移动，这画面说不出有多诡异……凭借自己对扶梯的了解，阿尔乔姆感觉这里不大对劲，但一时又说不出是哪里不对。

"听出来了吗？太静了。它不是电动机带动的……机房早就不工作了。"乌尔曼一语道破。

对了，问题就出在这儿。老化的台阶和缺少润滑的齿轮制造出的吱吱呀呀声，就是这台突然运转的机械装置发出的全部声响了吗？不是的。阿尔乔姆又听到了曾在隧道里传来的可恶的咕嘟声和呜噜声。这声音来自下面，扶梯的深处。他鼓足勇气凑上前去，用手电照在正越转越快的扶梯台阶上。

某一刻他以为，克里姆林宫的秘密就要向他揭开了。他看到，一种油亮的褐色泥浆状物正源源不断地从台阶缝隙间涌出，而且百分之百肯定那绝对是某种生命体。在阿尔乔姆视线所及的范围内，所有扶梯上全是这种泥浆状物，正以统一节奏涌出、落下。这并非无意识的运动。毫无疑问，眼前喷涌出的泥浆状活物，从属于某个巨型母体，正是它让扶梯动了起来。在深达几十米的地下某处，这种褐色泥浆状物肆意流淌在地上，不断地膨胀、胀破、倾泻，周而复始，恶心的怪声就是从那里发出来的。这是一头被他们唤醒的面目狰狞的远古神兽，拱洞是它的血盆大口，扶梯是它的咽喉，台阶则是它贪婪的舌头。

这时，仿佛有一只手接触并安抚着他的意识，脑袋里变得一片空白，像来时隧道那样空旷。阿尔乔姆只剩下一个念头：迈上台阶，从容地到下面去拥抱他的那份宁静和所有问题的答案。克里姆林宫的星光又一次闪烁在他眼前……

"阿尔乔姆！快跑！"一只戴手套的手拍打着他的脸颊，脸上火辣辣的。

他一个激灵醒了过来，被眼前的情景吓呆了：泥浆状物已经涌出扶梯，在视野内泛滥，像煮开的猪奶泛着泡沫。两腿不听使唤了，意识又沉沦了，那只看不见的魔手只给了他片刻自由，便将他再次牢牢抓住，拖回了迷雾中。

"快拉住他！"

"好小子！别哭……"

"太沉了……这儿还有个伤者……"

"松手，放下担架！你还抬着担架做什么！"

"等等，我也要爬上去，两人容易些……"

"手！把手给我！快！"

"天啊……来不及了……"

"拉紧了……别看，别看那儿！你听见我说话了吗？"

"打他的脸！就是这样！"

"上来！这是命令！不然我开枪了！……"

无数奇怪的画面在眼前闪过：布满铆钉的绿色车厢侧板，不知何故颠倒了的天花板，然后是污浊的地面……黑暗……又是绿皮装甲钢板……最后，世界终于停止摇摆，平息下来。阿尔乔姆挺起身子，四下张望。

这里是装甲列车的车顶。战士们围坐在他身旁，所有手电都熄了，只留一只小小的口袋手电还亮着，摆在中间。灯光暗淡，看不清站台上发生了什么，只能听到四下里传来不知什么东西沸腾、冒泡、倾泻的声音。

这时，那只魔手又小心翼翼地想要碰触他的意识，他甩甩脑袋，驱散了迷雾。

他环顾四周，机械地计数着车顶的队友。除了仍然昏迷不醒的安东和小奥列格，他们还有五个人。阿尔乔姆钝钝地意识到，有一名战士不见了，接着他的意识又转不动了。头脑一陷入空白，理智便开始向深渊里坠。他势单力薄，很难战胜它。梅尔尼克已经明白了怎么回事。阿尔乔姆努力抓住这个想法，思索着，必须随便想点什么，只要不让自己的意识空着就好。显然，其他人也正经受着同样考验。

"这玩意儿受辐射后就成了这样……真是生物武器！可他们肯定自己也想不到，会产生这种积累效应[1]。好在这东西待在墙里，没爬到城里去……"梅尔尼克说。

没人应声。战士们沉默着，心不在焉地听着。

"说话！说话！不许沉默！这玩意儿会压迫你们的大脑皮层！喂，奥加涅相！奥加涅相！你在想什么呢？"梅尔尼克使劲摇晃着一名手下，"乌尔曼，他妈的！看哪儿呢？看着我！说话！"

"有个美人……在呼唤我……"大块头乌尔曼忽闪着睫毛说。

"哪来的什么美人！你没看到杰利亚金的下场吗？"梅尔尼克连扇了

---

[1] 积累效应，指对机体有影响的环境条件或有关因素多次作用所造成的生物效应的积累或叠加现象。

他好几个耳光,乌尔曼迷离的眼神突然恢复了神采。

"拉手!所有人拉起手来!"梅尔尼克大喊,"开口说话!阿尔乔姆!谢尔盖!看我,都看着我!"

就在一米之下,恐怖的海洋沸腾着、翻滚着,似乎已将整个站台吞没。它紧逼不舍,人们眼看就要败下阵来。

"伙计们!弟兄们!别屈服!咱们来……唱歌!合唱!"眼看着自己的战士们意识涣散,梅尔尼克没有放弃,不住拍打着他们的脸颊,用几近温柔的呼唤把他们的意识一次次拉回来,"起来,巨大的国家……起来,作决死斗争!"他用嘶哑走调的声音唱了起来,"要消灭法西斯恶势力……消灭万恶匪群![1]"

"让正义的愤怒……像巨浪……滚滚沸腾……"乌尔曼跟着唱道。

列车周围的熔浆加倍沸腾起来。阿尔乔姆不知道这首歌的歌词,没法跟着和,但能听出这是一首有关黑暗势力和愤怒巨浪的歌,战士们在这时唱起它,倒是十分应景。

大家一起唱完了第一段主歌和副歌,再往下的四句歌词就只有梅尔尼克会唱了。他一边独唱,一边用凌厉的目光扫视大家,不让任何人分心。

"我们和万恶的敌人不共戴天,我们为和平而战,他们为强权……"

这一次的副歌几乎是大合唱,连小奥列格也跟着和,男人们的烟熏嗓粗糙而杂乱,在广阔阴森的月台上回荡着。歌声冲到铺着马赛克镶嵌画的高高穹顶又折回,落入泥浆物后便消失了。七个大男人坐在车顶上,莫名其妙地手拉手唱着歌——这画面要是在其他任何车站出现,只会让阿尔乔姆觉得荒诞可笑,眼下它却更像是暗夜的噩梦。他只想从这个梦魇中醒来。

"让正义的愤怒像巨浪滚滚沸腾……进行人民的战争,神圣的战争!"

阿尔乔姆尽管没唱出声,却一直张着嘴,跟着节奏摇摆。最初他没听清第一段歌词,还以为这首歌唱的是人们在地铁里的艰难生活,或是反抗快

---

[1] 这首歌是第二次世界大战时期苏联的卫国歌曲《神圣的战争》。

要摧毁展览馆站的黑暗族的。紧接着下一段提到了法西斯，他才明白，这首歌唱的原来是那几名红色旅战士和普希金站的法西斯作斗争的事……

当他从沉思中醒来，发觉合唱已经结束，也许是因为下面的歌词梅尔尼克自己也不会，也许是因为没人能跟着他唱了。

"伙计们！不如咱们再来首《开火吧》[1]，怎么样？"梅尔尼克试图说服自己的战士们，"开火吧，连长，连长，开火吧，你的想法从不对战友掩藏……"他刚唱了两句就不唱了。

众人陷入不妙的呆滞。战士们纷纷松开手，围成的圈子散了。他们谁也不吭声，连一直喃喃自语的安东都没了动静。阿尔乔姆感到，一股浑浊的暖流正冲击着他空洞的头脑，源源不断地将漠然和倦怠灌进去。阿尔乔姆努力想要压制住它，先是想自己的使命，然后给自己念记得的童谣，到后来只翻来倒去地念叨着："我在想，想，想，别过来……"

被梅尔尼克唤作奥加涅相的那名战士突然站起来，挺直了身子。阿尔乔姆抬起眼，用木然的眼神望着他。

"我该走了，保重。"他在道别。

众人呆滞地望着战友，没有回答，只有梅尔尼克朝他点了点头。奥加涅相走到车顶边缘，毫不犹豫地向前迈出一步。他没有尖叫，底下却传来不祥的声响，那是肉体落入泥浆和饥饿的吞食声。

"在呼唤我……呼……唤……"乌尔曼拖着长调，也要起身。

阿尔乔姆脑中盘旋他的咒语："我在想，别过来！"可嘴巴说到"我"这个字就卡了壳，他没有意识到自己在大声重复着"我，我，我，我，我"。然后，他产生了一个难以抗拒的强烈念头，想探头看看下面的东西，是否还像他起初看到的那样诡异。万一自己搞错了呢？他又想起克里姆林宫塔上的星光，遥远的魅惑……

就在这时，小奥列格轻盈地站了起来，小跑两步，面带快活的微笑

---

[1] 柳拜乐队名曲，译为《开火吧！连长》，也译为《战斗》，于1996年推出。

纵身跃下。底下的活泥潭吧唧吧唧嘴，吞下了男孩的身体。阿尔乔姆知道自己是羡慕的，也打算照做。可是，就在活泥潭没过男孩头顶后，也可能是它夺走男孩生命的那一刻，安东惊叫一声清醒过来。

他喘着粗气，虚脱地环顾四周，然后爬起来，摇晃着其他人的身子，想得到一个答案：

"他在哪？他怎么了？我的儿子在哪？！奥列格在哪？奥列格！奥列格！"

战士们的脸上渐渐有了神采。阿尔乔姆的意识也开始恢复。他不能确信，奥列格跳入泥潭那一幕是否自己亲眼所见，所以没有回答，只努力安抚安东。看上去，安东冥冥中感知到了无可挽回的灾祸已经降临，濒临崩溃，他的歇斯底里和彻骨绝望传染给了阿尔乔姆、梅尔尼克和其他战士，倒让众人彻底清醒过来。那只牢牢攫住他们意识的看不见的魔手，像是被众人的怒火烫了一下似的，猛地松开了。阿尔乔姆等人终于重获了思考能力，现在他才明白，在来车站的路上，他们就已经无法思考了。

梅尔尼克对着冒泡的活泥潭试发了几枪，没起效果。于是，他让背负火焰喷射器的战士解下油料储罐，等他发出信号，就尽可能往远处抛，又命令两名战士负责照亮油罐将要降落的地点，接着，他做好了射击准备，下达了命令。火焰喷射兵立刻解下油罐，铆足力气甩了出去，险些连自己都跟着飞出去，多亏抓住了车顶边缘。油罐飞向空中，在十五米外开始下降。

"卧倒！"梅尔尼克边说边等待着。油罐一触到泥潭那油汪汪的翻腾着的表面，他立刻扣动了扳机。

阿尔乔姆趴在车顶上，眼看着油罐下坠。枪声一响，他把脸埋进肘弯，身子紧紧贴住冰冷的钢板。爆炸力是巨大的，车顶一震，阿尔乔姆差点被掀下车。他眯缝起眼睛，看到站台四下里都有液体燃料在熊熊燃烧，冒起一团团污浊的橙色火光。

一时间，什么事情都没有发生。泥潭的噗噗声和吧唧声并没有减弱，阿尔乔姆已经准备好迎接那只魔手从不愉快中调整过来，再次控制住他的意识。但这并没有发生,只有泥潭的怪声在渐渐远去。

"走了!它走了!"耳边传来乌尔曼狂喜的叫声。

阿尔乔姆抬起头。在手电的照射下,可以清楚地看到,曾经几乎占满整个偌大站台的东西正在缩小,往自动扶梯那里后撤。

"快!"梅尔尼克起身大喊,"它一往下爬,所有人跟我冲进那边的隧道!"

梅尔尼克不知哪里冒出的自信,阿尔乔姆有些诧异,但他没有问,就让梅尔尼克之前的优柔寡断尘封起来不再被提起了吧。现在的梅尔尼克完全换了个人,又变成那个头脑清楚、行动果敢、不容置疑的指挥官了。

阿尔乔姆没时间思考,更不想思考。现在他唯一想做的事,就是赶在栖息在克里姆林宫地下室的怪东西卷土重来、把他们吞掉之前,尽快离开这个该死的车站。对于他,车站不再奇妙和美丽了,他现在对脚下每一寸土地都充满了仇恨和反感。就连墙上马赛克镶嵌画里的工人和农民,看他的眼神都写满了愤怒;至于那些笑眯眯的人,都笑得矫揉造作,假惺惺的。

他们匆匆跳下站台,拔腿就往车站另一头跑。安东完全恢复了意识,和其他人跑得一样快。队伍没有了牵绊,在漆黑的隧道里足足疯跑了二十分钟。阿尔乔姆开始喘不上气来,其他人也累得够呛。梅尔尼克这才允许他们由疾跑改为疾走。

"咱们这是往哪儿走?"阿尔乔姆追上梅尔尼克问。

"我想,咱们现在是在特维尔大街下面……应该很快就到马雅可夫斯基站了。到那里再说。"

"你怎么知道咱们该走这条隧道?"阿尔乔姆好奇地问。

"咱们在'总参谋部站'发现的地图上有标记。我也是最后一分钟才想起来的。信不信由你,一走进那个车站,我的脑袋就空了。"

阿尔乔姆陷入了沉思。这究竟是克里姆林宫站,是它的图案和雕塑,它的辽阔宏伟引发的极度兴奋,还是隐藏在克里姆林宫内的诡异力量能控制人的心智?

接着,他想起那东西逃离时,自己内心对车站油然而生的厌恶感和恐惧感。他开始怀疑这并非自己的真实感受。既然此前对车站的醉心和热爱是那"蚁狮"给的,当他们让它疼痛的时候,再给他们大脑施加一个无法遏制地想要跑掉的念头,又有何难?

究竟哪些念头属于他阿尔乔姆自己呢?现在那个怪东西放过他的大脑了吗?还是依然操控着他的思想,给他灌输特定感受?阿尔乔姆从哪一刻起中了它的催眠术?他可曾自由地选择过?他的选择是自由的吗?

阿尔乔姆又想起林地站那两个奇怪的男人对自己说过的话。

他回头望去,安东走在自己身后两步远,他不再缠着别人追问儿子的下落——有人已经告诉他了。这位父亲面无表情,毫无血色,眼神发直。安东可知道他们只需一步就能救回他的儿子?可知道他的死是个荒诞的偶然事件?但正是他的死拯救了其他人,那这算是偶然事件还是必要的牺牲?

"要知道,我们所有人都是奥列格救下的。因为他,您才……清醒过来。"阿尔乔姆没有细说事情的经过。

"是啊。"安东麻木地说。

"他告诉我们,您在导弹部队服役过。战略导弹部队。"

"战术导弹部队,"安东回答,"圆点、伊斯坎德尔[1]。"

"那齐射火箭炮系统呢?飓风?龙卷风?[2]"梅尔尼克听到他们的对话,放慢脚步问。

"也可以。我是超期服役军人,这些都学过。我个人也对这些很感兴趣,什么都想试试,但是一直没有遇到机会。"

他的语气里不带丝毫兴奋,也没有苦苦保守的秘密被外人知道后的不安。他的回答简短而机械。梅尔尼克点点头,又快步向前,离开了他们。

---

1 "圆点"导弹和"伊斯坎德尔"导弹均为俄罗斯军队主要武器装备。

2 "飓风"自行火箭炮和"龙卷风"火箭炮均为俄军饱和式攻击利器。

"我们非常需要您的帮助,"阿尔乔姆小心地试探说,"有可怕的事正在我们展览馆站发生……"他刚一张嘴,马上顿住了,这是因为,过去二十四小时的经历,已经让发生在展览馆站的事不那么耸人听闻,也不再是唯一能够摧毁地铁、灭绝人类的事情了。

阿尔乔姆否定了这个念头。他告诉自己,这很可能不是他的想法,而是那只魔手又在作祟。

"有种生物从地面爬到了我们那儿……"他打定主意,继续说道。

但是安东用手势制止了他。

"直说吧,该怎么做,我照做就是。"他面无表情地说,"现在我有的是时间……儿子没了,我回不了家了。"

阿尔乔姆慌乱地点点头,就离开安东,留他一个人待着了。向这个刚刚痛失爱子的男人索求帮助,他心里真的很过意不去……而这,都是他阿尔乔姆的错……

他追上梅尔尼克。潜行者的心情明显很不错,他把长长的队伍甩在身后,独自哼着小曲,一见阿尔乔姆就露出微笑。阿尔乔姆听出,他哼唱的正是在车顶上唱过的那首关于神圣战争的歌。

"你知道么,一开始我还以为,这首歌唱的是我们和黑暗族的战斗呢,"他说,"后来才明白,是关于法西斯的。这歌是什么人写的?"

梅尔尼克摇了摇头:"这首歌没有一百五十年的话,也有一百多年历史了。它最初是为一场战争而作,后来又用于另一场战争,也很合适,它适用于任何战争。因为自从人类出现以来,人类就总把自己视为光明的力量,把敌人视作黑暗力量。"

"并且两方阵营的人都这么想。"阿尔乔姆自言自语地说,"这是否意味着……"他又联想到黑暗族。这是否意味着,在他们看来黑暗又邪恶的人,只是些普通人……阿尔乔姆猛地清醒过来,告诫自己绝不能把黑暗族当成普通的生物。同情的大门一旦开了道口子,你就会失去阻挡它们的力量……

"你是想说,这首歌是永恒的?"梅尔尼克出人意料地说,"我也是这么想的。在我们国家，各朝各代几乎都是一个样。我们的人民……你别想改变他们，就算你把木橛子钉进他们脑袋里也没用。比方说吧，末日到来以后，没有防辐射服根本上不了街，从前只可能从电影里看到的各种怪物都出现了……不行！你休想改变一切！有时候我觉得，什么都没有变。今天我还去了克里姆林宫呢，"他不羁地笑道，"我寻思，总的说来，那里也没什么新鲜玩意儿。发生的事情也跟过去一个样。眼下我甚至都不太确定，那玩意儿是什么时候弄进去的，是三十年前呢，还是三百年前？"

"难道三百年前就有这种生物武器了？"阿尔乔姆发出了质疑，可梅尔尼克什么都没回答。

此后的一路上，大虫的图案又在地上出现了两到三次，但战士们并没发现野蛮人及其最近造访过的痕迹。如果说，第一次看到那图案时战士们还无比警戒，重新部署了防御阵形，等到第三次看到后，他们已经恢复了松弛。

"看来那些野蛮人没说谎，今天真的是圣日，他们都待在车站里，没进隧道。"乌尔曼用轻松的口气说。

梅尔尼克正忙于另一件事。按照他的计算，那条和地铁出口相连的去往导弹部队的通道，应该近在咫尺了。他频繁对照着自己的手绘计划图，漫不经心地重复着："就在这儿……它不是？不对，墙角不对，密封门也没有！应该很近了才对……"

最后，他们来到一个岔路口前，左边是栅栏挡住的死胡同，尽头是一道残破的密封门。在手电光可达的范围内，能看到右边是条笔直的隧道。

"就是它！"梅尔尼克断定，"我们走。地图上标得一清二楚，那道栅栏后面的隧道也有塌方，跟胜利公园站一样。出口应该离特列季亚克遇害的地方不远。你们瞧……"他用口袋手电筒照在自己的计划图上，大声念着，"通道就是从这个岔路口直通军营的，而这一条是去克里姆林宫的，咱们正是从那儿过来的，不会错。"

然后，他和乌尔曼翻过栅栏，用手电细细检查着墙壁和天花板，在死胡同里徘徊了十来分钟。

"一切正常！有路，这次是在地上，一个圆盖，像是下水井盖，"梅尔尼克返回后宣布，"好，到地方了。休息一下吧。"

防护服一脱，战士们全都瘫倒在地。要么是二十四小时积累下的疲惫起了作用，要么是麻醉针的药效还没过去，尽管条件恶劣，阿尔乔姆一着地，就立刻做起梦来。

睁眼醒来，他发觉自己又身在展览馆站的帐篷里。跟之前的梦相同，昏暗的车站上一个人都没有。分不清是梦境还是现实，阿尔乔姆却已清楚接下来的剧情。他驾轻就熟地同玩耍的小女孩打过招呼，并不问她什么，径直朝隧道走去。远处传来的尖叫声和哀求声几乎吓不着他，他知道，这纠缠不休的梦另有理由。这个理由就隐藏在隧道里。他应该揭开威胁的实质，侦察环境，向南方盟友报告。可是，当隧道的黑暗将他包围，他的自信心，对于自己为何而来又该如何走下去的清晰认识，就统统蒸发了。

他又怕了，这感觉和他第一次独自走进隧道时一模一样。不仅如此，和第一次一样，让他怕的，甚至还不是黑暗本身，也不是隧道里的异响，而是未知，是猜不透前方一百米将有怎样的危险等待着自己。

昏暗中，他模糊地想起自己过去梦里的表现，他决心这次不再退缩，而是向前，直到和那个隐藏在暗处等候他的家伙面对面相遇。

有个家伙正迎面走来。那步子不急不慢，和阿尔乔姆步调一致，却不似他那么战战兢兢、蹑手蹑脚，而是充满了自信的沉重脚步。阿尔乔姆收起脚步，屏住呼吸，而那家伙也停了下来。阿尔乔姆暗暗发誓，不管发生什么，这次绝不再逃跑。当从声音判断出他们相隔不过三米时，阿尔乔姆的两膝已经抖成了筛子，但他仍顽强地又向前迈出一步。这时，他的脸感受到了空气的搅动，那个看不见的家伙已经紧紧贴靠上他了。阿尔乔姆受不了了，他一手推开那家伙，开始狂奔。这次他不曾被绊倒，一口气跑了一两个小时，但还是跑不回自己的车站，实际上，根本没有车站，什么都没有，只有一条无尽的幽暗隧道。这才是最可怕的。

"喂，别睡懒觉了，开会了。"乌尔曼晃动他的肩膀，羡慕地说，"做什么美梦呢？"

阿尔乔姆醒了过来，不好意思地看着其他人。其实他只睡了几分钟而已。战士们围坐成一圈，梅尔尼克坐在中央，手指指着摊开的地图。

"你们瞧，我们距离目的地约有二十公里。这不算什么，要是我们在没有阻碍的情况下快速行进，半天就能赶到。军营虽在地上，但它下面是个地堡，隧道就通到那里。眼下没时间考虑了，咱们必须分成两组。醒了吗？你回地铁去，乌尔曼会照应你，"他对阿尔乔姆说，"其他人跟我去导弹营。"

阿尔乔姆想张嘴表示反对，却被梅尔尼克用不耐烦的手势打断了。梅尔尼克斜倚着胡乱堆成堆的防护服，开始分配装备。

"你们拿两套防护服，我们留四套——也不知道那边的情况怎么样。还有无线电设备，你们一部，我们一部。多亏我有先见之明，全部多预备了一份。好，现在告诉你们要做什么：到和平大道站去，我已经派了人去，他们会在那里等着你们。明天……"他看了看手表，"也就是十二小时后，你们要到地面上去捕捉我们的无线电信号。要是一切顺利，咱们也能联系得上，就进入行动的下一阶段，任务是：尽快赶到植物园站，爬到高处去，帮我们进行火力校准。'龙卷风'的杀伤面积有限，也不知道那里还剩多少导弹，况且植物园也不小。不过别担心，这些事都由乌尔曼来做，你跟着就好。当然了，你也有你的作用，至少你知道那些黑暗族长什么样。"

"我认为，奥斯坦金诺电视塔[1]是最适合的瞭望地点，它中间粗，那一部分以前是个餐厅，供应小得可怜的鱼子酱三文治，价格还贵得离谱。去那儿的人也不是为了吃，而是为了看莫斯科全景。从那里能把植物园看得一清二楚。你们要试着爬到塔上去。要是爬不上去，旁边还有座高楼，白

---

1 该塔高 540 米，是莫斯科地标之一。

色的,'U'形结构,根据汇报楼里几乎没有生物活动。对了……莫斯科地图,这是给你们的,这是我们的。上面已经用格子划分好了,照着走就行。其余的事留给我们就好,没什么难的。"他肯定地说,"有问题吗?"

"要是那里没有它们的老巢呢?"阿尔乔姆问。

"没有就没有吧。"梅尔尼克拍了拍地图,示意他不打算讨论这种小概率事件,"对了,有东西给你。"

他冲阿尔乔姆眨眨眼,在背包里翻找起来,最后掏出一个白色塑封袋,侧面有张磨损的彩图。阿尔乔姆打开袋子,取出自己的新护照和夹着那张珍贵照片的童书——它们是他在加里宁大街一间废弃公寓里的发现。当时他急着去找奥列格,把自己的宝贝忘在基辅站了。梅尔尼克没有丢下它们,还一路带在身上。乌尔曼坐在一旁,困惑地看看阿尔乔姆,又看看梅尔尼克。

"私人物品。"梅尔尼克笑着挥挥手。

突然之间,阿尔乔姆很想向梅尔尼克表达一下自己的情感,可他已经站了起来,开始召集他的队伍了。

阿尔乔姆走向正沉浸在自己思绪中的安东。

"一切顺利!"阿尔乔姆伸出手。

安东只沉默地点点头,背起背包。他的眼里写满了虚空。

"好!咱们就不说再见了。记好时间!"梅尔尼克说。

他转过身,不再多言,朝前走去。

第十九章
最后一战

　　两人合力挪开通往地铁的沉甸甸的铸铁井盖，开始往下爬。狭窄的竖井是用水泥管拼成的，每段水泥管上露出一截金属脚架。

　　当只剩下他们二人独处时，乌尔曼立刻变了个人。他对阿尔乔姆爱搭不理，只用最简短的词语跟他交流，主要是给他下达命令和提醒警告。井盖一打开，他就命令阿尔乔姆熄灭手电，然后戴上夜视仪，头一个钻了进去。

　　阿尔乔姆只好紧紧抓牢脚架，跟着他往下爬。在他看来，这些预防措施有些多余，自克里姆林宫后的一路上，他们并没有遇上任何危险。最后他才想到，乌尔曼一定是得到了梅尔尼克的特别指示，要么，就是他很享受这个代理指挥官的角色。

　　乌尔曼拍拍阿尔乔姆的腿，示意他停下。阿尔乔姆顺从地收住脚，等着他告诉自己遇到了什么状况。没等来解释，却听下面传来轻盈的落地声，原来是乌尔曼跳到了地面上。几秒钟后，下面又传来几声细微的枪响。

　　"下来吧。"他冲阿尔乔姆轻喊，同时拧亮了手电。

　　阿尔乔姆爬到脚架底端，松手跳到两米多深的水泥地面上。他站起来，抖抖手上的灰，打量着四周。两人正站在一条十五步长的短廊里，一侧的天花板上是他们爬下来的竖井口，另一侧的地面上还有一个井盖，也是网纹铸铁井盖。边上有个野蛮人脸朝下倒在血泊中，人已经死了，手上还攥着自己的吹箭。

"过道放哨的，"面对阿尔乔姆询问的眼神，乌尔曼轻声说，"不过已经睡着了。应该是觉得不会有人从这里爬出来。是耳朵贴着井盖睡的。"

"他还睡着……你就把他……？"阿尔乔姆再次确认。

"怎么？嫌我不够绅士？"乌尔曼抱怨，"好了，这下他可知道执勤睡觉的坏处了。另外，他也不是什么好人，不遵守圣日的规矩。不是说了嘛，这天谁也进不得隧道。"

他把野蛮人的尸体拖到一边，打开井盖，随即又熄灭了手电。

这一次，极短的竖井将他们带进了一间堆满杂物的办公室，就连入口也被堆成山的金属板、小齿轮、弹簧和镀镍把手堵得严严实实。这些东西足足可以装满一车厢，它们胡乱堆叠在一起，一直顶到天花板，至今还没塌只能说是个奇迹。在墙壁和这堆破铜烂铁之间，有一条窄窄的走道，然而，想要从中穿过还不碰到小山、不被砸到脑袋，几乎是不可能的。

拉开被杂物堵住半高的门，一条罕见的方形隧道出现在眼前。左右方向另有一条与之交叉的隧道：往左去的路断了，要么是塌方，要么是路到这里铺不下去了；向右看，就是一条标准的隧道，圆形、宽阔。显然，两个并行存在的地下世界在这里交会了。从秘密通道 D-6 重返地铁的过程中，潮湿的空气有了流动，不再死气沉沉，就连呼吸都变得顺畅起来。现在问题来了：该怎么走？他们不能贸然行动，这条线上很可能设有第四帝国的边防哨卡。从地图上看，从马雅科夫斯基站走到契诃夫站仅需二十分钟。阿尔乔姆在袋子里摸索了一会儿，掏出沾有丹尼尔血迹的地图，凭它找到了正确方向。不到五分钟，他们就抵达了马雅科夫斯基站。乌尔曼坐在长椅上舒了口气，摘下沉甸甸的头盔，用袖子擦了擦憋得通红、满是汗水的脸，用手指捋了捋淡褐色的短发。乌尔曼虽体格健壮，已是个老练的战士，看起来却比阿尔乔姆大不了多少，年纪不会超过三十岁。

找吃食的时候，阿尔乔姆借机看了看这个车站。上次吃东西是什么时候，他已经记不得了，只知道肚子在控诉。乌尔曼没带一点儿吃的。他们走得太急，只带了必需品。

马雅科夫斯基站里的情况跟基辅站类似。曾经漂亮又通风的车站，如今已半毁，笼罩在黑暗中。人们有的蜷在破帐篷里，有的席地而卧，墙壁和天花板上都在渗水，斑渍遍布。整个站台上只燃着一团篝火，显然燃料匮乏。居民们都半死不活，交谈起来也有气无力。在这个死气沉沉的车站里，阿尔乔姆竟找到一家商店，这是顶打着补丁的三座帐篷，门口摆着一张折叠桌。店里只卖剥了皮的老鼠和皱巴巴的干蘑菇，也不知是从哪儿弄来的，此外，竟还有几片裁好的苔藓。每件商品边都摆着精心制作的价签，数字工工整整地标在小块的报纸片儿上。

除了他们，几乎没有顾客，只有一个瘦骨如柴的女人，被手上抱着的小男孩压得直不起身子。那小孩一个劲朝货摊上的老鼠伸出手去，他妈妈却总是制止他："别碰！咱们这星期已经吃过肉了！"

男孩很听话，但总也忘不了肥美的老鼠肉，只要妈妈一转身，他就又将手伸向死鼠。

"科里卡！我怎么跟你说的？你要是不听话，隧道里的魔鬼就会出来找你！你的萨什卡不听他妈妈的话，就被抓走了！"女人骂道，在儿子即将碰到死鼠的最后关头把他从货摊旁拉走了。

阿尔乔姆和乌尔曼犹豫着。阿尔乔姆开始觉得，自己撑到和平大道站不成问题，至少那里的蘑菇能新鲜点儿。

"来个老鼠吗？我们都是当面现烤的，"秃头店主郑重承诺，"有质量保证！"他又莫名其妙来了一句。

"谢谢，我已经吃过了。"乌尔曼忙不迭拒绝了他，"阿尔乔姆，你想来点什么？千万别选苔藓，不然你的肚子里会爆发第四次世界大战的。"

女人不满地白了他一眼。她的手里只有两个子弹，从价签上判断，刚好只够买苔藓的。留意到阿尔乔姆正盯着自己可怜的家产看，女人把拳头藏到了背后。

"这里什么都没有！"她恶声恶气地喊，"不想买东西就出去！不是人人都是百万富翁！看什么看？"

阿尔乔姆本想回答，目光却被她儿子吸引住了。这孩子简直是奥列格的翻版，也是细软的浅色头发，淡红色眼睛，翘鼻梁。男孩吮吸着大拇指，对微皱眉头盯着自己的阿尔乔姆露出羞涩的微笑。

阿尔乔姆觉得，尽管男孩的嘴巴弯出了微笑，眼睛里却饱含泪水。女人阻断了他的目光，一下子暴跳如雷。

"死变态！"她尖叫着，眼里闪着怒火，"咱们走，科里卡，好儿子，咱们回家！"她拽着男孩的手臂。

"请等等！停一下！"

阿尔乔姆从弹匣里退出一些子弹，追上女人，交给了她。

"给……这是给您的，给您的科里卡。"

女人难以置信地盯着他，然后鄙夷地撇撇嘴。

"你想什么呢，五个子弹就想换我的孩子？！"

起初阿尔乔姆没明白她的意思。等反应过来时，他本想张嘴解释，却什么都说不出，只眨巴着眼傻站在那里。女人对自己一番话的效果感到满意，便将表情由愤怒转为宽恕。

"那好吧！半小时二十个子弹。"

阿尔乔姆惊骇得说不出话来，他摇了摇头，转身大步流星地往回走。

"吝啬鬼！算了，那就十五个子弹吧！"女人在后面喊。

乌尔曼还在原地跟店主讨论着什么。

"怎么样，您想好了吗，要不要来点鼠肉？"见阿尔乔姆回来了，店主客气地问。

"我快要吐了。"阿尔乔姆已经明白女人是什么意思，拉着乌尔曼就往车站外面走。

"这么着急干吗？"当两人已经走在去往白俄罗斯站的隧道里时，乌尔曼问他。阿尔乔姆强忍住到了嗓子眼的呕吐感，讲述了刚刚发生的事。但他的经历并没有让乌尔曼感到大惊小怪。

"这有什么？都是为了生计。"他回答。

"这么活着有什么意思？"阿尔乔姆抽搐了一下。

"那你有什么好的建议？"乌尔曼耸了耸宽阔的肩膀。

"这样的生活有什么意义？为了不惜一切地活下去，就要忍受所有肮脏、屈辱，拿自己的亲生骨肉做交易，吃苔藓，图的什么呢？……"

阿尔乔姆说到这里，打住了，他想起猎人说过的"生存本能"。猎人曾说过，人会像野兽一样为了自己和他人的生存而拼死抗争。在那个最初的时刻，正是他的话点燃了阿尔乔姆抗争的希望和改变世界的念想，想跟那只青蛙一样，以一己之力将罐中牛奶搅拌成黄油，改变濒死的命运。但现在，他似乎更理解养父的话了。

"图的什么呢？"乌尔曼模仿他的腔调，"那么你呢，小伙子，你活着是'图的什么呢'？"

阿尔乔姆后悔挑起这个话题。平心而论，乌尔曼作为一名战士是优秀的，但他不是个十分有趣的交谈对象。阿尔乔姆觉得，跟他辩论生命的意义是白费力气。

"没错，我个人是有所图的。"最后他还是忍不住，闷闷地答道。

"那你图的什么？"乌尔曼大笑起来，"为了拯救人类？得了吧，那全是一派胡言。要是真能做成这件事，那也不会是你，而是别的什么人，比如我。"他做出一个英雄的扮相，用手电照亮自己的脸，好让阿尔乔姆看清楚这张刚毅的面庞。

阿尔乔姆妒忌地看着他，但什么都没说。

"并且，"乌尔曼又说，"不可能所有人都为这个活。"

"那你怎么看没有意义地活着？"阿尔乔姆竭力用讽刺的语调说出这句话来。

"怎么能没有意义？我活着是有意义的，其他人也一样。总之，寻找生命的意义通常是青春期干的事。这么看来，你的青春期似乎是延长了。"

他的语气并不带挑衅的意味，所以阿尔乔姆没有生气。乌尔曼被自己奏效的言论所鼓舞，继续谆谆善诱："我记得很清楚，那时我十七岁，也整天想弄明白人要怎么活，为什么活，意义何在？后来就好了。兄弟，人生的意义只有一个，那就是生养孩子。让他们被这个问题困扰去吧！让他们尽己所能去找寻它的答案吧！世界就是这么运转的。这是我的理论。"说完他又笑了。

"既然你不信能拯救人类，那你当时为什么要冒着生命危险跟我来？"过了一会儿，阿尔乔姆问。

"第一，这是命令，"乌尔曼严肃地说，"命令由不得商量。第二，你要记得，不仅要生孩子，还得抚养他们长大。要是你们展览馆站的怪物把他们给吃了，我还怎么把他们养大？"

他的话传递出满满的自信和力量，他所描绘的世界是那样纯粹和谐，阿尔乔姆不想和他争辩。相反，他感到战士的话也激发出了他略显不足的信心。

正如梅尔尼克所说，马雅科夫斯基站和白俄罗斯站之间的这条隧道相当安宁。尽管通风井里有东西在叫，但最终只是几只个头正常的老鼠从他们身边匆匆溜走。还有老鼠，这让阿尔乔姆放下心来。隧道很短，两人还没争论出个结果，车站的灯火就已经出现在前方了。

相邻的汉萨对白俄罗斯站有着积极的正面影响，这是显而易见的。相较于马雅科夫斯基站或是基辅站，这个车站受到了严密保护：离车站入口十米远的地方设置了检查站，沙袋上架着挺机枪，有五个人在执勤。

待证件检查完毕（阿尔乔姆的新护照派上了用场），他们被询问是否来自第四帝国。不，卫兵向阿尔乔姆保证，这里没人跟帝国作对，车站是做贸易的，立场完全中立，不参与大国间的争斗——那名执勤队长把汉萨、第四帝国和红线统称为"大国"。

在环线旅途开启之前，阿尔乔姆和乌尔曼决定先歇一歇，吃点东西。他们在一个菜品齐全、摆设甚至有点奢华的小吃店里坐了下来，不仅享受到了廉价美味的煎肉排，还对车站的情况有了充分了解。

坐在对桌的圆脸金发男人自称列昂尼德·彼得洛维奇，两个腮帮子被大块的培根煎蛋塞得鼓鼓囊囊。他咽下食物，便欣然介绍起自己的车站来。据他说，白俄罗斯站是靠作为猪肉和鸡肉的中转站而存活的。在环线外边的隼鸟站附近，甚至快到极度接近地面的沃伊科夫站的地方，遍布众多生意红火的大型农场。长达数公里的隧道和工程通道被改造成了一眼望不到头的畜牧场，供养着汉萨的全部人口，同时也提供给第四帝国和永远吃不饱饭的红线居民。此外，迪纳摩站的居民还从自己精明强干的前人那里传承下了裁缝技能，并对它怀有深深热爱。阿尔乔姆在和平大道站见过的猪皮夹克，就是那里制作的。

莫斯科河畔线的这一端上，没有任何外部危险存在。自从过上地铁生活以来，不论是隼鸟站、机场站还是迪纳摩站，从没遭到过外来力量的破坏。汉萨对他们不感兴趣，只要收取商品过境税就心满意足了，与此同时他们还保护这些人免受法西斯和红线骚扰。

白俄罗斯站几乎全民从事贸易活动。隼鸟站的农场主和迪纳摩站的裁缝们很少来这里亲自兜售货品，从批发商手上赚到的利润已经足够丰厚了。有专门的人出卖自己的力气，用轨道车和运输车把成群的猪和活鸡拉到这里。"那边的人"——车站的人这么称呼他们，为了卸货，车站上甚至安装了特殊的起重吊车。"那边的人"总是清算完工钱就往家赶。

车站上的生活一片忙碌。精明的商贩（不知为何，他们在白俄罗斯站被叫作"经理"）从"终点"，也就是他们做买卖的地方赶来，奔向仓库，指挥着装卸工搬上搬下，袋子里的子弹叮当作响。

运货车满载着箱子包裹，上了油的车轮轻盈地驶向一排排摊位，或者驶向环线的边界，汉萨的买主会在那里取货，或者驶向月台对面的尽头，第四帝国的特使正在那里等待自己的订货。

这里有不少法西斯，不是士兵，大都是军官。他们的举止跟普通士兵完全不一样：虽有点蛮横，倒也不失礼貌。黑皮肤黑头发的商贩和装卸工在这里随处可见，这些军官看他们的眼神不大友好，但也没有出格的举动。

"我们站里还有银行呢……他们第四帝国有很多人来我们这儿，看着像是来买东西的,其实是来存钱的。"列昂尼德告诉阿尔乔姆,"所以,他们大概不会来找我们的麻烦。我们就像是他们的瑞士银行。"

"你们这儿很好。"阿尔乔姆没听懂,但还是礼貌地说了一句。

"咱们只顾着说白俄罗斯站了……还不知道你们从哪里来?"出于礼节,列昂尼德·彼得洛维奇问道。

乌尔曼假装没听到这个问题,埋头吃他的肉排。

"我从展览馆站来。"阿尔乔姆盯着他回答。

"什么?简直太可怕了!"列昂尼德·彼得洛维奇放下了刀叉,"听说那里的情况糟透了?我还听说,他们已经在用命抵抗了,人死了一半……是真的吗?"

阿尔乔姆的喉咙哽住了。不论发生了什么,他必须回展览馆站去,亲眼看看——或许是最后一次看看——自己的车站。眼下他怎么能把宝贵的时间浪费在吃饭上呢?他立刻推开盘子,要求结账,不顾乌尔曼的反对,拖起他就走。一路上他们经过拱门门洞里的肉铺和衣服摊、成堆的货物,经过打听价格的商贩、往来穿梭的装卸工、一本正经闲逛的法西斯军官,径直朝去往环线的通道走去。通道入口拦着金属隔栅,入口上方垂下一块中间画着棕色圆圈的白色布幔。两名边防战士手持冲锋枪,身穿熟悉的灰色迷彩服,负责检查证件和物品。

阿尔乔姆还是头一次这么容易就进入了汉萨。乌尔曼嚼着块煎肉排,手在口袋里摸索一阵,将一本普普通通的证件递给边防战士。那些战士默默挪开围栅,放他们进去了。

"这是什么证件?"阿尔乔姆好奇地问。

"这个啊……是'祖国功勋'勋章证书[1],"乌尔曼逗他,"我们每个人都欠团长的。"

---

[1] 此勋章以三、二、一级(最高级)顺序依次授予。授予在军政训练、保持部队高度战斗准备和掌握新式技术兵器方面成绩优异,在服役中工作出色,能够顺利完成指挥员交给的特殊任务,在履行军人天职时表现出勇敢、奋不顾身的精神,以及在苏联武装力量中服役期间有其他功绩的军人。

去往环线的这条通道很特别,既是军事要塞,还摆着不少货摊。轨道上方的天桥是名副其实的火力据点,架着冲锋枪甚至火焰喷射器,那是汉萨的第二道边防线。再往前走,是一座雕塑,上面有一位古铜色皮肤、模样精干、手持冲锋枪的大胡子男人,一个柔弱的姑娘和一个手持武器、陷入沉思的小伙子,大概是白俄罗斯站的建设者或曾是与怪物殊死搏斗的战斗英雄。雕塑的旁边部署有一整支卫戍部队,不下二十名士兵。

"这些人是第四帝国的,"乌尔曼向阿尔乔姆解释,"他们法西斯是这样的,信得过的人也要核查。他们自然不会招惹瑞士,但法国可就任凭他们蹂躏了。"

"我的历史不好,"阿尔乔姆难为情地承认,"养父找不到世界历史课本,我只读过一点古希腊神话。"

肩扛包裹的搬运工像蚂蚁一样在士兵身边穿梭不停,汉萨贪婪吸收进了隼鸟站、迪纳摩站和机场站生产的几乎所有货品。这一过程如行云流水般流畅:搬运工带着货物从一条扶梯上下来,卸下货物,再乘另一条扶梯上去。第三条扶梯则是其他过路者专用。

下面的玻璃房里,坐着名看守扶梯的冲锋枪手。他再次确认过阿尔乔姆和乌尔曼的证件,给他们发了写有"临时登记:过境"和时间的签注。现在他们可以自由通行了。

尽管都叫"白俄罗斯站",这两个孪生姐妹站却大相径庭,它们就像出生即失散的一对双胞胎,一个落在了王室,一个在贫民家长大。即使把上一个白俄罗斯站所有辉煌和色彩加在一起,也无法跟这个环线上的白俄罗斯站相提并论:洗刷得洁白无瑕的墙壁闪闪发亮,天花板上精巧的雕塑装饰引人入胜,三盏氖灯便已将整个车站照亮。

站台上的搬运工分成了两拨。一拨往左走,穿过拱廊去往轨道,另一拨往右走,将他们身上的货物卸下,堆在一起,再跑步返回,继续搬货。

站台上有两个候车站,一个是上货站,安放着一台小型起重机,另一个是上客站,设有售票亭。每隔十五到二十分钟,会有一辆手摇货车经过车站，车身是特制的木板面，用来堆放箱子和包裹。车上站着三四个人摇手柄，另配有一名保安。

接客车则很少经过。阿尔乔姆和乌尔曼不得不等待四十分钟以上。售票员向他们解释说，电车要坐够了人才发车，以免空车白跑一趟。在地铁某处至今仍可以购买车票——每站花费一个子弹——就能从一个车站坐到另一个车站，一如当年，阿尔乔姆为此兴奋不已。有那么一阵子，他甚至忘记了自己所有不幸和疑虑，呆站在那里，看着一车车货物被拉走，想象着过去轨道上来来往往的都是灯火通明的巨大列车，而不是手摇车，那个时候的地铁生活该是多么美好啊。

"瞧，你们的车来啦！"售票员说着，摇响了摇铃。

一辆列车头，拖着带木椅的车厢，驶进了车站。两人出示车票，找空位坐下。车又停了一会儿，上来几名乘客，就开动了。

车厢里一半的座椅可以让乘客与车同向而坐，另一半则正相反。阿尔乔姆挑了张面向车尾的椅子，把身后的位子留给了乌尔曼，两人正好背靠背。

"这些椅子为什么摆成不同方向？这也太奇怪了，也不方便。"他问坐在边上的老妇人。那老妇人约有六十多岁了，身子骨倒还硬朗，包着条满是窟窿的羊毛头巾。

"那要怎样？"老妇人两手举起轻轻一拍，"怎么，你觉得隧道里不需要有人盯着？你们这些年轻人真是幼稚！你没听说前天发生的事吗？有只这——么大的老鼠，"她拿两手比划着，"从隧道里跳了出来，拖走了一名乘客！"

"那可不是老鼠！"穿绗缝棉衣的男人回过头来，打断了她的话，"那是退化的变种人！这种变种人在库尔斯克站满地乱爬……"

"我说了，那就是老鼠！我的邻居尼娜·普拉科夫耶夫娜就是这么对我说的。你当我什么都不知道吗？"老妇人气鼓鼓地说。

两人争论了很久，阿尔乔姆无心听他们谈话，他的思绪又飘回了展览馆站。他决心已定,在和乌尔曼爬上奥斯坦金诺高塔之前,必须设法先回一趟故地。该怎么说服自己的同伴,他还不知道,可他内心有种不祥的预感,这是他上地面前最后一次看到家乡和亲友的机会了,他绝不能放过这次机会——谁知道后面会怎么样。尽管梅尔尼克说过他们的任务一点都不难,可阿尔乔姆并不确定还能和他再次相见。因此,在开始自己这一次——也可能是最后一次——重返地面之旅前,他必须回到展览馆站,哪怕只是逗留片刻。

是这么念……国民经济成就展览馆站……多么好听,多么亲切,永远都听不腻,阿尔乔姆心想。难道在白俄罗斯站偶遇的列昂尼德说的是真的?难道车站真的快要抵挡不住黑暗族的进攻了,一半的守护者都在徒劳的挣扎中死去了?他离开了多久?是两个星期还是三个星期?他闭上眼,试着去想象他心爱的拱门,雅致而坚实的拱顶,精致的铜制通风格栅,还有月台上成排的帐篷,这是叶尼亚的帐篷,那旁边挨着的就是他自己的……

车轮有节奏地吱呀叫着,车厢微微晃动,使人昏昏欲睡。阿尔乔姆不知不觉陷入了梦境。他再次在展览馆站醒来……

没有什么可以让他惊讶了,他不去听,也不想理解。这梦的奥秘不在车站,而在隧道中,他清楚地知道这一点。离开帐篷,他径直朝隧道方向走去,跳下站台,走向通往植物园站的隧道。伸手不见五指的黑暗已经吓不倒他了,他怕的是别的东西,在隧道里等着他的东西。那是什么?它为什么要这么做?为何自己总是胆怯到坚持不到最后?……

终于,那个如影随形的家伙在隧道深处出现了。细细的脚步声自信地渐渐靠近,同以往一样,消磨着阿尔乔姆的意志。不过这次他表现得更好了,尽管膝盖还在颤抖,但他努力控制住双腿,等待着和那个看不见的家伙面对面的时刻。

当一股细微的气流拂到他的面庞,他顿时冷汗直流,竭力不让自己逃跑。他知道,那个神秘的东西已经和他脸贴脸了。

"别跑……看看你的命运之眼……"一个声音在他耳边沙沙低语。

这时阿尔乔姆想起来——他怎会忘记噩梦中反复出现的这一幕呢——自己的口袋里有个打火机。他摸索到它的塑料外壳，摩擦打火石，看清了这个跟自己说话的家伙。他呆住了，感到脚在地上生了根。

一个黑暗族一动不动地站在他身边。两只圆睁的没有瞳孔的黑眼珠子，正搜寻着他的目光。

阿尔乔姆发出歇斯底里的尖叫。

"我的妈哟！"老太婆捂住心口，重重地喘气，"你可吓死我了，混蛋！"

"请您原谅。他有些……神经质。"乌尔曼忙扭头道歉。

"你看到什么了，这么疯疯癫癫的？"老太婆抬起肿眼皮，带着好奇的目光问。

"是个梦……我做了个噩梦，"阿尔乔姆回答，"对不起。"

"梦？！你们年轻人可真够敏感的。"老太婆又没完没了地唠叨起来。

阿尔乔姆这一觉睡了很久，醒来时已经过了新村庄站。他还来不及回想自己在噩梦结束时的重要发现，列车已经抵靠了和平大道站。

这里的气氛跟白俄罗斯站截然不同。记忆里和平大道站的繁忙景象不再，眼前只有许多军人，都是佩戴着工程部队肩章的军事专家和军官。月台另一端的轨道上，停着许多机动轨道车，上面带着神秘的箱子，用苫布蒙着，周围还有守卫警戒。月台上，将近五十个人携带硕大的行李箱席地而坐，怅然地打量着四周。

"这里出什么事了？"阿尔乔姆问乌尔曼。

"出事的不是这里，是你们展览馆站。"乌尔曼回答，"看样子，他们打算炸掉隧道……要是黑暗族从和平大道站爬出去了，汉萨肯定要遭殃。看来他们是要先发制人了。"

在去往卡卢加—里加线的路上，阿尔乔姆确信乌尔曼的猜测很可能是对的。汉萨的特种部队出现在了这里——他们本不该出现的地方。两条北上去往展览馆站和植物园站的隧道入口都封住了。有人正热火朝天地加固防御工事，执勤的竟是汉萨的边防守卫。市场里几乎没有什么买家，一半的摊位都空着，人们惊慌地窃窃私语，像是车站即将大祸临头。有数十人大包小包地挤在一个角落里，细看之下，阿尔乔姆才弄明白那是一大家子人，他们正在一张桌前排队，桌签上写着："难民登记处"。

"在这里等着我，我去找找咱们的人。"乌尔曼把他留在货摊边就消失了。

阿尔乔姆有自己的事情要做。他跳下铁轨，走到一座工事前，向一名紧锁眉头的守卫打听："还能去展览馆站吗？"

"暂时能去，但我不建议去，"守卫回答，"你没听说那边的情况？有吸血鬼什么的进去了，数量多到没法阻止，已经爬满了整个车站。看样子，那里已经被搅了个天翻地覆了，我们长官同意向他们无偿提供弹药，如果他们能撑到明天的话……"

"撑到明天，然后呢？"

"明天我们就把这些鬼东西炸回地狱老家去。我们正在和平大道站三百米开外的两条隧道里安放炸药，到时候轰隆一响——再会啦！照顾不周，请多原谅！"

"你们为什么不派人去帮他们？"

"我跟你说过了，那里有吸血鬼。它们在那里乱爬，我们帮不上忙。"

"那里加站的人怎么办？展览馆站的人呢？！"阿尔乔姆不敢相信自己的耳朵。

"早在几天前我们就预先通知过他们了。你瞧，不断有人磨磨蹭蹭地来到我们这儿，汉萨都接收了，我们也不是冷血动物。不过最好动作麻利点。时间不等人啊。所以你也得快去快回。你去那里干吗？去办事？还是去见家人？"

"都有。"阿尔乔姆回答。守卫会意地点点头。

乌尔曼站在拱门里，正与两个人窃窃私语。一个是不怎么显眼的年轻人，一个是身穿司机制服、面色严峻的站长。

"车在上面,油箱是满的。以防万一,我这里又准备了几台无线电和防护服,还有一把佩彻涅格[1]和一把德拉古诺夫[2]。"年轻人指着两个大黑包说,"随时可以上去。咱们几点出发?"

"八小时后开始捕捉信号。到那时必须就位了。"乌尔曼回答。

"屏蔽门能用吗?"他问站长。

"可以。"站长确认,"得定好时间,驱散人群,免得吓到他们。"

"我没问题了。休息五个小时,然后全速前进。"乌尔曼总结道,"阿尔乔姆,你看怎么样?咱们先停一下?"

"我不行,"阿尔乔姆把同伴拉到一边,"我必须先回展览馆站一趟。去告个别,看一看。你说对了,他们计划炸掉和平大道站以北的所有隧道。即便我们能从那里活着回来,我也不能再看到自己的车站了。我必须去,真的。"

"听着,你要是害怕上去面对你的那些黑暗族,不妨直说。"乌尔曼开口说道,但一看到阿尔乔姆的眼神就打住了,"抱歉,开个玩笑。"

"我必须去。"阿尔乔姆重复道。他不能解释自己的感受,但他知道,自己必须回到展览馆站——无论付出任何代价。

"那好,要去就去吧。"乌尔曼不安地回答,"你肯定赶不回来了,更何况还要跟别人道别。咱们这么办:我跟帕什卡,就是那个拎着旅行箱的,从这里开车沿和平大道走。我们本打算一路开到塔底下,不过现在可以绕个弯,去展览馆站那个老的出口等你。新的出口已经拆毁了,你们的人应该知道。五小时五十分钟后,咱们那里见。你要是去晚了,我们可没法等你。防护服带了吗?手表有吗?给,拿着我的,我用帕什卡的。"说着就去解手腕上的金属表带。

"五小时五十分钟后见。"阿尔乔姆点点头,握了握乌尔曼的手,拔

---

[1] 佩彻涅格轻机枪,以起源及居住在位于当今俄罗斯南部和乌克兰草原的一个西突厥分支部落"佩切涅格人"命名。

[2] 德拉古诺夫自动狙击步枪,从 1963 年开始装备苏军。

腿朝工事跑去。

见他又回来了，那名守卫摇了摇头。

"这条隧道里没再发生过什么怪事吧？"阿尔乔姆想起曾经的经历。

"你是指那些管道？没有，修补好了。据说，它能让经过的人晕头转向，不过死不了人。"守卫回答。

阿尔乔姆点头致谢，拧亮手电，步入隧道。前十分钟，他的脑袋里充斥着各种念头：潜伏在前面几条隧道中的危险、在白俄罗斯站安顿下来生活的可行性，然后又想到了机动电车和真正的列车。渐渐地，隧道的黑暗将他头脑中的胡思乱想、混乱闪过的画面和只言片语尽数吸干了。他的内心变得平静、空白……接着，他想起另一件事。

旅程行将结束，就连阿尔乔姆自己也说不清，他究竟离开了多久。或许是两个星期，或许已经过去了一个多月。当他坐在去往阿列克谢站的轨道车上，用手电照着自己那张老旧地图，试图规划出一条前往波利斯的路线时，在他的心目中，这趟旅途将是多么通畅和简短啊……即将展现在他面前的，是一个他对其一无所知的神秘世界，正因为如此，他可以随心所欲地选择路线，只顾路程长短，不计较它是否将改变旅行者的命运。然而他的命运却自此发生了天翻地覆的变化，变得复杂而艰辛，充满致命危险，就连和他偶然同行一小段路的伙伴，也为之付出生命的代价。

阿尔乔姆想到了奥列格。人各有命，林地站的谢尔盖·安德烈耶维奇曾这么对他说。难道，男孩的宿命——以荒诞可怕的死法结束他短暂的一生——就是为了拯救其他生命？就是为了帮助他们完成任务？

不知为何，阿尔乔姆感到全身发冷，很不舒服。接受这个理论，就意味着要接受他人的牺牲，相信天选的优越性赋予了他此行的特权，这特权值得别人为之付出生命，承受苦难……难道说，只为遵从自己的命运，就能任凭其他人的命运被践踏、毁坏、摧残？！当然，奥列格还太小，问不出"我为什么要活在世上？"这样的问题。不过，假如他能思考，难道他会接受自己的宿命、认可这样的安排吗？男孩更愿意充当一个有分量的角色，这是一定的……可他愿意自觉自愿牺牲自己挽救别人，让自己承受这巨大的苦楚吗？

眼前浮现出米哈伊尔·波尔菲里耶维奇、丹尼尔和特列季亚克的面孔。他们为什么会死？他阿尔乔姆为什么能活下来？是什么赋予他这种可能和权利？此刻，阿尔乔姆真希望乌尔曼在身边，能用一句冷嘲热讽打消他的疑虑。他们两个的区别在于，地铁旅行经历让阿尔乔姆透过多棱镜来看这个世界，而单调的生活教会乌尔曼用简单的视角看待事物，就像是从机枪瞄准镜里看一样。也不知道他们两个谁是对的，反正阿尔乔姆已经不再相信每个问题只有唯一一个正确答案了。在生活中，尤其在地铁里，一切都是模糊的、变化着的、相对的。可汗当初曾以站里的时钟为例，向他做过解释。作为感知世界的核心要素，倘若时间是主观的，会因条件而改变，那么其他颠扑不破的生活认知又从何谈起呢？……

如果真是这样，那么，这一切的一切，不论是脚下这条隧道管道里的声音，克里姆林宫闪烁的星星，还是人类灵魂的永恒秘密，立刻都能得到许多解释。尤其是关于"为什么"这个问题，答案更是五花八门。阿尔乔姆见过形形色色的人，从胜利公园站的食人族到切·格瓦拉红色旅的战士们，都知道该怎么回答这个问题，撒旦的信徒、法西斯、可汗这种扛冲锋枪的哲学家……每个人都有自己的答案。正是这个缘故，阿尔乔姆才难以抉择要接受其中哪一种说法。新的答案每天都在出现，阿尔乔姆无法确信哪个才是真的，因为第二天总会出现另外的答案，同样是缜密无误，包罗万象。

该信谁？信什么？信吃人的神，外形像电车、在贫瘠的焦土上重生的大虫？信易怒易妒的耶和华？信背叛耶和华的撒旦？还是信金发碧眼的白种人就是比黑皮肤黑卷发的族裔优越？……阿尔乔姆隐隐觉得，这些信仰统统没有区别。任何信仰都是作为人类的拐杖而存在，支撑着人类不让他们失足踏空，在人类跌倒时帮助他们站起来。在阿尔乔姆小的时候，养父曾讲过一个猴子捡起木棍成为人的故事，逗得他哈哈大笑。"显然，机灵的猴子从此再没松开过这根木棍,所以直到最后也没有学会直立行走。"阿尔乔姆心想。

他明白人为什么需要拐杖了。没有它,生命将变得空虚,如同废弃的隧道。阿尔乔姆想起胜利公园站的野人德龙,当他得知大虫不过是祭司们臆想出的产物时所发出的绝望叫声,此时就回响在阿尔乔姆耳边。在了解到隐形观察者并不存在的时候,他阿尔乔姆的反应也是一样。不过,等到隐形观察者、大虫和其他地铁神灵在他面前统统失效,他还是感到轻松了不少。

这是否意味着自己并不比别人更强大?是或不是又有什么关系呢?阿尔乔姆明白自己一直在欺骗自己。他的手上始终有一根拐杖,而他应当鼓起勇气承认这一点。

他正在执行的任务至关重要,事关整个地铁的存亡,并且这个使命交由他完成并非偶然——这就是他的拐杖。不论是有意识还是下意识地,他始终在找寻证据,证明自己是被选中来执行任务的,但挑选他的不是猎人,而是某个大人物或者大事件。消灭黑暗族,拯救他的车站和至亲,阻止它们毁灭地铁——这个任务就是他生命的真谛。旅途中所经历的一切,都只证明一件事:他和其他人不一样,他与众不同,只有他才能消灭那些鬼东西,让它们化成灰烬,否则全体人类幸存者将危在旦夕。他一路走来,总能准确捕捉到传递给他的信号,他对于成功的信念战胜了现实,碾压了统计学概率,抵挡住了子弹、怪兽和敌人,而盟友总能在合适的时间出现在合适的地点。不然该怎么理解,丹尼尔把导弹部队的准确位置图交给了他,而这支部队恰好在数十年前的浩劫中奇迹般地未被摧毁?又该怎么解释他和安东不合常理的相遇,而他恰好是地铁里为数不多、也许是唯一活着的导弹兵?命运之神准是将一件强大武器放进了阿尔乔姆手里,并派给他一名帮手,向那些无法形容、残酷无情的黑暗势力施以致命打击,然后一举歼灭。不然的话,阿尔乔姆怎么能屡屡从绝境中死里逃生?只要他相信自己的命运,他就不会受伤,尽管身边的同伴一个接一个地死去。

阿尔乔姆又想起林地站的谢尔盖·安德烈耶维奇对于命运的阐释。当时，正是这些话促使他像是换了新弹簧的破发条玩具一样走下去。但与此同时，这些话也让他难捱，也许是因为这个理论剥夺了阿尔乔姆的自由意志，迫使他放弃自己的主张，服从命运的剧情线。另一方面，经历过这一切后，对于类似观点他已无从反驳，因为现在他不再相信自己的生命只是无数偶然事件的串联了。发生了这么多，绝不能就这么离开。既然已经走了这么远，那就继续走下去——这就是他一直选择这条路时不容动摇的逻辑。最主要的是，他不想放弃比赛。现在去怀疑为时已晚。他必须走下去，哪怕这意味着他不仅要对自己的性命承担后果，也要对别人的命负责。所有的牺牲都不会白费，他必须负重前行，他必须把自己的路走完，完成自己的使命。

这就是他的命运。

"我以前怎么就想不清楚呢，"阿尔乔姆暗暗吃惊，"怀疑自己的选择，又傻又蠢，始终摇摆不定，可答案就在一边。乌尔曼是对的，没必要把生活搞得那么复杂。"

他走得很带劲，没听到管道发出任何动静。回展览馆站的这一路上，他没有遇到任何危险，遇到的只有赶往和平大道站的人群。他和这些不幸的、筋疲力尽的、抛下一切逃离险境的人们逆向而行，人们都像看疯子一样打量着他——他们都对那个受诅咒的地方避之不及，唯独他一人走向恐怖巢穴。里加站和阿列克谢站都没有人巡逻了。两个多小时过去了，阿尔乔姆沉浸在自己的思绪中，不知不觉已经走进了展览馆站。

他爬上站台，环顾四周，不由打了个寒战：它现在的模样令他想起自己噩梦中的情景。一半的照明灯不亮了，空中弥漫着火药烧焦的气味，远处传来呻吟声和女人的哭声。

他端着枪往前走，死死盯着暗处，小心地绕过拱廊。看样子，黑暗族至少冲破过掩体一次，袭击了车站。一部分帐篷散落在四处，地面上有好几滩干了的血迹。有些帐篷里还有人，不时有手电光透过帆布照出来。

从北边的隧道深处传来阵阵枪声。出口处被齐人高的沙袋堵住了。有三个人趴在这堵围墙上,看样子正透过射击孔观察隧道里的情况,枪也瞄准了里面。

"阿尔乔姆?阿尔乔姆!你这是从哪里来?"一个熟悉的声音叫住了他。

阿尔乔姆转过身,就看到了基里尔,当初和他一起离开展览馆站的队伍一员。基里尔的手臂上吊着绷带,头发比从前更加蓬乱。

"是啊,我回来了,"阿尔乔姆含糊地回答,"这里情况怎么样?萨沙叔叔在哪儿?叶尼亚在哪儿?"

"叶尼亚!他被逮住了……死了,已经是一个星期之前的事了。"基里尔颓然地说。

阿尔乔姆的心陡然一沉。

"那养父呢?"

"苏霍伊活得好好的,他现在是这里的头儿。现在在医务室。"基里尔用一只手朝车站新出口的楼梯方向挥了挥。

"谢谢!"阿尔乔姆拔腿就跑。

"这些日子你去哪儿了?"基里尔在他身后喊。

医务室里的情况看上去糟透了。真正的伤员并不多,只有五个人,大部分空间都被其他病人占据。他们像婴儿一样裹着尿布,躺在成排的睡袋里。每个人都眼睛瞪大,嘴巴微张,语无伦次地嘟囔个不停。看护他们的不是护理员,而是一名冲锋枪手,手里捧着个盛有氯仿的玻璃瓶。一名病人在地上不时走来走去,发出嗥叫,也把自己的躁动情绪传染给其他人。到这时,那名冲锋枪手就会把一块浸过氯仿的纱布贴在他脸上。那人并没有晕过去,也没有闭上眼,只是安静下来,让自己冷静一段时间。

阿尔乔姆并没有马上见到苏霍伊,他正在办公室里,跟站里的医生讨论问题。当他迈出门,迎面碰上阿尔乔姆,不由惊呆了:"你还活着……小阿尔乔姆!还活着……感谢上帝……阿尔乔姆!"

他喃喃地说，摸着阿尔乔姆的肩膀，似乎想要确认站在面前的人真的是阿尔乔姆。

阿尔乔姆紧紧抱住了他。他像个小孩子一样，内心深处害怕回到车站后，迎来的是养父的责骂：小兔崽子，跑到哪里去了，你可太不负责任了，做事怎么还跟个小孩子似的……可养父什么都没说，只紧紧地和他拥抱在一起，很久没有分开。

当养父最终放开他的时候，阿尔乔姆看到了他眼中晶莹的泪水。他感到羞愧难当。

省略了自己惊险的奇遇，阿尔乔姆向养父简要讲述了自己这段时间去了哪里、做了什么，也解释了自己为什么回来。苏霍伊只是摇了摇头，骂了猎人两句，接着又回过神来，声称不该说死人的坏话。不过猎人究竟发生了什么，他也不知道。

"咱们这里出了什么事，你看出来了吗？"苏霍伊的声音又恢复了镇定，"它们一到晚上就冒出来，多少子弹都不够。和平大道站倒是拉来一车物资，但是根本解决不了问题。"

"他们要炸断和平大道站的隧道，完全切断它和展览馆站以及其他几个站的联系。"阿尔乔姆告诉养父。

"好吧……他们这是怕地下水，所以没在靠近咱们站的地方安炸药。这一招不会奏效太久。黑暗族自己会找到其他入口的。"

"那你什么时候走？时间不多了，不足一天，你得赶紧准备好……"

养父久久打量着他，像是在对他进行检验。

"不，阿尔乔姆，我只有一条路可走，但不是去和平大道站。我们这里有三十多名伤员，总不能丢下他们不管。更何况，我要是忙着活命，那让谁来留守抵抗？总不能走到一个人跟前，对他说：喂，你留下来抵挡它们，直到它们把你杀死，我可要走了？不行……"他叹了口气，"要炸就炸吧。我们能撑多久算多久。死也要死得有个人样。"

"那我陪你留下，"阿尔乔姆说，"他们有导弹，有我没我一样干。不如我在这里帮你……"

"不行,你必须去。"苏霍伊慌乱打断了他,"我们的屏蔽门很管用,还能运行,自动扶梯也完好无损,你很快就能到达出口。你必须跟他们一起去,他们到了那儿,连敌人是谁都搞不清楚!"

阿尔乔姆怀疑养父赶他走纯粹是为了让他活下去。他试图反驳,可苏霍伊根本听不进去。

"在你的队伍里,只有你一个了解黑暗族的疯狂。"他指着那些缠绷带的伤员说。

"他们怎么了?"

"他们当时守在隧道里,可是隧道守不住了。这些人算是幸运的,被我们拖了出来。几十只黑暗族能把活人一下子撕成碎片,多么叫人难以置信的力量啊。最可怕的是,当它们靠近时就开始发出嚎叫,那叫声没人受得了,你一定还记得。咱们的敢死队为了不逃跑,不惜用手铐铐住自己。那些挣脱开的,都躺在这儿了。几乎没有伤员,因为一旦被黑暗族逮着,就很难脱身了。"

"叶尼亚……被逮住了?"阿尔乔姆咽了咽嗓子,问。

苏霍伊点点头。阿尔乔姆不想知道更多细节了。

"走,趁着现在没什么事,"苏霍伊见他陷入了沉默,忙说,"你就多待会儿,咱们去喝喝茶,说说话。肚子饿不饿?"

养父搂着他走进站长办公室。

阿尔乔姆震惊地环顾四周,他无法相信,就在自己离开的这几个星期里,车站的变化竟这么大。曾经舒适宜居的车站,如今却被忧愁和绝望笼罩。他恨不能尽快从这里逃开。

这时,背后传来砰的一声枪响。阿尔乔姆握紧了武器。

"这是在警告它们,"苏霍伊安抚他道,"最可怕的噩梦将在数小时后到来,我已经感觉到了。黑暗族将像潮水般涌来,而我们刚刚只杀死了一只。你不要怕,要是它们来了,咱们的喇叭会发出警报,让所有人行动起来。"

阿尔乔姆思索着那个走入隧道的梦……现在它不可能实现了，与黑暗族在现实里的相遇，怎会以那样心平气和的方式结束？更何况，苏霍伊也不会让他独自进入隧道。他不得不打消这个疯狂的念头。他有更重要的事要做。

"我知道咱们还会见面的，你会回来的。"在站长办公室里倒茶的时候，苏霍伊说，"一个星期前，曾有人来这里找过你。"

"什么人？"阿尔乔姆警觉起来。

"他说你俩认识。大高个，很瘦，有小胡子。他的名字很怪，叫汗什么的。"

"可汗？"阿尔乔姆有些诧异。

"没错。他告诉我，你还会回来的。他说得很肯定，我的心立刻就放下了。他还给你留了东西。"

苏霍伊掏出皮夹子，里面保存着一些只有他本人才懂的笔记和物件，还有一张折了两折的纸片。阿尔乔姆接过这张纸，展开，凑到眼前。纸上只有简短的一句话。字迹飞扬潦草，内容也晦涩难懂：

有勇气和耐心终生凝望黑暗的人，将最先在其中看到微弱的光明。

"他没再说别的？"阿尔乔姆困惑地问。

"没有，"苏霍伊回答，"我觉得这是一条编码信息。他是特地为这个过来的。"

阿尔乔姆耸耸肩。可汗的言行举止，在他看来有一半是荒诞不经的，而另一半却能让他换一种角度看世界。谁又知道这张纸片属于哪一半？

他们喝了很久的茶，聊了很多。阿尔乔姆无法摆脱这种感觉：这是最后一次见到养父了。他多想把他们余生的天都聊完，可离别的时间已经来临。

苏霍伊拉下手柄，沉重的屏蔽门吱吱嘎嘎抬起一米高。门外的水如大雨瓢泼。阿尔乔姆站在没踝的泥沼中，冲苏霍伊笑着，尽管泪水已溢满眼眶。是时候说再见了。在这最后时刻，他突然想起一件最重要的事，忙从背包里掏出那本童书，翻出照片递给养父。他的心开始狂跳。

"这是什么？"养父惊奇地问。

"你认识她吗？"阿尔乔姆心怀希望，"仔细看看，这是不是我妈妈？你见过她，在她把我交给你的时候。"

"阿尔乔姆，"苏霍伊悲伤地笑着，"我几乎没看到她的脸，那里黑极了，我光顾着看老鼠了。我对她一点印象也没有。我只记得你当时抓着我的手，始终没有哭过，可我不记得她。抱歉。"

"谢谢。再见，"阿尔乔姆很想很想叫一声"爸爸"，却哽在喉咙里叫不出口，"或许我们还会再见面……"

他戴好防毒面罩，弯下腰，从卷门底下钻过，沿着扶梯台阶往上跑，那张皱巴巴的照片始终紧紧护在他胸前。

第二十章
生而爬行

扶梯似乎永远没有尽头。

阿尔乔姆必须慢慢地、非常小心地往上跑,台阶在脚下嘎吱乱响,有一个地方还突然下陷,他好不容易才拔出脚来。四周到处散落着覆满青苔的树枝,可能还是当年爆炸发生时炸到这里来的。墙上长满牵牛花和青苔,透过两侧扶手塑料盖上的裂缝,能看到生锈的机械装置。有风从上面灌下来,即便隔着防护服,阿尔乔姆仍能感受到它吹过。

他一次都不曾回头。

上面漆黑一团,这不是好的征兆。也许是进站大厅塌了,也不知他能不能钻出去。另一种解释,就只能是没有月亮的黑夜了。这也不是什么好事,昏暗的视野可不容易给导弹校准。

好在越往上走,墙壁越发亮,微光也从缝隙里透了进来。果真,进站大厅的出口被堵住了,不过不是石块,而是几棵倒下的树。不一会儿,阿尔乔姆就从中找到一条窄缝,勉强挤了出去。

前厅的整个屋顶几乎不见了,只剩一个巨大的窟窿。暗淡的月光从那里倾泻下来。折断的树枝和整棵倾倒的树木也铺满了地面。阿尔乔姆留意到,在一道墙边有几个怪东西,它们身体大部分藏在乱树枝当中,跟人一般高,不长毛,眼珠是深褐色的。

它们看上去来者不善,阿尔乔姆不敢再靠近了。为了以防万一,他关掉手电筒,来到街上。

车站的进站大厅坐落在一片售货亭和繁华商铺之间，如今它们都成了断壁残垣。一座巨大建筑矗立在正前方，呈奇特的流线造型，它的一边几乎半毁。阿尔乔姆环顾四周，也没有见到乌尔曼和他战友的身影。他们应该还在路上。现在阿尔乔姆多出一点时间，能好好看看周围的地方了。

他屏住呼吸，侧耳倾听，试图捕捉黑暗族那令人胆颤的嗥叫声。植物园离这里并不远，他不明白这些野兽为何至今没在自己车站的地上乱窜。

四周静悄悄的，只从远处不时传来野狗怯懦的哀号。阿尔乔姆可不想碰上它们。能在这片土地上生存下来，它们一定和地铁里长大的家狗有所不同。

阿尔乔姆往远处走了两步，又发现一桩怪事：进站大厅是被一道草草挖出的浅水沟环绕着，沟里填满了诡异的黑色液体，阿尔乔姆隔着防护服都能闻到它正散发出强烈的刺鼻气味。跳过水沟，他走向一间售货亭，朝里面望去。

是空的。除了地板上散落着些酒瓶的碎玻璃，亭子里空空如也。他又一连看了几个售货亭，直到最后，发现了一座特别的亭子。它看上去好似一座微型堡垒，是用厚厚的铁板焊接而成的立方体，带有小小的镜面玻璃窗。小窗上方挂着块牌子："货币兑换"。

门是用一把特殊的锁锁上的，不是用钥匙打开，而是用一组数字密码。阿尔乔姆凑近小窗，试了试，没打开。这时他注意到窗台上写了些什么。这座加固的亭子引发了他的好奇心，他不计后果地打开了手电筒。

阿尔乔姆吃力辨认着歪歪扭扭的笔迹。它们像是用左手写的：

请葬了我。密码767。

阿尔乔姆刚想明白这句话的含义，天上就传来愤怒的啾啾叫声。他立刻听出来了，盘旋在加里宁大街上空的那只怪鸟就是这么叫的。他赶紧熄灭手电筒，但为时已晚：当第二次叫声再次响起时，已经来到头顶上了。阿尔乔姆四处张望，拼命找寻藏身的地方。可此刻唯一的办法就是试试那组密码。他拨动密码盘，去拉门把手。这个思路是对的，随着门内传来一声锁头闷响，生锈的门轴吱呀作响，门不情愿地打开了。阿尔乔姆爬进去，锁上门，又打开了手电筒。

在一个角落里，一具女人的干尸倚墙而坐。她一只手上握着支粗自来水笔，另一只手里是个塑料瓶。油毡布面的墙上，从上到下写满了女人整齐的字迹。透过厚厚的窗玻璃，可以观察到车站入口附近的情况。地上散落着一个空药板，有许多鲜艳的巧克力包装纸和汽水饮料罐，角落里还躺着只半开的保险柜。阿尔乔姆并不害怕这具尸体，他只为这个陌生的女孩感到惋惜。他断定这是一个女孩。

怪鸟长啸一声，开始袭击亭子屋顶。它力大无比，亭子开始剧烈地摇晃。阿尔乔姆倒在地上，等待着。袭击没有继续，怪鸟懊恼的叫声远了。他站起来。几十年过去了，外面猎食者不断，女孩的尸体却完整无损。这意味着，他可以一直躲在这个掩体里面，想待多久就待多久。当然了，他也可以试着打死或打伤外面那只怪鸟，那他就必须先出去。若他失手了，或那怪兽刀枪不入，暴露在空地上的他绝无二次生还的机会。最明智的选择，就是在这里等待乌尔曼，要是他还活着的话。

为了转移注意力，他开始念墙上的字：

写下这些，是因为我很无聊，这样下去我怕自己会疯掉。我在这个亭子里已经待了三天了，我不敢出去。我眼睁睁地看着十个人来不及跑进地铁，窒息而死，至今还躺在街上。多亏我在报上读过用胶带粘门缝的方法。我在等风吹散那片云。有人说过，再过一天就没有危险了。

7月9日。我尝试进入地铁。可扶梯尽头被一堵铁墙拦住了，怎么敲也没人应答，密封门最终没有升起来。十分钟后，我感觉糟透了，就回来了。周围有不少死人，死状恐怖，尸体肿胀，散发出恶臭。我打碎一间食品店的玻璃，拿了些巧克力和矿泉水，这下我不会饿死了。我的身体虚弱极了。我有一保险柜的美元和卢布，却毫无用处。真奇怪，它们已经成了废纸。

7月10日。轰炸还在继续。从右边和平大道的方向，一整天都在传来可怕的爆炸声。真奇怪，我还以为不会有人了呢，可昨天街上竟有辆坦克急驰而过。我想跑上前去引起他们的注意，但我来不及。我好想念妈妈和列夫。我吐了一整天，后来睡着了。

7月11日。一个被烧得体无完肤的男人经过了这里。不知道他这些日子躲藏在哪里。他一直哭，一直喘个不停。实在太可怕了。他走进地铁，接着我听到一声巨大的撞击声，大概是他也在敲那堵墙。后来就再也没了声响。明天我要去看看，他到底进去没有。

这时，亭子又遭到一次撞击，原来是怪鸟不想放弃嘴边的猎物。阿尔乔姆身子一歪，差点倒在死尸上，赶紧用手扶住柜台站稳。他弯下腰等了一会儿，然后接着读道：

7月12日。我无法离开。我浑身发抖，分不清是梦是醒。今天我和列夫聊了一个小时，他说他很快就会娶我。后来妈妈也来了，她一直在抹眼泪。后来又剩下我一个了。我好孤单。这一切什么时候才能结束？我什么时候才能得救？来了一群狗啃食尸体。好吧，谢谢。我又吐了。

7月13日。罐头、巧克力和矿泉水都还有，可我不想吃了。生活回归正轨至少还得一年。卫国战争是五年，不可能比它更长了。

都会好的。他们会找到我的。

7月14日。我不想这样了,不想这样了。请把我安葬了吧,我不想待在这个该死的铁盒子里了……这里憋得慌。感谢芬纳西泮。晚安。

边上还有些笔迹,都是不连贯的只言片语,还画了一些画:小精灵、头戴大帽子或是扎蝴蝶结的小女孩、几张人脸。

"她真的以为这场自己无法承受的噩梦很快就会结束,"阿尔乔姆心想,"一两年后,一切就会重回正轨,世界恢复如初。人们将忘掉自己经历过的事,继续生活下去。然而已经过去多少年了?在这些年月里,人类却离重返地面的梦想越来越远。她可曾想到,当年只有钻进地铁的人才能活下来?在最后那几天,人们砸烂各种装置,打开密封门,最终活了下来。"

阿尔乔姆想到了自己。他总是愿意相信,有那么一天,人们可以从地铁里爬出来,修复先辈建立的恢宏楼宇,在里面安居,像过去一样生活。不必在太阳光下眯起眼睛,也不必戴着防毒面罩呼吸无味的氮氧混合气,而是尽情享受饱含植物芬芳的空气……他自己也不知道过去的空气是什么味儿的,但它一定很好闻,尤其是鲜花,母亲一直很怀念它的气味。

然而,望着眼前这具陌生女孩的干尸,想到她最终没能等到噩梦结束的那一天,他开始怀疑自己可能会等来同样的结局。他那个重返过去的希望,和她坚信这场临时灾难至多不过五年的想法,又有什么区别呢?在漫长的地下生活中,人类并没有积蓄起足够的力量,踏上那光辉闪耀的扶梯,一步步走向自己过去的辉煌和荣光。相反,他们的目光变得短浅,适应了在黑暗逼仄的空间里生活。大多数人已经忘了人类主宰世界的无用念头,一些人仍在缅怀它,剩下的人在诅咒它。未来将属于谁?

外面响起了喇叭声。阿尔乔姆扑向窗户。只见亭子前面的小块空地上,停着一辆模样不同寻常的汽车。他以前就见过各种各样的汽车,先是在遥远的童年时代，然后是书中的图片和照片，再就是自己上一次来到地面时了。但这辆车跟他见过的都不一样，而这恐怕就是他没有立刻迎出去的原因。这是一辆被涂成红色的高大六轮卡车，宽敞的驾驶舱里有两排座椅，后面是个金属车厢，车身侧面画了道白线，车顶上堆着好多不知什么管子，还安有两个圆玻璃瓶，里面有蓝灯在旋转闪烁。

　　阿尔乔姆没有走出亭子，而是用手电对着玻璃窗打信号，等待应答。卡车大灯忽明忽暗，呼唤着他。阿尔乔姆正要往外跑，却迟了半步——天上两个硕大的黑影来势汹汹，相继俯冲而下。一只用两爪箍住车顶，想把车带到空中，无奈车子太沉，使出全力，车身也只离开地面半米。怪鸟气不过，扯下两根管子，不满地叫着，然后又将它们丢了下去。另一只怪鸟一边尖叫，一边从侧面扑打卡车，想把它弄翻。车门打开，一个身穿防护服的男人跳到路面上，手里举着一挺笨重的机枪。他把枪筒朝上，等了几秒钟，显然在等怪鸟靠近，这才开枪射击。只听头顶传来一声凄厉的惨叫。阿尔乔姆赶紧打开门往外跑。

　　一只怪鸟扑闪着翅膀，在他们头顶三十多米高的地方盘旋，准备再次发动袭击，另一只则不见了踪影。

　　"快上车！"机枪手大喊。阿尔乔姆朝他们狂奔，爬上驾驶室，一屁股坐在椅子上。

　　机枪手瞄准目标又放了几枪，然后攀上脚踏板，钻进驾驶室，砰地关上车门。卡车立刻咆哮着绝尘而去。

　　"你还养鸽子呢？"透过防毒面罩，乌尔曼瓮声瓮气地说。

　　阿尔乔姆本以为怪鸟会穷追不舍，可它们追着卡车飞了一百来米，就掉头飞回展览馆站了。

　　"它们是在护巢，"乌尔曼断定，"我们听说过这样的事。它们通常不会像这样袭击车辆，个头儿还不够大。我倒是挺感兴趣的，它们的巢在哪呢？"

　　阿尔乔姆恍然大悟，他知道怪鸟的巢在哪了，也明白车站附近为什么没有任何生物出没了，包括黑暗族。

"就在我们车站顶上，扶梯正上方。"他说。

"是吗？这就怪了，通常它们都在更高处，在大楼上筑巢，"乌尔曼回答，"大概是另一个品种。对了……不好意思，我们在路上耽搁了。"

驾驶室里很拥挤，尤其是三个人都穿着防护服，携带着重型武器。后排座椅上堆着好些背包和箱子。乌尔曼坐在边上，阿尔乔姆在中间，坐他左手边手握方向盘的，是在和平大道站跟乌尔曼聊天的小伙子，自称帕维尔。

"有什么好道歉的，又不是故意的。"帕维尔说，"上校也没有告诉我们从里加站往后的和平大道会变成那样，路面就像被压路机碾过似的。你瞧这桥怎么现在还没塌，那里连个藏身的地方都没有，我们差点让野狗给撕了。"

"你还没见过那些狗？"乌尔曼问阿尔乔姆。

"我只听到它们叫了。"阿尔乔姆回答。

"我们可是瞧得一清二楚。"帕维尔边打方向盘边说。

"哦？怎么样？"阿尔乔姆好奇地问。

"不怎么样。保险杠给咬下来了，差点连车轮都给啃了，那时候车可是还走着呢！直到乌尔曼用德拉古诺夫崩了它们的头儿，那群野狗才停下。"帕维尔冲着乌尔曼点点头。

这一路很不好走，路面沟壑遍布，崎岖不平，柏油马路裂开一道道口子，必须谨慎行车。在一处高架桥坍塌处，他们花了将近五分钟才通过成堆的混凝土碎块。阿尔乔姆把枪握在手上，死死盯着窗外。

"这车好开，"帕维尔称赞道，"有人说，柴油快用光了，什么什么快用光了……没关系，咱们的化学家有的是办法。咱们没白保卫波利斯，那些知识分子还真挺有用的。"

"你们在哪儿找到它的？"阿尔乔姆问。

"在车库里停着呢，发现它的时候是坏的，还没来得及修理。它是用来给莫斯科城灭火的消防车。我们经常用它。至于用途，自然就不一样了。"

"明白。"阿尔乔姆再次把视线转向窗外。

"真走运,天气不错,"看来,帕维尔很想聊一聊,"天上没有云。这是好事,塔上的能见度会很好,要是咱们能到那儿的话。"

"我宁可到塔尖上去,也不愿挨家挨户查楼。"乌尔曼点点头,"上校确实说了,里面几乎没有生物活动,但我可不怎么喜欢'几乎'这个词。"

卡车朝左边转了个弯,驶入一条笔直宽阔的街道,中间的绿化草坪将它一分为二。左边是一排几乎完好无损的砖房,右边则是一片阴森黑暗的树林,快要长到路上来了。在沿途一些地方,粗壮的树根已经鼓出路面,他们不得不绕着走。阿尔乔姆只来得及对这些投以匆匆一瞥。

"就是它,咱们的美人儿!"帕维尔兴奋地说着,奥斯坦金诺电视塔赫然出现在他们眼前。它如同一根数百米长的巨棒,震慑着早已被征服的敌人。它是那样魔幻,阿尔乔姆从没在书上和杂志里见过类似建筑的图片。当然了,养父曾向他描绘过距离他们车站仅两公里外的这座宏伟建筑,可养父即便说得再多,阿尔乔姆仍想象不出它的美。在剩下的车程里,他呆坐着,两眼死死盯着高塔的巨型轮廓,出于震撼而微张着嘴巴。此刻他有一种奇怪的混合感受,既为目睹这座人类杰作而激动,又为深知人类再也无法造出此般杰作而痛苦。

"它一直都这么近,我却从来不知道……"他试图用交谈来掩盖自己的痛苦。

"你要是不上来,有许多事永远都不会知道,"帕维尔回应他,"你总该知道,你们站为什么叫'展览馆站'吧?它的全称是'我国伟大经济成就展',对,就是这么来的。那里有一个很大的公园,里面养着各种动物和植物。我要告诉你的是:怪鸟把巢筑在你们车站顶上,是你们走大运了。因为有许多这样的建筑已经被射线照得酥脆,只要敌人来上一颗手榴弹,就能让它们散架。"

"不过敌人喜欢你的小鸟朋友。"乌尔曼补充道,"应该这么说,它是你们的屋顶。"

两人大笑起来。阿尔乔姆甚至没有去纠正帕维尔的口误[1]，只顾盯着高塔看。细看之下，他发现这座巨型建筑有一点倾斜，不过显然它又找到了微妙的平衡，因此没有倒塌。它是如何在这片数十年前形成的废墟中屹立不倒的呢？四周的房屋或全塌，或半倒，只有高塔傲然挺立在废墟中，似乎有躲避敌人的导弹和炸药的本领。

"有意思，它怎么没有倒呢？"阿尔乔姆喃喃自语。

"大概是敌人不想破坏它，"帕维尔推测，"毕竟是一座有价值的建筑。从前它比现在还要高出四分之一，上面有个尖顶。现在呢，你也瞧见了，那上面几乎就剩下瞭望台了。"

"他们为什么要把它保留下来？难道他们会在乎？我只担心它跟克里姆林宫一样，进不得……"乌尔曼产生了怀疑。

卡车穿过钢条后面的大门，在电视塔脚下停了下来。乌尔曼抓起夜视仪和冲锋枪，跳下车。一分钟后，他比划了个手势，表示一切正常。帕维尔也爬出驾驶室，打开后门，把装有装备的背包往外拖。

"二十分钟后应该就来信号了。"他说。

"咱们试试能不能从这里收到。"乌尔曼找出无线电背包，开始组装长长的野战天线。

无线电天线很快架到了六米高，在微风中轻轻摆动。乌尔曼坐在发射机前，头戴军用耳机，开始监听。数分钟的等待时间变得格外漫长。

一个大翅膀的怪影出现在他们上空，匆匆盘旋了两圈，就消失在房屋后面了。很显然，只要跟荷枪实弹的人类发生过一次冲突，它们就会明白眼前的敌人是危险的，并且学会了避让。

"那些黑暗族，它们长什么样子？你可是咱们这方面的专家。"帕维尔问。

"长得很可怕，就像是……跟人长得全都相反，"阿尔乔姆试着去形

---

[1] 正确的说法应为"国民经济成就展览馆"。

容,"完完全全是人类的对立面。一听名字你就能明白:黑暗族,它们就是黑暗的。"

"那它们……从哪里跑出来的?过去从没有人听说过这东西。你们都了解些什么?"

"在地铁里从没听说过的东西还少吗?"阿尔乔姆忙转移话题,"以前谁又知道胜利公园站里还住着食人族呢?"

"这倒是,"帕维尔活跃起来,"脖子上带针的人不断被发现,可谁也说不出是什么人干的。你毫无办法。这就是地铁!有人说是大虫,简直胡说八道!至于你们的黑暗族来自哪里……"

"我见过它。"阿尔乔姆打断了他。

"大虫?"帕维尔难以置信地问。

"是啊,要么就是某种跟它长得很像的东西。也许是列车,很大,它一叫你就得堵住耳朵。我还没看清它长什么样,它就从我身边唰的一下过去了。"

"不,这不可能是列车……它们靠什么力量驱动呢?蘑菇吗?火车可是要靠电力驱动。你知道它倒是让我想起什么来吗?盾构机。"

"为什么?"阿尔乔姆慌张地问。

他听说过盾构机,尽管德龙说过大虫会咬出新路,但他从没想过大虫会是这种机器。可是,对于大虫的一整套信仰,不正是基于对机器的否定吗?

"不过,你可别跟乌尔曼提盾构机的事,也别跟上校说,他们觉得我是中了它的毒。"帕维尔恳求他,"事情是这样的。我过去在波利斯收集情报,追踪各类间谍人员,反正就是研究情报和内部威胁的。有一次我遇到一个老头,他发誓说在博罗维茨基站旁边隧道里的一个小仓库里,一直有噪音传出来,像是墙后有个盾构机在工作。当然,我的第一反应是这人是个疯子,可他以前是个建筑工人,对这些东西很熟悉。"

"会是什么人想在那里钻洞呢?"

"不知道。老头一直念叨着,说有恶棍想把隧道挖到河里去,淹没整个波利斯,他像是偷听到了他们的计划。我立即向相关人员通报了这个情况,可是谁都不相信我。我就去追那个老头,想找他作证,可他偏偏不见了。这老头也许是个奸细,也许——"他警惕地看了看乌尔曼,压低了声音,"他是真的听到军队在搞秘密行动,所以被他们活埋了,因为他们不想别人知道墙后的秘密。打那以后,我就有了盾构机的想法,可他们把我当神经病,开始拿盾构机笑话我,甭提这事儿了。"

他沉默下来,端详着阿尔乔姆,想弄清他怎么看待自己这段故事。阿尔乔姆想了又想,吃不准这种事是否真的可能发生。

"什么都没有,空的!"乌尔曼走了过来,气哼哼地骂道,"连个鬼声都没听见。得往高处爬。他们可能离得太远了,地面接收不到。"

阿尔乔姆和帕维尔立刻收拾东西,准备出发。为什么联系不上梅尔尼克他们,没人愿意去想这其中的原因。乌尔曼收起折叠天线,把无线电放回包里,背起机枪,率先朝隐蔽在巨塔后面的玻璃门厅走去。帕维尔把一个旅行箱交给阿尔乔姆,拎起背包和步枪,拍紧车门,两人紧跟在乌尔曼后面。

里面又静又脏又空。显然,人们从这里仓皇逃跑后,就再没有回来过。明亮的月光透过灰蒙蒙的碎玻璃墙洒进来,倾泻在翻倒的长椅、破碎的售票柜台、警察岗哨,以及匆忙中被遗留下的大檐帽、折断的入口旋转门上,也把墙上的规章条例和游客须知照得一清二楚。他们点亮手电筒,不费吹灰之力就找到了楼梯间。过去可以在一分钟内把人们带到最高处的电梯,如今已门洞大开,毫无用处,在一层无力地停着。眼下,一个最艰难的任务摆在三人面前。根据乌尔曼的解释,他们必须爬到三百米以上的高度。

连续几周的地铁远行,让他的双腿适应了负重行走,阿尔乔姆轻松走完了最初的二百级台阶。爬到三百五十级台阶的时候,他已经不想再上爬了。螺旋梯不知疲倦地向高处旋转,感觉上每一层都一模一样。这些楼层过去都是做什么用的,他不知道。塔里潮湿而阴冷,他的目光掠过裸露的水泥墙,从少数大敞的房门望进去,这些屋子像是些废弃的机房。

爬完五百级台阶,乌尔曼决定稍事休息。直到这时,阿尔乔姆才意识到自己的双腿有多劳累。乌尔曼只休息了五分钟——他生怕错过梅尔尼克的信号。

数完八百级台阶后,阿尔乔姆就数不清了。两条腿像灌了铅一样沉重,眼下每走一步,都要比最初多花双倍的力气。最痛苦的莫过于抬腿了,地面像是有了吸力般,把他的腿往回拽。急促的呼吸让防毒面具有机玻璃罩的内壁蒙上了一层水汽,他如坠云雾中,灰白的墙壁在旋转,可恶的台阶钩住他的靴子不放。他不能停下来独自休息,在他的身后,帕维尔正携带着比他多两倍的东西,气喘吁吁地往上爬。

又过了十五分钟,乌尔曼才再次停下来。他看上去也累坏了,胸腔在宽大的防护服下剧烈地起伏,两手在墙壁上寻找着支撑点。随后,乌尔曼从背包里掏出军用水壶,递给阿尔乔姆。

防毒面罩里有一个接口,吸管能从那里伸进去,人就喝到水了。尽管阿尔乔姆知道其他人也在等水,可他实在无法将橡胶管从嘴边挪开,一口气喝掉了一半的水。然后他坐在地上,合上了眼。

"走,不远了!"乌尔曼喊。

他拉起阿尔乔姆,抓过他的箱子扛在自己肩头,继续往上走。

最后这段路走了多久,阿尔乔姆已经记不得了。台阶和墙壁混成模糊一团,玻璃面罩上的汗水,让光线光斑看着像是辐射云,他一度让自己观察它们的流动来转移注意力。血液咚咚敲击着头部,湿冷的空气撕扯着肺部,楼梯一直没有尽头。阿尔乔姆好几次跌坐在地上,又被他们拉起来,被逼着往前走。

他这么做是为了什么?为了生命能在地铁中延续?是的。为了展览馆站还能继续种蘑菇养猪,为了养父和叶尼亚的家人仍可以生活在那里,为了阿列克谢站和里加站的陌生人能够重返家乡,为了和平大道站和白俄罗斯站的贸易市场永远喧嚣，为了婆罗门穿着长袍漫步在波利斯，把书页翻得沙沙响，掌握知识并传给后代，为了法西斯继续打造他们的帝国，抓捕种族敌人并迫害致死，为了大虫的子民捕食成人，偷走他们的孩子，为了马雅科夫斯基站的那个女人可以继续依靠出卖自己的小儿子来养活他们母子俩，为了帕维列茨站的老鼠比赛无止无休，为了革命旅的战士们还能继续打击法西斯，展开有趣的辩证讨论，为了地铁里成千上万的人能够呼吸、进食、相爱、繁衍、排泄、睡觉、梦想、斗争、厮杀、赢得赞美和感受背叛、开启哲思和升起憎恨，为了每个信徒都能继续信仰自己的天堂或地狱……他这么做，是为了让人类的地铁生活得以继续。这世界毫无意义、盲目乏味，却也崇高光明，人尽其责；这世界肮脏而沸腾，花样迭出，却正因此而美妙动人。

想到这里，他的后背似乎装上了一个巨大的发条，驱动着他走一步，再走一步。阿尔乔姆片刻不停地走着。

突然之间，一切结束了。他们步入一个开阔的平台。它是圆形的廊台，封闭的环形空间。这里的大理石墙面令阿尔乔姆倍感亲切。至于它的外墙……是全透明的，能直接看到天空，下面离得很远很远的小小楼房，残破的格子状街道，那些小黑点是公园，盒子一样的是幸免于难的摩天大楼，还有那些巨大的弹坑……从这里能将整座无边的城市尽收眼底，它像一块灰白的巨毯，一直延伸进暗淡的天边。

阿尔乔姆在墙边坐了下来，久久凝视着这座城市和慢慢变成浅红色的天空。

"阿尔乔姆，起来，坐够了吧！帮我一个忙。"乌尔曼晃动着他一只肩膀。

接过乌尔曼递过来的一大捆电线，阿尔乔姆茫然地盯着它。

"这破天线什么都收不到。"乌尔曼指着地上缠成一团的六米长的天线接收器说，"咱们试下这部电台。那道门通往工程阳台，比这里低一层。它恰好正对植物园。我守着电台，你跟帕维尔去吧，他会把天线捋顺，你负责保护他。动作要快，天快亮了。"

阿尔乔姆点点头。想起自己是肩负着使命来的，他的精神头上来了。像是有人紧了紧他背后的发条，他的内心又燃起熊熊斗志。目标即将达成。他拿着线轴朝那扇门走去。

门打不开，乌尔曼不得不对着它扫射一通。被子弹击中的玻璃门开始出现裂痕，最终碎成了玻璃碴，一阵狂风差点把他们掀翻。阿尔乔姆走到阳台上，那里封着齐人高的围栏。

"快瞧啊，它们在那里！"帕维尔把望远镜递给他，用手指点着方向。阿尔乔姆端起望远镜，在放大的城市布景中漫无目的地找寻了好久，直到帕维尔帮他找准目标。

植物园和展览馆，汇合成一片密不透风的黑压压的森林。几个白色圆顶和展厅屋顶掩映其中。在这片密林里，只有两处空地，还有一条小径贯穿主要展厅——"那以前是主路。"帕维尔怯怯地提醒说——和这两片空地。

密林的正中央，生出一个巨大的瘤子。那里寸草不生，仿佛连树木都不愿长在那块规模空前的奇葩之物上。这是一幅诡异而丑陋的画面：像是城市遗址，又像是一个生机勃勃的巨大器官，那东西跳动着、颤抖着，蔓延在数平方公里的土地上。天空渐渐披上朝霞，那个诡异的瘤子愈发清晰可见。它的周身遍布毛细血管般的薄膜，从泄殖腔一样的出口里，正源源不断地排出一股股细小的黑色水流，那些黑色身影忙忙碌碌的，像蚂蚁一样到处乱爬……没错，就是蚂蚁，它们的老巢则让阿尔乔姆联想起巨大的蚁穴。现在他看得一清二楚，其中一股水流正靠近一座孤伶伶的白色圆形建筑，像极了展览馆站的进站大厅。那些黑色身影抵达车站门口，涌了进去，这股黑色的水流消失了。阿尔乔姆很清楚它们的去向。

它们果真栖息在附近，而非来自远方。它们果真可以被全歼，不留一个活口。眼下就看梅尔尼克的了。阿尔乔姆舒了一口气。不知怎的，脑海中浮现出了梦中那条黑漆漆的隧道，他晃了晃脑袋，着手整理天线。

阳台和塔一样粗,四十米的天线绕不完一周。二人把天线末梢系在栏杆上,回到室内。

"有了!有信号了!"乌尔曼看到他们,开心地嚷嚷着,"联系上了!上校还在骂呢,问咱们跑哪儿去了。"他戴上耳机,边听边复述,"他说,情况超乎预计,他们发现了四台设备,性能都很好,都做了油封处理……就是泡在油里,蒙着油布……他说,安东好样的,什么都会。他们马上开始准备。需要咱们提供坐标。他跟你问好,阿尔乔姆!"

帕维尔摊开一张标有纵横线的区域地图,一边看望远镜,一边口授坐标。乌尔曼通过电台的话筒转述。

"周全考虑,车站也要堵住。"帕维尔在地图上查看,又报出几组数字。

"好,坐标发送完毕,他们现在要瞄准了。"乌尔曼摘下耳机,揉了揉脑门,"得花点时间,你的导弹兵要一个人做所有工作。这没什么,咱们等着吧……"

阿尔乔姆抓起望远镜,又爬上阳台。这个丑陋的老巢总拉扯着他,他的内心升腾起一种莫名的悲伤,仿佛有块沉甸甸的石头压在心头,令他烦闷,憋得不能大口呼吸。那条黑漆漆的隧道又浮现在眼前,是那么清晰,那么真切,他却并不曾亲眼见过它。现在他不必害怕了,黑暗族不会在他梦境里停留太久了。

"准备就绪,马上发射!上校说,期待团聚!咱们这就把那帮混蛋黑暗族烤熟!"乌尔曼高喊。

话音未落,脚下的城市消失了,天空隐没在黑暗的深渊中,身后的高呼声沉默了。只剩下一条黑漆漆的空隧道,阿尔乔姆已经无数次置身其中。怎么回事?时间凝固了,静止了。

他从口袋里掏出塑料火柴,划亮了它。一团快乐的小火苗蓦地出现了,开始在灯芯上起舞,照亮了周围的空间。

阿尔乔姆知道自己即将看到什么,也明白眼下已经用不着害怕了。于是,他抬起头,盯着那对没有眼白和瞳孔的巨眼。与此同时,耳边传来一个声音：

"你是被选中的！"

世界颠倒。在这对深不见底的眼睛里，他在一瞬间看到了那个答案，那个能够解答他所有疑问和困惑，他所有疑虑、彷徨和求索的答案——但这个答案完全不是他想的那样。

凝视着那对黑眼珠，他突然借这双眼，看到了它眼中的世界：崭新的生活正在重生，成百上千的个体思想团结而统一，这并不需要相互的沟通和谅解，而是所有相勾连的念头汇合成一个唯一的共同心愿。有弹性的黑皮肤，可以抵挡致命光线，经受住烈日和酷寒。柔软灵巧的触须，使它们具备了心灵感应能力，既能安抚所爱，也能刺伤敌人而不被发现。总之，它们的身体是完美的。不仅如此，它们的思想充满好奇，富有活力，并且不像人类那样脆弱，难以承受不幸。它们是不可战胜的。

接着，他看到了黑暗族眼中的人类：这些活在地下的"被驱逐的"、凶残肮脏的杂种，只会用火把和子弹作为对我们的粗鲁回应。他们杀死了唱着和平之歌走向他们的使者，夺下使者的白旗，把旗杆插进它的喉咙。

阿尔乔姆终于理解了人类无法达成统一和相互理解的绝望，因为在地下，在隧道深处，这些缺乏理智、疯狂暴躁、亲手摧毁自己家园的野兽，若是没有人对他们进行改造，他们就将继续自相残杀，终有一天将迎来彻底的灭亡。

阿尔乔姆看到黑暗族向人类伸出援手，可他们却再一次恩将仇报。只剩下唯一的选择了：灭亡人类，让世界平静。杀人？黑暗族不擅长厮杀，只图自保，它们可不是为此而生的。

多年来，它们苦苦寻找，试图找到一个可以作为两个世界的翻译和桥梁的人——哪怕这个人属于那些被驱逐的人类。这个人可以向两边传达双方行为的含义，彼此的意愿，向人类解释它们黑暗族并无恶意，并帮助它们和人类交流。因为两个族群是不可分割的，因为他们不是竞争对手，而是两种生物，两种被大自然指定共生的生物。只有把人类主宰世界的知识、技术和历史与黑暗族的能力相结合，才能与自然的威胁相抗衡。因为团结起来，它们就能把人类带到一个新阶段，停滞的地球才能启动，继续绕轴转动。因为它们——不，是"他们"——本就是人类的一部分，一个诞生于战争废墟中的新的分支。

黑暗族，是这场战争的产物；黑暗族，是这个世界的孩子，比人类更加适应新的游戏规则。跟其他出现的"后"生命体一样，他们不仅可以用人类惯常的感官去感受，还可以使用他们的感知触须去触碰世界。阿尔乔姆想起管道里的神秘声响、可以用眼神施咒的野蛮人、克里姆林宫里会借助幻觉攻击人的烂泥巴……人类应付不了它们对自己头脑的操控，但是黑暗族却仿佛为此而生。他们只需要一个伙伴，一个盟友，一个……朋友。那个能够帮助他们跟自己又聋又哑的人类大哥建立联系的人，究竟在哪儿呢？

于是，一场持久忍耐的寻找开始了。最后，他们终于欣喜地发现，这名"口译官"、这位"被选中的人"出现了。可他们还没联系上他，他就消失不见了。他们的触须到处找他，有时候逮住了他，刚开始交流，他就怕了，挣开，溜走，跑了。他们不得不暗中保护他，一次次拯救他，阻止他，向他警告危险的临近，推着他，又把他带回家，回到那个跟他们联系最紧密也最清楚的地方。终于，联系建立起来了：每一天，有时候好几次，他们得以靠近这个"被选中的"男孩，他就会胆怯地朝自己的使命、自己的命运迈出一小步。因此，他总能得到事先通知，连黑暗族人进入地铁、扑向人群的路径，他们也对他毫无保留。

阿尔乔姆用意念提出了那个始终困扰自己的问题：猎人发生了什么？这时，他的脑海中出现了猎人另外一种样貌，这告诉他猎人已经不在了。猎人是一名战士，而非外交官，他不想也不能理解敌人，他是为厮杀而生的。黑暗族试图让他了解战争的愚蠢和无谓，但没有成功，于是他们对他执行了死刑。阿尔乔姆看到了猎人的死，他死得很安详，没有痛苦。阿尔乔姆没有怨气，也不想复仇，只为人类的愚昧感到悲哀。

现在，没有什么可让他分心的了，他再次连上了他们的意识。现在，他准备好接受那件无比重要的事情了——在自己旅途的起点，阿列克谢站的火堆旁，他已经体会过这种感受了。就是这种感觉，不会错。数公里的隧道旅程和几周来的徘徊探路，再次指引着他走向那道秘密之门，只要打开它，他就能洞悉宇宙的全部秘密，超越那些想从僵硬的冻土里钻出脑袋、瞧瞧自己那方小天地的平庸人类。他本可以早早地开启这道门，而如此一来，他所有的旅途就都变得毫无必要了。不过，当他上一次偶然走到门前的时候，只透过锁眼往里看了看，就吓得跳开了。如今，长途跋涉使得他毫不犹豫地打开这道门，沐浴在绝对知识的万丈光芒之中。就让这光芒晃瞎他的眼睛吧！眼睛将成为荒谬无用的道具，只有那些一生中除去隧道的拱顶和车站肮脏的花岗岩墙壁，就什么都没见过的人才需要它们。阿尔乔姆只需要伸出手去，握住那只迎上来的手掌——那油亮紧绷的黑皮肤，尽管有点可怖，有点不习惯，然而毫无疑问是友好的。到那时，大门才会打开，一切都将变得不同。在他生出智慧的目光中，无数一望无际的新大陆将延展到地平线的尽头，壮丽，磅礴。他的内心将充满喜悦和坚定，只怀有一丁点懊悔，懊悔自己没能早一点明白这一切，懊悔自己曾驱赶自己的朋友和兄弟。他们曾向他伸出手，渴望他的帮助，他的支持，因为这世上只有他一人能够这么做。

他握住大门把手，往下一推。

在遥远的地平面上，成千上万颗黑暗族的心脏，由于喜悦和希望在狂跳。

黑暗在眼前退去。透过望远镜，他看到成百只黑色的身影在远方的地面上一动不动。在他看来，他们此刻都在看他，他们无法相信期待已久的奇迹真的发生了，无谓的手足相残终于到头了。

就在这时，第一枚导弹冒着黑烟如闪电般划过天际，正中他们的巢穴。紧接着，红色的天空又被另外三枚导弹撕裂了。

阿尔乔姆向后冲去，希望这场摧毁行动能够中止，他能向人们做出解释……可他停下了脚步，自知已经为时已晚。

橙色的火焰引燃了巢穴，火光中升腾起一片油亮的黑云。新的爆炸声从它周围四面八方传来。巢穴轰然倒塌，发出失望而疲惫的垂死呻吟。燃烧的森林冒出滚滚浓烟，笼罩住了它。更多的导弹从天而降，每一只死去的黑暗族，都为阿尔乔姆的内心增添一份苦楚。

他绝望地在自己意识中搜寻着它的哪怕最后一点痕迹，它刚刚还填补和点燃了他，承诺要拯救他和全体人类，并为他的存在赋予了意义……可它什么也没留下。意识如同一条废弃的地铁隧道，空空荡荡，笼罩着地狱般的黑暗。阿尔乔姆深深地、真切地感受到，那里再也不会有光芒了，他本可以用它照亮自己的生命，从中找到自己的方向。

"这下把它们收拾了吧，嗯？这下它们不敢招惹我们了！"乌尔曼搓着手说，"喂，阿尔乔姆，阿尔乔姆！"

整个植物园和展览馆，成为了一片恐怖的火场。滚滚黑烟慵懒地升入秋日天空，冲天的血色火光与温柔的霞光相互交织。

阿尔乔姆感到自己憋得难受，喘不上气来。他扯下防毒面罩，贪婪地深吸了一口冰冷呛人的空气。然后，他擦掉涌出的眼泪，不理睬旁人的呼喊，开始沿着楼梯往下走。

他要回地铁去。

回家。

番外故事

阿尔乔姆的福音

白色的塑料袋一个劲往我脸上飞。

我不断把它们从我防毒面罩的目镜上扯下来，松开手，让风把它们带走。白色的塑料袋在空中飘荡，就像一只只水母。

这里看不到活蹦乱跳的动物——正常的动物没有，就连遭辐射变异的怪物也没有。

方圆数公里之内，没有一片叶子、一根草可以存活……

只有烟灰、焦煤、熔凝的废铁和混凝土块。即便风带来了植物的种子，落在这片被诅咒的土壤里，也无法生长，难逃枯死的命运。

就连塑料袋也只在这里稍作停留，就匆匆飘走了。

我每天都到这里来，数不清来过多少次了。

我穿好沉重的防辐射服，佩戴好防毒面罩，拿上武器，才获准乘着扶梯上来。

起初总有各种奇奇怪怪的目光注视着我，那目光里有宽容，有钦佩，也有嘲弄。现在人们都习惯了，不再在我身上浪费时间。对我来说，这感觉好多了。

我不知道自己在这片火灾后的废墟里寻找什么。可能什么都不找——据说，杀人犯总想回到犯罪现场，大概是这么一回事吧？

只有一件事是肯定的：在这个地方，我找不到宽恕，找不到希望。

我用靴子拨拉开泥土，用木棍挑开熔凝的铁块。

在这片我得不到宽恕的废墟中，只有厚厚的烟灰。在这片我找不到希望的火灾遗迹上，只有烧焦的木炭。

只要我的腿还能动，我会一直来这儿。

* * * *

他们跑出来，像迎接英雄凯旋一样迎接了我。

这些人个个蓬头垢面，血流不止，遍体鳞伤。然而，当我从那座被炸得微斜的混凝土高塔上下来的时候，他们望着我的眼神，却仿佛我来自神明的国度。

那一刻，我很想去死，于是我从脸上扯下了面罩。

我呼吸着有毒的、致命的空气——我早就想尝尝它的味道了。然而，它什么味道都没有。

我徘徊在死寂的街道上，希望自己在走到地铁站之前就被猎杀。可那些不久前还渴望着我的血肉的野兽，现在却将我唾弃。

当我走到地铁站，人群已经等在那儿了。

他们不顾禁忌地上来，只为亲眼看一看这片土地，这片我为了他们的后代、从魔鬼手上夺回来的土地。当他们发现，我呼吸着地面上冰冷的空气却没戴防毒面罩的时候，一些人也摘下了这个橡胶套。他们觉得，我的胜利已经把他们一度失去的那个世界带回来了。然而他们不知道，一个小时前，是我亲手扼杀了他们最后的生机。我不会告诉他们这些。

在上来迎接我的人群中，那对母子俩也在。难道她不会担忧自己孩子的安危？应该会的。几个小时以前，她还以为自己必死无疑了。所有上来的人，所有这些疲惫不堪的人，都曾以为自己必死无疑了。他们留在沦陷的车站里，因为他们无处可逃，只有捍卫它到最后一刻，然后迎接那个即将到来的必然结局。难道这些刚刚免于一死的人不怕得病？不怕，他们什么都不怕。

这些人有所不知，我拦截了飘向他们的死亡判决书，但付出的代价是将他们终生监禁。

坐在母亲臂弯里的小男孩，也扯下自制的防毒面罩，冲我挥舞着说："阿尔乔姆！阿尔乔姆！雪！"

灰白闪亮的絮状物从天空缓缓飘下，落在肮脏的褐色大地上，落进柏油马路的黑色裂口里。我摊开手掌，用手指摩挲着它们。

"哇！下雪了！"男孩欢呼不止。

"这是烟灰。"我告诉他。

* * * *

我是个胆小鬼，所以成了英雄。

我一直不敢告诉他们事情的真相。

即便我说了，也不会有人相信，并且有人会认为，是我的意志被黑暗族控制了。

有关我的传奇故事在流传，有个老头甚至写了本书：一名来自偏僻车站的少年，为了阻止地上恶魔的入侵，拯救家乡和全人类，踏上他漫长的地铁旅程……经过无数次战斗的淬炼，他成长为真正的男子汉，找到了先祖遗留下的强大武器，扛起了消灭邪恶怪兽的重任。为了活命，它们把触须伸进他的意识，可男孩经受住了这最后的考验，抵挡住了最后的诱惑，终于坚持到了胜利时刻……

我们的孩子将遗失书写的能力，我们孩子的孩子将不再识字，终有一天，这本地铁之书将无人能懂。然而，在丧失语言能力之前，隧道里的穴居人会在篝火旁啃着敌人的骨头，将这个故事口口相传。在野蛮食人族的神话里，我将作为一个英雄永存。这就是对我的懦弱的惩罚。

每当有人问我这一切是怎么开始的，我总是对他们说：一切都始于我们打开植物园站屏障门的那一天。我们，指的是我和我的两个伙伴。那时我们都还是不计后果的孩子。没错，我们破了规矩，可哪有男孩不破规矩的？

当时是谁想出要去荒站探险的，又是谁挑的头？这个问题我已经记不得了，也许是维塔利克，也许是叶尼亚。

我在说谎。

说谎很容易，因为没有人会质疑我的话。维塔利克已经不在了，叶尼亚也不在了。即使他们还活着，也会帮我隐瞒，就像我总是为他们做的一样。

当沉重的闸门吱吱扭扭开始爬升，一条地狱之路出现在我们面前，也为不速之客敞开了便道。但事实上,一切并非始于这个时刻。

那是一个晴朗的日子,温暖和煦,万里无云,空气清新,空气中弥漫着无可比拟的香甜气味,这我已经回忆不起来了,可我知道,从那以后我再也没闻到过这样的气味。

"嘿,小阿尔乔姆,"妈妈对我笑着,"今天想不想去植物园走走?"

"想!"我喊道,"想去!"

我还记得,地铁车厢里没什么人,那天是个周末。我还记得,我们沿扶梯上行了很短一段路,从宽敞的玻璃厅里走出去,来到一条绿意盎然的街道上。白云在辽阔的天空中飘荡,凉爽的风拂过我的面颊。地铁站门前有个卖冰激凌的摊位,我们也去排队。

"你想要冰激凌杯还是巧克力雪糕?"

"都要!"

"只能选一样。"妈妈批评我,"不能太贪心,当心肚子,吃多了肯定会疼。"

"那你要巧克力雪糕,我来冰激凌杯好了!"我卖了个小聪明,"我可以尝尝你的!你可以尝我的!"

"那好吧。"妈妈笑了。

即使我一连吞下两个冰激凌,妈妈也不会拿我怎样。可是呢,从那以后,甜品几乎就在我的生命里消失了。

随后,我们走进植物园,沿着宽阔的林荫道散步,直到中午才回家。我们迷了路,走进位于僻静角落的一个孤零零的日本园林。池塘里盛开着睡莲,水面上的小桥摇摇欲坠,稀奇的橙色水鸟在幽静的池水里静静游曳……真没想到,我竟然记得这么多无用信息。可最重要的却被我遗忘了:她的面容。

妈妈的面容。

我不知道是什么原因,或是什么人不想让我再次看到她的双眼,她的笑容,她的头发。但我绝不放弃!我一遍又一遍地回忆,梦想着回到那一天，踏上静谧的林荫道，再去看看橙色的水鸟，踩着发烫的柏油路，透过叶片上的小洞看太阳；我梦想着回到妈妈身边。

然而，那个我拼命想要回去的世界，却一去不复返，带着我的妈妈坠入了虚无。记忆中它什么都没有留下，除了那一天，以及另外三两个残存的片段：傍晚的家中，温馨的灯光，暖融融的……

可我只想记住她的面容，她望着我的样子，在我害怕时的轻声鼓励，冲我眨眼的表情。为此我愿意付出生命的代价。永远。实际上，我已经付出代价了。

审判日已降临，正义捍卫者和罪孽深重者都受到了召唤，根据每个人的一生接受奖惩。而我们躲进地铁，逃避上帝的目光，它懒得把我们赶出洞穴。后来也许它去忙别的了，也许它死了，我们便被遗忘在狭窄荒废的地底。在这里我们不能飞翔。

人类已经死到临头，我们这些被判了死刑缓期执行的人，更是苦上加苦。妈妈的日子太短了，我的日子太长了。妈妈在老鼠组成的潮水中葬身的那一天，我并不记得。但是，假如能用植物园那个夏日清晨的回忆来换它，我也愿意。你，听见了吗？……

一个男人收留了我，要收我为养子，可我没准备好成为他的儿子。我们很亲密，但依然不是亲人。我们之间隔着我的妈妈，他没能从鼠群中拉起她，我也没能和她一起死去。我从来不曾责备他，但我也无法原谅他。

我像是一根折断的树枝，被绑在其他树上，我希望我能被嫁接到那棵树上，最后却以失败告终——我的断裂处已经烧焦，细胞已经死去。不管再怎么跟大树接合，也是徒劳。

我们还是生活在了一起。他孤苦伶仃，我无依无靠。

即使在梦里，我也看不见妈妈的脸。我经常梦到那个有着冰激凌和橙色天空的早晨，可总是看不到她，看不到她的身影，她的声音，她的笑……我伸出双臂，她却总是躲闪，跑开，抱不着，抓不到。

* * * *

怂恿他们去植物园站的人,是我。当然是我。一个人去太危险了,而且很难实现:必须有人把守卫引到北边的隧道里去,否则我们在第一道岗哨一露面就会被抓住。

我去那里,就是为了到上面去。我也不知道自己想去上面看什么,反正不是悠远的夏日,不是蔚蓝的天空,不是违背宇宙规律仍然运转的冰激凌店,也不是人行道上蹦蹦跳跳的兔子。

也许,在那个手握生锈双筒猎枪的男孩的内心深处,还住着另一个小孩:一个单纯的、相信奇迹的三岁小孩,幸福的花脸蛋上抹着冰激凌的小孩。他希望能在那里,在上面,跟自己的妈妈见面。她把他留在了这里,他好想她。从那个时候起,我的身上包裹起一层又一层新茧,就像是树的年轮。一个腼腆的爱读书的小男孩,变成了一个拿着双筒枪的少年,他从内心深处渴望冒险。现在,他们全被锁进了伤痕累累、永远长不大的男人心底。我身上这最后一层茧已经揭不下来了,劈不开,打不碎。现在我就是个这样的人。但我知道,在我内心深处,在层层保护茧的包裹之下,还藏着那个三岁男孩。他被藏了起来,可我会找到他的。

我向小伙伴们提议玩潜行者的游戏。只要这么说,他们就会黏着我不放。

植物园站里一团漆黑,空空荡荡。地上到处散落着人们在这里生活的痕迹:撕碎的帐篷,残破的布偶,破碎的碗盘……老鼠在乱爬,啃咬着一切它们能够消化的东西。空气中悬浮着令人窒息的粉尘,吸尽了所有声音,散发着令人绝望的气息。我想,如果地狱真的存在,它看起来大概就是那个样子的。

打开屏蔽门的主意,也是我提议的。维塔利克已经被这个受诅咒的车站吓得半死,当我拉下扳手的时候,连叶尼亚也犹豫了。但我距离自己的目标已经太近了,我多么想回到那一天,回到那个世界,留下来。

当然了，现在我总说，爬到上面去的主意是叶尼亚想出来的。不信的话，你们就自己去问他好了。那些机器锈迹斑斑，但还能正常运转。

"跟上我！"我两手端起双筒枪，叶尼亚举起手电筒。

顺着摇摇晃晃长满青苔的台阶，我们来到上层大厅。每个人都鼓足了勇气。但我们的队伍随即就散了。维塔利克说什么都不敢走到外面去。叶尼亚走了两步就站住了。我的两条腿却一个劲往前走。

夜幕中万千繁星在闪烁，但我并非为它而来。

那是为何而来？

起初，我迟疑地四处张望，将这片半死不活、满目疮痍的大地，同我模糊的记忆和梦境中那个美好明亮的世界反复比对，像是在辨认朋友面目全非的尸体。最后，我终于找出某个似曾相识之处，不由加快了脚步……

……转过一个弯……

我的一侧是许多楼房，像变异的多眼骷髅头一样龇牙笑着。另一侧是密林疯长的植物园，核战争让这些植物受益，长得枝繁叶茂。风刮来了许多白色塑料袋。据说，塑料袋需要五百年才能降解……不远处有具凄惨的焦尸，像是被活活烧死的，但我现在并不在乎。

"阿尔乔姆！你去哪儿？！阿尔乔姆！"

我头也不回。于是，叶尼亚，我最忠诚的朋友，战战兢兢地跟了上来。

……又走了一百米……

突然，那个冰激凌店闯进我的视线！它曾经涂裹着的彩虹色彩，统统被可恶的雨水抹去，变成了夜一样的深黑色。它的窗户碎了，里面破败不堪。它就像是个患了绝症的老人，佝偻着，蜷缩着，回忆着自己的峥嵘岁月。我记忆里那个明亮的、抚慰人心的神奇小铺，早已不复存在。

我伸出手，触到了它。我眯起眼，努力想象着妈妈是怎么问我想吃什么的：要冰激凌杯还是巧克力棒？我的口中喃喃着："求你了，求你了，求你了……"

我明白了，我无法记起她的样子。哪怕我现在不顾死活地钻进植物园的密林中，找到当年的林荫道，当年的池塘和小桥……也只是白费力气。

我感到孤独……前所未有的孤独。

我依然站在荒废的冰激凌店前，像是在排队等待我的冰激凌，尽管我知道永远也等不来了。

我是个孤儿。我孤独地活在这世上。

那一刻，恐怕是我的死期到了。那些野兽移动得悄无声息，我毫无觉察。可是出于某种兽性的直觉——地铁生活令它变得更加敏锐——我感到了它们的到来，猛地睁开眼。

一群皮开肉绽、浑身溃烂的流浪狗，已经将我团团围住，正一步步朝这个小店逼近。我无处可跑，也没时间跑了。看到它们的眼神，我知道：它们不怕我，也不会听我的。那个时候不像现在，地面上还没有那么多得病、畸形的动物走来走去。这些野狗很走运，它们嗅到了我的味道。在饥饿驱使它们自相残杀之前，它们必须尽快把我吞下肚。

"快开枪！"叶尼亚不知在什么地方喊，"你有枪！"

我清醒过来，把双筒枪对准最大的一头野兽，拨动扳机。撞针发出轻响，是枪卡壳了。我又试一次，还是没响。看来子弹受潮了。我没有备用子弹。

一条狗转身朝叶尼亚走去。

"赶紧离开！"我大声说，"可别跑，它会扑你的……"

叶尼亚倒着走了起来，两眼还盯着这边。

我留在原地，望着他。

"我这就来……马上回来！我去喊人！"叶尼亚不敢大声说话。

显而易见，他来不及喊人了。他很清楚，我也很清楚。当我让他离开的时候，我的脑子里闪过一个念头：他要是不走呢？要是能想想办法呢？！可令人难过的是，他听了我的话。

那头差点被我干掉的野兽往前迈了一步，兽脸仰望星空，发出一声嘶吼。

兽群向我爬来，肚皮贴地，做好了扑上来的准备。

就在这时，在黑色密林的上空，在残败的房屋上空，在整片静止大地的上空，突然传来一声长啸，这声音能让任何生物失去逃跑的欲望，只能束手就擒，跪地求饶。我从没听过这样的声音。

一头野狗无声地扑了上来。

* * * *

他们站在下面靠近屏障门的地方，正在争吵。他们不够勇敢，不敢上来瞧一瞧，确认我已经被撕成了肉块；他们又不够懦弱，不肯直接跑回展览馆站，跑到自己亲人身边去。他们本可以跑掉的。

"刚才怎么了？"叶尼亚瞪着我。

我耸耸肩："你回来多久了？"

"十五分钟……你……你是怎么脱身的，阿尔乔姆？"

"我不记得了。"我又耸了耸肩，"才十五分钟？"

在我的意识里，这趟远行，锈迹斑斑的冰激凌店，野狗的追捕……这一切都发生在昨天。我仿佛已经睡了整宿。

"阿尔乔姆！"叶尼亚又在喊我，"你笑什么？！到底发生了什么？！"

我没有回答。我记不得了。

直到很多年以后，我的记忆才苏醒过来。

* * * *

我恨黑暗族，这是当然的，没有人不恨它们。当我穿过我那被鲜血染红的车站，看到神志不清的人被捆住手脚满地乱叫，我无动于衷。当我听说叶尼亚遇害的消息，我打消了最后的犹豫。我要端掉它们的老巢，把它连同那个我永远回不去的植物园一起烧掉。

在坊间的传说中，黑暗族拥有难以置信的力量，凶猛异常。它们可以用爪子把巡逻队员撕碎，拧断他们的脖子，随时随地啜饮人血。这些说法都是错的，大错特错。实际情况远比这可怕得多。

实际上，黑暗族人从没亲手杀过人，甚至碰都不用碰一下。那些死去的人，全是死在自己人手上。黑暗族不过是控制了他们的心智。当黑暗族靠近，没有人能保留自我，事后也没有人记得自己曾做过什么。当它们退去，眼前躺着自己撕破喉咙的朋友，你最直观也是最合逻辑的解释就是：这是黑暗族干的。你得出这个结论，并且深信不疑。

这就是黑暗族。这些怪物只有完成任务，才会爬出你的意志，钻回去。这点还是不知道为好。那些曾用意念跟这些怪物短暂抗衡的人，哪怕半秒，事后都变得疯疯癫癫。

我知道有一个人，他曾试着摆脱它们的控制。他以为，只要用防弹衣把身体箍紧，怪物就不能侵占人类的肉体了。他还相信，紧箍的钛头盔也能阻挠外物入侵头脑……

这又是另外一个故事了。

黑暗族让所有人感到心惊胆战，憎恨至极。这种生物是我们的反面。看到黑暗族，就是看到了人类，只不过是把跳动的红色肌肉和颤动的身体器官从里往外翻了个个儿。若非有它们这样的身躯，我们大可把一具黑暗族尸体开膛破肚，用脚踹它的死脑袋，不必担心自己会吐出来。另外，它们靠得越近，就越让人感到恶心和惊恐。那感觉就像是：要是这些鬼东西碰到了你，它的触须就会钻进你的灵魂——不是大脑，而是灵魂——在里面植入寄生虫、恶癣或是菌丝什么的，让你的灵魂生满脓疮，逐渐枯萎，又不能消失，只能继续供养着这只寄生虫，直到它满意为止……不同的人的感觉也不尽相同。

因此，没有什么想法比杀光这些噩梦般的野兽来得更自然、更顺理成章的了，这是避免恐惧的唯一方法，否则你将永远生活在它的阴影下。

当我接过从死去的祖先的枯指间掰下来的复仇武器，我知道该做什么。我做了该做的事。用不了一分钟，导弹就能从那个在最后一战中奇迹般保全的导弹基地，击中这些新型智慧物种在这片废土上建立起的奇迹般的蚁穴。不过在导弹发射击中目标之前，还有一分钟的时间。

这一分钟，对我而言是那么漫长。

* * * *

"我不记得，"我对叶尼亚说，"别再问了！"

回去之后，大人们免不了一通审问，可我们什么都没说。

叶尼亚和维塔利克忘记了我喊他们去植物园站的事，我也忘记了他们因怯懦把我一个人扔在上面的事。我再没有问过叶尼亚，为什么要听从我的话，任我被饿狗吃掉。他也没再问过我，是怎么从它们口中逃脱的。我们缄口不提，我们飞奔逃离了植物园站，而锈住的屏障门还敞着。我们试过用手把它拉下来，但几乎拉不动。我说："算了吧，让它见鬼去吧！"维塔利克和叶尼亚望着我的眼神里，有谴责，也有感激。于是我们松开了手。我们是这场犯罪的同谋，可"算了吧"这三个字是我说出口的。

为什么？或许是因为我没有忘干净？

因为发生过的片段又在我脑中闪过？是不是它们从我意识的最深处挣脱，渗入我的梦境，在我脑中经过一系列难以解释的过程后重新组合，杀了我个措手不及？

我不允许自己想起那件事，因为它太诡异了——恐怕也是不被许可的。数年后，随着黑暗族进入地铁，在我们失忆的内应下长驱直入，我的记忆身不由己地打开了。

那个老头似乎在写一本关于我的书……我给他详细讲述了我的许多梦，还描绘了一些噩梦。但我从没和他提到过那个画面，那个我最熟悉的梦境。这或许是因为，我并不觉得它是个梦。

……那条饿狗向我扑来，黄色的獠牙对准了我的喉咙。其他野狗也做好了准备，只待首领将我扑倒后就一拥而上。我死到临头，大限将至。

饿狗飞在空中，巨大的身躯突然一软，失去了意识，重重跌落在离我一步远的地方。它夹紧尾巴，哀嚎一声，退了回去……我转过身，不由浑身一颤。

在我的身后，是一个庞大的黑暗身影。我被一种原始的、无法形容的恐惧感攫住了，但此时护住我头顶的……难道是它的手？

接着，它的另一只手也放了上去——我试着离开，可长长的钢针般的手指牢牢盖在我头上，让我动弹不得。我明白：我完了。

突然之间，疼痛和恐惧都消失了，融化了，像是糖溶解在热茶里。

疯狗逃跑了，一只吓得拉了泡屎，一只抽搐个不停。它们已经不再惦记我了，只顾着脱身。我缓缓抬起眼，望着这只护住我的不可思议的生物。

黑暗族……

它双脚站立，比我见过的最高的成年人还要高出两个头。它的皮肤像隧道一样漆黑，无法眨动的圆眼睛上没有眼白，但这对眼睛却比许多有眼白的幸运生物都更饱含理智。

无疑，它不是野兽，不是怪物。

站在我面前的，是个人。

"他"用那对奇怪的眼睛注视着我。他看到了一切：我想进入的植物园，差点丢了性命，鲜活的冰激凌店前的队伍，空中飘浮的白云，池塘里的橙色水鸟……还有我的妈妈。他看到了她的死，看到了我在空旷的隧道中彷徨，看到了我的忧愁，我的寂寞，我的无所适从。

在他眼中，站在他面前的，也是个"黑暗族"人。他滑稽，渺小，不合规矩，举止笨拙，来自那个愚蠢的世界。他是这片土地和整个世界的异客，他被抛弃，又不懂得寄人篱下。他是个孤儿。

那个黑暗族人可怜我。既可怜我，又赞许我。某一刻，他伟岸的黑色轮廓不见了，映入眼帘的……

是妈妈。她微笑着，温存地对我呢喃，揉乱我的头发。她递过来一样东西——一杯冰激凌。树叶在我们头顶沙沙作响，天空中飘过朵朵白云，人们都在开心地笑着……一如昔日。

当我醒过来，已经记不住她的面容。从那以后，她再也没有出现在我梦里。但我肯定，是黑暗族帮我看到了她。那时我有个幻觉，似乎他没有让我看到她的脸，没有用虚伪的假象哄我，而像是……像是灵媒招来了她的孤魂，让她在自己身上附体了几秒钟，跟自己的儿子短暂相会。

我感到，他把我当成了……儿子。后来我又落了单。

临别时，他对我说："你是第一个。"

然而，当我回到地铁，这段记忆一如美梦醒来，逐渐模糊，很快在我脑海中消散了。我想应该是这样。

"你笑什么？！"叶尼亚怀疑地问。那个时候连我自己都说不出来了。

当黑暗族想起我的时候，我已经二十四岁了。太迟了——我已经接受了人类的教化。我听说了太多故事，骇人的野兽从上面钻进来，把我们的巡逻战士活生生撕碎——他们是我养父的朋友，我朋友的父亲。有时候梦境会给我提示，但我总觉得，那是因为我的童年一定有过什么不幸的、被禁的、可耻的遭遇，应该把这些梦赶出我的头脑。既然黑暗魔鬼能够轻而易举控制成年人，那么，控制孩子的心智对它们来说更是小菜一碟。我想离开展览馆站，正是因为这些梦的断章，那个决定命运的夜晚的记忆碎片，还在我的意识里张牙舞爪。因为我怕，怕黑暗族把我变成提线木偶，怕我某天会从床上一跃而起，割断我熟睡的朋友或是养父的喉咙。

猎人认为，我天生能抵抗黑暗族的控制。他是对的，童年时候我就接种过了抗体，接通了我们的灵魂交流频率，在他们试图交流时我不会感觉痛苦和恐惧。由此，我也获取了对他们的免疫力，他们成了我的一部分。可是，要是我向猎人坦诚这一点，他一定会不顾他和养父的多年情谊，当场掐死我。连我自己都想了结自己，不过勇气不足罢了。

我是个懦夫，于是我跑掉了。我接受猎人的任务，首要目的是为了从展览馆站消失。我以为，黑暗族找不着我，就会在我生命中消失。等我有了勇气，等我长大成人，我就用导弹堵住它们留在我头脑中的声音。

我是个懦夫，永远是个懦夫。

* * * *

在有关阿尔乔姆的通行版传奇中，是这么说的："当导弹升空后，黑暗族曾试图与我们的英雄进行首次对话。"

我为什么要这么说？

为了撇清责任？为了说服全世界以及我自己，当时我真的无能为力？虽然我终于明白了一切，但已经太迟？是的。据说谎言重复得多了，到了某一刻你也会相信它……

但愿如此。不然我还能用什么寻求宽慰呢？

早在向基地传送蚁穴坐标之前，在黑暗族发来信息之前，我就全想明白了：他们为友谊而来，他们认为共生是可能的，他们希望和被赶进方寸洞穴的人类寻找共同语言，只是不善此道。我也明白我真正的使命是什么：成为两个物种间的翻译，终止屠杀。

我通常强调"终止屠杀"这句，这样我的传奇就有了一个开放性的结尾，每个人都能以自己的喜好去理解。大多数人相信，这是黑暗族试图引诱我，他们只是不想灭亡。抱有怀疑态度的人认为，黑暗族还是不能控制住所有人。至于我……我选择了逃避。

事情就是这么回事。对了，还有件事。

我在电视塔上第一眼看到的，是她的脸，我母亲的脸。

我相信，他们让我看到她，绝不是想要诓我，而是……像是在跟我打招呼。流浪的儿子不再躲避和隐藏，松开了他紧攥的拳头，父母向他敞开了怀抱。就是这样吧。然后，那个久远的日子出现在我眼前。它不仅出现在植物园旁边——它在整片大地上都在上演。我站在奥斯坦金诺电视塔的瞭望台上，痴痴呆望着四周。我的眼前不再是被战争毁于一旦的城市，死气沉沉的房屋和皮开肉绽的街道。莫斯科活过来了,车水马龙,喧嚣鼎沸,绿意盎然,生机无限!

并且我相信,他们向我展示这座城市,不是因为我无比渴望能看到她,而是告诉我,我们可以让这一切回来。我们和你们,一起。

我仍有机会阻止这一切。还有一分钟。可以向队友们解释清楚一切,把发射机推下高塔,办法还是有的!

可结果呢?我选择了逃避。

他们计算出并汇报了目标坐标,另一些人按下按钮,发射了导弹……而我没有做任何错事。我只是站在那里看着,然后走下高塔——人们像迎接英雄一样欢迎我。

*　　*　　*　　*

我再也记不起她的脸了。

现在只剩下我一个了。我每天回到那片废墟上,昨天去了,前天去了,大前天也去了——事后这一整年,天天如此。今天我会再去,明天也会再去。

这不是什么仪式,不是我的工作,也不是我的职责。

而是因为,每天早上,内心总有个声音在催促着我——准备好;有种挂念在驱使着我——穿上沉重的防护铠甲;有种命令在要求我——打开屏障门,径直沿着扶梯往上爬,从五十米深的地底钻上来,徘徊在空荡荡的街道上,一路赶到这里。

从前这地方叫作植物园。

如今这里只有烟灰和焦煤,还有一些塑料袋在这片黑色荒原上飘荡。所有人终于吁出一口气,却被我带离了我们二百多年的积淀。白色塑料袋仍将在这片土地上飘扬数百年。也许,等到一切都从我们的文明和这片土地上消亡,只有这些顽固的塑料袋能作为我们这个不堪的文明的象征。

现在，我的闲暇时间有很多，大概有一生那么多。所以，是时候想一想，一切是怎么变成这副模样的了。我有一个小观点：黑暗族不是魔鬼，正相反，他们是天使，指引我们走向救赎之路，只要我们能经受住考验，只要我们能压制住内心的野兽，看清他们黑皮肤下的洁白羽毛，克服痛苦和反感，找到和他们沟通的方式——我们本应经受住这次考验，为自己以造物者的姿态对这个世界大肆破坏而祈求宽恕。可我们却没法做到。

我做不到。我这个孬种！

现在，我这个该死的"领路人"，走过破碎的街道，走向我的目的地——植物园。这不是我的惩罚，也不是我的报应。我只能这么做，至于为什么我也不明白，可我不想深究。

我用长棍翻开早已熄灭的焦炭，拨拉开几个铁块。心想，我已经在这块死去的土地上翻找遍了，并且一无所获，这不过是再走一遍过场。在这之后，再来一遍。

我在找什么？

是一棵绿芽，还是那个想认我为子的生物的哪怕一块残骨？还是妈妈带我去植物园散步那天，在这里走过的树荫？是宽恕？还是希望？

烟灰，焦煤，焦煤，烟灰。

我一屁股坐在地上，不去关心土壤的成分。

地上有只塑料袋在旋舞，飘到我脸上，糊住了面罩，像是长到一起了似的。我没有去管——没那个力气。我连活着的力气都没有了。

这时吹来一阵狂风，塑料袋向上飘去，渐渐飘远了。

我依旧盯着我的靴子。

憋死也挺好的。

我终于积蓄起了怨恨和绝望的力量，打算靠它走回家去，去听听我的丰功伟绩，再透露一点细节。这才是我应得的惩罚。

和……

天啊……

我闭上眼，睁开眼，隔着防护服猛掐自己……没有，他没有消失。

玻璃罩瞬间蒙上一层水汽，我像当年在高塔上一样，把面罩扔在地上。

他依然站在原地。

直到这时，我忘记了一切，迈动沉甸甸的步子，笨拙而吃力地跑向他，不时被熔凝的铁管铁框绊倒……

我不知道该对他说些什么。我压根不知道能否跟他交流……

但我有办法，我已经想到了！

只愿这不是幻影、幻觉。

我越跑越近……不知道他从哪里冒出来的，我不想问，生怕奇迹会消失。我就是相信他，既然相信他，就不会去问他。

他朝我转过身。

不成比例的纤长手臂，没有眼白和瞳孔的大黑眼珠，乌黑发亮的皮肤……还是个小不点儿，只有我肚子那么高。他从下往上打量着我，他的两眼似乎空洞无神，不过……

我褪去手套，用赤裸的手掌轻轻摩挲他的头顶，生怕吓到他或是伤害到他。

我知道他孤独地活在这世上。

他只有我。

·全书完·

微信扫码下载地铁世界导航图
深入了解"地铁宇宙"的秘密

地铁 2033

产品经理 / 白东旭　　装帧设计 / 杨　慧
执行印制 / 梁拥军　　技术编辑 / 丁占旭
产品监制 / 黄圆苑　　出 品 人 / 于　桐

图书在版编目（CIP）数据

地铁2033 /（俄罗斯）德米特里·格鲁霍夫斯基著；陈恒哲译. -- 上海：上海文化出版社, 2021.8（2025.3重印）
ISBN 978-7-5535-2304-0

Ⅰ.①地… Ⅱ.①德… ②陈… Ⅲ.①幻想小说－俄罗斯－现代 Ⅳ.①I512.45

中国版本图书馆CIP数据核字(2021)第107798号

METPO 2033 by DMITRY GLUKHOVSKY
Copyright © by Dmitry Glukhovsky
Agreement by www.nibbe-literary-agency.com
Cover Illustration © by Diana Stepanova
Simplified Chinese edition copyright:
2021 Guomai Culture & Media Co. Ltd
All rights reserved.

著作权合同登记号：图字 09-2021-0466 号

出 版 人：姜逸青
责任编辑：郑　梅
特约编辑：白东旭
装帧设计：杨　慧

书　　名	地铁 2033
作　　者	〔俄罗斯〕德米特里·格鲁霍夫斯基
译　　者	陈恒哲
出　　版	上海世纪出版集团　上海文化出版社
地　　址	上海市闵行区号景路 159 弄 A 座 2 楼　201101
发　　行	果麦文化传媒股份有限公司
印　　刷	河北鹏润印刷有限公司
开　　本	710mm×960mm　1/16
印　　张	31
插　　页	4
字　　数	450 千字
印　　次	2021 年 8 月第 1 版　2025 年 3 月第 21 次印刷
印　　数	108,201—116,200
书　　号	ISBN 978-7-5535-2304-0/I・896
定　　价	69.80 元

如发现印装质量问题，影响阅读，请联系 021—64386496 调换。